Camilla Grebe

Schlaflos

Psychothriller

Aus dem Schwedischen
von Gabriele Haefs

btb

Für Marie

N
W
O
S
STUVSKÄR
Dorfladen, Kneipe
Hafenbüro
Hafen für
Freizeitboote
Campingplatz
MARHOLMEN
Alte Farbfabrik
Rakels Haus
Klockarschäre

»It's funny how the colors of the real world
only seem really real when you watch them on a screen.«

Anthony Burgess, A Clockwork Orange

MANFRED

Wir waren eine ganz normale Familie. Es war ein Morgen wie alle anderen.

So einer, dem man eigentlich keine besondere Bedeutung zumisst. Einer von den vielen bedeutungslosen Tagen, denen man eigentlich kein Gewicht gibt, weil man zu wissen glaubt, dass sie sich nicht von den anderen unterscheiden werden. Es war einfach noch ein Tag, den ich hinter mich bringen, den ich durchleben musste. Den ich meistern und ausfüllen musste, wie einen Vordruck, der noch vor siebzehn Uhr auf die Post gebracht werden muss.

Afsaneh stand als Erste auf, um Nadja ihren Brei zu geben.

Ich hörte ihre Schritte: leicht, fast zaghaft, als sie von der Diele in die Küche tappte. Als ob sie sich über dünnes Eis bewegte. Danach das Klappern, das Rauschen des Wasserhahns und den kleinen Knall, als sie den Kochtopf auf den Herd stellte. Am Ende das rhythmische Kratzen des Quirls über das Metall, als sie das Breipulver mit dem Wasser vermischte.

Von meinem Platz im Bett aus – das von Afsanehs Körper noch warm war – hörte ich im Kinderzimmer nebenan Nadja wimmern und husten.

Es waren die Geräusche einer ganz normalen Familie; die der Frau, meiner jungen Gattin, die vielleicht zu jung war – jedenfalls gab es Leute, die das so sahen –, und die meiner Tochter. Und da war die Stille, hinterlassen von den drei älteren Kindern, die ausgezogen waren, und von meiner Exfrau, die die Wohnung an einem Frühlingsmorgen, gar nicht so anders als dieser, mit einer so schweren Reisetasche verlassen hatte, dass sie diese nicht hätte tragen können, wäre sie nicht so wütend gewesen.

All das dachte ich nicht bewusst, als ich da lag, noch dösig von den Träumen der Nacht und der Wärme des Betts. Erst im Nachhinein gewinnen all diese kleinen Geschehnisse an Gewicht und zeigen ihre Bedeutung.

Es war ein Morgen wie alle anderen. Außerdem war es Nadjas dritte Erkältung in ebenso vielen Wochen, und Afsaneh und ich waren beide todmüde von den Nachtwachen und dem Hin und Her mit unserer geliebten, aber trotzigen Zweijährigen.

Wir konnten darüber Witze machen, dass Nadja sich wie ein Säugling aufführte, wenn sie Schnupfen hatte. Und Afsaneh sagte oft, dass ich mir all das selbst zuzuschreiben hätte, da ich mit über fünfzig noch einmal Vater geworden war.

Afsaneh öffnete die Schlafzimmertür einen Spaltbreit.

Sie setzte sich Nadja auf die Hüfte, und als sie sanft in die Knie ging und Nadja höher hob, um einen besseren Griff zu haben, öffnete sich ihr Bademantel und entblößte ihre Brust, diese schöne Brust, die gegen alle Wahrscheinlichkeit jetzt mir gehörte.

Afsaneh fragte, ob ich mir freinehmen könnte, um mich um Nadja zu kümmern, und ich erklärte, dass ich doch vorhatte, einen Sprung ins *Haus* zu machen.

Das *Haus* war das Polizeigebäude auf Kungsholmen in Stockholm. Mein Arbeitsplatz seit über zwanzig Jahren und gleichbedeutend mit Job und Tretmühle. Der Ort, an dem ich in Morden und anderen schweren Verbrechen ermittelte. Wo ich mich mit den allerschlimmsten Seiten der Menschheit beschäftigte, den widerwärtigen Abarten menschlichen Verhaltens, mit denen der Rest der Bevölkerung sich nicht abzugeben braucht.

Wie konnte ich das für so wichtig halten?

Sollen sie sich doch gegenseitig umbringen, dachte ich. Sollen sie sich gegenseitig vergewaltigen und zusammenschlagen. Sollen die Drogen alles überfluten und die Vororte in der Nacht wie Fackeln auflodern. Aber lasst mich aus diesem ganzen Dreck heraus.

Ich weiß noch, dass Afsaneh die Stirn runzelte, als ich das *Haus* erwähnte. Sie erinnerte mich daran, dass Christi Himmelfahrt war, und fragte, was ich denn so wahnsinnig Wichtiges zu erledigen hätte. Dann erklärte sie geduldig, dass sie mit einer ihrer Doktorandinnen zum Kaffee verabredet war und dass sie das beim Essen am Vorabend zweimal erwähnt hatte.

Und so ging es eine ganze Weile weiter.

Wir stritten uns darüber, wer sich freinehmen sollte, als ob das wirklich irgendeine Bedeutung hätte. Wir stritten uns auf diese unreflektierte, ermüdende Weise, wie es wohl die meisten Familien an einem ganz normalen Morgen in dem sicheren und wohlmeinenden Land Schweden tun, dachte ich.

Als Afsaneh dann zu dem Treffen mit ihrer Doktorandin gegangen war und Nadja neben mir in unserem breiten Bett lag und ihre verrotzte kleine Nase an meine Wange drückte, war das doch ein richtig gutes Gefühl. Was hätte ich im *Haus* auch ausrichten sollen? Die Toten konnten bis morgen warten, und die meisten meiner Kollegen hatten ohnehin frei.

Ich erinnere mich nicht genau, aber ich glaube, dass ich am späteren Vormittag durch die Wohnung gewandert bin und ein bisschen aufgeräumt habe. Mein Knie tat verdammt weh, und ich nahm zwei Voltaren. Vielleicht rauchte ich auch heimlich unter der Rauchabzugshaube. Nadja saß vor dem Fernseher, und ich musste ihn lauter drehen, um den Lärm der Straßenarbeiten draußen im Karlaväg zu übertönen.

Meine älteste Tochter, Alba, rief aus Paris an und wollte Geld leihen. Ich erklärte ihr ruhig, aber entschieden, dass sie sich an ihre Mutter wenden sollte, von mir hatte sie in diesem Monat schon dreitausend zusätzlich bekommen. Außerdem hatten ihre Geschwister, Alexander und Stella, gar nichts erhalten. Und man musste doch gerecht bleiben, oder?

Gerechtigkeit, was für ein seltsames Konzept, so im Nachhinein betrachtet.

Am Ende wurde Nadja vor dem Fernseher müde. Sie schrie und schrie, und ich trug sie in einem vergeblichen Versuch, sie zu beruhigen, durch die Wohnung. Ihr kleiner Körper war glühend heiß, und ich gab ihr ein Alvedon, obwohl Afsaneh damit sicher nicht einverstanden gewesen wäre – auch das war ein ständiger Grund für Auseinandersetzungen. Afsaneh fand, kleine Kinder dürften nur Medikamente bekommen, wenn sie fast im Sterben lagen.

Vielleicht beruhigte sich Nadja durch das Alvedon, vielleicht war es auch das Butterbrot, das ich ihr gab. Oder die Straßenarbeiten draußen konnten sie endlich ablenken.

Ich hob sie auf die Fensterbank im Wohnzimmer, wo sie lange wie verzaubert stand und den Bagger beobachtete, der sich drei Treppen tiefer langsam durch die Fahrbahn fraß, während sie mit ihrer spitzen kleinen Zunge gleichzeitig die Butter vom Brot und den Rotz von ihrer Oberlippe leckte. Wir plauderten eine Weile über Bagger und Autos und Lastwagen und Motorräder. Über alle möglichen Kraftfahrzeuge.

Nadja liebte alles, was einen Motor hatte und Krach machte – das hatten Afsaneh und ich schon häufiger festgestellt.

Ungefähr da rief Afsaneh aus dem Café an.

Ich stellte die laut protestierende Nadja auf den Boden und ging in die Diele, um ungestört reden zu können – der Lärm der Straßenarbeiten ließ die gesamte Wohnung vibrieren.

Afsaneh wollte wissen, wie es Nadja ging, und ich sagte, ihr gehe es ziemlich gut, sie verzehre gerade ein Butterbrot, und so schlimm könne es wohl nicht sein, wenn sie noch aß und trank.

Natürlich sagte ich kein Wort von dem Alvedon.

Als wir auflegten, merkte ich sofort, dass etwas nicht stimmte. Es war, als hätte sich die Luft verdichtet, als zöge sie sich um mich zusammen, eine greifbare Veränderung angesichts einer herannahenden Gefahr. Gleich darauf begriff ich, dass es eher das *Fehlen* von etwas war, das mich zu einer Reaktion veranlasste.

Es war still.

Die Straßenarbeiter hatten offenbar eine Pause eingelegt, und das Einzige, was ich hörte, waren meine eigenen Atemzüge.

Ich ging ins Wohnzimmer, um nach Nadja zu sehen, aber das Zimmer war leer, bis auf ihre Nuckelflasche, die in einer Saftlache auf dem Boden lag, und den Haufen von Spielsachen, die sie im Laufe des Morgens angeschleppt hatte.

Vielleicht geschah es in diesem Augenblick, dass die Unruhe zum Leben erweckt wurde, dieser Urinstinkt, den wir alle in uns haben, der Drang, unsere Kinder vor allem Bösen zu beschützen.

Dann wurde ich von einem Sonnenstrahl geblendet, einem grellen Lichtstreifen, der dort nicht hingehörte, aus dem einfachen Grund, weil das Wohnzimmerfenster im Schatten lag.

Ich drehte mich zu dem Licht um, kniff die Augen zusammen und schaute in die Küche.

Das Fenster stand offen, und das Sonnenlicht spiegelte sich in der Scheibe.

Plötzlich begriff ich: Afsaneh hatte am Vortag das Küchenfenster geputzt. Vermutlich hatte sie vergessen, die Kindersicherung zu aktivieren. Aber Nadja hatte doch wohl nicht nach oben klettern und das Fenster aufmachen können. Und warum hätte sie das überhaupt tun sollen?

In der Sekunde, in der ich in Gedanken diese Frage formulierte, begriff ich auch schon: der Bagger, der verdammte Bagger!

Ich stürzte zum offenen Fenster.

Ich stürzte zum Fenster, weil das das Einzige war, was ich tun konnte. Ich stürzte zum Fenster, weil man das musste, weil man dazu gezwungen war. Man darf sein Kind nicht fallen, nicht sterben lassen. Das ist das Einzige, was man in diesem Leben nicht tun darf.

Mit allem anderen kommt man auf irgendeine Weise durch.

Draußen spielten die Sonnenstrahlen im zarten Grün der Bäume, und unten standen die Straßenarbeiter still da und schauten mit leeren Blicken zu mir hoch. Zwei von ihnen stürzten mit ausgestreckten Armen auf unser Haus zu.

Nadja hing an der Fensterbank, und das Seltsame war, dass sie ganz still war, genau wie Kinder, die kurz vor dem Ertrinken sind, das habe ich gehört.

Ihre Fingerchen klammerten sich fest, und ich warf mich auf sie, weil man das eben tut. Man wirft sich auf seine Kinder, man geht durch Feuer und Wasser.

Man tut alles und noch etwas mehr.

Und ich bekam sie zu fassen, ich erreichte sie und spürte, wie ihre von der Butter glitschigen Fingerchen langsam aus meiner Hand glitten. Aus meinem Zugriff rutschten wie ein Stück nasse Seife.

Sie fiel.

Mein Kind fiel auf die Straße, und ich konnte es nicht verhindern.

Alles, was nötig gewesen wäre, war, eine Sekunde früher zu kommen, noch einen Meter mehr zu schaffen in dem Zeitraum, in dem die Zeit stillzustehen schien und der Schrei der Stille in meinen Ohren widerhallte.

In einem anderen Leben, in einem parallelen Universum, hätte ich sie retten können.

Aber *mein* Kind fiel.

Nadja fiel aus dem dritten Stock auf die Straße, und ich konnte nichts tun, um es zu verhindern.

Wir waren eine ganz normale Familie.

Es war ein Morgen wie alle anderen, aber danach war nichts mehr wie vorher.

TEIL I

Die Flucht

»Mache dich auf und geh nach Ninive, der großen Stadt,
und verkündige gegen sie.
Denn ihre Bosheit ist vor mich aufgestiegen.«
Aber Jona machte sich auf, um nach Tarsis zu fliehen, weg
vom Angesicht des HERRN.

Jona 1:2–3

SAMUEL

Ich brauchte genau zehn Tage, um mein Leben in die Scheiße zu reiten.

Ich schaue aus dem Fenster.

Von meinem Zimmer aus blicke ich auf einen Parkplatz, und dahinter kann ich die Umrisse des Krankenhauses Långbro ahnen, ein ehemaliges Irrenhaus, das in fetzige Eigentumswohnungen umgewandelt worden ist.

Gerade heute ballen sich dunkle Wolken über den Gebäuden zusammen. Die hellgrünen Blätter der Bäume bilden einen Kontrast zu den violetten Wolken. Das Gras um den Parkplatz schießt üppig in die Höhe, aber es ist noch immer arschkalt, obwohl schon der 11. Juni ist.

Ich höre Mama in der Küche herumwirtschaften.

Sie ist verdammt anstrengend. Mit anstrengend meine ich nicht nur, dass sie immer will, dass ich irgendwas mache – mir einen Job suche, zum Arbeitsamt gehe, den Abwasch erledige und so weiter, in alle Scheißewigkeit –, sondern dass sie sich so verdammt viele Sorgen macht. Und diese Sorgen fressen sich in mich hinein, und dann juckt es mich am ganzen Leib, und winzige Ameisen scheinen unter meiner Haut herumzukrabbeln.

Sie scheint einfach nicht zu kapieren, dass ich erwachsen bin.

Ich bin vor einem Monat achtzehn geworden, aber trotzdem läuft sie hinter mir her wie eine Superglucke und will über jeden einzelnen meiner Schritte informiert werden.

Als wäre das ihre verdammte Lebensaufgabe.

Das geht mir ganz schön auf die Nerven.

Ich glaube, es würde ihr sehr viel besser gehen, wenn sie mit dieser Tour aufhören könnte. Wenn sie einfach loslassen könnte, nur ein bisschen. Wo sie doch immer davon redet, was sie alles für mich geopfert hat – warum legt sie sich dann kein eigenes Leben zu, jetzt, wo sie das endlich kann?

Alexandra, meine Freundin, oder vielleicht eher die-mit-der-ich-schlafe, sagt, dass ihre Mutter genauso ist, aber das ist gelogen. Sirpa belauert Alexandra jedenfalls nicht in der Stadt, stalkt nicht per Handy ihre Kumpels und sucht nicht in ihren Taschen nach Gras oder Kondomen.

Und übrigens, Kondome: Mama sollte sich doch freuen, wenn sie Kondome fände? Wollen das nicht alle Eltern: dass ihre Kinder sich schützen? Denn ich vermute, dass es zu ihren größten Ängsten gehört, dass ich ein Mädchen schwanger machen und dann genauso werden könnte wie sie.

Alleinerziehend.

Oder ein Einelternhaushalt, wie sie in Mamas Gemeinde sagen, wenn sie versuchen, so höflich inkludierend zu sein, dass sich selbst noch der letzte Sozialfall willkommen fühlt.

Mama und ich wohnen in einem dreistöckigen Haus in der Ellen Keys gata in Fruängen, einem südlichen Vorort von Stockholm, der total okay ist. Mit der U-Bahn brauchen wir genau neunzehn Minuten bis zum Hauptbahnhof, und auf neunzehn Minuten von seinem Leben kann man doch schon verzichten, ohne dass das besonders schwer wiegt.

Oder?

Neunzehn Minuten in die City und neunzehn nach Hause, das macht pro Tag achtunddreißig Minuten. Wenn man diese Fahrt jeden Tag unternimmt, sind das dreizehntausendachthundertsiebzig Minuten pro Jahr, und das entspricht zweihunderteinunddreißig Stunden oder fast zehn Tagen.

Zehn Tage verlorenes Leben: Das ist alles in allem gar nicht so wenig.

In zehn Tagen kann viel passieren, das ist ja bekannt.

Der Punkt ist der, dass es wichtig ist zu rechnen, bevor man zu übereilten Schlussfolgerungen kommt, wie zum Beispiel, dass neunzehn Minuten in der Bahn keine Rolle spielen.

Mathe war das einzige Fach in der Schule, in dem ich richtig gut war. Früher vielleicht noch Schwedisch. Denn ich habe gern Bücher gelesen. Aber damit habe ich jetzt aufgehört, man will in der U-Bahn ja nicht gerade mit einem Buch in der Hand gesehen werden.

Doch bei Mathe kam noch etwas Besonderes dazu. Ich brauchte mich nie anzustrengen, ich sah die Zahlen sozusagen im Kopf und wusste die Antwort längst, bevor die anderen auch nur die Hand nach dem Taschenrechner ausgestreckt hatten. Und obwohl ich fast nie zum Unterricht aufgetaucht bin, hat mein Mathelehrer mir in der vorletzten Klasse auf dem Gymnasium eine 1 gegeben.

Er wollte mich sicher damit ermutigen, aber ich habe die Schule trotzdem geschmissen. Ich konnte einfach keinen Sinn darin sehen, weiter hinzugehen.

Eine Bewegung im Augenwinkel fängt meine Aufmerksamkeit ein. Das Amseljunge im Käfig auf dem Boden – das bald kein Junges mehr sein wird – macht einen Sprung. Es pickt ein bisschen zwischen den Körnern herum, erstarrt mitten in der Bewegung, legt den Kopf schräg und sieht mich mit seinen gelbumrandeten Knopfaugen an.

Amsel. *Turdus merula.*

Doch, es gibt noch etwas außer Mathe, das mir liegt, und das sind Vögel. Schon als Kind war ich von Vögeln total besessen, aber jetzt habe ich damit aufgehört.

Ich bin schließlich kein Nerd.

Doch als ich das Amseljunge in dem Container gefunden habe, musste ich es einfach retten.

Ich schaue den Vogel noch einmal an. Sehe das glänzend schwarze Gefieder und den hellgelben Schnabel, der sich ruckartig auf dem Boden seinen Weg pickt.

Ich füttere ihn mit Körnern und kleinen Talgstücken. Ich habe ihm sogar beigebracht, mir aus der Hand zu fressen, wie ein blödes dressiertes Haustier.

Ich hebe mein Handy zwischen Daumen und Zeigefinger hoch. Gehe auf Snapchat.

Liam hat einen Film über eine explodierende Bierdose gepostet. Es sieht fast so aus, als ob jemand sie in Stücke schießt, vielleicht mit Liams Luftpistole. Alexandra hat ein Bild von sich im Bett geschickt. Obwohl sie sich die Decke fast bis an die Nase zieht, kann ich an ihren Augen sehen, dass sie lacht. Um sie herum pulsieren rosa Herzchen, die sie ins Bild gelegt hat.

Ich öffne Whatsapp; noch immer nichts von Igor.

Tatsache ist, dass ich glücklich wäre, wenn ich nie mehr etwas von ihm hören würde. Leider hab ich Scheiß gebaut und muss jetzt den Preis dafür zahlen.

Zehn Tage.

Genauso lange habe ich gebraucht, um in Igors klebrigem Netz hängenzubleiben. Genauso lange, wie es dauert, ein Jahr lang jeden Tag mit der U-Bahn in die Stadt und zurückzufahren.

Aber wenn ich ganz ehrlich sein soll, dann hat alles viel früher angefangen. Mama sagt immer, ich hätte einfach keine Urteilskraft und könnte mich nur so lange auf etwas konzentrieren, wie ich brauche, um ein Glas Milch zu trinken. Sie hat es nie offen gesagt, aber es kommt schon durch, dass sie glaubt, ich hätte das von meinem Vater geerbt. Und da der mir nie über den Weg gelaufen ist, kann ich ihr da ja wohl kaum widersprechen.

Mama hat natürlich keine derartigen Probleme.

Jedenfalls nicht, wenn es darum geht, mich zu stalken. Sie verliert nie die Konzentration, gibt niemals auf.

Sie ist wie ein verdammter Bluthund.

Der Schulpsychologe hat mich zur Kinder- & Jugendpsychiatrie geschickt, und die KiJu hat mich dann weitergereicht an eine Spezialistin. An eine blöde Psychologin mit schweißnassen Händen, wuchtigem Silberschmuck und so braunen Zähnen, als hätte sie Kacke gefressen.

Ich konnte sie nie leiden.

Vor allem nicht, als sie anfing, von neuropsychiatrischer Funktionsreduktion zu faseln. Sie sagte sogar, dass ich, obwohl ich mich nicht für eine Diagnose qualifizierte, doch arge Probleme mit Konzentration und Impulskontrolle hätte. In genau diesem Moment habe ich aufgehört zuzuhören. Mama auch, da sie nicht zugeben wollte, dass mir etwas anderes fehlte als der *gesunde Menschenverstand.*

Einige Monate später habe ich in einer Klatschzeitung über einen Promi gelesen, der sagte, es sei verdammt gut, endlich eine Diagnose zu haben, da das irgendwie so viel erklärte. Als ob er gestört sein wollte, als ob die Diagnose eine fette Lederjacke wäre oder ein schönes Tattoo, das er gern vorzeigte.

Wie bin ich eigentlich in diesen Scheiß hineingeraten?

Liam und ich haben angefangen, in der City herumzuklauen. Anfangs war das einfach cool. Wir ließen Kleinkram mitgehen, Parfüm oder Klamotten. Aber bald ging uns auf: Wenn wir Elektronik mitgehen ließen – kleine Festplatten, Ohrstöpsel und iPhone-Lautsprecher –, konnten wir den Kram weiterverticken. Liam kaufte von Janne aus unserer Klasse eine Booster Bag – einen mit mehreren Schichten Alufolie gefütterten Rucksack –, und jetzt brauchten wir uns nur unter den Überwachungskameras durchzuducken, den Kram aus dem Regal zu fischen, ihn in den Rucksack zu stopfen und davonzuspazieren.

Das war fast schon zu einfach.

Wir wurden wirklich verdammt gut, wir wurden nie erwischt, und ziemlich bald füllte sich der Kellerraum von Liams Mutter. Es war auch ganz schön viel Arbeit, die ganze Beute über Blocket.se zu verscheuern. Außerdem wollte Mama wissen, warum ich mehrere Handys hatte und immer in meinem Zimmer verschwand, wenn eins klingelte.

Dann haben wir angefangen, die Sachen an einen Tschetschenen namens Aslan zu verkaufen, einen richtig fiesen Typen, der Tattoos in der Visage hatte und nie lachte.

Aslan bezahlte nicht besonders gut, wir haben nur ein Viertel von dem bekommen, was die Sachen bei Blocket eingebracht hätten, aber er kaufte alles auf einmal und stellte nie irgendwelche Fragen.

Für das Geld haben wir Alk, Sneakers, Gras und ab und zu ein paar Gramm Kola gekauft. Einmal sind wir zum Stureplan gegangen und haben in einem Restaurant Hummer bestellt, als wären wir reiche Schweine, aber meistens rauchten wir einfach in aller Ruhe bei einem spannenden Film.

Tagsüber hingen wir bei mir zu Hause herum, abends bei Liam, weil seine Mutter im Krankenhaus von Huddinge Nachtdienst hatte.

Wir störten wirklich keinen Menschen.

Die Läden waren doch versichert, die kriegten die Kohle zurück. Und wir beklauten nie Privatpersonen, sondern immer nur die großen reichen Ketten wie Media Markt und Elgiganten, die schließlich den ganzen Tag den normalen Leuten das Geld aus der Tasche ziehen.

Gras und Kola kauften wir von einem Typen namens Malte, der unten in der Billardhalle abhing. Malte war groß, krankhaft mager, hatte zitternde Hände und war für einen Dealer ungewöhnlich sympathisch.

Ich glaube, es war Liam, der gefragt hat, ob wir mit Elektronikkram bezahlen könnten. Aber Malte hat sich nur die knochigen Hände gerieben, so sehr gelacht, dass ihm die Goldzähne in der Fresse funkelten, und erklärt, das sei nicht sein *Business.* Aber wenn wir gratis rauchen wollten, könnten wir ihm in einer anderen Sache behilflich sein, sagte er.

Und so fing es an. Von nun an arbeiteten wir ab und zu für Malte.

Schon bald ging uns auf, dass er ein wichtiges Rädchen in der Maschinerie war, die Stockholm mit Rauchkram und Kola versorgte. Außerdem stand er sich richtig gut mit dem Boss, Igor. So gut, dass Liam Malte ab und zu Igors Arschbubi nannte.

Darüber lachten wir sehr.

Unsere Aufträge für Malte waren Kleinkram, nichts Ungesetzliches oder so.

Wir holten und lieferten an allerlei Adressen Pakete ab, oder wir nahmen per Whatsapp von der Kundschaft Bestellungen entgegen. Obwohl alle Kommunikation über die App verschlüsselt war, hatten Malte und seine Bande noch reichlich bescheuerte Codes für die Waren festgelegt. Wenn jemand anrief und »Pizza« bestellte, dann musste ich fragen, was für eine er wollte. »Capricciosa« war zum Beispiel Gras und »Hawaiiana« Kola. Wenn ein Kunde also fünf »Hawaiiana« wollte, dann bedeutete das fünf Gramm Kokain.

Der Preis für ein Gramm erstklassiges Kola liegt bei achthundert Mäusen, es waren nicht gerade billige Pizzen. Aber die Kundschaft bekam die Ware auch innerhalb einer halben Stunde ins Haus geliefert, das Serviceniveau war also auch hoch.

Unsere Geschäfte waren *strictly old school:* Kola, Speed, Gras und so etwas. Keine Medikamente und solcher Dreck. Und Heroin verkauften wir natürlich nicht – der Markt gehörte den Gambiern unten im Kungsträdgården.

Ab und zu erzählte Malte von den alten Zeiten, wo sie die

Sachen noch direkt auf der Straße verkauft hatten wie die Eisverkäufer. Und von den Bullen natürlich ganz leicht erwischt wurden.

Was hab ich gelacht!

Es war unvorstellbar, wie man vor dem Internet und den ganzen Apps hatte überleben können.

Ich fühlte mich wie ein Fisch im Wasser, Liam dagegen war nervös und wollte lieber aussteigen. Am Ende musste ich ihm versprechen, dass wir nicht mehr lange für Malte arbeiten würden, ich sagte vor allem ja, um ihm eine Freude zu machen.

Nach einigen Monaten schwammen wir nicht nur in Gras, sondern auch in Geld. Ich rechnete mir schnell aus, dass ich bei einem normalen Job nie im Leben so viel verdienen könnte.

Liam kaufte von einem Typen in Bredäng einen alten BMW und schien zum ersten Mal seit langer Zeit richtig zufrieden zu sein. Ich selbst traute mich nicht, mir etwas Teures zuzulegen, denn Mama stellte ohnehin schon so verdammt viele Fragen, woher ich die neuen Klamotten und Schuhe hatte und so.

Als könnte sie riechen, dass etwas nicht stimmte.

Eines Tages wurde ich zu Maltes Boss Igor zitiert, einem riesigen Russen mit aufgepumpten Muskeln und rasiertem Schädel.

Igor war aus drei Gründen legendär.

Zum einen hatte er einen Großteil von Stockholms Drogenhandel unter sich. Zum zweiten behauptete Liam, er habe drei Typen, die ihn um Geld betrogen hatten, umgebracht, indem er ihre Handgelenke und Knöchel mit Kabelbinder aneinandergefesselt und sie wie Katzenjunge ertränkt hatte.

Und drittens schrieb er offenbar Poesie und hatte mehrere Bücher veröffentlicht.

Wenn ich ehrlich sein soll, fühlte ich mich ein bisschen geschmeichelt, als Igor sagte, er habe gehört, dass ich meine Sache sehr gut machte, und als er fragte, ob ich auch bei anderen, größeren Aufgaben aushelfen wollte. Ich würde gut bezahlt werden, und wenn ich weiter so gute Arbeit leistete, würde es in seiner Firma viele Möglichkeiten geben.

Ja, er nannte es wirklich »Firma«. Als ob er damit an der Börse wäre.

Er redete viel darüber, den Kunden in den Mittelpunkt zu setzen, wie wichtig es sei, die Käufer niemals zu betrügen und immer *service minded* zu sein.

Es war fast, als hätte er so einen Kurs besucht, den das Arbeitsamt veranstaltet und bei dem man lernt, wie man eine Firma aufmacht, mit Mehrwertsteuern und Überstundenzahlung und dem ganzen Scheiß.

Ich nahm sein Angebot sofort an. Erst als ich nach Hause ging, kamen mir Zweifel.

Aber da war es irgendwie zu spät.

Später an diesem Abend hat Igor mich zum Freitagsbier der Firma eingeladen. Ich weiß nicht, ob das ein Witz sein sollte, aber er sprach wirklich von *after work*.

Wir tranken Bier und spielten Billard. Das heißt alle außer Igor, der offenbar nie einen Tropfen Alkohol anrührte, sondern einfach hinten im Raum saß und uns sozusagen überwachte.

Liam war nicht da.

Später erzählte er, dass Igor ihm dasselbe Angebot gemacht, er aber abgelehnt hatte. Er sagte, ich sei doch total verrückt und dass ich in Teufels Küche kommen würde, wenn ich nicht lernte nachzudenken, bevor ich etwas machte.

Außerdem hätte ich doch versprochen, nicht mehr für Igor und seinen Arschbubi zu arbeiten. Doch jetzt hätte ich ihn wie üblich im Stich gelassen und so weiter. Bla, bla, bla.

Das ist genau zehn Tage her.

In der Woche darauf musste ich mit Malte durch die Gegend fahren, um Geld von Kunden einzutreiben, die anschreiben lassen durften. Und da ging mir auf, dass der Umgang der Firma mit Krediten nicht gerade kundenfreundlich war und dass Malte nicht so ein netter Dealer war, wie Liam und ich geglaubt hatten.

Die Sache lief ungefähr so ab: Wir klopften bei dem Kunden an die Tür, und wenn er aufmachte, erklärte ihm Malte, dass wir das Geld holen wollten, das der Kunde schuldete. Ab und zu bezahlte der Kunde sofort, dann bedankten wir uns überschäumend, wünschten noch einen schönen Abend und zogen ab wie überaus höfliche Mormonen.

Oft sagten die Kunden, sie hätten gerade kein Geld, würden aber bald blechen. Wenn es der erste Besuch war, antworteten wir, wir würden in einer Woche zurückkommen, und dann wäre es »besser für alle Beteiligten«, wenn sie bezahlten, worauf Malte mit zitternden Händen etwas in seine App eingab, wo alle Schulden registriert waren.

Aber wenn es der zweite oder der dritte Besuch war, dann setzte es Prügel.

Was beim vierten passierte, weiß ich nicht, aber ich nehme an, dass dafür nicht Malte zuständig war, sondern ein echter Brutalo. Vermutlich der, der Igor geholfen hatte, diese drei Typen zu ertränken. Wenn die Geschichte überhaupt stimmte, meine ich, Liam redete manchmal ganz schön viel Scheiß.

Meine Aufgabe war es, den Kunden festzuhalten, während Malte schlug und trat wie der übelste Psycho. Frauen bedrohte er allerdings mit dem Messer: Er presste ihnen die bläulich schimmernde, gezähnte Schneide an die dünne Haut gleich unter dem Auge, ritzte ein bisschen, bis es blutete, und erzählte, welche scheußlichen Narben das geben würde, während er ihnen an die Titten fasste.

Nur einmal verzichtete Malte darauf, jemanden zusammenzuschlagen – eine Braut natürlich –, obwohl es der zweite Besuch war. Es war ein junges Mädchen mit langen roten Haaren. Sie hieß Sabina. Als sie die Tür aufmachte, merkte ich sofort, dass sie Malte schon kannte und dass Malte scharf auf sie war. Sie redeten so lange miteinander, dass ich mich langweilte und fragte, ob ich die Toilette benutzen dürfte.

Das durfte ich.

Als ich zurückkam, sah ich, dass Malte der Braut ein Bündel Tausender gab, nicht umgekehrt.

Einfach so.

Die Braut sah froh aus und versprach, alles bald zurückzuzahlen.

Kaum hatte sie das gesagt, als Malte mich entdeckte. Er packte mich am Kragen, drückte mich gegen die Wand und fauchte mir ins Ohr:

»Kein Wort über das hier, ist das klar? Sonst bin ich tot. Und du auch.«

Ich nickte nur.

Was dachte er denn? Dass ich ihn bei Igor verpfeifen würde? Dass ich jetzt einer von Igors Arschbubis wäre?

Aber die rothaarige Braut war, wie gesagt, die einzige Ausnahme. Alle anderen bezogen Prügel.

Viele schrien. Manche weinten.

Große Kerle mit Gorillabizeps und Totenkopftattoos jammerten wie kleine Kinder und flehten um Gnade. Ein Typ kotzte meine neuen Gucci-Sneakers voll, nachdem Malte ihm eine volle Rechte in den Magen gesemmelt hatte.

Es war widerlich.

Eine Sache war es, im Media Markt Elektronik zu klauen oder Bestellungen für eine Pizza anzunehmen, hinter der sich eigentlich Kola verbarg, aber hier wurden Menschen verletzt. Ich schaffte das nicht. Ich weiß, ich habe so einiges getan, was verboten ist, aber hallo, ich bin doch kein Monster!

Am Ende fasste ich mir ein Herz und sagte Igor ganz offen, dass ich es nicht über mich brachte, Leuten die Scheiße aus dem Leib zu prügeln.

Er nickte ernst und lächelte. Ließ sich im Sessel zurücksinken, so dass seine fette Lederjacke knarrte. Dann erklärte er, dass das eben keine Aufgabe für alle sei und dass es andere Dinge gab, bei denen ich behilflich sein könnte, wenn ich denn so eine kleine Fotze sei, die sich zu fein war, richtig zuzupacken.

Beim letzten Satz grinste er, und ich merkte, dass ich mich schämte und rot wurde, obwohl ich das gar nicht wollte.

Aber dann wurde Igor wieder ernst und sagte, er glaube an die Vielfalt und wir hätten alle unterschiedliche Stärken. Und um eine starke Organisation aufzubauen, brauche man Leute mit den verschiedensten Kompetenzen.

Dann beugte er sich vor, griff nach einem Paket, so groß wie eine Packung Butter, das in braunes Papier gewickelt war, und warf es mir zu.

»Komm am Montagabend ins Gewerbegebiet. Wir treffen uns um neun vor der stillgelegten Autowerkstatt. Keine Minute später. Schalt dein Handy aus, ehe du reingehst, und bring das Paket mit. Das ist wichtig, klar? Du musst Wache halten, während ich einen Kunden treffe. Einen verdammt wichtigen Kunden. Einen Zwischenhändler.«

Er legte eine Pause ein und schien mich forschend zu mustern, dann fügte er hinzu:

»In dem Paket sind Warenproben, ich brauche dir also nicht zu erklären, wie wichtig es ist, dass du es nicht verlierst?«

Ich nickte und verließ Igors Büro hinter der Billardhalle, erfüllt von einer seltsamen Mischung aus Scham und Erleichterung. Aber die Erleichterung war stärker: Ich brauchte nie wieder jemanden zusammenzuschlagen, und alles war ja wohl besser als das.

Aber jetzt ist Sonntag, und die Erleichterung, die ich in Igors zugerauchtem Büro verspürt habe, ist langsam einem schleichenden Unbehagen gewichen.

Ich wiege das Paket in der Hand und schaue aus dem Fenster.

Die Wolkendecke über der alten Klapse ist dichter geworden, und es nieselt. Der Asphalt auf dem Parkplatz ist schwarz und blank, wie das Eis auf einem frisch zugefrorenen und sehr tiefen See.

Das Paket ist nicht schwer, ich tippe auf an die hundert Gramm. In meiner kurzen, aber intensiven Karriere in der Firma habe ich meine Fähigkeit, das Gewicht von Tüten und Paketen zu schätzen, bis zur Vollendung trainiert.

Darin bin ich jetzt fast so gut wie im Kopfrechnen.

Hundert Gramm. Vermutlich Kola. Das bedeutet einen Straßenpreis von achtzigtausend Kronen.

Es klopft. Reflexmäßig lege ich das Paket auf den Tisch und drehe mich zur Tür um.

Mama kommt herein.

Sie sieht müde aus.

Ihre langen braunen Haare haben graue Strähnen und fallen ihr leblos über die Schultern. Das Jeanshemd spannt über der Brust, und in der Öffnung funkelt das goldene Kreuz. Die sorgfältig gebügelte sandfarbene Hose ist so abgetragen, dass sie unten schon ausfranst. In der einen Hand hält Mama einen Müllsack.

»Was machst du?«, fragt sie, ihr Blick irrt ein wenig umher, und sie schiebt sich eine Haarsträhne hinter das Ohr. »Ich meine, machst du irgendwas Besonderes? Oder sitzt du nur so rum und … Ich meine, das ist ja auch in Ordnung. Wenn du nichts Besonderes machst. Meine ich.«

Mama redet immer zu viel. Die Wörter scheinen direkt aus ihrem Mund zu fliegen, ohne beim Gehirn vorbeizuschauen. Wie Vögel, die gerade aus einem Käfig entwischt sind.

»Nichts«, sage ich und hoffe, dass sie geht, ich hab jetzt einfach keinen Nerv auf Streit mit ihr.

»Hast du heute bei Ingemar angerufen? Ich glaube wirklich, dass du das tun solltest. Ihn anrufen, meine ich.«

Ingemar ist einer der Ältestenbrüder in Mamas Gemeinde. Ein

alter Kerl von Mitte sechzig mit grauen Locken und dicken roten Lippen. Er lächelt immer, sogar wenn der Pastor über die Hölle und das Jüngste Gericht redet. Ingemar besitzt eine kleine Kette von Imbissbuden, wo immer Leute gebraucht werden, das behauptet Mama jedenfalls.

Aber warum sollte ich für neunzig Kronen Würstchen grillen, wenn ich bei Igor mindestens zehnmal so viel verdienen kann?

»Nö. Noch nicht dazu gekommen.«

Mama lässt den Müllsack los. Der fällt mit einem feuchten Knall auf den Boden.

»Aber Samuel! Du hast es versprochen! Was hast du denn gemacht, was so wichtig war?«

Ich gebe keine Antwort, denn was sollte ich auch sagen? Dass ich den ganzen Tag vor einem Computerspiel gesessen habe?

Sie kommt ein paar Schritte auf mich zu und verschränkt die Arme vor der Brust. Um den Müllsack auf dem Boden bildet sich eine feuchte, glänzende Lache.

»So geht das nicht, Samuel. Du musst endlich mal aktiv werden. Du kannst nicht einfach nur zu Hause rumsitzen und … und …«

Ihre Stimme versagt, und ihr gehen ausnahmsweise einmal die Wörter aus. Ich sehe, dass ihr Blick über den Vogelkäfig gleitet, und sie schüttelt fast unmerklich den Kopf.

Dann erstarrt sie.

»Was ist das da?«

Sie schnappt sich Igors Paket vom Tisch.

»Gib das her«, sage ich, springe auf und sehe sofort, dass ich mich durch meine überstürzte und heftige Reaktion verraten habe.

Mama schüttelt das Paket, als ob sie hören könnte, was darin ist.

»*Verdammt!* Her damit!«

Ich strecke die Hand nach dem braunen Päckchen aus.

»In meinem Haus wird nicht geflucht!«, faucht Mama.

Und dann:

»Also: Was ist das jetzt?«

Sie weicht ein paar Schritte zurück, aber ihr Blick sagt alles. Der Blick ist nicht besorgt oder wütend, nur enttäuscht.

Wie immer.

Ich bin ihre große Enttäuschung.

»Nichts«, sage ich.

»Dann macht es ja wohl nichts, wenn ich es mitnehme. Wenn es nichts Wichtiges ist. Dann spielt es doch keine Rolle, wenn ich es mitnehme. Oder?«

Mama fingert an dem Paket herum, betrachtet es von allen Seiten, als könnte es eine Bombe sein. Mit zitternden Fingern reißt sie das Klebeband ab und zerrt an dem Papier. Am Ende gibt das braune Packpapier nach, und an die zwanzig winzig kleine durchsichtige Plastiktüten mit weißem Inhalt fallen zu Boden und landen vor ihren Füßen wie Herbstlaub um einen großen Baum.

»Was zum Teu…«

»Das ist nicht das, was du glaubst. Das ist …«

Aber mir fällt keine brauchbare Erklärung ein, denn was könnte man in kleinen Zip-Tüten denn sonst aufbewahren außer Schnee?

Mama wippt mit offenem Mund auf ihren Fußballen hin und her. Ihr stehen Tränen in den Augen.

»Raus mit dir, Samuel. Sofort. Und das ist mein Ernst.«

Ihre Stimme ist ruhig, obwohl sie aussieht, als hätte sie soeben bei helllichtem Tag ein Gespenst gesehen.

»Ich …«

»Raus!«, brüllt sie und geht in die Hocke. Rafft die kleinen Tüten zusammen, geht zu dem Müllsack und presst sie zwischen alte Milchkartons, Krabbenschalen und Apfelreste. Dann nimmt sie den Müllsack und läuft in die Diele.

Ich sehe den feuchten Fleck auf dem Boden an und höre, wie sie die Wohnungstür öffnet. Dann ist das vertraute polternde Geräusch des Müllschachts zu hören, dessen Klappe zugeschlagen wird.

Schritte nähern sich, und die Wohnungstür wird geschlossen.

»*Raus!*«, schreit sie noch einmal, diesmal vom Gang her.

Ich suche meinen Kram zusammen, stecke alles in den Rucksack, ziehe meine Kapuzenjacke an und trete hinaus in die Diele.

»Verschwinde aus meiner Wohnung«, faucht Mama. »Und nimm das hier mit!«

Sie streift das Armband aus den bunten Glasperlen ab, das ich in der ersten Klasse für sie gebastelt habe, und schleudert es auf den Boden. Danach stürzt sie schluchzend aus dem Zimmer.

Ich hebe das Armband auf – sie trägt es schon, solange ich mich erinnern kann. Ich reibe die Glasperlen zwischen meinen Fingern. Sie sind noch warm.

Der Hausschlüssel passt auch für den Müllraum im Keller, und nachdem ich eine Weile im Schloss gestochert habe, gleitet die schwere Tür mit einem knirschenden Geräusch auf. Ich atme den erstickenden Gestank von halbverfaulten Lebensmitteln, alten Windeln und saurem Wein ein.

Irgendwo draußen ist ein Lastwagen zu hören, der sich entfernt.

Ich taste an der Betonwand nach dem Lichtschalter, finde ihn, drehe ihn um, und gleich darauf ist der Raum in kaltes Licht gebadet.

Die Müllsäcke sind verschwunden.

Neue, leere Müllsäcke hängen ordentlich am Müllkarussell. Sie flattern und rascheln im Luftzug, der von der Tür hereinkommt.

Mein Herz überschlägt sich in meiner Brust, und ich stürze zur Haustür hoch, reiße sie auf und laufe hinaus in den Regen, gerade noch rechtzeitig, um den Müllwagen mit Kola für achtzigtausend Mäuse davonfahren zu sehen.

Das war wirklich nicht meine Schuld.

Ich hatte immer schon eine schlechte Impulskontrolle, das hat sogar die Psychologin mit den Kackezähnen gesagt, und die muss es ja wissen.

Ich habe nie jemandem schaden wollen, auch wenn Mama zu glauben scheint, dass ich ganz bewusst versuche, ihr das Leben zu versauen.

Wenn wir früher Kram geklaut haben, dann immer nur von reichen Ketten, die bis über alle Ohren versichert waren, und Gras und Kola haben wir doch an Erwachsene verkauft, Kunden, die selbst beschlossen haben zu zahlen, um high zu werden.

Wo es Nachfrage gibt, gibt es auch einen Markt.

Wir haben nichts anderes getan, als der Nachfrage schnell, effektiv und verdammt *service minded* nachzukommen.

Und die Geldeintreiberei mit Malte?

Nein, darauf bin ich wirklich nicht stolz, und wenn ich die Uhr zurückstellen könnte, würde ich nein sagen, wenn Igor die Frage stellt. Aber man kann die Uhr nun mal nicht zurückdrehen. Die Zeit geht nur in eine Richtung. Die Scheißuhr tickt und tickt.

Neunzehn Uhr sechsunddreißig.

In genau einem Tag, einer Stunde und vierundzwanzig Minuten muss ich mich im Gewerbegelände einfinden.

Ich weiß noch genau, was Igor gesagt hat.

Das Paket enthält Warenproben, ich brauche dir also nicht zu erklären, wie wichtig es ist, dass du es nicht verlierst?

Wenn ich da ohne das Paket auftauche, dreht Igor durch. Aber wenn ich nicht hingehe, wage ich nicht einmal, mir vorzustellen, was passiert. Ich nehme an, sie würden den Brutalo auf mich hetzen, den, der für den vierten Hausbesuch zuständig ist.

Ich gehe in die Hocke. Kauere auf dem feuchten Asphalt, mit dem Rücken an der Hausfassade.

Das Armband aus Glasperlen schimmert im Licht der Straßenlaterne. In vier Perlen sind Buchstaben eingeprägt.

Ich blinzele einige Male und lese das vertraute Wort.

MAMA.

PERNILLA

Der Regen trommelt gegen das Fenster, und ich höre das Geräusch des hydraulischen Hebers, als der Müllwagen den Abfall aus dem Mehrfamilienhaus holt. Eine Sekunde später ertrinken meine Gedanken im Lärm, als er weiterfährt.

War es falsch von mir, Samuel vor die Tür zu setzen?

Es ist nicht das erste Mal – in den vergangenen drei Monaten habe ich ihn dreimal rausgeworfen. Aber wir haben uns immer rasch wieder versöhnt.

Ein bisschen zu rasch vielleicht, denn meine Freunde in der Gemeinde sagen, dass ich einfach zu gutmütig bin. Dass ich mich trauen muss, Grenzen zu setzen und loszulassen. Dass ich ihn nicht, zwei Stunden nachdem ich ihn rausgeworfen habe, wieder aufnehmen darf.

Ich habe versucht, ihnen zu erklären, dass das Problem ist, dass ich nicht weiß, wie ich ihm am besten helfen kann. Soll ich verständnisvoll sein? Forderungen stellen? Die seltenen, aber immerhin vorkommenden Gelegenheiten loben, wenn er sich erwachsen verhält und Verantwortung übernimmt?

Und im tiefsten Herzen lauert die unentrinnbare Schuld, die wie ein Tumor mit jedem Mal wächst, wenn Samuel wieder eine Dummheit begeht. Mit jedem Jahr, das vergeht, ohne dass er Jesus in sein Herz aufnimmt.

Alles ist meine Schuld.

Ich falte die Hände und schließe die Augen. Spreche ein kurzes Gebet.

Lieber Gott. Mach, dass Samuel begreift, dass du ihn trägst. Nimm ihn unter deine Fittiche und zeige ihm den richtigen Weg. Und leite mich, damit ich helfen kann. Und vergib mir. Vergib mir. Vergib mir für alles. In Jesu Namen. Amen.

Ich lasse mich auf den Boden sinken und lege die Hände auf das kühle Linoleum. Lasse die Blicke durch den Raum wandern.

Noch immer klebt der Stundenplan am Kühlschrank, obwohl Samuel schon vor Monaten vom Gymnasium abgegangen ist. Ich habe den Plan in doppelter Vergrößerung ausgedruckt und ihn dort angebracht, damit Samuel keine Stunde vergisst. Dienstag und Donnerstag sind rot markiert. »Turnsachen nicht vergessen!«, habe ich darüber geschrieben. Der Montag ist grün. »NB! Erste Stunde 08.05!«, steht daneben. Auf der Anrichte in der Küche stehen die Dosen mit den Lebertrandragees. Eine Frau in meiner Bibelgruppe hat mir versichert, dass sie selbst die schlimmsten Konzentrationsschwierigkeiten verschwinden lassen.

Lebertran und Gebete natürlich.

Aber Samuel wollte die Dragees nicht nehmen. Er hat behauptet, sie stänken nach faulem Fisch, was durchaus stimmen kann.

Alles ist meine Schuld, denke ich wieder. Meine Vergangenheit hat mich eingeholt, meine Sünde kommt an den Tag, noch einmal.

Ich hatte eine phantastische Kindheit, bis ich neun wurde.

Ich bin in einer tiefgläubigen Familie aufgewachsen. Mein Vater, Bernt, war Pastor in einer freikirchlichen Gemeinde und meine Mutter, Ingrid, Hausfrau. Meine Eltern wollten eine große Familie, aber sie bekamen nur ein Kind, und ich habe lange versucht, eine musterhafte Tochter zu sein, um das auszugleichen.

Eine mindestens doppelt so gute Tochter wie alle anderen Töchter.

Wir wohnten in Huddinge, im Süden von Stockholm, in einem kleinen gelben Holzhaus beim See Trehörningen.

Wir waren eine normale Familie, hatten einen Volvo, zwei Golden Retriever – natürlich ein Ersatz für die Geschwister, die sich nie einstellten – und einen großen Garten voller Obstbäume und Beerensträucher. Ich engagierte mich schon früh in der Gemeinde, und ich hatte in der Schule immer die besten Noten.

Aber falls meine Eltern auf mich stolz waren, dann sagten sie das nicht.

Ich habe den Verdacht, sie fanden, dass ich nur tat, was von mir erwartet wurde.

Vater arbeitete viel – es gehörte zu seinem Amt, immer für die Gemeindemitglieder ansprechbar zu sein, und ab und zu schien er Seelsorger, Bank und Polizei in einem zu sein.

Bei uns zu Hause war immer Betrieb – Freunde, Gemeindemitglieder, die Hilfe und Unterweisung brauchten, alle brachen das Brot in unserer spartanisch möblierten Küche, während die Hunde mit großen Augen danebensaßen und bettelten.

Damals nahm ich alles als gegeben hin, das Materielle, meine liebevolle Familie und nicht zuletzt den Glauben, der heute so vielen fehlt. Es war ein Segen, unreflektiert an diesem Glück teilzuhaben, aber auch eine Sünde, denn ich begriff nicht, welches Geschenk das war, vermochte mich nicht auf die Gnade des Herrn besinnen.

Eines Tages, als ich neun Jahre alt war, kam ich früher aus der Schule zurück und fand Mutter nackt auf dem Sofa mit einem unserer Nachbarn, dem Vater eines Klassenkameraden.

Ich weiß noch genau, wie die Sonnenstrahlen ihre schweißnassen Körper trafen, die ineinander verschlungen auf dem senfgelben Cordsofa lagen. Wie Mutters lange dunkle Haare nahezu Jöns Brustkorb zu fluten schienen und wie seine Hand träge auf ihrer geröteten Hinterbacke lag.

Damals sah ich meine Mutter zum letzten Mal.

Am nächsten Morgen war sie verschwunden.

Mutter war schön, viel schöner, als gut für sie war. Außerdem wollte sie Vater nicht gehorchen.

Ein Gesicht wie ein Engel und ein Herz wie eine Schlange. Eine aufrührerische Versucherin, so nannte Vater sie im Nachhinein, und dabei verwies er gern auf den Brief an die Epheser, den siebten Brief des Paulus, den er während seiner Gefangenschaft in Rom geschrieben hatte: »Frauen, ordnet euch euren Männern unter wie dem Herrn.«

Aber Vater war kein Tyrann, auch wenn es vielleicht so klingt. Er liebte Mutter – sogar nachdem sie uns in einer finsteren Leere zurückgelassen hatte.

Obwohl sie sich von Jesus abgewandt hatte und bis zu ihrem Tod in Unzucht lebte.

Auch wenn Mutters Verschwinden ein Trauma gewesen war, so war es doch nichts gegen das Schweigen der folgenden drei Jahre. Kein Anruf, kein Brief. An jedem Geburtstag hoffte ich, von Mutter zu hören. Ich betete innig und lange, dass sie auftauchen würde.

Aber sie erschien nie, und an meinem dreizehnten Geburtstag kam sie nur wenige Kilometer von unserem Haus entfernt bei einem Autounfall ums Leben.

Ich stehe auf, nehme mein Handy und gehe ins Badezimmer. Spüle mein Gesicht lange mit kaltem Wasser und mustere mein Spiegelbild. Die strohigen braunen Haare, die missmutige Falte am Mundwinkel, den Bauch und den Hintern, die aus der zu engen Hose quellen. Die rotgeränderten Augen und die unter den Augen verschmierte Wimperntusche.

Dennoch sehe ich es, da ist etwas mit Augen und Wangenknochen – ich bin die Tochter meiner Mutter.

Aber ich habe mehr geerbt als nur Mutters Gesichtszüge. Ich habe auch diesen Trieb zur Unzucht geerbt, der in Mutters Brust lauerte. Vielleicht hat sie ihn mir mit der Muttermilch eingeflößt, wie ein unsichtbares, aber tödliches Gift, getarnt als Nahrung und Liebe.

Das hat jedenfalls Vater gesagt, als ich mit achtzehn Jahren Isaac Zimmermann kennenlernte.

Isaac war alles, was ein guter Christ nicht ist. Zum einen war er kein Christ, sondern Jude. Allein das war schon eine Katastrophe und eine gewaltige Schande. Zweitens war er fünf Jahre älter, Amerikaner und ein »verkommener Musiker«.

Vater wollte ihn nicht in das gelbe kleine Haus lassen.

Aber jung und dumm, wie ich war, trotzte ich meinem Vater und traf mich weiter mit Isaac. Ich fand ihn unwiderstehlich mit seinem schlaksigen Körper, seinen zerlumpten Kleidern und seinen langen Locken.

Er sah fast aus wie Jesus.

Und ich fiel. Ich fiel in die offenen Arme des Verderbens, und ich genoss es, denn ich war töricht.

Ich glaubte, dass die Liebe zu Isaac und das brennende Begehren die von meiner Mutter hinterlassene Leere füllen könnten. Dass sie die Wunde heilen würden, die noch immer in meiner Seele brannte.

Doch das Einzige, was passierte, war, dass ich schwanger wurde.

Isaac drängte mich zur Abtreibung, aber das war für mich keine Alternative. Natürlich spielte meine Herkunft eine Rolle, dieses ganze Gerede über die Unverletzlichkeit des Lebens, aber wichtiger war meine absolute Überzeugung, dass ich den kleinen Menschen liebte, der da in mir heranwuchs. Dass ich, nachdem ich schon meine Mutter verloren hatte, nicht auch noch mein Kind hergeben wollte. Dass ich mich nicht gegen das Kind entscheiden konnte, so wie Mutter sich gegen mich entschieden hatte.

Denn das Letzte, was ich wollte, war, so zu werden wie *sie*.

Ein Gesicht wie ein Engel und ein Herz wie eine Schlange.

Isaac war wütend, ging nach Värmland auf Tournee und ließ wochenlang nichts von sich hören.

Dann kam ein Brief, in dem er erklärte, dass er nicht bereit sei, eine Familie zu gründen, und wenn ich dieses Kind zur Welt bringen wollte, würde ich mich auch darum kümmern müssen.

Und so geschah es.

Nach fast einem halben Jahr ohne irgendeinen Kontakt zu meinem Vater kehrte ich in das kleine gelbe Haus zurück.

Achtzehn Jahre und hochschwanger.

Wenn Papa sich schämte, dann zeigte er das jedenfalls nicht. Und die Gemeinde nahm mich mit offenen Armen auf. Ich war zwar eine Sünderin, aber ich war bereit, Buße zu tun, meine unsterbliche Seele zu retten, ehe es zu spät war.

Nur ein einziges Mal sagte Vater es ganz offen: Der Apfel fällt nicht weit vom Stamm.

Es war an einem stürmischen Herbstabend, als wir uns stritten, ich weiß nicht einmal mehr weshalb, aber er wurde laut und erklärte, ich sei genau wie meine Mutter.

Und hätte den Teufel im Leib.

Und jetzt habe ich das Böse an Samuel weitergegeben.

Ich habe alles getan, was ich konnte, damit es ihm gut geht. Ich habe dafür gekämpft, uns versorgen zu können. Ich habe mir in all den Jahren seit Samuels Geburt nie eine Ferienreise gegönnt, und ich bin nie eine neue Beziehung eingegangen – nicht weil ich das nicht gewollt hätte, sondern weil Samuel ein anspruchsvolles Kind war, vom ersten Tag an. Ein Kind, das meine Energie an sich zog, wie ein unersättliches schwarzes Loch im Weltall.

Ich habe alles getan.

Und ich habe gebetet.

Aber Gott hat offenbar beschlossen, dass meine Prüfung noch nicht zu Ende ist, und damit muss ich mich abfinden.

Ich weiß nur nicht, wie ich das ertragen soll.

Es heißt, dass der Herr uns nicht mehr schickt, als wir ertragen können, aber bisweilen bin ich mir da nicht so sicher.

Ich trockne mein Gesicht mit einem Handtuch ab. Es wird

schwarz von der Schminke, und ich werfe es auf den Boden. Greife zu meinem Handy und schreibe eine kurze Mitteilung. Bitte Samuel, nach Hause zu kommen. Schreibe, dass ich ihn liebe und dass es mir leidtut, dass ich so wütend geworden bin.

Dann setze ich mich auf die Toilette und pisse.

Aus Samuels Zimmer ist ein Kratzen zu hören. Das muss die Amsel sein, die im Käfig rumort.

Er kann doch Verantwortung übernehmen, wenn er will, denke ich. Wenn es um jemanden oder etwas geht, das ihm wichtig ist.

Wie um eine Amsel.

Ich lösche die Mitteilung und werfe das Handy auf den Boden.

Es rutscht von der Badematte weg und bleibt vor der Dusche liegen.

Nein, denke ich.

Diesmal wird es anders sein.

Diesmal muss er seine Lektion lernen.

MANFRED

Wir sitzen jeweils auf einer Seite des Betts, Afsaneh und ich. Zwischen uns liegt Nadja, umgeben von Apparaten, die sie am Leben erhalten. Die Elektronik piept und rauscht. Ein Arm von Nadja steckt in einem dicken Gips, und von dem kleinen Loch in ihrem Hals führt ein Schlauch zu der Maschine, die für sie atmet.

Um sie herum stehen Bildschirme, die Puls, Temperatur, Sauerstoffgehalt und Druck im Gehirn anzeigen. Mit der ganzen Elektronik komme ich mir fast wie in einem Raumschiff vor.

Vom Korridor her sind Schritte zu hören, die eilig irgendwohin unterwegs sind, vermutlich zu einem kranken Kind.

Hinter dem Kopfende des Betts sitzt Angelica, die Ärztin von der Intensivstation, an dem kleinen weißen Tisch, auf dem der Computer steht.

Sie ist eine gute Ärztin. Alle hier auf der Station sind gut – der Intensivstation für Kinder –, auf die wir nach der ersten Woche auf der Neurointensivstation verlegt worden sind. Sie kümmern sich nicht nur um die Kinder, sondern auch um uns, die Angehörigen. Sie holen etwas zu essen, Kaffee. Sie erklären alles, was sich nicht erklären lässt. Sie halten Hände und trocknen Tränen.

Ich begreife nicht, wie sie das schaffen.

Nadja liegt in einem künstlichen Koma.

Sie hat sich bei ihrem Sturz aus dem Fenster schwere Schädelverletzungen zugezogen, und die Ärzte haben sie betäubt, damit ihr Kopf Zeit hat, sich zu erholen. Aber noch weiß niemand, ob sie jemals wieder aufwachen wird und, wenn ja, was das für ein Leben sein wird.

Inzwischen sind drei Wochen vergangen.

Ich hatte mir vorgestellt, dass es mit der Zeit leichter werden würde, dass es einfacher werden würde, mit der Unsicherheit umzugehen, aber das Gegenteil ist der Fall. Mit jedem Tag, der vergeht, wird das Leben im Unklaren schmerzlicher.

Ich lasse Nadjas feuchte, warme Hand los und lehne mich auf dem Stuhl zurück. Sehe Afsaneh an, die mir in sich zusammengesunken gegenübersitzt, den Kopf in die Hand gelegt, den Ellbogen aufs Knie gestützt.

Es hat etwas Symbolisches, fast Schicksalhaftes, so wie wir hier sitzen, auf beiden Seiten von Nadja. Ich kann Afsaneh nicht erreichen und sie mich nicht, selbst wenn sie das wollte, denn Nadja ist zwischen uns.

Ihr Unglück ist zwischen uns.

Zu Hause ist es nicht anders.

Afsaneh und ich reden kaum miteinander, und sie berührt mich nicht mehr.

Berühre ich sie?

Ich weiß es nicht. Ich kann mich nicht erinnern.

Ich kann mich an so vieles nicht erinnern.

Die Tage gleiten vorüber wie Schiffe am Horizont, ohne dass ich darüber nachdenke. Es kommt vor, dass ich morgens aufstehe, stundenlang auf dem Wohnzimmersofa sitze, um dann plötzlich zu entdecken, dass die Dämmerung eingesetzt hat.

Die Zeit existiert nicht mehr. Alles ist nur ein einziges endloses Jetzt, ein schmerzliches Warten auf den Tag, an dem Nadja endlich zu sich kommt oder uns endgültig verlässt.

Afsaneh reckt sich und massiert sich mit einer Hand den Nacken.

»Ich hole einen Kaffee«, sagt sie, ohne zu fragen, ob ich etwas möchte.

Ich gebe keine Antwort. Ich schaue aus dem Fenster, wo die Sonne von einem strahlend blauen Himmel scheint und der Wind in den grünen Baumwipfeln spielt.

Angelica schaut von ihrem Platz hinter dem Computer auf.

»Möchtest du etwas?«, fragt sie. »Ich wollte ohnehin in der Küche vorbeischauen.«

»Danke, danke. Ist brauche nichts.«

Ich verspüre keinen Hunger mehr. Ich habe immer gerne gegessen, ich war schon als Teenager dick, doch in den vergangenen Wochen habe ich mindestens zehn Kilo abgenommen.

Die wirkungsvollste Diät aller Zeiten: das Leben mit einem schwerkranken Kind.

Du brauchst nur für einen Moment nicht aufzupassen, gerade lange genug, damit dein Kind aus dem Fenster stürzen, auf die Straße hinausrennen oder vom Steg ins Wasser fallen kann.

Das Leben lässt sich Zeit. Das Leben ist ein müder alter Esel.

Aber der Tod ist schnell wie der Blitz. Der Tod braucht nur eine Sekunde, einen Meter, einen Atemzug. Der Tod ist eine Kobra, die ohne jegliche Vorwarnung zuschlägt. Er ist verdammt noch mal schneller als sein eigener Schatten, genau wie Lucky Luke.

Mein Handy klingelt, und ich starre es verständnislos an, bevor ich mich melde.

»Manfred? Hier ist Malin.«

Ich brauche eine Sekunde, um zu begreifen, dass meine Kollegin Malin Brundin anruft.

Malin, die normalerweise in Katrineholm arbeitet, war mit in der Gruppe, die in dem Mord in Ormberg ermittelt hat – eins von Schwedens aufsehenerregendsten Verbrechen aller Zeiten.

Die Ermittlung nahm eine überraschende Wendung, die Malins Leben für immer veränderte. Es stellte sich heraus, dass eine von ihren Verwandten viele Jahre lang eine Frau in einem Keller gefangen gehalten hatte und dass Malin noch dazu das Kind dieser

Frau war. Mit anderen Worten war die Frau, bei der Malin aufgewachsen und die sie ihr Leben lang Mama genannt hatte, nicht ihre biologische Mutter.

Wie überlebt man so etwas?

Es erstaunt mich wirklich, dass sie die Truppe nicht verlassen hat, um nach Stockholm oder in eine andere Großstadt umzuziehen, wo sie sich leichter vor Presse und Neugierigen verstecken könnte.

Malin macht über den Sommer eine Vertretung in Stockholm, auf mein Anraten hin. Ich glaube, ich hatte so eine vage Vorstellung, dass es ihr guttun würde, von Ormberg wegzukommen. Dass es auf irgendeine Weise die schreckliche Wunde heilen könnte, von der ich mir vorstelle, dass sie sich damit herumquält.

»Hallo«, sage ich.

»Wie sieht es aus?«, fragt sie.

Was antwortet man auf so eine Frage?

Ich werde dauernd gefragt, wie es mir geht, aber ich antworte darauf nicht wahrheitsgemäß, denn ich schaffe es nicht mehr, mich zu erklären. Und außerdem weiß ich nicht mehr so genau, wie es mir geht, denn ich habe aufgehört nachzuspüren.

»Unverändert«, sage ich nach einigem Zögern.

»Du, wir haben uns nur gefragt, ob du auf dem Weg bist, wir wollten jetzt anfangen.«

Verdammt.

Plötzlich fällt es mir ein.

Heute sollte ich doch wieder anfangen zu arbeiten. Die Krankschreibung ist abgelaufen, und das Leben – jedenfalls das Arbeitsleben – geht wieder los.

»Verdammt, Malin, tut mir leid«, setze ich an. »Ich muss die Tage verwechselt haben. Ich bin bei Nadja im Krankenhaus und habe total vergessen …«

»Ist schon gut«, sagt sie so rasch, dass mir der Verdacht kommt, dass sie mit genau dieser Antwort gerechnet hat. »Du kannst morgen kommen, wenn das besser ist.«

»Nein, nein, ich komme jetzt.«

Sie schweigt.

»Warte noch einen Moment«, sagt Malin. »Wir haben einen neuen Fall. Ein männlicher Leichnam wurde an einem Felsen im südlichen Schärengürtel angespült. Wir fahren in einer Stunde in die Rechtsmedizin nach Solna. Wir können uns da treffen.«

Sie zögert noch einmal kurz, dann fügt sie hinzu:

»Ich meine, du bist ja ohnehin schon im Karolinska.«

Die Sonne knallt auf den heißen Asphalt, vom Wolkenbruch des Vortags ist nichts mehr zu merken.

Malin steht vor dem Eingang des Klinkerbaus und tastet an ihrem Handy herum. Ich lasse, so diskret ich nur kann, meine Zigarette fallen und gehe auf sie zu.

Die langen braunen Haare, der schlanke und doch muskulöse Körper. Die dunklen Augen, die unter den markanten Augenbrauen in die Sonne blinzeln, und der etwas harte Zug um den Mund – Malin hat sich nicht verändert. Aber ihre Wangen sind voller geworden, ihre Hüften runder, und das T-Shirt spannt über dem hervorstehenden Bauch.

Malin und Andreas bekommen ein Kind.

Sie haben bei der Ermittlung in Ormberg zusammengearbeitet und sich dabei pausenlos gestritten. Über alles, von Zuwanderung bis zu Sozialhilfe, sie konnten sich nicht einmal darüber einigen, aus welchem Imbiss wir das Mittagessen holen sollten.

Jetzt werden sie also einen neuen kleinen Menschen in die Welt setzen.

Das ist gelinde gesagt eine Überraschung.

»Rauchst du noch immer heimlich?«, fragt Malin, zieht eine Augenbraue hoch und nickt zu der Kippe auf dem Boden hin.

Ich gebe keine Antwort, sondern klopfe ihr auf die Schulter.

Ein Stück rechts von Malin steht Gunnar Wijk, auch Lasses genannt.

Ich schiele zu ihm hinüber.

Sein Bart ist grau und struppig. Die Augenlider sind so schwer, dass sie den Blick durch die dünne Brille mit dem Stahlgestell eigentlich erschweren müssten. Der Bauch wölbt sich bedenklich unter dem kurzärmligen Hemd, die Hose aus Synthetik ist ein bisschen zu kurz und zeigt sockenlose, leicht geschwollene Knöchel, die in einem Paar abgenutzter brauner Sandalen verschwinden.

Gunnar ist legendär. Er kommt aus einer richtigen Polizeifamilie, einer, die einen hohen Preis für ihre Zugehörigkeit zur Truppe bezahlen musste. Vor allem bekannt ist er aber als der größte Casanova, den die Stockholmer Polizei jemals hatte. Ein Herzensbrecher von Rang, der nach allgemeiner Auskunft alles verführen konnte, das einen Puls hatte. Und wenn die endgültige Entscheidung anstand, wenn er den letzten Widerstand ersticken wollte, kam er mit seinem vielzitierten Spruch: *Lass es geschehen.*

Natürlich dauerte es nicht lange, bis Gunnars Modus Operandi bekannt war, und kurz darauf hatten die Scherzkekse in der Truppe ihn Lass-es-geschehen getauft. Im Laufe der Jahre wurde dieser Spitzname zu dem kürzeren und schneidigeren Lass-es zusammengezogen, woraus dann schließlich Lasses wurde.

Ich begrüße ihn. Wir haben noch nie zusammengearbeitet, aber wir kennen einander natürlich, wenn auch nur oberflächlich.

Er ist offenbar wirklich ein hervorragender Polizist, auch wenn er mit den Jahren ein wenig mürrisch geworden ist. Die, die am nächsten mit ihm zusammenarbeiten, behaupten, dass er vor allem dann griesgrämig ist, wenn gerade nichts läuft.

»Was haben wir?«, frage ich.

»Mann um die zwanzig«, sagt Lasses und fährt sich mit der

Hand über den Bart. »Gestern von einem Hobbyfischer gefunden.«

»Und warum sind *wir* hier?«

Eine naheliegende Frage. Bei verdächtigen Todesfällen ermittelt meistens nicht die NOA – die Nationale Operative Einheit.

»Wir glauben, dass der Tote im Zusammenhang mit einer laufenden Ermittlung stehen kann«, sagt Malin. »Außerdem haben die Kollegen in Stockholm nicht genug Leute. Sie haben um Unterstützung gebeten.«

»Wissen wir, wer das Opfer ist?«

»Nicht mit Sicherheit«, sagt sie und beschattet die Augen vor der Sonne.

Ihr Blick gleitet über mich hinweg.

Ich sehe sicher grauenhaft aus. Ungeduscht, unrasiert und unvorbereitet. Das passt so wenig zu dem alten Manfred, wie es nur geht.

Der wäre niemals so zur Arbeit erschienen.

Der alte Manfred hätte Hemd und Sakko samt Weste getragen. Er hätte ein seidenes Ziertuch in der Brusttasche gehabt und wie eine ganze verdammte Parfümabteilung gerochen.

Der alte Manfred hätte italienische Kalbslederschuhe getragen und eine exklusive, aber nicht zu auffällige Rolex aus den frühen fünfziger Jahren.

Aber den alten Manfred gibt es nicht mehr.

»Wollen wir?«, fragt Malin und geht auf den Eingang zu.

Die Rechtsmedizinerin, Samira Khan, umarmt mich, als wir uns an der Rezeption begrüßen. Ihr Körper ist so klein und zierlich, er könnte auch einem Kind gehören. Ihr langer schwarzer Zopf ruht schwer zwischen ihren Schulterblättern.

»Du bist aber dünn geworden«, sagt sie und greift nach meinem Unterarm.

Und dann, mit leiserer Stimme:

»Wie geht es ihr?«

»Sie halten sie noch immer im Koma.«

Samira nickt und streicht ihren operationsgrünen Kittel glatt.

»Damit das Gehirn in aller Ruhe heilen kann«, sagt sie sachlich. »Aber weißt du was. Kinder in dem Alter besitzen eine phantastische Fähigkeit, sich zu erholen. Und ihr Gehirn kann auf unglaubliche Weise einen Funktionsverlust ausgleichen.«

Ich nicke. Das alles höre ich nicht zum ersten Mal.

Wir gehen durch den Gang zu den Obduktionssälen.

»Ihr glaubt also zu wissen, wer der Tote ist?«, fragt Samira und schaut zu Malin hoch.

»Wir glauben, dass es ein gewisser Johannes Ahonen sein kann«, sagt Lasses und schiebt sich einen Priem unter die Oberlippe. »Aber das beruht allein darauf, dass dieser Johannes genauso tätowiert ist wie unser Toter.«

Samira nickt und sagt:

»Wir müssen die Einschätzung der Rechtsodontologie und die DNA-Analyse abwarten, ehe wir eine Identifizierung vornehmen können.«

Dann öffnet sie für uns die Tür. Der unverkennbare Übelkeit erregende Geruch des Todes schlägt mir entgegen, und ich kann gerade noch sehen, wie Malin eine Grimasse schneidet, ehe sie hineingeht. Lasses seinerseits verzieht nicht eine Miene, als er mit in den Hosentaschen vergrabenen Händen in den Raum schlendert.

»Schauen wir mal?«, fragt Samira, setzt ihre Brille auf, bindet sich eine Plastikschürze vor und führt uns zu einem Obduktionstisch.

Auf der blanken rostfreien Fläche liegt der Körper eines Mannes. Er ist aufgedunsen und verfärbt. Die Haut hat sich an mehreren Stellen gelöst und gleicht dünnem grauen Plastik, das locker über dem angespannten, weißlichen Gewebe liegt.

Vielleicht liegt es daran, dass ich gefühlsmäßig nicht im Gleichgewicht bin – der Anblick von Toten nimmt mich sonst nicht dermaßen mit –, aber etwas krampft sich in mir zusammen, als ich mich dem Obduktionstisch nähere. Als ob sich in meiner Brust eine kalte Hand bewegt, auf der Jagd nach meinem Herzen. Ich denke, dass Nadja vielleicht eines Tages auf so einem Tisch enden wird. Und eine Sekunde darauf – dass auch der Mann auf dem Tisch das Kind von irgendjemandem ist.

Ich kneife die Augen zusammen.

»Wir werden ihn heute Nachmittag obduzieren«, sagt Samira, spreizt die Finger und streift die Handschuhe über. »Aber ich dachte, ihr wolltet vielleicht schon mal einen Blick auf ihn werfen. Vorher, meine ich.«

Sie fügt hinzu:

»Wie ihr vielleicht wisst, war der Leichnam, als wir ihn gefunden haben, ordentlich in eine Decke gewickelt, die ihrerseits mit einer Eisenkette beschwert war. Wenn sich das Gewebe zersetzt, bilden sich Gase, unter anderem Methangas und Kohlendioxid, in Bauch und Brusthöhle. Deshalb treiben Ertrunkene oft an die Oberfläche. In diesem Fall hier ist der Leichnam offenbar absichtlich ins Wasser geworfen worden, und irgendwer wollte verhindern, dass er nach oben treibt. Aber das bedeutet nicht automatisch, dass er ermordet worden ist. Vor der Obduktion kann ich mich nicht zu der Todesursache äußern. Ich kann jedoch sagen, dass der Körper schwerer äußerlicher Gewalt ausgesetzt war und dass Beine, Becken und Rücken Frakturen und Verletzungen aufweisen.«

»Und jemand hat ihm eine Hand abgehackt«, sagt Malin und nickt zu dem Leichnam hinüber, dem wirklich die linke Hand fehlt.

»Nicht unbedingt«, sagt Samira. »Hände und Füße neigen dazu, sich von Körpern zu lösen, die zu lange im Wasser liegen. Das kann spontan passieren, von Tieren verursacht werden oder die Folge irgendeiner mechanischen Einwirkung sein, einer Schiffsschraube zum Beispiel.«

Lasses nickt, brummt und zieht die buschigen Augenbrauen zusammen.

»Was ist diese weiße Schmiere da?«, fragt Malin.

Samira lässt den Finger über die wachsartige Substanz gleiten, die Teile des Körpers überzieht. Dann reibt sie die Finger aneinander.

»Adipocere oder Leichenwachs. Es bildet sich durch die Hydrolyse von Fett, wenn der Körper zu lange in kaltem Wasser liegt.«

»Verdammt«, murmelt Malin und windet sich, verstummt aber, als sie Lasses' Blick bemerkt.

»Wie lange ist er schon tot?«, fragt Lasses und notiert etwas auf seinem Block.

»Dazu möchte ich mich lieber später äußern«, sagt Samira zögernd. »Es gibt viele Faktoren, die einen Einfluss darauf haben, wie schnell sich ein Körper im Wasser zersetzt; Temperatur, Salzgehalt und Sauerstoffgehalt, um nur mal einige zu erwähnen. Aber auf Anhieb würde ich auf einen oder zwei Monate tippen. Es dauert nämlich einige Wochen, bis Leichenwachs gebildet wird.«

»Und der Grund, warum wir ihn für diesen Johannes halten …?«, frage ich.

»Ahonen«, fügt Lasses hinzu.

Samira hebt einen Unterarm hoch, und ein dunklerer Bereich der Haut wird sichtbar.

»Schaut mal her«, sagt sie.

Lasses beugt sich vor. Malin folgt seinem Beispiel, aber ich kann sehen, dass ihr Blick zur Tür wandert und dass ihr Gesicht bleicher ist als sonst.

»Eine Tätowierung?«, frage ich.

»Ja«, sagt Samira.

»Ist ja kaum zu erkennen«, sagt Malin.

»Habt ihr keine Augen im Kopf«, schnaubt Lasses, der sich noch immer über den Leichnam beugt und sich mit Daumen und Zeigefinger die große Nase entlangstreicht. »Das ist ein Vogel.«

Samira nickt.

»Das ist ein Adler. Vermutlich ein Seeadler, vielleicht auch ein Steinadler. Die sehen sich sehr ähnlich. Johannes Ahonen hatte offenbar so eine Tätowierung.«

Sie geht zum Schreibtisch, zieht die Handschuhe aus und wirft sie in einen gelben Müllbehälter mit der Aufschrift »Sondermüll«. Dann blättert sie in einem Ordner.

»Hier«, sagt sie und reicht mir einen Stapel Fotos.

Das erste Bild zeigt einen tätowierten Adler mit dem typischen gekrümmten Schnabel und den nach hinten ausgestreckten Flügeln, als ob er gerade landen oder mit den Krallen eine Beute packen wollte. Das zweite zeigt einen in eine karierte Decke gewickelten Körper. Die Decke ist mit einer groben, rostigen Kette umwickelt. Hier und dort hängt Seegras an den Metallgliedern.

»Das Bild der Tätowierung ist eine Vergrößerung von einem Foto von Ahonen auf Facebook«, sagt Samira.

»Tattoos sind heutzutage wie Ärsche«, murmelt Lasses und schiebt den Unterkiefer vor, sodass sich seine Barthaare sträuben. »Jeder Idiot hat eins. So einen Piepmatz auf dem Arm können viele haben.«

»Unbedingt«, sagt Samira. »Das herauszufinden ist euer Job. Ihr könnt die Bilder behalten, ich habe sie für euch ausgedruckt.«

»Was wissen wir über Ahonen?«, frage ich.

»Kommt aus Haninge«, sagt Malin. »Zwanzig Jahre alt. Von seiner Mutter im März vermisst gemeldet. Vorbestraft wegen illegalem Waffenbesitz, Drogenbesitz und Diebstahl. Wir sind heute hier, weil sein Name in der Ermittlung gegen Igor Ivanov aufgetaucht ist, ein neununddreißig Jahre alter schwedischer Staatsbürger, geboren in Kiew in der Ukraine und wohnhaft in Älvsjö. Wir vermuten, dass er einen großen Teil des Drogenhandels in den südlichen Vororten kontrolliert. Scheint ziemlich legendär zu sein. Wir konnten ihm bisher nichts nachweisen, obwohl er Gerüchten zufolge seine Organisation mit eiserner Hand leitet und schon einige Leute umgebracht hat, die ihm Geld schuldig waren. Aber das kann auch üble Nachrede sein.«

Ich stoße einen leisen Pfiff aus.

»Igor Ivanov«, sage ich. »Verdammt.«

Im selben Moment presst sich Malin die Hand auf den Mund, dreht sich um und läuft aus dem Raum.

»Oi«, sagt Samira, wirft mir einen raschen Blick zu und geht hinterher.

Lasses schaut mich an und schiebt sich mit dem Zeigefinger die Brille höher auf die Nase.

»Ich hab mich schon gefragt, wie lange das wohl dauern würde«, sagt er mit schlecht verhohlenem Triumph in der Stimme. »Wirklich nicht zu fassen, was die uns heutzutage so schicken. Schwangere Weibsbilder, die jeden Moment werfen können, haben bei einer Obduktion ja wohl nichts zu suchen.«

SAMUEL

Der Wald liegt im Dunkeln, während der Sommerhimmel noch immer hell ist. Von dem schmalen Weg steigt der Duft von feuchter Erde und Gras auf.

Mein Kopf dröhnt, und mir tut alles weh. Ich habe im Nachtbus geschlafen, aber von viel Schlaf kann nicht die Rede sein. Meistens habe ich mir den Kopf darüber zerbrochen, wie zum Teufel ich Igors Paket zurückbekommen soll, und bei Hökarängen hat die miese Kuh, die den Bus fuhr, mich auf die Straße gesetzt.

Ich wage nicht mal daran zu denken, was Igor sagen wird, wenn ich ihm erzähle, dass der Müllwagen die Warenproben mitgenommen hat.

Um auf andere Gedanken zu kommen, ziehe ich das Handy aus der Hosentasche.

Keine Nachricht von Mama.

Das tut weh.

Sie war aber noch nie mit mir zufrieden.

Egal, was ich mache. Wenn ich in Mathe eine 1 hatte, hat sie sich nicht mal gefreut. Stattdessen hat sie geschimpft, weil ich es in fast allen anderen Fächern nur auf eine 4 gebracht habe. Und einmal, als ich ihr ein Armband von Hermès geschenkt habe, hat sie Zustände gekriegt und gebrüllt, sie wolle nichts mit Diebesgut zu tun haben und es sei so ungefähr eine Todsünde zu stehlen, obwohl ich das Armband ja gar nicht geklaut, sondern echt gekauft hatte.

Ich seufze und wende mich wieder dem Handy zu. Schreibe eine SMS an Jeanette, Alexandras beste Freundin.

Sie ist verdammt heiß.

Lange blonde Haare und feste kleine Brüste. Großer Mund und sonnengebräunte Haut, die weich aussieht. Das ist sie übrigens auch, so viel weiß ich immerhin.

Bei uns läuft etwas, bei Jeanette und mir. Auch wenn ich noch nicht genau weiß, was.

Eigentlich müsste ich mich ja zusammenreißen – sie ist schließlich Alexandras Freundin. Andererseits habe ich Alexandra auch nie ewige Treue geschworen. Im Gegenteil, ich habe ihr erklärt, dass ich noch nicht so weit bin, richtig mit ihr zusammen zu sein. Dass ich noch nicht *da* bin, ungefähr so, als wäre die Liebe eine U-Bahn-Station, die wir noch nicht erreicht haben.

Und Alexandra hat gesagt, das sei okay, sie wolle sich auch nicht binden.

Also treffen wir uns und schlafen miteinander, und manchmal ist es richtig gut. Fast wie in einem Pornofilm oder als wären wir richtig verliebt.

Ich gehe schneller und höre »pling« von meinem Handy.

Es ist Jeanette.

»Keine SMS jetzt«, steht im Display. Ich will gerade zurückschreiben, warum sie sich so verdammt ziert, als ich es höre: einen Zweig, der irgendwo hinter mir im Wald knackt.

Ich bleibe stehen und drehe mich um, schaue in das Dunkle zwischen den weit auseinanderstehenden Birken, aber ich sehe nur die hellen, gefleckten Baumstämme und die Umrisse der Büsche dahinter.

Das muss ein Tier gewesen sein.

Obwohl wir nur neunzehn Minuten von der Stadt entfernt wohnen, gibt es hier im Wald Rehe. Ganz zu schweigen von den vielen Hundebesitzern, die hier unterwegs sind.

Ich gehe weiter.

Der Wald lichtet sich immer mehr, und niedrige, scheunenhafte

Gebäude aus Beton und Wellblech tauchen vor mir auf. Ich krieche durch das Loch im Zaun und gehe auf die alte Autowerkstatt am Rand des Gewerbegebietes zu.

Im Dunkeln beim Eingang erahne ich zwei Gestalten: eine breit und groß und eine mager und noch größer.

Igor und Malte.

Mein Magen krampft sich zusammen, als ich den asphaltierten Platz vor der Werkstatt überquere.

Igor nickt kurz, und Malte grinst so sehr, dass seine Goldzähne in dem schwachen Licht funkeln.

»Tja«, sage ich. »Es ist etwas passiert. Dieses Paket …«

Weiter komme ich nicht, denn Igor hebt die Hand, als wollte er mir die Wörter in den Mund zurückstopfen. Dann macht er einige Schritte auf einen alten Container zu, der mit Tags und Schwänzen vollgesprüht ist.

»Hallo«, sagt er und lächelt, aber ich bin nicht gemeint.

Ich drehe mich um und sehe noch zwei Typen auf mich zukommen.

Der eine ist klein und dicklich, sieht aus wie ein Latino und trägt eine Bikerjacke und Jeans. Der andere ist blass wie ein Albino, mit weißen Haaren, Kapuzenjacke und Jeans. Er hat eine Sporttasche mit dem Aufdruck »Just do it« bei sich.

Ich schleiche mich neben Malte und versuche, seine Aufmerksamkeit zu erregen, aber er macht nur wütend »pssst.«

»Das Paket«, zische ich. »Die Warenproben. Die sind verschwunden.«

Malte erstarrt und dreht sich langsam zu mir um. Ich sehe die Angst in seinen Augen.

»Was zum Teufel?«, flüstert er.

»Meine Mutter hat sie sich geschnappt.«

»Echt?«

Ich schaue zu Igor und den beiden Typen hinüber, sie sind ins

Gespräch vertieft. Igor gestikuliert, und die Typen lachen laut, als hätte er gerade einen wahnsinnig komischen Witz gemacht. Gleich darauf kommen alle drei auf mich und Malte zu.

Der Schweiß bricht mir auf der Stirn und unter den Armen aus, obwohl die Abendluft feucht und kühl ist. Ich versuche, an Malte als Igors Arschbubi zu denken, um die Angst zu vertreiben, aber nicht einmal das funktioniert.

»*Verdammt, Loser!*«, zischt Malte und spuckt aus.

Igors Lederjacke knarrt, als er näher kommt, und das Licht einer Straßenlaterne spiegelt sich in seinem rasierten Schädel.

»Samuel«, sagt er. »Nimm die Tasche.«

Der Albino wirft mir die Tasche zu, und ich fange sie auf. Ich weiß nicht, was darin ist, aber ich gehe davon aus, dass es keine Waren sind, da Igor gesagt hat, wir würden einen Käufer treffen, einen Zwischenhändler.

Es könnte Geld sein, aber Malte sagt, dass Igor seine Geschäfte mit Bitcoins macht, wenn es um große Summen geht.

Igor erwidert meinen Blick. Seine Augen sehen aus wie schwarze Tümpel, und seine Miene ist unergründlich.

»Die Warenproben«, sagt er kurz.

»Ich hab doch versucht, es dir zu sagen«, stammele ich. »Die sind weg. Meine Mutter hat sie genommen.«

Eine Sekunde lang ist alles still. Igor sieht aus, als hätte er nicht verstanden, was ich gerade gesagt habe, als hätte ich eine fremde Sprache gesprochen.

»Was zum Teufel?«, fragt er endlich.

»Und dann hat sie sie in den Müll geworfen, und der Müllwagen ist losgefahren, bevor ich sie zurückholen konnte, und … Aber ich dachte, ich müsste trotzdem herkommen. Und ich werde natürlich alles zurückzahlen.«

Ich sehe ein, dass ich mich genauso anhöre wie Mama, und beschließe, die Fresse zu halten.

Alles ist besser, als sich wie Mama anzuhören.

Aber diese widerliche Stimme, die manchmal in meinem Kopf losplappert, erwacht zum Leben.

Du bist erledigt, du verdammter Loser.

Igor macht einige Schritte auf mich zu und spannt die Kiefer an, als hätte er auf etwas Hartes und vielleicht auch Bitteres gebissen.

»Keine Warenproben, kein Vorschuss«, sagt der Latino und zuckt gleichgültig mit den Schultern.

Und genau in diesem Moment, als alles so ungefähr maximal schiefläuft, macht das Handy »pling« in meiner Tasche.

Igor durchbohrt mich mit Blicken und ballt die riesigen Fäuste.

»Hab ich nicht gesagt, du sollst das Teil ausstellen, du verdammter Scheißkretin?«

Ich kneife die Augen zusammen und warte auf den Schlag, der kommen muss, während ich gleichzeitig die Sporttasche umklammere. Doch stattdessen höre ich hinter mir eine Stimme brüllen:

»Polizei! Hände zeigen! Hinlegen!«

Als ich die Augen wieder aufmache, sind Igor und Malte in die Hocke gegangen, als wollten sie wirklich tun, was die Bullen verlangen.

Die anderen Typen rennen in den Wald.

Ich weiß nicht, warum, es ist keine überlegte Taktik oder so, aber ich renne in die andere Richtung, über den Radweg zu der alten Baumschule. Ich renne, so schnell ich kann, die Tasche noch immer in der Hand, während die Scham wie heißes Wasser auf der Haut brennt.

Wie konnte ich so verdammt blöd sein?

Weil du ein verdammter Scheißkerl bist.

Igor hatte mir zwei Dinge befohlen: das Paket mitzubringen und mein Handy auszuschalten.

Keins davon habe ich hinbekommen.

Ich tauge wirklich zu nichts. Alle, die das bisher behauptet haben – und das waren viele –, hatten offenbar recht.

Im Dunkeln hallen Schüsse, und ich laufe schneller. Meine Beine machen einfach weiter, und das Herz trommelt in meinem Brustkorb. Die Übelkeit schießt mir ohne Vorwarnung ins Zwerchfell, und ich muss stehen bleiben. Ich greife nach einem Laternenpfahl und kotze auf den Asphalt. Keuche vor Erschöpfung und drehe mich um.

Der Wald liegt stumm und verlassen hinter mir.

Nirgendwo sehe ich jemanden näher kommen, keine Polizei, keine Hunde. Und vor allem weder Igor noch Malte.

Kann das sein? Bin ich entkommen?

Mir ist klar, dass ich aus dem verräterischen Lichtkegel der Straßenlaterne weg muss, und ich gehe einige Schritte in den Wald hinein. Meine Brust tut weh, und mein Mund schmeckt bitter nach Kotze.

Irgendwo im Dunkeln erahne ich bekannte Umrisse – den großen Felsbrocken, wo Liam und ich heimliche Mitteilungen, Pornobilder und Süßigkeiten hinterlegt haben, als wir klein waren.

Ich gehe auf den Felsbrocken zu. Lege die Tasche auf den feuchten Granit und öffne den Reißverschluss. Blinzele einige Male, während sich meine Augen an die Dunkelheit gewöhnen.

In der Tasche liegen wild durcheinander Bündel von Hundertern. Ich kann unmöglich sagen, wie viel Geld das ist, aber es müssen hunderttausende von Kronen sein. Vielleicht mehr. Es sind mindestens fünfundzwanzig fette Bündel.

Ich nehme eins heraus und zähle es eilig durch.

Wie viele können das sein? Hundert?

Wenn in jedem Bündel hundert sind und insgesamt fünfundzwanzig in der Tasche liegen, dann sind das insgesamt zweihundertfünfzigtausend.

Mein Magen zieht sich zusammen.

Was passiert, wenn mich die Polizei mit der Tasche erwischt?

Dann lande ich vermutlich im Knast.

Ich überlege eine Weile. Am Ende ziehe ich den Reißverschluss vorsichtig wieder zu und gehe in die Hocke. Schiebe Zweige, Blätter und Erde zur Seite, um den Hohlraum unter dem Stein freizulegen. Ich stopfe die Tasche hinein, decke die Öffnung wieder zu und laufe zum Parkplatz.

Neben einem alten rostigen Volvo steht Igors neues schwarzes Motorrad – das ich einige Male ausleihen durfte und das Mama verabscheut.

Ich sehe die auflackierte Flamme an, die sich über den Benzintank schlängelt, und denke nach.

Die Polizei hat Igor festgenommen. Dann kann es wohl nicht schaden, wenn ich mir die Mühle ausleihe? Es wäre vielleicht sogar gut – dann kann die Polizei sie jedenfalls nicht beschlagnahmen. In gewisser Weise helfe ich Igor sogar, wenn ich sein Motorrad mitnehme.

Und wenn ich etwas kann, dann Motorräder und Autos starten.

Alexandra öffnet erst, nachdem ich mehrmals geklingelt habe. Und als sie das tut, lässt sie die Sicherheitskette zu. Ihre Augen mustern mich misstrauisch durch den Türspalt.

»Scher dich zum Teufel«, faucht sie durch den Spalt.

Ich kapiere rein gar nichts.

»Was hast du denn genommen?«, frage ich.

Alexandra versucht, die Tür zuzuziehen, aber ich ziehe in die andere Richtung. Erst jetzt sehe ich, dass ihre Augen blank sind und dass sie schwarze Schminke auf der Wange verschmiert hat, als hätte sie geweint. Ihre Haare sind verfilzt, und sie trägt ein schmutziges T-Shirt und eine Unterhose.

»Was ist denn passiert?«, frage ich.

»Musstest du dich an Jeanette ranwanzen? Ist das deine Tour, mich zu erniedrigen?«

Ihre Stimme klingt jämmerlich. Sie lässt die Tür los und bleibt still dahinter stehen, als zögerte sie.

Ich reiße einige Male an der Tür, aber die Kette hält stand.

»Scheiße. *Baby.* Das hatte doch nichts zu bedeuten. Jeanette ist nicht … Du bist das doch, die ich toll finde.«

»Sicher«, sagt sie sarkastisch, aber ich höre das Weinen in ihrer Stimme.

»Lass mich rein, Baby. Dieser verdammte Irre, Igor, ist hinter mir her.«

Die Polizei erwähne ich nicht, denn Alexandra findet es schrecklich, wenn ich verbotene Dinge tue. Sie sagt immer, ich sollte lieber am U-Bahn-Schalter arbeiten, als zu dealen.

Aber ich glaube, das ist gelogen.

Denn ohne Geld wäre ich ein Nobody. Weder Alexandra noch Jeanette würde sich für mich interessieren.

Denn ich bin nichts. Ich kann nichts. Und ich habe nichts.

Das ist die bittere Wahrheit, und der kann ich auch lieber gleich ins Auge schauen.

Genau so ist es. Du bist nichts. Nichts.

»Weißt du«, sagt sie leise, aber überraschend fest. »Ich hab es satt, deine Probleme zu lösen. Werd endlich erwachsen. Und zieh mich nicht in Igors Scheißgeschäfte rein.«

Sie zieht die Tür zu, öffnet sie dann aber fast sofort wieder.

»Und hör verdammt noch mal auf, mich Baby zu nennen«, faucht sie, dass die Spucke nur so spritzt.

Die Tür wird zugeknallt, und da stehe ich im Treppenhaus.

MANFRED

Afsaneh schläft tief, obwohl der Wecker zweimal geklingelt hat. Ihre langen dunklen Haare fließen über das Kissen, und sie schnarcht ein wenig. Auf dem Nachttisch liegt die Packung mit den Schlaftabletten, die ihr der Hausarzt verschrieben hat, daneben steht ein halbvolles Glas Wasser. Neben der Tablettenpackung liegt eine halbe Tablette, von der ich weiß, dass sie nicht dort gelegen hat, als ich gestern Abend schlafen gegangen bin.

Offenbar ist Afsaneh nachts aufgewacht und hat noch eine halbe Schlaftablette genommen.

Aus der Ferne höre ich die Glocke der Hedvig-Eleonora-Kirche siebenmal schlagen. Ansonsten ist alles still und stumm.

Dieses Schweigen ist so seltsam.

Ich war viele Jahre lang von Kindergeräuschen umgeben. Erst von Lärm und Chaos der älteren Kinder. Später, nachdem sie ausgezogen waren und Nadja geboren wurde, von Geschrei, Kindersendungen und Spielzeug, das kreuz und quer über den Boden geschleift wird.

Jetzt höre ich nur Afsanehs Atemzüge und das Tor zum Hinterhof, das sich quietschend schließt, gefolgt von leichten Schritten über die Pflastersteine.

Diese unangenehm aufdringliche Nähe der Stille ist mir vertraut, und ich weiß sofort, weshalb.

Aron.

Es ist die gleiche Stille wie nach Aron.

Ich bin in diesem Viertel hier auf Östermalm aufgewachsen.

Dass ich zur Polizei gehen würde, konnte sich niemand auch nur in seiner wildesten Phantasie vorstellen. Das tat man einfach nicht, wenn man aus einem großbürgerlichen akademischen Milieu kam.

Aron und ich würden studieren, davon gingen alle aus.

Natürlich durften wir uns unser Studienfach selbst aussuchen, solange wir uns für Jura, Medizin oder vielleicht Wirtschaftswissenschaften entschieden. Kunstgeschichte oder Literaturwissenschaft waren auch noch akzeptabel, wenn man nun ein wenig schwächliche, musische Neigungen hatte.

Aron war mein Zwillingsbruder.

Wir waren eineiige Zwillinge und fast nicht zu unterscheiden, sogar für unsere eigenen Eltern und Freunde.

Nach unserem zwölften Geburtstag passierte etwas. Aron wollte nicht essen. Er behauptete, nicht schlucken zu können. Meine Eltern gingen mit ihm zu mehreren Ärzten, die alle die Meinung vertraten, ihm fehle physisch rein gar nichts, das Problem müsse also psychisch sein.

Die Wochen vergingen, und bei Aron trat keine Besserung ein. Er wurde immer magerer, ich dagegen immer dicker.

Ich nehme an, dass ich für zwei aß.

Am Ende war Aron so dünn, dass die Rippen wie Zeltstangen unter der gespannten Haut hervortraten und seine Knie an den dünnen Beinen wie Beulen aussahen. Er war so schwach, dass er nur in unserem großen Wohnzimmer auf dem Sofa von Svenskt Tenn liegen, fernsehen und durch einen Strohhalm Limonade trinken konnte.

Eines Abends sagte mein Vater, das reiche jetzt, er hob Aron mit energischem Griff von dem großgeblümten Sofa hoch, trug ihn zum Auto und fuhr mit ihm ins Krankenhaus.

Aron kam nie wieder nach Hause.

Was die Ärzte für ein psychosomatisches Problem gehalten

hatten, erwies sich als aggressiver Schilddrüsentumor, der in die Speiseröhre gewachsen war.

Der Krebs hatte schon gestreut, und Aron starb zwei Monate später.

Und damals ließ sich das Schweigen bei uns nieder – genau das Schweigen, das jetzt bei mir und Afsaneh herrscht.

Dieses Schweigen wächst im Leerraum, den jemand hinterlässt, den du für selbstverständlich gehalten hast, ein wehes, betäubendes Gefühl von Trauer und Sehnsucht. Viele Jahre später, als meine Frau mich verließ und die Kinder mitnahm, stellten sich Schweigen und Leere wieder ein.

Es war das Übliche – sie sagte, ich dächte nur an die Arbeit und übernähme keine Verantwortung für die Familie. Was sie nicht sagte, war, dass sie einen Anwalt namens Hasse kennengelernt hatte. Einen Mann, der in den richtigen Kreisen verkehrte und Sommerhäuser in Torekov und Verbier hatte. Einen Mann, der ihr das Leben bieten konnte, das sie sich immer gewünscht hatte, denn Beatrice war nie eine Polizistengattin gewesen.

Ich kann nicht behaupten, dass ich unseren ehelichen Schiffbruch bedauerte, aber ich litt darunter, die Kinder nur alle zwei Wochen zu sehen.

Ich habe Afsaneh versprochen, dass ich die Arbeit niemals für wichtiger halten werde als Nadja. Dass diesmal alles anders wird.

Ich drehe mich auf die Seite, so dass ich Afsaneh den Rücken zukehre. Auf dem Boden hinter meinem Nachttisch entdecke ich einige rote und blaue Legosteine, wie fragmentarische Erinnerungen an ein anderes Leben.

Ich hoffe, dass ich noch eine Chance bekomme, dieser anwesende und liebevolle Papa zu sein. Ich hoffe, dass es nicht zu spät ist.

Als ich ins Büro komme, sitzen Malin und Lasses vor dem Computer, zusammen mit einem Kollegen von vielleicht vierzig, den ich nicht kenne. Er ist mager und sehnig, wie ein Marathonläufer, und kommt offenbar aus Südeuropa oder vielleicht aus dem Mittleren Osten.

Auf dem Bildschirm sind körnige Aufnahmen von einem Parkplatz zu sehen.

»Noch mal«, sagt Lasses, und der unbekannte Kollege lässt den Film noch einmal ablaufen.

Lasses fährt sich mit der Hand über den struppigen Bart, schiebt das Kinn vor und sieht aus wie ein listiger alter Hecht, der im Schilf auf der Lauer liegt.

»Halt«, sagt er und zeigt auf den Bildschirm. »Da. Siehst du? Der Rauch ist weiß, also wurde die Sprengladung vermutlich aus Schießpulver hergestellt. Ich tippe auf Marke Eigenbau, ein IED, zum Beispiel eine Rohrbombe oder ein Druckkocher. Hast du gesagt, dass die anderen Autos beschädigt worden sind?«

»Total zerstört«, sagt der Dunkle. »Wir haben noch hundertfünfzig Meter weiter Splitter …«

»Splitter?«

Lasses beugt sich vor und betrachtet den Bildschirm mit zusammengekniffenen Augen.

»Dann würde ich auf einen Druckkocher tippen«, sagt er. »Außerdem haben wir die Tatsache, dass zwei Explosionen ausgelöst wurden. Die Bomben waren also ferngesteuert oder mit einem Zeitzünder versehen. Eine einzelne Bombe kann jeder debile Trottel bauen, doch das hier ist etwas anderes. Aber sprecht mit der Bombengruppe, die kennen sich da besser aus.«

Der Mann, den ich nicht kenne, bedankt sich bei Lasses, erhebt sich und geht mit seinem USB-Stick in der Hand Richtung Treppe.

»Hallo, du«, sagt Malin von dem Stuhl neben Lasses aus und lacht. »Wusstest du, dass Gunnar früher bei der Technik gearbeitet hat?«

Ich schüttele den Kopf.

»Druckkocher?«, frage ich. »Geht das wirklich?«

»Sicher«, antwortet Lasses, ohne eine Miene zu verziehen.

Dann nickt er zu dem Bildschirm hin, wo Rauch aus dem zerstörten Auto aufsteigt.

»Das ist sozusagen mein kleines Steckenpferd«, sagt er und reibt sich die Nase. »Film- und Bildanalyse, meine ich. Aber Sprengladungen sind auch ganz schön interessant.«

Ich sage nicht, dass ich gedacht hätte, sein Steckenpferd seien Frauen.

»Wird es Zeit?«, fragt Malin.

»Wird es wohl«, sage ich.

Die Mutter von Johannes Ahonen wohnt ganz oben in einem Hochhaus mitten in Jordbro, nicht weit von der U-Bahn-Haltestelle entfernt.

Wir betreten das Haus und holen den Fahrstuhl. Er ist heruntergekommen, und in die grüne Farbe der Wände sind mit spitzen Gegenständen Namen, Verwünschungen und Obszönitäten eingeritzt. Die Spiegel, die die eine Wand bedecken, sind matt, als wären sie jahrelang mit Stahlwolle poliert worden.

Angehörige von Verstorbenen zu besuchen gehört einwandfrei zu den schlimmsten Aufgaben eines Polizisten. Gleichzeitig sind solche Besuche aber auch unvermeidlich und wichtig – nicht nur für unsere Ermittlungen, sondern auch, damit die Familien der Opfer erfahren, was ihren Angehörigen zugestoßen ist.

Aber in diesem Fall wissen wir ja nicht einmal, ob der im Meer gefundene Leichnam wirklich der von Johannes Ahonen ist.

Ahonen sitzt vielleicht gerade irgendwo bei einem Bier. Ahonen vergnügt sich vielleicht mit einem Mädchen im Bett, in einer nicht weit von hier entfernten Wohnung. Ahonen liegt vielleicht durchaus nicht tot und aufgedunsen und mit *Leichenwachs* überzogen im Kühlraum der Rechtsmedizin in Solna.

Dennoch sind wir hier, um mit seiner Mutter zu sprechen, denn wir können es uns nicht leisten, auf die Ergebnisse der DNA-Analyse zu warten. Wenn wir Pech haben, werden die erst in zwei Wochen vorliegen.

Der Fahrstuhl kommt mit einem kurzen Ruckeln zum Stehen. Die Türen gleiten auf, und wir blicken in ein Treppenhaus, dessen Wände mit Farbe bespritzt sind, mit identischen dunkelbraunen Türen.

Wir treten hinaus – Lasses rechts und Malin links. Ich bleibe stehen, während sich die Fahrstuhltüren mit einem Seufzer hinter mir schließen.

»Hier«, sagt Lasses, der vor der Tür ganz hinten rechts stehen geblieben ist.

Malin und ich gehen zu ihm, als er bereits klingelt.

Das wütende Klingelsignal ist deutlich zu hören, und einige Sekunden später ahne ich Schritte hinter der Tür, die gleich darauf von einer kleinen Frau von vielleicht fünfundvierzig Jahren geöffnet wird. Sie hat die blonden Haare zu einem Knoten hochgesteckt und trägt schwarze Leggings und eine geblümte Bluse.

»Tuula Ahonen?«, fragt Malin und zeigt ihren Dienstausweis.

Die Frau nickt, und ihre Augen weiten sich.

»Malin Brundin, ich habe vorhin angerufen. Dürfen wir eintreten?«

Die Frau nickt und tritt einige Schritte zurück, ohne etwas zu sagen.

Die Wohnung ist klein, aber ordentlich und gemütlich. Das Sofa in dem winzigen Wohnzimmer ist voller farbenfroher Kissen, und an den Wänden hängen gerahmte Plakate von tropischen Stränden und Sonnenuntergängen.

Tuula weist auf das Sofa.

»Setzen Sie sich. Hier ist mehr Platz als in der Küche. Kann ich Ihnen etwas anbieten, Kaffee, Tee?«

Ihr Akzent ist so schwach, dass er fast nicht zu hören ist. Wenn sie nicht diesen finnischen Namen hätte, würde ich ihn vermutlich gar nicht bemerken.

»Das ist nicht nötig«, sage ich. »Wir bleiben nicht lange.«

Malin und Tuula setzen sich jeweils auf einen mit Lammfell überzogenen Puff. Ich lasse mich neben Lasses auf dem Sofa nieder. Mein Knie sticht, und ich muss eine Minute innehalten und tief durchatmen.

Tuulas tränenvoller Blick fängt meinen ein.

»Haben Sie ihn gefunden?«

»Das wissen wir noch nicht«, sage ich wahrheitsgemäß. »Deshalb würden wir Ihnen gern einige Fragen stellen. Wenn Ihnen das recht ist.«

Tuula zuckt mit den Schultern, streckt die Hand nach einer Packung Marlboro ohne Filter aus, schüttelt eine Zigarette heraus und gibt sich Feuer.

»Ich habe schon mit mehreren von Ihren Kollegen gesprochen«, sagt sie leise, zieht den Rauch ein und schaut aus dem Fenster.

Hinter den hellgrünen Baumwipfeln zeichnen sich die Umrisse weiterer Hochhäuser vor dem tiefblauen Himmel ab.

»Das wissen wir«, sagt Malin. »Und wir bitten dafür um Entschuldigung.«

Lasses zieht einen Notizblock und einen Kugelschreiber hervor und räuspert sich.

»Johannes ist also im März verschwunden?«, fragt er.

Tuula zuckt noch einmal mit den Schultern, fährt sich mit der Hand über die hart blondierten Haare und verzieht auf eine schwer zu deutende Miene das Gesicht. Es sieht fast aus, als ob sie lächelt, aber dann wäre es ein trauriges, leicht ironisches Lächeln.

»Ja, also …«

Sie zögert kurz und fügt dann hinzu:

»Wenn ich das wüsste. Johannes war oft tagelang weg, ab und

zu Wochen, ohne zu sagen, wo er steckte. Und er hat mal hier gewohnt, mal bei seiner Freundin, es war also nicht leicht, den Überblick zu behalten. Aber ich habe ihn Ende März vermisst gemeldet, und da hatte ich ihn seit Anfang März nicht mehr gesehen. Also ...«

Sie beendet den Satz nicht und klopft die Asche von ihrer Zigarette in einen kleinen silberfarbenen Aschenbecher. Dann mustert sie schweigend ihre gepflegten Fingernägel.

»Und weder Sie noch seine Freundin haben seither etwas von Johannes gehört?«, fragt Lasses.

Tuula schüttelt den Kopf so heftig, dass der Knoten wackelt.

»Nein. Die arme Bianca. Und in einem Monat kommt das Baby. Wer weiß, ob das Kleine jemals seinen Papa sehen wird.«

Mir fällt ein, dass Johannes' Freundin bei seinem Verschwinden schwanger war.

»Johannes war ja vorbestraft wegen illegalen Waffenbesitzes, Drogenbesitzes und Diebstahls«, sagt Lasses. »Und mit siebzehn hat er ein halbes Jahr in einem geschlossenen Heim für straffällige Jugendliche verbracht.«

»Hören Sie, das ist jetzt drei Jahre her«, sagt Tuula aufgebracht und drückt wütend ihre Zigarette in dem kleinen silberfarbenen Aschenbecher aus. »Ich begreife nicht, warum Sie mir die ganze Zeit damit kommen. Er hat sich doch nichts mehr zu Schulden kommen lassen.«

Dann bricht sie ganz ohne Vorwarnung in lautes Schluchzen aus.

Lasses beugt sich vor und legt ihr die Hand auf den Arm.

»Tuula«, sagt er mit gebieterischer Stimme.

Ihr Arm zittert, als ob sie sich seiner Berührung entziehen wollte. Aber dann sehe ich es.

Tuula erwidert seinen Blick, entspannt sich und errötet. Eine Sekunde lang steht alles still, aber die Energie, die zwischen Tuula und Lasses zittert, ist nicht zu übersehen. So wenig wie ihre Blicke, die sich ineinander verhaken, die Berührung, die viel zu lange dauert.

Sie stimmen also, denke ich. Diese ganzen Geschichten über Lasses, den Kommissar Lass-es-geschehen.

Dann ist der Augenblick vorüber. Sie lassen einander los, und Tuula starrt auf den Boden.

»Ich habe nur Angst, dass Sie sein Verschwinden nicht ernst nehmen«, schluchzt sie. »Dass Sie die Ermittlung schleifen lassen, weil Sie glauben, dass er noch immer kriminell ist.«

»Wir nehmen das Verschwinden Ihres Sohnes überaus ernst«, sagt Lasses. »Deshalb sind wir doch hier. Aber wir müssen wissen, wie sein Leben heute aussieht. Ob er Feinde hatte. Ob er einen Grund hatte, um …«

Er scheint nach Worten zu suchen.

»Ob er … deprimiert war«, beendet er den Satz.

Tuula nickt ernst und streckt die Hand nach einer weißen Serviette aus, die neben dem Aschenbecher liegt. Dann putzt sie sich geräuschvoll die Nase und knüllt die Serviette zu einem kleinen Ball zusammen. Als sie wieder etwas sagt, ist ihre Stimme heiser, wie bei einer Erkältung.

»Er war nicht deprimiert. Und er hat anständig gelebt. Klar, er war arbeitslos, aber das sind doch viele. Mit ungesetzlichen Dingen hatte er nichts zu tun, das hätte ich gewusst.«

Malin fängt meinen Blick auf und zieht fast unmerklich die Augenbrauen hoch.

Wir stoßen oft auf Eltern, die von ihren Kindern nichts Böses glauben können oder wollen.

»Und Sie wissen nichts von einer Bedrohung?«, frage ich.

»*Bedrohung?* Die wäre dann höchstens ich«, sagt Tuula mit einem trockenen Lachen.

Dann streicht sie die Serviette glatt und putzt sich abermals die Nase.

Lasses schaut mich unter seinen schweren Augenlidern an, und ich nicke.

»Am Donnerstag wurde auf einem Felsen im südlichen Schärengürtel die Leiche eines jungen Mannes gefunden«, beginnt er.

»Großer Gott, nein«, wimmert Tuula und verschränkt die Arme vor der Brust.

Malin hebt die Hand.

»Wir wissen noch nicht, wer er ist«, sagt sie langsam und betont jedes Wort. »Aber der Mann, der dort gefunden wurde, hat eine Tätowierung. Wir haben ein Foto davon. Dürfen wir Ihnen das einmal zeigen?«

Tuula gibt keine Antwort. Sie wiegt sich auf ihrem Sitzpuff hin und her.

Malin sieht mich hilflos an, und als ich abermals nicke, zieht sie das Foto aus ihrer Handtasche. Sie zögert kurz, dann fügt sie hinzu:

»Denken Sie bitte daran, dass das hier nur eine Tätowierung ist. Selbst wenn sie Ihnen bekannt vorkommt, bedeutet das noch nicht, dass der Tote Johannes ist. Viele junge Männer können ähnliche Tätowierungen haben.«

Dann legt Malin das Foto auf den Glastisch und schiebt es zu Tuula hinüber.

Tuula erstarrt mitten in der Bewegung. Streckt die Hand aus und streicht über das Foto der Adlertätowierung.

»Nein«, flüstert sie. »*Nein.*«

PERNILLA

Dienstag

Fast zwei Tage sind vergangen, seit ich ihn hinausgeworfen habe, und ich bin krank vor Unruhe. Heute Nacht habe ich fast kein Auge zugetan. Ich habe mich im Bett von einer Seite auf die andere gewälzt. Habe gebetet und immer wieder mein Telefon angestarrt, um zu sehen, ob eine Mitteilung von Samuel eingegangen ist.

Ehe ich von zu Hause weggegangen bin, habe ich die Amsel gefüttert. Ich hatte das Gefühl, dass sie mich anstarrte, vorwurfsvoll sozusagen.

Ich habe mit dem Gedanken gespielt, Samuel eine SMS zu schicken, mich aber dagegen entschieden.

Achtzehn Jahre.

Er ist jetzt fast erwachsen, auch wenn sein Verhalten einiges zu wünschen übrig lässt. Wenn er jetzt noch nicht seine Lektion gelernt hat, wann denn dann?

Eine umfangreiche Frau im Trainingsanzug taucht an der Kasse auf, sie hat sich den Einkaufswagen mit Fertiggerichten vollgepackt.

Ich lächele automatisch, und sie lächelt zurück.

»Was für ein wunderbares Wetter«, sagt sie.

»Auch in diesem Jahr ist es wohl wieder Sommer geworden«, sage ich und nicke. »Auch wenn man nicht mehr damit gerechnet hätte. Ich jedenfalls nicht. Der Frühling war ja nicht gerade warm. Aber jetzt ist die Wärme gekommen und …«

Ich verstumme, als ich mein sinnloses Geplapper höre, und ich merke, wie meine Wangen heiß werden. Aber die Frau mir gegenüber lacht nur.

Ich fange an, die Waren einzugeben, unterbreche mich aber mitten in einer Bewegung.

»Sie wissen schon, dass Sie zwei Cheddar für neunundneunzig Kronen bekommen?«, frage ich. »Wir haben Käsewoche. Wenn Sie sich also noch einen holen wollen?«

»Vielen Dank, das mache ich«, sagt sie, macht kehrt und watschelt zum Käseregal davon.

Meine neue Stelle gefällt mir.

Ich arbeite erst seit drei Wochen in diesem Supermarkt, aber mir ist schon jetzt klar, was das für ein Fortschritt im Vergleich zu der Teilzeitstelle in der Schulmensa des Huddinge-Gymnasiums ist. Mit Erwachsenen zu tun zu haben, oft mit sympathischen Menschen, die kein Essen an die Wand werfen, schreien oder wütend erklären, das Essen schmecke wie Kacke.

Ich habe sogar einen Kurs gemacht, und für die Zukunft scheint es auch die Möglichkeit zur Beförderung zu geben. Alles, was ich so viele Jahre lang nicht tun konnte, ist plötzlich wieder möglich, jetzt, wo Samuel zwar nicht besonders gut zurechtkommt, aber jedenfalls älter und etwas ruhiger ist.

Fast erwachsen.

Wo sind all die Jahre geblieben?

Jemand legt mir die Hand auf die Schulter, und ich drehe mich um.

Es ist Stina Svensson, die Filialleiterin. Eine Frau um die sechzig, mit feuerroten Haaren und solariumbrauner, fleckiger Haut.

»Das geht ja gut, wie ich sehe«, sagt sie und nickt mir zu. »Sie haben eine gute Hand mit der Kundschaft, Frau Stenberg. Und das ist wichtig.«

»Danke«, antworte ich und merke, wie meine Wangen glühen.

Jemand räuspert sich, und ich wende meinen Blick von Stina ab. Aber statt der kräftigen Frau, die ich zu sehen erwarte, stehen zwei uniformierte Polizisten vor mir.

»Pernilla Stenberg?«, fragt der ältere der beiden. Ein Mann von vielleicht fünfzig, mit beginnendem Schmerbauch und welligen grauen Haaren.

»Ja?«

»Wir sind von der Polizei«, sagt er, als ob ich keine Augen im Kopf hätte. »Wir würden gern mit Ihnen über Ihren Sohn Samuel sprechen. Haben Sie ein paar Minuten Zeit?«

Mein Herz schlägt einen Salto.

»Es ist doch nichts passiert?«, flüsterte ich und spüre, dass Stina leicht meine Schulter drückt.

Die beiden Polizisten wechseln einen raschen Blick.

»Nein, ihm ist nichts passiert«, sagt der jüngere Polizist rasch und fährt sich mit der Hand über den Ziegenbart. »Können wir irgendwo ungestört reden?«

Wir stehen im Lager, umgeben von braunen Kartons, die zu kleinen Türmen aufeinandergestapelt sind. Es ist eng und stinkt nach feuchter Pappe und verfaultem Obst.

»Gestern Abend gegen neun Uhr wurde Ihr Sohn zusammen mit einer Gruppe schwerkrimineller Männer in einem Gewerbegebiet im Süden von Fruängen gesehen«, sagt der ältere Polizist und erwidert meinen Blick. »Wir haben Grund zu der Annahme, dass diese Personen Drogen verkaufen und dass Ihr Sohn etwas damit zu tun haben könnte.«

»Oh nein«, flüstere ich und beuge mich vor. Hole tief Luft und stütze die Hände auf die Knie, um Halt zu haben. In meinem Kopf dreht sich alles, und meine Ohren rauschen.

Was der Polizist sagt, kommt nicht gerade als Schock. Ich bin vielleicht altmodisch, aber begriffsstutzig bin ich nicht. Mir war sofort klar, was Samuels kleine Tüten enthielten, und ich hatte schon lange den Eindruck, dass er viel zu sehr mit Geld um sich wirft. Natürlich habe ich ihn gefragt, woher er das Geld hat, aber er hat immer irgendwelche Zusatzjobs als Erklärung angeführt. Und die Kleider, sagt er, kämen aus irgendeinem Resteladen.

Der Polizist klopft mir unbeholfen auf die Schulter.

»Hören Sie. Samuel ist noch jung. Man kann noch etwas machen, alles in eine andere Bahn lenken. Aber wir müssen ihn finden. Wissen Sie, wo er steckt?«

Ich richte mich auf und erwidere seinen Blick. Stütze mich auf einen Stapel Kartons, der unter meinem Gewicht beunruhigend schwankt.

Dann schüttele ich den Kopf.

»Nein. Ich habe ihn am Sonntag vor die Tür gesetzt. Ich hatte etwas gefunden. Etwas, das …«

Für einen Moment spiele ich mit dem Gedanken zu lügen, aber Lügen ist eine Sünde. Wenn Samuel etwas Verbotenes getan hat, muss er seine Strafe auf sich nehmen und sein Vergehen sühnen.

»Ich weiß es nicht«, füge ich hinzu. »Es sah aus wie weißes Pulver, und es war in sehr kleine Plastiktüten verpackt. Ich hatte den Verdacht, dass es irgendein Rauschgift war, deshalb habe ich ihn vor die Tür gesetzt. Und seither habe ich nichts von ihm gehört.«

Obwohl ich mich dagegen wehre, kommen die Tränen. Sie strömen mir über die Wangen und zerstören das sorgfältige Make-up, das ich heute Morgen vor dem Badezimmerspiegel aufgelegt habe.

Der Polizist ignoriert meine Tränen, aber seine Stimme ist sanft, als er antwortet.

»Was haben Sie mit den Tüten gemacht?«

»Ich habe sie weggeworfen. In den Müll.«

Wir schweigen, und die Polizisten wechseln einen Blick. Sie halten mich sicher für verrückt. Eine verrückte, missratene Mutter, der nicht einmal das Allergrundlegendste hier im Leben gelungen ist: ihren Sohn zu einem gesetzestreuen Bürger zu erziehen.

»Okay«, sagt der ältere Polizist. »Es ist okay. Im Müll kann das Zeug immerhin keinen Schaden anrichten. Wann war das?«

»Am Sonntag, gegen halb acht. Glaube ich. Also, ich habe in dem Moment nicht auf die Uhr geschaut, aber ich weiß noch, dass ich gleich darauf den Müllwagen gehört habe, und ich habe gestaunt, weil er so spät kam. Und noch dazu an einem Sonntag. Aber die Müllabfuhr hat den ganzen Sommer schon nicht richtig funktioniert. Offenbar stimmt irgendwas mit den Hausschlüsseln nicht. Offenbar haben die …«

Der ältere Polizist räuspert sich leise – vermutlich hat er kein Interesse an der Müllabfuhr in Fruängen.

»Haben Sie irgendeine Vorstellung, wo er hingegangen sein kann? Kann er sich bei irgendwelchen Verwandten aufhalten?«

»Samuels Vater ist tot«, sage ich kurz. »Und sein Großvater liegt im Krankenhaus. Andere Verwandte haben wir nicht.«

Irgendwo da, wo das Herz sitzt, brennt es in mir, als ich das über Vater sage.

Er hat Krebs und liegt im Hospiz. Ich habe versucht, Samuel zu einem Besuch zu überreden, habe ihm erklärt, dass Großvater Bernt nicht mehr lange da sein wird, aber Samuel will nicht.

Ich weiß nicht, ob er Angst hat oder ob es ihm einfach gleichgültig ist.

»Kann er bei einem Freund sein?«

Ich schüttele den Kopf.

»Nein. Doch. Vielleicht. Er hat einen Freund. Liam heißt er. Liam Lindgren. Er wohnt in derselben Straße wie wir, in Nummer 8, glaube ich. Sie sind schon seit der Grundschule befreundet. Ich weiß noch, wie sie in der ersten Klasse angefangen haben, schon damals waren sie unzertrennlich. Aber ich glaube nicht, dass er dort übernachtet hat. Die wohnen doch so beengt. Und Hunde haben sie auch noch. Ich weiß nicht, ob zwei oder drei. Aber jedenfalls mehr als einen. Nein, was sage ich da, es sind zwei. Der große Hund ist im Frühling gestorben. Es war wohl was mit dem Magen. Ja. Hunde haben doch so empfindliche Mägen.«

Ich verstumme.

Ich rede wieder einmal zu viel, noch dazu über ganz und gar belanglose Dinge, die die Polizei wohl kaum interessieren. Was scheren die sich denn um Liams Hunde.

Der ältere Polizist zieht eine Visitenkarte heraus und drückt sie mir in die Hand.

»Rufen Sie an, wenn er sich meldet. Wir wollen ihm gern helfen, aber dafür müssen wir mit ihm reden.«

Ich nicke und wische mir mit dem Handrücken die Tränen ab. Dann streiche ich meine Bluse glatt und öffne die Tür zum Laden.

Die Polizisten gehen auf den Ausgang zu, und ich warte beim Eingang zum Lager.

Stina und die dicke Frau stehen noch immer an der Kasse und sehen mich an.

MANFRED

Malins Laptop macht »pling«, und sie beugt sich darüber. Drückt auf ein paar Tasten und beugt sich noch weiter vor.

Wir sitzen seit fast zwei Stunden hier und gehen alles durch, was wir über Johannes Ahonen wissen. Malin hat die üblichen Strippen gezogen – hat sich an Ahonens Mobilprovider und an seine Bank gewandt, hat diverse soziale Medien durchkämmt, um Informationen zu beschaffen und um ein Bild von seinen Freunden und Angehörigen zeichnen zu können.

»Die Rechtsmedizin hat eine Mail geschickt«, sagt sie und runzelt die Stirn.

Und einige Sekunden darauf.

»Er ist es. Der Tote ist wirklich Johannes Ahonen.«

»Das hätte ich euch von Anfang an sagen können«, behauptet Lasses. »Zeig mal.«

Er zieht Malins Laptop zu sich heran und liest die Mail, während er sich über den struppigen Bart fährt.

»*Verdammte Kacke*«, murmelt Malin, und für eine Sekunde fühle ich mich in unser improvisiertes Büro in dem stillgelegten Lebensmittelladen in Ormberg zurückversetzt. In die Kälte, die in die Wangen biss, und in den mächtigen Nadelwald, der sich den steilen Ormberg hochzog.

Verdammte Kacke.

Das hat Andreas so oft gesagt. Vielleicht kein Wunder, dass Malin es übernommen hat, wo sie doch jetzt zusammenleben.

»Die arme Frau Ahonen«, sagt Malin nun. »Die arme, arme Frau.«

Das Bild von Johannes' Mutter, die sich weinend auf dem Lammfellpuff in der Wohnung in Jordbro hin und her wiegt, taucht vor meinem inneren Auge auf.

Ja, ich hätte mir auch gewünscht, dass der Tote ein anderer wäre.

Das tut man immer.

Aber ein anderer hat ja ebenfalls Eltern und Freunde, so ist es nun einmal.

Wir sitzen in dem kleinen Besprechungsraum, der auf den Park hinausgeht. Die Sonne steht tief am Himmel, und der Park liegt im Schatten. Menschen führen ihre Hunde aus, und auf einer großen roten Decke im Gras veranstaltet jemand ein Picknick.

Malin und ich wechseln einen Blick, ohne etwas zu sagen. Lasses lässt sich davon nicht beeindrucken, er liest weiter die Mail der Rechtsmedizinerin. Ab und zu schmunzelt er und nickt, als ob er in irgendetwas bestätigt würde.

»Identifiziert mit Hilfe der Zahnarztunterlagen«, teilt er mit. »Die DNA-Analyse ist wohl erst später in dieser Woche fertig, aber sie werden natürlich zum selben Ergebnis kommen. Und sie sind mit der Obduktion fertig. Der Bericht kommt morgen, aber die Rechtsmedizinerin schreibt, dass sie keine Todesursache feststellen konnte.«

Malin seufzt tief.

»Aber er wurde doch total zusammengeschlagen«, sagt sie und verschränkt die sehnigen Arme auf ihrem wachsenden Bauch.

Wieder schmunzelt Lasses.

»Stimmt. Fast jeder Knochen in seinem Leib ist gebrochen, aber das ist post mortem passiert, nach seinem Tod also. Sie schreibt, dass … dass sie im dazugehörigen Gewebe keine Blutungen gefunden hat, er muss also schon tot gewesen sein, als das passiert ist, was ihm alle Knochen gebrochen hat. Sie spricht wohl gern in Rätseln, die gute Rechtsmedizinerin.«

»Was glaubt sie denn, was passiert ist?«, fragt Malin.

Lasses lacht frustriert, als hätte Malin etwas überaus Komisches gesagt.

»Und du glaubst, das schreibt sie uns in einer Mail? Nix da. Heutzutage muss man den feinen Herren und Damen in der Rechtsmedizin die Informationen einzeln aus der Nase ziehen. Sie haben so eine verdammte Angst, irgendwas falsch zu machen, dass ich mich frage, ob es nicht besser wäre, wenn wir die Leichen selbst hier auf dem Schreibtisch obduzierten.«

Malin erwidert meinen Blick und zieht diskret eine Augenbraue hoch.

»Ich lese mal vor«, sagt Lasses. »Da steht, dass der Körper post mortem Hochenergiegewalt ausgesetzt wurde. Hochenergiegewalt? Was zum Teufel soll das denn heißen? Kann eigentlich niemand mehr wie ein normaler Mensch reden?«

»Hochenergiegewalt«, sagt Malin. »Ein Autounfall vielleicht oder ein Bootsunglück oder möglicherweise ein Sturz aus höchster Höhe.«

Kaum hat sie das gesagt, sehe ich, wie sie eine Grimasse schneidet. Lasses, der den Tritt ins Fettnäpfchen ebenfalls bemerkt hat, starrt die Tischplatte an und räuspert sich leise.

»Sorry«, sagt Malin.

Ich gebe keine Antwort, und beide tun mir ein bisschen leid. Sie sind so verdammt vorsichtig, haben solche Angst, etwas zu sagen, das mich an Nadja erinnert.

Als würde das irgendeine verdammte Rolle spielen.

Als ob ich nicht ohnehin schon die ganze Zeit an sie dächte.

»Und was passiert jetzt?«, fragt Malin.

»Wir müssen den abschließenden Obduktionsbericht, die DNA-Analyse und die rechtsmedizinische Untersuchung abwarten«, sagt Lasses und seufzt. »Die Technik hat den Bericht auch noch nicht fertig. Im Moment sind die verdammt lahmarschig. Aber Moment mal! Unter Ahonens Fingernägeln sind

Hautreste gefunden worden. Er kann einen möglichen Täter gekratzt haben.«

»Bingo«, flüstert Malin und lacht strahlend, als wäre der Fall bereits gelöst. Und wirklich, ab und zu ist die DNA-Technik das pure Wunder. Ab und zu hat man im Register einen Treffer und kann losfahren und einen mutmaßlichen Täter abholen, so einfach, als ob man sich per Telefon eine Pizza bestellt.

»Aber sie wissen nicht, ob sie daraus ein brauchbares DNA-Profil erstellen können«, erklärt Lasses. »Der Leichnam hat ja lange im Wasser gelegen, und da sollten wir uns vielleicht nicht zu früh freuen, kleine Dame.«

Ich drehe mich zu Lasses um.

»Du hast eine Verbindung zwischen Johannes Ahonen und Igor Ivanov erwähnt. Ist das etwas, das wir uns etwas genauer ansehen sollten?«

Lasses nickt.

»Natürlich. Aber diese Verbindung ist verdammt vage. Als Ahonen vor etwas mehr als drei Jahren festgenommen wurde, hatte er eine große Menge Kokain bei sich. Fast zweihundert Gramm. Die er natürlich weiterverkaufen wollte. Die Jungs von der Droge waren ziemlich sicher, dass er den Kram von einem gewissen Malte Lindén gekauft hatte, auch wenn sie keine konkreten Beweise dafür hatten. Und Malte Lindén arbeitet für Igor Ivanov. Allerdings hat dieser Igor Ivanov den größten Teil des Drogenhandels im südlichen Stockholm unter sich, deshalb gibt es keinen Arsch, der verkauft oder kauft, der nicht in irgendeiner Verbindung zu ihm steht. Ergo gehen wir damit nicht zum Staatsanwalt, denn der würde uns nur die Hose runterziehen, ehe wir auch nur Hausdurchsuchung sagen könnten. Und dann sitzen wir hier, mit nacktem Arsch, und kommen nicht vor und nicht zurück.«

Lasses nimmt die Brille ab, seufzt noch einmal und putzt die Brillengläser mit seinem Hemd.

»Und Igor Ivanov und Malte Lindén?«, fragt Malin. »Wo finden wir die? Können wir wenigstens mit denen reden?«

Lasses grinst, setzt seine Brille wieder auf und lacht.

»Sicher«, sagt er kurz. »Wir können mit ihnen reden. Aber *sagen* werden die uns nichts, das musst du dir klar vor Augen halten.«

Dann erhebt er sich und streicht sich das schlechtsitzende Hemd glatt. Trottet durch den Gang in Richtung Kaffeeküche.

»Wie zum Teufel kann der Erfolg bei Frauen haben?«, fragt Malin genervt. »Ganz ehrlich, der ist ein richtig mieser Arsch.«

»Du fällst ja auch nicht in sein Beuteschema«, sage ich und schiele zu ihrem dicken Bauch hinüber.

Malin lächelt säuerlich.

Wir schweigen.

»Wie läuft es denn so mit dir und Andreas?«, frage ich.

»Gut«, sagt Malin. »Sehr gut sogar. Obwohl er natürlich ein echtes Landei ist.«

»Wie du?«

Malin lacht.

»Genau. Und dabei wollte ich doch weg. Weit weg von Ormberg. Das war doch sozusagen mein Plan.«

»Ab und zu hat das Leben andere Pläne für uns«, erkläre ich.

Malin sieht mich lange an, sagt aber nichts.

»Und wie geht es deiner Mutter?«, frage ich so vorsichtig, wie ich kann.

Malins Gesicht wird abweisend, und ihr Blick geht zu ihrem Bauch hinunter.

»Wir haben im Moment keinen Kontakt«, murmelt sie.

»Du solltest dich vielleicht bei ihr melden. Man weiß nie, wie lange man die, die man liebt, noch hat.«

Malin legt sich eine Hand auf den Bauch, streichelt ihn ein wenig, sagt aber nichts.

Als ich nach Hause komme, sitzt Afsaneh mitten im Wohnzimmer auf dem Boden, mit Nadjas Legokiste zwischen den Beinen, und hebt planlos ein buntes Plastikstück nach dem anderen hoch. Sie trägt eine Unterhose und ein altes Hemd von mir. Ihre Haare hängen ihr in Strähnen ins Gesicht, und sie reagiert nicht, als ich hereinkomme und die Deckenlampe anknipse.

Ich stelle meine Aktentasche auf den Boden und trete zu ihr. Gehe in die Hocke und lege ihr die Hände auf die Schultern.

»Du.«

Sie gibt keine Antwort.

»Komm«, sage ich. »Wir kochen uns einen Tee.«

»Du warst heute nicht im Krankenhaus«, sagt sie und drückt einen gelben und einen blauen Legostein aufeinander.

Ich setze mich neben sie auf den Boden und lege ihr den Arm um die Schultern. Hole tief Luft.

»Ich musste zu einer Besprechung. Die brauchten mich.«

Afsaneh zieht die Legosteine wieder auseinander.

»*Nadja* hat dich gebraucht.«

Ich sehe das anders.

Ein bewusstloses Kind braucht nicht rund um die Uhr beide Eltern an seinem Bett, das ist einfach so. Auch wenn ich wünschte, dass unsere Anwesenheit etwas ändern, ihr beim Gesundwerden helfen könnte, glaube ich nun einmal nicht, dass es so ist.

Aber das kann ich Afsaneh natürlich nicht sagen.

Wir trauern auf unterschiedliche Weise.

Afsanehs Trauer ist alles verzehrend und physisch, wie eine Naturkraft, und ihr Bedürfnis nach körperlicher Nähe zu Nadja scheint unersättlich. Sie redet auch ununterbrochen über Nadja. Und offenbar hat sie irgendeine Art Forum im Netz aufgetan, eins für Eltern kranker Kinder.

Vielleicht hofft sie, dass der Schmerz der anderen ihren lindern wird.

Ich selbst fühle mich eher ausgeschlossen. Irgendwie kalt. Ein bisschen, als wäre ich tot, obwohl ich ziemlich sicher bin, dass das nicht der Fall ist.

Es passiert, dass ich von Nadjas Unfall träume.

Es gibt zwei Sorten von Träumen.

Im ersten renne und renne ich über den Küchenboden, um sie vor dem Fall noch zu erreichen. Aber der Boden verwandelt sich auf eine seltsame Weise in ein weitgestrecktes Feld. Und je länger ich renne, umso weiter entfernt sich das Fenster, bis es nur noch ein winziger, kaum erkennbarer Punkt am Horizont ist.

Im anderen Traum bin ich fit und schnell, als wäre ich nicht über fünfzig und keine hundertzwanzig Kilo schwer und hätte nicht diese verdammten Schmerzen im Knie.

Ich lege die kurze Strecke zwischen Wohnzimmer und Küchenfenster mit einem einzigen Satz zurück, wie ein Gepard. Packe Nadjas Handgelenk und ziehe sie durch das offene Fenster herein.

Der schlimmere ist natürlich der zweite Traum, es tut viel mehr weh, daraus aufzuwachen.

Alles, was nötig gewesen wäre, war eine Sekunde, ein Meter.

Ein verdammter Meter. Man sollte doch meinen, Gott hätte da kurz eingreifen können.

Aber mein Kind ist auf den Asphalt gestürzt.

Ich richte mich mühsam auf. Ein stechender Schmerz fährt in mein Knie, aber ich achte nicht darauf. Dann ziehe ich Afsaneh vorsichtig auf die Füße.

»Es tut mir so leid, dass ich es heute nicht geschafft habe«, sage ich, nehme ihr Gesicht in die Hände und küsse sie auf beide Wangen.

Sie sind nass und schmecken nach Salz.

Sie nickt und legt die Arme um mich. Drückt mich an sich.

Ich weiß nicht, wie lange wir so stehen, aber am Ende sagt sie: »Es wird gut. Es muss gut werden.«

Danach bringe ich sie ins Bett. Gebe ihr eine Schlaftablette, hole ein Glas Wasser und stecke die Decke um sie fest wie um ein Kind.

Ich gebe ihr auch einen Kuss auf die Stirn, wie ich das immer mache, wenn sie aus irgendeinem Grund traurig ist. Sie lächelt mit geschlossenen Augen und ist bereits dabei, in dem barmherzigen Pillenschlaf zu versinken.

Ich gehe zum Stuhl vor dem Fenster. Knöpfe mein Hemd auf und hänge es über die Stuhllehne. Ziehe die Hose aus und lege sie auf den Sitz.

Meine Kleider sehen zerknittert und irgendwie formlos aus, genau so, wie mein Leben jetzt ist.

Ich öffne den Kleiderschrank und lasse meinen Blick über den Inhalt wandern.

Die Anzüge von meinem Lieblingsschneider, Norton & Sons, Savile Row in London, hängen ordentlich nebeneinander, als warteten sie nur darauf, dass ich mich zusammenreiße und sie wieder hinaus an die Sonne hole.

Norton & Sons haben zahllose Anzüge, Hemden und nicht zuletzt Freizeitkleidungsstücke für Kaiser, Könige und Präsidenten genäht. Kein Geringerer als Lord Carnarvon trug einen Anzug von Norton & Sons, als er 1922 im Tal der Könige der Öffnung von Tutanchamuns Grab beiwohnte. Ob er auch Kleidung dieser ehrwürdigen Schneiderei trug, als er ein Jahr später in Kairo an einem infizierten Mückenstich starb, verschweigt die Geschichtsschreibung. Aber ich kann ihn vor mir sehen, wie er auf dem Sterbebett liegt, mit schweißüberströmtem Gesicht, aber tadellos gewandet in Harris Tweed, der Schnurrbart gepflegt wie immer.

Ich weiß, dass ich auf meine Art ein Nerd bin, aber ich liebe das alles – die Geschichten, die Mythen, das Handwerk. Das, wobei es um Qualität geht, um handwerkliches Können, das über Generationen hinweg vom Vater an den Sohn weitergegeben wird. Um die Fähigkeit, Kleidungsstücke herzustellen, die ein ganzes Leben lang getragen werden können. Alles, was der absolute Gegensatz zu der Konsumhysterie unserer Zeit und der Wegwerfmentalität ist.

Ich streiche mit der Hand über einen Sakkoärmel.

Die Wollfasern stechen ein bisschen unter meinen Fingerspitzen.

Dieser Stoff kommt aus einer Weberei auf den Äußeren Hebriden. Die Werkstatt ist seit vier Generationen in Familienbesitz, und die Muster sind natürlich dieselben wie zu Anfang – die Stoffe der herrschenden Mode anzupassen wäre geschmacklos.

Allein dieses Wissen lohnt die ganze Reise nach London, um einen Anzug zu bestellen.

Ich schließe den Kleiderschrank.

Die Tür fällt mit einem tiefen Seufzer zu. Die Türen schließen sich um mein altes Leben wie ein Sargdeckel. Übrig bleiben nur meine zerknitterte Hose, mein ebenso zerknittertes Hemd, das über dem Stuhl hängt, und das Gefühl, dass mir das Leben aus den Händen gleitet.

SAMUEL

Die Zweige der Baumkrone bilden über mir ein Muster – als hätten hunderte von Fingern aus Holz und Blättern sich miteinander verflochten, um mich zu beschützen.

Ich habe fast das Gefühl, in einem Baumhaus zu liegen. Einem magischen Baumhaus, ein bisschen wie das, das Liam und ich im Park nahe dem Långbro Krankenhaus gebaut haben, als wir noch klein waren.

Ich setze mich auf.

Mein Rücken tut weh, und mein Körper ist steif vor Kälte. Die Feuchtigkeit ist vom Gras in den Rücken meiner Kapuzenjacke gezogen, und meine Jeans ist hinten nass.

Die Sonne steht schon hoch am Himmel, und es ist absolut windstill. Vor mir breiten sich die Felsen aus, und dahinter ist das Meer – blau und blank wie ein Spiegel. In der Ferne kann ich ein Segelboot erkennen, das bewegungslos dort zu liegen scheint, und auf einem Stein ein Stück weiter draußen sitzen einige Sturmmöwen.

Larus canus.

Das bedeutet graue Möwe. In alten Zeiten durfte man keine Möwen töten, weil alle glaubten, dass ertrunkene Fischer als Möwen weiterlebten.

Es gibt hier auch andere Vögel. Gestern habe ich fünf Eiderenten mit mindestens zehn Jungen im Schlepp vorüberschwimmen sehen. Und Gänsesäger, Höckerschwäne und Mantelmöwen. Ich glaube jedenfalls, dass es ein Höckerschwan war, denn die Flügel pfiffen, als er vorüberflog, und Singschwäne fliegen lautlos.

Das alles habe ich von meinem Großvater gelernt. Das und noch viel mehr über die Natur. Und seitdem bin ich von Vögeln nahezu besessen. Ich habe mir alles beigebracht, was ich über sie in Erfahrung bringen konnte, und davon geträumt, einen eigenen Vogel zu haben, aber Mama hat gesagt, die machten viel Dreck und stänken.

Und jetzt, wo ich einen Vogel habe, will ich ihn eigentlich nur wieder freilassen.

Vögel gehören nicht in einen Käfig.

Ich zittere.

Es ist kalt, und mein Magen schreit nach etwas zu essen und zu trinken. Etwas anderem als den Daimriegel, den ich heute Nacht vor dem Einschlafen verzehrt habe.

Weil Alexandra mich nicht hereinlassen wollte, bin ich zu Liam gegangen, aber seine Mutter war an der Tür. Und die hatte eine totale Scheißlaune, als sie aufmachte. Sogar die kleinen Schwulentölen kamen mir wütend vor. Liams Mutter sagte, Liam sei nicht zu Hause und ich sollte tagsüber wiederkommen, wie anständige Leute.

Deshalb habe ich in Liams Kellerbude geschlafen. Ich habe seine Mutter nicht direkt um Erlaubnis gebeten, warum hätte ich das auch tun sollen? Ich hatte doch den Schlüssel, und es hat niemandem geschadet.

Als ich aufgewacht bin, habe ich Liam eine SMS geschickt, erklärt, was Sache ist, und gefragt, ob ich ein paar Tage bei ihm unterkriechen kann.

Er hat geschrieben, dass das nicht geht. Dass die Polizei gerade da gewesen war und nach mir gefragt hatte, und seine Mutter tobte. Und drohte, das WLAN abzuschalten und ihn vor die Tür zu setzen.

Ich habe ihm erklärt, dass es doch keine Rolle spielt, wenn sie den Internetzugang abschaltet, wenn sie ihn ohnehin vor die Tür setzt, aber da hat er geantwortet, ich sei ja wohl an allem selbst schuld, weil ich für den Psycho Igor gearbeitet hatte, obwohl ich doch geschworen hatte, das nicht zu tun.

Die Lage war mit anderen Worten scheißkrank; hier lag ich in der Kellerbude auf dem Boden und schickte SMS an Liam, der sich einige Stockwerke höher im selben Haus aufhielt, ohne dass er wusste, dass ich hier unten war. Außerdem war die Bullerei offenbar zu Besuch gekommen, als ich schlief.

Aber aus dem, was Liam geschrieben hatte, zog ich andere Schlüsse als er.

Die Bullerei musste mich im Gewerbegebiet erkannt haben – warum hätten sie sonst nach mir fragen sollen? Und das bedeutet, dass die Polizei weiß, dass ich für Igor arbeite.

Ich habe ganz schön Panik gekriegt, als ich das begriff. Dass die Bullen bestimmt so eine Akte über mich haben, mit Bild und allem.

Genau wie bei CSI.

Danach habe ich die Stadt dann verlassen. Habe Igors Motorrad geholt, das ich in der Garage unter Liams Haus abgestellt hatte, und bin aus purer Panik so weit gefahren, wie ich nur kommen konnte, bis dahin, wo die Straße endete und das Meer anfing.

Ich versuche, meine Lage zu analysieren, sie klar zu sehen, als wäre sie eine Matheaufgabe und nicht mein Leben, in dem alles den Bach runtergeht.

Die Polizei macht Jagd auf mich.

Igor will mich wahrscheinlich umbringen.

Mama hat mich vor die Tür gesetzt.

Alexandra ist ganz allgemein sauer und hält mich für einen Arsch, bloß weil ich ein bisschen mit Jeanette geflirtet habe. Und Liam hat die schlimmsten Berührungsängste, nur weil die Bullen da waren und ein paar Fragen gestellt haben.

Außerdem hab ich keine Kohle.

Ich hebe eine Kippe vom Boden auf, wische ein paar feuchte Grashalme ab und stecke die Kippe zwischen die Lippen. Dann ziehe ich das Feuerzeug heraus, drehe an dem Metallrädchen und mache zwei tiefe Züge, bevor ich die Fluppe wieder im taunassen Gras ausdrücke.

Ich bin so verdammt fertig.

Das Einzige, was ich jetzt tun kann, ist, in Deckung zu bleiben, aber ich weiß nicht, wo ich hinsoll, und ich kann nicht in alle Ewigkeit draußen schlafen und von Sonne und Seeluft leben wie ein verdammter Löwenzahn.

Ich spiele ein bisschen an dem Armband aus Glasperlen herum. Drehe sie um, bis die Buchstaben nach außen schauen.

MAMA.

Ich sehe Mama vor mir. Die graubraunen Haare und die unruhigen braunen Augen. Das goldene Kreuz, das sie immer trägt. Das ewige Generve, dass ich mein Leben in die Hand nehmen muss und dass alles in Ordnung kommen wird, wenn ich nur mein Herz für Jesus öffne.

Entschuldigung, aber wo war Jesus am Montag?

Das wird man ja wohl noch fragen dürfen.

Ich sollte sie anrufen, aber ich trau mich nicht. Bestimmt wird die Bullerei das als Erstes überprüfen – ob ich mich bei ihr melde. Das tun doch bestimmt alle geistig zurückgebliebenen Idioten; rennen sofort nach Hause zu Mama, um sich nach dem Überfall oder der Misshandlung oder dem misslungenen Drogendeal auszuweinen?

Ich stehe auf. Wische mir Gras und Erde von der Hose, gehe zu einem Busch, öffne den Reißverschluss in meiner Hose und pisse.

Sogar mein Schwanz friert. Er ist klein und runzlig und scheint sich in sich selbst verkriechen zu wollen, wie ein verängstigtes kleines Tier.

Vielleicht könnte ich ein leer stehendes Sommerhaus knacken.

Leer stehend, um diese Jahreszeit? Kaum vorstellbar.

Ich ziehe den Reißverschluss hoch und schaue zu Igors Mühle hinüber, die ein Stück tiefer zwischen den Büschen steht. Chrom und schwarzer Lack funkeln in den Sonnenstrahlen, die sich einen Weg durch die Zweige suchen. Die auf den Tank aufgemalte züngelnde Flamme leuchtet matt.

Ich schließe den Hosenknopf mit einer Hand und scrolle mit der anderen auf meinem Telefon herum. Werfe bei Snap einen Blick auf die Karte.

Liam ist zu Hause. Alexandra ist offenbar bei Jeanette. Mir krampft sich der Magen zusammen, als ich mir vorstelle, was sie jetzt für Scheiß über mich reden. Wie Alexandra flennt und Jeanette sie tröstet.

Aber, aber, meine Liebe. Ich hätte doch nie mit dem geschlafen. Nur damit du's weißt. Das ist ein Loser.

Ich sehe bei Jeanettes Insta nach.

Sie hat ein Bild gepostet, auf dem sie im Bikini vor dem Spiegel in der Diele steht. Sie posiert und schiebt die Brüste vor. Macht einen Schmollmund und fährt sich mit einer Hand durch die langen Haare.

Normalerweise wäre ich davon steinhart geworden, aber nicht heute.

Dreihundertneunzig Idioten haben das Bild gelikt.

Jeanette hat fast zweitausend Follower auf Instagram und postet jeden Tag mindestens fünf Bilder. Meistens in einem Pullover mit tiefem Ausschnitt oder mit einem Hundebaby auf dem Schoß. Oder noch besser, die blöde Töle zwischen die Titten geklemmt, wie einen Hamburger zwischen zwei Scheiben Brot.

Deshalb ist sie so beliebt.

Ich lese meine Nachrichten. Ein Kumpel von Liam hat einen Link zu Twitch gemailt, wo ein Typ verspricht, seinen eigenen Selbstmord zu streamen. Aber als ich den Link anklicke, finde ich nichts. Und als ich noch einen Versuch machen will, höre ich auf der Straße ein Auto.

Ich trete zurück ins Gebüsch, um nicht gesehen zu werden, und warte darauf, dass das Auto vorüberfährt. Aber es hält an die zwanzig Meter von mir entfernt.

Eine Autotür wird zugeschlagen, dann noch eine.

Ich höre Stimmen von dort. Stimmen, die mir seltsam bekannt vorkommen.

»Wo?«, fragt die eine.

»Keine Scheißahnung«, antwortet die andere. »Aber irgendwo hier soll das sein.«

Durch das dichte Blattwerk sehe ich zwei Männer näher kommen. Der eine ist ziemlich klein, dicklich und hat eine Jeans an, die ihm halbwegs auf der Hüfte hängt. Er kommt mir auf eine vage Weise bekannt vor, wie ein entfernter Verwandter, den man immer zu Weihnachten sieht, sonst aber nie.

Der andere ist groß und geht vornübergebeugt. Seine dünnen hellbraunen Haare fallen strähnig in sein knochiges Gesicht, und das T-Shirt hängt wie ein Sack über seinem mageren Brustkorb.

Mein Herz bleibt stehen, und ich falle tot zu Boden.

Jedenfalls fühlt es sich so an, denn dieser andere Typ ist Malte, Igors Arschbubi.

»Schau noch mal nach!«, sagt Malte, bleibt stehen und zündet sich eine Fluppe an.

»Okay«, sagt der andere und zieht etwas aus seiner Jackentasche.

Warum ist Malte nicht in U-Haft? Und wichtiger noch: Wie zum Teufel haben sie mich gefunden?

Die Gedanken wirbeln mir nur so durch den Kopf, und gleich darauf weiß ich es.

Das Handy.

Es muss das verdamme Handy sein. Ich hab es ja von Igor, und darauf ist eine Menge Dreck, den ich nicht selbst heruntergeladen habe.

Wer weiß, was der Psychopath Igor darauf installiert hat? Es würde ihm verdammt ähnlich sehen, seine eigenen Leute zu bespitzeln.

Mit zitternden Fingern ziehe ich das Telefon aus der Tasche, um es auszuschalten, aber es rutscht mir aus den Händen und fällt auf den Boden.

Ich fluche lautlos, gehe in die Hocke und taste zwischen Erde und trockenem Laub herum. Es brennt wie Feuer, als Zweige meine Wange aufkratzen, meine Haut aufreißen. Der Geruch von feuchtem Humus und frischem Grün kitzelt in meinen Nasenlöchern.

Am Ende spüre ich das sonnenwarme Metall unter den Fingerspitzen. Schnappe mir das Telefon und drücke auf den Knopf an der Seite, um es auszuschalten.

Es dauert eine Ewigkeit, bis das Display schwarz wird.

Ich sitze bewegungslos da. Beobachte Malte und den anderen Typen, die noch immer am Straßenrand im Gras stehen und leise miteinander reden.

Ich wage kaum zu atmen, so eine Scheißangst habe ich. Denn wenn sie mich finden, werden sie mich windelweich prügeln.

Oder noch Schlimmeres.

Ich denke an die Typen, von denen Liam erzählt hat. Die Igor betrogen hatten und mit Kabelbindern gefesselt und wie Katzenjunge ersäuft worden waren.

»… nicht … später vielleicht … Scheißnetz … Hunger …«

Die Wörter segeln durch die laue Morgenluft wie träge Schwalben, kommen als Bruchstücke bei mir an, wie Scherben von etwas, das zersplittert ist und darauf wartet, wieder zu einer sinnvollen Einheit zusammengesetzt zu werden.

Meine Beine tun weh, und ich richte mich vorsichtig auf. Aber ich bleibe mit dem Ärmel an einem Zweig hängen, und der bricht mit einem lauten Knacken.

»Was zum Teufel war das?«, fragt Malte.

»Das hat sich angehört wie …«

Malte blickt sich um.

»Ach«, sagt der fette Kerl. »Wir fahren weiter. Ich brauch was zu futtern.«

Malte gibt keine Antwort. Er reckt sich und kommt mit entschiedenen Schritten auf mich zu.

Ich stehe ganz still und gebe mir alle Mühe, meine Atemzüge zu kontrollieren, aber ich keuche trotzdem, als ob ich gerade hundert Meter gerannt wäre.

Malte steht jetzt auf der anderen Seite der Büsche, höchstens vier Meter von mir entfernt.

Er schaut voll auf mein Versteck, und für eine Sekunde bin ich sicher, dass er mich gesehen hat. Aber dann wandern seine Hände zu seinem Schritt und öffnen den Reißverschluss. Eine Sekunde darauf trifft der Urinstrahl den Boden.

Mein Herz wird wieder ruhiger, findet seinen Rhythmus. Ich keuche nicht mehr so, und meine Schultern lockern sich.

Malte zieht den Reißverschluss hoch und kehrt mir den Rücken zu. Beim Gestank seiner Pisse dreht sich mir der Magen um.

Aber mein Herz ist ruhig.

Mein Herz weiß es.

Für diesmal bin ich davongekommen.

Ich bleibe sicher noch eine Stunde im Gebüsch sitzen, nachdem Malte und sein fetter Kumpel verschwunden sind. Am Ende beschließe ich, dass es sicherer ist zu fahren, als hierzubleiben.

Ich nehme das Motorrad, folge mit dem Wind im Gesicht mehrere Kilometer der Küste nach Süden. Der schwedische Himmel breitet sich um mich herum aus. Es ist so grün, dass es fast unnatürlich aussieht, als befände ich mich in einem Computerspiel und nicht auf dem Land. Es riecht nach Gras, Dünger und Meer.

Ich weiß nicht, wohin ich unterwegs bin, nur, wovor ich fliehe.

Die Angst treibt mich weiter über die staubige Landstraße, vorbei an Gärten und roten Häuschen mit urlaubenden Stockholmern und Bauernhöfen mit echten Bauern, die echte Traktoren fahren und echte Kühe haben.

Die Straße wird immer schmaler, und ich komme an einem Schild vorbei. Stuvskär 2 steht darauf, und einige Minuten später erreiche ich einen verschlafenen kleinen Hafen.

Es ist ansichtskartenschön.

Das Meer liegt blank zwischen glatten Granitfelsen. Rotgestrichene kleine Häuser drängen sich um eine Anlegestelle. In einem Haus ist ein Lokal, im anderen ein Dorfladen.

Die Straße endet vor den roten Häusern. Im Wendebereich gibt es eine Bushaltestelle, und links sehe ich einen fast vollgestellten großen Parkplatz. Beim Anleger gibt es eine Tankstelle, die den Schildern zufolge auch Bootszubehör verkauft. Ein Plakat weist den Weg zu einem Freizeithafen, der offenbar ein Stück entfernt liegt.

Zwischen den roten Häusern steht ein alter gelber Steinbau. Ein altertümliches Schild ist über der Tür befestigt. Hafenkontor, steht darauf.

Unter diesen Text hat jemand eine handschriftliche Mitteilung gehängt: Heimatmuseum & Bibliothek.

Bald darauf sitze ich in der sogenannten Bibliothek. Sie ist nicht größer als Mamas und meine Wohnung und wird offenbar von einer Bürgerinitiative betrieben. Das stand jedenfalls am Eingang.

Die Alte am Tresen hat mich komisch angesehen, als ich hereinkam, als wäre ich ein heruntergekommener Penner, aber sie hat nichts gesagt. Nur genickt und sich die Brille mit dem Zeigefinger etwas weiter die Nase hochgeschoben.

Das belegte Brot, das ich im Dorfladen geklaut habe, bringt meinen Magen zum Gurgeln, und mir wird endlich warm. Warm, satt und bequem sitze ich in einem Sessel vor einem alten Computer mit einem dicken Bildschirm. So einem, den man auf Blocket.se nicht mal geschenkt loswerden könnte.

An den Wänden stehen Regale mit Schärenliteratur und alten Seekarten.

Hier gibt es nichts, was man klauen könnte – das war natürlich mein erster Gedanke, als ich hereingekommen bin.

Ich googele Igor, aber ich finde nichts, was kein Wunder ist, da ich a) nicht weiß, wie er mit Nachnamen heißt, und b) es natürlich keinen Grund gibt, warum die Polizei die Namen der festgenommenen Personen veröffentlichen sollte. Doch nach einer Weile stoße ich auf eine Notiz auf der Website der Söderorts Tidning. Dort steht, dass die Polizei »im Zusammenhang mit einer Festnahme am Montagabend in einem Gewerbegebiet bei Fruängen einen Warnschuss auf eine Gruppe verdächtiger Personen abgegeben hat«.

Viel mehr steht da nicht, außer dass eine interne Ermittlung eingeleitet wurde, was offenbar »Routine« ist.

Ich weiß nicht, was unter »Routine« zu verstehen ist, und ich habe nicht den Nerv, das zu googeln. Stattdessen gucke ich unter »Stuvskär« und »zu vermieten«.

Der Computer überlegt es sich lange, bis er die leere Seite rausrückt.

Ich probiere es mit »Stuvskär« und »Stellenangebote«, vor allem aus Neugier, denn eigentlich habe ich überhaupt kein Interesse an einem Job. Weder auf Stuvskär noch anderswo.

Der Computer brummt los, als hätte ich etwas fast Unmögliches von ihm verlangt. Als hätte ich gefragt, wie groß das Universum ist oder was eigentlich der Sinn dieses Scheißlebens ist.

Aber dann kriege ich doch einen Treffer.

Ich klicke den Link an und lese. Einmal und dann noch einmal, während ich gleichzeitig versuche, einen Plan in Worte zu fassen.

Eine Familie in der Nähe von Stuvskär sucht Hilfe für ihren schwerbehinderten Teenagersohn. Es ist kein üblicher Pflegejob, die meiste Pflege erledigen die Eltern selbst, es ist eher eine soziale Rolle. Die Familie sucht jemanden, der dem Sohn Gesellschaft leistet. Jemanden, der ihm vorliest, ihm Musik vorspielt und im Haushalt hilft.

Ich schließe die Augen und überlege.

Natürlich habe ich keine Lust, auf Stuvskär die Gouvernante für einen Spasti zu spielen, aber die Vorstellung von einem warmen Bett und fließendem Wasser ist verlockend. Vielleicht könnte ich da für eine Weile untertauchen, hätte ein Dach über dem Kopf und würde ein bisschen Geld verdienen, bis ich Ordnung in dem Scheiß geschaffen habe, in dem ich hier stecke?

PERNILLA

Ich sitze in der U-Bahn zum Fridhemsplan und dem Pflegeheim.

Eine Schwester hat angerufen und gesagt, dass es Vater schlechter geht und dass er mich sehen möchte. Natürlich hat mich das unruhig gemacht, aber doch nicht so sehr, denn es kommt ziemlich oft vor, dass sie an seinen schlechten Tagen anrufen.

Vor dem Fenster ziehen hellgrüne Baumwipfel und allzu üppig blühende Fliederbüsche vorbei. Unter anderen Umständen würde ich das frische Grün und die Wärme, die endlich da sind, sicher genießen, aber es ist nun einmal, wie es ist. Mein Vater liegt im Sterben und von Samuel habe ich nichts gehört.

Seit drei Tagen.

Er ist seit drei Tagen verschwunden, ohne von sich hören zu lassen, und es erfordert eine fast unmenschliche Selbstdisziplin, mich nicht bei ihm zu melden. So lange hatten wir noch nie keinen Kontakt.

Ich blinzele, spüre, wie die Sonne durch das Fenster mein Gesicht wärmt, und denke an den Maitag vor achtzehn Jahren, als Samuel geboren wurde.

Papa war die ganze Zeit mit im Krankenhaus, ist auf dem Gang vor meinem Zimmer unruhig hin und her gelaufen, wie ein nervöser werdender Vater. Tatsache ist, dass einige der Hebammen ihn wirklich für meinen Mann gehalten haben. Vater hat später herzlich darüber gelacht, aber ich fand es natürlich wahnsinnig peinlich.

An die eigentliche Geburt kann ich mich kaum erinnern, abgesehen davon, dass die Schmerzen unmenschlich waren. Aber sowie der kleine glatte Körper auf meiner Brust lag, sind die Schmerzen dem Glücksgefühl gewichen, und ich wusste, dass ich meinen Sohn Samuel taufen würde.

Vielleicht lag es daran, dass wir in der Bibelschule gerade die entsprechende Stelle im Ersten Buch Samuel gelesen hatten. Dieser Geschichte, wie Gott Samuel mehrmals rief, ohne dass Samuel das begriff. Ich nehme an, dass ich mich davon angesprochen fühlte, weil Samuel auserwählt war, Gottes Stimme zu hören, aber auch, weil ich diese Botschaft so wichtig fand in unserer Zeit, wo Gottes Stimme so leicht im Rauschen der Informationen aus Fernsehen, Radio und Werbung untergeht.

Vater hat sich gefreut, als ich gesagt habe, der Kleine solle Samuel heißen, doch zugleich runzelte er heftig die Stirn. Vielleicht hielt er diese Namenswahl für ein Zugeständnis an Isaac, an das Jüdische, mit dem er sich doch so schwergetan hatte.

Die U-Bahn hält, und ich steige aus und gehe zu der grünen Linie hinüber, die mich zum Fridhemsplan und zu Vater bringen wird.

Samuel war von Anfang an ein anspruchsvolles Kind. Er schrie ununterbrochen, und Vater und ich wachten abwechselnd in den Nächten bei ihm, damit ich einige Stunden schlafen konnte.

Ich habe damals nicht weiter darüber nachgedacht, ich meinte wohl, so sei es nun mal, ein Baby zu haben. Ich war schließlich erst achtzehn und wusste nichts über kleine Kinder. Doch jetzt im Nachhinein frage ich mich, ob Samuels Probleme schon damals existierten. Ob er alles von mir geerbt hat. Die Ungeduld, diese Unfähigkeit, sich anzupassen, und gleichzeitig zu Problemen hingezogen zu werden wie die Motten zum Licht.

Genau wie meine Mutter.

Aber ich habe ihn bedingungslos geliebt und er mich. Obwohl wir keine normale Familie waren, keine *richtige* Familie, hatten wir es gut, Samuel, Vater und ich.

Die echten Probleme begannen in der Vorschule. Samuel biss seine Spielkameraden. Samuel wollte in der Ruhestunde nicht still liegen. Samuel warf sein Essen auf den Boden. Und Samuel trat die Erzieherin vors Schienbein.

Kleine Kinder, kleine Sorgen.

Aber mit der Zeit wurde es schlimmer: Schule schwänzen, Ladendiebstahl, zahllose Anrufe von besorgten Lehrern und empörten Eltern.

Ob ich meinem Sohn vielleicht endlich Manieren beibringen könnte?

Denn es musste ja meine Schuld sein, ein normal veranlagter Elternteil musste so einen Krachschläger von Sohn doch natürlich zur Raison bringen können? So schwer konnte es doch nicht sein, ein Kind großzuziehen?

Zugleich war er so lieb, so charmant und so gesellig. Hatte ein großes Herz und eine Menge Freunde.

Aber die Sorgen hörten nicht auf. Und mit den Jahren gelangte ich immer mehr zu der Überzeugung, dass wir es hier wirklich mit einer Art Erbsünde zu tun hatten. Dass ich die allerschlimmsten Eigenschaften meiner Mutter geerbt und an Samuel weitergegeben hatte.

Ich dachte an Vaters Worte.

Ein Gesicht wie ein Engel und ein Herz wie eine Schlange.

Ich schließe die Augen und lausche dem Scheppern der Bahn, die sich durch die Tunnel unter Stockholm arbeitet. Die Luft ist hier kühler, und ich friere ein bisschen in meiner dünnen Sommerbluse.

Gott hat einen Plan für uns alle, einen Auftrag.

Man muss nur verstehen, wie der aussieht, muss richtig hinhören, wenn Er ruft, so wie damals, als Er Samuel im Tempel in Silo gerufen hat.

Vielleicht ist es mein Auftrag, Samuel zu helfen?

Vater sieht elend aus.

Er ist, wenn überhaupt möglich, noch magerer als bei meinem letzten Besuch, und seine Haut und die Augäpfel sind gelb. Die Haare, die immer so füllig waren, sind längst ausgefallen, und auf seinem Handrücken, wo die Kanüle befestigt ist, wächst ein großer rotschwarzer Bluterguss.

Ich umarme ihn vorsichtig und ziehe den Besucherstuhl heran, damit ich bei ihm sitzen kann.

Vater hat keine Angst vor dem Sterben, das ist ein großer Trost.

Aber *ich* habe Angst.

Ich weiß nicht, wie ich ohne ihn zurechtkommen soll. Er ist die einzige Familie, die ich habe, außer der Gemeinde, meine ich. Aber ich gehe zu ihm, wenn ich einen Rat brauche oder traurig bin oder mir vielleicht Geld leihen muss.

All diese Prüfungen.

Kaum habe ich das gedacht, werde ich auch schon von Schuldgefühlen überwältigt. Ich – gesund und stark, wie ich bin – kann ja wohl nicht hier sitzen und mir selbst leidtun.

»Hallo, mein Mädchen«, sagt er.

»Hallo«, sage ich und nehme behutsam seine Hand. »Wie geht es dir?«

»Nicht so schlecht, wie ich aussehe«, murmelt Vater. »Glaubst du, du kannst das Bett am Kopfende ein bisschen höher stellen?«

Ich stehe auf und betätige mit dem Fuß das Pedal unter dem Bett, durch das das Kopfende erhöht wird.

Vater verzieht vor Schmerz das Gesicht. Seine Zunge fährt über die trockenen, aufgesprungenen Lippen, und kleine Schweißtropfen treten auf seine eingefallenen Schläfen.

»Danke«, sagt er. »Wie geht es euch?«

»Geht schon«, antworte ich vage.

»Ich wollte fragen, ob du irgendwann diese Woche bei mir vorbeifahren und die Post durchsehen kannst«, sagt Vater und beendet den Satz mit einem schleimigen Röcheln.

»Natürlich.«

Ich zögere einen Moment, spiele ein bisschen an der Decke herum, die über seinen Beinen liegt, beschließe dann aber, ehrlich zu sein und ihm von Samuel zu erzählen.

»Ich habe ihn vor die Tür gesetzt«, sage ich. »Wieder einmal. Ja, also. Es ist schließlich nicht das erste Mal. Dass ich ihn vor die Tür setze. Wie du weißt.«

Vater nickt.

»Er muss es lernen, Pernilla«, flüstert er.

»Das ist jetzt drei Tage her. Seitdem habe ich nichts von ihm gehört. Ich weiß nicht, ich finde das nur so schwer. Ich weiß nicht, wie ich es schaffen soll, zu …«

Ich beende den Satz nicht und unterdrücke ein Schluchzen.

»Du musst ihn loslassen, damit er zurückkommen kann.«

Wir schweigen eine Weile, und ich registriere Vaters angestrengte Atemzüge.

»Kann man sein Kind loslassen?«, frage ich. »Darf man sein Kind loslassen? Wer bin ich, wenn ich das tue? Was bin ich?«

»Du musst. Versprich mir, dass du nicht versuchst, ihn anzurufen.«

»Aber … dann bin ich doch nicht besser als Mutter.«

Vater röchelt wieder, und das Röcheln geht über in einen schweren, grollenden Hustenanfall. Es klingt, als wäre seine Brust mit Kieselsteinen gefüllt.

Der Hustenanfall klingt ab. Vater hustet und schließt die Augen.

»Bete stattdessen für ihn«, murmelt er. »Das ist das Einzige, was du jetzt tun kannst.«

MANFRED

Bianca Diaz wohnt in einer ordentlichen Wohnung, nicht viel anders als die von Tuula Ahonen, nur kleiner, spärlicher möbliert und im Erdgeschoss eines fünfstöckigen Wohnhauses mitten in Jordbro.

Sie führt mich und Lasses zu ihrem Küchentisch, an dem nur zwei Stühle stehen, und geht ins Wohnzimmer hinüber.

Durch die Türöffnung zur Diele sehe ich den in Plastik gewickelten Kinderwagen, der an der Wand steht.

Lasses registriert meinen Blick, aber die Augen hinter seiner Brille verraten nicht, was in ihm vorgeht.

»Brauchen Sie Hilfe?«, rufe ich.

Bianca kommt mit einem kleinen Hocker herein.

»Nein«, sie lacht. »Ich bin schwanger. Nicht behindert.«

Lasses springt auf.

»Setzen Sie sich hierhin, kleines Fräulein«, sagt er und nimmt den Hocker.

Bianca lacht wieder, zuckt mit den Schultern und lässt sich brav auf dem Stuhl nieder.

Ich setze mich ebenfalls und versuche, den Stich im Knie zu ignorieren.

Bianca Diaz ist zwanzig Jahre alt, genau wie Johannes, aber sie sieht um einiges jünger aus. Ihre Haare sind lang und in einem honigbraunen Ton gefärbt, der zu den Spitzen hin immer heller wird. Sie ist dünn, aber ihr Bauch ist riesig, sie sieht aus, als könnte das Kind jeden Moment kommen, obwohl ich weiß, dass es noch einen Monat dauern wird.

Etwas an ihr erinnert mich an Afsaneh, als sie Nadja erwartete, und im Herzen verspüre ich einen brennenden Schmerz.

»Das mit Johannes tut mir wirklich leid«, beginne ich.

Bianca nickt.

»Ja. Schlimm.«

Ihre Stimme ist seltsam sachlich. Sie zeigt keinerlei Gefühle, es klingt fast, als hätte sie festgestellt, dass die Waschmaschine streikt oder dass keine Milch mehr im Haus ist.

»Wie kommen Sie zurecht?«, frage ich.

Biancas dunkle Augen erwidern meinen Blick.

»Ich komme zurecht«, sagt sie. »Das musste ich immer schon. Sicher. Es ist schrecklich, dass er tot ist. Wirklich schrecklich. Aber auf ihn war kein Verlass. Es war von Anfang an schwierig mit ihm. In der ganzen Zeit, in der wir zusammen waren, habe ich doppelte Schichten gearbeitet und nebenbei Biochemie gebüffelt. Aber was hat Johannes gemacht? Hat er mir geholfen? Hat er Geld dazu verdient? Nein. Ich wusste schon, als ich schwanger wurde, dass ich dieses Kind allein aufziehen muss. Außerdem wollte er ohnehin nur nach Brasilien, weil er da irgendeinen Kumpel hatte.«

Sie schaut nach unten und legt die Hand auf ihren riesigen Bauch. Streicht über den gespannten, noppigen Stoff des Pullovers.

»Haben Sie nie darüber gesprochen, das Kind gemeinsam großzuziehen?«, fragt Lasses.

Bianca schüttelt den Kopf.

»Johannes wollte absolut kein Kind«, sagt sie, und ihr Blick wandert hinaus aus dem Fenster zu einem großen Busch mit rosa Blüten. Sie kneift die Lippen zu einem dünnen Strich zusammen, und zum ersten Mal ahne ich in ihrem Gesicht so etwas wie Schmerz.

»Wie hat er denn reagiert, als Sie ihm von Ihrer Schwangerschaft erzählt haben?«, fragt Lasses.

»Er war wütend«, sagt Bianca ruhig, den Blick noch immer aus dem Fenster gerichtet. »Wahnsinnig wütend.«

Wir schweigen einen Moment.

Lasses helle Augen erwidern meinen Blick.

»Es macht eigentlich nichts, dass es so gekommen ist«, murmelt Bianca. »Also, nicht dass er tot ist, sondern dass ich mich allein um das Kind kümmern muss. Er hätte nur alles durcheinandergebracht. Das hat er immer.«

»Wissen Sie, ob Johannes von irgendwem bedroht wurde?«, fragt Lasses und notiert etwas auf seinem Block.

Bianca runzelt die Stirn.

»Bedroht? Nein, ich glaube nicht, dass er richtige Feinde hatte. Aber er hatte von irgendwem einen Haufen Geld geliehen. Und das hat ihn gestresst, weil er es nicht zurückzahlen konnte.«

»Wissen Sie, von wem er das Geld geliehen hatte?«, frage ich. »Oder um welche Summe es da geht?«

»Keine Ahnung. Ich habe sehr darauf geachtet, nicht in seine sogenannten Geschäfte hineingezogen zu werden.«

Ich beuge mich zu Bianca vor und erwidere ihren Blick. Er weicht nicht um einen Zoll. Ihre Augen sind blank, und ihre Miene ist ernst, aber zugleich total unsentimental.

»Seine Mutter hat gesagt, dass er zurzeit ein anständiges Leben geführt hat«, sage ich leise. »Dass er nichts mit Drogen oder irgendwelchen kriminellen Dingen zu tun hatte. Dass …«

Bianca fällt mir ins Wort.

»Entschuldigung«, sagt sie und hebt die Hand. »Aber Tuula ist so verdammt naiv. Sie hält ihn quasi für einen Heiligen. Klar, ich habe ihn auch nicht mit Drogen gesehen oder so. Das habe ich wirklich nicht. Dann hätte ich ihn sofort fallen lassen. Aber *anständig*?«

Sie verdreht die Augen und malt Anführungszeichen in die Luft, als sie das letzte Wort sagt.

»Auf keinen Fall. Johannes war vieles, aber anständig war er verdammt noch mal nicht.«

Als wir auf die Straße hinaustreten, holt Lasses tief Luft, ehe er sich mit der Hand über den Bart streicht und eine gewisse Schwermut in seinem Blick auftaucht.

»Die Menschen können einem leidtun«, erklärt er. »Liebe bringt nur Elend mit sich. Und doch kann man ihr nicht aus dem Weg gehen. Ehe man Piep sagen kann, steht man da mit dem Schniedel im Waffeleisen und kommt nicht mehr los.«

Er zieht seine zu kurze Hose ein wenig zurecht und trottet mit gesenktem Kopf los.

Afsaneh umarmt mich heftig, als ich ins Krankenhaus komme.

Da ich jetzt tatsächlich Vollzeit arbeite, wollte ich zumindest in der Mittagspause vorbeischauen. Vor allem Afsaneh zuliebe. Ich glaube kaum, dass Nadja irgendeine Meinung dazu hat.

Nach dem Gespräch mit Ahonens Freundin sind Lasses und ich zurück in die Stadt gefahren. Ich habe ihn bei der Wache abgesetzt und bin weiter zum Krankenhaus gefahren. Unterwegs habe ich die großen Kinder angerufen. Alba ist nicht drangegangen, aber ich habe eine Weile mit Alexander geredet und danach mit Stella. Ihnen erzählt, wie es ihrer kleinen Schwester geht, und die üblichen Fragen gestellt.

Sie sind natürlich besorgt. Besorgt und traurig, denn obwohl sie so viel älter sind als ihre Halbschwester, haben sie Nadja vom ersten Augenblick an geliebt.

»Gut«, murmelt Afsaneh mir ins Ohr. »Sehr gut, dass du kommst.«

Sie tritt einen Schritt zurück und lächelt. Ihr Rücken ist gerade, ihre Augen funkeln, und ihre Haut hat einen neuen Glanz.

»Ist etwas passiert?«, frage ich.

Afsaneh greift eifrig nach meinen Händen.

»Sie wollen Nadja wecken. Das hat die Ärztin gesagt. Morgen werden sie das Schlafmittel absetzen.«

»Wirklich?«

Meine Stimme ist ein Flüstern.

Afsaneh zieht mich fester an sich und umarmt mich wieder.

»Wir bekommen sie zurück, Manfred. Wir bekommen unsere Nadja zurück.«

Afsanehs dünner Leib zittert in meinen Armen, und ich wage nicht, meine Gedanken auszusprechen. Das zu sagen, was die Ärzte uns die ganze Zeit zu erklären versucht haben.

Denn was passiert, wenn man den Kasten mit Schrödingers Katze öffnet?

Sehr bald werden dann alle wissen, dass die Katze entweder sehr tot oder sehr lebendig ist. Dass dieser seltsame Zwischenzustand – wenn das verdammte Vieh gewissermaßen tot und lebendig zugleich ist – nur eine akademische Konstruktion ist.

Und genauso verhält es sich mit unserem Kind.

Erst wenn die starken Medikamente abgesetzt, wenn die Schläuche gezogen und die Apparate ausgestellt worden sind, werden wir wissen, ob wir Nadja zurückbekommen oder ob sie für immer verschwunden ist.

Natürlich wäre es das Beste, wenn sie aufwacht.

Aber sogar das hier ist besser, als sie ganz zu verlieren, denn ich möchte lieber ein verkabeltes Kind auf der Intensivstation haben als gar kein Kind. Diese Gleichung ist sehr einfach und zugleich unvorstellbar grausam.

Aber man kann sie ausrechnen, sogar den Tod kann man ausrechnen.

Wir sitzen eine Weile an Nadjas Bett.

Diesmal setzen wir uns auf dieselbe Seite, und die Stühle stehen so dicht nebeneinander, dass ich die Wärme von Afsanehs Körper spüre.

Nadja sieht aus wie im Schlaf, trotz der vielen Schläuche und Apparate. Ihr Gesicht ist friedlich, und ihr Mund steht halboffen.

Auf den eingegipsten Arm hat irgendwer mit Filzstift einen kleinen Vogel und ein Herz gemalt.

Ich hole tief Luft.

Mit Krankenhäusern hatte ich immer schon verdammt große Probleme.

Natürlich hat es angefangen, als Aron krank wurde. Er hat fast zwei Monate in der Kinderonkologie verbracht, bevor er starb.

Ich war jeden Tag dort.

In den ersten Wochen sprach Aron gut auf die Behandlung an. Er wurde stärker, und wir haben uns zu Expeditionen auf die Station geschlichen und manchmal auch nach draußen. Einmal waren wir sogar unten in den Tunneln. Wir sind dort herumgerannt – ich vorweg, Aron hinterher, mit dem Gestell für den Tropf in der Hand.

Aber dann wurde er so schwach, dass er das nicht mehr konnte. Er lag meistens im Bett und schlief. Man konnte nicht einmal mit ihm reden.

Am Ende ist er einfach eingeschlafen.

So war das, es war nicht besonders dramatisch oder seltsam. Er war seit einigen Tagen ohne Bewusstsein gewesen, und am Ende gab sein Herz auf.

In der einen Sekunde lebendig, in der nächsten tot.

Seitdem habe ich große Probleme mit Krankenhäusern.

Ich glaube, es hat mit dem Geruch zu tun, aber es ist schon ein bisschen seltsam, denn es macht mir überhaupt nichts aus, die Rechtsmedizin zu besuchen und bei Obduktionen dabei zu sein, und ganz ehrlich, *das* stinkt. Aber der Krankenhausgeruch, diese seltsame Kombination aus Reinigungsmitteln, Urin und zu lange gekochten Kartoffeln – damit werde ich nicht fertig.

In mir scheint sich dann etwas zu versperren, und ich werde wieder zwölf Jahre alt.

Das Handy brummt in meiner Jackentasche, und ich ziehe es heraus.

Es ist Malin.

»Liebling, den Anruf muss ich annehmen.«

»Sicher«, antwortet Afsaneh zu meiner Überraschung sofort.

Sie klingt nicht einmal sauer.

Ich gehe hinaus auf den Gang und antworte, während ich gleichzeitig in der Tasche nach der Zigarettenpackung suche.

»Hallo«, sagt Malin. »Ist alles in Ordnung?«

»Absolut. Ich bin nur kurz im Krankenhaus.«

»Du, es ist etwas passiert. Es ist noch ein Toter gefunden worden. In ein Laken gehüllt und mit einer Kette umwickelt. Kannst du mich um zwei treffen?«

SAMUEL

Die Frau, die mich im Hafen erwartet, erinnert mich an Mama. Aber sie ist etwas schlanker, und ihre Haare sind dunkler und hängen länger über ihren Rücken. Ihre Haut ist zudem blasser und wirkt in dem scharfen Sonnenlicht seltsam durchscheinend. Um die Augen herum zeichnet sich ein feines Netz aus dünnen Falten ab. Sie trägt ein T-Shirt und Jeans, und ihr Lächeln ist warm, als sie meine Hand nimmt.

»Rakel«, sagt sie und legt den Kopf ein wenig schräg, so dass die langen Haare ihr über die Schulter fallen.

»Samuel«, sage ich und denke, wenn sie nicht so alt wäre, würde sie richtig gut aussehen.

Ich habe mir zurechtgelegt, was ich sagen will, aber sowie ich ihre Hand nehme, verschwinden die Wörter, und mein Mund ist wie ausgedörrt oder als ob er mit Sand gefüllt wäre.

»Wie schön, dass wir uns schon heute treffen können«, sagt sie. »Gehen wir ein Stück spazieren, während wir über alles reden?«

Wir wandern über den Kiesweg, der am Hafen entlangführt. Auf dem Anleger sitzt ein Mann auf einem Dreiradmoped und raucht. Ich nehme an, dass er auf die Vaxholmfähre wartet, die auf Stuvskär anlegt. Ein kleines Mädchen sitzt auf der Ladefläche des Mopeds und isst ein halbgeschmolzenes Eis. Das Eis tropft auf ihr Hemdchen und weiter auf den Boden.

Es ist heiß in der Sonne, und der Himmel ist blau und hoch, aber sowie wir in den Schatten unter den hohen Bäumen beim Dorfladen treten, wird die Luft kühl und feucht, wie kalter Atemhauch.

»Wie alt bist du, Samuel?«, fragt Rakel, klingt dabei aber nicht misstrauisch. Sondern neugierig, und das auf eine gute Weise. Nicht wie Mama, die immer davon ausgeht, dass ich ein schreckliches Geheimnis verberge. Dass ich vielleicht im Keller Bomben baue oder mir übelsten Pädoporno reinziehe, sowie sie mir den Rücken zudreht.

Ich erzähle, dass ich achtzehn bin, dass ich »eine Pause« vom Gymnasium einlege und einen Job suche. Dann reden wir kurz darüber, was ich bisher getan habe. Und, okay, ich beschönige das alles ein bisschen, sage, dass ich im Media Markt ausgeholfen habe, was ja fast stimmt, und dass ich Fußballtrainer für eine Kindermannschaft war, was nun aber rein gar nichts mit der Wahrheit zu tun hat.

Nach einer Weile erreichen wir eine kleine Landzunge.

Rakel zeigt auf einen der glatten Felsen, die sich wie eine riesige Zunge ins Meer hineinziehen.

»Komm!«, sagt sie, klettert hinauf und geht durch das hohe Gras los, ohne meine Antwort abzuwarten.

Ich folge ihr, und wir setzen uns ein paar Meter vom Wasser entfernt.

Der Felsen ist sonnenwarm und rau unter meiner Jeans. Hier und da fängt der Wind kleine, salzige Wassertropfen ein und schleudert sie uns vor die Füße. Einmal kommt eine größere Welle, und wir müssen einige Meter zurückweichen, um nicht nass zu werden.

In einen Spalt sind leere Bierdosen eingeklemmt, und eine alte Kippe kullert vorüber, angetrieben vom leichten Sommerwind. Im Schaum unterhalb der Felsen treibt Blasentang.

»Das ist doch herrlich, oder?«, fragt Rakel, und ich nicke und schaue aufs Meer hinaus.

Ja, es ist herrlich, aber es wäre noch verdammt viel herrlicher, wenn ich irgendwas zu essen hätte. Ich bin total abgebrannt. Ich war zweimal im Laden und habe belegte Brote geklaut. Aber es gibt Grenzen dafür, wie oft ich damit durchkommen kann.

Außerdem haben die nur so komische Brote, mit Avocado, Hummus und Tofu.

»Das ist einer der größten Vorteile davon, hier draußen zu wohnen«, sagt Rakel jetzt. »Die Nähe zur Natur. Zum Meer.«

Sie blinzelt und dreht das Gesicht in die Sonne.

»Also, warum interessierst du dich für den Job?«, fragt sie. »Ich meine, hier ist ja nicht gerade viel los. Das kann doch ein bisschen langweilig werden für einen jungen Mann wie dich.«

Die Frage kommt ein wenig überraschend für mich.

»Ich hab es gern, wenn es ruhig ist«, antworte ich vorsichtig.

»Gut«, sagt Rakel. »Das ist gut.«

Dann schweigt sie, und mir kommt ein Gedanke: Sie erwartet vielleicht, dass ich sie ebenfalls etwas frage, dass ich mich ein wenig interessiert an dem sogenannten Job zeige.

»Was fehlt denn deinem Sohn?«, frage ich, hebe einen kleinen flachen Stein auf und werfe ihn aufs Wasser.

Der Stein prallt einige Male von der Wasseroberfläche ab, ehe er in der blauen Tiefe verschwindet.

»Jonas hatte vor knapp zwei Jahren einen Unfall und hat eine Gehirnverletzung davongetragen. Er lag mehrere Monate im Krankenhaus, aber dann habe ich zusammen mit Olle, meinem Lebensgefährten, beschlossen, ihn nach Hause zu holen. Und dann ging der Zirkus los.«

Rakel verstummt und presst die Lippen aufeinander.

»Der Zirkus?«

Sie nickt.

»Ich glaube, dass Jonas in drei Monaten zehn verschiedene persönliche Assistenten hatte. Es hat einfach nicht funktioniert. Die Gemeindeverwaltung war auch nicht gerade kooperativ. Am Ende haben wir dann entschieden, uns selbst um ihn zu kümmern.«

»Du und der Vater von Jonas?«

»Olle ist nicht der Vater von Jonas, aber er hilft mir, so gut er kann. Wir haben unsere Wohnung verkauft und das Haus hier draußen erworben. Ich habe meine Stelle als Apothekerin gekündigt und arbeite jetzt von zu Hause aus als Projektleiterin für eine Arzneimittelfirma. Olle ist Schriftsteller, er hat also flexible Arbeitszeiten. Aber wir brauchen Entlastung. Wir können Jonas nicht allein lassen. Er ist ans Bett gefesselt und leidet an Epilepsie. Wir wissen nicht genau, wie weit er bei Bewusstsein ist, aber er hat seine klaren Augenblicke. Und wir dürfen nicht riskieren, dass er zum Beispiel aus dem Bett fällt oder einen epileptischen Anfall hat, wenn wir nicht zu Hause sind.«

Rakel hat offenbar meinen Blick gesehen, denn nun legt sie mir leicht die Hand auf den Arm.

»Du brauchst dir keine Sorgen zu machen. Bei uns brauchst du keine medizinische Erfahrung. Es geht vor allem darum, ihm Gesellschaft zu leisten. Ihm vorzulesen. Musik vorzuspielen. Und ein bisschen im Haus zu helfen. Die Arbeitszeit ist von zehn bis vier, fünf Tage pro Woche. Aber gerade ist Olle verreist, es kann also ein bisschen mehr werden. Du bekommst fünfzehntausend im Monat und dazu natürlich Kost und Logis.«

Logis. Kost.

Die bloße Vorstellung von einem weichen Bett und richtigem gekochten Essen klingt attraktiv, auch wenn die Bezahlung echt pissniedrig ist.

Fünfzehntausend. Das habe ich sonst in einer Woche verdient.

Sechs Stunden Arbeit, fünf Tage die Woche, das macht dreißig Arbeitsstunden pro Woche. Wenn ein durchschnittlicher Monat viereinhalb Arbeitswochen hat, dann macht das insgesamt einhundertfünfunddreißig Stunden. Und das ergibt einen Stundenlohn von hundertelf Mäusen.

Hundertelf Mäusen, ernsthaft?

Aber zugleich ist mir klar, dass das gar nicht so schlecht ist. Und wenn die Bezahlung zudem schwarz ist – diesen Verdacht habe ich, aber ich traue mich nicht, danach zu fragen –, dann ist es jedenfalls besser als ein Job bei McDonald's.

»Wenn du bei uns arbeiten magst, können wir nach dem ersten Monat über das Gehalt sprechen«, sagt Rakel jetzt, als hätte sie meine Gedanken erraten. »Wenn alles gut läuft, meine ich.«

Ich erwidere ihren Blick.

Wenn alles gut läuft.

Ist das ihr Ernst? Bietet sie mir wirklich den Job an?

Aber gleich darauf sagt sie:

»Und dann kannst du vielleicht deine Zeugnisse schicken?«

Ich bringe keine Antwort heraus.

»Von deinem Chef im Media Markt vielleicht?«, schlägt sie vor.

Ich bleibe noch lange auf dem Felsen sitzen, nachdem Rakel gegangen ist. Schaue hinaus aufs Meer und sehe, wie die Sonne hinter den am Horizont aufgezogenen Wolken versinkt. Die Luft wird kühler, und ich ziehe den Kapuzenpulli aus dem Rucksack, zupfe einige Grashalme und einen toten Käfer herunter und ziehe ihn mir über den Kopf.

Woher soll ich denn Zeugnisse nehmen? Und will ich den Job überhaupt?

Ich denke an Rakel, an die weiße Haut und die langen dunklen Haare. Und dann denke ich an Essen und an das Gefühl, in einem frischbezogenen Bett zu schlafen, mit glatten Laken und einem richtigen Kissen anstelle eines verdammten nassen Grasbüschels.

Das ist verlockend.

Aber dann taucht das andere Bild auf, das, wo ich auf einem Hocker sitze und einen sabbernden gehirngeschädigten Trottel füttere, einen mit Erwachsenenwindel und Armen, so steif wie das Treibholz, das unter mir in den Felsspalten feststeckt.

Nein.

Das würde nie im Leben funktionieren.

Außerdem: Hundertelf Mäuse die Stunde? Das ist doch ein Witz.

Eine *fucking* Scheißbeleidigung.

Ich ziehe mein Handy heraus.

Ein Teil von mir will es einschalten und Mama anrufen, aber was, wenn Malte mich wieder findet? Obwohl ich das Telefon untersucht und alle anderen Funktionen ausgeschaltet habe, fühle ich mich nicht sicher.

Ich überlege, reibe das Metall zwischen Daumen und Zeigefinger.

Wenn ich es nur ganz kurz benutze, eine Minute – können die mich dann wirklich ausfindig machen?

Ich schalte das Handy ein und sehe die Mitteilungen durch.

Seit ich abgehauen bin, hat niemand von sich hören lassen – weder Mama noch Alexandra oder Liam.

Das macht mich einfach fertig.

So wichtig war ich also in ihrem Leben. So viel hab ich für sie bedeutet.

Plötzlich ist die Stimme wieder da, die gemeine Stimme.

Du bist nichts, Samuel. Kapierst du nicht, dass sie froh sind, dich los zu sein?

Ich sehe bei Insta nach.

Jeanette hat ein Bild von sich im Bikini gepostet. Sie hält sich die Hand vor den Mund. Zeigefinger und Mittelfinger bilden ein V, und sie steckt die Zunge hindurch.

Dreihundertachtzig Likes.

Mein Handy macht »pling«, und ich schaue aufs Display.

Rakel.

»Danke für eine schöne Begegnung heute. Wenn du noch immer an dem Job interessiert bist, dann gehört er dir. Melde dich, sowie du dich entschieden hast.«

Noch während ich diese Mitteilung lese, macht es wieder »pling«. Mir sträuben sich die Haare im Nacken, als ich sehe, dass es Igor ist.

»Du bist so verdammt tot«, steht da.

Nur das.

Ich lasse das Telefon fallen, als ob ich mich verbrannt hätte. Es knallt auf den Felsen und rutscht langsam auf das Wasser zu.

Verdammt.

Ich dachte doch, Igor sitzt in U-Haft. Haben die Bullen den auch freigelassen?

Ich schaue mich um, als könnte er sich im Schatten hinter den Bäumen versteckt haben, aber alles scheint ruhig zu sein.

Der Kiesweg liegt leer und verlassen im Dämmerlicht. Milchige Nebelschwaden winden sich um die Kiefernstämme, schlingen sich um die Farnsträucher und kriechen über die Steine. Der Wind ist stärker geworden, und die Wellen lecken rhythmisch an den Felsen. Die Luft ist feucht und rau, wie ein Hauch aus Opas Erdkeller.

Vielleicht sollte ich mich bei Igor melden. Erklären, dass ich das Geld vergraben und die Mühle geknackt habe, um ihn zu beschützen, aber ich traue mich nicht.

Und was, wenn gar nicht er diese Mitteilung geschickt hat?

Die Gedanken jagen sich in meinem Kopf, ich komme mir vor wie auf einem Karussell, aus dem ich nicht aussteigen kann.

Ich brauche Zeit.

Ich muss herausfinden, was mit Igor passiert ist. Und ich muss überlegen, wie ich aus diesem Scheiß herauskomme.

Alle Zeit der Welt wird dich nicht retten, Loser!

Ich lasse mich auf den Felsen sinken und greife nach dem Handy. Zögere eine Sekunde und bibbere in der Kälte. Dann hole ich die Mitteilung von Rakel hervor und schreibe, dass ich den Job annehme.

PERNILLA

Wir sitzen auf dem Boden des Gemeindesaals im Kreis. Auf der Bank vor dem Fenster stehen brennende Kerzen, und die Wände sind mit Kreidezeichnungen aus dem Ersten Buch Mose bedeckt – bunte und phantasievolle Darstellungen von der Flucht aus Ägypten, von den Träumen des Pharaos und von Joseph, der seine Brüder auf die Probe stellt.

Mir gegenüber sitzt Karl-Johan, der Pastor, und um uns herum die Kinder, die alle zwischen neun und dreizehn Jahre alt sind.

Ich liebe die Kinder- und Jugendarbeit in der Gemeinde.

Die Kinder sind so viel offener für Gottes Botschaft, so unverdorben neugierig und lernbereit. Und Karl-Johan kann gut mit ihnen umgehen. Ich auch, übrigens – sie würden nicht im Traum auf die Idee kommen, meiner Autorität zu trotzen, so wie Samuel das immer gemacht hat.

Ich sehe Karl-Johan an. Mit seinem grauen Bart und seinem untersetzten Leib sieht er aus wie ein echter Märchenonkel und um einiges älter als seine siebenundvierzig Jahre.

Kaum habe ich das gedacht, da schäme ich mich ein bisschen – wir beschäftigen uns hier doch nicht mit Märchen, sondern mit dem Wort Gottes, wie es in der Heiligen Schrift aufgezeichnet ist.

Außerdem. Ich kann doch nicht hier sitzen und den *Körper* des Pastors betrachten.

»So«, sagt Karl-Johan und lässt seinen Blick über die Kinderschar wandern. »Warum hat Hiobs Frau zu ihm gesagt, er soll Gott verfluchen und sterben?«

Blitzschnell zeigt Peter auf, gefolgt von Lily und Julia.

Karl-Johan nickt Julia zu, einem blassen und schweigsamen Mädchen mit dermaßen vorstehenden Zähnen, dass sie den Mund kaum schließen kann. Sie ist schüchtern, und ich weiß, er will sie gern dazu ermuntern, mehr Platz in der Gruppe zu beanspruchen.

»Weil … weil … Gott ihn krank gemacht und ihm seine Esel und Kamele gestohlen und seine Schafe getötet hatte. Und seine zehn Kinder«, fügt sie nach einer kurzen Pause hinzu.

Die Kinder fangen an zu kichern.

»Na ja«, sagt Karl-Johan langsam. »Das stimmt, Julia, aber das hat nicht Gott getan, sondern Satan.«

»Hab ich doch so gemeint«, sagt Julia eilig und mit roten Wangen.

Karl-Johan nickt aufmunternd.

»Und was hat Hiob dann getan?«, fragt er. »Hat er Gott verflucht?«

Julia schüttelt heftig den Kopf.

»Nö. Wollte er nicht. Obwohl drei falsche Freunde kamen und sagten, er hätte ein saumieses Leben gehabt. Und da hat Gott sich gefreut und ihn gesund gemacht und ihm neue Esel und Kamele gegeben. Und zehn neue Kinder.«

Karl-Johan sieht zufrieden aus.

Das Kichern hat sich gelegt, und die Kinder wirken müde. Wir beschäftigen uns jetzt seit fast einer Stunde mit Hiob, und länger können sie sich nicht konzentrieren.

»Genau«, sagt Karl-Johan. »Was können wir also daraus lernen?«

»Die, die Gott treu sind, kriegen … kriegen … kriegen …«, stottert Julia.

»Kamele?«, schlägt James vor, der Clown der Gruppe. Ein übergewichtiger Junge mit feuerroten Haaren und Augen, die immer zu lachen scheinen.

Erneutes Gekicher.

Karl-Johan lacht ebenfalls, und zwar so, wie er nicht lachen würde, wenn in der Erwachsenengruppe jemand so einen Witz versucht hätte.

»Wenn du Gott treu bist, dann wird Er dich segnen und dir ein ewiges Leben schenken«, sagt er voller Überzeugung.

Die Kinder verstummen und sehen ihn aus großen Augen an.

»Ich glaube, wir machen jetzt Schluss«, sagt er und lächelt noch einmal. »Ehe ihr geht, wird Pernilla ein paar Infos über den Ausflug nächste Woche austeilen.«

Er nickt mir zu, und ich stehe auf, streiche mein Kleid glatt und strecke die Hand nach dem Papierstapel auf der Bank neben mir aus.

»Wir treffen uns um sechs vor dem Gemeindesaal«, sage ich. »Ich habe eine Liste der Dinge aufgestellt, die ihr einpacken sollt. Lest die Liste genau durch, damit ihr nichts vergesst. Ja, da gibt es nämlich keinen Laden. Dort im Wald. Wo wir hinwollen.«

Wieder Kichern.

Ich fange an, die Unterlagen an die Kinder zu verteilen, und füge hinzu:

»Der Wettervorhersage nach soll es sonnig und warm werden, aber man weiß ja nie, also vergesst das Regenzeug nicht. Und kommt ja pünktlich. Der Bus fährt um halb sieben.«

Ein leises Gemurmel breitet sich im Saal aus, als die Kinder ihre Bücher und Papiere aufsammeln und aufstehen.

»Zieht robuste Sachen an«, sage ich noch. »Und feste Schuhe. Wir werden weit laufen, und ich will diesmal keine Pflaster auf Blasen kleben müssen.«

Niemand antwortet, die Kinder gehen schon auf die Tür zu.

»Und keine Handys«, rufe ich ihnen hinterher.

Karl-Johan lächelt mich an.

»Setz dich doch noch einen Moment«, sagt er und klopft mit seiner großen Hand auf die Matte.

Das letzte Kind verlässt den Saal, und die Tür fällt mit einem dumpfen Knall ins Schloss. Die Kerzen flackern im Windhauch.

Ich gehe zu Karl-Johan und setze mich ein kleines Stück von ihm entfernt.

»Sind sie nicht wunderbar?«, frage ich.

Er nickt und lacht. Dann runzelt er ein wenig die Stirn und legt den Kopf schräg.

»Wie geht es denn Bernt?«, fragt er.

Ich denke an Vater, der im Hospiz liegt und darauf wartet, dass Gott ihn zu sich holt. An seinen unnatürlich mageren Körper und an die Haut und die Augäpfel, die jetzt ganz gelb sind, wie Osterglocken.

»Nicht sehr gut«, sage ich wahrheitsgemäß.

Karl-Johan nickt und macht ein trauriges Gesicht.

»Wir werden für ihn beten«, sagt er und betont jedes Wort.

Und dann:

»Gibt es noch etwas, das dich belastet, Pernilla? Du wirkst ein bisschen, ich weiß nicht, *lustlos*?«

Ich schüttele eilig den Kopf.

»Nein. Das ist alles. Ich meine, ich habe doch jetzt einen neuen Job, der mir wirklich gefällt. Also. Alles ist gut. Bei mir. Mit der neuen Stelle. Und ganz allgemein. Das auch.«

Er durchbohrt mich mit seinem Blick. Und als ob er meine Gedanken lesen könnte, fragt er:

»Ist wieder was mit Samuel?«

Ich nicke, blinzele und spüre, wie mir die Tränen hinter den Augenlidern brennen. Denke an die Amsel, die zu Hause einsam in ihrem Käfig sitzt und mich mit ihrem vorwurfsvollen Blick ansieht. Und obwohl ich das gar nicht wollte, erzähle ich ihm alles von den seltsamen kleinen Plastiktüten und wie ich Samuel vor die Tür gesetzt habe und dass danach die Polizei bei mir war.

Wie üblich wird die Geschichte viel länger und umständlicher, als ich gewollt hatte, aber Karl-Johan hört geduldig zu.

Er ist ein guter Zuhörer.

Viel besser, als ich das jemals sein werde, wo ich doch meistens drauflosplappere, als wollte ich die anderen in Grund und Boden reden.

»Ach, Pernilla«, sagt er seufzend, als ich fertig bin. »Leider kann ich nicht behaupten, dass mich das überrascht, aber ich kann dir sagen, dass ich davon überzeugt bin, dass mit Samuel alles gut werden wird, sowie er sein Herz für Gott öffnet.«

Ich nicke und wische mir eine Träne ab. Denke daran, wie oft ich hier mit Samuel gesessen und mich geschämt habe.

Ich muss wirklich zugeben, dass die Gemeinde sehr viel Geduld mit ihm gehabt hat.

Als er klein war, hat er sich mit den anderen Kindern geprügelt und Kuchen gestohlen. Dann ist es schlimmer geworden. Viel schlimmer. Einmal hat er sogar im Garten Gesangbücher angezündet.

Aber er meinte es nicht böse.

Er war nur unkonzentriert und voller Ideen.

Aus den Gesangbüchern hatte er einen Turm gebaut, einen Turm, der sich rasch in ein Haus verwandelte. Und das Haus brauchte natürlich Beleuchtung in Form von Kerzen.

Dass die Bücher verbrannten, war mit anderen Worten ein Betriebsunfall. Aber das hat sonst niemand begriffen. Stattdessen wurden seine Aktivitäten als heidnische Handlung missverstanden.

In der Schule war es genauso. Der Lehrer schickte ihn zum Schularzt, und der überwies ihn an eine Psychologin.

Die sagte, dass Samuel offenbar Probleme mit der Impulskontrolle und der Konzentration habe. Sie glaubte aber, dass sich das auswachsen könnte.

Ich bin geradewegs zum Pastor gegangen.

Gemeinsam haben wir für Samuel gebetet und gebetet und gebetet, aber Gott hatte offenbar beschlossen, dass unsere Prüfung noch nicht zu Ende sein sollte, denn mit Samuel wurde es nicht besser.

Das Gegenteil war eher der Fall.

Ich kneife die Augen zusammen und kämpfe mit den Tränen.

»Das Wichtigste ist, dass du ihn jetzt nicht wieder aufnimmst«, sagt der Pastor. »Er ist erwachsen, Pernilla. Er muss seine eigenen Fehler machen dürfen. Wenn du jedes Mal Ordnung schaffst, wenn er eine Dummheit begangen hat, wird er nie etwas lernen. Warte lieber. Hab ein bisschen Vertrauen. Er wird zurückkommen, wenn er bereit dazu ist. Und dann sind wir bereit für ihn. Dann ist *Gott* bereit für ihn«, fügt er mit Nachdruck hinzu.

Ich nicke, aber ich bringe kein Wort heraus, denn der Kloß in meinem Hals tut weh und macht das Sprechen unmöglich. Aber ich vermute, dass der Pastor recht hat. Er hat so etwas sicher schon hundertmal gesehen. Und er hat mir und Samuel so oft geholfen. Als Samuel aus der Kollekte gestohlen hatte, war der Pastor bereit, auf eine Anzeige zu verzichten, und als wir so knapp bei Kasse waren, hat er mir von seinem eigenen Geld geliehen. Und die Vertrauensstellung als Verantwortliche für die Kinder- und Jugendarbeit hätte ich ohne seine warme Empfehlung niemals bekommen.

»Versprichst du mir, diesmal keinen Kontakt zu Samuel aufzunehmen?«, fragt er. »Kannst du mir das schwören, Pernilla?«

»Ja«, flüstere ich und lächele ein wenig, weil er sich genauso anhört wie Vater.

Karl-Johan nickt und sieht zufrieden aus. Lässt seinen Blick über mich hinwegwandern, vom Scheitel bis zur Sohle. Als wäre ich ein Gebrauchtwagen, den er überlegt zu kaufen.

»Triffst du dich mit irgendwem?«, fragt er und legt den Kopf wieder ein bisschen schräg.

Ich verstehe nicht, was er meint.

»Wieso soll ich mich mit irgendwem treffen?«

Karl-Johan lacht leise.

»Mit einem Mann, meine ich. Du warst doch lange allein, obwohl du so jung bist.«

Er legt eine Pause ein. Sein Blick bleibt irgendwo auf Brusthöhe hängen.

»Und schön«, fügt er hinzu. »Es ist nicht richtig, dass du allein bist. Das ist nicht Gottes Wille.«

Ich bin überrascht und peinlich berührt zugleich, denn wenn ich es nicht besser wüsste, könnte ich glauben, er wollte etwas von mir.

Aber das kann ja nicht sein.

Karl-Johan ist mit Maria verheiratet, solange ich mich zurückerinnern kann. Sie sind in jeder Beziehung ein perfektes Paar, und sie genießen den Respekt der gesamten Gemeinde.

Nein, denke ich, das muss Einbildung sein.

»Meinst du?«, flüstere ich.

Karl-Johan nickt und lächelt. Streckt seine Hand aus und streichelt kurz meine Wange.

Mich schaudert, aber ich bringe kein Wort heraus. Ich kann zwar nie den Mund halten, aber jetzt bin ich offenbar mit Stummheit geschlagen.

»Wir werden beim Ausflug ja genug Zeit zum Reden haben«, sagt er, stopft sich eine der Halstabletten in den Mund, die er dauernd lutscht, und beugt sich vor.

»Ja, sicher«, sage ich, lehne mich ein wenig zurück, um seiner Berührung zu entgehen, und spüre, wie das Unbehagen in meiner Brust wächst.

»Lass uns für Samuel beten«, sagt Karl-Johan und erhebt sich. Streicht die Falten in seinen Altmännerchinos glatt und winkt mir, ihm zu folgen.

Ich stehe ebenfalls auf und gehe hinter ihm her zu dem großen

Holzkreuz an der Wand. Sehe Jesu mageren Leib, der liebevoll aus dunklem Holz geschnitzt ist.

Karl-Johan tritt einen Schritt zurück, so dass er hinter mir steht, und legt mir die Hände auf die Schultern.

»Glaubst du mir, wenn ich dir sage, dass alles gut wird?«, fragt er und massiert ein wenig meine Schultern.

»Ja«, flüstere ich.

Er lässt die Hände über meine Arme wandern, tritt noch näher, so dass er mich von hinten umarmt, und legt seine Pranken auf meine gefalteten Hände, bevor er seine Hände über meinen faltet.

Die plötzliche Nähe ist mir unangenehm, und ich würde am liebsten weglaufen, hinaus in den Sommer fliehen und den Pastor mit Jesus am Kreuz hier drinnen allein lassen.

Aber das geht natürlich nicht, er ist schließlich unser Pastor, und als solcher ist er der in der Gemeinde, der Gott am nächsten steht.

Das darf man nie vergessen.

»Gott«, beginnt er. »Danke für Samuel, er ist ein Geschenk. Aber es ist heute nicht leicht, jung zu sein, denn man ist Versuchungen ausgesetzt und wird von Götzen gelockt.«

Er legt eine Pause ein und drückt sich fester an mich, so dass seine Arme meine Brüste umfangen.

Mir wird schlecht, und ich wage fast nicht zu atmen.

»Bewahre Samuel vor allem Schweren«, fügt er hinzu. »Entzünde ein Licht in seinem Herzen und weise ihm den richtigen Weg. Hilf ihm, Frieden mit sich selbst zu finden und Christus zu folgen.«

Karl-Johans Bauch presst sich gegen meinen Rücken. Ich nehme seinen Geruch jetzt ganz deutlich wahr, Schweiß und Halstabletten.

»Im Namen Jesu …«

Er bewegt ein Bein, presst seinen Schritt gegen meinen Hintern, und nun spüre ich sie deutlich – die Erektion, die sich gegen meine Hinterbacken drückt.

Ich befreie mich aus seinem Zugriff und mache einige schwankende Schritte auf die Wand zu. Stütze mich an dem Kreuz ab, um nicht zu fallen.

»Aufhören!«, schreie ich. »Hör auf mit …«

Dann weiß ich nicht, was ich sagen soll, denn wenn ich wirklich Wörter brauche, lassen sie mich im Stich. Statt in Reih und Glied darauf zu warten, mich zu verteidigen, drücken sie sich irgendwo in meinem Hinterkopf herum, handlungsunfähig vor lauter Respekt vor dem Pastor und vor der Kirche und vor Gott und der gesamten Herrlichkeit.

Der Pastor hat ein schelmisches Lächeln auf den Lippen, fast wie ein Lausbub. Aber sein Blick ist trübe und lässt mich nicht los, als ich mich seitlich auf die Tür zubewege.

»Womit soll ich aufhören?«, fragt er unschuldig.

»Du, du«, stammele ich. »Du hast mich doch angerührt.«

Aber meine Worte haben nicht die erwartete Wirkung.

Statt sich zurückzuziehen und um Entschuldigung zu bitten, schüttelt er nur den Kopf. Das Lächeln ist verschwunden, und sein Gesicht hat sich verschlossen und ist hart geworden.

Er schüttelt langsam den Kopf.

»Aber, Pernilla«, sagt er und lässt es wie einen Vorwurf klingen. »Ich würde doch nie …«

»Aber ich habe es doch gespürt. Ich habe es gespürt. Dich. Das. Als du.«

»Entschuldigung?«, fragt er und hebt die Augenbrauen. »Was willst du gespürt haben?«

Mein Gesicht wird heiß, und ich kann es nicht aussprechen, nicht im Haus Gottes.

»Pernilla, ich weiß, dass du nicht im Gleichgewicht bist«, fährt der Pastor mit einfühlsamer Stimme fort. »Es ist leicht, eine Situation falsch zu deuten. Vor allem wenn man schon so lange allein ist wie du. Ich an deiner Stelle würde sicher auch von Nähe träumen. Das ist nicht weiter seltsam. Im Gegenteil, es ist überaus menschlich und wirklich kein Grund, sich zu schämen.«

Mein Gesicht brennt vor Scham.

»Ich zeige dich an«, sage ich.

»Weshalb denn wohl?«, fragt er und hebt die Hände. »Pernilla, alles, was ich jemals gewollt habe, war, dir und Samuel zu helfen, in jeder erdenklichen Weise. Das weißt du.«

Er hat recht.

Was soll ich sagen? Dass ich *glaube,* seine Erektion an meinem Hintern gespürt zu haben? Alle werden sich über mich totlachen, mich für eine liebeskranke Närrin mit heimlichen Phantasien über den Pastor halten. Liebeskrank und undankbar, denn alle wissen doch, wie viel er für uns getan hat.

»Bitte«, sagt er. »Lass dieses Missverständnis nicht zwischen uns kommen. Unsere Arbeit mit den Kindern ist so wichtig. Denn diese Arbeit machst du doch gern?«

Ich weiche einige Schritte zurück, als das Ausmaß seiner Gemeinheit mir aufgeht. Denn was er im Grunde sagt, ist doch, dass ich hier nicht weiter herumschreien soll, wenn ich weiter für die Kinder- und Jugendarbeit zuständig sein will.

Ich mache kehrt und verlasse den Saal. Gebe mir alle Mühe, mit ruhigen Schritten zu gehen, als hätte ich noch immer die volle Kontrolle über meinen Körper, aber ich laufe los, sowie ich draußen bin.

In meiner Brust wächst ein Gefühl von Verlust.

Es ist, als ob er mir alles weggenommen hat, was wichtig ist – den Glauben an ihn, den Glauben an die Gemeinde, ja vielleicht sogar den an Gott. Ganz zu schweigen von meiner eigenen Würde natürlich. Aber die ist in diesem Zusammenhang sicher das Unwichtigste.

Als ich hinaus in die Sonne trete, schaue ich an meinem Rock herunter. Er hängt schief, und ich ziehe ihn über meinen Hüften zurecht.

Vielleicht ist alles meine Schuld? Vielleicht habe ich mich zu herausfordernd angezogen und ihn ermuntert?

Ein Gesicht wie ein Engel und ein Herz wie eine Schlange.

Vielleicht bin ich genau wie Mutter.

MANFRED

Wir befinden uns auf Ornö, in Stockholms südlichem Schärengürtel. Die Luft ist kühl und feucht, die Felsen sind im Dunkeln versunken, aber der blaue Junihimmel ist noch immer hell. Es riecht kräftig nach Meer und Tang. Dieser Geruch mischt sich mit dem anderen, dem Übelkeit erregenden und süßlichen Gestank des Todes.

Ungefähr fünfzig Meter vor uns stehen große Scheinwerfer und Taschen auf den Felsen. Zwei Männer in weißen Overalls knien neben einem Bündel.

Eine uniformierte Polizistin kommt auf uns zu und stellt sich als Mirjam vor. Sie berichtet, dass das Bündel, das sich sehr bald als Leichnam entpuppt hat, vor einigen Stunden von einem deutschen Touristen gefunden wurde.

»Er lag im Wasser vor den Felsen, aber wir haben ihn hochgezogen«, erklärt sie.

Einige Meter weiter steht ihr Kollege und telefoniert.

»Die Rechtsmedizinerin war schon hier«, fügt Mirjam hinzu. »Aber der Körper ist ja fest eingewickelt, da sieht man nicht so viel. Und sie möchte lieber das ganze … *Paket* … in die Rechtsmedizin geliefert haben. Immerhin hat sie gesagt, dass es sich offenbar um einen Mann handelt und dass er schon eine ganze Weile tot ist. Also brauche sie jetzt keine genauere Untersuchung vornehmen.«

Ich schaue hinaus auf das Wasser, das sich wie ein schwarzes Stück Seide vor uns ausbreitet.

»Was ist da draußen?«, frage ich.

Mirjam nickt zum Horizont hinüber.

»Ein paar Schären und kleinere Inseln. Danach nur offenes Meer. Direkt östlich liegt Estland und in nordöstlicher Richtung Finnland. Und im Westen …«

Sie legt eine Pause ein, nickt zum Festland hinüber und fügt hinzu:

»Ja, neben Ornö gibt es noch Aspö und etliche andere Inseln. Der nächste größere Ort ist Dalarö, in nordwestlicher Richtung. Da habt ihr sicher die Fähre genommen?«

Ich nicke.

Die Techniker lassen Blitzlicht aufflammen, und für eine Sekunde bin ich geblendet. Sehe nur Dunkelheit. In der Ferne ist ein Motorboot zu hören, das sich entfernt.

An die fünfzig Meter weiter ist eine Gruppe von Menschen in ein leises Gespräch vertieft, vermutlich neugierige Inselbewohner.

»Hast du mit ihnen gesprochen?«, frage ich Mirjam und zeige auf die Gruppe.

Sie schüttelt den Kopf.

»Mach das«, sage ich. »Und lass dir ihre Namen und Kontaktdaten geben.«

»Okay«, sagt Mirjam mit einem gewissen Zögern in der Stimme. Sie dreht sich um und geht auf die Inselbewohner zu.

»Sehen wir mal nach?«, fragt Malin und nickt zu dem Leichnam hinüber.

»Müssen wir wohl.«

Wir stapfen über den leicht abschüssigen Felsboden, begrüßen die Techniker und knien uns neben das Bündel.

Im scharfen Scheinwerferlicht zeichnet sich der Leichnam deutlich unter dem nassen weißen Stoff ab. Ich kann die Umrisse einer Schulter und einer Hüfte erkennen. Eine grobe, rostige Eisenkette, die aussieht wie die, mit der Johannes Ahonen im Meer versenkt wurde, ist um den Stoff gewickelt. Ein Teil der Kette ist mit Tang und Lehmboden bedeckt. An einer Stelle ragt unter dem Stoff eine Hand hervor.

Ich beuge mich vor, um besser sehen zu können.

Die Haut ist runzlig und hat sich am Handgelenk gelöst, so dass es fast aussieht, als trüge der Mann einen dünnen Plastikhandschuh.

Ich habe im Laufe der Jahre genügend Ertrunkene gesehen, um zu wissen, dass das nicht ungewöhnlich ist. Es kommt sogar vor, dass sich die Haut nach einigen Tagen im Wasser an Händen und Füßen vollständig löst – wie Strümpfe oder Handschuhe.

Mirjam kommt zu uns herunter und stellt sich zu uns, den Blick auf das Wasser gerichtet. Offenbar will sie den Leichnam nicht direkt ansehen, und ich kann sie verstehen. Man braucht viele Jahre, um sich den natürlichen Reflex abzugewöhnen, bei der Begegnung mit dem Tod die Augen zuzukneifen.

Ich drehe mich zu ihr um.

»Der Mann, der den Leichnam gefunden hat?«, frage ich.

»Ein gewisser Heinz Schwarz«, murmelt sie. »Neunundfünfzig Jahre, wohnt in Hannover, macht hier Urlaub mit seinem italienischen Freund Silvio. Schwarz ist allein spazieren gegangen und hat unten an den Felsen etwas im Wasser gesehen. Er ist nach unten geklettert, um nachzuschauen und hat gesehen, dass es sich um einen Leichnam handelte, und den Rettungsdienst verständigt.«

»Und dieser Heinz Schwarz?«, frage ich. »Wie lange ist der schon hier, im Stockholmer Schärengürtel?«

»Sie sind offenbar gestern nach Schweden gekommen. Wollten hier eine Woche verbringen. Aber jetzt überlegen sie, ob sie nicht lieber nach Hause fahren wollen. Ich glaube, er war ziemlich geschockt.«

Ein Tag in Schweden. Heinz und sein Italiener können wohl kaum etwas damit zu tun haben, dass der Leichnam hier gelandet ist, denke ich.

»Ich habe seine Aussage aufgenommen«, sagt Mirjam jetzt.

»Gut«, sage ich und drehe mich zu Malin um. »Was meinst du?«

Malin nickt.

»Dass es einen Zusammenhang gibt«, sagt sie und streicht sich eine Strähne ihrer langen dunklen Haare hinters Ohr. »Wer immer Ahonen ins Wasser geworfen hat, hat auch das hier getan.«

Afsaneh ist wach, als ich nach Hause komme.

Sie kommt mir in der Diele entgegen und umarmt mich lange. Sie ist frischgeduscht und ihre Haare sind noch nass. Meine Wange wird feucht, und es tropft auf meinen Oberarm.

»Du Armer«, murmelt sie. »Das ist aber spät geworden.«

»Das ist es.«

Sie schiebt mich von sich weg und runzelt die Stirn.

»Hast du geraucht?«

»Nein«, lüge ich.

»Hm«, sagt sie misstrauisch. »Willst du Tee und ein paar Brote?«

»Gerne«, sage ich und küsse sie leicht auf die Stirn.

Wir gehen in die Küche.

»Übrigens«, sagt sie und bleibt mitten im Raum stehen. »Ich überlege, ob ich nächste Woche zu Treffen gehen soll.«

»Zu Treffen?«, frage ich. »Bist du neuerdings bei den AA?«

Afsaneh lacht abwehrend.

»Sehr komisch. Berufliche Treffen.«

Ich bleibe ebenfalls stehen, denn mein Körper begreift, dass hier offenbar etwas Wichtiges vor sich geht.

Seit Nadjas Unfall ist Afsaneh krankgeschrieben.

»Gut«, sage ich.

»Es geht um das Projekt«, sagt sie. »Ich bin wirklich neugierig, wie es läuft.«

Das Projekt ist ein interdisziplinäres Forschungsprojekt, bei dem untersucht werden soll, wie die neue Technik, vor allem das Internet und die sozialen Medien, die Menschen beeinflusst. Neben Afsaneh und ihrem Kollegen Martin – der ebenfalls Psychologe ist – gehören der Gruppe Ärzte, Neurobiologen und IT-Fachleute an.

Seit Afsaneh nach ihrer Disputation die Stelle an der Uni Stockholm bekommen hat, liegt ihr Forschungsschwerpunkt auf der Kommunikation zwischen Mensch und Maschine – vor allem in Bezug auf Autos, Boote und Flugzeuge. Aber durch dieses Projekt dehnt sich ihre Forschung auch auf andere Bereiche aus.

»Das liegt sicher daran, dass ich gerade selbst so viel im Netz unterwegs bin«, sagt Afsaneh und lächelt unsicher. »Es wird so ungeheuer deutlich, wie das Internet Menschen zusammenführt.«

»Positiv wie negativ«, sage ich.

Afsaneh zuckt mit den Schultern.

»Vielleicht. Aber da draußen gibt es so viel Liebe, so viel Verständnis. So viele, die dieselben Erfahrungen und denselben Schmerz teilen.«

»Und so viele Idioten.«

Afsaneh zieht eine der perfekt geformten schwarzen Augenbrauen hoch, wie um zu markieren, dass sie meinen Fauxpas bemerkt hat, mich aber mit einer Warnung davonkommen lässt. Dann lächelt sie wieder – nicht einmal meine Technofeindlichkeit scheint sie heute aus der Ruhe zu bringen.

»Übertreibst du jetzt nicht ein bisschen?«

»Vielleicht.«

Afsaneh zündet Kerzen an und setzt Teewasser auf. Ich decke den Tisch.

Erst als sie die Teekanne und den Teller mit den Broten auf ein Tablett stellt, bemerke ich meinen Irrtum.

Ich habe für drei gedeckt.

Vor Nadjas Platz habe ich einen Teller und ein Glas gestellt. Ich kann mich nicht einmal daran erinnern, dass ich es getan habe, es muss ganz automatisch passiert sein.

Mir wird innerlich ganz kalt, als ich sehe, wie Afsanehs Blick über den Tisch irrt.

»Entschuldige«, sage ich. »Ich weiß nicht, wo ich in Gedanken war. Ich bin so verdammt müde. Du. Entschuldige.«

Aber Afsaneh reagiert nicht so, wie ich befürchtet hatte.

Statt sich zu verschließen und in Tränen auszubrechen, kommt sie zu mir und legt die Arme um mich. Lacht leise und murmelt mir ins Ohr.

»Dussel. Lass es stehen. Ich räume es nachher weg. Und bald kommt sie ja nach Hause. Bald können wir wieder für drei decken.«

Als sie das sagt, krampft sich etwas in meiner Brust zusammen.

Sicher, die Ärzte haben angefangen, die Medikamente abzusetzen, aber es wird Tage dauern, bis Nadja aufwacht.

Falls sie überhaupt aufwacht.

Ich wage nicht einmal, daran zu denken, was passiert, wenn sie das nicht tut. Wohin Afsanehs neu gefundene Energie und Freude dann verschwinden werden. Welches Leben uns erwartet, wenn Nadja uns endgültig verlässt.

Aber Afsaneh scheint meine Zweifel nicht zu registrieren.

»Du bist verrückt«, sagt sie und küsst mich hungrig, zum ersten Mal, seit es passiert ist.

Seit unser Kind auf den harten Asphalt gestürzt ist.

TEIL II

Der Sturm

Da warf der HERR einen gewaltigen Wind auf das Meer,
und es entstand ein großer Sturm auf dem Meer, so dass das
Schiff zu zerbrechen drohte.
Da fürchteten sich die Seeleute und schrien um Hilfe,
jeder zu seinem Gott.

Jona 1:4–5

SAMUEL

Ich treffe Rakel am Hafen. Als sie ihren schwarzen Volvo abgestellt hat, herausgesprungen ist und mich begrüßt hat, schielt sie zu meinem fast leeren Rucksack hinüber, und ich ahne, was sie denkt.

Müsste nicht jemand, der an seinen neuen Arbeitsplatz umzieht, ein bisschen mehr Gepäck bei sich haben?

Ich lade mir den Rucksack auf und gebe mir alle Mühe, um nicht auszusehen wie einer, der vor einem irren russischen Drogenkönig auf der Flucht ist und mehrere Nächte in einem Scheißgebüsch verbracht hat.

Heute hat sie sich die Haare zu einem Knoten aufgesteckt. Einige dunkle Strähnen haben sich daraus gelöst und hängen ihr über den Rücken. Ansonsten sieht sie genauso aus wie gestern. Ungeschminkt, in einem schlichten weißen Herrenhemd und einer abgewetzten Jeans.

»Aha«, sagt Rakel mit einem Blick auf Igors Mühle. »Dann musst du wohl hinter mir herfahren. Es ist nicht weit, nur ein paar Kilometer. Aber sei vorsichtig. Der Weg ist nicht gut in Schuss.«

Ich nicke und setze mich auf das Motorrad.

Rakel springt in ihr Auto, lässt den Motor an und fährt auf die Hauptstraße. Nach wenigen hundert Metern biegt sie nach rechts auf einen Kiesweg ab, der so schmal ist, dass ich ihn übersehen hätte, wäre sie nicht vor mir hergefahren.

Wir fahren durch einen Nadelwald und über eine kleine Brücke. Das Wasser liegt blank und still zwischen den Felsen. Der Sommerwind ist milde, die Sonne blendet mich, und ich muss die

Augen zusammenkneifen, als Rakel gerade irgendeinem Hindernis ausweicht. Sekunden später sehe ich zwei große Schlaglöcher und kann gerade noch einen Bogen darum machen.

Sie hatte recht, der Weg ist unter aller Sau.

Ich fahre jetzt so langsam, dass der Abstand zu dem Volvo größer wird.

Der Weg schlängelt sich durch Nadelwald und Felskuppen. Es riecht würzig nach Kiefernnadeln und Erde. Hier und da haben sich von den Felsen einzelne Steine gelöst und sind auf den Boden gekullert. Ich muss im Zickzack zwischen ihnen hindurchfahren und habe den Eindruck, dass sich die Schlaglöcher häufen.

Einmal sehe ich ein Tor und dahinter eine Auffahrt, die vermutlich zu einem Haus führt.

Dann hält Rakel an einem weißgestrichenen Holzzaun. Sie parkt den Wagen auf einer Grasfläche am Weg, öffnet die Autotür und springt heraus. Dann winkt sie mir.

Ich stelle das Motorrad ein Stück vom Auto entfernt ab und gehe zu ihr.

»Wohnt ihr auf einer Insel?«, frage ich.

Sie nickt.

»Aber das merkt man fast nicht, weil wir die Brücke haben. Früher musste man von Stuvskär aus ein Boot nehmen.«

Sie lächelt, und wieder sind die feinen Falten um ihre Augen zu sehen.

An die fünfzig Meter weiter, zwischen ein paar vom Wind zerzausten Kiefern, sehe ich Rakels Haus – ein weißgestrichenes Holzhaus mit grünen Fensterrahmen und Windbrettern.

Andere Häuser sind nicht zu sehen.

»Wohnen hier viele?«, frage ich und sehe mich um.

Ich kann nur Vogelgesang und in der Ferne ein Boot hören.

»Nein. Wir sind nur zwei fest hier wohnende Familien. Aber es gibt auch ein paar Ferienhäuser.«

Rakel rümpft ein wenig die Nase bei dem letzten Satz. Vielleicht kann sie Sommergäste nicht leiden. Als hätte sie meine Gedanken erraten, fügt sie hinzu:

»Das war nicht so gemeint. Wir verdanken den Sommergästen ganz schön viel. Ohne sie hätten wir weder die Fähre nach Vaxholm noch die Hafenkneipe oder den Dorfladen. Warst du da übrigens schon mal?«

»Ja«, sage ich und denke an die geklauten Brote.

Sowie ich an Essen denke, zieht sich mein Magen wie in einem Krampf zusammen. Der Hunger hat mich in der vergangenen Nacht wach gehalten, und ich habe sogar geträumt, ich wäre im McDonald's.

»Es ist ungeheuer praktisch, dass wir hinfahren und unsere Vorräte auffüllen können. Auch wenn das Angebot ein bisschen speziell ist. Granatäpfel, Hummer, Wagyu-Rindfleisch. Nicht gerade das, was eine Familie mit Kindern an einem Dienstag um fünf vor zwölf braucht. Aber vermutlich das, was die Sommergäste wollen. Ja, die haben schließlich Geld und bestimmt einen exklusiven Geschmack.«

Rakel geht los, und ich laufe ihr hinterher. Ihr dünnes Hemd flattert um sie herum, und im Gegenlicht kann ich die Silhouette einer Brust sehen.

»Früher war das anders«, sagt sie nun. »Da war Stuvskär ein Fischerdorf. Egal mit wem von den alten Leuten du im Ort redest, sie erzählen gern davon. Sie haben mit Netzen Hering und Dorsch gefangen und Aalreusen ausgelegt. Jede Familie hatte ihre eigene Räucherei, wo sie mit Wacholderreisig und Erlenspänen geräuchert haben. Und sie haben alles verwertet, haben Orfen und ungedämpfte Brachsen gegessen, Fische, die heute ins Meer zurückgeworfen werden.«

Wir gehen durch das Tor und kommen in einen Garten mit üppigem grünen Gras, blühenden Obstbäumen und einzelnen

Rosensträuchern in einem höher gelegten ellipsenförmigen Beet vor der Haustür. Knorrige Fliederbüsche mit hellgrünen, herzförmigen Blättern und abgeblühte trockene Spaliere drängen sich an den Hausecken. Der Grasgeruch sticht mir in die Nase, und die Streifen des Rasenmähers sind so deutlich, dass mir der Gedanke kommt, dass Rakel noch schnell Rasen gemäht hat, bevor sie mich abgeholt hat.

Das Haus selbst ist alt und gemütlich, als wäre es mit einem Scheiß-LKW geradewegs aus Bullerbü hierhergeschafft worden. Vor der Eingangstür gibt es eine kleine Treppe, die fast von einer dieser Rampen verdeckt wird, über die man einen Rollstuhl fahren kann. Am Rand der Treppe stehen Krüge mit rosa Blumen, die ich kenne.

Ich weiß nicht, wie sie heißen, aber Mama hat solche Blumen in der Küche.

Kaum habe ich das gedacht, kommt der Schmerz, und mir wird klar, dass sie mir wirklich fehlt, obwohl sie so verdammt nervt und mich stalkt.

Nur diesmal nicht.

Diesmal hat sie nichts von sich hören lassen.

Sie ist sicher froh, dass sie endlich dich und deine verdammten Probleme vom Hals hat.

Ich ignoriere die gemeine Stimme und lasse meinen Blick über das Haus wandern.

Vor den Fenstern im Erdgeschoss sind verschnörkelte schmiedeeiserne Gitter angebracht. Ich ahne Spitzengardinen dahinter.

Rakel zeigt auf die Rampe.

»Ja, manchmal fahren wir Jonas an die Luft. Meistens auf die Terrasse, die liegt hinter dem Haus, zum Wasser hin. Aber wir lassen die Rampe immer liegen. Für den Fall …«

Sie legt eine Pause ein und fügt dann mit leiser, brüchiger Stimme hinzu:

»… für den Fall, dass es ihm etwas besser geht.«

Sie geht die Treppe hoch zur Tür, zieht ein Schlüsselbund hervor und schließt auf.

»Willkommen!«, sagt sie. »Soll ich dich ein bisschen rumführen?«

Die Diele erinnert mich an etwas aus einem alten Film mit ihrer blaugestrichenen Wandtäfelung und der Blumenborte in Brusthöhe. Auf der rechten Seite sind Haken angebracht, an denen Kleider hängen. An der Wand steht ein kleiner grauer Tisch. Eine Vase mit roten Rosen, die bestimmt aus dem Garten kommen, steht auf dem Tisch.

Ich streife meine Sneakers ab und stelle sie neben ein Paar Herrenstiefel. Dann folge ich Rakel in die rechts von der Diele gelegene Küche. Die Küche ist groß und in einem gedämpften Gelb gestrichen. Ich sehe einen Holzofen und einen modernen Herd mit einer schwarzen Glasplatte.

Auf dieser Platte stehen ein großer emaillierter Kochtopf und eine Kasserolle. Es duftet nach Fleisch und Gewürzen.

Mir wird schwindlig.

»Es gibt Eintopf«, sagt Rakel, als wir am Herd vorbeigehen. »Ich dachte, du hast vielleicht Hunger. Du kannst nachher gern essen. Und nimm dir aus Kühlschrank und Speisekammer, was du willst.«

Wir verlassen die Küche und kommen in einen großen, weißgestrichenen Raum, der mit weißen Sofas und Sesseln möbliert ist. Mit Büchern und Ziergegenständen vollgestopfte Regale verdecken die Wände. Neben einem gerahmten Foto sehe ich eine große blaue Glasschale mit Fuß. Sie sieht fast genauso aus wie Mamas Tortenschüssel.

Ich trete näher.

In der Schale liegen eine Uhr und ein Handyetui mit einem Marihuanablatt.

Vielleicht war Jonas ein cooler Typ, ehe er sich die Gehirnverletzung zugezogen hat?

Rakel sieht mich fragend an.

»Meine Mutter hat auch so eine«, sage ich und zeige auf die blaue Schale.

Rakel nickt, sagt aber nichts.

Ich reiße meinen Blick von der Glasschale los und mache ein paar Schritte.

Große Sprossenfenster und zwei doppelte Türen nehmen die gesamte Wand ein, dahinter liegt das Meer unendlich und blau in der Vormittagssonne.

In der Ferne kann ich Schären und einen Leuchtturm sehen.

»Wow«, sage ich, ohne nachzudenken, aber Rakel lächelt nur wie die schlimmste Mona-Lisa-Kopie und geht auf die Fenster zu.

Ich laufe hinter ihr her.

Als ich näher komme, sehe ich, dass die Doppeltüren auf eine Terrasse hinausführen. Rakel öffnet sie, und wir treten hinaus.

Die Terrasse ist groß, mindestens dreißig Quadratmeter, schätze ich. Liegestühle und eine Sitzgruppe sind auf dem von einem niedrigen, weißgestrichenen Holzzaun umgebenen Holzboden aufgestellt.

Wir gehen zum Zaun, und ich schnappe noch einmal nach Luft.

Vor mir stürzen steile Felsen ins Meer hinab. In den Felsspalten wachsen Gestrüpp, Heidekraut und Blaubeerbüsche. Eine Holztreppe führt zu einem zwanzig Meter unter uns gelegenen Steg. Neben dem Steg ahne ich hinter einigen Büschen einen Bootsschuppen.

»Du kannst dir ja denken, dass wir Jonas nicht zum Wasser hinunterbringen können«, sagt Rakel, und ich spüre den Schmerz in ihrer Stimme. »Aber das ist nicht so wichtig. Er würde es ja doch nicht zu schätzen wissen. Du dagegen kannst jederzeit nach unten gehen. Ich gehe da morgens immer kurz schwimmen. Es ist nicht gerade warm, aber …«

Sie lacht kurz, ehe sie den Satz beendet.

»… erfrischend.«

»Okay.«

»Wollen wir weitergehen?«, fragt sie und geht ins Wohnzimmer zurück.

Ich folge ihr.

Rakel zeigt auf eine Tür.

»Das ist mein und Olles Schlafzimmer. Es liegt Wand an Wand mit dem Zimmer von Jonas. Es gibt hier unten auch ein Badezimmer, aber ich glaube, es ist besser, du benutzt das oben im Haus. Wollen wir uns dein Zimmer ansehen, ehe wir Jonas guten Tag sagen?«

Wir steigen eine Wendeltreppe hoch, die das Wohnzimmer mit dem oberen Stockwerk verbindet. Die Treppe führt in ein weiteres Zimmer, auch das ist mit Sofas und Bücherregalen möbliert, die sich an allen Wänden entlangziehen, fast wie in einer Bibliothek.

Genau wie im Wohnzimmer blicken große Sprossenfenster auf das Meer.

»Das ist unser Allzweckzimmer«, erklärt Rakel.

Sie zeigt auf eine Tür.

»Und das da ist Olles Arbeitszimmer. Seine Dichterklause. Es ist meistens abgeschlossen, wenn er nicht gerade an der Arbeit sitzt.«

Sie dreht sich zu der anderen Wand hin, die zwei Türen hat, um die Bücherregale gebaut sind.

»Dein Schlafzimmer und dein Bad«, sagt sie und öffnet die rechte Tür.

Das Zimmer ist groß und in einem blaugrauen Farbton gestrichen, so einer, den Mama taubenblau nennen würde. Es gibt ein bezogenes Doppelbett mit weichen Kissen – genau wie in einem Luxushotel und so einladend, dass ich mich am liebsten sofort hineinlegen würde, aber das tue ich natürlich nicht. Stattdessen streife ich den Rucksack ab und stelle ihn vor das Bett, ehe wir ins Badezimmer hinübergehen, das klein und verwohnt ist, aber sauber und aufgeräumt. Senfgelbe Fliesen bedecken die Wände. Ein gesprungener Spiegel hängt über einem altmodischen Waschbecken, und hinter einem gepunkteten Vorhang befindet sich eine Dusche.

»Also«, sagt Rakel und scheint ein wenig zu zögern. »Wollen wir Jonas guten Tag sagen?«

In dem Krankenbett liegt ein Junge in meinem Alter. Er ist blass und mager und hat kurze braune Haare. Seine Züge sind scharf und kantig, mit deutlichen Wangenknochen und einer kräftigen Nase. Der bleiche kleine Schmollmund sieht aus wie ein Wurm, den jemand mitten in sein Gesicht gelegt hat. Aus der Nase ragt ein dünner Schlauch, der mit einem Stück braunen Klebebands an der Wange befestigt ist.

Vor dem Bett steht ein seltsames Metallgerüst mit etwas, das wie ein blauer Schaukelsitz aussieht und an schwarzen Riemen befestigt ist. Ich weiß nicht, was es ist, nehme aber an, dass es dazu dient, Jonas aus dem Bett zu heben.

Ich blicke wieder zu ihm hin.

Wenn ich nicht wüsste, dass er krank ist, würde ich denken, dass er nur schläft, denn er sieht absolut nicht so aus, wie ich mir das vorgestellt hatte – seine Arme sind nicht gekrümmt, er sabbert und zittert nicht, und er stößt keine seltsamen Geräusche aus.

Stattdessen wirkt er einfach total weggetreten.

Total verdammt bewusstlos, wie ein Zombie.

Ich sehe mich im Zimmer um.

An den Wänden hängen Kreidezeichnungen von Autos, sicher hat Zombie-Jonas die gemalt, als er noch jünger war, denn sie sehen aus wie von einem Kind, und die lachenden Menschen ähneln Strichmännchen. Es gibt auch ein paar Filmplakate, und an einem Haken beim Fenster hängen zwei aneinandergeknotete Fußballschuhe und ein kleiner Wimpel von Hammarby.

Ich finde das alles ganz schrecklich.

Rakel geht zum Bett und setzt sich auf einen Hocker. Sie winkt mich zu einem kleinen Omasessel auf der anderen Seite.

»Den habe ich für dich hierher gestellt«, sagt sie. »Damit du bequem sitzt. Du wirst hier ja ziemlich viel Zeit verbringen.«

Ich lasse mich in den durchgesessenen Sessel sinken und lege die Hände auf meine Knie. Spüre, wie Angst in mir aufsteigt. Etwas an diesem Zimmer, an diesem Jungen, der da im Bett liegt und fast aussieht wie eine Puppe, versetzt mich in schreckliche Panik.

Worauf habe ich mich da eingelassen? Soll ich hier wirklich jeden Tag sechs Stunden sitzen, für *hundertelf Kronen* die Stunde?

Wie konnte ich nur so verdammt blöde sein?

Rakel streicht Jonas zärtlich über die Haare.

»Samuel ist hier«, murmelt sie. »Er wird dir Gesellschaft leisten, wenn ich arbeiten muss.«

Der Junge reagiert nicht.

»Er wird dir vorlesen«, fügt sie hinzu. »Und dir Musik vorspielen. Das ist doch schön, oder?«

Jonas verzieht noch immer keine Miene, er liegt nur still da, mit ausdruckslosem Gesicht und geschlossenen Augen. Es gibt absolut keine Anzeichen dafür, dass er hört oder versteht, was sie sagt.

Rakel beugt sich vor und küsst ihn auf die Wange. Zeigt auf den Schlauch, der aus seiner Nase ragt.

»Jonas wird durch eine Sonde ernährt«, sagt sie. »Aber darüber musst du dir keine Gedanken machen. Um all das kümmere ich mich.«

Dann streckt sie die Hand nach einer Dose Hautcreme aus, die auf dem kleinen Nachttisch steht, und quetscht einen fettigen Klecks heraus. Nimmt eine Hand von Jonas und fängt an, die Creme einzumassieren.

Über dem Nachttisch hängt ein Kalender, auf dem jemand alle Tage im Juni bis heute angekreuzt hat, Rakel, nehme ich an.

»Seine Hände trocknen so schrecklich schnell aus«, sagt sie. »Ich creme sie jeden Tag mehrere Male ein. Und wenn ich es nicht vergesse, nehme ich auch den Fettstift.«

Ich schiele zum Nachttisch hinüber. Dort steht eine einsame Rose in einer kleinen Vase neben einer Haarbürste und einem Fettstift.

Rakel greift nach der anderen Hand und cremt sie ebenfalls ein. Massiert die Creme langsam in die Haut ein, bis in die Fingerspitzen.

»So«, sagt sie zu Jonas. »Ist das besser?«

Jonas stöhnt leise auf, und Rakel lächelt.

»Er weiß, dass du hier bist«, sagt sie und nickt langsam.

Der Krampf in meinem Magen ist schlimmer geworden, nicht nur vor Hunger, sondern auch vor Panik. Ich lasse meinen Blick durch das Zimmer wandern, von den Plakaten und Zeichnungen zu der anderen Wand. Dort sehe ich Regale mit Pillendosen, Plastiktüten, Chirurgenhandschuhen und Küchenpapier.

Auf einem kleinen Tisch daneben stehen einige Fotos von Rakel und einem Jungen. Auf einem Bild lächeln sie in die Kamera, und ich ahne im Hintergrund einen Strand, auf einem anderen stehen sie an einem Skigelände. Neben dem Tisch gibt es einen Lautsprecher, daneben liegt ein Buch.

»Das Einzige, was du tun musst, ist, Jonas Gesellschaft leisten«, sagt Rakel und erwidert meinen Blick. »Meistens ist er ruhig, aber es kommt vor, dass er unruhig wird oder Krämpfe bekommt. Dann musst du mich sofort holen. Verstehst du?«

Ich nicke und versuche, nicht in ihren Ausschnitt zu blicken, wo eine Brust zu sehen ist.

Ich schlucke hart.

»Das ist doch kinderleicht«, sagt sie und lächelt.

Ich liege in dem großen Bett mit den weichen Kissen. Es ist genauso wunderbar, wie es ausgesehen hat. Mein Bauch ist voll mit Fleisch und Kartoffeln, und meine Haut warm nach der langen heißen Dusche, aber ich kann nur denken, dass ich so schnell wie möglich von hier weg muss.

Weg von Rakel und Zombie-Jonas, weg von den Felsen und den Kiefern und dem Dorfladen, in dem den Touristen Hummer und Hummus verkauft werden.

Ich sehe das Handy auf dem Nachttisch liegen, silberblank und still wie ein toter Fisch.

Es ist verdammt nervig, es nicht benutzen zu können.

Hier im Bett zu liegen, von der Umwelt ganz und gar abgeschnitten, das ist doch fast, wie überhaupt nicht zu existieren.

Die Welt ist da drinnen, unter dem metallischen Gehäuse. Das Leben ist dort.

Liam und Alexandra und Jeanette. Igor auch natürlich – da gibt es kein Entrinnen. Und Mama.

Aber alles andere – dieses Haus hier, die untergehende Sonne, die sich draußen im Meer spiegelt, Rakel, Jonas –, das ist irgendwie unwirklich.

Ich versuche, einen Plan zu formulieren.

Ich kann ein oder zwei Tage bleiben. Vielleicht gibt es im Haus etwas Wertvolles, das ich einsacken kann, ehe ich abhaue, etwas, das ich auf Blocket.se verkaufen kann, um eine Weile davon zu leben.

Die Müdigkeit überwältigt mich, und ich schließe die Augen.

Mama taucht vor meinem inneren Auge auf. Sie lächelt, und das goldene Kreuz in ihrem Ausschnitt funkelt.

»Du musst Jesus in dein Herz lassen, Samuel«, flüstert sie, beugt sich über mich und küsst mich auf den Mund, so lange, dass es kein gutes Gefühl mehr ist.

Als sie sich aufrichtet, ist ihr Gesicht nicht mehr das von Mama, sondern Rakels.

PERNILLA

Das Gras um das gelbe Holzhaus reicht mir fast bis zum Knie, und die Apfelbäume stehen in voller Blüte.

Ich ziehe das rostige alte Tor hinter mir zu und gehe über den Kiesweg zum Eingang, während ich gleichzeitig das Schlüsselbund aus der Tasche ziehe.

Es ist heiß, richtig heiß, und ich höre Vogelgesang und das Summen der Hummeln, die mich umschwirren.

Ich schließe auf und betrete die vertraute Diele.

Es riecht ein wenig muffig nach Staub und etwas, das Schimmel sein könnte, aber sonst ist alles wie immer. Vaters Schuhe stehen in zwei ordentlichen Reihen im Regal, und seine Anzüge hängen auf identischen Kleiderbügeln unter der Hutablage.

Ich lege Post und Zeitungen auf die Kommode unter dem Spiegel. Sehe die Briefe durch, um festzustellen, ob etwas dringend aussieht, und stopfe einige Rechnungen in meine Handtasche.

Ich habe keine Infos über Vaters Bankkonto, aber ich glaube, dass ich die in seinem grünen Schreibtisch finden werde. Ich beschließe, danach zu suchen. Wenn ich nichts finde, muss ich die Rechnungen wohl selbst bezahlen, obwohl ich fast nichts mehr auf meinem Konto habe.

Vater wäre entsetzt, wenn seine Rechnungen nicht pünktlich beglichen würden.

Ich streife die Pumps ab und gehe in die Küche.

Alles sieht wie immer aus.

Durch das Fenster kann ich das blaue Wasser des Sees in der

Sonne glitzern sehen. Der hohe Rosenstrauch, der längst hätte beschnitten werden müssen, bedeckt fast den gesamten rechten Teil der Fensterscheibe.

Ich gehe zum Kühlschrank und mache ihn auf, bin schon auf verschimmelte Essensreste vorbereitet, doch er ist leer und sauber. Ein vager Geruch nach Reinigungsmittel strömt mir entgegen, und als ich mit dem Finger über ein Glasfach streiche, ist es so rein, dass es unter meiner Berührung fast knistert.

Vater hat den Kühlschrank bereits ausgeräumt und sauber gemacht.

Ich sehe mich um.

Die Herdklappe ist offen, und die Bleche stehen auf einem karierten Küchenhandtuch daneben. Dort sehe ich auch ein offenes Paket Putzwolle.

Das ist typisch Vater, er hat offenbar schon alles für seinen Tod vorbereitet, damit mir das erspart bleibt.

Sofort überkommt mich eine Mischung aus Trauer und schlechtem Gewissen, als mir klar wird, welche Mühe er sich meinetwegen gemacht hat. Dieses Gefühl macht mich noch niedergeschlagener, als ich ohnehin schon bin, und ich denke an Samuel, der verschwunden ist, und an den Atem des Pastors in meinem Nacken, als er sich an mich gepresst hat.

Ich gehe weiter zu Vaters Schlafzimmer.

Die Sonne scheint herein, und es ist heiß, fast Übelkeit erregend. In dem Rechteck aus Licht, das quer in das Zimmer fällt, schweben kleine Staubpartikel, scheinbar schwerelos scheinen sie nach oben zu streben, nach oben.

Das Doppelbett ist ordentlich gemacht, und die große Flickendecke, die Mama genäht hat, als ich noch klein war, liegt zusammengefaltet am Fußende. Auf dem Nachttisch liegt eine Bibel, eine Übersetzung von 1917, das ist Vaters Lieblingsfassung, obwohl er beim Predigen eine neuere verwendet. Darum herum stehen Medikamentenpackungen in unterschiedlichen Größen.

Ich gehe zu dem grünen Schreibtisch vor dem Fenster. Gehe in die Hocke und ziehe die oberste Schublade heraus.

Leer.

Die nächste Schublade ist ebenfalls leer, doch als ich die unterste herausziehe, finde ich einen großen braunen Umschlag.

»Pernilla«, steht darauf, in Papas zittriger Schrift.

Ich nehme den Umschlag und schließe die Schublade. Gehe zum Bett und setze mich, unsicher, was ich nun tun soll. Der Umschlag ist offenkundig für mich bestimmt, aber ich weiß nicht, was er enthält. Vielleicht will Vater ja nicht, dass ich ihn gerade jetzt lese. Andererseits kann es sich um Kontoauszüge und andere praktische Informationen handeln, die ich brauchen kann.

Am Ende siegt die Neugier, und ich reiße den sorgfältig verschlossenen Umschlag mit dem Finger auf.

Darin liegen fünf Briefe, alle ungeöffnet und an mich adressiert. Ich sehe mir die Poststempel an. Der älteste Brief wurde wenige Tage vor meinem zehnten Geburtstag abgeschickt.

Ich öffne ihn vorsichtig und ziehe brüchiges Briefpapier mit gelben Blumen in der rechten Ecke heraus.

Liebste Pernilla,

ich hoffe, es geht dir gut und bei dir und Vater ist alles in Ordnung! Wie ich dir ja schon geschrieben habe, fehlst du mir ganz schrecklich, und ich sehne mich nach einem Wiedersehen. Du kannst Vater vielleicht fragen, wann das möglich ist?

Jetzt wirst du zehn – das ist ein großer Tag. Ich hätte ihn so gern mit dir zusammen gefeiert, aber ich weiß, dass Vater und die anderen aus der Gemeinde sich gut um dich kümmern.

Ich möchte dir so vieles erklären, doch ich glaube, es ist bes-

ser, wenn ich damit warte, bis wir uns sehen. Gewisse Dinge versteht man erst nach einiger Zeit, und das hier ist so etwas.

Wie ich dir schon geschrieben habe, sollst du wissen, dass ich dich ungeheuer lieb habe und jeden Tag vermisse, aber dass dein Vater und ich ganz einfach nicht zusammenleben konnten.

Das hat nichts mit dir zu tun, mein Hümmelchen!

Ich wünsche dir einen wunderbaren Geburtstag, und ich hoffe, dass wir uns bald sehen können. Ich habe dir mit der Post ein Geschenk geschickt.

Wenn du mir schreiben willst, ist das kein Problem. Die Adresse steht hinten auf dem Briefumschlag.

Ich küsse und umarme dich viele Male.

Mama

Mein Magen krampft sich zusammen wie nach einem Fausthieb. Ich beuge mich vor und muss mich an der Bettkante festhalten, um nicht umzufallen.

Was ist das hier?

Mama wollte doch keinen Kontakt zu mir haben, sie hat sich gegen mich entschieden. Und das hatten auch die wenigen entfernten Verwandten mütterlicherseits gesagt.

Hat Mama mir Briefe geschrieben?

Warum hat Vater nie etwas davon gesagt? Sollte ich die Briefe nach seinem Tod finden?

Der Brief, die Handschrift und das Sonnenlicht, das den vertrauten Flickenteppich in warmen Farben anmalt, rufen Erinnerungen herbei, die ich schon vor langer Zeit vergessen hatte.

Mamas Duft: eine Mischung aus Bratfett, Schweiß und Parfüm. Die langen Haare, die sie fast immer hochgesteckt hatte, und das viel zu schöne, fast puppenhafte Gesicht.

Und dann dieser Ausdruck: *Hümmelchen.*

Als mein Blick wieder an diesem Wort hängenbleibt, glaube ich fast, ihre Stimme zu hören, als ob sie dicht neben mir stünde und mir ins Ohr flüsterte.

Hümmelchen, geliebtes Hümmelchen.

Die Tränen kommen, und ich versuche gar nicht erst, sie aufzuhalten. Sie laufen mir über die Wangen und weiter den Hals hinunter.

Ich reiße die anderen Briefe auf und lese einen nach dem anderen.

Die nächsten drei haben große Ähnlichkeit mit dem ersten. Mama wünscht mir fröhliche Weihnachten, gratuliert mir zum Geburtstag, schreibt, dass sie mich liebt und dass sie mich sehen will. Aber im letzten Brief, den sie nur wenige Wochen vor ihrem Tod abgeschickt hat, ahne ich eine wachsende Verzweiflung und Wut. Sie fragt, warum ich nichts von mir hören lasse, obwohl sie so viele Briefe geschrieben hat, obwohl sie Geschenke geschickt hat und mich sehen will. Sie fragt, ob ich ihr böse bin, und deutet an, dass Vater vielleicht etwas damit zu tun haben könnte.

Als ich die letzten Zeilen lese, erstarre ich, denn ich kann es einfach nicht glauben. Ich muss den Absatz mehrere Male lesen, ehe ich sicher bin, dass ich mich nicht irre.

Pernilla, mein geliebtes Hümmelchen, du bist jetzt so groß, dass du eigentlich mit der Wahrheit umgehen kannst. Dein Vater war ein anspruchsvoller und andere Menschen manipulierender Ehemann. Seine Worte taten mir mehr weh als seine Schläge, und am Ende sah ich keinen anderen Ausweg mehr, als ihn zu verlassen. Ich musste ihm versprechen, keinen Kontakt zu dir aufzunehmen, und in meiner Dummheit habe ich das getan. Ich brauchte doch das Geld, das er mir gegeben hat. Aber jetzt habe ich nicht vor, ihm weiter zu gehorchen. An deinem dreizehnten Geburtstag werde ich kommen und dir gratulieren!

Ich sinke rückwärts mit dem Brief in der Hand auf das weiche Bett.

Ist das möglich? Hat er sie dafür *bezahlt,* sich fernzuhalten, oder ist das nur eine weitere von ihren Lügen? Denn dass sie lügen konnte, weiß die ganze Gegend – eine, die ihren Mann mit einem Nachbarn betrügt, hat die Lüge zu ihrer Bündnisgenossin gemacht.

Ein Gesicht wie ein Engel und ein Herz wie eine Schlange.

Dann wird mir innerlich ganz kalt. Ich sehe den Brief noch einmal an und versuche zu begreifen, was dort steht.

An deinem dreizehnten Geburtstag werde ich kommen und dir gratulieren!

Aber da ist sie doch gestorben, an meinem dreizehnten Geburtstag! Und plötzlich weiß ich, warum sie in der Nähe unseres Hauses unterwegs war.

Sie war auf dem Weg zu mir.

Ich bohre den Kopf in die Flickendecke und weine, wie ich es zuletzt als Kind getan habe. Alle Gefühle, die in meiner Brust eingekapselt waren, scheinen sich zu lösen, zu einer Sturmflut anzuschwellen und aus Augen und Nase auf Mamas alte Flickendecke zu fließen, in Gestalt von Rotz und Tränen.

Ich bin wieder neun Jahre alt, und Mama liegt nackt mit dem Nachbarn auf dem Sofa.

Ich bin dreizehn, und Mama ist soeben nur wenige Kilometer von hier tödlich verunglückt.

Ich bin achtzehn, ledig und hochschwanger.

Ich bin sechsunddreißig, und mein Vater liegt im Sterben, mein Sohn ist verschwunden, und ich bin von allen betrogen worden, denen ich vertraut habe.

Plötzlich fehlt Samuel mir so sehr, dass es in meiner Brust wehtut. Das Gefühl ist so stark und so physisch, dass ich aufjammere. Plötzlich bin ich mir sicher, dass es falsch ist, wenn ich mich nicht bei ihm melde. Wir haben nur einander, und alles andere spielt keine Rolle.

Ich greife zum Handy und versuche, ihn anzurufen, aber sofort lande ich auf dem Anrufbeantworter, als ob das Handy ausgeschaltet ist.

Auf dem Heimweg versuche ich mehrere Male, Samuel anzurufen. Als die U-Bahn in Västertorp hält, schreibe ich ihm eine SMS, schreibe, dass ich ihn liebe und dass er sich ganz schnell melden soll.

Ich schicke die SMS mit einer seltsamen Befriedigung los, weil ich all den wohlmeinenden Ratschlägen trotze, die ich von Gemeindemitgliedern erhalten habe, weil ich nicht das tue, was ich dem Pastor und Vater versprochen habe.

Als die Bahn in Fruängen hält, färbt sich der Himmel am Horizont tiefblau.

Ich schaue auf die Uhr und gehe schneller. Es ist spät, und ich habe für heute Abend die Waschmaschine gebucht.

Die Abendluft ist warm und riecht nach staubiger Straße und blühendem Flieder.

Mein Handy gibt »pling« von sich, und mein Herz macht einen Sprung.

Ich ziehe es aus der Tasche, aber es ist nicht Samuel, nur Stina, die Filialleiterin, die wissen will, ob ich morgen früher anfangen kann.

Ich antworte, dass das kein Problem ist, und gehe zum Eingang, noch immer erfüllt von der Einsicht, wie sehr mir Samuel fehlt, wie sehr ich ihn brauche. All das mit Mutter und Vater scheint in mir etwas ausgelöst zu haben, mir eine neue Sicht vermittelt zu haben, was im Leben wirklich wichtig ist.

Als ich auf den Lichtschalter im Treppenhaus drücke, passiert nichts. Ich drücke wieder und wieder, muss dann aber einsehen, dass er wohl defekt ist, und nehme die Treppe, während ich in meiner Handtasche nach den Schlüsseln suche.

Vielleicht liegt es am Klirren des Schlüsselbundes, dass ich die Schritte, die sich von oben her nähern, nicht sofort höre. Vielleicht liegt es daran, dass ich an Samuel denke.

Dann geht alles sehr schnell.

Jemand packt meinen Arm. Hart.

Ich ahne die Silhouette eines riesigen Mannes mit rasiertem Schädel und schreie unwillkürlich auf.

Der Zugriff des Mannes wird fester, und er mahnt mich zum Schweigen.

»Bist du Samuels Mutter?«, zischt er.

Er spricht mit einem sehr starken Akzent. Er könnte aus dem Osten kommen, vielleicht aus Polen oder einem baltischen Land.

»Ja«, sage ich, und das Herz schlägt mir im Hals. »Ich bin Samuels Mutter.«

Der Griff um meinen Arm lockert sich ein wenig, und der Mann richtet sich auf.

»Wo ist er?«

»Das weiß ich nicht«, antworte ich wahrheitsgemäß. »Ich habe ihn rausgeworfen. Also nicht wortwörtlich, aber ich habe gesagt, dass er gehen soll. Das heißt, wir haben uns gestritten und … Ja, Samuel hatte einen Fehler gemacht und … Ich fand es besser, dass wir eine kleine Auszeit voneinander nehmen. Also …«

Der Mann lässt meinen Arm los und schlägt so heftig mit der Handfläche gegen die Wand, dass ich zusammenfahre.

»Wo?«, brüllt er. »Wo ist er jetzt?«

»Ich weiß es nicht«, flüstere ich. »Ich habe versucht, ihm SMS zu schicken und ihn anzurufen, aber sein Handy ist ausgeschaltet, und jetzt bereue ich das natürlich ganz schrecklich, weil das alles nicht passiert wäre, wenn ich ihn nicht rausgeworfen hätte. Oder wenn ich nicht gesagt hätte, dass er nicht …«

Wieder fällt er mir ins Wort:

»Er hat etwas, das mir gehört.«

Ich gebe keine Antwort, denn ich weiß nicht, was ich sagen soll, aber ich muss natürlich sofort an die kleinen Plastiktüten mit dem weißen Pulver denken, die im Müll gelandet sind.

Der Mann packt wieder meinen Arm, diesmal aber nicht so hart. Eher so, als ob er sich davon überzeugen will, dass er meine Aufmerksamkeit hat, nicht, als ob er mir Angst machen will.

»Sag ihm, dass ich hier war«, sagt er, lässt mich los und geht auf die Treppe zu.

»Ja«, sage ich.

Und dann:

»Von wem soll ich grüßen?«

Ich bereue es sofort, sowie diese idiotische Frage meinen Mund verlassen hat. Warum bin ich so? Als wäre der Mann ein ganz normaler Mensch, der angeklopft und nach Samuel gefragt hat, und nicht ein »Schwerkrimineller«, wie die Polizisten, die mich im Laden aufgesucht haben, behaupten.

»Er weiß, wer ich bin«, sagt der Mann, ohne stehen zu bleiben oder sich umzudrehen.

Seine Schritte verhallen auf der Treppe, und ich stehe allein im Dunkeln.

MANFRED

Malin legt mir eine Hand auf den Arm, und ich schaue auf.

»Sollen wir fahren? Du willst doch nachher sicher ins Krankenhaus.«

Ich nicke und stopfe mir den letzten Rest Heißwecken in den Mund.

Es ist Samstag, und wir arbeiten halbtags – eine Mordermittlung legt keine Pausen ein. Aber es ist auch der Tag, an dem die Ärzte anfangen wollen, Nadjas Medikamente abzusetzen.

Doch ich fahre nicht wegen Nadja ins Krankenhaus, sondern wegen Afsaneh.

Ich richte mich auf und streiche mein rosa Hemd glatt, das übrigens sogar gebügelt ist.

Vielleicht ist das ein Gesundheitszeichen.

Neben Malin taucht Lasses auf. Er sieht mich an, und sein Blick bleibt an dem löwengelben Seidentuch hängen.

»Ach so«, sagt er kurz, als wäre soeben ein Verdacht bestätigt worden.

Malin lächelt und zwinkert mir zu.

»Wir setzen uns in das kleine Besprechungszimmer«, sagt sie und verschwindet mit federnden Schritten den Gang hinunter.

Wenn man ihren Bauch nicht sieht, ist es schwer zu glauben, dass sie schwanger ist, denn sie bewegt sich so leichtfüßig wie eine Ballerina.

Wir laufen hinter ihr her, treten in das Zimmer und setzen uns an den weißen Tisch.

Ich berichte, dass ich mit Manuel dos Santos gesprochen habe, dem Staatsanwalt, der die Voruntersuchung leitet. Von nun an hat die Ermittlung höchste Priorität, und die Polizeiführung hat uns erweiterte Mittel zugesagt.

»Er will noch damit warten, an die Öffentlichkeit zu gehen, also Klappe zu, falls ihr angerufen werdet«, sage ich. »Malin, was hast du?«

Malin blättert in ihren Papieren.

»Wie ihr wisst, hat die DNA-Analyse bestätigt, dass es sich bei dem Toten um Johannes Ahonen handelt.«

»Das habe ich schon in der Rechtsmedizin gesagt«, knurrt Lasses.

Malin legt eine Pause ein, blinzelt einige Male und fügt dann hinzu:

»Und dann habe ich Ahonens Telefonaktivitäten und seine Kontobewegungen in der letzten Zeit vor seinem Verschwinden überprüft. Das letzte Gespräch auf seinem Mobiltelefon war ein Anruf, den er am 3. März selbst getätigt hat. Das Gespräch hat zehn Minuten und fünfzehn Sekunden gedauert.«

»Wissen wir, wen er angerufen hat?«, frage ich.

Malin nickt.

»Bianca, seine Freundin. Ich bin gerade dabei, eine Liste der Nummern anzufertigen, die er angerufen hat. Aber ich kann schon sagen, dass es meistens seine Mutter war, Tuula, gefolgt von Bianca und einigen Kumpeln, mit denen wir schon gesprochen haben. Es gibt allerdings zwei Nummern, die zu Telefonen mit einer Prepaidkarte gehören. Und die sind oft schwer ausfindig zu machen.«

»Und die Kreditkarte?«, frage ich.

»Wurde zuletzt am selben Tag benutzt, am 3. März, an einer Tankstelle in Jordbro. Da hat er damit bezahlt …«

Malin verstummt und lässt ihren Finger über das Blatt wandern, bis sie die gesuchte Zahl gefunden hat.

»Dreiundvierzig Kronen.«

»Wurst mit Brot?«, schlage ich vor.

»Tabak«, meint Lasses und hebt seine eigene Priemdose hoch.

»Stimmt«, sagt Malin. »Hab ich überprüft. Und es gibt Ende Februar oder Anfang März keine auffälligen Einkäufe oder Entnahmen von hohen Summen. Alles sieht ganz normal aus. Jedenfalls auf den ersten Blick.«

Ich recke mich ein wenig und massiere mir mit der Hand den Nacken.

»Und wie sieht es mit seinem Bekanntenkreis aus?«

Malin nickt langsam und beugt sich ein wenig vor, so dass ihr Bauch fast den Tisch berührt.

»Ich habe mit drei seiner engsten Freunde und mit seinem Vetter gesprochen. Alle haben die Aussage der Freundin bestätigt. Niemand wusste von irgendwelchen Drohungen gegen Ahonen. Und nur einer, dass Ahonen sich Geld geliehen hatte. Leider nicht von wem. Er konnte nur sagen, dass Ahonen arg gestresst war, weil er das Geld nicht zurückzahlen konnte, und dass er versucht hat, anderswo noch mehr zu leihen, um die ursprüngliche Schuld begleichen zu können.«

»Wusste er, um welche Summe es sich handelte?«, frage ich.

»Mehrere hunderttausend«, antwortet Malin. »Genauer konnte er das nicht sagen.«

»Es sind schon Leute wegen viel geringerer Summen umgebracht worden«, kommentiert Lasses trocken und schaut zu dem Whiteboard hinüber, an dem das Foto des siebzehn Jahre alten Ahonen befestigt ist, das bei seiner Festnahme aufgenommen wurde.

Ahonen sieht zu Tode erschrocken aus, als hätte er schon damals gewusst, welches Schicksal auf ihn wartete.

Neben dem Foto hängen die anderen Bilder, die von dem aufgedunsenen Leichnam in der Decke mit der Kette darum, sowie eine Karte der Küste, auf der die Fundstelle mit einem roten Kreuz markiert ist.

»Gibt es größere Einzahlungen auf das Konto?«, frage ich.

»Du denkst an das geliehene Geld?«, fragt Malin. »Ich bin ein Jahr zurückgegangen und habe keine großen Kontobewegungen feststellen können. Vielleicht hat er es in bar bekommen?«

»Vielleicht«, sage ich. »Hatte einer von denen, mit denen du gesprochen hast, irgendeine Theorie, was ihm passiert sein könnte?«

Malin schüttelt den Kopf.

»Darüber wollte eigentlich nur einer der Kumpels spekulieren, und zwar derselbe, der von den Schulden wusste. Er glaubte, dass vielleicht der, der ihm das Geld geliehen hatte, ihn umgebracht hat. Falls er umgebracht worden ist, da müssen wir wohl abwarten, was die Rechtsmedizinerin sagt.«

»Die gute Rechtsmedizinerin«, schnaubt Lasses. »Ich verwette meine Eier, dass sie sich zu fein ist, um über die Todesursache zu spekulieren.«

Malin redet weiter, ohne auf Lasses zu achten:

»Er hat auch gesagt, dass eine Clique von jungen Somaliern ein Hühnchen mit Ahonen zu rupfen hatte, dass er aber nicht glauben kann, dass die ihn umgebracht haben. Die sind wohl sehr jung, so um die fünfzehn. Ich habe die Kollegen von der Jugendkriminalität gebeten, da mal nachzusehen.«

»Gut«, sage ich. »Und die Hautreste unter Ahonens Nägeln? Irgendwas Neues dazu aus der Forensik?«

Malin seufzt.

»Nein. Wir müssen wohl Däumchen drücken, dass sie ein brauchbares DNA-Profil erstellen können. Ich habe mit unserer Kontaktfrau beim Nationalen Forensischen Zentrum gesprochen, die alle Analysen zusammenführt, und sie hat mir wirklich ein bisschen Hoffnung gemacht. Sie sagt, obwohl der Leichnam lange im Wasser gelegen hat, hat er offenbar in tiefem, kaltem und sauerstoffarmem Wasser gelegen, ehe die Gasbildung ihn an die Oberfläche getrieben hat und er an Land geschwemmt wurde. Und das vergrößert die Wahrscheinlichkeit, dass sie ein Profil erstellen können.«

Ich denke darüber nach, was Malin gesagt hat, und mein Blick bleibt an dem Teller mit den Zimtschnecken hängen, die auf dem Tisch stehen.

Ich denke an die Heißwecken, die jetzt in meinem Magen aufquellen, und beschließe, auf Zimtschnecken zu verzichten, denn obwohl mein Appetit in dem Tempo zurückgekehrt ist, in dem Afsaneh ihren Lebensmut wiedergewonnen hat, habe ich keine Lust, die im vergangenen Monat verlorenen zehn Kilo wieder zuzunehmen.

»Und wie verhält es sich mit dem anderen Opfer?«, frage ich.

Malin dreht sich zu mir um.

»Immer noch nicht identifiziert«, sagt sie. »Ich habe mit der Ärztin gesprochen. Sie sagt, es handelt sich um einen zwischen sechzehn und achtzehn Jahre alten Mann. Vermutlich hat er ungefähr zwei Wochen im Wasser gelegen. Der Leichnam wurde am 14. Juni gefunden, das bedeutet, dass er irgendwann um den Monatswechsel Mai/Juni ins Wasser geworfen wurde. Die Todesursache konnte noch nicht festgestellt werden, aber der Leichnam weist ähnliche Verletzungen auf wie der von Ahonen. Es handelt sich vor allem um Quetschungen und Frakturen auf der linken Seite.«

»*Hochenergiegewalt?*«, fragt Lasses.

»Genau«, sagt Malin und steckt die langen dunklen Haare in ihrem Nacken zu einem lockeren Knoten zusammen. »Und auch ihm sind diese Verletzungen post mortem zugefügt worden, wir können also davon ausgehen, dass beide Fälle miteinander zu tun haben. Die Technik hat zudem bestätigt, dass die Kette vermutlich das gleiche Modell ist wie die, mit der Ahonen versenkt wurde.

Und bei der weißen Stoffbahn, in die er eingewickelt war, handelt es sich um ein ganz normales Laken von Ikea. Davon gibt es in schwedischen Wohnungen sicher tausende.«

»Hast du das Opfer mit den Listen über vermisste Personen verglichen?«, frage ich.

»Bin noch dabei. Es gibt zwei oder drei denkbare Kandidaten. Ich mach heute Nachmittag damit weiter.«

Malin sieht sich ihre Aufzeichnungen an, um sicherzugehen, dass sie nichts vergessen hat.

»Doch, da ist noch was«, sagt sie. »Opfer Nr. 2 hatte einen Nagel in der rechten Ferse.«

»Einen Nagel?«, fragt Lasses und beugt sich vor. »Was für einen Nagel?«

»Einen ganz normalen Haushaltsnagel«, sagt Malin. »Zweieinviertel Zoll oder sechsundfünfzig Millimeter.«

»War er in einen Nagel getreten?«, fragt Lasses und mustert Malin mit frisch erwachtem und fast schon freundlichem Interesse.

»Na ja«, sagt sie. »Der Nagel steckte tief im Calcaneus, also dem Fersenbein. Vermutlich hat da irgendwer eine Nagelpistole oder einen Hammer benutzt.«

Sie legt eine Pause ein und fügt dann hinzu:

»Und das war nicht post mortem. Jemand hat ihm den Nagel in den Fuß getrieben, als er noch lebte.«

»Oh verdammt«, sagt Lasses und schneidet eine Grimasse. »*Scheiße!*«

Ich komme gleichzeitig mit Afsaneh im Krankenhaus an.

Ich sehe sie schon aus der Entfernung, wie sie auf den Eingang zugeht. Sie trägt ein rotes Sommerkleid, und der Wind spielt in ihren langen Haaren, die ihr glänzend über die Schultern fallen.

Als ich sie umarme, nehme ich einen leichten Geruch nach Zigarettenrauch und diesem Parfüm wahr, das ihr so gut gefällt und das ich ihr zum vorigen Weihnachtsfest in meinem Lieblingswarenhaus gekauft habe, im Bon Marché in Paris.

»Hallo«, sagt sie und küsst mich auf den Mund.

»Hallo«, antworte ich und drücke sie fest und lange an mich.

Dann nimmt sie meine Hand, und wir gehen zusammen zur Kinderintensivstation, mit leichteren Schritten als seit langem.

Ja, ich habe Krankenhäuser immer verabscheut, seit dem schrecklichen Winter, in dem Aron gestorben ist. Aber wenn das eigene Kind aus dem Fenster fällt und auf der Intensivstation liegt, muss man ins Krankenhaus fahren. Daran führt kein Weg vorbei.

Und wenn man bei der Polizei arbeitet und mit Opfern von Gewaltverbrechen und deren Angehörigen sprechen muss, auch nicht.

Auf diese Weise habe ich mehr Zeit im Krankenhaus verbracht als der Durchschnittsschwede, und da hätte sich diese Phobie doch eigentlich legen müssen.

Aber das hat sie nicht.

Kaum bin ich durch die Drehtür, geht mein Puls schneller, und etwas in meiner Brust krampft sich zusammen. Ich atme angestrengt, und die Erinnerungen brechen über mich herein.

Aber heute ist Aron weit weg.

Afsanehs Lachen und die Sonne, die durch die großen Fenster in den Gang scheint, halten ihn auf gebührender Distanz.

In Nadjas Zimmer ist alles wie immer, obwohl sich hier etwas Entscheidendes anbahnt, etwas, das unser Leben für alle Zeit verändern wird.

Wir wissen nur nicht, in welche Richtung.

Ich betrachte meine Tochter, die bewegungslos im Bett liegt. Sie sieht so schrecklich klein und hilflos aus zwischen den vielen Schläuchen und Bildschirmen. Die kleine Klammer, die den Sauerstoffgehalt misst, sitzt wie üblich fest an ihrem Zeigefinger, und ich kann noch immer den abgeblätterten rosa Nagellack an den anderen Fingern sehen.

Die Tür öffnet sich, und die Ärztin kommt herein.

Es ist wieder Angelica – wir wissen inzwischen die Namen von allen, die auf der Intensivstation arbeiten.

Wir plaudern eine Weile über Wind und Wetter, dann fordert sie uns auf, auf den Besucherstühlen Platz zu nehmen.

»Wir haben angefangen, das Schlafmittel auszuschleichen«, sagt sie. »Aber wir müssen langsam vorgehen.«

Afsaneh nickt eifrig, und ich frage mich doch, ob ihr wirklich klar ist, vor was für einer Entscheidung wir hier stehen. Ob ihr tatsächlich bewusst ist, dass Nadja vielleicht gar nicht zu sich kommen wird. Dass das Risiko besteht, dass unsere wunderbare, trotzige kleine Tochter ein Stück Gemüse bleibt.

»Es kann Tage dauern, ehe wir wissen, ob sie wieder zu sich kommt«, sagt Angelica jetzt. »Und es kann Wochen oder Monate dauern, ehe wir wissen, in welchem Zustand sie sein wird. Aber eins weiß ich jedenfalls genau: Heute wird sie noch nicht zu sich kommen. Es wird länger dauern.«

»Das wissen wir«, sagt Afsaneh und lächelt. »Aber wir können warten.«

Sie legt eine kurze Pause ein und erwidert dann meinen Blick. Bevor sie hinzufügt:

»Zeit ist das Einzige, was wir haben.«

SAMUEL

Die Sonne steht schon hoch am Himmel, als ich aufwache, und aus dem Erdgeschoss höre ich das Klappern von Kochtöpfen.

Ich sehe mich um und begreife zuerst nicht, wo ich bin. Aber dann fügt sich das Bild zusammen. Rakel. Das weiße Haus mit den grünen Fenstern. Und Zombie-Jonas. Seine bleiche, wächserne Haut, der Schlauch, der wie ein langer Wurm aus seiner Nase ragt, und dieses seltsame Gestell mit den schwarzen Riemen.

Ich bin wirklich hier.

Das ist so total abartig.

Aber mein Körper ist zufrieden. Mein Körper ist warm und satt und hat mich während der Nacht kein einziges Mal geweckt. Mein Körper fühlt sich ungeheuer wohl in dem Bett in dem weißen Haus und hat absolut nichts dagegen, dass ich für hundertelf Mäuse die Stunde einen Spasti betreuen soll.

Ich strecke die Hand nach dem Handy aus, das am Ladegerät auf dem Nachttisch liegt. Ohne daran zu denken, schalte ich es ein, denn das ist ebenso natürlich, wie zu pissen oder zu trinken.

Halb neun.

Mama hat eine SMS geschickt.

Sie schreibt, dass sie mich liebt und dass ich nach Hause kommen soll.

Ich schließe die Augen, und eine Wärme breitet sich in meiner Brust aus. Ich betaste das Armband aus Glasperlen.

Für einen Moment spiele ich mit dem Gedanken, ihr gleich zu antworten, aber dann klicke ich mich zu Insta weiter. Alexandra hat Bilder von irgendeinem Fest gepostet. Sie hält ein Weinglas in der Hand und macht einen Schmollmund. Ihre Augen sind weit aufgerissen, und die Wimpern sehen unnatürlich lang aus, wie Spinnenbeine, die an die Decke wollen. Tief unten in ihrem Blick ahne ich etwas Trübes und Herausforderndes.

Siebenundfünfzig Likes.

Jeanette hat ein Bild ausgelegt, auf dem sie rittlings auf einem Stuhl sitzt. Ihr Rock ist kurz und an den muskulösen Oberschenkeln hochgeglitten. Ich kann unter dem Saum die Spitzenunterhose sehen. Sie lächelt, und ihr lipglossblanker Mund spiegelt das Blitzlicht wider.

Zweihundertelf Likes.

Miese Fotze.

Dann geht mir auf, was ich hier tue, und ich schalte das Handy aus; es darf doch unter keinen Umständen eingeschaltet sein.

Igors rasierter Schädel und Maltes aknenarbige, magere Wangen tauchen vor meinem inneren Auge auf.

Langsam stehe ich auf und gehe ins Allzweckzimmer und weiter ins Badezimmer, wo ich pisse und ausgiebig dusche. Als ich damit fertig bin, wickele ich mir das Handtuch um die Hüften und gehe zurück, um mich anzuziehen, aber dann bleibe ich vor den großen Fenstern im Allzweckzimmer stehen.

Die Aussicht ist hinreißend.

Nein, ich finde wirklich kein besseres Wort. Hinreißend ist ansonsten ein Wort, das gern in Mamas Kirche benutzt wird, und eigentlich kann ich solche Wörter aus Prinzip nicht leiden.

Denn es ist Gottes Wort, und Er will nichts mit dir zu tun haben.

Aber die Aussicht hier ist nun einmal hinreißend.

Das Meer funkelt in der Sonne, und der Leuchtturm zeichnet sich vor dem hellblauen Morgenhimmel ab. Von der Wasseroberfläche steigt ein zarter Dunst auf, der den Horizont teilweise verhüllt.

Rakel läuft die lange hölzerne Wendeltreppe zum Wasser hinab. Ihre langen Haare fallen ihr offen über die Schultern, und sie trägt einen viel zu großen blauen Bademantel.

Ihre Schritte sind leicht, es sieht fast so aus, als tanze sie am Klippenrand entlang.

Als sie unten angekommen ist, geht sie bis ans Ende des Stegs, so weit, dass ihre Zehen über den Rand reichen. Dann zieht sie ein Mobiltelefon aus der Tasche, hält es hoch, wie um ein Foto zu machen – erst vom Meer und dann von sich selbst. Danach steckt sie das Handy wieder in die Tasche, lässt den Morgenrock fallen und taucht mit einer einzigen Bewegung im Wasser unter.

Erst nach einigen Sekunden begreife ich, dass sie nackt ist.

Ich sehe mich um.

Das geschieht reflexmäßig, denn es ist ja nicht so, dass ich ernsthaft glaube, dass jemand hier steht, der sehen kann, dass ich Rakel hinterherspioniere.

Als ich mich wieder zum Wasser umdrehe, sehe ich nichts. Nicht einen Kräusel an der blanken Oberfläche. Als wäre Rakel niemals dort gewesen. Aber der Bademantel, der auf dem Steg liegt, beweist, dass ich nicht geträumt habe.

Wohin ist sie verschwunden? Was, wenn sie gegen einen Stein gestoßen ist oder so etwas? Müsste ich hinunterlaufen und nach ihr suchen?

Kaum habe ich mir in Gedanken diese Frage gestellt, da taucht Rakels Kopf mindestens zwanzig Meter vom Steg entfernt auf. Mit langsamen, geschmeidigen Bewegungen krault sie aufs Land zu. Als sie den Steg erreicht hat, zieht sie sich hoch, bleibt eine Weile auf dem Stegrand sitzen und lässt die Füße ins Wasser hängen.

Ich weiß, ich müsste jetzt gehen, müsste in meinem Zimmer verschwinden und mich anziehen, statt hier am Fenster zu stehen und sie anzuglotzen wie ein blöder Pervo, aber das kann ich nicht. Etwas an ihrem schlanken Leib und der Art, wie sie träge mit den Füßen im Wasser planscht, hat eine fast hypnotische Wirkung auf mich.

Sie steht auf, noch immer mit dem Rücken zu mir – beugt sich zur Seite und wringt ihre langen Haare aus, so dass das Wasser auf den Steg rinnt und eine glitzernde Lache bildet.

Dann dreht sie sich um, und ich sehe es.

Sie ist schön.

Sie ist so verdammt schön.

Ihre Brüste sind üppig, ihre Oberschenkel ein bisschen runder als Alexandras, und zwischen ihren Beinen wächst ein großer Busch aus dunklen Haaren, wie ich ihn nur von antiken Pornobildern kenne.

Ich schlucke und merke, dass ich hart werde, während zugleich die Scham in meiner Brust tobt.

Sie ist doch verdammt noch mal genauso alt wie Mama.

Ich kann mich hier doch nicht an einer *Vierzigjährigen* aufgeilen, um deren Missgeburt von Sohn ich mich kümmern muss.

Für einhundertelf Scheißkronen die Stunde.

Das ist mehr als nur *fucking* bizarr.

Nach dem Frühstück geht Rakel mit mir zu Zombie-Jonas, und ich muss mich in den Omasessel setzen, während sie Jonas über die Haare streicht und ihm erklärt, dass ich da bin.

Genau wie gestern liegt Jonas ganz still im Bett und scheint nicht einen Scheiß zu kapieren. Das Einzige, was verrät, dass er lebt, sind der Brustkorb, der sich regelmäßig hebt und senkt, und die Finger der einen Hand, die ein wenig zucken.

Rakel geht zum Tisch, nimmt das Buch, das neben einem Lautsprecher liegt, gibt es mir und sagt:

»Lies!«

Dann lässt sie sich auf dem Stuhl nieder und streckt die Hand nach der Creme aus, die neben der Vase mit der Rose liegt. Sie schlägt mehrmals mit der Tube gegen die Handfläche, doch es kommt nichts heraus. Aber am Ende schafft sie es und fängt an, die Creme in Jonas' rechte Hand einzumassieren.

»Lies!«, sagt sie noch einmal.

Ich glaube zuerst, mich verhört zu haben – sie hat doch wohl nicht vor, mir beim Vorlesen zuzuhören?

Sie sieht belustigt aus, als sie meinen Blick erwidert.

»Das war nur ein Witz«, sagt sie und lacht leise. »Mir brauchst du nicht vorzulesen. Ich will nur schnell Jonas die Hände eincremen, dann setze ich mich an die Arbeit. Er hatte eine unruhige Nacht. Ich habe ihm gegen fünf Uhr heute Morgen eine Spritze mit einem Beruhigungsmittel gegeben, also wird er dir keine Probleme machen.«

»Okay«, sage ich und betrachte sie, während sie die andere Hand eincremt.

Rakel trägt ein dünnes weißes Sommerhemd und dieselbe verschlissene Jeans wie gestern. Die noch immer nassen Haare hat sie im Nacken zu einem straffen Knoten zusammengebunden. Ihr Gesicht ist glatt und ungeschminkt, und sie sieht zufrieden aus, als sie Jonas' Hand jetzt vorsichtig zurück auf die Bettdecke legt.

Wieder geht mir auf, welche Ähnlichkeit sie mit Mama hat.

»So«, sagt sie und erhebt sich. »Du kannst bei dem Lesezeichen weitermachen. Okay?«

»Sicher«, sage ich und betrachte den Umschlag.

Das Buch heißt *Fiesta* und stammt von einem gewissen Hemingway.

Ich habe nie von dem Buch oder dem Autor gehört, aber ich schlage brav die Seite auf, die Rakel mir gezeigt hat, und fange an zu lesen, langsam und sehr leise.

»Gefällt dir Paris nicht? Nein? Warum fährst du nicht an einen anderen Ort? Es gibt keinen anderen Ort.«

Zuerst kommt es mir ungewohnt vor, und ich gerate ins Stocken, aber bald geht es ziemlich gut. Ich lege eine Pause ein, blättere ein bisschen hin und her, um zu begreifen, worum es hier geht.

Es geht um einen Amerikaner in Paris, der meistens mit anderen reichen Ausländern, die nicht arbeiten müssen, in Nachtclubs und Bars herumhängt.

Ich denke kurz an Liam und mich, als ich über diese Leute lese. Wir haben wirklich einige Gemeinsamkeiten mit den Romantypen, abgesehen davon, dass wir klauen müssen, um es uns leisten zu können, nicht zu arbeiten.

Der Amerikaner ist in eine geschiedene Frau verknallt, aber aus den beiden kann nichts werden, weil eine Kriegsverletzung den Alten impotent gemacht hat. Und ungefähr an dieser Stelle hab ich das Buch satt. Klar, ich kann mir schon vorstellen, dass es verdammt nervt, den Schwanz einzubüßen, aber ich will kein ganzes Buch darüber lesen.

Außerdem wirkt diese Frau, in die er da verknallt ist, auch ganz schön gestört.

Ich hätte sie sofort fallen lassen.

Ich lege das Buch zur Seite und sehe Jonas an.

Er rührt sich kein bisschen.

Ich richte mich auf und trete an das Bett heran, beuge mich über sein Ohr.

»Hallo!«

Keine Bewegung.

»Hoho, jemand zu Hause?«, versuche ich es ein bisschen lauter.

Aber Zombie-Jonas liegt nur da und sieht so tot aus wie ein in Plastik verpackter Fisch im Kühltresen im Supermarkt.

Das Unbehagen kommt angekrochen wie eine zottige Spinne.

Das Zimmer hier gefällt mir nicht. Die Zeichnungen an der Wand gefallen mir nicht, denn sie erinnern mich viel zu sehr an meine eigenen Zeichnungen, die Mama zu Hause in Fruängen in einem Ordner aufbewahrt. Und der Hammarby-Wimpel und die Fußballschuhe lassen mich an früher denken, als ich beim Älvsjö AIK gespielt habe.

Ich sehe Jonas an.

Er war einmal genauso wie ich, denke ich. Wenn ich Pech gehabt hätte und vor einen Bus gekullert wäre, dann könnte ich jetzt dort liegen und müsste irgendeinem Blödmann zuhören, der mir vorliest, und müsste mich am ganzen Leib mit Handcreme einschmieren lassen.

Ich schaue auf die Uhr: bald elf.

Ich stehe auf und schleiche ins Badezimmer, das die Zimmer von Jonas und Rakel verbindet. Es ist groß und weiß und hat eine Handbrause mit einem überaus langen Schlauch. Vielleicht um Jonas säubern zu können, wenn er in diesen komischen schwarzen Riemen hängt.

Rakel ist offenbar an der Arbeit, denn ich höre das Klacken der Tastatur deutlich durch ihre Schlafzimmertür.

Tapp, tapp, tapp. Tapptapp.

Ab und zu wird es für einen Moment still, als ob sie nachdenkt, doch dann fängt sie wieder an zu schreiben.

Ich überlege.

Wenn ich leise bin, kann ich mich ein bisschen im Haus umsehen. Vielleicht finde ich etwas, das einen Wert hat und das ich verkaufen kann.

Ich gehe zurück zu Jonas und schließe die Badezimmertür vorsichtig hinter mir.

»Komme gleich«, murmele ich, ohne die Gestalt im Bett anzusehen.

Ich weiß nicht mal, warum ich das sage, er begreift ja doch nichts. Aber es tut irgendwie gut, etwas zu sagen.

Er ist ja trotz allem ein Mensch und kein Fisch.

Die Küche ist nach dem Frühstück sorgfältig aufgeräumt worden, die Krümel sind weggewischt, und das Geschirr steht in der Spülmaschine.

Neben dem Brotkasten liegt ein Stapel Papiere.

Ich blättere kurz darin.

Oben liegt ein Vordruck von der Versicherung. »Antrag auf Vergütung für einen Assistenten«, steht ganz oben. Irgendwer hat mit einer Büroklammer eine kleine Broschüre daran befestigt: »Gesetz über Unterstützung und Dienstleistungen bei bestimmten Behinderungen – eine kurze Einführung für Angehörige.«

Ich lege die Papiere zurück und sehe Schränke und Schubladen durch, finde aber nichts Interessantes. Es gibt nur zerschrammtes Porzellan und altes, nicht zusammenpassendes Besteck.

»Suchst du irgendwas?«

Ich drehe mich um.

Rakel steht in der Türöffnung. Ihr Lächeln ist warm, und ihre Augen funkeln. In der Hand hält sie eine Brieftasche.

»Ich … etwas Wasser.«

»Im Kühlschrank ist Sprudel, wenn du magst«, sagt sie, dreht sich um und steigt in ein Paar Holzschuhe. »Ich gehe kurz einkaufen. Okay?«

Ich nicke wortlos.

Ich bleibe noch lange in der Küche stehen, als Rakel verschwunden ist. Dann gehe ich in ihr Schlafzimmer.

Das Doppelbett ist gemacht, und auf dem einen Nachttisch liegt ein Stapel Bücher. Dem Bett gegenüber steht ein Kleiderschrank aus dunklem Holz mit zwei Türen.

Ich öffne die eine.

Blusen, Kleider und Hosen hängen auf Kleiderbügeln. Darunter drängen sich Schuhe. Hinter der anderen Tür hängen Herrenhemden, ein paar Chinos und einige Pullover.

Das müssen die Sachen ihres Lebensgefährten sein.

Ich gehe ins Badezimmer.

Über dem Waschbecken hängt ein weißes Badezimmerschränkchen. Die Tür gleitet mit einem Knirschen auf, als ich an dem goldfarbenen Knauf drehe.

Im Schränkchen gibt es zwei Fächer. Im oberen stehen Frauencremes, ein paar Parfümflaschen, ein Deo und eine Schachtel Tampons. Im unteren liegen ein Rasierapparat und eine Dose Haarwachs.

Ich schließe die Tür vorsichtig und sehe mich um.

Ein großer Metallschrank steht vor der einen Wand, er sieht fast aus wie ein Aktenschrank, wie es sie in Büros gibt.

Ich greife nach der Tür.

Abgeschlossen.

Vorsichtig taste ich oben über den Schrank, und *bingo*, da liegt ein kleiner Schlüssel.

Der Schlüssel gleitet problemlos ins Schloss, und noch ehe ich ihn umgedreht habe, weiß ich, dass er passt.

Mein Puls wird schneller.

Man schließt einen Schrank nicht ab, wenn nicht etwas Wichtiges darin liegt. Man schließt einen Schrank nicht ab, wenn man darin Klopapier oder Handcremes aufbewahrt.

Die Tür gleitet auf, und ich sehe Fächer voller Medikamente. Tabletten, Injektionsflüssigkeiten, Kanülen.

Meine erste Reaktion ist Enttäuschung, aber dann schaue ich mir die Verpackungen genauer an. Einige Namen kommen mir vage bekannt vor: Dexmedetomedin, Clonidin, Midazolam, Sobril, Iktorevil, Stesolid und Fentanyl, 50 Mikrogramm/ml, Injektionsmittel.

Moment mal.

Fentanyl.

Auch wenn Igor und Malte *strictly old school* operieren, habe ich doch eine gewisse Ahnung von Arzneimitteln. Die sind auf der Straße harte Währung und eine immer stärkere Konkurrenz für

Drogen. Und Fentanyl ist Gold wert. Malte hat erzählt, dass die Junkies Fentanylpflaster in winzige Stücke schneiden und schlucken.

Ich lasse die Finger über die Verpackung wandern.

In jedem Regalfach stehen vierzehn Flaschen Fentanyl, und es gibt drei Fächer – insgesamt zweiundvierzig Flaschen. Das reicht, um eine ganze Schulklasse wochenlang aus dem Verkehr zu ziehen.

Ich überlege. Dann nehme ich mir drei Flaschen und stopfe sie in meine Tasche. Sie klirren leise, als sie nach unten rutschen.

Wird sie merken, dass die Flaschen fehlen?

Die ordentlichen Reihen mit den kleinen, mit durchsichtiger Flüssigkeit gefüllten Flaschen erwecken in mir den Verdacht, dass sie genau weiß, wie viele sie davon hat. Ohne wirklich sicher zu sein, habe ich das Gefühl, dass Rakel ein bisschen wie ich ist, dass sie rechnen kann.

Im Fach darunter liegen leere Flaschen wild durcheinander, und mir kommt eine Idee. Ich ziehe eine Spritze aus der Plastikverpackung und fülle sie mit Wasser aus der Leitung. Dann steche ich die Nadel durch die dünne Gummimembran der leeren Flasche und spritze das Wasser hinein.

Als ich die Nadel wieder herausziehe, schließt sich die dünne Gummihaut.

Man sieht nicht, dass ich hineingestochen habe.

Ich drehe den Verschluss darauf und stelle die Flasche zu den vollen.

Sie sieht genauso aus wie die anderen.

Nachdem ich dieses Verfahren noch zweimal wiederholt habe, habe ich die Flaschen in meiner Tasche ersetzt.

Zombie-Jonas kann das doch wohl nicht schaden? Es ist doch nur Wasser, und der Körper besteht schließlich zu siebzig Prozent aus Wasser.

Ich hole tief Luft, mache den Schrank zu, schließe ab und lege den Schlüssel dahin zurück, wo ich ihn gefunden habe.

In diesem Moment höre ich einen dumpfen Knall.

Ich fahre herum und sehe Rakel im Zimmer von Jonas.

Sie hält eine Einkaufstüte in der Hand, und ihr Mund ist halboffen, als ob sie versucht zu begreifen, was sie da sieht, und als ob ihr das nicht so ganz gelingt. Ihre Augen sehen fast verängstigt aus, und die Hand, die die Einkaufstüte festhält, ist weiß.

»Die Handcreme war alle«, bringe ich heraus. »Ich wollte nur nachsehen, ob es noch welche gibt.«

PERNILLA

Als ich an der Kasse abgerechnet und den Tagesbericht ausgefüllt habe, gehe ich ins Büro und klopfe an Stinas Tür.

»Herein«, ruft sie.

Ich öffne die Tür und lege ihr den Bericht auf den Schreibtisch.

Stina schaut über den Rand ihrer Lesebrille und lächelt so sehr, dass sich ihre fleckige Haut wie ein Stück altes trockenes Leder über ihren Wangenknochen runzelt.

»Danke, meine Liebe«, sagt sie. »Dann sehen wir uns morgen.«

»Machen wir«, sage ich, lächele und drehe mich zum Gehen um.

»Warte«, sagt Stina. »Wie ist es eigentlich mit deinem Sohn gelaufen?«

Ich erstarre mitten in der Bewegung und durchdenke meine Möglichkeiten.

Wie ehrlich darf ich sein?

Stina ist lieb und meint es gut, da bin ich mir sicher. Aber sie ist auch neugierig, wie die meisten, die hier arbeiten.

Ich entscheide mich für einen Kompromiss. Ein Mittelding, um nicht zu abweisend zu wirken, ihr aber auch keinen saftigen Klatsch für die Kaffeeküche zu liefern.

»Er ist weg«, sage ich. »Wir haben uns gestritten, und ich habe ihn vor die Tür gesetzt. Ja, das war am Montag, und jetzt kann ich ihn nicht erreichen.«

»Nein, was sagst du da?«, fragt Stina und macht große Augen. »Das muss doch schrecklich sein. Aber er kommt bestimmt bald zurück. Björn verschwindet auch manchmal. Das gehört wohl zum Jungsein dazu.«

Obwohl Stina schon über sechzig ist, hat sie einen Sohn in Samuels Alter.

Ich habe früh angefangen, Stina spät.

Sie macht eine Pause. Nimmt die Brille ab und legt sie auf den Tisch neben die Abrechnung. Dann fragt sie:

»War die Polizei deshalb hier?«

Ich zögere.

»Ja«, sage ich dann und kann mich wirklich dazu zwingen, nicht mehr zu sagen, obwohl mir die Wörter ungeduldig auf der Zunge liegen.

Meine Wangen werden heiß.

Es ist einfach unmöglich, dass ich mit sechsunddreißig Jahren nicht lügen kann, ohne mich zu schämen. Nicht einmal die kleinste Notlüge kann ich mir abringen, ohne an Jesus und das Jüngste Gericht zu denken.

Ich kann Stina ansehen, dass sie mehr wissen möchte, aber statt weitere Fragen zu stellen, lächelt sie wieder und sagt:

»Das kommt schon in Ordnung, du wirst sehen. Geh jetzt nach Hause und ruh dich ein bisschen aus.«

Ich merke, wie mir die Tränen über die Wangen laufen, und blinzele vor Überraschung.

»Mein liebes Kind.«

Stina steht auf und kommt auf mich zu. Legt mir die Hand in den Rücken und führt mich zu dem Stuhl, der vor ihrem kleinen Schreibtisch steht.

»Was ist denn los?«, fragt sie und drückt mich energisch auf den rissigen Rattansitz.

Ich sehe die Papierstapel auf ihrem Schreibtisch an. Nehme den Geruch der Kippen im Aschenbecher wahr.

Dann kommt alles. Alle Wörter, die darauf gewartet haben,

gesagt zu werden, sprudeln aus mir heraus, ungefiltert. Ich erzähle von Samuels Verschwinden, von dem kahlgeschorenen Mann, der mir im Treppenhaus so eine Todesangst eingejagt hat, und davon, was ich über meine Eltern erfahren habe. Ich erzähle sogar von dem Pastor: wie er sich im Gemeindesaal mir gegenüber Freiheiten herausgenommen hat, während Jesus am Kreuz zusah.

»Aber liebes Kind«, sagt Stina noch einmal und schüttelt den Kopf. »Liebes Kind.«

Und plötzlich ist es schön, dass sie das sagt. Als könnten allein ihre Worte mich schon gesund machen.

»Jetzt gehen wir eins nach dem anderen an«, erklärt sie energisch und steht auf.

Sie geht zu dem verschlissenen alten Aktenschrank aus grauem Metall und zieht eine Schublade heraus.

Ich mustere ihren breiten Rücken, sehe, wie ihre Arme sozusagen aus der Bluse quellen und wie die trockenen roten Haare ihren Schädel wie ein Heiligenschein umgeben.

Es raschelt, als sie zwischen den Ordnern sucht, und der glänzende Synthetikpullover spannt über ihren Schultern.

Dann schiebt sie die Schublade zu und kommt mit einem Flachmann und zwei kleinen Gläsern zu mir zurück.

»Machst du Witze?«, frage ich. »Wir können doch nicht hier … ich meine, streng genommen ist doch noch Arbeitszeit. Auch wenn wir geschlossen haben. Aber die Zeit jetzt wird doch noch bezahlt. Und wir sind noch *im* Laden. Also. Auch wenn keine Kundschaft mehr da ist … Ich meine. Was passiert, wenn irgendwer …«

»Sch«, sagt Stina und hebt ihre sonnenfleckige Hand.

Dann dreht sie den Verschluss von dem Flachmann auf und gießt die bernsteinfarbene Flüssigkeit in die Gläser. Reicht mir das eine und nickt kurz.

»Trink!«

Ich gehorche.

Es brennt in der Kehle, als der Schnaps sich einen Weg in meinen Magen sucht.

»Hör zu«, sagt Stina. »Dass dein Vater dir deine Mutter vorenthalten hat, ist entsetzlich, aber du kannst nichts mehr daran ändern.«

»Vater hat mich gerettet«, widerspreche ich eilig. »Er hat mich geliebt, obwohl ich gesündigt hatte, und er hat mir geholfen, Samuel großzuziehen. Ohne ihn hätte ich das nie geschafft.«

»Ich finde, das klingt, als ob er dich ganz schön an die Kandare genommen hat«, schnaubt Stina, leert ihr Glas auf einen Zug und knallt es auf den Tisch.

»Der hat gewusst, wie's geht«, murmelt sie und atmet tief durch.

»Aber es war zu meinem eigenen Besten«, sage ich zaghaft.

»Quatsch«, knurrt sie. »Du solltest dich mal sehen, wenn du über deinen Vater redest. Du siehst aus wie ein geprügelter Hund, verängstigt und unterwürfig. Solche alten Kerle wollen doch nichts anderes, als uns Frauen zu kontrollieren.«

Ich denke an Vater, wenn wir für Mutters Seele gebetet haben. Wie er mir seine großen trockenen Hände an die Wangen gelegt und geflüstert hat: »Gott hat die Frau aus einer Rippe erschaffen, damit sie eine Ergänzung zum Mann sei. Nicht aus dem Kopf, um über ihn zu bestimmen. Nicht aus den Füßen, um auf ihm herumzutrampeln. Nein, aus einer Rippe, damit sie geschützt sei. Nahe seinem Herzen, damit sie geliebt sei.«

»Es bringt dir nichts, ihm das jetzt vorzuhalten«, sagt Stina jetzt. »Und dass sich dieser Pastor als geiler Bock entpuppt hat, solltest du auch nicht so schwernehmen. Ist doch nur gut, dass du erkannt hast, wie er wirklich ist, oder? Es ist vielleicht an der Zeit, dass du ihn und die ganze Gemeinde mit anderen Augen siehst.«

»Aber er hat mir und Samuel so sehr geholfen.«

»Wie denn?«, schnaubt Stina.

»Er hat mir Geld geliehen. Und ich habe in der Gemeinde mehrere Vertrauensposten erhalten.«

»Und das hältst du für einen Zufall?«

Meine Wangen werden heiß, als mir aufgeht, wie sie das meint. Und vielleicht hat sie recht, denn der Pastor hat mich immer als Erste für allerlei Aktivitäten ausgesucht und oft im Vertrauen mit mir reden wollen. Und bei diesen vertraulichen Gesprächen hat er mich immer angefasst. Nicht auf sexuelle Weise, aber trotzdem – eine Hand auf meine gelegt, einen Arm um meine Schultern, wenn wir in die Kochnische gegangen sind, um Kaffee zu holen. Ein kurzes Streicheln mit dem Handrücken über meine Wange.

Wenn er das getan hat, habe ich seine Fürsorge fast als väterlich empfunden, aber jetzt, nachdem das andere passiert ist, sehe auch ich das Muster.

»Natürlich hat er das schon lange geplant«, sagt Stina, als ob sie meine Gedanken gelesen hätte. »Der Mann ist ja nicht blöde, das steht fest. Er wollte dir nahe kommen. Und er wollte, dass du ihm dankbar sein musst. Aber vergiss ihn erst mal.«

Sie macht eine kleine Handbewegung und fügt hinzu:

»Wir müssen uns jetzt auf Samuel konzentrieren. Der scheint ja in üble Gesellschaft geraten zu sein. Hast du mit seinen Freunden gesprochen?«

»Nicht mit allen.«

»Dann tu das. Wir wollen es erst einmal nicht zu ernst nehmen, dass du ihn nicht erreichen kannst, aber ich finde doch, du solltest zur Polizei gehen und ihn vermisst melden. Denn wenn sie hier waren und nach ihm gefragt haben, dann wissen sie ja wohl nicht, dass er verschwunden ist? So richtig verschwunden, meine ich.«

Sie legt eine Pause ein und mustert mich von Kopf bis Fuß.

»Ich komme mit«, sagt sie auf eine Weise, die keinen Widerspruch zulässt.

»Wir können vielleicht noch ein paar Tage warten?«

Stina fährt sich mit dem Zeigefinger über das Kinn und macht ein nachdenkliches Gesicht.

»Ja«, sagt sie zögernd. »Lass uns ein paar Tage warten. Aber jetzt gehst du nach Hause und schläfst, Pernilla. Ruf an, wenn etwas ist. Von mir aus auch mitten in der Nacht. Solche Dinge sollte man nicht allein durchmachen müssen.«

»Okay«, sage ich und stehe auf.

Der Schnaps hat meine Knie weich gemacht, und meine Wangen glühen.

»Und danke«, sage ich.

Stina steht auf. Kommt auf mich zu und umarmt mich lange.

»Wir müssen gegen das Elend zusammenhalten«, sagt sie dicht an meinem Ohr.

Mein Blick fällt auf das Foto von Björn, ihrem Sohn, das auf dem Schreibtisch steht.

Er hat dichte rotblonde Haare und sommersprossige Haut. Seine Augen sind hellgrau und seine Lippen füllig. Die langen Haare und der kussbereite Mund lassen ihn einer jungen Liv Ullmann ähneln.

Stina tritt einen Schritt zurück und sieht meinen Blick.

»Das kommt schon in Ordnung, du wirst sehen«, sagt sie. »Es kommt immer in Ordnung.«

Und für eine kurze Zeit glaube ich ihr sogar.

Ich nehme ihre Worte mit mir hinaus in den Sommerabend. Aber schon auf dem Weg zur U-Bahn kommt die Angst wieder angeschlichen, und die Gedanken jagen einander in wildem Tempo.

Ich denke an Mutter. An den Tag, als sie auf dem Weg zu uns ums Leben gekommen ist.

Wieder kommen mir die Tränen, aber jetzt denke ich an Samuel.

Ich spreche ein kurzes Gebet.

Gott, wache über Samuel und weise ihm den richtigen Weg. Lass ihn zu mir zurückkommen, und ich verspreche, ihm so gut zu helfen, wie ich nur kann, damit er sein Leben in den Griff bekommt. In Jesu Namen. Amen.

Aber auch diesmal gibt Gott keine Antwort.

Gott ist ebenso stumm wie Samuel und der helle Sommerabend.

Und es gibt noch etwas, das mir zu schaffen macht.

Als Samuel drei Jahre alt war, tauchte Isaac plötzlich auf wie ein Springteufelchen. Als wäre alles vergeben und vergessen.

Ich erklärte ihm natürlich, dass es so nicht ginge, dass ich Samuel und allen unseren Freunden schon erzählt hatte, dass Samuels Vater tot sei, und dass wir uns ein funktionierendes Leben aufgebaut hatten, in dem es für ihn ganz einfach keinen Platz gab.

Isaac wurde traurig und aufdringlich. Einmal versuchte er sogar in einem Café, mich zu küssen.

Fast hätte ich damals dann doch nachgegeben, denn er war noch immer so attraktiv wie früher, obwohl er sich die Haare geschnitten und sich einen Job in einem Plattenladen auf Södermalm gesucht hatte.

Aber diesmal riss ich mich zusammen. Etwas hatte ich dann wohl doch gelernt?

Isaac war jedoch hartnäckig und redete davon, zum Sozialamt zu gehen und Umgangsrecht zu fordern.

Das machte mir Angst.

Er war schließlich Samuels biologischer Vater, und wer konnte wissen, was passieren würde, wenn er anfing, Krach zu schlagen?

Also trafen wir eine Vereinbarung.

Ich versprach, dass Isaac Samuel jedes Jahr zu seinem Geburtstag und am zweiten Weihnachtstag besuchen dürfte, und Isaac seinerseits versprach, niemals zu verraten, dass er Samuels Vater war.

Und so geschah es.

Ich erzählte Samuel, Isaac sei ein alter Freund, der sehr einsam sei und keine Familie habe. Und Isaac kam regelmäßig zu Besuch, zweimal pro Jahr, bis zu Samuels fünfzehntem Geburtstag. Dann zog Isaac nach Gävle, und seine Besuche wurden sporadischer.

Es kann gut sein, dass er nie geheiratet oder andere Kinder bekommen hat.

Angeblich ist es für Jungen wichtig, mit einem männlichen Vorbild aufzuwachsen. Ich vermute, dass das vor allem für Jungen wie Samuel gilt – Jungen, die Probleme haben. Deshalb frage ich mich immer wieder, ob er sich anders entwickelt hätte, wenn Isaac in seinem Leben präsenter gewesen wäre.

Aber ich habe nur das getan, was ich für Samuel für das Beste hielt – genau wie mein Vater das wohl bei mir gemacht hat.

Vielleicht gibt es in unserer Familie eine Erbsünde, aber eine ganz andere, als ich gedacht habe, eine, bei der es darum geht, unseren Kindern den Kontakt zu den Menschen zu verwehren, die nicht unseren selbstauferlegten strengen Lebensregeln entsprechen.

Eine Erbsünde, die unseren Kindern die nimmt, die ihnen am nächsten stehen.

Die U-Bahn fährt in die Station ein, die Türen öffnen sich, und ich steige ein. Setze mich ans Fenster und sehe in den Sommerabend hinaus.

Ich könnte die Gemeinde verlassen.

Ich weiß nicht, woher dieser Gedanke kommt, ich habe noch nie so gedacht und bin sofort entsetzt.

Ich kann das nicht tun.

Warum sollte ich das tun?

Aber ich weiß die Antwort in dem Moment, in dem ich für mich die Frage formuliert habe: Alle diese Regeln und Strafen für die, die sich nicht daran halten, sind einer der Gründe, warum Samuel und ich heute dort sind, wo wir sind. Das und dass ich nicht einsehen wollte, dass Samuel so große Probleme hatte, dass sie vielleicht mit Gebeten und Lebertran nicht zu beheben waren.

Und jetzt gibt es nichts mehr, was mich in der Gemeinde hält. Außer den Freunden natürlich. Und Gott.

Aber warum sollte ich Gott verlassen, wenn ich die Gemeinde verlasse?

Ich wage nicht, diesen Gedanken weiter zu denken, ich habe viel zu große Angst, wohin mich all diese aufrührerischen Ideen führen könnten, wenn ich sie umsetze. Stattdessen ziehe ich mein Handy heraus und suche nach der Nummer von Alexandra, Samuels Freundin oder was sie nun eben ist.

Ich traue mich nicht so recht zu fragen.

Sie meldet sich nach drei Klingeltönen. Ihre Stimme klingt munter, doch als sie hört, wer da anruft, wird die Munterkeit sofort gedämpft.

»Ich weiß nicht, wo er ist«, sagt sie rasch. »Hab ihn seit Montag nicht mehr gesehen.«

»Hast du mit ihm telefoniert?«, frage ich hoffnungsvoll.

Sie schweigt einen Moment. Die U-Bahn wird vor dem Fridhemsplan langsamer, und die Frau mir gegenüber steht auf und geht.

»Nö«, sagt Alexandra. »Wir hatten einen kleinen Streit, und …«

Sie beendet den Satz nicht, und ich kann im Hintergrund Musik hören.

»Hast du irgendeine Ahnung, wo er sein kann?«

»Nein, die Polizei hat sich auch schon bei mir erkundigt. Sie waren offenbar auch bei Liam. Ich habe keine Ahnung, in was Samuel da reingeraten ist, aber vielleicht ist er ja einfach erst mal untergetaucht. Falls die Bullen hinter ihm her sind, meine ich.«

Ich bitte sie, mir Bescheid zu sagen, wenn Samuel sich bei ihr meldet, dann legen wir auf.

Meine Unruhe wächst, mein Zwerchfell tut weh, und mir wird

schlecht. Bilder von Samuel, Vater und Mutter wirbeln vor meinem inneren Auge vorbei.

Geliebter Samuel.
Mein Hümmelchen.

Warum wird alles so falsch, wenn wir doch nur das Richtige tun wollen?

MANFRED

Afsaneh fährt behutsam mit einer kleinen rosa Bürste durch Nadjas verfilzte Locken. Dann setzt sie sich auf den Stuhl neben meinem.

»Müsste sie nicht bald aufwachen?«, fragt Afsaneh, ohne meinen Blick zu erwidern, als ob sie die Frage nicht an mich stellte, sondern eher eine allgemeine Frustration zum Ausdruck brächte oder eine höhere Macht anriefe.

»Sie haben gesagt, es kann lange dauern«, sage ich.

»Aber so geht das doch schon seit Tagen.«

»Es dauert vielleicht Wochen.«

Afsaneh rutscht unbehaglich auf ihrem Stuhl hin und her.

»Ich kann nicht wochenlang warten.«

»Haben wir eine Wahl?«

Die Tür geht auf, und Dennis kommt herein.

Dennis ist einer der Ärzte, die sich von Anfang an um Nadja gekümmert haben. Er ist jung, so jung, und ich weiß, dass Afsaneh es deshalb schwer findet, richtiges Vertrauen zu ihm zu haben.

Ich selbst habe keine Probleme mit seinem Alter, meine Erfahrung sagt mir, dass eher die jungen Ärzte – oder auch die jungen Polizisten – oft gut ausgebildet und ehrgeizig sind. Außerdem sind sie noch nicht vom System zersetzt worden, noch nicht zynisch und gleichgültig allem gegenüber, mit dem sie hier konfrontiert werden.

Afsaneh springt auf und geht ihm entgegen.

»Warum wacht sie nicht auf?«, fragt sie, ohne ihn zu grüßen oder auf irgendeine Weise auf ihre Frage vorzubereiten.

Dennis lächelt unsicher und wirft mir einen verstohlenen Blick zu.

»Sie müssen noch einige Tage Geduld haben. Und eigentlich brauchen Sie auch nicht die ganze Zeit hier zu sitzen. Wir rufen an, sowie in ihrem Zustand eine Veränderung eintritt.«

»Aber ich will hier sein, wenn sie aufwacht«, sagt Afsaneh.

»Das verstehe ich. Aber wir haben die Schlafmittel noch nicht vollständig abgesetzt. Das braucht seine Zeit. Wir rufen an, wenn …«

»Haben Sie nicht gehört, was ich gesagt habe? Ich will hier sein, wenn meine Tochter aufwacht. Ich will nicht, dass sie als Erstes eine Menge fremder Menschen sieht.«

Ich stehe auf, gehe zu Afsaneh und lege ihr den Arm um die Schultern.

»Komm, Liebling«, sage ich. »Wir trinken erst mal einen Kaffee.«

Sie reißt sich mit einer Kraft los, die mich überrascht.

»Ich will keinen Kaffee«, sagt sie. »Ich will, dass Nadja zu sich kommt.«

Dennis sieht mich hilflos an. Ich glaube, er begreift, dass mit Afsaneh jetzt nicht zu reden ist, dass sie sich an einem Ort befindet, den Worte nicht erreichen.

»Ich will, dass sie *aufwacht*«, ruft Afsaneh noch einmal und fängt an, mit verschränkten Armen im Zimmer hin und her zu laufen.

Weder Dennis noch ich sagen etwas.

Stattdessen setze ich mich wieder auf den Stuhl neben Nadjas Bett. Betrachte den kleinen Körper, der friedlich zwischen den Krankenhausdecken liegt.

Nach einer Weile geht Dennis.

Afsaneh stellt ihre Wanderung ein und setzt sich neben mich.

»Ich weiß nicht, wie viel ich noch ertragen kann«, flüstert sie.

Ich erwidere ihren Blick. Ihre Augen sind schwarz, und ihr Gesicht ist blass. Ihr Mund ist zu einem blutlosen Strich zusammengepresst.

»Du erträgst noch viel«, sage ich. »Wir ertragen noch viel. Weil wir das müssen.«

Eine Stunde später fahre ich ins *Haus*.

Ich rauche unterwegs bei offenem Fenster drei Zigaretten und bete stumm, dass Afsaneh den Geruch nicht bemerken wird, wenn ich nach Hause komme.

Sie wollte mich nicht gehen lassen, aber zusammen mit Dennis konnte ich sie davon überzeugen, dass ich mich im Krankenhaus nicht nützlich machen kann.

Dunkle Wolken sind aufgezogen, und die ersten Regentropfen fallen, während die Silhouette des Krankenhauses im Rückspiegel verschwindet.

Als ich über die Brücke nach Kungsholmen fahre, gießt es, und in der Ferne höre ich dumpfes Donnergrollen. Fußgänger laufen in dem fruchtlosen Versuch, trocken zu bleiben, mit Zeitungen oder Jacken über dem Kopf auf dem Bürgersteig vorbei.

Das Wetter, ich kann nicht anders, aber es kommt mir irgendwie symbolisch vor, obwohl ich weiß, dass nur mein Reptiliengehirn nach Zusammenhängen sucht, die es gar nicht gibt – warum sollte das Wetter irgendetwas mit meiner Tochter zu tun haben?

Und doch schleicht es sich ein, dieses magische Denken, diese kindliche und naive Vorstellung von Kausalität.

Als ob das Universum sich für uns interessierte.

Die Ermittlungsgruppe ist gewachsen.

Zusätzlich zu Malin und Lasses sind noch zwei Personen dazugekommen. Neben Lasses sitzt Malik, mit dem ich bei der Aufklärung der Morde in Ormberg zusammengearbeitet habe. Er hat sich die schwarzen Haare zu einem Pferdeschwanz zusammengebunden, der tropft, woraus ich schließe, dass Malik dem Wolkenbruch nicht entkommen ist. Er hat sich einen modischen Bart zugelegt und trägt eine enge, aufgekrempelte Jeans und ein kariertes Hemd. Ich würde ihn wohl als Hipster bezeichnen, aber ich bin auch zu alt, um die wechselnden Nuancen der Populärkultur wirklich auseinanderhalten zu können.

Vor dem Whiteboard steht Samira, die Rechtsmedizinerin. Sie lächelt und winkt mir kurz zu, und ich winke zurück.

Malin steht auf und räuspert sich.

»Samira Khan, Rechtsmedizinerin in Solna, ist hergekommen, um uns über das Ergebnis der Obduktion von Opfer Nummer 2 zu informieren«, sagt sie und legt eine Pause ein.

Es ist ungewöhnlich, dass jemand von der Rechtsmedizin herkommt. Meistens erfahren wir deren Schlussfolgerungen aus dem schriftlichen Bericht. Ich vermute, dass Samira etwas Ungewöhnliches entdeckt hat, etwas, das diskutiert und erklärt werden muss.

»Bitte sehr«, sagt Malin und nickt Samira zu.

Samira beginnt ihren Vortrag, indem sie Bilder des Leichnams und der Fundstätte zeigt.

»Das Opfer ist männlich, zwischen sechzehn und achtzehn. Gesund und physisch gut in Form, wenn auch ein wenig untergewichtig.«

Malin fängt meinen Blick auf, und ich ahne, was sie denkt.

Sechzehn bis achtzehn Jahre: Hier ist die Rede von einem Kind.

Samira geht systematisch die Verletzungen durch, von Kopf bis Fuß. Sie spricht von den Frakturen und Quetschungen, die dem Opfer post mortem zugefügt wurden, und dem langen Nagel, der in der Ferse des Opfers steckte.

Als sie an der Stelle angekommen ist, rutscht Lasses ein bisschen auf seinem Stuhl hin und her, brummt und fährt sich mit den Fingern durch den struppigen Bart.

Nicht einmal der erfahrenste Ermittler kann dem, was diesem Jungen angetan worden ist, gegenüber gleichgültig bleiben.

»Konnten wir die Identität feststellen?«, frage ich.

Samira erwidert meinen Blick.

»Wir haben das DNA-Profil mit den drei möglichen Kandidaten verglichen, die wir auf der Liste der vermissten Personen gefunden haben. Das Opfer ist Victor Carlgren, siebzehn Jahre, wohnhaft in Saltsjöbaden. Er ist am 10. Mai nach einem Streit mit seiner Schwester verschwunden.«

»Was wissen wir über diesen Victor?«, fragt Malin.

Lasses räuspert sich und schiebt sich mit dem Zeigefinger die Brille höher auf die Nase.

»Braver Junge. Gute Zeugnisse. Keine bekannten Probleme mit Drogen oder Kriminalität. Die Eltern sind unterrichtet und befragt worden. Offenbar ist er mit dem Motorboot der Familie losgefahren. Das ist schon früher vorgekommen, deshalb haben sie sich zunächst keine besonderen Sorgen gemacht. Aber als er nach vierundzwanzig Stunden noch nicht zurück war, haben sie ihn vermisst gemeldet, und die Küstenwache hat eine Suchaktion eingeleitet. Alle befürchteten, ihm könne auf dem Meer etwas passiert sein.«

»Worüber hat er sich mit seiner Schwester gestritten?«, fragt Malin.

Lasses schlägt ein mit Synthetik bekleidetes Bein über das andere.

»Netflix«, antwortet er. »Sie wollten offenbar unterschiedliche Sachen sehen.«

Wir schweigen eine Weile, während wir das Absurde dieser Situation durchdenken.

Die bloße Vorstellung, dass eine solche Bagatelle eine Ereigniskette ausgelöst haben kann, die zu Victor Carlgrens Tod geführt hat, reicht wirklich aus, um bei allen Übelkeit zu erzeugen.

»Ja, verdammt«, seufzt Lasses und schiebt sich eine dünne graue Haarsträhne auf seiner kahlen Stelle zurecht.

»Johannes Ahonen ist Anfang März verschwunden«, sagt Malin leise. »Victor Carlgren am 10. Mai. Beide wurden im südlichen Schärengürtel von Stockholm gefunden. Beide waren brutaler Gewalt ausgesetzt und in Stoff und Ketten gewickelt. Wir können zwar nicht beweisen, dass es hier um Mord geht, aber ich glaube doch, dass wir davon ausgehen können und dass wir es hier mit demselben Täter zu tun haben.«

Es wird wieder still im Raum. Zu hören sind nur der Regen, der mit unverminderter Stärke gegen die Fenster trommelt, und das Rauschen des Ventilators.

»Das ist noch nicht alles«, sagt Samira und legt sich den dicken schwarzen Zopf über die Schulter. »Wie ihr wisst, haben wir unter Johannes Ahonens Fingernägeln Hautreste gefunden. Die Techniker beim Nationalen Forensischen Zentrum konnten ein DNA-Profil erstellen. Und …«

Samira legt eine Pause ein, als wüsste sie nicht richtig, wie sie weitermachen soll.

»Das DNA-Resultat lässt die Annahme zu, dass die Haut von Victor Carlgren stammt«, sagt sie dann kurz.

»Was?«, fragt Malin und lässt ihren Kugelschreiber auf den Tisch fallen. »Also entschuldige, aber das kapier ich jetzt nicht so ganz.«

Lasses schaut mit halboffenem Mund von seinen Aufzeichnungen auf.

»Drück dich doch mal verständlich aus«, knurrt er.

»Die Haut unter den Nägeln von Johannes Ahonen, Opfer Nr. 1, stammt von Victor Carlgren, Opfer Nr. 2«, sagt Samira langsam, als wollte sie der Mitteilung Zeit lassen zu sacken. »Und es gibt halbverheilte Kratzer an Carlgrens Unterarmen, die ihm aller Wahrscheinlichkeit nach Ahonen zugefügt hat. Also haben sich die Opfer getroffen und sind auf irgendeine Weise aneinandergeraten, unmittelbar vor Ahonens Tod. Aber Carlgren ist erst viel später gestorben.«

»Ja verdammt«, flüstert Lasses und fährt sich mit der Hand über das synthetische Hosenbein, so dass die statische Elektrizität knistert. »Ja verdammt.«

SAMUEL

Ich lese Zombie-Jonas vor, höre aber kaum, was ich sage. Meine Gedanken sind anderswo, weit weg von Stuvskär und Igor und Rakel, die mich gestern fast beim Fentanylklau erwischt hat.

Ich denke an Mama, an die SMS, die sie mir geschickt hat.

Komm nach Hause. Ich liebe dich!

Arme, arme Mama.

Sie hat wirklich ihr Bestes getan.

Auch wenn die meisten ihrer Versuche, mich vor mir selbst zu retten, total danebengegangen sind, hat sie es immerhin versucht, etwas anderes kann man wirklich nicht behaupten.

Ich denke an die vielen Male, die sie mich mit in die Kirche genommen hat. Ich erinnere mich an die strengen Blicke der Ältestenbrüder und an diesen Verrückten, Stephen, der in Zungen redete und behauptete, das Jüngste Gericht sei nahe, weil derzeit alle Welt Kreditkarten benutzt.

Aber vor allem erinnere ich mich an die Stimme des Pastors.

Sie klingen übrigens genau gleich, der Pastor und diese Stimme in meinem Kopf, die mir immer wieder sagt, wie *fucking* wertlos ich bin.

Das ist sicher kein Zufall. Aber egal.

Sie haben alles getan, um mich zu einem echten Christen zu machen – es gab die Bibelschule für Kinder und die christlichen Pfadfinder und allen anderen Scheiß, den man sich nur vorstellen kann. Sie haben um mich herum auf dem Boden im Kreis gesessen und für meine Seele gebetet.

Ich meine, gestörter geht's ja wohl nicht!

Alles, was dabei herauskam, war, dass ich noch mehr anti wurde. Ich hatte sogar eine Phase, als ich vierzehn, fünfzehn war, in der ich wirklich gebüffelt habe, nur um Mama widersprechen zu können.

Ich habe erklärt, dass das Christentum durchaus nicht von Jesus erschaffen worden sei, sondern von diesem anderen Blödmann, Paulus, und dass der – abgesehen davon, dass er Römer und Jude zugleich war und eine Menge Christen verfolgt hatte – ein total verstockter Sexist war, der eine Menge selbstherrlicher Briefe an christliche Gemeinden in aller Welt geschickt hatte. Außerdem habe er behauptet, dass Jesus sozusagen sein bester Freund gewesen sei, dabei hatte er nicht mal zu den Jüngern gehört.

Und ich bin ziemlich clever vorgegangen, denn ich habe zu den eigenen Methoden der Gemeinde gegriffen und Mama gegenüber aus der Bibel zitiert.

Mama hat geweint und geweint und gesagt, ich sei vom Satan besessen. Meine Seele sei verloren. Ich sei besudelt.

Ja, dieses Wort hat sie benutzt.

Als wäre ich ein Stück vollgekacktes Klopapier!

Ich sehe Zombie-Jonas an.

Wo steckt seine unsterbliche Seele?

Sein Gesicht ist ausdruckslos, und sein Mund steht halboffen. Die Haut in seinem Gesicht glänzt ein bisschen, als ob er schwitzt. Sein Körper liegt unbeweglich unter dem gestärkten Bettbezug, und an dem langen Schlauch, der aus seiner Nase ragt, glitzert ein einsamer Wassertropfen.

Vielleicht hat er gerade gegessen oder wie man das nun nennen soll, wenn man den Fraß durch einen Schlauch direkt in den Magen gepumpt kriegt.

Ich denke wieder an Mama.

Sie glaubt, es sei ihre Schuld, dass alles so gekommen ist, dass ich das Gymnasium geschmissen habe und für Igor arbeite. Dass es daran liegt, dass ich nicht in einer feinen christlichen Kernfamilie in einem Reihenhaus in einem gepflegten Vorort aufgewachsen bin.

Dass alles anders wäre, wenn ich nur zum richtigen Glauben bekehrt worden wäre.

Ich wünschte, ich könnte ihr erklären, dass das alles nichts miteinander zu tun hat.

Dass alles eigentlich meine Schuld ist.

Die arme Mama – all ihre Mühe war umsonst.

Ab und zu frage ich mich, ob sie manchmal heimlich einen Typen hatte. Ich hoffe es fast, denn die Vorstellung, dass sie sich die ganzen Jahre nur abgemüht und um mich gekümmert hat, ist zu schrecklich.

Vielleicht war da mal was zwischen ihr und ihrem Kumpel – diesem amerikanischen Widerling Isaac –, der bei allen Geburtstagen und immer zu Weihnachten bei uns aufgetaucht ist und auf dessen Schoß ich unbedingt sitzen musste.

Ich habe mich nie getraut, mich zu wehren, ich habe nur dagesessen, während er mich mit seinem feuchten Blick anglotzte, als ob er mich fressen wollte.

Oder Schlimmeres.

Ich habe das nur gemacht, weil Mama sich solche Mühe gegeben hat – sie hat gekocht und Geschenke gekauft und überhaupt.

Denn obwohl der Satan in mich gefahren war, war ich doch kein Monster.

Zombie-Jonas stöhnt. Sein Körper zuckt, die Augenlider flattern ein wenig, und für eine Sekunde glaube ich, dass er gleich zu sich kommt, aber dann wird er wieder still.

Ich lese weiter vor.

Die Hauptperson im Buch ist nun zum Fischen unterwegs nach Spanien. Abgesehen davon, dass er nicht ficken kann, scheint er ja ein verdammt angenehmes Leben zu führen. Er treibt sich in Europa herum, hängt in den Bars ab und trifft interessante Leute.

Wieder stöhnt Jonas, und diesmal lege ich das Buch auf den Nachttisch, stehe auf und beuge mich über ihn.

»Alles in Ordnung mit dir?«, frage ich, obwohl ich weiß, dass er mich nicht hört.

Er stöhnt wieder und bewegt eine Hand. Die zittert ein bisschen, als er sie zum Nachttisch hinstreckt.

»*Ahhrggg*«, gurgelt er.

Ich erstarre vor Schreck.

Ob das einer von den Anfällen ist, die Rakel erwähnt hat?

»*Uhrrrg.*«

Sein Körper spannt an, und es sieht fast so aus, als wollte er nach etwas auf dem Nachttisch greifen. Ein schaumiger Speichelfaden zieht sich von seinem Mundwinkel aus über seine Wange.

Aber auf dem Nachttisch gibt es nur die Vase mit der roten Rose, die schon etwas den Kopf hängen lässt, und das Buch, das ich eben dort abgelegt habe.

Will er, dass ich weiterlese? Versucht er, mir das zu sagen?

»Ist alles in Ordnung mit dir?«, frage ich.

»*Gaaaahh.*«

Er ballt die Faust und streckt den Zeigefinger aus. Der bewegt sich auf den kleinen Nachttisch zu, fast als ob er darauf zeigt!

Ich schaue den Tisch an, ohne zu begreifen.

Auf der Seite, die dem Bett zugekehrt ist, ist etwas in das Holz eingeritzt, als hätte es Jonas mit den Fingernägeln in die harte Unterlage gekratzt.

Armer Teufel.

»Warte hier«, sage ich und stürze los, um Rakel zu holen.

Zuerst jage ich in ihr Zimmer, denn sie hat den ganzen Vormittag am Rechner gesessen. Das Klacken der Tastatur war bis in die Diele zu hören.

Aber in ihrem Zimmer ist sie nicht. Der Schreibtisch ist ordentlich aufgeräumt, und der Laptop liegt zugeklappt auf einem Papierstapel.

Ich laufe in die Diele und öffne die Haustür.

Die heiße Sommerluft steht vor mir wie eine Wand. Es riecht nach Rosen und Geißblatt und feuchter Erde. Über den Beeten summen die Hummeln.

Das Fliegenschnäpperweibchen lugt aus dem an die Hauswand angenagelten Vogelhäuschen. Sie hat gerade die Jungen gefüttert und will jetzt losfliegen, um neue Insekten zu suchen.

Das Männchen ist nicht zu sehen, vielleicht ist er auf der Jagd nach einem neuen Revier – das machen sie so. Das Weibchen dagegen jagt die ganze Zeit nach Futter für die Jungen. Sie tut alles für sie.

Ich denke an Mama und bekomme sofort schlechte Laune.

Rakel kniet vor den spärlichen Rosensträuchern in dem erhöhten Beet, sie hat die Gartenschere in der Hand. Sie hat sich ein Kopftuch umgebunden und trägt jetzt gelbe Gartenhandschuhe. Die Haut auf ihren Schultern ist rot, wie von einem leichten Sonnenbrand. Neben ihr steht ein geflochtener Korb, in den sie abgeschnittene Blumenstängel und tote Zweige gelegt hat.

Ihr Lächeln erlischt, als sie mein Gesicht sieht.

»Mit Jonas stimmt etwas nicht«, würge ich heraus.

Rakel springt auf, lässt die Rosenschere fallen und rennt auf mich zu. Sie streift die gelben Handschuhe ab und wirft sie auf den Boden. Dort liegen sie im Gras wie riesige Pfifferlinge.

»Hat er etwas gesagt?«, keucht sie, und ich ahne Angst in ihrem Blick. Entsetzen und noch etwas anderes.

Hoffnung vielleicht?

»Nein, er gurgelt einfach nur.«

Ich laufe hinter Rakel her, als sie in Jonas' Zimmer stürzt, neben ihm auf die Knie fällt und seine Haare streichelt. Das Kopftuch ist heruntergerutscht und hängt lose über ihren Rücken.

»Geliebter Jonas. Liebling. Wie geht es dir?«

»*Argghh*«, sagt Jonas. »*Uahhgg.*«

Der Körper im Bett erstarrt und spannt dann an, wie eine Feder. Unter der Decke zuckt es, und das Metallbett ächzt auf beunruhigende Weise.

»Schnell«, sagt Rakel. »Gib mir die Spritze und die Flasche, die im Regal steht.«

Ich drehe mich um und lasse meinen Blick über die Regale mit den Plastiktüten, chirurgischen Handschuhen und Medikamentenpackungen wandern. Und dort, neben einem Stapel Papierservietten, liegt eine in Plastik eingeschweißte Spritze neben einer kleinen Glasflasche.

Ich reiße Spritze und Flasche an mich und gebe sie Rakel.

Rakel fetzt die Verpackung herunter, zieht die Spritze heraus, bohrt sie in die Flasche und zieht etwas von deren Inhalt hinein. Dann dreht sie die Nadel nach oben, klopft auf die Spritze und drückt einen Tropfen einer farblosen Flüssigkeit heraus.

»Hilf mir, ihn ein bisschen umzudrehen«, sagt sie.

Als ich zu Jonas gehe, habe ich eine solche Angst, dass ich mich fast bepisse, aber zugleich bin ich entschlossen, alles zu tun, um zu helfen.

»Hier«, sagt sie. »Nimm seine Schulter, ich nehme die Hüfte.«

Mit vereinten Kräften drehen wir Jonas auf die Seite.

Rakel zieht die Decke herunter und gibt ihm eine Spritze in die eine Hinterbacke.

»*Argghh*«, gurgelt Jonas, und sein Körper spannt unter meinem Zugriff an. Aber nur Sekunden später seufzt er tief und wird ganz locker. Seine Schulter entkrampft, sein Kopf fällt auf das weiße Leinenkissen, und seine Gesichtszüge glätten sich.

Rakel sinkt auf den Boden und bleibt mit dem Rücken ans Bett gelehnt sitzen. Sie stöhnt leise.

Nach einer Weile steht sie auf, wirft Spritze und Verpackung in den Mülleimer und streckt die Hand nach dem auf den Boden gefallenen Kopftuch aus.

»Danke«, sagt sie mit Tränen in den Augen. »Danke, Samuel. Ich weiß nicht, was ich ohne dich gemacht hätte.«

Ich nicke, sage nichts, merke aber, wie sich meine Wangen vor Stolz und Verlegenheit röten.

»Komm«, sagt sie. »Ich mach uns einen Tee. Er wird jetzt eine Weile schlafen.«

Schweigend trinken wir in der gelben Küche Tee.

Draußen haben sich die Wolken zusammengeschoben, und die Zweige der Büsche beugen sich im Wind.

Es sieht nach Regen aus.

Rakel wirkt traurig und müde. Die Falten um ihre Augen sind tiefer, und sie sitzt vornübergebeugt und hat die Hände um ihre Teetasse gelegt.

Ich muss wieder daran denken, welche Ähnlichkeit sie mit Mama hat. Es ist nicht nur das Aussehen, es ist auch etwas mit ihrer Miene.

Sie sieht so verdammt hoffnungslos aus.

»Es wird leichter, wenn Olle nach Hause kommt«, sagt sie. »Dann wird alles leichter.«

»Wo ist er denn?«

Sie schaut mich an und wirkt überrascht.

»Hab ich das nicht gesagt? Er ist in Stockholm und hat einen Termin beim Sozialamt. Und dann sind da noch ein paar andere Dinge zu erledigen. Er kommt in einigen Tagen nach Hause. Aber er muss seinen Roman beenden, und da glaube ich nicht, dass wir viel von ihm sehen werden.«

Ich recke mich ein wenig, und mein Handy wäre mir fast aus der Tasche gefallen. Ich ziehe es heraus und lege es neben die Teetasse.

Rakel wirft einen Blick auf das Display.

»Lass mal sehen«, sagt sie und streckt die Hand danach aus.

Widerwillig zeige ich ihr das Hintergrundbild, wo Mama und ich vor dem neuen roten Sportwagen des Pastors stehen.

»Deine Mutter?«

Ich nicke.

Rakel schaut erst mich und dann das Bild an.

»Ihr habt Ähnlichkeit miteinander«, sagt sie. »Dieselbe Gesichtsform, dieselbe ...«

Sie verstummt und steht auf.

»Warte mal«, sagt sie und verschwindet in Richtung von Jonas' Zimmer.

Bald darauf kehrt sie mit zwei Fotoalben zurück. Sie setzt sich auf einen Stuhl und fängt an, in dem einen zu blättern.

Ihr Gesicht wird weich, und die tiefe Falte auf der Stirn verschwindet, als ihr Blick auf einen Jungen von vielleicht fünf fällt. Er sitzt in einem Seifenkistenauto und trägt ein Spidermanhemd. Die nackten Beine sind bleich und haben rote Flecken, wie von Mückenstichen.

»So eins hatte ich auch«, sage ich und beuge mich vor, um besser sehen zu können.

Rakels Duft nach Orangenblüten und Marzipan kitzelt mir in der Nase. In meinem Magen kribbelt etwas, das ich nicht richtig einordnen kann. Als ob dort drinnen eine frisch erwachte Hummel herumschwirrt.

»So ein Seifenkistenauto?«, fragt sie und lächelt.

»Nein. Ein Spidermanhemd.«

»Ah. Dieses blöde Hemd hat er geliebt. Er hat es sicher noch ein Jahr lang angezogen, als es schon total in Fetzen hing. Ich hab mich im Kindergarten so geschämt!«

Rakel lacht und blättert weiter.

Jonas lächelt mich von einem Porträtfoto an. Er ist vielleicht sieben oder acht. Seine Haut ist sonnenbraun, und seine Haare sind gebleicht.

Er sieht so anders aus als der Zombie, der im Schlafzimmer still im Bett liegt. Es ist nahezu unbegreiflich, dass es derselbe Mensch ist. Wieder denke ich, dass Jonas und ich uns ziemlich ähnlich sind. Dass auch ich dort im Bett liegen und sabbern könnte, wenn das Leben es anders gewollt hätte.

Bei diesem Gedanken schwankt der Boden unter mir, und ich muss mich am Tisch festhalten.

Rakel nickt.

»Schau mal die Augen«, sagt sie. »Siehst du?«

Ich sehe mir die Augen an. Die dünnen, von der Sonne gebleichten Brauen und die Augenlider, die ein wenig schwer aussehen, obwohl er doch noch ein Kind ist.

Und ich sehe.

Ich sehe Rakel in seinem Gesicht.

»Ihr seht euch ähnlich«, flüstere ich.

Sie rutscht näher an mich heran, damit ich besser hinschauen kann. Ihr Arm liegt dicht neben meinem, so nah, dass ich die Wärme spüre, die von ihrer Haut ausstrahlt.

Die Hummel in meinem Magen erwacht wieder zum Leben, und in meinem Schritt kribbelt es.

»Wir *waren* uns ähnlich«, korrigiert sie. »Nach dem Unfall. Er … er hat sich verändert.«

Ihr Gesicht wird hart, und ich habe plötzlich Lust, die Arme um sie zu legen und sie zu trösten, wie ich das immer mit Alexandra mache. Gleichzeitig ist mir alles andere so bewusst: die Rundung der Brust unter dem Hemd, der gebeugte schmale Hals und das Schlüsselbein, das unter der Haut zu ahnen ist.

Das ist doch krank.

Das ist so krank.

Sie könnte verdammt noch mal meine Mutter sein.

»Was ist eigentlich passiert?«, bringe ich heraus, obwohl mein Mund sich so trocken anfühlt wie die Felsen draußen in der Sonnenglut.

»Ein Autounfall. Mit Fahrerflucht. Er war nicht lebensgefährlich verletzt, aber im Krankenhaus ist etwas passiert. Plötzlich ging es ihm schlechter. Die Ärzte meinen, es war Sauerstoffmangel oder vielleicht ein Schlaganfall.«

Ich weiß nicht, was ich sagen soll.

»Er hatte das ganze Leben vor sich«, fügt Rakel hinzu und blinzelt rasch mehrere Male.

Dann holt sie tief Luft.

»Und du?«

»Ich?«

Ich begreife nicht, was sie meint.

Rakel lächelt und legt mir die Hand auf den Arm.

Meine Haut brennt unter ihren Fingern, als hätte jemand sie angesteckt. Als ob jede Scheißzelle unter ihrer Berührung losglühte.

»Ja, du, Samuel. Wie ist es mit dir und deiner Familie? Hast du eine enge Beziehung zu deinen Eltern?«

»Ich …«

Die Wörter wollen nicht herauskommen. Sie drücken sich in mir herum. Scheu, wie Seidenschwänze oder Drosseln, die sich oben im Vogelbeerbaum verstecken.

Ich mache noch einen Versuch.

»Ich … mein Vater ist tot.«

Rakel macht große Augen.

»Das tut mir leid«, sagt sie und berührt wieder meinen Arm, aber diesmal nur kurz, so dass ich sozusagen den Faden verliere.

»Und deine Mutter?«

Rakels Blick ist warm und aufmunternd.

»Mama ist. Sie … ich glaube, sie ist enttäuscht von mir.«

»Warum glaubst du das?«

Rakel klingt ehrlich überrascht.

»Weil. Sie. Weil ich mit den falschen Leuten zu tun hatte. Und sie. Mich rausgeworfen hat.«

Dann erzähle ich.

Es passiert einfach, ich weiß nicht, warum.

Vielleicht weil Rakel von Jonas erzählt hat.

Natürlich sage ich nichts davon, dass ich geklaut und gedealt habe. Aber ich erzähle von der Kirche, von Alexandra und auch dass mich ein mieser Typ namens Igor verfolgt. Und dann erkläre ich, dass Mama nicht mit mir zufrieden ist. Dass ich ihre große Enttäuschung bin. Dass sie mich vielleicht gar nicht liebt.

Aber Rakel lacht nur und schüttelt den Kopf.

»Dussel«, sagt sie.

Und dann:

»Natürlich liebt sie dich. Du bist doch ihr Kind. Man liebt seine Kinder, das ist einfach so.«

Sie legt eine kurze Pause ein und fügt dann hinzu:

»Du hast gesagt, du bist vor diesem Igor geflohen?«

»Mm.«

»Und hast du seither mit deiner Mutter gesprochen?«

Ihr Gesicht ist härter geworden und sieht fast ein bisschen streng aus.

»Also. Nein. Ich … sie hat immer so schreckliche Angst, dass etwas passiert.«

Rakel lächelt traurig.

»Mütter haben immer Angst.«

Sie legt wieder eine kurze Pause ein und fügt dann hinzu:

»Hast du denn nie Angst?«

»Nein«, sage ich. »Ich hab nicht solche Angst, dass etwas Schreckliches passiert. Jedenfalls nicht, bevor Igor … ich hatte eher Angst, dass …«

»Was?«, fragt Rakel und sieht ehrlich interessiert aus.

»Dass *nichts* passiert«, sage ich und weiß sofort, dass das die Wahrheit ist.

Es war immer mein Albtraum, mein ganzes Leben in diesem Zimmer in Fruängen verbringen zu müssen. Dass alles ewig so weitergeht. Mamas Gejammer, die neunzehn Minuten lange U-Bahn-Fahrt in die City, die Tage, die sich unmerklich aneinanderreihen, zu Monaten und Jahren werden. Und dass ich am Ende dasitze und vielleicht dreißig bin und das Leben zu Ende ist.

Rakel sieht traurig und belustigt zugleich aus. Dann fällt ihr Blick auf das Fotoalbum, und ihr Gesicht verzieht sich schmerzlich.

»Nein«, sagt sie. »Wir können doch nicht den ganzen Tag hier sitzen bleiben.«

Sie streckt sich, und der dünne Hemdstoff spannt über ihrer Brust.

Ich schaue rasch auf die Tischplatte.

Nachmittags arbeiten wir im Garten. Die Luft ist ein wenig kühler, aber schwül, als gebe es ein Gewitter. Dunkle, blaulila Wolken sind über das Festland gezogen und türmen sich im Westen auf wie eine riesige Wand.

Ich habe Rakel geholfen, ein großes Loch im Zaun auszubessern, und sie hat Kiefernzapfen vom Rasen vor der Querseite des Hauses aufgelesen.

Jetzt schaut sie aus zusammengekniffenen Augen zum Himmel hoch und holt die Gartenhandschuhe und die Gartenschere, die noch immer im Gras herumliegen.

Sie bleibt stehen, als sie an mir vorbeikommt.

»Übrigens«, sagt sie. »Kannst du mir helfen, das Sicherheitsgitter vor Jonas' Fenster festzumachen? Es ist unten ein bisschen locker.«

»Natürlich«, sage ich und zucke mit den Schultern.

Rakel verschwindet in Richtung Schuppen.

Einige Minuten später kehrt sie mit Schrauben und einem batteriebetriebenen Schraubenzieher zurück.

»In der Gegend hat es in letzter Zeit einige Einbrüche gegeben«, sagt sie und nickt zum Fenstergitter hin. »Und da ist es bestimmt gut, auf Nummer sicher zu gehen.«

Ich sage nichts, aber ich denke, dass jemand, der hier einbricht, eine arge Enttäuschung erleben wird.

Wer würde schon Erwachsenenwindeln und Abführmittel stehlen?

»Das sind sicher diese Junkies vom Campingplatz«, murmelt Rakel und kneift den Mund zu einem schmalen Strich zusammen. »Die müssen ihre Drogen ja irgendwie finanzieren. Aber wenn man so isoliert wohnt wie ich, mit einem behinderten Kind, dann will man nicht mitten in der Nacht einem angeknallten Hippie gegenüberstehen.«

Das Gitter vor dem Fenster ist dick und rostig. Auf der Unterseite klaffen zwei leere Schraubenlöcher.

Ich beuge mich vor, um besser zu sehen.

Ich schraube das Gitter wieder an und rüttele versuchsweise daran.

Es bewegt sich nicht einen Millimeter.

»So«, sage ich. »Jetzt sitzt es fest.«

Rakel strahlt.

»Danke, mein Lieber. Das machst du ja richtig gut. Der Zaun ist auch richtig super geworden.«

»Na ja«, sage ich und starre ins Gras.

»Doch«, beharrt Rakel und lacht. »Ohne dich hätte ich das hier nie geschafft. Du bist stark und auch noch technisch begabt.«

Meine Wangen werden heiß, und ich hoffe, dass sie das nicht merkt. Mama würde so etwas nie sagen. Selbst wenn sie der Meinung wäre, würde sie das nicht tun.

Ich reiße meinen Blick von Rakel los und schaue die Pfingstrosen an, die unter dem Fenster wachsen. Die Stängel schießen wie Speere in dem hohen Gras nach oben. Die strotzenden tiefroten Knospen haben sich von den Mutterblättern gelöst und sehen aus, als wollten sie jeden Augenblick bersten. An der Fassade klammern sich Schlingpflanzen an. Die hellgrünen Blätter scheinen unter meinem Blick zu wachsen.

Es riecht nach Gras und feuchter Erde und nach Rakels Parfüm. Die Insekten surren und summen um uns herum. Vögel singen. Schmetterlinge flattern vorüber. Alles ist so üppig, so saftig, so erfüllt von Wachstumskraft und Leben.

Rakel beugt sich zu mir vor, eine lange dunkle Haarsträhne fällt ihr ins Gesicht. Sie feuchtet sich die Lippen mit der Zunge an, und in ihrem Mundwinkel glitzert Spucke.

Jetzt, denke ich.

Jetzt.

Jetzt.

Jetzt sterbe ich. Jetzt passiert es.

Sie streckt ihren Arm zu meinem Gesicht hin. Aber statt mich zu streicheln, holt ihre Hand aus und verpasst mir eine harte Backpfeife.

»Eine Mücke«, sagt sie und zeigt mir ihre Handfläche.

Ich sehe einen blutigen Fleck, groß wie ein Priem.

Meine Haut brennt wie Feuer, durch die Backpfeife und weil Rakel mich angefasst hat. Weil ihre blasse Hand meine Wange berührt hat – na gut, sie hat mir eine gescheuert, aber trotzdem!

Ich liege im Bett und versuche zu schlafen, kann meine Gedanken aber nicht zum Schweigen bringen. Sie geben sich alle Mühe, sich gegenseitig zu überschreien, wie ausgehungerte, blinde Vogeljunge in einem Nistkasten.

Ich kann hier nicht bleiben.

Alles ist besser, als mit Zombie-Jonas in diesem Zimmer zu hocken, das nach alter Kacke riecht.

Und das mit Rakel – ihr Gesicht und ihr Körper tauchen zu den unmöglichsten Augenblicken in meinem Kopf auf. Obwohl sie mindestens vierzig Jahre alt und mit einem Mann zusammen ist, der bald aus Stockholm zurückkehren wird.

Obwohl sie Ähnlichkeit mit *Mama* hat.

Obwohl alles so verdammt falsch ist, muss ich die ganze Zeit an sie denken. An die blasse Haut, die schweren Brüste und diese Fältchen, die ihre Augen einrahmen, wenn sie lacht. Und an ihr Lächeln, als sie gesagt hat, ich sei stark und technisch begabt.

Du versuchst, vor einer Alten von vierzig den Tüchtigen zu spielen, bloß weil du davon träumst, sie zu ficken. Das ist lächerlich. Und verdammt pervers.

Ich drehe mich auf die Seite und schiebe das Kissen unter meinem Kopf zurecht.

Die Sommernacht ist hell und endlos lang, wie einer dieser französischen Filme, die wir in der Stadt gesehen haben. Im bläulichen Dunkel ahne ich die Umrisse des Kleiderschranks und des kleinen Stuhls, der danebensteht. Meine schmutzigen Klamotten habe ich über den Stuhlsitz geworfen.

Früher oder später muss ich sie waschen, doch ich habe sonst nichts anzuziehen. Und ich kann doch nicht den ganzen Tag nackt herumlaufen, während ich darauf warte, dass sie trocknen.

Aber ich habe größere Probleme als verdreckte Kleider.

Ich versuche, meine Alternativen zu durchdenken.

Zur Bullerei zu gehen ist vollkommen ausgeschlossen. Zum einen habe ich keine Lust, im Knast zu landen, zum anderen würden die natürlich verlangen, dass ich Igor verpfeife, was in der Praxis dasselbe wäre, wie mein eigenes Todesurteil zu unterschreiben.

Denn an Igor kommen sie nicht heran.

Im Vergleich zu Igor ist die Bullerei ein Papiertiger – so verdammt zahnlos wie ein Arschloch.

Und ich kann mich auch nicht an Igor oder Malte wenden, um zu erklären, dass alles ein Missverständnis ist, ohne zu riskieren, dass dann die Bullen hinter mir her sind. Außerdem ist viel zu viel Zeit vergangen, als dass ich auch nur mit der geringsten Glaubwürdigkeit angekrochen kommen und um Verzeihung bitten könnte. Ich hätte mich direkt melden müssen, sagen, dass ich das Geld versteckt und das Motorrad ausgeliehen habe.

Ach ja, das Geld.

Ich fahre im Bett hoch und ringe nach Luft. Das Kissen rutscht mit einem Rascheln auf den Boden.

Das Geld.

Warum denke ich erst jetzt daran?

Unter diesem Steinbrocken im Wald bei dem Gewerbegebiet liegen doch mindestens zweihunderttausend Kronen. Wenn ich mir ein bisschen davon ausleihe, kann ich mich eine Weile bedeckt halten, jedenfalls bis der ärgste Staub sich gelegt hat.

Ich weiß, dass Igor davon gesprochen hat, nach Miami überzusiedeln.

Wenn er das tut, ist nur noch Malte übrig, und der ist zwar ein totaler Arsch, aber doch nicht so durch und durch verrückt wie Igor. Außerdem hab ich etwas gegen ihn in der Hand. Ich hab ja schließlich gesehen, wie er einer Braut, die eigentlich Prügel hätte bekommen sollen, Igors Geld zugesteckt hat.

Einer Braut, bei der die zweite Mahnung fällig war.

Ich weiß noch, was Malte mir zu Hause bei dieser Rothaarigen ins Ohr geflüstert hat.

Kein Wort über das hier, ist das klar? Sonst bin ich tot. Und du auch. Mein Herz hämmert los.

Ich hebe das Kissen vom Boden auf, lege mich auf den Rücken und starre die Decke an.

Wie soll ich an das Geld herankommen? Ich kann ja nicht auf Igors Mühle nach Fruängen zurückfahren und es holen, das Risiko ist zu groß, dass einer von der Firma mich entdeckt.

Ob ich Alexandra darum bitten könnte?

Nein.

Nicht die geringste Chance.

Sie hat nicht mal auf meine Nachricht geantwortet, und sie verabscheut alles, was mit Igor zu tun hat. Sie würde sich schlicht und einfach weigern, in diesen Dreck hineingezogen zu werden.

Ich strecke die Hand nach dem Handy auf dem Nachttisch aus. Es kann doch nicht so schlimm sein, wenn ich es für einige Sekunden einschalte?

Ich schalte es ein, und für eine Sekunde wird das Zimmer von dem Display angeleuchtet.

Ich scrolle Insta durch.

Jeanette hat eine Großaufnahme gepostet, aufgenommen im Gegenlicht. Die blanken Lippen sind vorgeschoben und die Augen aufgerissen. Der Wind fängt ihre Haare ein, und die Sonne macht ihr einen Glorienschein. Ihr Gesicht ist herausfordernd und geschockt zugleich.

»Es ist so schrecklich heute haben wir Hamster Snuff von meiner Schwester begraben alle waren sehr traurig«, steht unter dem Foto.

Vierhundertelf Likes.

Toter Hamster in Verbindung mit kussgeilen Lippen trifft auf Insta offenbar voll ins Schwarze.

Das Handy macht »pling«, und ich kriege einen solchen Schreck, dass es mir fast auf den Boden gefallen wäre.

Die Mitteilung stammt von Liam.

»Hör mit den SMS auf verdammt die Bullen haben Igor laufenlassen keine beweise er will dich UMBRINGEN bleib in deckung ich will verdammt NIX damit zu tun haben.«

Ich blinzele und lasse das Handy auf die Bettdecke fallen.

In mir wächst die Hoffnungslosigkeit, bis ich das Gefühl habe, dass meine Brust gleich bersten wird, als ob jemand oder etwas dadrinnen sitzt und versucht, sich einen Weg freizukratzen.

Die Tränen kommen, obwohl ich das gar nicht will. Sie fließen und fließen, als wäre ich ein kleiner Rotzbengel, der seinen Schmuselappen verloren hat, und kein erwachsener Mann, der sich selbst in die Scheiße geritten hat, weil er so verdammt *fucking* dämlich war.

Du bist nichts. Du kannst nichts. Du kannst dich auch gleich hinlegen und sterben, das interessiert nämlich absolut keinen Menschen.

Ich putze mir mit dem Bettlaken die Nase.

Es gibt noch einen Menschen, den ich fragen kann. Einen einzigen.

PERNILLA

Der Anruf kommt, als ich gerade am Gemeindesaal angekommen bin.

Ich streife den Rucksack ab, den ich für den Ausflug mit der Kinder- und Jugendgruppe der Gemeinde gepackt habe. Er ist so schwer, dass ich fast das Gleichgewicht verliere.

Ich bin dermaßen überzeugt, dass da Karl-Johan, der Pastor, anruft, um noch irgendetwas zu besprechen, dass ich nicht einmal einen Blick aufs Display werfe.

In den letzten Tagen habe ich mich vor dem Ausflug gefürchtet. Stina meinte, ich sollte nicht mitfahren. Sie fand, alles, was der Pastor gesagt hatte, sei Blödsinn, und ich sollte ihm sagen, er solle sich dahin scheren, wo der Pfeffer wächst, und nie wieder seinen scheinheiligen Arsch in der Kirche zeigen.

Aber wie soll ich das schaffen?

Er ist schließlich der Pastor der Gemeinde, er hat mir zahllose Male geholfen, und er will nur Samuels Bestes. Außerdem muss ich an die Kinder denken. Denn ohne mich gibt es keinen Ausflug, jedenfalls keinen *richtigen.*

Aber als ich den Anruf annehme, ist es gar nicht der Pastor. Stattdessen ist *seine* Stimme da.

Mein Herz macht einen Sprung, und ich schicke Gott einen stummen Dank.

»Samuel?«

Meine Stimme ist so schwach, dass ich nicht einmal sicher bin, ob er mich hören kann.

»Hallo, Mama, wie geht's dir?«

Mir bleiben die Worte im Hals stecken, aber in meiner Brust wächst eine vertraute Wärme, und mein Puls geht schneller.

»Mama?« Es dauert einige Sekunden, bis ich mich so weit gesammelt habe, dass ich antworten kann.

»Wo bist du?«, frage ich und höre selbst, wie schroff ich klinge. »Warum hast du nichts von dir hören lassen? Ich hab mir solche Sorgen gemacht!«

Ich lasse meinen Blick zu der Gruppe von Kindern wandern, die sich schon auf der Straße versammelt hat.

Die Wolken sind abgezogen, und der Himmel wird langsam hellblau. Der Boden ist noch immer regennass.

»Entschuldigung«, sagt Samuel, dann verstummt er.

Ich höre seine Atemzüge in der Leitung.

Geliebter Samuel. Geliebtes hoffnungsloses Kind.

»Entschuldigung«, sagt er noch einmal. »Also, es ist was verdammt Blödes passiert.«

»Nicht fluchen«, sage ich reflexartig und bereue es sofort.

Ich will ihn doch jetzt nicht verscheuchen, wo er endlich von sich hören lässt. Aber ich will auch nicht, dass mein Sohn flucht, jedenfalls nicht, wenn er mit mir redet.

»Entschuldigung«, sagt er zum dritten Mal. »Es ist etwas … passiert. Ich musste erst mal verschwinden.«

»Hat das mit diesen Tüten zu tun?«, frage ich, obwohl ich die Antwort schon ahne.

»Ja. Aber. Das waren nicht meine, und als du die weggeworfen hast, ist der Typ, dem sie gehören, verdammt, Entschuldigung, sehr wütend auf mich geworden.«

Mein Magen krampft sich zusammen, als ich daran denke, wie ich diese seltsamen kleinen Tüten in den Müll geworfen habe. Nicht einmal in meiner wildesten Phantasie hätte ich mir vorstellen können, dass ich Samuel damit in eine lebensgefährliche Situation bringen würde.

Ich habe doch gedacht, dass ihm das helfen würde. Dass ich dieses eine Mal eine deutliche Grenze ziehe.

»Ich wusste das nicht«, stammele ich.

»Natürlich nicht. Hör mal, ich muss gleich aufhören. Ich fange um zehn an zu arbeiten.«

Samuels Atem klingt angestrengt, als ob er draußen unterwegs ist.

»Arbeiten?«

»Lange Geschichte. Hab im Netz einen Job in der Nähe von Stuvskär gefunden.«

Samuel erzählt unzusammenhängend, dass er jetzt im Schärengürtel bei einer Frau namens Rakel und ihrem Mann Olle arbeitet, der offenbar Schriftsteller ist. Jonas, der Sohn der Frau, hat einen Gehirnschaden und braucht Gesellschaft und Pflege.

»Es ist nur so, dass ich hier nicht bleiben kann«, sagt er. »Ich schaff das einfach nicht. Aber ich muss mich erst mal eine Weile bedeckt halten, bis ein Typ, der hinter mir her ist, sich ins Ausland abgesetzt hat.«

Als er das sagt, über den Typen, der hinter ihm her ist, fällt mir der Mann ein, der im Treppenhaus aufgetaucht ist.

Ich habe noch immer blaue Flecken, wo er meinen Arm gepackt hat.

»Dieser Mann«, sage ich. »Hat der einen geschorenen Schädel und spricht mit einem Akzent, der polnisch klingt oder …«

»Igor«, sagt Samuel rasch. »Er heißt Igor. Ihm gehört der Kram, den du weggeworfen hast. Woher weißt du, wie er aussieht?«

»Er war hier und hat nach dir gefragt.«

»Scheiße.«

»Aber Samuel!«

»Verfluchte Höllenpisse!«

»Bitte, Samuel!«

Ich höre, wie er keuchend weiterflucht. Es klingt fast, als ginge er einen Hang hoch.

»Der ist gefährlich, Mama. Ich will nicht, dass du mit ihm redest.«

»Aber ich bin doch nicht zu ihm gegangen. Er ist zu mir gekommen und hat nach dir gefragt, Samuel.«

»Und was hast du gesagt?«, fragt Samuel.

»Die Wahrheit. Dass ich nicht weiß, wo du bist.«

Ich hebe den Rucksack hoch und trete zur Seite, um eine Frau mit Kinderwagen und Hund vorbeizulassen. Vor dem Gemeindesaal spielen einige Jungen Fußball mit etwas, das aussieht wie ein Gummistiefel. Ein Mädchen versucht vergeblich, den Stiefel an sich zu reißen.

Ich müsste wirklich hinübergehen und dafür sorgen, dass sie damit aufhören, aber das kann ich nicht. Nicht jetzt, wo Samuel sich endlich meldet.

»Bitte, Mama. Hör mir zu. Du musst mir helfen.«

»Natürlich helfe ich dir. Wenn ich kann. Dir helfen, meine ich. Ich meine, ich weiß ja nicht, worum es geht. Wobei du Hilfe brauchst. Also.«

»Du kennst doch das Wäldchen, das am Radweg zwischen Gewerbegebiet und Baumschule liegt?«

»Ja.«

»Da gibt es einen großen Felsbrocken, einige Meter rechts vom Weg. Den kannst du nicht übersehen, der ist riesengroß.«

Ich sage nichts dazu, denn ich habe eine unangenehme Vorahnung, worauf er hinauswill.

»Unter diesem Felsbrocken gibt es einen Hohlraum. Zu dem kommt man, wenn man auf der Seite, die zu den Birken hin liegt, an dem Stein entlanggräbt. Dort ist eine Sporttasche versteckt. Und darin …«

»Samuel«, sage ich mit meiner strengsten Stimme.

»Darin ist Geld«, sagt er, als hätte er mich nicht gehört. »Kannst du mir ein paar Bündel Hunderter holen?«

»Samuel! Ist dir klar, um was du mich da bittest? Geld? In einer Tasche im Wald? Bündel von Hundertern? Woher kommen die? Aus dem Drogenhandel? Nur über meine Leiche lass ich mich in sowas reinziehen. Du musst zur Polizei gehen, Samuel. Das ist das einzig Richtige. Wenn du etwas Verbotenes getan hast, musst du das zugeben und deine Strafe auf dich nehmen.«

»Das kannst du dir sonst wohin stecken«, murmelt er.

»Sonst wohin stecken? Aber Samuel, warum sagst du so etwas? Das einzig Richtige ist, deine Strafe auf dich zu nehmen.«

»So leicht ist das nicht.«

»Leicht, machst du Witze? Wer hat gesagt, das Leben sei leicht? Und wie kommst du auf die Idee, der leichte Weg sei der richtige Weg?«

»Mama, hör jetzt zu ...«

»Nein, ich habe genug gehört. Ich habe nicht vor, die Hände in den Schoß zu legen, während du dein Leben ruinierst. Und meins. Ich werde zur Polizei gehen und um Hilfe bitten. Jawohl, das werde ich.«

»Bitte, hör mir doch zu. Wenn ich auch nur in die Nähe von Stockholm komme, bin ich tot. Verstehst du? Tot, Mama. In echt. Und dann ist es deine Schuld.«

»Aber Samuel! Wie kannst du das sagen? Nach allem, was ich für dich getan habe!«

»Weil es wahr ist«, schreit er. »Igor wird mich finden, und dann wird er mich umbringen! Du bist ihm doch begegnet. Du hast doch gesehen, wie er ist? WAS er ist? Er ist ein Monster. Er würde keine Sekunde zögern, mir den Schädel einzutreten!«

Ich kneife die Augen zusammen.

Warum kann er sich nicht einfach zusammenreißen? Warum muss er in immer neue Schwierigkeiten hineinschlittern?

»Du hättest ja gerne Geld von mir leihen können«, sage ich und gebe mir Mühe, eine Ruhe zu bewahren, die mir schon fast abhandengekommen ist, »aber ich habe keins. Ich musste einige von Opas Rechnungen bezahlen, und jetzt weiß ich kaum, wovon ich bis zum Ende des Monats leben soll.«

»Hol das Geld«, sagt er mit schneidender Stimme. »Das verrottet da doch sonst nur.«

Ich schiele zum Gemeindesaal hinüber.

»Selbst wenn ich dir helfen wollte, könnte ich das nicht«, sage ich. »Ich geh gleich mit der Jugendgruppe der Gemeinde auf Fahrt.«

»Auf Fahrt? Ist das dein Ernst? Willst du zusammen mit einer Bande zurückgebliebener Drecksgören Würstchen grillen und Bibelverse lesen, während Igor mir die Scheiße aus dem Leib prügelt? Echt?«

Ich höre das Weinen in Samuels Stimme, aber ich kann nicht einschätzen, ob er die Wahrheit sagt oder übertreibt.

Er ist immer so dramatisch.

Aber er ist mein Kind, mein Alles. Der Einzige außer Vater, den ich wirklich liebe.

»Hilf mir, Mama«, flüstert Samuel. »Du musst mir helfen.«

»Ich, ich …«

Eine Hand legt sich auf meine Schulter, und ich drehe mich um, während ich noch immer das Handy ans Ohr halte.

»Ich rufe gleich zurück«, murmele ich und drücke das Gespräch weg.

Karl-Johans Blick ist düster, und eine tiefe Furche ist auf seine Stirn getreten.

»Ich konnte das ja nicht überhören«, sagt er. »Pernilla, tu jetzt nichts, was du später bereuen würdest. Du weißt doch noch, was du mir versprochen hast?«

Ich nicke und hebe den Rucksack auf.

»Du wirst ihn doch wohl nicht wieder anrufen?«, fügt er hinzu.

Ich schüttele den Kopf wie ein gehorsames Kind. Wie ein Schaf.

»Gut«, sagt er.

In der Hand hält er einen Minirucksack.

»Wo ist dein Zelt?«, frage ich.

»Das hat Risse«, sagt er. »Ich glaube, ich schlafe besser mit in deinem.«

Mir dreht sich der Magen um, und in meinem Bauch wird alles kalt.

»Nein«, sage ich. »Das geht nicht.«

Aber der Pastor schnaubt nur.

»Mach dich nicht lächerlich«, sagt er, nimmt meinen Arm, eine Spur zu hart, und zieht mich energisch zum Gemeindesaal.

»Komm schon«, verlangt er. »Wir müssen fahren.«

In diesem Augenblick zerreißt etwas in mir.

Ich denke daran, wie brav und fügsam ich so viele Jahre lang war. Wie ich mich erst nach Papa und dann nach der Gemeinde gerichtet habe.

Und die Gemeinde, das ist doch Karl-Johan, der Mann, der mich am Arm zieht, als wäre ich ein bockiges Kind. Der Mann, der findet, ich sollte nicht länger allein sein, und der sicher mit mir schlafen will, obwohl er verheiratet und ein Gottesmann ist.

Plötzlich wird mir schlecht. Meine einfältige Feigheit kommt mir hoch.

Was hat die mir gebracht?

Nichts. Rein gar nichts.

Und die Lügen?

Bilder von Vaters ausgemergeltem Körper und Mutters vergilbten Briefen flimmern an mir vorbei. Und dann denke ich an Isaac, der so gern seinen kleinen Sohn kennenlernen wollte. Der so viel wollte und so wenig bekommen hat – zwei Stunden zweimal im Jahr, wenn es hoch kam.

All diese Lügen.

All die Jahre, in denen wir einander die Nähe verweigert haben, auf die wir ein Anrecht hatten, die Nähe, die wir so dringend brauchten.

Ich stemme die Füße gegen den Bürgersteig, und Karl-Johan schaut mich überrascht an. Aus dem Augenwinkel kann ich sehen, dass einige Kinder mitten im Spiel innehalten und uns mit großen Augen beobachten.

»Komm schon«, sagt er und zieht so hart, dass es wehtut.

Aber ich weigere mich, gebe nicht um einen Fingerbreit nach.

»Du blamierst uns doch«, faucht er.

Ich erwidere seinen Blick. Sehe in seinem Gesicht die Mischung aus Wut und Frustration, aber auch eine echte Angst, als ob meine neu gewonnene Kraft ihn erschreckt.

Das macht mich noch zorniger.

»Komm«, sagt er noch einmal und schaut unruhig zu den Kindern vor dem Gemeindesaal hinüber.

Ich reiße meinen Arm los und trete einen Schritt zurück. Lade mir den Rucksack auf.

»Das kannst du dir sonst wohin stecken«, sage ich.

MANFRED

Afsaneh beugt sich über das Kissen und hält mir ihr Telefon so hin, dass ich das Display sehen kann.

»Schau mal!«

Alba, meine älteste Tochter, die in Paris wohnt, lächelt mich von dem kleinen Bild an. Ihre hellbraunen Haare flattern im Wind, und in der Hand hält sie ein Glas Weißwein.

»Aber ich will ihre Bilder auch haben«, sage ich.

Afsaneh verdreht die Augen.

»Dann lad sie dir auf Instagram runter.«

»Und wie macht man das?«

»Großer Gott!«

Afsaneh schnappt sich mein Mobiltelefon vom Nachttisch und gibt den PIN ein, den sie offenbar weiß. Dann lässt sie sich auf dem Kissen zurücksinken, strampelt die dünne Decke weg und tippt konzentriert auf dem Telefon herum.

Sie sieht aus wie eine Wilde, wie eine Waldhexe; die schwarzen Haare sind zerzaust und strähnig, die Augenbrauen wuchern wild, und ihre Nase glänzt. Und doch ist sie so schön, dass mich eine plötzliche Lust überwältigt, sie zu berühren, um mich davon zu überzeugen, dass sie wirklich ist und kein von meiner Phantasie heraufbeschworenes Trugbild.

Afsaneh und ich haben uns vor vier Jahren kennengelernt, draußen in Sandhamn in Stockholms äußerstem Schärengürtel. Anders als die meisten glauben, war sie es, die mich aufgerissen hat, nicht umgekehrt.

Ich hätte niemals gewagt, es bei einer so jungen, attraktiven und talentierten Frau zu versuchen. Jedenfalls nicht damals, als die Scheidung von Beatrice mir jeden Rest meines sonst so soliden Selbstvertrauens geraubt hatte.

Aber aus irgendeinem Grund wollte die schöne Doktorandin der Psychologie ausgerechnet mit mir reden. Und nicht nur reden, wie sich ziemlich bald herausstellte.

Sie lud mich in die kleine Hütte ein, die sie von einem Freund geliehen hatte. Die lag versteckt zwischen Fichten und Blaubeersträuchern am Südwestufer und hatte weder Strom noch fließendes Wasser.

Aber was spielte das für eine Rolle?

Ich glaubte natürlich, dass sie nur mit mir spielte, aber ich hatte nichts dagegen, ihr Spielzeug zu sein. Die Tage kamen und gingen und wurden zu einer Woche. Ich rief meinen Chef an und schützte eine furchtbare Halsentzündung vor. Afsaneh und ich badeten von den Felsen aus, aßen ausgiebig in einer Taucherkneipe unten im Hafen und spazierten um die kleine Insel herum. Als die Zeit zum Aufbruch gekommen war, fragte sie nach meiner Telefonnummer.

Ich kritzelte sie auf die Rückseite einer Benzinquittung, und Afsaneh sagte, sie werde von sich hören lassen. Ich konnte nur nicken und etwas verlegen lachen, denn ich war überzeugt, dass sie nie anrufen würde. Außerdem machte mir der Rollentausch zu schaffen. Sie hatte mich angesprochen, mich verführt und mich in ihre Hütte eingeladen. Sie hatte um meine Telefonnummer gebeten und versprochen anzurufen.

Sie hatte alles getan, was Männer tun – Männer, die durchaus nicht immer die Absicht hegen, von sich hören zu lassen.

Aber schon am selben Abend, als ich in meine leere Wohnung zurückkehrte, klingelte das Telefon.

»So«, sagt sie. »Jetzt musst du dein Instagram-Profil nur noch füllen.«

Sie hilft mir dabei und zeigt mir dann, wie das Ganze funktioniert.

»Du kannst so vielen folgen, wie du willst. Wenn dir ihre Beiträge gefallen, drückst du hier auf das Herz. Wenn du einen Kommentar schreiben willst, drückst du auf die Sprechblase. Und du kannst auch selbst Beiträge losschicken. Das geht so!«

Ich streiche ihr die dunklen Haare aus dem Gesicht, beuge mich vor und küsse sie auf die Wange.

Aber Afsaneh, die ungeheuer konzentriert wirkt, weicht vor meiner Berührung zurück.

»Bin ich zurückgeblieben?«, frage ich, während mein Blick noch immer an meiner schönen Frau haftet.

»Ja«, antwortet sie ehrlich. »Digital zurückgeblieben zumindest.«

»Glaubst du, ich kann das lernen?«

Sie schweigt eine Weile. Dann hebt sie den Blick vom Handy und mustert mich wortlos.

»Nein«, sagt sie dann.

»Nicht sauer werden«, sage ich. »Aber ich begreife einfach nicht, was das alles soll.«

»Wie meinst du das? Das *soll* gar nichts weiter. Man kann mit Leuten in Kontakt bleiben. Sehen, was in deren Leben passiert. Du kannst zum Beispiel Alba, Alexander und Stella folgen.«

»Aber sie da?«, frage ich und zeige auf eine billig aussehende junge Frau in teuren Kleidern. »Die hat doch zweihunderttausend Follower. Kennt sie die alle?«

Afsaneh seufzt tief und lacht kurz.

»Natürlich nicht. Sie ist *Influencerin.* Sie lebt von der Menge ihrer Likes. Das ist für sie so wichtig, wie es für dich wichtig ist, zur Arbeit zu gehen.«

»Zur Arbeit«, sage ich und schaue auf die Uhr. »Verdammt. Ich muss wirklich los.«

Afsaneh nickt und lässt sich zurück ins Bett sinken.

»Sehen wir uns im Krankenhaus?«

»Wir sehen uns im Krankenhaus«, antworte ich und stehe auf.

Als ich das *Haus* betrete, denke ich wie so oft an Peter.

Er fehlt mir so verdammt sehr.

Peter und ich hatten seit über zehn Jahren zusammengearbeitet, als sich die Finsternis von Ormberg über ihn senkte. Der Anblick seines starrgefrorenen Körpers in der riesigen Tiefkühltruhe hat sich für immer in meine Erinnerung eingeätzt. Und ich werde niemals aufhören, mein Verhalten in diesem Winter durchzugehen, niemals aufhören, mich zu fragen, ob ich etwas hätte tun können, um ihn zu retten.

Peter war einer der wenigen wirklich engen Freunde, die ich in meinem Leben hatte. Ich nehme an, dass Aron der erste und vielleicht auch der engste war.

Von ihm habe ich gelernt, wie weh es tut, jemanden zu verlieren, den man liebt.

Das Bild von Nadjas kleinem Körper in dem großen Krankenhausbett flackert vor meinem inneren Auge vorbei.

Man könnte meinen, ich wäre nach Arons Tod deprimiert geworden und hätte mich zurückgezogen.

Das wäre die logische Reaktion gewesen.

Und ich war wirklich unglücklich.

Ich trauerte zutiefst um meinen Bruder und tröstete mich mit Essen und Süßigkeiten, aber auf irgendeine seltsame Weise hatte die Tragödie auch ihr Gutes – zum Beispiel schenkte sie mir einen besonders hohen Status unter meinen Kumpels.

Und bei den Mädchen!

Da ist er! Der Bruder von dem, der gestorben ist!

Ich war gerade dreizehn geworden, als Anna sich meiner annahm. Sie war ein Jahr älter, hatte richtige Brüste, konnte mit der

Zunge küssen und war fest entschlossen, mir alles beizubringen, was sie über die Liebe wusste, um so mein furchtbares Leid zu lindern.

Und ich ließ mir gern helfen.

Auf Anna folgte ein stetiger Strom von Mädchen. Da waren Sussi mit dem Muttermal auf der Stirn und Elsa, die schwedische Juniormeisterin im Schwimmen, und Pirjo mit dem großen Busen. Da war Marika, die Gras rauchte, deren Vater wegen Wirtschaftskriminalität im Knast saß und deren Mutter an den Wochenenden zum Shoppen nach Paris und New York flog. Und da waren die lange Stella und die lange Sanna, Schwestern, die offenbar nichts dagegen hatten, mich miteinander zu teilen.

Dann kam Beatrice, das schöne Oberklassemädchen, das fast um die Ecke wohnte. Die Frau, die meine Ehefrau und die Mutter meiner drei ersten Kinder wurde.

Meine Freunde konnten wohl nie verstehen, was die Frauen an mir fanden. Ich sah nicht besonders gut aus und schleppte schon damals viel zu viele Kilos mit mir herum.

Was sie nicht verstanden, war, dass ich – vielleicht durch die tragischen Umstände oder möglicherweise als Ausgleich für mein unansehnliches Äußeres – andere Seiten entwickelt hatte.

Ich hatte mir die schwere Kunst des Zuhörens beigebracht. Ich legte mir das zu, was ich selbst für ein unwiderstehliches Auftreten hielt, geprägt von Zynismus und Lebensmüdigkeit. Ich pflegte einen lakonischen Humor und begann meine lebenslange Liebschaft mit schöner Kleidung.

Ja, ich bin nicht dumm genug, nicht einzusehen, dass sich meine Eitelkeit auf meine Garderobe kanalisierte, da ich an meinem Übergewicht nicht viel ändern konnte. Mit der Zeit habe ich mich mit meinem Körper angefreundet, wie es so schön heißt. Habe den Speck ganz einfach akzeptiert. Jedenfalls aus einer rein ästhetischen Perspektive.

Dagegen ist die Angst, dass mein Übergewicht meine Gesundheit beeinflussen, vielleicht sogar mein Leben verkürzen könnte, immer größer geworden.

Ich darf nicht sterben. Nicht jetzt.

Ich habe keine Zeit.

Außerdem wäre es Afsaneh gegenüber verdammt ungerecht.

Ich denke an meine arme Frau.

Ich war immer so sicher, dass wir unser ganzes Leben zusammen verbringen würden, aber jetzt weiß ich das nicht mehr so recht. Wir haben so viel in unsere Liebe zu Nadja investiert, dass ich ehrlich gesagt keine Ahnung habe, was noch übrig bleiben würde, falls …

Falls sie.

Falls sie wirklich.

Ich kann diesen Gedanken nicht bis zum Ende verfolgen, denn es kommt mir unvorstellbar vor, dass die Welt ohne Nadja weitergehen kann. Dass der Frühling kommt, dass die Pflanzen zum Leben erwachen und voller Todesverachtung ihre bleichen Stängel aus der feuchten Finsternis der Erde hochschicken. Dass neue Kinder geboren werden, von Frauen, die ebenso voller Glauben an die Zukunft sind, wie Afsaneh das einmal war.

Vor allem kann ich mir Afsaneh und mich einfach nicht ohne Nadja vorstellen, denn Nadja ist die Summe von uns beiden, von unserer Liebe. Von unserer Sehnsucht nach dem Leben an sich.

Ohne sie sind wir nichts.

Ohne sie sind wir wie das trockene, tote Laub, das im Herbst vom Sturm herumgewirbelt wird. Und wie dieses Laub würden wir vom Wind auseinandergeweht werden, ohne die geringste Möglichkeit, das zu verhindern.

Als ich das kleine Besprechungszimmer betrete, sind Lasses und Malin schon da.

Malin trägt ein enges T-Shirt, das ihren runden Bauch zeigt. Sie lächelt, als sie meinen Blick bemerkt. Ich lächele ebenfalls, auch wenn es wehtut, weil ihr Bauch mich an Afsaneh und Nadja denken lässt.

Lasses sitzt am Querende des Tisches. Er trägt ein Hemd aus irgendeinem synthetischen Material. Durch den durchscheinenden Stoff sehe ich die Umrisse eines Netzunterhemds. Die Jeans hat eine Bügelfalte, ist oben hoch über den Bauch gezogen und unten einige Zentimeter zu kurz. Die großen Zehen, die aus den Sandalen lugen, haben lange gelbe Nägel, die sich zum Boden hin krümmen.

Jesus, denke ich. Er sieht aus wie geradewegs aus einem Wohnwagen auf dem Campingplatz Böda entsprungen. Wie irgendeine Frau diesen übellaunigen, ungepflegten Kerl attraktiv finden kann, ist mir ein Rätsel.

»Ich habe kurz mit der Täterprofilgruppe über unseren Fall gesprochen«, sagt Malin. »Offiziell haben die nichts damit zu tun, aber sie machen sich ja auch ihre Gedanken. Und ich wollte euch erzählen, was dabei herausgekommen ist.«

Sie räuspert sich und blättert in ihrem Block.

»Wir haben zwei Morde«, sagt sie dann. »Alternativ einen Verstoß gegen die Totenruhe, wenn die Jungs wider Erwarten eines natürlichen Todes gestorben und anschließend ins Meer geworfen worden sind. Der Einfachheit halber sind wir von Mord ausgegangen. Dass beide eines natürlichen Todes gestorben sind, ist ja doch unwahrscheinlich. Also. Der typische Mörder ist ein Mann, das wisst ihr bereits. Aber in diesem Fall meinten die Profiler, dass das noch wahrscheinlicher ist als im Durchschnitt. Die Körper wurden nämlich überaus grober physischer Gewalt ausgesetzt und danach im Meer versenkt. Grobe physische Gewalt weist auf einen Mann hin. Außerdem erfordert es große Kraft, einen Leichnam zu schleppen, was die Hypothese verstärkt, dass wir es mit einem

Mann zu tun haben. Und schließlich und endlich, die Opfer waren sehr jung. Eine alte oder kranke Person wäre mit größter Wahrscheinlichkeit nicht mit ihnen fertiggeworden. Also gehen sie von einem starken Mann als Täter aus.«

Lasses verschränkt die Arme vor der Brust und schiebt das Kinn vor.

»Ich glaube nicht an diesen Hokuspokus«, schnaubt er. »Zivilisten und Gehirnklempner, die in ihren feinen Büros sitzen und den Kontakt zu ihrem Inneren suchen. Was wissen die denn von richtiger Polizeiarbeit? Es ist ja wohl nur noch eine Frage der Zeit, bis wir auch noch Wahrsagerinnen und Trottel mit Wünschelruten einstellen!«

Malin schaut mich unsicher an.

»Mach weiter«, sage ich.

»Zweitens vermuten sie, dass diese Person auf irgendeine Form von krimineller Laufbahn zurückblicken kann. Man debütiert nur selten mit einem Mord. Die Wahrscheinlichkeit ist hoch, dass wir unseren Täter im Vorstrafenregister oder im Register der Verdächtigen finden werden. Dass er schon einige Runden gegen den Arm des Gesetzes hinter sich hat, vielleicht hat er wegen irgendeines Gewaltvergehens gesessen. Deshalb glauben sie auch, dass er älter ist als die Opfer. Vermutlich irgendwo zwischen dreißig und fünfzig.«

Lasses schaut demonstrativ aus dem Fenster.

»Was ist damit, wie der Täter die Körper *nach dem Tod* behandelt hat?«, frage ich. »Mit der Gewalt, die ihnen post mortem zugefügt wurde? Was hat die zu bedeuten?«

Malin nickt.

»Darüber haben wir gesprochen. Die kann auf große Wut oder Rücksichtslosigkeit hindeuten.«

Ich beuge mich etwas weiter vor, stütze die Ellbogen auf den Tisch.

»Dieser Nagel, der in Carlgrens Ferse steckte?«, frage ich.

»Wenn die Rechtsmedizinerin richtigliegt und der absichtlich hineingeschlagen wurde, und in diesem Punkt ist sie sicher, dann denkt man doch unwillkürlich an …«

Malin verzieht angeekelt das Gesicht und schaut auf die Tischplatte. Sie legt sich eine Hand auf den Bauch.

»… Folter«, sagt sie und nickt ernst. »Und das könnte dann zwei Dinge bedeuten. Entweder haben wir es mit einem Täter zu tun, der seine Opfer aus rein instrumentalen Gründen foltert, also um etwas zu erreichen. Zum Beispiel mit einer schwerkriminellen Person, die Informationen herauspressen oder anderen ein Signal schicken will: So geht das, wenn man mich zu betrügen versucht.«

Lasses räuspert sich und kratzt sich im Bart.

Ich registriere, dass auch seine Fingernägel zu lang sind.

»Machen wir die Sache jetzt nicht ein bisschen zu kompliziert?«, fragt er. »Junge Typen. Klar haben die Morde etwas mit Drogen zu tun. Der gute Carlgren kann zum Beispiel durchaus Kokain geschnupft haben, auch wenn er von außen lilienrein war. Man weiß ja wohl, was da draußen in den feinen Vororten so vor sich geht.«

Ich nicke.

Lasses hat nicht unrecht.

»Wir sprechen morgen mit Carlgrens älterer Schwester«, sage ich. »Wenn er Drogen genommen hat, weiß sie vielleicht etwas darüber.«

Dann schweigen alle einen Moment.

»Du hast gesagt, dass es zwei Hauptgründe gibt, warum ein Täter sein Opfer foltert«, sage ich dann und wende mich an Malin. »Was ist der andere?«

»Entschuldige«, sagt Malin. »Aber das könnt ihr euch ja wohl denken. Die andere Möglichkeit ist, dass wir es mit einem Sadisten zu tun haben. Mit jemandem, der es genießt, anderen Schmerzen zuzufügen. Und, um es ganz deutlich zu sagen, das eine schließt das andere ja durchaus nicht aus.«

TEIL III

Der Abstieg

Da fürchteten sich die Leute sehr und sprachen zu ihm:
Was hast du da getan?
Denn sie wussten, dass er vor dem HERRN floh;
denn er hatte es ihnen gesagt.
Da sprachen sie zu ihm: Was sollen wir denn mit dir tun,
dass das Meer stille werde und von uns ablasse? Denn das
Meer ging immer ungestümer.
Er sprach zu ihnen: Nehmt mich und werft mich ins Meer, so
wird das Meer still werden und von euch ablassen.
Denn ich weiß, dass um meinetwillen dies große Ungewitter
über euch gekommen ist.

(Jona 1: 10–12)

SAMUEL

Es ist wärmer geworden.

Mein Zimmer im ersten Stock geht nach Süden, und schon als ich gegen sieben Uhr aufwache, ist die Luft heiß und stickig und mein Laken klamm vor Schweiß.

Ich stehe auf und schalte mein Handy ein. Schwöre mir, es höchstens eine Minute lang anzulassen.

Ich scrolle durch Instagram, erstarre, als Alexandras Gesicht über dem Rand eines unverhältnismäßig großen Glases auftaucht. Sie lächelt, zwinkert und bildet mit Daumen und Zeigefinger ein O.

»Und schon ist man wieder Single«, steht darunter.

Zweiundfünfzig Likes.

Ich schlage mit der Hand gegen die Wand und schneide vor Schmerz und Wut eine Grimasse.

Wieso denn Single? Das kann sie ja wohl nicht behaupten. Wir waren doch verdammt noch mal nie zusammen.

Es ist so verdammt nervig, hier in dieser Drecksbude zu sitzen und mit keinem Menschen kommunizieren zu können. Ich darf nicht mal einen Kommentar schreiben. Keine Mitteilung schicken.

Das kommt mir verdammt noch mal so vor, als ob ich gar nicht mehr existiere.

Ich hole tief Luft und versuche, mich zu beruhigen. Sehe meine Mitteilungen durch.

Nichts.

Mein Puls beruhigt sich ein bisschen.

Alles wird gut, denke ich. Mama holt das Geld, und dann kann ich in Deckung gehen, bis Igor sich beruhigt oder ins Ausland abgesetzt hat.

Und Alexandra kann sich zum Teufel scheren.

Ich schalte das Handy wieder aus und lege es auf den Nachttisch. Gehe zum Fenster und ziehe an der Schnur der alten, ausgebleichten Jalousie. Die Jalousie schießt mit einem Knall nach oben, und ich öffne das Fenster. Lehne mich hinaus, sauge den Duft von Heidekraut und Kiefern ein und schaue auf das Meer, das sich spiegelglatt unter mir ausbreitet. Kleine Schären scheinen auf der Wasseroberfläche zu treiben, und der Leuchtturm zeichnet sich vor dem Horizont dunkel ab. Von weither höre ich ein Boot, das sich entfernt, und einige Möwen, die schreien.

Ansonsten ist alles still und stumm.

Ich lasse das Fenster offen, ziehe Jeans und T-Shirt an und gebe mir alle Mühe, so lautlos, wie ich nur kann, durch das Haus zu gehen. Ich tappe durch das Allzweckzimmer, dann die Wendeltreppe hinunter und hinaus in die Diele.

Als ich an der Tür von Jonas' Zimmer vorbeikomme, höre ich etwas.

Zuerst glaube ich, dass er wimmert, dass es eines der vielen kleinen Geräusche ist, die er ausstößt, ganz unabsichtlich, doch dann höre ich jemanden weinen.

Rakel.

Etwas an ihrem Schluchzen sorgt dafür, dass sich mein Magen zusammenkrampft. Da ist so viel Elend in jedem kleinen Schluchzer, dass ein Teil von mir nur aus dem Haus laufen, auf das Motorrad springen und so weit weg fahren will wie überhaupt möglich.

Aber das tue ich nicht. Ich bleibe stehen und höre ihr zu, während ich mich gleichzeitig schäme, dass ich das tue.

Dann höre ich sie etwas sagen oder vielleicht eher murmeln. Ihre Stimme ist vom Weinen verzerrt, aber ich kann es doch verstehen.

»Jonas, mein geliebtes Kind, du fehlst mir so.«

Ich schlucke schwer und wische mir den Schweiß von der Stirn.

Das hier ist einfach zu viel.

Die arme, arme Rakel.

Ich meine, es ist ja nicht gerade eine Neuigkeit, dass ihr Sohn zum Gemüse geworden ist. Aber als ich ihre Verzweiflung mitbekomme, ja sie durch die Tür höre, habe ich natürlich ein scheißschlechtes Gewissen, dass ich nicht daran gedacht habe, wie verdammt grauenhaft die Situation für sie sein muss.

Und dann frage ich mich: Kann ich irgendetwas für sie tun? Mehr als nur bei Jonas im Zimmer zu sitzen und ihm aus dem stinklangweiligen Buch vorzulesen?

Gibt es etwas, das sie ein bisschen aufheitern könnte?

Ich höre aus Jonas' Zimmer einen Aufprall und schleiche eilig zur Haustür, schlüpfe in meine Sneakers, schließe die Tür auf und gehe hinaus.

Ich steige die lange Holztreppe zum Steg hinunter. Es sind siebenundsechzig Stufen, aber mir kommt es vor, als würde ich ewig dafür brauchen.

Auf beiden Seiten fällt der Fels steil zum Meer hin ab, doch die Holzkonstruktion wirkt stabil, sie klammert sich an den Granit und windet sich geschickt die Felswand hinunter, wie eine riesige Schlange.

Die einzigen Gewächse hier sind ein paar vom Wind zerrupfte Kiefern, ein wenig Heidekraut und Moos, das in den tiefen senkrechten Spalten wächst, die den Fels wie offene Wunden durchschneiden.

Ich werde langsamer und sehe mich um. Tippe mit dem Fuß ein paar Steine an, so dass sie den Hang hinunterkullern.

An der Oberfläche sind die Felsen tot und unfruchtbar, aber wenn man genauer hinsieht, wimmeln sie nur so von Leben. Flechten in allerlei Farbtönen breiten sich wie graue und grüne Ozeane aus. Als ich sie mit dem Fuß berühre, zerfallen sie, verwandeln sich unter meiner Schuhsohle in trockene Flocken, die vom Wind erfasst werden.

Mein Großvater Bernt hat immer gesagt, dass man das nicht tun darf, denn das, was die Flechten in Jahrhunderten gebildet haben, hat mein kleiner Kinderfuß innerhalb einer Minute zerstört.

Opa.

Wenn ich an ihn denke, wird mein Atem schwer. Als hätte ich einen verdammten großen Stein auf der Brust.

Wenn ich ehrlich sein soll, war er ja fast wie ein Vater für mich. Und doch habe ich es nicht eilig damit, ihn an diesem Ort zu besuchen, der Hospiz genannt wird – diesem Ort, an den man zum Sterben gebracht wird, wie in ein KZ für Krebskranke.

Opa hat sich immer um mich gekümmert, hat auf mich aufgepasst, wenn Mama bei der Arbeit war, hat mich ausgeschimpft, wenn ich eine Dummheit gemacht hatte. Wenn man von diesem religiösen Müll einmal absieht, dann respektiere ich ihn total.

Das Problem ist nur, dass er sich von dem religiösen Müll das Leben diktieren lässt.

Ich schaue hinaus auf die Felsen. Lehne mich vor und sehe mir die raue Steinebene ganz genau an.

Eine Myriade von Insekten bewegt sich in unterschiedliche Richtungen; kleine schwarze Ameisen, große braunrote Ameisen und winzig kleine orange Spinnen mit so winzigen und schnellen Beinen, dass sie über den Felsen zu fliegen scheinen.

Ich versetze noch einem Stein einen Tritt.

Der rollt mit schwerem Getöse die Felswand hinunter und landet schließlich mit einem scharfen Knall ganz unten.

Weitere Insekten tauchen in der Vertiefung auf, in der der Stein gelegen hat, kupferrot glänzende Ohrenkneifer und mattschwarze Landasseln, die hellwach durch das Sonnenlicht irren.

Ich trete einen Schritt zurück und habe plötzlich Angst, eine große behaarte Spinne könnte hervorkriechen.

Ich hasse Spinnen.

Opa hat mir alle Namen von Insekten und Pflanzen beigebracht. Als ich klein war, durfte ich zu den Exerzitien der Gemeinde nach Lusterö mitkommen. Da ich mich nicht auf Bibelunterricht und Gesang konzentrieren konnte, musste ich nicht daran teilnehmen, aber ich durfte bei Ausflügen und anderen Aktivitäten mitmachen. Es wurde gesegelt und gezeltet und gegrillt. Und wir lernten viel über Tiere und Pflanzen.

Opa erklärte, dass Spinnen im Ökosystem eine wichtige Rolle spielen und dass sie für Menschen absolut nicht gefährlich sind.

Es half nichts.

Ich verabscheue noch immer nichts so sehr wie Spinnen.

Das alles mit Opa scheint jetzt endlos lange her, fast als wäre es in einem anderen Leben passiert oder als hätte ich es auf Netflix gesehen.

Ich gehe weiter zum Wasser hinunter.

Mit jedem Schritt verblassen die Erinnerungen an die Sommer auf Lusterö mehr und werden durch den Scheiß ersetzt, der mein richtiges Leben ausmacht.

Ich denke an Igors Gesicht, als ihm aufging, dass ich das Paket mit den Warenproben nicht hatte, und an Maltes mageren Leib und seine funkelnden Goldzähne.

Ich habe sie im Stich gelassen.

Dann denke ich an all die anderen, die ich im Stich gelassen habe, wie Opa und Liam, dem ich versprochen hatte, bei Igor auszusteigen. Und an Alexandra, die hinter der Wohnungstür geweint hat und mich nicht hereinlassen wollte. *Und hör verdammt noch mal auf, mich Baby zu nennen!*

Doch, da hatte sie wohl einmal nicht unrecht.

Aber vor allem denke ich an Mama.

All das, wovon sie faselt, dass sie in all den Jahren für mich da war und so weiter und so weiter – das stimmt ja auch. Ich weiß nicht, was ohne sie aus mir geworden wäre. Nun ist zwar im Grunde genommen trotzdem alles den Bach runtergegangen, aber ohne Mama wäre das verdammt viel schneller passiert.

Ich hoffe, dass sie sich beeilt, dass sie bald die Kohle holt, denn viel länger halte ich es hier nicht aus. Zombie-Jonas geht mir auf die Nerven, Rakel auch, wenn auch auf eine ganz andere Weise.

Ich bin seit fünf Tagen hier, und übermorgen, am Freitag, ist Mittsommer.

Dann will ich verdammt weit weg von hier sein.

Unten auf dem Steg streife ich Sneakers und Jeans ab. Ziehe das T-Shirt aus und lege es daneben.

Das Holz ist warm und klebrig unter meinen Füßen. Es riecht nach Teer und Tang. Zu hören ist nur ein vages, tiefes Glucksen.

Ich schaue ins Wasser hinunter.

Es sieht tief aus.

Ich sehe nur ein Stück gelbbraunen Blasentang vorübertreiben und ein paar kleine Fische, die im sonnenhellen Wasser dicht unter der Oberfläche dahinjagen.

Ich stelle mir vor, wie es weiter draußen ist, wo das Wasser tief und kalt ist. Wo die Strömung einen mitreißt und wo sich Aale über den Boden schlängeln.

Ich recke mich und will gerade ins Wasser springen, als ich mich aus irgendeinem Grund umdrehe und zum Haus hochblicke.

Vor Rakels Fenster steht ein Mann. Er ist so weit weg, dass ich nicht erkennen kann, wie er aussieht, aber er scheint sich die Hand an die Stirn zu legen und durchs Fenster ins Haus zu schauen.

Ich vermute, dass er ein Freund von Rakel ist, und denke an

das Schluchzen aus Jonas' Zimmer. Eine Sekunde lang spiele ich mit dem Gedanken, wieder hochzugehen, aber dann beschließe ich, doch zu baden, drehe mich zum Meer um, hole tief Luft und tauche unter.

Es ist kälter, als ich erwartet habe, aber mein ganzer Leib scheint die Kälte willkommen zu heißen, als würde ich dort unten in der kalten grünblauen Stille neu entstehen.

Ich öffne die Augen und schaue zur Wasseroberfläche hoch. Blasen steigen auf, die Sonne löst sich in goldene Flecken auf, die auf den Wellen schwimmen, als wären goldene Christbaumkugeln vom Himmel gefallen und in tausend Stücke zersprungen.

Als ich wieder an die Wasseroberfläche komme, lasse ich mich eine Weile auf dem Rücken treiben und lausche den vielen Geräuschen des Meeres, dem seltsamen leisen Ticken und Pochen und dem ewigen Brausen von all dem Leben, das im Wasser schwimmt, kriecht und schwebt.

»Du scheinst dich ja wohlzufühlen.«

Ich drehe mich zum Steg um und trete Wasser.

Rakel steht am Stegrand, sie trägt einen marineblauen Bikini. Ihre Augen sind rot und ein bisschen geschwollen, aber sie lächelt strahlend.

»Willst du baden?«, frage ich und höre gleichzeitig, wie verdammt schwachsinnig das klingt.

Sie steht im Bikini auf dem Steg, klar will sie baden und nicht in dem blöden Rosenbeet Unkraut jäten.

Aber Rakel lacht nur.

Sie federt ein wenig in den Knien und taucht dann zwei Meter rechts von mir ins Wasser.

Es ist ein fast perfekter Sprung. Kaum ein Kräusel ist an der Wasseroberfläche zu ahnen. Und genau wie beim ersten Mal, als ich sie vom Fenster im Obergeschoss aus gesehen habe, schwimmt sie lange unter Wasser und taucht zwanzig Meter weiter wieder auf.

Dann krault sie mit langsamen Bewegungen auf mich zu.

»Ach, wie schön«, sagt sie, streicht sich mit einer Hand die Haare aus den Augen und tritt dabei Wasser.

»Ja«, antworte ich.

Sie zieht sich hoch und setzt sich auf den Steg, ich dagegen bleibe im Wasser, mir ist plötzlich sehr bewusst, dass ich nur die Unterhose anhabe. Eine weiße noch dazu, die garantiert durchsichtig ist, wenn sie nass wird.

Rakel mustert mich belustigt.

»Willst du noch lange im Wasser bleiben?«

»Noch ein bisschen«, sage ich und merke, dass meine Wangen glühen, obwohl das Wasser eiskalt ist.

Sie zuckt kurz mit den Schultern, blinzelt und dreht ihr Gesicht in die Sonne.

Die bleiche Haut auf ihren Armen hat sich im kalten Wasser mit Gänsehaut überzogen, und ich kann sehen, wie sich ihre Brustwarzen unter dem nassen Bikinioberteil abzeichnen. Sie lässt die Füße ins Wasser baumeln und umschließt die Stegkante mit den bleichen dünnen Fingern. Wasser tropft aus ihren langen Haaren.

Sie ist so verdammt schön.

Ich würde alles dafür geben, ihre Haut zu berühren, mit der Hand durch diese Haare zu fahren und mit den Fingern über ihre Lippen zu streichen.

Meine Beine fühlen sich im Wasser wie gefrorene Fleischstücke an, und ich schwimme zum Steg, in sicherer Entfernung zu Rakel, und halte mich am Rand fest.

Sie sieht meine Hand an und fragt:

»Was steht auf dem Armband?«

Ich erwidere ihren Blick.

»Das hab ich gemacht, als ich klein war«, sage ich wegwerfend und schäme mich für mein kindliches Armband.

»Das sehe ich. Aber was steht da?«

»Mama. Da steht Mama. Ich hab das für meine Mutter gemacht.«

»Wie schön«, flüstert sie, streckt die Hand aus und streicht behutsam mit den Fingern über das Armband.

Ich war nicht auf ihre Berührung vorbereitet. Meine Hand fährt zurück, und ich schlucke.

Es wird lange still. Rakel runzelt die Stirn und sieht aus, als würde sie gleich wieder losheulen. Sie blinzelt einige Male und dreht den Kopf weg.

»Wer war das vorhin?«, frage ich, vor allem, um etwas zu sagen.

Sie zieht die Füße aus dem Wasser und dreht sich wieder zu mir um.

»Da war doch vorhin jemand«, füge ich hinzu.

»Wirklich?« Sie hebt langsam die Füße auf den Steg und steht auf. Dann reckt sie sich und streckt die Hände in die Luft.

»Ja. Ein Typ. Der stand vor deinem Fenster. Ich dachte schon ...«

»Vor meinem Fenster? Wie sah der aus?«

»Also, das konnte ich von hier aus nicht so richtig sehen.«

Jetzt bibbere ich vor Kälte. Und das nicht nur, weil ich noch immer im kalten Wasser bin, sondern auch, weil mir aufgeht, dass der Mann vor dem Fenster, wenn er kein Freund von Rakel war, sehr gut einer von Igors Leuten gewesen sein kann.

»Shit«, sage ich. *»Shit, shit, shit.«*

Rakel zieht die Augenbrauen hoch.

»Was?«

»Also. Es könnte ja der Typ sein, von dem ich dir erzählt habe.«

»Der Russe? Aber den hättest du doch wohl erkannt?«

»Das schon«, sage ich. »Aber er kann doch einen anderen geschickt haben.«

Rakel legt den Kopf schräg.

»Bist du jetzt nicht ein bisschen paranoid, Samuel? Es ist doch wohl wahrscheinlicher, dass es jemand war, der mich sprechen wollte. Ein Nachbar vielleicht? Oder vielleicht hast du dich einfach geirrt. Vielleicht war es ein Reh. Die stehen oft da im Beet und knabbern an den Blumen. Wenn ich ein Gewehr hätte, würde ich sie abschießen.«

Sie schaut zum Haus auf dem Felsen hoch.

»Zeig mir, wo er gestanden hat«, sagt sie ruhig.

Ich ziehe mich aus dem Wasser und streife eilig die Jeans über. Aber ich hätte mir keine Sorgen zu machen brauchen.

Rakel schaut überhaupt nicht in meine Richtung.

Stattdessen starrt sie die ganze Zeit zum Haus hinüber und stemmt die Hände in die Seiten.

Wir steigen schweigend die lange Treppe hoch.

Mit jedem Schritt wird es heißer, und als wir oben ankommen, bin ich schon wieder in Schweiß gebadet. Die Sonne brennt auf meine Schultern, und mein Herz hämmert vor Anstrengung.

Als wir das Haus erreichen, gehen wir um die Terrasse herum zu den beiden vergitterten Fenstern im Erdgeschoss, die nach Westen schauen – Rakels Schlafzimmer und das Zimmer von Jonas.

Vor den Fenstern zieht sich ein schmales Beet hin, in dem irgendwelche Pflanzen mit großen runden Blättern wachsen.

Rakel geht in die Hocke, und ich folge ihrem Beispiel.

Mit der Hand streicht sie vorsichtig die saftigen, blanken Blätter zur Seite und entblößt große Fußabdrücke in der feuchten Erde – Abdrücke, die offenbar von zwei groben Herrenschuhen stammen.

PERNILLA

Worauf habe ich mich hier eingelassen?

Schon als ich gestern einen total verstummten Karl-Johan auf der Straße stehen ließ, fing ich an, die Sache zu bereuen.

Dieses brausende Triumphgefühl, das mich überkommen hat, als ich ihn abgeschüttelt hatte, wich rasch einem wachsenden Zweifel und einer so starken Angst, dass ich fast kehrtgemacht hätte, ich wäre um ein Haar zurückgerannt, um Abbitte zu leisten, wie das brave Mädchen, das ich immer gewesen bin.

Ich gehe schneller, biege auf den Radweg zur Baumschule ab und überquere eine kleine Rasenfläche.

Es ist unfassbar.

Ich – eine hartarbeitende freireligiöse Glucke von Mama – soll für meinen Sohn unter einem *Felsbrocken Drogengeld* hervorholen.

Ich, die ich so gesetzestreu bin, dass ein neugeborenes Kind neben mir kriminell wirken könnte, die ich nie auch nur einen Bußzettel für falsches Parken bekommen oder vergessen habe, ein Buch in die Bibliothek zurückzubringen.

Was würde Vater dazu sagen?

Was würde Gott dazu sagen?

Instinktiv schaue ich mich um, als ob Gott im dunklen Gebüsch auf der Lauer liegt.

Ich kann fast Vaters tiefe Stimme hören, wie er den Hebräerbrief vorliest.

»Und keine Kreatur ist ihm verborgen, sondern es ist alles bloß und aufgedeckt vor Gottes Augen, dem wir Rechenschaft geben müssen.«

Aber der Radweg liegt verlassen hinter mir.

Keine Bewegung ist zu sehen, kein Geräusch zu hören.

Doch die Laternen stehen weit auseinander, und einige sind zerbrochen. Es wäre leicht, sich in der Dunkelheit zwischen den Lichtkegeln zu verstecken, wenn man das wirklich will.

Ich bekomme eine Gänsehaut, obwohl die Abendluft lau ist, wenn ich an den kahlköpfigen Mann mit dem osteuropäischen Akzent denke, der im Treppenhaus stand. Den Mann, den Samuel Igor genannt hat.

Den Mann, der ein Monster ist.

Ich weiß nicht, ob Samuel recht hat, wenn er sagt, dass dieser Igor ihn umbringen will, aber ich wage nicht, dieses Risiko einzugehen, denn plötzlich ist mir alles ganz klar, ist alles so befreiend einfach: Samuel ist mein einziges Kind, und ich muss tun, was ich kann, um ihm zu helfen.

Es ist durchaus möglich, dass diese neue Erkenntnis ein unbewusster Versuch ist, Samuel dafür zu entschädigen, dass ich ihm all die Jahre seinen Vater vorenthalten habe.

Aber dann ist das eben so.

Dieses russische Monster soll meinen Sohn jedenfalls nicht in seine Krallen bekommen.

Außerdem war es an der Zeit, Karl-Johan meine Meinung zu sagen. Ich habe nur furchtbar lange gebraucht, um zu begreifen, was er wirklich von mir wollte. Es hat mein ganzes Weltbild erschüttert – dass ausgerechnet der Pastor zu so einer Schweinerei fähig ist.

Denn wenn er sich so aufführt – wem kann man dann noch vertrauen?

Keinem Menschen.

Keiner Gemeinde.

Und wie ist es mit Gott? Wie steht es wirklich mit uns, mit ihm und mir?

Ich gehe schneller und starre in die Dunkelheit, versuche, die theologischen Grübeleien zu verdrängen, doch wieder taucht das Gesicht des Pastors vor mir auf.

Vielleicht hat er recht, dass ich einen Mann brauche.

Seit Samuel geboren wurde, hatte ich keine richtige Beziehung mehr.

Klar habe ich Männer getroffen, ich war sogar einige Male verliebt, doch ich hatte immer das Gefühl, dass mein zerbrechliches Verhältnis zu Samuel nicht überleben würde, wenn ich einen neuen Mann in mein Leben ließe.

Ich denke an Mario, den Sportlehrer vom Huddinge-Gymnasium, und ein kleiner Schmetterling flattert durch meinen Bauch. Was würde passieren, wenn ich ihn anriefe und fragte, ob er zum Essen kommen möchte? Wenn ich ihn wirklich in mein Leben einlüde?

Etwas ist hinter mir zu hören. Es knistert und knattert in einiger Entfernung.

Rasch trete ich zur Seite, in die Schatten neben dem Radweg. Stelle mich hinter einen Baumstamm und lasse die Hand an der kalten, rauen Rinde ruhen.

Das Geräusch wird lauter, und ungefähr fünfzig Meter entfernt taucht ein Fahrrad auf.

Eine ältere Dame beugt sich über den Lenker, es scheint ihr große Mühe zu machen, auf dem rostigen alten Fahrrad voranzukommen. Ich sehe, dass etwas zwischen den Speichen hängen geblieben ist, etwas, das dieses Knattern verursacht.

Ich presse mich gegen den Baumstamm und warte, bis die Frau vorbei ist.

Das Geräusch verschwindet langsam in Richtung Baumschule, und ich atme erleichtert auf.

Dieser Igor hat sicher seine Helfer, aber ich bezweifele doch, dass alte Damen auf schrottreifen Rädern für ihn arbeiten.

Meine Augen gewöhnen sich an die Dunkelheit im Wald, und die Umrisse von Bäumen und Büschen werden deutlicher. Ich schaue mich in dem spärlich bewachsenen Wald um. Und als ich gerade die Silhouette von etwas entdecke, bei dem es sich durchaus um einen Felsbrocken handeln könnte, klingelt mein Handy.

Ich verwünsche mich, weil ich vergessen habe, es auszuschalten, ziehe es aber aus der Tasche und werfe einen Blick aufs Display.

Der Anruf kommt aus Vaters Hospiz.

Nach einigen Sekunden des Zögerns melde ich mich.

Eine Frau, deren Stimme mir unbekannt ist, stellt sich als Katja vor, als Krankenschwester. Sie erklärt mir gelassen, dass es Vater schlechter geht.

»Können Sie herkommen?«, fragt sie.

Mein Herz wird schwer.

Nicht auch noch das, denke ich.

Und sofort ist der Gedanke da: Das ist die Strafe Gottes dafür, dass ich Karl-Johan gegenüber so unverschämt war und dass ich ihn mit den Kindern allein gelassen habe, obwohl ich wusste, dass er den Ausflug ohne mich nicht schafft.

»Wie schlimm steht es?«, frage ich. »Ich habe gerade etwas sehr Wichtiges zu erledigen.«

Die Krankenschwester erklärt mir geduldig, dass man das so nicht sagen kann, aber dass Vater seit sechs Uhr nicht mehr ansprechbar ist, dass sein Blutdruck gesunken ist. Sie sagt, es kann sich um Stunden oder Tage handeln und dass ich natürlich selbst entscheiden muss, was ich tue.

Ich ahne aus dem Augenwinkel eine Bewegung und drehe mich zum Gewerbegebiet um, aber alles ist still.

Und doch bin ich sicher.

Etwas oder jemand hat sich bewegt, ist am Rand des Lichtkegels der einen Laterne vorbeigeglitten und im dunklen Wald verschwunden, wie ein Fisch, der an einem Sonnenstreifen im Wasser vorbeigleitet, um dann von den Schatten verschlungen zu werden.

Ich mache ein paar Schritte zwischen die Bäume, um nicht so deutlich sichtbar zu sein. Erkläre der Krankenschwester, dass ich mein Bestes tun werde, aber nicht sicher bin, ob ich sofort kommen kann. Ich bitte sie, sich augenblicklich zu melden, wenn Vaters Zustand sich verschlechtert, und das verspricht sie.

Als ich aufgelegt und das Telefon auf lautlos gestellt habe, bleibe ich lange stehen und schaue in die Dunkelheit, aber ich sehe nur die Silhouetten von niedrigen Büschen und kalkweiße, fleckige Birkenstämme.

Ich strecke die Hände vor mir aus und mache im Dunkeln einige Schritte. Dann stößt meine Hand an kalten Stein.

Ich habe Samuels Felsbrocken gefunden.

Rasch gehe ich in die Hocke und beginne, mit den Händen neben dem Stein zu graben. Kiefernnadeln und Erde bleiben unter meinen Nägeln hängen, als ich trockenes Laub vom Vorjahr und alte Zweige wegscharre.

Zuerst glaube ich, an der falschen Stelle zu suchen, denn obwohl ich bis zu den Ellbogen in der Erde stecke, finde ich nichts. Doch dann gibt der Boden nach, und meine Hände landen im Nichts, als wäre ich auf eine unterirdische Höhle gestoßen.

Ich bücke mich, schiebe vorsichtig einen Arm unter den Felsbrocken. Taste zwischen Wurzeln und feuchter Erde, bis ich grobe Leinwand unter meinen Fingern spüre.

Fünf Minuten darauf bin ich wieder bei meinem Auto. Ich werfe die überraschend leichte Tasche in den Kofferraum und schaue mich ein weiteres Mal um.

Alles ist still und ruhig. Nichts bewegt sich in den Schatten, kein Geräusch ist zu hören.

Ich setze mich hinters Lenkrad, schließe die Tür und seufze vor Erleichterung tief auf.

Dann ziehe ich das Handy hervor.

Ich habe drei entgangene Anrufe.

Alle aus Vaters Hospiz.

MANFRED

Ich werde vom Klacken von Afsanehs Laptop geweckt.

Die Vorhänge sind noch geschlossen, und es ist ziemlich dunkel im Zimmer. Die Luft ist stickig und drückend, wie in einem Auto, das zu lange in der Sonne gestanden hat.

Ich werfe einen Blick auf die Uhr auf dem Nachttisch.

Halb sechs.

Was zum Teufel ist so wichtig, dass man es um halb sechs Uhr morgens in den Computer eingeben muss?

»Was machst du da?«, frage ich, vielleicht ein wenig schärfer, als ich vorhatte.

»Schreiben.«

»Das ist mir schon klar. Aber warum gerade jetzt? Weißt du, wie spät es ist?«

»Ich kann mich auch ins Wohnzimmer setzen.«

Ich stöhne und trete die Decke weg. Meine Haut glänzt vor Schweiß, und die Bettdecke ist schwer vor Feuchtigkeit.

»Jetzt bin ich ohnehin wach.«

Afsaneh gibt keine Antwort, und das Klacken wird lauter.

Ich drehe mich auf die Seite, zu ihr hin.

Sie hat den Laptop auf den Knien. Auf dem Bildschirm sehe ich ein lachendes, kahlköpfiges Kind mit einer zappelnden Katze im Arm.

»Was zum Teufel ist *das denn da*?«

Afsanehs Finger erstarren mitten in der Bewegung, und sie dreht mir ihr Gesicht zu. Ihre Augen sind dunkel und misstrauisch.

»*Das da* ist Julia. Ein sechsjähriges Mädchen mit akuter lymphatischer Leukämie.«

»Und warum schreibst du ihr?«

Afsaneh seufzt tief und klappt den Laptop mit einem Knall zu.

»Ich schreibe nicht ihr, ich schreibe ihrer Mutter. Die kenne ich von einem Forum für die Eltern schwerkranker Kinder.«

»Du treibst dich also noch immer auf solchen Websites herum?«

Afsaneh stellt den Laptop auf den Boden.

»Ja, das tue ich. Und weißt du was? Das solltest du vielleicht auch tun, denn es hilft wirklich, mit Leuten zu sprechen, die in derselben Situation sind wie wir. Menschen, die verstehen. Die wirklich verstehen. Ich weiß nicht, was du mit der ganzen Angst machst, wo du sie hinsteckst, aber ich habe nun einmal das Bedürfnis, über Nadja zu sprechen.«

Darauf gebe ich keine Antwort, denn plötzlich komme ich mir so viel unreifer vor als meine junge Ehefrau.

Unreif und taktlos. Und verdammt scharf auf eine Zigarette.

Natürlich muss sie mit diesen Menschen kommunizieren dürfen, wenn sie sich dann besser fühlt. Nadja ist noch immer nicht aufgewacht, und ich vermute, alles, was uns daran hindert, den Verstand zu verlieren, ist einen Versuch wert.

»Entschuldige«, sage ich.

Afsaneh legt mir die Hand an die Wange und streichelt sie zärtlich.

»Aber kannst du mir eins erklären?«, füge ich hinzu. »Das da ist doch irgendwie nicht echt.«

»Wie meinst du das?«, fragt sie und klingt aufrichtig überrascht – nicht böse, nur ein bisschen erstaunt, als ob sie meine Frage rein gar nicht verstehen könnte.

»Ich meine nur, dass das Menschen sind, die du nicht kennst, die dir nie begegnet sind und dir wahrscheinlich auch nie begegnen werden. Ihr schickt euch SMS oder chattet oder mailt oder was ihr nun eben tut. Aber das sind doch keine Menschen aus Fleisch und Blut.«

Afsaneh schüttelt langsam den Kopf.

»Ich begreife wirklich nicht, worauf du hinauswillst. Genau das sind sie doch, Menschen aus Fleisch und Blut. Mit Kindern, die ebenso krank sind wie Nadja. Mindestens.«

»Aber du kennst sie doch nicht. Nicht richtig! Du weißt ja nicht mal, ob sie die Wahrheit sagen.«

»Warum sollten sie lügen?«

Ich zucke mit den Schultern.

»Warum sollten sie die Wahrheit sagen? Das ist doch irgendwie nicht real.«

»Und was ist für dich real?«

Die Frage überrascht mich, und ich zögere ein wenig mit meiner Antwort. Philosophie war noch nie meine starke Seite.

»Etwas, das man anfassen kann, nehme ich an. Menschen aus Fleisch und Blut. Gegenstände.«

»Wenn du also in den Nachrichten siehst, dass es in Kalifornien brennt, dann ist das nicht real?«

»Doch. Aber ...«

»Und wo ist der Unterschied?«

Ihre Stimme klingt sanft, aber ich weiß, dass sie inzwischen reichlich irritiert ist, denn sie ballt die Fäuste, und ihr Hals hat sich mit roten Flecken überzogen.

»Ja, aber ... Fernsehprogramme, Nachrichten. Da gibt es doch immerhin eine gewisse Qualitätskontrolle. Eine Art kritischer Bewertung. Im Netz kann dagegen jeder Idiot irgendwelche Behauptungen aufstellen. Es gibt keine Wahrheit. Da herrscht doch Anarchie, verdammt noch mal!«

»Für mich ist es wahr«, sagt Afsaneh.

»Das ist nicht die Welt. Das ist ... das Internet! Das ist Silikon und Luft!«

»Das ist die neue Welt«, sagt sie noch immer ruhig, aber mit wütend geballten Fäusten. »Wo alle miteinander vernetzt sind. Wo es keine Grenzen gibt, keine Mauern zwischen den Menschen.«

»Das sind Einser und Nullen«, sage ich. »Elektrische Impulse, generiert von anonymen Personen, deren Ansichten du nicht kennst, kein verdammtes kollektives Bewusstsein!«

»Musst du immer so wütend werden, wenn du etwas nicht verstehst?«

»Okay«, murmele ich. »Verzeih, wenn ich das nicht verstehe. Ich bin wohl zu alt für diese Dinge.«

Afsaneh schüttelt den Kopf. Aber dann entspannt sie sich, holt tief Luft und sieht mich mit diesem Blick an, der sagt, dass ich hoffnungslos bin, dass sie mich aus irgendeinem unerfindlichen Grund aber liebt und dass ich deshalb verdammt dankbar zu sein habe.

»Ja«, sagt sie nach einem gewissen Zögern. »Du bist wohl zu alt.«

»Total vergreist?«

Sie lächelt, sagt aber nichts.

Das Klacken wird wieder lauter, und ich stehe auf und gehe unter die Dusche.

Malin soll mich um kurz nach acht abholen.

Es ist bereits drückend warm, und der Schweiß liegt wie ein dünner Film auf meiner Haut. Der Geruch von staubiger Fahrbahn und fauligen Abfällen im Papierkorb bei der Bushaltestelle ist so stark, dass ich ein Stück weitergehe und dort auf sie warte.

Malin, die direkt aus ihrer Leihwohnung auf Lidingö kommt, tritt vor mir auf die Bremse und lächelt mich an, als ich die Autotür aufreiße und mich auf den engen Beifahrersitz zwänge.

»Und?«, frage ich.

»Alles in Ordnung«, antwortet sie, biegt nach rechts in die Banérgata ab und fährt dann weiter in Richtung Narvaväg.

»Amélie Carlgren«, sagt sie dann. »Was wissen wir über sie?«

»Die ältere Schwester von Opfer Nummer 2, Victor Carlgren. Zweiundzwanzig Jahre alt. Studiert an der Handelshochschule und wohnt in einer Einzimmerwohnung in der Luntmakargata.«

»Wie kann sie sich das denn leisten?«, fragt Malin, gibt Gas, weicht einem Radfahrer aus und biegt nach rechts in den Strandväg ab.

Vor uns liegt der Kai in der Morgensonne. Schleppkähne, Restaurantschiffe und Schärenboote sind nebeneinander vertäut. Schon stehen die Leute am Nybrokaj Schlange, um nach Grinda oder Sandhamn zu fahren.

»Die Familie hat doch Geld. Sicher haben sie ihr die Wohnung gekauft.«

»Unglaublich«, murmelt Malin. »Manche haben es richtig gut.«

Sie schüttelt den Kopf und biegt nach rechts in Richtung Norrmalmstorg ab.

Ich sage nicht, was ich denke; dass Amélie Carlgren ihre Citywohnung bestimmt jederzeit hergeben würde, wenn sie dafür ihren Bruder zurückbekäme. Dass Geld nur wichtig ist, bis man es hat, aber dass ab und zu ein Kind aus dem Fenster fallen oder ein Bruder ermordet werden muss, damit man das begreift.

Amélie Carlgren öffnet die Wohnungstür einen Spaltbreit.

Ich ahne lange blonde Haare und ein blankes, ungeschminktes Gesicht.

»Hallo«, sagt Malin und zeigt ihren Dienstausweis. »Wir sind von der Polizei. Wir haben gestern angerufen.«

Die Tür wird geschlossen, eine Kette klirrt, dann wird die Tür wieder geöffnet, diesmal ganz weit.

»Kommen Sie rein«, flüstert Amélie.

Sie trägt eine graue Trainingshose und ein weißes T-Shirt mit dem Bild von David Bowie. Diese Kleidung und ihr ungeschminktes Gesicht lassen sie viel jünger aussehen.

Wir streifen die Schuhe ab und gehen durch das einzige Zimmer, das mit einem kleinen Sofa, einem Tisch und einem Bett möbliert ist.

»Wir können uns in die Küche setzen«, sagt Amélie. »Da gibt es drei Stühle. Kann ich Ihnen etwas anbieten?«

Malin schüttelt den Kopf.

»Bitte ein Glas Wasser«, sage ich.

Die Küche ist winzig und blickt auf einen Innenhof. Vor dem Fenster stehen ein kleiner Klapptisch und drei Stühle. Wir setzen uns, während Amélie Wasser für mich holt.

Malin zieht ihren Notizblock hervor, und Amélie stellt das Wasser vor mich hin und setzt sich, dem Fenster gegenüber, an die Querseite.

»Als Erstes möchte ich Ihnen mein Beileid dafür aussprechen, was mit Ihrem Bruder passiert ist«, sage ich leise. »Wir werden alles tun, was wir können, um herauszufinden, was genau geschehen ist und wer dahintersteckt.«

Amélie nickt und schlägt die Augen nieder.

»Wir würden Ihnen gern ein paar Fragen stellen«, sage ich jetzt.

»Sicher«, sagt sie. »Fragen Sie nur. Ich würde alles tun, um den Mörder meines Bruders zu finden.«

Sie blinzelt einige Male.

»Meines kleinen Bruders«, fügt sie hinzu und bleibt sitzen, den Blick auf die abgenutzte Tischplatte gerichtet.

»Wie Sie sicher wissen, haben unsere Kollegen schon mit Ihren Eltern gesprochen«, sage ich. »Aber uns ist auch an Ihrem Bild von Victor und seiner letzten Zeit gelegen.«

Amélie schluchzt auf und hebt energisch den Kopf.

»Verzeihen Sie«, schluchzt sie. »Das ist einfach alles zu viel.«

Sie geht zum Spülbecken, reißt ein Stück Küchenpapier ab und putzt sich die Nase. Dann kommt sie zum Tisch zurück und setzt sich, die rechte Hand fest um das Küchenpapier geschlossen.

»Wie war er?«, fragt Malin.

Amélie schüttelt langsam den Kopf.

»Normal. Lieb. Gut in der Schule. Wollte Jurist werden, wie unsere Mutter.«

»Wissen Sie, ob er irgendwelche Feinde hatte?«, fragt Malin und macht sich Notizen.

»Das hatte er nicht. Er war nur … total harmlos, wenn Sie verstehen, was ich meine. Ich glaube, es gibt keinen Menschen, der eine schlechte Meinung von Victor hat.«

Amélie schneidet eine Grimasse und korrigiert sich dann.

»Der eine schlechte Meinung von Victor *hatte*. Oh verdammt. Ich kann nicht begreifen, dass er nicht mehr da ist. Er war doch irgendwie mein Baby.«

Malin sieht sie an und wartet einen Moment, ehe sie die nächste Frage stellt.

»Und wie war seine Beziehung zu Ihren Eltern?«

Amélie atmet tief durch und sammelt sich, um zu antworten.

»Gut. Ich meine, es ist klar, dass es manchmal Streit gab. Aber das war nie ernst.«

»Und an jenem Tag?«, frage ich vorsichtig.

»Wir haben uns gestritten«, sagt Amélie leise. »Über einen scheiß Netflixfilm, den ich sehen wollte und er nicht. Das ist total schwachsinnig, aber so war es. Und dann ist er mit dem Boot losgefahren. Ja, Victor konnte ziemlich jähzornig werden, es war auch nicht das erste Mal, dass er nach einem Streit abgehauen ist.«

Wir schweigen eine Weile.

»Wenn ich ihn nicht angebrüllt hätte, würde er jetzt vielleicht noch leben«, sagt sie dann mit leiserer Stimme.

»Was passiert ist, ist nicht Ihre Schuld«, sage ich, aber Amélie gibt keine Antwort.

»Haben Sie irgendeine Vorstellung, was ihm passiert sein kann?«, fragt Malin.

Amélie schüttelt heftig den Kopf, und eine lange Haarsträhne bleibt ihr im Mundwinkel hängen. Sie zupft sie mit dem Mittelfinger weg. Der Nagel ist so weit abgeknabbert, dass das rote Fleisch zu sehen ist.

»Nein. Er muss einem Psycho über den Weg gelaufen sein. Einem verdammten Irren. Denn *niemand* hätte Victor etwas getan!«

»Okay«, sagt Malin und erwidert meinen Blick.

Ich weiß, was sie denkt.

All diese Angehörigen, diese Unschuldigsten aller unschuldigen Opfer – es ist eher die Regel als die Ausnahme, dass sie nicht sehen können, dass ihre Lieben doch nicht so vollkommen waren.

Malin legt den Kopf schräg und beugt sich ein wenig zu Amélie vor.

»Was für ein schöner Ohrring.«

»Danke«, sagt Amélie und greift sich ans Ohrläppchen. »Das ist ein Marienkäfer. Victor hat, oder *hatte*, auch so einen. Die Ohrringe haben unserer Großmutter gehört, und nach ihrem Tod habe ich sie geerbt. Dann hat sich Victor ein Ohrloch stechen lassen, und meine Mutter ist durchgedreht, aber ich habe ihm einen gegeben. Das war so eine Geschwisternummer. Dass wir beide so einen Ohrring hatten.«

Malin nickt und beugt sich noch weiter vor, um besser sehen zu können.

Der Ohrring ist klein und stellt wirklich einen Marienkäfer dar, der über das Ohrläppchen zu kriechen scheint. Er ist wohl aus irgendeiner Art Emaille.

»Hat Victor seinen Ohrring oft getragen?«, frage ich.

»Immer«, sagt Amélie rasch.

Malin nickt mir fast unmerklich zu. Wir wissen beide, dass Victor den Ohrring nicht anhatte, als er gefunden wurde.

»Könnte ich wohl ein Bild von dem Ohrring machen?«, fragt Malin.

Amélie zuckt mit den Schultern.

»Sicher.«

Malin zieht ihr Handy hervor und macht ein paar Bilder. Dann lässt sie sich auf dem Stuhl zurücksinken und richtet ihren Blick auf Amélie.

»Eine letzte Frage. Wissen Sie, ob Victor oder einer seiner Freunde Drogen genommen hat?«

Amélies Blick irrt umher, und sie wendet den Kopf ab.

»Ich muss Sie bitten, ehrlich zu antworten«, fährt Malin fort. »Wir haben nicht vor, Jugendliche zu verfolgen, die auf Partys irgendwas einwerfen, aber es kann für die Ermittlung von Bedeutung sein.«

Amélie schweigt noch immer. Sie sticht mit dem Finger in einen Brotkrümel, schiebt ihn vor sich her über die Tischplatte.

»Ja«, sagt sie endlich.

»Was haben sie genommen?«, fragt Malin.

»Kola. Aber nur selten, soweit ich weiß. Auf Partys eben.«

»Wissen Sie, wo das Kokain herkam?«, frage ich.

Amélie schüttelt den Kopf.

»Nein. Oder doch. Ich glaube, einer von Victors Kumpels hat es von einem gewissen Måns gekauft. Oder Malte. Ich weiß es nicht mehr genau.«

»Welcher von Victors Kumpels?«, fragt Malin, die den Kugelschreiber weggelegt hat und jetzt total konzentriert ist.

Amélie seufzt.

»Ich weiß nicht. Das hat er nie gesagt.«

Malin erwidert meinen Blick. Ihr Gesicht ist ausdruckslos, aber die Augen sagen alles.

Wir müssen Malte Lindén finden.

SAMUEL

Es ist unerträglich heiß in Zombie-Jonas' Raum, aber ihm scheint das nichts auszumachen.

Er liegt ganz still im Bett, fast wie eine Schaufensterpuppe.

Ich finde auch, dass er magerer aussieht. Und seine Haut ist irgendwie durchsichtig geworden – Knochen und Sehnen sind zu sehen, wie Lebensmittel in einer dünnen Plastiktüte. Sein Gesicht ist bleich, und seine Lippen sehen trocken und rissig aus.

Ich strecke die Hand nach dem Fettstift aus, der neben der Vase mit der Rose auf dem Nachttisch liegt.

Es ist wirklich rührend. Rakel stellt Zombie-Jonas jeden Morgen eine frische Rose hin, obwohl er nicht einmal begreift, dass die dort steht, obwohl er ein Gemüse ist, dem es auch egal wäre, wenn sie ihm eine Kackwurst auf den Nachttisch lege.

Ich beuge mich über ihn und fahre vorsichtig mit dem fettigen weißen Stift über seine Lippen.

Er reagiert nicht auf meine Berührung.

Dann gehe ich zum Fenster und mache es auf, doch wegen des Gitters kann ich es nur wenige Dezimeter aufschieben.

Als der Fensterrahmen gegen das rostige Metall schlägt, fliegen zwei Feldsperlinge aus dem Busch vor dem Fenster auf.

Passer montanus.

Mama hat den Unterschied zwischen Feldsperlingen und Haussperlingen nie begriffen. Obwohl ich ihr erklärt habe, dass Feldsperlinge einen schwarzen Fleck auf der Wange haben, Haussperlinge dagegen einen schwarzen Brustlatz.

Ich lasse das Fenster auf Kipp stehen, wische mir den Schweiß von der Stirn und gehe zu meinem speckigen, durchgesessenen Sessel zurück.

Es fällt mir schwer, mich auf das Vorlesen zu konzentrieren, und ich frage mich, ob ich lieber ein wenig Musik laufen lassen sollte. Das mache ich oft, wenn ich das Lesen satthabe, was ziemlich häufig vorkommt, das Buch ist so verdammt langweilig. Aber heute gibt es einen anderen Grund, aus dem ich mich nicht konzentrieren kann: Ich denke an die SMS von Mama, die ich nach dem Aufwachen gelesen habe, die SMS, die irgendwann in der Nacht gekommen sein muss.

Sie hat das Geld geholt.

Meine Mutter – der nervigste, anständigste und bescheidenste Mensch der Welt – hat mir zuliebe Igors Geld ausgebuddelt. Und dabei kann sie nicht einmal bei Rot über die Ampel gehen, aus Angst, sonst in die Hölle zu kommen. Aber das Geld hat sie geholt.

Ich kann es fast nicht glauben.

Wir treffen uns morgen auf Stuvskär, am Mittsommerabend, und danach heißt es dann *bye, bye,* Zombie-Jonas.

Es wird verdammt schön sein, von hier wegzukommen, auch wenn ich Rakel wirklich gernhabe.

Und Jonas?

Ich sehe ihn an.

Er liegt still da. Sein Atem ist lautlos und flach. Die Bettdecke ist nach unten geglitten und zeigt die blasse, haarlose Brust, die sich langsam hebt.

Wie könnte ich irgendeine Meinung zu ihm haben? Es ist einfach nicht möglich, ihn zu mögen oder nicht zu mögen. Er ist irgendwie einfach nur da.

Wie die Asseln und Ohrenkneifer unter dem Stein.

Ich schaue in das Buch auf meinem Knie. Die Seiten sind vergilbt und wellig vor Feuchtigkeit, als hätte es lange draußen gelegen. Ich blätterte weiter und rieche feuchtes Papier und Schimmel. Ganz hinten im Buch, auf der Innenseite des Einbandes, steht etwas.

Ich sehe mir die letzte Seite an. Es ist ein Stempel. »Nacka-Gymnasium, Schulbibliothek«, steht dort.

Vielleicht hat Jonas diese Schule besucht.

Ich schließe das Buch, lasse es in meiner Hand ruhen und versuche, das Gewicht zu schätzen.

Vierhundert Gramm, tippe ich. Definitiv mehr als dreihundert, aber maximal vierhundertfünfzig. Wenn das Buch Kola wäre, wäre es um die dreihunderttausend wert, aber niemand würde so viel für Wörter bezahlen.

Der Preis pro Gramm liegt nicht mal in der Nähe von achthundert Mäusen.

Ich öffne das Buch und starte einen neuen Versuch, komme aber nicht weit. Die Wörter bleiben mir im Mund stecken, kullern umeinander, verfangen sich ineinander und kommen in der falschen Reihenfolge heraus.

Ich habe einige Kapitel übersprungen, um zu sehen, ob das Buch gegen Ende spannender wird, aber das Einzige, was passiert, ist, dass sich die gestörte Braut mit einem neunzehnjährigen Matador namens Romero eingelassen hat. Wenn ich ehrlich sein soll, dann wundert mich das nicht, eigentlich habe ich es kommen sehen. Aber die Hauptperson tut mir natürlich leid, der Typ scheint einfach nicht zu kapieren, dass er die miese Kuh aufgeben und versuchen sollte weiterzukommen.

Plötzlich sehe ich Alexandras Gesicht vor mir. Die traurigen Augen starren mich vorwurfsvoll an.

Ja, es tut mir leid, dass ich sie so behandelt habe.

Ja, wenn ich vorher nur ein bisschen nachgedacht, wenn ich mein Gehirn eingeschaltet hätte, wie Liam immer sagt, dann hätte ich kapiert, was passieren würde, wenn ich versuche, mich an Jeanette ranzumachen. Ich meine, man braucht ja kein Atomphysiker zu sein, um zu begreifen, dass es in die Hose geht, wenn man es bei der BFF der eigenen Freundin versucht.

Aber Denken war ja noch nie deine starke Seite, Samuel? Deshalb kann dich auch niemand leiden, weil du ein blöder, impulsiver Trottel bist, der …

»*Fresse!*«, sage ich laut.

Ich überlege.

Vielleicht würde ein anderes Buch Jonas besser gefallen, eins, das spannender ist. Vielleicht würde er dann reagieren, ein wenig die Hand bewegen oder stöhnen, wie er das manchmal tut.

Was auch immer, wenn es ihn nur ein bisschen menschlich macht.

Es klopft an der Tür, und Rakel kommt herein.

»Hallo«, sagt sie mit sanfter Stimme. »Geht es gut?«

Ich nicke, gebe aber keine Antwort.

Sie sieht müde aus. Sie hat die Haare zu einem unordentlichen Dutt hochgesteckt, und ihr Gesicht und die Haut in ihrem Ausschnitt glänzen vor Schweiß. Sie trägt ein T-Shirt und Shorts und an den Füßen Flip-Flops.

Und doch ist sie so verdammt schön!

Ich muss mir einfach vorstellen, wie es wäre, mit ihr zu schlafen, was für ein Gefühl es wäre, die schweren Brüste zu küssen. Ich habe schon so lange nicht mehr gevögelt, dass er mir bei dem bloßen Gedanken sofort steht.

Beschämt lasse ich das Buch auf meine Knie sinken.

»Ich wollte nur schnell einkaufen fahren«, sagt sie jetzt. »Hinten beim Freizeithafen.«

»Bei diesem Campingplatz?«

Ihre Augen werden dunkel.

»Warst du da schon mal?«

»Nein, ich dachte nur …«

»Bleib da ja weg«, sagt sie kurz. »Das ist ein richtiges Drecksloch. Drogen, Hehlerei und weiß Gott, was sonst noch alles.«

Rakel ist gestresst und nervös, seit wir die Fußspur im Blumenbeet entdeckt haben. Obwohl sie so cool wirkt, hat sie mich schon mehrmals gefragt, ob das dort im Garten Igor gewesen sein kann. Ich habe ihr erklärt, dass er es nicht war, denn ihn hätte ich doch erkannt.

Sie hat vielleicht Angst, dass hier einer von den Typen vom Campingplatz auf Erkundungstour war. Einer, der ins Haus einbrechen will.

»Okay«, sage ich.

Rakel nickt.

»In ungefähr einer Stunde bin ich wieder da.«

Dann wird ihr Gesichtsausdruck weicher.

»Und du. Du machst das mit Jonas unglaublich gut. Ich bin so froh, dass du zu uns gekommen bist. Das wollte ich dir nur sagen.«

Ich bin so verlegen, dass ich keine Antwort herausbringe.

Rakel winkt mit einer Hand, zieht die Tür hinter sich zu und lässt mich mit Zombie-Jonas allein. Einige Minuten darauf höre ich die Haustür zuschlagen. Der Wagen wird angelassen, und gleich darauf verklingt das Geräusch des Motors.

»Ich werde mal nachsehen, ob ich ein lustigeres Buch finde«, sage ich zu Jonas.

Ich weiß nicht so genau, weshalb, aber ich habe angefangen, mit ihm zu reden, als ob er verstehen könnte, was ich sage.

Vielleicht werde ich ja langsam verrückt davon, dass ich hier draußen wohne.

Ich verlasse das Zimmer und ziehe vorsichtig die Tür hinter mir zu.

Meine Füße scheinen zu wissen, wo sie hinwollen, sie führen mich zu der Wendeltreppe und weiter ins Obergeschoss.

Oben bleibe ich vor der Tür des Zimmers stehen, das Rakel als Olles Arbeitszimmer bezeichnet hat. Die Sonne strömt durch die großen Glasfenster mit Blick aufs Wasser, die Sonnenstrahlen zerschneiden die drückende Luft. Durch das Fenster kann ich sehen, wie sich das Meer dahinzieht – scheinbar endlos. Nur leichte Kräusel sind an der im Sonnenglanz funkelnden Oberfläche zu sehen.

Ich drücke auf die Klinke von Olles Arbeitszimmer.

Die Scheißtür ist abgeschlossen.

Aber Menschen sind sehr vorhersehbar. Und es gibt eigentlich keinen Grund zu der Annahme, dass Rakel anders sein könnte.

Ich denke an den Schlüssel, der oben auf dem Medizinschränkchen lag, und gehe zum Bücherregal. Lasse die Hand über die oberen Bretter gleiten.

Ich brauche weniger als eine Minute, um den Schlüssel zu finden. Er liegt ganz rechts im obersten Fach, vor einem Buch über schwedische Leuchttürme.

Der Schlüssel gleitet ins Schloss, und einige Sekunden später stehe ich im Zimmer.

Es ist ziemlich klein, hat aber Fenster in zwei Richtungen. Die einzigen Möbel sind ein niedriges Regal mit Büchern und Ordnern und ein großer altmodischer Schreibtisch mit einem Schreibtischsessel. Auf dem Schreibtisch steht ein Drucker, und daneben liegt ein Stapel Blätter im A4-Format. Dann stehen da noch einige gerahmte Fotos.

Ich gehe zum Schreibtisch, beuge mich vor und sehe mir die Bilder an.

Sie zeigen Jonas als Kind. Auf einem Bild hat er einen Fußball unter dem Arm und lächelt, auf dem anderen posiert er vor einem Moped.

Ich schaue mich um.

Vor dem niedrigen Regal steht eine marineblaue Stofftasche.

Sie erinnert mich an eine Trainingstasche, sieht aber feiner aus. Wie eine Tasche, die man packt, wenn man übers Wochenende verreisen will.

Ich gehe hinüber und öffne sie. Darin liegt Herrenkleidung – T-Shirts, Pullover und Jeans. Ich wühle ein bisschen zwischen den ordentlich zusammengefalteten Klamotten herum. Ganz unten entdecke ich einen braunen Briefumschlag.

Ich hole ihn heraus – maximal hundertfünfzig Gramm – und öffne ihn.

Er enthält einen Pass, der einem gewissen Olle Berg gehört, einunddreißig Jahre alt und eins zweiundachtzig groß. Unter dem Pass liegt eine Kreditkarte.

Ich schaue das Bild im Pass an.

Er hat durchaus Ähnlichkeit mit mir – die zerzausten braunen Haare, die dunklen Augen.

Eigentlich ist der Bart der einzige Unterschied. Und das Alter natürlich. Er ist dreizehn Jahre älter als ich, aber wenn ich mir einen Bart zulegte, könnte ich vielleicht für dreißig durchgehen.

Irgendwo in meinem Hinterkopf nimmt ein Plan Gestalt an. Er ist noch sehr vage, hat Flatterränder wie ein zu kurz gebratenes Spiegelei, aber ich weiß, dass ich hier auf einer Spur bin.

Der Pass, die Kleider, das sind die Puzzlestücke, die mir noch fehlten.

Vorsichtig lege ich den Umschlag zurück, ziehe den Reißverschluss zu und richte mich auf. Gehe zum Schreibtisch und strecke die Hand nach dem dünnen Papierstapel neben dem Drucker aus.

Ganz oben liegt ein vergilbter Zeitungsausschnitt.

Ein junger Mann wurde gegen Mitternacht auf der Straße 53 auf Höhe von Schloss Sparreholm schwerverletzt aufgefunden. Der Mann wurde von Vorüberkommenden entdeckt, und zur Stunde steht noch nicht fest, woher seine Verletzungen stammen. Die Polizei bittet alle eventuellen Zeugen, sich zu melden …

Ich lege den Ausschnitt zurück und greife nach den Blättern darunter.

Es ist ein Text mit der Überschrift »Dämmerschlaf«.

Vorsichtig blättere ich hindurch. Unter dem Blatt mit dem Titel liegen einige handschriftliche Notizen und ein Ausdruck von etwas, das wie ein langes Gedicht aussieht.

Olle ist ja Schriftsteller – bestimmt hat er das geschrieben.

Ich denke an Zombie-Jonas, der unten im Schlafzimmer liegt und nach Luft schnappt.

Was könnte passieren, wenn ich etwas vorlese, das er erkannt, vielleicht sogar schon einmal gelesen hat? Etwas, das Olle geschrieben hat, zum Beispiel.

Nicht auszudenken, wenn das irgendeine Reaktion in seinem armen, verschlossenen Gehirn auslöst, wie wenn man einen Rechner oder ein Modem einschaltet.

Nicht auszudenken, wenn er dann aufwacht!

Ich schließe die Tür hinter mir und lasse mich in den alten Sessel sinken. Der ächzt unter meinem Gewicht, aber Zombie-Jonas zeigt keine Reaktion.

Ich lege die Papiere auf meine Knie, räuspere mich und lese laut:

Du warst die Taube, ich war das Lamm
Das Paradies war unser Zuhause
Unser mit Dornen umwachsener Friedhof
Mit jedem Tag flogst du weiter fort
Wie der Sturm verdüstertest du die Sonne mit deinem Spiel
Wie Ruß verpestetest du die Luft mit deinem Hochmut
Wie Pfeile schmerzte dein Verrat

Du warst die Taube, ich war das Lamm
Meine Warnungen schlugst du in den Wind
Über meine Worte lachtest du
Von meiner Liebe wolltest du nicht trinken
Dein Gefieder bebte vor Empörung
Dein Mund wiederholte sein Nein
Deine Gedanken wohnten überall
Aber niemals hier bei mir

Ich mache eine Pause.

Was ist das hier eigentlich für ein Müll?

Ich dachte, dieser Olle schriebe irgendwelche Romane und keine kranken Gedichte.

Vom Bett her höre ich ein Geräusch.

Zombie-Jonas stöhnt, und seine Augenlider flattern. Die knochigen Finger der einen Hand zittern ein wenig, und die Muskeln am Arm spannen an. Der Zeigefinger hebt sich, und Jonas streckt die Hand zum Nachttisch aus, genau wie das vorige Mal, als er erwacht ist.

Versteht er, was ich sage? Kennt er den Text?

Der Arm von Zombie-Jonas streckt und streckt sich, bis er nur noch wenige Zentimeter von den Kratzern im Lack des Nachttisches entfernt ist.

Mein Herz schlägt schneller, und ich lese weiter vor.

Du warst die Taube, ich war das Lamm
An den Felsen zerbrachen deine Flügel
An der Sonne verbrannten deine Federn
Von den Lügen wurde dein Schnabel schwarz
Ich fiel, ich starb, ich erwachte nicht
Aber in meiner tiefen Trauer
Kam ein Löwe zu mir …

»Mahhrg …«

Zombie-Jonas gurgelt vom Bett her, und mein Puls wird noch schneller.

Du warst die Taube, ich war das Lamm
Ich pflegte deine Wunden
Ich bot dir zu trinken von meinen Tränen
Ich trug dich aus dem Dämmerschlaf
In das Paradies, das unser war
Obwohl ich sagte ich verzeihe
Wolltest du nur
Deine Flügel zurückhaben

In diesem Moment höre ich Schritte auf der Vortreppe und einen Schlüssel, der ins Schloss gesteckt wird.

Ich springe auf und schiebe die Papiere unter Jonas' Matratze, schaffe es aber nur zur Hälfte, ein Rand schaut noch hervor.

In der nächsten Sekunde geht die Tür auf.

Rakel schaut herein.

»Hallo, alles in Ordnung bei euch?«

»Ja«, sage ich und schiele zu Jonas hinüber, der wieder still liegt.

Rakel geht zum Bett, beugt sich vor und steckt die Decke um ihn fest. Küsst ihn behutsam auf die Stirn.

Das Papier raschelt ein wenig, und Rakel erstarrt in ihrer Bewegung.

Mein Herz bleibt stehen, und mein Magen krampft.

Aber Rakels Verwirrung hält nur eine Sekunde an. Dann lächelt sie und richtet sich auf.

»Hast du Lust auf etwas zu essen?«

PERNILLA

Ich habe schlecht geschlafen. Bin mehrmals aufgewacht und konnte nicht wieder einschlafen. Habe der Amsel zugehört, die in ihrem Käfig in Samuels Zimmer herumtobte. Habe mich in meiner feuchten Bettwäsche von einer Seite auf die andere gedreht. Habe abwechselnd geweint und gebetet.

Ich kann noch immer nicht begreifen, dass Vater nicht mehr da ist.

Dass seine Seele vom Herrn heimgeholt wurde, während ich eine Tasche mit Drogengeld ausgegraben habe – denn diese Geldscheine stammen ja wohl kaum aus dem Verkauf von Weihnachtszeitungen.

Als ich ins Hospiz kam, begleitete eine Schwester mich in Vaters Zimmer.

Auf seinem Nachttisch standen frische Blumen, und daneben brannte eine Kerze. Vaters Hände waren über der Bibel auf seiner Brust gefaltet. Es war schön und beängstigend zugleich. Alltäglich, zugleich wider jeglichen Verstand – dass ein geliebter Mensch im einen Moment hier sein und im nächsten verschwinden kann.

Und mitten in aller Trauer verspürte ich Zorn.

Vater hat sich einen wirklich unpassenden Zeitpunkt zum Sterben ausgesucht. Jetzt werde ich niemals erfahren, warum er mir nicht gesagt hat, dass Mutter mich treffen wollte.

Jetzt sind wir allein, Samuel und ich.

Ich denke an ihn. Denke an den kleinen Körper, den die Hebamme mir auf die Brust legte, und an die Freude in Vaters Augen, als er sein Enkelkind zum ersten Mal sah, trotz der unvorstellbaren Schande. Obwohl seine unverheiratete unmündige Tochter gesündigt und ein uneheliches Kind auf die Welt gebracht hatte.

Und an den molligen kleinen Zweijährigen mit den Speckwülsten an Armen und Beinen. Der immer munter war, wenn er nur eine doppelte Portion Brei bekam.

Und jetzt?

Geld in einer Tasche unter einem Stein.

Kleine Plastiktüten mit Dogen, die wie Rosenblätter auf dem Linoleumboden der Wohnung verstreut liegen.

Teure Markenkleidung, von der ich weiß, dass er sie sich nicht leisten kann.

Und das alles ist meine Schuld. Es muss meine Schuld sein. Samuel wurde doch vollkommen und unschuldig geboren, wie alle Kinder Gottes.

Ich stecke mir den letzten Bissen Käsebrot in den Mund und schiele zu der Tasche hinüber, die auf dem Boden steht.

»Just do it«, ist darauf gedruckt.

Ich musste ja doch in die Tasche schauen, als ich nach Hause kam.

Samuel hatte recht – sie war wirklich voller Geld. Und sobald ich die wild durcheinanderliegenden Bündel gesehen hatte, überkam mich die Angst, und ich dachte wieder an diesen Mann im Treppenhaus – Igor.

Mein Körper erinnerte sich ebenfalls, denn die Stelle, wo er meinen Arm gepackt hatte, tat weh, und meine Haut brannte, als wäre ich zu lange in der Sonne gewesen.

Ich musste mehrere Male aufstehen und mich davon überzeugen, dass die Wohnungstür abgeschlossen war und die Sicherheitskette davorhing. Und als ich im Dunkel hinter dem dünnen Vorhang im Wohnzimmer stand, glaubte ich, draußen in den

Schatten jemanden zu sehen – eine dunkle Gestalt, die sich auf der anderen Straßenseite an die Wand drückte.

Aber das muss wohl Einbildung gewesen sein?

Auf jeden Fall habe ich nicht vor, dieses Geld auch nur eine Minute länger in meinem Haus zu behalten als unbedingt nötig. Ich bin für heute Nachmittag um fünf mit Samuel am Fähranleger auf Stuvskär verabredet, aber ich habe beschlossen, schon heute Vormittag loszufahren.

Es ist Mittsommerabend.

Ich habe Mittsommer immer mit Vater gefeiert, das ist jetzt das erste Mal ohne ihn. Ohne Matjes, saure Sahne und feingehackten Schnittlauch. Ohne Besuch beim Mittsommerbaum. Ohne Bier und Schnaps und Regen und Wind, und Wind und Regen.

Ich schaue aus dem Fenster.

Die Sonne strahlt von einem wolkenlosen Himmel, und die Baumwipfel scheinen sich nicht einen Millimeter zu bewegen.

Es ist ein schöner Tag, ein Tag, der so gut ist wie jeder andere, um Samuel vom Tod seines Großvaters zu erzählen.

Und um ihm diese elende Tasche zu geben.

Ich habe noch immer nicht den Rucksack ausgepackt, den ich auf den Ausflug mitnehmen wollte. Ich beschließe, ihn mit nach Stuvskär zu nehmen für den Fall, dass Samuel etwas davon brauchen kann, wenn er untertaucht.

Ich dusche und putze mir die Zähne. Trage Wimperntusche auf und streife mir ein dünnes Sommerkleid über den Kopf. Dann nehme ich den Rucksack in die eine und die Sporttasche in die andere Hand und gehe hinaus zum Auto.

Auf der Höhe von Länna beginne ich, Unrat zu wittern.

Der schwarze BMW, der mir folgt, seit ich auf den Nynäsväg abgebogen bin, ist noch immer da, obwohl ich immer wieder das Tempo gedrosselt oder erhöht habe.

Das Fahrzeug ist zu weit weg, deshalb kann ich nicht sehen, wer darin sitzt, aber wer es auch sein mag, er will unbedingt Abstand halten.

Etwas Kaltes breitet sich in meiner Brust aus, und mein Mund ist wie ausgedörrt. Obwohl die Sonne brennt und ich von prachtvollem Sommergrün umgeben bin, fühle ich mich unsicher.

Ich rede mir ein, dass ich mir das alles nur einbilde, und drehe das Radio laut, damit ich die Musik trotz des Rauschens der weit offenen Fenster hören kann, sie sind die einzige Klimaanlage, die meine schrottige alte Karre zu bieten hat.

Im Radio spielen sie *Dancing Queen.*

Abba war in meiner Kindheit die einzige moderne Musikgruppe, die Papa hörte. Eigentlich mochte er am liebsten klassische Musik und christliche Bands, aber ich habe den Verdacht, dass er auf Abba so versessen war, dass er es einfach nicht lassen konnte, sie zu hören.

Die Folge war, dass wir Abba laufen ließen, bis die Platten so abgenutzt waren, dass Papa neue kaufen musste. Und ich konnte jedes Lied auswendig, obwohl ich nicht wusste, was die Wörter bedeuteten.

Tatsache ist, dass ich in Gedanken die Titel aufsagte, wenn ich aus irgendeinem Grund Angst hatte. Wie ein Mantra.

Dancing Queen

Mamma mia

Chiquitita

The winner takes it all

Ich drehe den Rückspiegel zurecht und bemerke einen weißen Volvo, der den schwarzen BMW überholt hat und jetzt zwischen uns liegt.

Mein Herz schlägt wieder in normalem Tempo, und ich atme erleichtert auf. Konzentriere mich auf die Fahrbahn. Halte das Lenkrad nicht mehr so krampfhaft fest und wische mir mit dem dünnen Kleiderstoff den Schweiß ab – zuerst von der einen Handfläche, dann von der anderen.

Dann drehe ich das Radio noch lauter und singe mit.

Doch als ich einige Zeit darauf nach Stuvskär abbiege, sehe ich das schwarze Auto wieder, vielleicht fünfundsiebzig Meter hinter mir. Es fährt so langsam, dass es fast steht.

Die Panik ist sofort wieder da.

Mein Herz hämmert wie besessen, und zwischen den Brüsten bricht mir der Schweiß aus. Und läuft wie ein schmaler Bach an meinem Bauch hinunter.

Was habe ich für Alternativen?

Soll ich halten, als wäre alles ganz normal, und mich auf einen Felsen legen, ohne mich um das Auto zu kümmern, oder soll ich versuchen, meinen Verfolger abzuschütteln – falls er einer ist.

Meinen Verfolger abzuschütteln?

Das ist doch ein Satz wie aus einem Kriminalroman. Weiß ich überhaupt, wie man so etwas macht?

Ich beschließe trotzdem, genau das zu tun. Über die schmalen Wege der Umgebung zu fahren und den schwarzen BMW im besten Fall abzuschütteln wie ein nerviges Insekt, das auf meiner Kleidung herumkriecht.

Ich wende beim Fähranleger und fahre zurück, dem schwarzen Auto entgegen, das sofort in einen Waldweg abbiegt.

Als ich vorüberfahre, werde ich langsamer und versuche, einen Blick auf den Fahrer zu werfen, aber das ist unmöglich, deshalb trete ich das Gaspedal durch und fahre einige hundert Meter weiter, bevor ich nach rechts auf einen kleinen Kiesweg abbiege.

Es ist ein elender Weg – hier und da tauchen große Löcher auf, und ich muss mehrmals Felsbrocken ausweichen.

Hohe, weit auseinanderstehende Kiefern umgeben mich. Die Sonne wird durch das Blattwerk gefiltert und malt Spitzenmuster auf den Boden. Zwischen den dünnen Bäumen ragen Granitbuckel auf, teilweise überwachsen von Torfmoos. In den Felsspalten sehe ich Farnwedel und Blaubeersträucher.

Hier im Schatten ist die Luft kühler. Kühler und gesättigt vom Duft von Kiefernnadeln und Humus.

Ich sehe phantastische Kaufmannsvillen von der vorletzten Jahrhundertwende und schuhkartonähnliche Ferienhütten aus den Fünfzigern. Ich sehe Wohnwagen und teure Sportwagen, die in gepflegten Einfahrten stehen, aber Menschen sehe ich keine.

Wo sind sie alle? Haben die Mittsommerfeiern schon angefangen?

Ich schaue in den Rückspiegel.

Nichts.

Ich drossele das Tempo und fahre im Schneckentempo über die schmalen Wege von Stuvskär. Komme über eine kleine Brücke über glitzerndes Wasser auf eine weitere kleine Insel.

Die Häuser stehen jetzt spärlicher. Einmal ahne ich eine Einfahrt, und einmal sehe ich ein Stück tiefer im Wald ein Haus, aber insgesamt wirkt die ganze Gegend seltsam verlassen.

Als ich gerade den Weg zurück zum Meer suchen will, taucht das schwarze Auto abermals im Rückspiegel auf.

Ich habe das Gefühl, als hätte mir jemand voll in den Bauch getreten.

Vielleicht wäre es besser, nach Stuvskär zurückzufahren und mich dort auf die Felsen zu legen?

Ich werde langsamer und fahre um einen großen Stein herum, der auf die Fahrbahn gekullert ist. Im selben Moment sehe ich rechts eine Einfahrt. Ein Motorrad steht neben einem schwarzen Volvo, und etwas an diesem Motorrad kommt mir bekannt vor. Etwas an dem schwarzen Lack und den Flammen auf dem Tank.

Ich halte zwischen den Kiefern Ausschau. Entdecke das Obergeschoss und das Dach eines schönen alten Holzhauses.

Ich gebe Gas und schaue noch einmal in den Rückspiegel.

Das Auto ist noch da, und ich bete:

Lieber Gott. Hilf mir, sicher nach Stuvskär zu kommen. In Jesu Namen. Amen.

Ich umklammere das Lenkrad, als ich das Gebet flüstere. Mache für einen Moment die Augen zu und suche Kontakt zu Ihm.

Als ich die Augen öffne, werde ich von einem Sonnenstrahl geblendet. Ich kneife die Augen zusammen und versuche, die Umrisse des Weges zu erkennen.

Der Wald ist hier dichter. Es ist dunkler, und hier und dort wachsen Fichten zwischen den Kiefern.

Ich schaue in den Rückspiegel.

Das Auto ist verschwunden.

Ist das möglich, ist mein Gebet erhört worden?

Ich wage erst nicht zu glauben, dass es so ist. Fahre bestimmt noch eine Viertelstunde weiter über die kleinen Wege, bis ich begreife, dass der BMW wirklich verschwunden ist.

»Danke, lieber Gott«, murmele ich und beginne, den Weg zurück nach Stuvskär zu suchen. »Danke, lieber Gott, dass du mein Gebet erhört hast.«

SAMUEL

Um kurz nach zehn Uhr morgens höre ich, wie die Haustür zufällt. Rakel lässt mich ausschlafen, weil ich an den letzten Tagen so viel gearbeitet habe. Olle, ihr Typ, ist noch immer nicht aus Stockholm zurück, und ich konnte nicht so oft frei haben, wie sie es mir versprochen hatte.

Ich springe aus dem Bett, steige in meine Jeans, gehe ins Allzweckzimmer und hole einige Male tief Luft.

In meinem Zimmer müssen es mindestens dreißig *fucking* Grad sein.

Mindestens.

Und man kann dieses verdammte Fenster nicht aufmachen, ohne von Mücken aufgefressen zu werden.

Die Bodendielen knarren und ächzen, als ich zum Fenster gehe und aufs Wasser hinausschaue. Einige Seevögel lassen sich hoch über mir vom Wind treiben, und am Horizont ahne ich ein Segelboot.

Rakel läuft in ihrem viel zu großen Bademantel die lange Holztreppe hinunter. Ihre langen Haare flattern hinter ihr her.

Auch sie scheint heute ausgeschlafen zu haben.

Vielleicht hatte Jonas eine anstrengende Nacht, so eine, in der er am Ende eine Spritze in den Hintern kriegt und high wird wie eine verdammte Mondrakete.

Ich zwinge mich, die Augen von Rakel abzuwenden, und gehe zum Bücherregal. Der Schlüssel liegt noch genau da, wo ich ihn hingelegt habe – neben dem Buch über Leuchttürme. Und als ich aufgeschlossen habe, gleitet die Tür zu Olles Arbeitszimmer lautlos auf.

Die Sonne ist hier noch nicht angekommen, und die Luft ist angenehm kühl. Es riecht ein wenig nach Staub und nach dem Leder des Sessels in der Ecke.

Ich knie mich neben die marineblaue Leinwandtasche und suche ein Paar Jeans, ein T-Shirt und ein Hemd heraus. Nehme mir den Umschlag mit dem Pass und der Kreditkarte.

Dann ziehe ich den Reißverschluss wieder zu und überzeuge mich davon, dass die Tasche so aussieht wie vorher.

Das tut sie – es ist unmöglich zu sehen, dass ich hier herumgewühlt habe, wenn man sie nicht öffnet und entdeckt, dass einige Kleidungsstücke und der Umschlag fehlen.

Ich schleiche mich aus dem Zimmer, schließe die Tür hinter mir ab und lege den Schlüssel an die alte Stelle. Kleider und Umschlag stopfe ich in meinen Rucksack, zu den Flaschen mit dem Fentanyl, die ich aus dem Medizinschränkchen genommen habe.

Ich sehe nach, ob ich auch meine anderen Sachen habe – Telefon, Lader und Schlüssel –, und lasse den Finger über den Schlüsselring gleiten, den Mama mir geschenkt hat. An dem Ring aus rostfreiem Stahl hängen ein Miniaturbuch und ein kleiner Plastikfisch. Ein idiotisches christliches Teil, das die Gemeinde eingekauft hatte, um die Kids aus der Jugendgruppe zu bestechen.

Die Zeit zum Aufbruch ist gekommen.

Sowie ich für heute fertig bin, werde ich abhauen und mich im Hafen mit Mama treffen.

Und ich habe nicht vor zurückzukommen.

Wenn ich erst Igors Kohle habe, werde ich lange weit weg bleiben können. Und mit Hilfe des Passes kann ich sogar ins Ausland fahren.

Problem solved, sozusagen.

Als ich geduscht habe, gehe ich die Wendeltreppe hinunter ins Erdgeschoss. Es duftet nach frischgebackenen Pfannkuchen.

Der satte, ein wenig angebrannte Geruch weckt den Hunger, aber auch etwas anderes: ein schwelendes Schuldgefühl, das in meiner Brust größer wird.

Die arme Rakel – hier steht sie und macht Frühstück für mich, obwohl sie das gar nicht muss. Sie hat wirklich etwas Besseres verdient als einen Typen, der sie beklaut und dann abhaut und sie mit ihrem Gemüsekind allein zurücklässt.

Ich schlucke hart und merke, dass meine Kehle wie zugeschnürt ist, als hätte sich da unten ein unsichtbarer Ball festgesetzt.

Du kannst nichts. Du willst nichts. Und jetzt pisst du die Einzige an, die dir geholfen hat.

»Fröhlichen Mittsommer! Es gibt Pfannkuchen. Hoffentlich hast du Hunger!«

Rakel lacht und stopft sich mit Daumen und Zeigefinger ein Stück Pfannkuchen in den Mund.

Sie trägt eine Schürze über ihrem weißen Kleid, und ich muss wieder an Mama denken. Die hat immer Pfannkuchen zum Frühstück gemacht, als ich noch klein war, und sie hatte eine Schürze, die fast genauso aussah.

Der Kloß in meinem Hals wächst. Ich habe das Gefühl, dass meine Kehle gleich bersten wird, und ich bringe kein Wort heraus.

Ich setze mich an den Tisch, gieße mir ein wenig Saft in ein Glas und zwinge einige Schlucke hinunter.

Rakel kommt zu mir und stellt mir einen Teller mit frischgebackenen Pfannkuchen hin.

»Bitte sehr!«

»Danke«, würge ich heraus, obwohl der Ball in meinem Hals kurz vor der Explosion steht.

»Ich muss in den Laden«, sagt sie, bindet die Schürze im Rücken los, zieht sie sich über den Kopf und hängt sie an einen Haken neben dem Herd. »Passt du so lange auf Jonas auf?«

»Sicher«, sage ich und merke, dass ich mich so langsam wieder im Griff habe, dass die Angst nachlässt und die harte Kugel langsam zu einem Ballon wird, aus dem die Luft entweicht.

Ich bin kein schlechter Mensch, denke ich.

Ich bin nur ein Junge wie alle anderen, der in der Scheiße gelandet ist und sich alle Mühe gibt, wieder herauszukommen.

Ich hatte nie eine Wahl.

Zombie-Jonas liegt still auf dem Rücken.

Der schwache Uringeruch, der immer in diesem stickigen Zimmer hängt, mischt sich mit dem Duft der roten Rose, die wie ein einsames Ausrufezeichen in der Vase auf dem Tisch steht.

Ich beuge mich über das Bett und sehe mir sein Gesicht genau an.

Die Haut im Nasenloch, aus dem der Schlauch ragt, ist rot und entzündet. Ein Stück von einer Kruste hat sich gelockert und entblößt rotes Fleisch. Sein Mund kommt mir noch trockener vor als gestern, rote, waagerechte Risse ziehen sich durch die Lippen.

»Hallo«, sage ich und strecke die Hand nach dem Fettstift aus. Drehe den Verschluss ab und fahre behutsam mit dem Stift über seine Lippen.

Er reagiert nicht, nur ein dünner Speichelfaden zieht sich vom Mundwinkel aus über das Kissen.

Ich richte mich auf und hole eine Papierserviette aus dem Wandregal. Wische ihm vorsichtig den Mund ab und lege die Serviette neben die Vase mit der Rose auf den Nachttisch. Dann greife ich nach der Handcreme, drücke einen Klecks heraus und massiere seine mageren, kalten Finger.

»Was sagst du? Sollen wir das Gedicht zu Ende lesen?«

Natürlich gibt er keine Antwort, aber Tatsache ist, dass ich wirklich ein bisschen neugierig bin, wie die Sache mit dem Löwen, dem Lamm und der verletzten Taube, die nur ihre Flügel zurückhaben will, weitergeht.

Ich beuge mich über das Bett und ziehe vorsichtig die Blätter unter dem Fußende hervor. Setze mich in meinen Sessel und fange an vorzulesen.

Du warst die Taube, ich war das Lamm
Der Löwe ermahnte dich
Brüllte du müsstest aufhören
Aber die Zähne waren so spitz
Und die Krallen waren so lang
Dass er deinen Körper zerriss
Als er dich fangen wollte
Es gibt keine Taube mehr
Aus Tränen weinte ich mir ein Meer
Und legte mich zum Sterben hin
Auf die weichen Kissen der Trauer
Doch dann war der Löwe wieder da
Und in seinem riesigen Schlund trug er
Eine unbefleckte Taube

Ich lege das Blatt auf mein Knie. Das Gedicht geht auf der nächsten Seite weiter, aber irgendetwas widerstrebt mir.

Ich kann nicht weiterlesen.

Was für einen verdammt gestörten Kram kann man eigentlich schreiben?

Außerdem ist das hier nicht nur krank, es ist krank auf eine nahezu *biblische* Weise. Und ich weiß ja wohl genau, was das bedeutet, schließlich musste ich zu diesen Trotteln in Mamas Gemeinde in die Bibelschule gehen.

Ich sehe mir den Text noch einmal an.

Lese die letzten Zeilen.

Doch dann war der Löwe wieder da
Und in seinem riesigen Schlund trug er
Eine unbefleckte Taube

Etwas an diesem Gedicht, an dieser Geschichte, sorgt dafür, dass sich mir die Haare im Nacken sträuben. Aber ich begreife nicht, was es ist. Es ist, als ob in meinem Unterbewusstsein eine Art Erkenntnis auf der Lauer liegt, als ob dort unten ein großes schwarzes Tier schwimmt und sich weigert, an die Oberfläche zu kommen, obwohl ich nach ihm rufe.

Ich falte das Blatt mit dem Gedicht zusammen, stopfe es in die Hintertasche meiner Jeans und schaue Zombie-Jonas an.

Sein ganzer Körper bebt, und er hat wie bei einem Krampf die Fäuste geballt.

Verdammt!

Er wird doch wohl nicht während meiner Schicht sterben wollen?

Doch schon einige Sekunden später lockern sich die bleichen Hände, und sein Körper wird wieder ruhig. Weißer Schaum quillt aus seinem Mundwinkel. Dieser Schaum erinnert an den, der sich bei Sturm vor den Felsen sammelt.

Ich greife zum Nachttisch hinüber, nehme die Papierserviette und wische ihm mit einem wachsenden Gefühl des Unbehagens die Spucke ab.

»Ich muss bald los«, sage ich. »Sorry. Das ist nichts Persönliches, aber ich muss weg.«

Ich überlege eine Weile, dann füge ich hinzu:

»Auf jeden Fall. Ich hoffe, dass es dir bald besser geht, irgendwie.«

Mehr weiß ich nicht zu sagen.

Es gibt nicht mehr zu sagen, nichts, was das erklären könnte, was ich jetzt tun werde.

Danach sitze ich still im Sessel. Die Zeit kriecht langsam dahin.

Die Tür schlägt zu, als Rakel nach Hause kommt. Ich höre, wie sie sich mit ihren Einkaufstüten und am Kühlschrank zu schaffen macht. Danach verschwindet sie in ihrem Zimmer.

Ich warte eine halbe Stimme, dann beschließe ich, dass es so weit ist.

Ich greife nach Jonas' Hand. Nehme sie und drücke sie, aber vorsichtig, er soll ja keine blauen Flecken bekommen.

»Also, bis dann. Pass auf dich auf.«

Er liegt bewegungslos da.

Ich gehe in die Diele und klopfe an Rakels Tür.

»Komm rein!«, ruft sie.

Ich öffne die Tür einen Spaltbreit und sehe sie vor ihrem kleinen Schreibtisch sitzen, der Laptop ist wie immer aufgeklappt.

Sie arbeitet ungeheuer viel.

Sie nimmt die Lesebrille ab und klappt den Rechner zu. Stützt den Ellbogen auf die Tischplatte und erwidert meinen Blick.

»Alles okay?«

Ich nicke.

»Er schläft. Ich muss auch mal kurz in den Laden.«

»Natürlich«, sie nickt. »Könntest du an der Tankstelle ein Fahrradschloss kaufen, wenn du da vorbeikommst?«

»Sicher«, antworte ich und schäme mich ein wenig bei dem Gedanken, dass ich dieses Fahrradschloss nie für sie besorgen werde.

»Hier, zweihundert müssten doch reichen?«

»Sicher«, sage ich wieder und stopfe das Geld in die Tasche.

Die Sonne, die durch das Fenster scheint, lässt Rakels Haare leuchten wie Kupfer. Sie merkt, dass ich sie ansehe, und lächelt.

Ich schlucke und unterdrücke den Impuls davonzustürzen, weg von Rakel, die dort in ihrem Sessel sitzt und absolut nicht kapiert, wie wahnsinnig wunderbar sie ist.

Stattdessen erwidere ich ihr Lächeln wie ein richtig wohlerzogener kleiner Junge.

Sie öffnet den Laptop wieder, setzt die Lesebrille auf und dreht sich um, als wollte sie klarstellen, dass das Gespräch beendet ist.

Ich gehe in die Diele, ziehe meine Schuhe und meinen Rucksack an.

Als ich die Tür öffnen will, höre ich hinter mir Schritte und drehe mich um.

Rakel steht in der Diele.

»Du«, sagt sie leise. »Ich wollte nur danke sagen. Du machst das mit Jonas unglaublich gut. Ich habe auch gesehen, dass du ihm die Hände eingecremt hast. Es bedeutet so viel für mich, dass du hier bist. Gerade jetzt, wo Olle verreist ist. Es ist schön, einen Mann im Haus zu haben.«

»Danke«, murmele ich.

Es ist schön, einen Mann im Haus zu haben.

Ich merke, dass ich rot werde. Gleichzeitig schäme ich mich, weil ich ein dermaßen wertloser Mensch bin. Weil ich sie gleich verraten und im Stich lassen werde wie der übelste Betrüger.

Ich öffne zum letzten Mal Rakels Haustür und erwidere ihren Blick.

In diesem Moment erstarrt Rakels Lächeln, ihre Augen weiten sich, und ihr Mund bildet ein O.

»Was?«, frage ich und spüre einen Hauch heißer, feuchter Luft meinen Nacken streichen – fast so, als stünde ich auf dem Bahnsteig in einer U-Bahn-Station, wenn ein Zug einfährt.

Rakel gibt keine Antwort.

Ihr Mund öffnet sich noch weiter, und sie stößt einen so lauten Schrei aus, dass mein Herz aufzuhören scheint zu schlagen. Als ob es mitten im Schlag erstarrt und einfach stirbt und in meiner Brust zu einem trockenen kleinen Knorpelklumpen schrumpft.

Langsam drehe ich mich zur Haustür um.

Eine riesige dunkle Gestalt ragt auf der Vortreppe auf. Muskeln spannen sich unter dem engen Unterhemd. Die tätowierte Haut glänzt vor Schweiß. Die Kiefer sind hart aufeinandergepresst, und die Augen sehen tot aus, als hätte irgendwer sie herausgestochert und durch zwei Bleikugeln ersetzt.

Es ist Igor.

MANFRED

Manchmal denke ich, alles wäre leichter, wäre da nicht der Altersunterschied zwischen mir und Afsaneh.

Sicher, Nadja wäre noch immer krank, und ich würde noch immer mit meinen Schuldgefühlen ringen.

Aber vielleicht doch nicht ganz so sehr oder vielleicht nicht auf dieselbe Weise, denn bei Afsaneh habe ich immer das Gefühl, im Minus anzufangen. Als hätte sie mir schon damit einen gewaltigen Gefallen getan, dass sie mit mir zusammen sein will, obwohl ich viel älter bin und eine Last mit mir herumschleppe, bestehend aus einer verwöhnten Exfrau, drei großen Kindern und verdammt vielen überflüssigen Kilos.

Tatsache ist, dass Afsaneh meine Familie nicht nur akzeptiert hat, sie mochte sie vom ersten Moment an gern. Und die Kinder liebten sie. Ja, sogar Beatrice war von ihr angetan, was ein verdammtes Wunder ist, denn es gibt sonst kaum einen Menschen, den diese Frau leiden kann.

Vielleicht liegt es daran, dass Afsaneh keine eigene Familie hat, dass sie sich so schnell mit meiner angefreundet hat. Sie war noch ein Baby, als ihr Vater und ihr großer Bruder zu Beginn der achtziger Jahre im Iran ermordet wurden, zwei Jahre nachdem die Islamisten unter Ayatollah Khomeini an die Macht gekommen waren. Ihre Mutter, die davon auf dem Markt erfuhr, verließ, buchstäblich mit Afsaneh auf dem Arm, Hals über Kopf das Land. Drei Monate später kamen sie in Stockholm an und begannen langsam, ihr Leben neu aufzubauen. Das ging sehr gut, doch als Afsaneh siebzehn war, starb ihre Mutter an den Folgen eines massiven Herzinfarkts.

Afsaneh hatte mir das alles schon bei unserer ersten Begegnung erzählt. Sie hatte auch klargestellt, dass es ihr wichtigstes Lebensziel sei, eine Familie zu gründen. An dem Tag, an dem sie mir von ihrer Schwangerschaft berichtete, konnte ich deshalb nicht so leicht sagen, dass ich schon drei Kinder hatte und durchaus nicht scharf auf ein weiteres war.

Dazu stand ich zu tief in ihrer Schuld.

Man kann meinen, ich hätte es schaffen müssen, unsere kleine Familie zu schützen, nach der Afsaneh sich so lange gesehnt hatte. Ich hätte verhindern müssen, dass unser Kind aus dem dritten Stock auf den harten Asphalt stürzt.

Mein Magen krampft sich zusammen, wenn ich daran denke, wie Nadjas von der Butter glitschige kleine Hand aus meiner gerutscht ist, während unten auf der Straße die Straßenarbeiter auf uns zugerannt kamen.

Wäre Grzegorz Cybulski nicht gewesen – ein fünfundzwanzig Jahre alter polnischer Gastarbeiter –, wäre Nadja jetzt tot. Er hat versucht, sie aufzufangen, und konnte ihren Sturz mildern.

Afsaneh und ich haben Grzegorz eine Woche nach dem Unglück besucht, um ihm zu danken und ihm Blumen zu bringen. Obwohl er sich den Arm gebrochen hatte, war er guten Mutes und schien sich über unseren Besuch zu freuen.

Wir wussten damals schon, dass es ungewiss war, wie es mit Nadja weitergehen würde, aber wir konnten uns nicht vorstellen, dass wir auf unbestimmte Zeit im Ungewissen schweben würden, im Grenzland zwischen Leben und Tod.

Ich sehe Nadja an.

Sie sieht so friedlich aus in ihrem Krankenhausbett. Die Sonne sucht sich einen Weg durch das Fenster und trifft auf ihren Arm. Malt ihre Haut golden und lässt den zarten Flaum glänzen.

Ich frage mich, was sie denkt, während sie dort liegt, versenkt in den Dämmerschlaf, der Koma genannt wird. Ob sie träumt oder vielleicht sogar Augenblicke erlebt, in denen sie wacher wird und sich ganz dicht unter der Oberfläche des Bewusstseins befindet. Vielleicht kann sie uns dann hören, so wie man durch eine geschlossene Tür hören kann, wenn man das Ohr daran legt.

Vielleicht ist die Haut, die ihren Schlaf von unserer Wirklichkeit trennt, ja hauchdünn.

Vielleicht kann ich diese Haut durchdringen, wenn ich es nur dringend genug will, wenn ich sie nur ausreichend genug liebe.

Wenn ich nur meine Schuld gründlich genug sühne.

Und da ist es wieder – dieses magische Denken. Das nirgendwohin führt, außer in den Sumpf von Selbstmitleid und Gewissensqualen.

Afsaneh richtet sich auf und geht zu Nadja. Beugt sich über sie.

»Warum wacht sie nicht auf?«, fragt sie.

»Sie haben doch gesagt, dass sie gestern auf Schmerz reagiert hat. Das ist ein gutes Zeichen.«

»Ich will, dass sie aufwacht«, sagt Afsaneh, die sich jetzt immer häufiger auf die selbstverständliche Weise eines Kindes ausdrückt, ganz ohne Umschreibungen oder Höflichkeitsphrasen.

»Du weißt, das kann dauern.«

»Ich kann nicht mehr warten. Ich will, dass sie jetzt aufwacht.«

Afsaneh greift zu ihrem Handy und tritt einige Schritte zurück. Geht in die Hocke.

»Was machst du?«, frage ich.

»Fotografieren.«

»Das sehe ich. Aber warum?«

Sie gibt keine Antwort. Stattdessen setzt sie sich auf den Stuhl neben meinem und fängt an, irgendeine Mitteilung zu schreiben.

Eigentlich ist die Verwendung von Mobiltelefonen hier drinnen nicht erlaubt, aber das ist Afsaneh egal. Sie sagt, ihr Freund Love, der eine Doktorarbeit in Physik schreibt, behauptet, es könne die Elektronik auf der Station absolut nicht stören.

Ich sehe für einen Moment Nadja im Display, dann wird Afsanehs Mitteilung mit einem kurzen Rauschen verschickt.

»Warum verschickst du Bilder von Nadja?«

»Das ist für das Forum.«

»Für das Forum? Hast du den Verstand verloren? Das ist doch respektlos Nadja und auch uns gegenüber.«

»Du verstehst das nicht. Wir teilen unsere Erlebnisse. Ich könnte das sonst nicht ertragen. Außerdem poste ich keine Bilder, auf denen man sie erkennen kann.«

Afsaneh steckt das Handy in ihre Handtasche und erwidert meinen Blick. Wenn ich nicht wüsste, dass sie mit Rauchen aufgehört hat, könnte ich schwören, dass sie nach Zigarettenrauch riecht. Ihre Augen sind geschwollen und rot. Im Mundwinkel sehe ich eine Wundkruste. Ihre Stirn glänzt, und ihre Lippen sind bleich.

Zum ersten Mal seit langer Zeit weiß ich nicht mehr, wer von uns beiden recht hat.

Bin ich nur ein Starrkopf, der nicht begreift, wie sehr sie leidet, oder hat sie die Fähigkeit verloren, die Grenze zwischen Privatleben und Öffentlichkeit zu ziehen?

Als wir gerade nach Hause gehen wollen, um in aller Schlichtheit unser Mittsommermittagessen zu verzehren, kommt eine SMS von Malin.

Ich lese sie und drehe mich zu Afsaneh um.

»Ich muss kurz ins Büro.«

Sie sieht mich aus dunklen, leeren Augen an.

»Es ist Mittsommerabend.«

»Ich komme, so schnell ich kann.«

Als ich ins *Haus* komme, wartet Malin schon im Besprechungsraum auf mich.

Ich, der ich ziemlich zufrieden damit bin, fast zehn Kilo abgenommen zu haben, verabscheue Situationen, in denen ich mit meinem Mangel an Selbstdisziplin konfrontiert werde.

Ich schaue den Tisch an.

Sie hat Schokocroissants gekauft. Mit anderen Worten die schlimmste Art von Kalorienbombe. Hier ist an nichts gespart worden: Zucker, Fett und blitzschnelle Kohlenhydrate, all das hat sich in diesem unwiderstehlichen Gebäck konzentriert, das sich auf dem fettigen Pappteller drängt, und wartet nur darauf, in die Fettwülste auf meinem Bauch zu sprinten und sich dort häuslich niederzulassen.

Ich nehme mir ein Croissant und rede mir ein, dass das keine Rolle spielt.

Ein Croissant macht noch keinen Fettberg.

»Was ist passiert?«, frage ich.

Malin zuckt mit den Schultern.

»Keine Ahnung, aber ich hoffe, es dauert nicht lang.«

Als ich gerade das letzte Stück Croissant in den Mund stopfe, betritt Lasses das Zimmer, er trägt wieder das durchscheinende Hemd von neulich, diesmal aber ohne Netzunterhemd.

»Wie wäre es mit einem kleinen Plausch mit Igor Ivanovs engstem Mitarbeiter?«, fragt er und setzt sich auf einen der abgenutzten Stühle.

Malin knallt ihren Pappbecher auf den Tisch, und der Kaffee schwappt über.

»*What?* Habt ihr Malte Lindén gefunden?«

»Die Kollegen von der Streife haben ihn gestern am späten Abend gesichtet, und die Kripo hat ihn heute Morgen mit einem Haftbefehl abgeholt«, sagt er. »Ich war gerade unten, um ihn mir mal anzusehen.«

Malin nickt und wischt den Kaffee mit einer hellen Serviette mit Weihnachtsmotiv auf, die schon mindestens einen Winter in den Gemächern des Polizeigebäudes überlebt hat.

»Macht er Schwierigkeiten?«, frage ich.

Lasses schüttelt den Kopf.

»Nö. Der kennt das Spiel doch längst. Hat wegen Drogenbesitz und Körperverletzung gesessen. Der weiß, was Sache ist. Aber er hat natürlich versucht, seinen Rechtsbeistand dazuzuholen.«

»Und was hast du gesagt?«, fragt Malin.

Lasses lächelt aasig.

»Dass er nicht mehr Recht auf einen Anwalt hat als eine Nutte auf Krankengeld«, sagt er mit Nachdruck. »Einen Anwalt gibt es erst, wenn ein triftiger Verdacht auf ein Verbrechen vorliegt, das steht im einundzwanzigsten Kapitel der Strafgesetzordnung, was folglich voraussetzt, dass man einen der in Kapitel dreiundzwanzig aufgeführten Verdachtsmomente vorweisen kann.«

Malte Lindén sitzt zurückgelehnt auf dem Stuhl und hat die Arme demonstrativ vor der Brust verschränkt.

Er trägt ein Trägerhemd und ein Paar verschlissene Jeans. Sein Körper ist mager, fast schon ausgemergelt, und dünne hellbraune Haare fallen in fettigen Strähnen um sein aknenarbiges Gesicht. Seine Miene ist gleichgültig und sein Blick müde, als säße er in der U-Bahn und nicht in einer polizeilichen Vernehmung.

Wir stellen uns vor und setzen uns an den Tisch.

Malte verzieht nicht eine Miene, aber er hebt eine Augenbraue, als wir zu dritt das Zimmer betreten – normalerweise wird eine Vernehmung immer von zwei Personen geführt.

Als Malin gerade das Aufnahmegerät einschalten will, klopft es an der Tür, und Malik schaut herein.

»Lasses, kann ich dich kurz sprechen?«

»Muss das sein?«, fragt Lasses wie ein trotziger Fünfjähriger.

»Es ist wichtig.«

Lasses seufzt, steht auf und verlässt den Raum demonstrativ langsam.

Malin schaltet das Aufnahmegerät ein und leiert die Formalitäten herunter. Dann dreht sie sich zu Malte um und kommt gleich zur Sache.

»Haben Sie Johannes Ahonen und Victor Carlgren gekannt?«

Malte antwortet nicht sofort.

»Nein«, sagt er dann, ohne Malins Blick zu erwidern.

»Sie sind also keinem der beiden je begegnet?«

»Nein.«

Malin zieht Fotos von Johannes und Victor hervor und legt sie vor Malte auf den Tisch.

»Erkennen Sie die beiden?«

»Nein«, antwortet Malte, ohne die Bilder anzusehen.

»Ich muss Sie bitten, einen Blick auf die Fotos zu werfen«, sage ich.

Widerwillig wandert Maltes Blick zu den Bildern. Dann zuckt er mit den Schultern.

»Erkennen Sie die beiden?«, fragt Malin noch einmal.

»Nö.«

»Nie gesehen?«

»Nö.«

»Und da sind Sie sicher?«

»Mm.«

»Nach unseren Informationen haben Johannes Ahonen und Victor Carlgren Kokain von Personen gekauft, die wir mit Ihnen und Igor Ivanov in Verbindung bringen können. Was haben Sie dazu zu sagen?«

»Nichts«, antwortet Malte träge und betrachtet im kalten Neonlicht gleichgültig seine Fingernägel.

»Sie haben also keinen Kommentar dazu, dass die beiden Kokain von Ihren Leuten gekauft haben?«

»Das habe ich nicht gesagt«, erwidert Malte, ohne die Stimme zu heben. »Ich habe gesagt, dass ich keinen Kommentar zu eurer

Behauptung habe, dass sie Kokain von Leuten gekauft haben, von denen ihr *behauptet,* dass sie mich kennen.«

Malin schaut mich hilflos an und zuckt mit den Schultern.

Das war ja zu erwarten gewesen.

Hartgesottene Berufskriminelle sind nicht so leicht aus der Fassung zu bringen. Es bedarf mehr als vager Behauptungen bei einer Vernehmung, damit einer wie Malte zugibt, etwas getan zu haben, das auch nur an Ungesetzlichkeiten grenzt.

Ich versuche es mit einer anderen Taktik. Ziehe die Bilder hervor, die die Rechtsmedizinerin von den Opfern gemacht hat, und lege sie auf den Tisch.

»Diese Personen wurden wahrscheinlich ermordet«, sage ich. »Sie waren noch jung. Hatten das ganze Leben noch vor sich. Jemand hat es ihnen genommen und sie ins Meer geworfen, wie Müll.«

Malte schielt zu den Bildern hinüber, ohne eine Miene zu verziehen, er wirkt total unberührt von den aufgedunsenen Körpern und der gespannten, gerissenen Haut.

»Ihr Pech«, murmelt er dann mit derselben monotonen Stimme.

Malin seufzt, setzt sich anders hin und sagt:

»Wenn Sie etwas darüber wissen, sagen Sie es lieber gleich.«

Malte gibt keine Antwort.

»Wissen Sie etwas, Malte?«, frage ich.

Langsam erwidert der magere Mann meinen Blick, und mir sträuben sich die Nackenhaare, als ich seine gleichgültige Miene sehe. Eine Kälte breitet sich in mir aus, obwohl es im Vernehmungsraum heiß ist wie in einer Sauna.

Etwas glitzert in Maltes Mund, und erst jetzt sehe ich, dass seine Vorderzähne aus Gold sind.

»Nein«, sagt er. »Ich weiß nichts.«

Es wird still im Raum.

»Wo ist Igor, Malte?«, frage ich.

»Weiß nicht.«

»Sie haben keine Ahnung?«

»Vielleicht ist er baden gegangen.«

»Baden?«

Malte zieht an seinen knochigen Fingern, bis die Knöchel knacken, einer nach dem anderen, und ich ahne ein Lächeln in seinem mageren Gesicht.

»Ja. Es ist doch schönes Wetter.«

Als wir die Treppe hochsteigen, begegnet uns Lasses, der auf dem Weg nach unten ist. Er schnauft und prustet, als hätte er gerade einen Vierhundertmeterlauf hingelegt, und ich sehe große feuchte Flecken unter den synthetischen Ärmeln.

»Rein gar nichts«, sagt Malin als Antwort auf die Frage, die Lasses nicht gestellt hat.

»Hab-ich's-nicht-gleich-gesagt?«, keucht Lasses.

»Aber was, wenn du dich geirrt hast«, sagt Malin.

»Ich irre mich nie«, sagt Lasses voller Überzeugung. »Ich habe mich nur einmal geirrt, und da dachte ich, ich hätte mich geirrt. Obwohl ich recht hatte.«

Er lacht schallend über seinen Witz.

»Aber jetzt lasst den Kopf nicht hängen, Kinder«, meint er dann und macht einen Schritt die Treppe hoch. »Denn Onkel Gunnar hat einen richtig feinen Knochen für euch. Kommt mit, dann zeig ich ihn euch!«

Wir folgen ihm die Treppe hoch zu seinem Büro, wo der Laptop aufgeklappt ist.

»Malik hat mich geholt, weil wir Besuch von der Technik hatten«, sagt Lasses und wischt sich den Schweiß von der Stirn. »Und da ich mich ja schon mit dem Kram beschäftigt habe, wollte er mich dabei haben.«

Das Letzte sagt er mit Nachdruck und schlecht verhohlenem Stolz.

Er tippt auf der Tastatur herum, und der Bildschirm erwacht zum Leben. Dann klickt er sich zu einer Fotostrecke durch.

»Hier ist Victor Carlgrens Leichnam, ordentlich verpackt in ein Laken und mit Ketten umwickelt. Was vielleicht nicht sofort zu sehen ist, ist, dass auch ein wenig Isolierband an dem Laken klebt, hier oben am Hals.«

Lasses zeigt auf die mumienhafte Gestalt.

»Und?«, fragt Malin.

»Das Band hat den Stoff vor der Auflösung beschützt«, sagt Lasses. »Und genau hier …«

Er zeigt auf einen Punkt am Hals der Mumie und fügt hinzu:

»Genau hier unter dem Band wurden zwei Haare mit Haarbalg gefunden. Die Technik konnte Kern-DNA feststellen, was bedeutet, dass wir ein komplettes DNA-Profil der Person haben, von der die Haare stammen.«

Er legt eine Pause ein und sieht uns triumphierend an.

»Und das ist nicht das Opfer«, sagt er dann.

»Der Täter?«, flüstert Malin.

»Vielleicht«, sagt Lasses und sieht erst mich und dann Malin an. Dann lächelt er breiter, als ich es je bei ihm erlebt habe. Sein ganzes sonst so mürrisches Gesicht öffnet sich und wird weich.

»Aber wir wissen, wessen DNA es ist«, sagt er. »Denn den Betreffenden haben wir im Vorstrafenregister.«

»Wer ist es?«, fragt Malin atemlos.

Lasses lächelt noch breiter.

Malin boxt ihm wütend gegen die Schulter.

»Verdammt, Gunnar, jetzt sag schon!«

Lasses nickt langsam, fährt sich über den Bart und klickt noch einmal auf der Tastatur herum. Ein Fahndungsfoto taucht auf, es zeigt einen Mann mit verfilzten braunen Haaren und Bart.

»Olle Berg, einunddreißig Jahre alt. Vorbestraft wegen schwerer Körperverletzung und Nötigung.«

PERNILLA

Der Fähranleger auf Stuvskär ist leer, bis auf zwei halbwüchsige Jungs, die am Rand sitzen und angeln.

Eine warme Brise kräuselt die Wasseroberfläche und lässt mein weites Kleid flattern, so dass ich es festhalten muss. Es riecht würzig nach Tang und Fischen von den kleinen blanken Barschen, die ordentlich aufgereiht hinter den Jungen auf einer Zeitung liegen. Aus der Ferne nähert sich eine weiße Vaxholmfähre. Der Schaum umspielt den Bug, und die Menschen drängen sich an der Reling, um einen Platz an der Sonne zu ergattern.

In einer Viertelstunde bin ich mit Samuel verabredet.

Ich setze mich auf die Betonbank und stelle die Sporttasche zwischen meine Füße. Hoffe, dass er seine Lektion jetzt gelernt hat und Ordnung in seinem Leben schaffen wird. Denn ich kann ihm ja nicht immer zu Hilfe kommen, wenn er etwas angestellt hat.

Jedenfalls nicht, wenn ich dabei gegen das Gesetz verstoßen muss.

Die Fähre ist jetzt fast hier. Ich sehe die Fahrgäste deutlich. Die, die auf Stuvskär Mittsommer feiern wollen, stehen schon vorn in der Schlange mit ihren Tüten voller Proviant, Bier und Schnaps.

Die Jungen, die auf dem Anleger geangelt haben, stehen auf. Der eine zieht ein Handy hervor und macht Bilder von den Barschen. Dann hebt er die Zeitung hoch und wirft die Fische ins Wasser.

Mir wird sofort schlecht.

Ich weiß, das sind nur Fische. Aber warum tut man einem

lebenden Wesen so etwas an? Fängt es, nur um es zu fotografieren, und wirft es, wenn man fertig ist, zurück ins Meer?

Wozu soll das gut sein?

Ich sehe den Jungen hinterher, als sie in Richtung Hafenkneipe verschwinden. Sie gehen nebeneinander, scheinen aber nicht miteinander zu reden, sondern sind so tief in ihre Handys versunken, dass der eine voll gegen ein parkendes Auto läuft.

Die Fähre legt an, und die mittsommerfeinen Fahrgäste strömen auf den Anleger, gehen zum Hafen und verschwinden in unterschiedliche Richtungen. Ein Dreiradmoped fährt mit seiner Ladung aus Menschen und Gepäck los. Zwei Hunde bellen einander wütend an.

Ich presse die Sporttasche mit den Knöcheln zusammen und schiele auf die Uhr – noch fünf Minuten.

Der Anleger ist jetzt leer.

Die Vaxholmfähre verschwindet hinter einer Insel. Große dunkle Wolken ballen sich über dem Land zusammen, und der Wind frischt auf. Der rostige Signalmast knirscht ein bisschen, und ein altes Eispapier fliegt vorbei und landet vor mir im Wasser.

Ich schaue wieder auf die Uhr.

Samuel ist zehn Minuten zu spät, aber das ist an sich nicht ungewöhnlich. Samuel kommt oft zu spät. Oder zu früh. Aber nur selten pünktlich.

Ich schaue auf die Tasche zwischen meinen Füßen.

Die sieht ganz normal aus, so alltäglich und harmlos. Ich würde nie auf die Idee kommen, dass sie etwas Verbotenes enthält, wenn ich sie bei jemand anderem hier sähe.

Mein Handy klingelt, und ich fröstele trotz der Hitze.

Es ist Stina, die wissen will, ob ich morgen arbeiten kann. Ich sage, dass das kein Problem ist, und dann reden wir eine Weile. Als ich erzähle, dass Vater gestorben ist, tröstet sie mich und verspricht, sich um mich zu kümmern, wenn wir uns sehen. Ich vermute, dass sie vorhat, mich wieder mit Alkohol abzufüllen, aber das sage ich nicht. Dann reden wir über Samuel. Ich höre echte Freude in ihrer Stimme, als ich erzähle, dass ich gerade auf Stuvskär auf ihn warte.

»Das freut mich so für dich, meine Liebe. So sehr.«

Wir verabreden, uns zu treffen, sowie ich wieder in der Stadt bin. Stina will mich zum Essen einladen, und ich verspreche zu kommen, wenn das keine Mühe macht.

»Quatsch!«, ruft sie. »Du machst ja wohl keine Mühe, Herzchen. Wie ist es übrigens mit dem scheinheiligen Pastor weitergegangen? Hat er dich in Ruhe gelassen?«

Ich erzähle, was passiert ist, als wir uns vor dem Ausflug getroffen haben, wie der Pastor mir befohlen hat mitzukommen und wie ich geantwortet habe, das könne er sich sonst wohin stecken.

Stina lacht so sehr, dass ihre Stimme sich fast überschlägt, und lässt ihr Handy dabei auf den Boden fallen.

»Entschuldige«, keucht sie, als sie es aufgehoben hat. »Das hast du gesagt? Vor den Kindern? Sowas Witziges hab ich schon ewig nicht mehr gehört. Du musst mir beim Essen mehr erzählen. Und dann werde ich mich bei dir ausweinen. Jetzt bin ich an der Reihe. Ich treffe immer die falschen Typen, hab ich das schon erzählt?«

Ich lache und sage nein, das habe sie noch nicht erzählt. Dann legen wir auf.

Ich habe nichts von der Tasche mit dem Geld erzählt, dafür schäme ich mich zu sehr.

Die Minuten kommen und gehen und werden zu einer Stunde. Der Himmel verdüstert sich weiter, und ich kann in der Ferne ein Gewitter hören. Dumpfes Donnergrollen, das wie riesige Steinbrocken über die Inseln rollt.

Ich starre das Meer an, ich starre das Land an.

Ich sehe alle zehn Minuten auf mein Handy.

Ich gehe zur Hafenkneipe hoch und schaue durch das ungeputzte Fenster. Ich gehe in den Laden, der gerade schließen will, und kaufe das Billigste, was ich finden kann – einen lächerlich teuren Tetra Pak mit ökologischem Kokoswasser.

Aber Samuel ist nirgendwo zu sehen.

Jetzt fallen schwere Regentropfen.

Am Ende verlasse ich den Anleger und laufe planlos den schmalen Kiesweg entlang, der am Wasser langführt. Komme an roten Hütten und kleinen Buchten vorbei, wo das Wasser schwarz und still unter den schweren Wolken ruht. Der Regen wird stärker, und ich halte Ausschau nach einem Unterstand.

Bei einem Steg, vielleicht fünfzig Meter weiter, steht ein kleiner Bootsschuppen. Das Dach ragt über der Tür vor.

Ich laufe zu dem baufälligen Holzhäuschen und drücke mich gegen die Tür.

Der Regen prasselt über mir auf das Vordach. Der Donner grollt, und ein Blitz folgt auf den anderen. Meine Kleider sind nass und kalt, und meine Haare hängen mir in feuchten Strähnen über den Rücken, aber ich kann nur daran denken, dass mein Kind schon wieder verschwunden ist. Und plötzlich überkommt mich ein vollkommen irrationales, aber trotzdem absolut zwingendes Gefühl, dass er in Gefahr ist.

Dass etwas Entsetzliches passiert ist.

SAMUEL

Igor ist über mir.

Ich liege platt auf dem Bauch, und meine Hände werden auf meinem Rücken mit eisernem Griff gehalten. Starke Arme heben mich hoch und knallen mich auf den Boden.

Hochheben. Auf den Boden knallen.

Wieder und wieder, als wäre ich eine Stoffpuppe oder vielleicht eine Kokosnuss, die er zu zertrümmern versucht.

Ich spüre, wie in meinem Gesicht etwas zerbricht, wie es um meine Nase herum knirscht, als er meinen Kopf noch einmal auf den Boden schlägt. Gleich darauf füllt mein Mund sich mit Blut.

Igors Griff ist so hart, dass ich kaum Luft bekomme. Ich kann nur winzig kleine Atemzüge machen.

Dann setzt er sich auf mich. Ein Knie wird mir ins Kreuz gedrückt. Der Griff um meine Hände wird noch fester, und ein scharfer Schmerz jagt durch meine geschundenen Arme.

Er beugt sich über mich und flüstert mir ins Ohr:

»Scheiße. Hurensohn. Dreckskerl. Fotze.«

Spucke spritzt auf meine Wange.

Ich kann nicht antworten, kann mich nicht rühren. Ich kann nicht atmen, aber ich nehme trotzdem seinen Geruch wahr, den scharfen Gestank eines Raubtiers nach Schweiß und Wut.

Und mitten in dem ganzen Chaos kann ein Teil meines Gehirns die Situation offenbar weiterhin analysieren. Die Wahrscheinlichkeit dafür berechnen, dass er mir den Schädel einschlagen oder mir die Arme brechen wird. Kann meine Alternativen mit erstaunlicher Präzision berechnen.

Und dieser Teil des Gehirns stellt trocken fest, dass ich fertig bin.

Dass ich nicht die geringste Chance habe, mich gegen Igor zu wehren. Dass er mich zerquetschen wird wie eine überreife Banane.

Ich müsste in Panik geraten. Ich müsste vielleicht ein Gebet sprechen. Aber ich kann nur an sie denken.

Mama.

»Hast du dir eingebildet, du könntest mich austricksen? Jetzt wirst du sterben, ist dir das klar?«

Was er sagt, scheint von weither zu kommen, als ob ich es nur denke oder mich vielleicht daran erinnere, statt es zu hören.

»Deine Mutter hat mich hergeführt, ist das nicht komisch? Sie …«

Igors Stimme verstummt, und es gibt nur noch den rotglühenden Schmerz, der in Wellen durch mich hindurchjagt. Als ob ich in einem Meer aus Schmerz ertrinke.

Dann wird alles weiß und still.

Der Schmerz klingt ab, und ich spüre ihre Nähe. Weiß, dass sie neben mir steht, dass sie nicht vorhat, mich sterben zu lassen. Sie legt ihre kühle Hand auf meine Stirn.

»Samuel.«

Ihre Stimme ist ein Flüstern, aber es liegt so verdammt viel Liebe darin.

»Samuel, wie geht es dir? *Bitte*, sag, dass du noch lebst!«

Der Schmerz kehrt in meine Arme zurück, meine Nase fängt an zu pochen, und die Umwelt nimmt wieder feste Gestalt an. Ich spüre die abgewetzten Bodenbretter unter meiner Wange und registriere das Gewicht auf meinem Rücken.

Sie schüttelt meine Schulter ein wenig.

»Samuel!«

»Du hast vielleicht recht. Wir müssen die Polizei rufen.«

Und gleich darauf:

»Nein. Das geht einfach nicht. *Das geht nicht.*«

Dann fängt sie wieder an zu schluchzen und kommt mit erhobenen Händen auf mich zu.

Klebriges Blut macht bei jedem Schritt ein schmatzendes Geräusch.

»Samuel«, sagt sie. »Was haben wir getan?«

Sie schlingt die Arme um mich und drückt mich an sich, fest, fest.

»Wir werfen ihn ins Meer«, murmele ich mit dem Mund an ihrem Ohr.

Rakel erstarrt, lässt mich los und tritt einen Schritt zurück.

»Bist du verrückt?«, flüstert sie.

Dann runzelt sie die Stirn und scheint sich meinen Vorschlag zu überlegen.

»Nein«, sagt sie dann. »Hier können wir ihn nicht ins Meer werfen. Was, wenn ihn jemand findet?«

»Aber wenn wir weiter hinaus aufs offene Meer fahren? Du hast doch sicher ein Boot?«

Rakel schüttelt den Kopf und wischt sich die Tränen ab.

»Bei dem Wetter?«

Sie schaut zum Fenster hinüber. Draußen gießt es, und der Donner grollt.

»Außerdem«, murmelt sie, »stimmt mit dem Boot etwas nicht. Der Motor setzt dauernd aus. Nein. Das geht nicht. Stell dir vor, wir brauchen Hilfe, während wir ihn an Bord haben.«

Sie nickt zu Igor hinüber. Gleich darauf hebt sie die Hand zum Mund, als ob ihr schlecht wird.

Ich fahre die Schubkarre den schmalen Pfad entlang. Rakel geht vor mir her und zeigt mir den Weg.

Der Regen peitscht in meinen Nacken, und ein Donnerschlag folgt dicht auf den anderen. Mein Schädel dröhnt, meine Nase scheint so dick geworden zu sein wie ein Scheißballon, und ab und zu wird mir so schlecht, dass ich kotzen möchte, aber ich gehe trotzdem weiter, denn ich will Rakel nicht im Stich lassen.

Ich denke, dass wir eigentlich Glück haben, dass es vermutlich bei diesem Wetter weniger wahrscheinlich ist, jemandem zu begegnen.

Igors Leichnam ist unter einer Decke versteckt, nur eine blutige Hand lugt unter dem ausgefransten Rand hervor.

Die Situation ist einfach krank.

Wir haben einen Menschen getötet, auch wenn es in Notwehr war, auch wenn der Betreffende ein Monster war, ein richtiger Arsch, der seinerseits mich umbringen wollte.

Wir haben jemandem das Leben genommen, und das ist einfach nicht zu begreifen – dass Igor, der vorhin noch geatmet und nach Schweiß gestunken und wie ein Oberpsycho meinen Kopf auf den Boden geknallt hat, jetzt unter einer karierten Decke auf einer Schubkarre liegt.

Als ich daran denke, wird mir schlecht, und ich muss die Augen zusammenkneifen. Und als ich die Augen zusammenkneife, muss ich stehen bleiben und mich an einem Baum festhalten, um nicht umzukippen.

Rakel dreht sich um und sieht mich an.

»Komm«, sagt sie und schaut sich eilig um.

Ich packe die Schubkarre und gehe weiter. Zähle die Schritte, wie immer.

Wir gehen den Weg entlang und dann einen kleinen Hang hoch – *hundertsiebenundvierzig* Schritte vom Tor her. Dann biegen wir nach links auf etwas ab, das wie Brachland aussieht – *hundertsiebenundneunzig.*

Rakels nasses Kleid klebt an ihrem Rücken und unter dem Stoff ist der BH zu sehen.

Zweihundertzehn.

Sie dreht sich um.

»Hier!«, sagt sie und zeigt zwischen die Sträucher.

Ich ahne die Umrisse eines verfallenen Hauses, das teilweise von Gras und Gestrüpp überwuchert ist.

Sie wartet auf mich.

Ich gehe schneller, und die Schubkarre macht einen kleinen Satz. Dann bleibe ich bei Rakel stehen.

Zweihundertfünfzig.

»Hier war früher eine Farbfabrik«, sagt sie und nickt zu der Ruine hin. »Die ist vor fünfzig Jahren stillgelegt worden, aber der Boden ist noch immer von Chemikalien vergiftet, und die Gemeinde und der Staat können sich nicht einigen, wer die Sanierung bezahlen soll. Das ist übrigens der Grund, warum es hier auf der Insel so wenige Häuser gibt. Auf vergiftetem Boden will schließlich niemand bauen. Aber egal, die Ruine da war mal das Haus des Vorarbeiters.«

Ich schaue mich um.

Neben der Ruine ahne ich die Umrisse eines alten Brunnens, und daneben liegt ein von Schlingpflanzen überwachsener Steinhaufen.

»Niemand …«

Ein krachender Donnerschlag übertönt Rakels Stimme.

»Niemand kommt hierher«, sagt sie nachdrücklich. »Niemand!«

Ihre dunklen Augen mustern mich mit ernstem Blick, und ich muss wieder an Mama denken.

Gleich darauf fällt mir ein, dass ich mit ihr auf Stuvskär verabredet war. Das muss mindestens vor einer Stunde gewesen sein. Sie hat sicher im Regen auf dem Anleger gestanden und gewartet. Ist sauer geworden und traurig und war am Ende enttäuscht.

Wie immer.
Rakel zeigt auf den alten Brunnen.
»Da!«, sagt sie.
Sie geht zum Brunnendeckel und packt den rostigen Griff.
»Kannst du mir helfen?«, fragt sie.

MANFRED

Abend.

Das Gewitter hat sich verzogen, aber ein dünner Regen fällt über Stockholm. Der noch immer warme Asphalt dampft. Der Himmel ist dunkel, und die Luft, die durch das Fenster, das einen Spaltbreit geöffnet ist, ins Besprechungszimmer strömt, ist schwer vor Feuchtigkeit und den vielen Gerüchen des Sommers. Das wütende Tuten eines vom Unwetter ausgelösten Autoalarms ist von der Straße her zu hören.

Ich stehe auf, gehe zum Fenster und schließe es. Ziehe die Fliege gerade, die ich umbinde, wenn ich in der passenden Stimmung bin – natürlich ist sie gepunktet, wie die von Churchill.

Ich denke an Afsaneh, die das Mittsommeressen allein verzehren musste, obwohl ich versprochen hatte, nach Hause zu kommen. Ich denke an Alba, Alexander und Stella, die ich nicht mehr angerufen habe. Und dann sehe ich meine Kollegen an, wir alle wollen hier weg. Wir alle haben Menschen, die irgendwo auf uns warten, die das schwedischste aller Feste mit uns begehen wollen.

Malin sitzt vornübergebeugt da und stützt die Arme auf die Tischplatte. Obwohl sie versucht, Enthusiasmus vorzutäuschen, ist ihr die Müdigkeit anzusehen. Lasses steht, die Hände tief in den Taschen seiner hoffnungslos unmodernen Jeans mit der Bügelfalte vergraben, vor dem Whiteboard.

Malin steht auf und streckt sich.

»Olle Berg«, sagt sie, befestigt mit kleinen runden Magneten zwei Fotos an der Tafel und wischt sich den Schweiß von der Stirn.

»Auch ›Bulle‹ genannt. Einunddreißig Jahre alt, wohnhaft in Flemingsberg im Süden von Stockholm. Vorbestraft wegen schwerer Körperverletzung und Frauenfriedensbruch. Hat achtzehn Monate gesessen und wurde vor einem guten Jahr entlassen.«

»Erzähl von der Körperverletzung und dem Frauenfriedensbruch«, sage ich und massiere mir mit der linken Hand das Knie.

»Zu der Körperverletzung kam es auf einem Fest in Tumba. Berg geriet in eine Schlägerei und schlug dem Gastgeber wiederholte Male mit einer ungeöffneten Dose Bier Marke Norrlands Guld ins Gesicht. Der Gastgeber trug eine gesprungene Lippe davon und musste an der rechten Augenbraue mit drei Stichen genäht werden. Offenbar so eine Suffgeschichte. Aber der Frauenfriedensbruch …«

Malin verstummt und blinzelt einige Male.

»Das war richtig übel«, sagt sie dann. »Er hat seine ehemalige Lebensgefährtin bedroht und brutal misshandelt. Sie hat auf einem Auge die Sehkraft verloren. Außerdem hat er mehrmals gegen das Kontaktverbot verstoßen und ihr Auto beschädigt. Ein richtiges Schwein.«

»Ja, der kann uns wirklich leidtun«, sagt Lasses trocken. »Diese Burschen sollen uns ja immer leidtun. Habt ihr mit der Ex gesprochen?«

»Ja«, antwortet Malin. »Sie hat keinen Kontakt mehr zu ihm, aber sie haben gemeinsame Freunde, ein bisschen wusste sie also doch über sein Leben. Jedenfalls bis vor einem halben Jahr.«

»Und was ist vor einem halben Jahr passiert?«, frage ich und werfe einen Blick auf mein Handy, für den Fall, dass Afsaneh sich gemeldet hat, aber das Display ist leer, bis auf das Bild von Nadja in einem gelben Badeanzug und mit Schwimmflügelchen, das ich im vorigen Sommer aufgenommen habe.

»Er hat eine neue Frau kennengelernt und sich offenbar total auf diese Beziehung konzentriert«, sagt Malin. »Er hat den Kontakt zu seinen früheren Freunden mehr oder weniger abgebrochen. Offenbar leben sie jetzt zusammen. Vorher hat er bei einem Kumpel gewohnt.«

»*Wo* wohnen sie?«, frage ich.

»Das ist es ja gerade«, sagt Malin. »Niemand weiß, wo Bulle sich aufhält oder wo diese Frau wohnt.«

»Und wie heißt sie?«, frage ich.

»Das wissen wir auch nicht. Wir konnten nur in Erfahrung bringen, dass sie einen ungewöhnlichen Vornamen hat. Ein bisschen altmodisch, so hat die Ex das wohl genannt. Und dann wissen wir, dass sie einen behinderten Sohn im Teenageralter hat, der Jonas heißt. Er hat wohl bei einem Unfall einen Gehirnschaden davongetragen.«

»Aber«, murmelt Lasses und fährt sich mit beiden Händen über den Bart. »Irgendwer muss doch irgendwas über sie wissen. Habt ihr mit dem Kumpel gesprochen, bei dem er vorher gewohnt hat?«

»Ja«, sagt Malin geduldig. »Wir haben mit ihm gesprochen, aber er weiß auch nichts.«

»Verdammt«, sagt Lasses. »Das wird doch immer krankhafter!«

Malin schaut diskret auf ihre Armbanduhr. Als sie merkt, dass ich sie beobachte, schlägt sie sofort die Augen nieder.

»Gibt es irgendeinen anderen Faden, an dem wir ziehen können?«, frage ich jetzt. »Hat dieser Bulle irgendeine Arbeit? Haben wir seine Telefongespräche und seinen Kreditkartengebrauch überprüft?«

Malin nickt.

»Seit seinem Verschwinden hat er keine Kreditkarten benutzt und auch nicht telefoniert. Was die Arbeit angeht, hat er bis vor acht Monaten als Kurierfahrer gearbeitet. Aber offenbar hat er sich danebenbenommen, ist morgens zu spät gekommen und so weiter, deshalb wurde der Vertrag nicht verlängert. Und seine Eltern sind beide tot, und er hat keine Geschwister.«

»Wissen wir sonst nichts?«, fragt Lasses.

»Doch«, sagt Malin. »Eine Menge. Aber nichts von Interesse. Er ist Linkshänder. Er ist Arsenalanhänger. In seiner Freizeit spielt er Computerspiele. Er liebt romantische Komödien, hat in der Wirklichkeit seine Frauen aber lieber zusammengeschlagen.«

Lasses, der sich in eine richtige Wut diesem mutmaßlichen Mörder gegenüber hineingesteigert hat, faucht:

»Aber man kann doch nicht einfach so verschwinden? Irgendwer muss doch wissen, wo er ist!«

Malin gibt keine Antwort, sie lehnt sich an das Whiteboard und schließt die Augen, als wünschte sie sich weit weg. Dann fängt sie an, ihre Sachen zusammenzupacken.

»Entschuldigt«, sagt sie. »Aber ich muss wirklich los.«

Ich nicke zustimmend.

»Können wir uns nicht an alle lokalen Wachen im Süden von Stockholm wenden und um Informationen über diesen Olle Berg bitten?«, frage ich. »Und wir dürfen nicht vergessen zu erwähnen, dass er mit einer Frau zusammenwohnt, die einen behinderten halbwüchsigen Sohn namens Jonas hat. Sowas merkt man sich schließlich.«

Malin nickt, zieht ihren Notizblock wieder aus der Tasche und schreibt etwas auf.

»Ich gehe jetzt«, murmelt sie dann. »Andreas ist in Stockholm.«

Ich schaue ihr hinterher. Mustere den langen, schmalen Körper, den großen Bauch und die resignierte Miene.

Ich weiß, wie sie sich fühlt.

Ich erinnere mich nur zu gut, wie es war, ein junger Polizist zu sein und so viel zu wollen. Darauf zu brennen, die Fälle zu lösen, die sich nicht lösen ließen.

All die Nächte, all die Wochenenden, die man im Büro verbracht hat, um Vernehmungsprotokolle und kriminaltechnische Berichte zu lesen. All die Kumpel, Freundinnen – und später

Kinder –, die vergeblich zu Hause vor dem Fernseher gewartet haben.

War es das eigentlich wert?

»Bis morgen dann«, sagt Malin über die Schulter und geht zur Tür. Doch ehe sie nach der Klinke greifen kann, wird die Tür sperrangelweit aufgestoßen, und Malik schaut herein.

Er hat sich die schwarzen Haare zu einem Knoten auf den Kopf gesteckt, und ich muss sofort an eine transsexuelle Version der Kleinen My denken. Seine Kleider sind zerknittert, und um das Handgelenk trägt er mehrere dünne Lederriemen.

Es sieht schrecklich aus, aber das würde ich ihm niemals sagen.

Alle sollen sich aus freien Stücken schämen dürfen, ohne meine Einmischung.

Malik hebt die Hand, wie um Malin handgreiflich am Verlassen des Raumes zu hindern.

»*Wirhameinneuesopfer*«, sagt er so schnell, dass ich die Wörter nur mit Mühe auseinanderhalten kann.

Erst jetzt höre ich, wie atemlos er ist, offenbar ist er die Treppe hochgerannt.

»Ein Leichnam ist im Osten vom Seebad Gålo aus dem Wasser gezogen worden«, sagt er nun. »Könnt ihr sofort zur Rechtsmedizin fahren?«

SAMUEL

Es gießt in Strömen, als ich aus Rakels Haus stürze. Der Rasen saugt meine Turnschuhe an, als ob er mich festhalten wollte.

Aber ich will nur weg von hier.

Weg von dem Haus auf den Felsen und Rakel und Jonas, der sabbert und nach Pisse stinkt. Weg von der Diele – die, obwohl sie jetzt nach Reiniger und Desinfektionsmittel riecht, noch immer dunkle Flecken aufweist, die Igors Blut auf den Bodenbrettern hinterlassen hat. Weg von dem Duft von Pfannkuchen und Rakels dünnen Sommerblusen, die über den Brüsten spannen.

Rakel hat sich hingelegt, um sich auszuruhen, da habe ich mich hinausgeschlichen. Auch wenn ich nicht glaube, dass Mama noch im Hafen ist, will ich doch nachsehen. Und wenn ich sie finde, haue ich von hier ab und komme nie mehr zurück.

Ich ziehe das Tor hinter mir zu und gehe zum Weg hinunter.

Es sieht aus, als ob jemand das Motorrad umgestellt hat.

Ich bin sicher, dass ich es direkt neben das Auto gestellt hatte, aber jetzt steht es näher am Straßenrand.

Ich brauche einige Sekunden, dann geht mir auf, dass das vermutlich Igor war.

Vielleicht hat die Mühle ihm ja sogar mein Versteck verraten. Das und dass Mama Igor nach Stuvskär geführt hat.

Ich hätte das Motorrad besser verstecken müssen.

Ja, hättest du. Und jetzt hast du den Salat, du kleiner Dreckshaufen.

Ich ignoriere die Stimme, lasse den Motor an und trete das Gaspedal durch. Die Jeans, die ich ausgespült habe, ist nass und an den Oberschenkeln eng. Als ich bei der Brücke ankomme, muss ich anhalten. Mein Kopf tut schrecklich weh, und die Übelkeit liegt unter den Rippen auf der Lauer.

Ich stelle das Motorrad an den Straßenrand und stolpere zum Wasser hinunter. Steige auf einen Felsbrocken und gehe in die Hocke. Dann streife ich den Rucksack ab und lege mich auf dem nassen, abgerundeten Felsen auf den Bauch. Mache die Hände hohl, fülle sie mit Meerwasser und spüle mein Gesicht ab. Das Salzwasser lässt meine zerschlagene Nase brennen.

Ich drehe mich auf den Rücken und bleibe liegen, ohne mich bewegen zu können. Der Regen fällt wie Tränen auf mein Gesicht.

Was zum Teufel soll ich machen? Was macht man, wenn man zufällig jemanden umgebracht hat? Was mache ich, wenn Mama nicht mehr auf Stuvskär ist?

Soll ich nach Hause nach Fruängen fahren?

Ja, tu das, dann können Igors Jungs dir die Scheiße aus dem Leib prügeln.

Soll ich zu irgendeinem Kumpel fahren und mich da verstecken?

Du hast doch keinen Kumpel mehr.

Genau weiß ich das natürlich nicht, aber ich glaube, dass Igor allein nach Stuvskär gekommen ist. Ansonsten hätten Malte und die anderen mich doch schon gefunden. Vielleicht hat er mich für so harmlos gehalten, dass er meinte, mich ohne Hilfe erledigen zu können. Oder er hat mich so sehr gehasst, dass er mich ohne Hilfe erledigen *wollte.* Aber so oder so: Besser, ich halte mich weiterhin bedeckt.

Ich ziehe das Handy aus der Tasche und schalte es ein.

Mama hat fünf Mitteilungen geschickt. Zuerst schreibt sie, dass sie am Anleger wartet, dann will sie wissen, wo ich bleibe, und in den letzten drei SMS ist sie sauer.

Ich schalte das Handy aus und gehe zum Motorrad.

Vielleicht steht sie noch im Hafen. Vielleicht wartet sie auf mich.

Aber als ich unten auf Stuvskär ankomme, ist der Anleger leer. Kein Auto steht am Hafen, und Mama ist nirgendwo zu sehen.

Es gießt wie aus Kannen, als ich die Mühle parke und zum Dorfladen renne, um durch das Fenster zu schauen.

Geschlossen.

Ich laufe weiter zur Hafenkneipe. Lehne mich vor und schaue zwischen den Vorhängen hindurch, aber auch dort ist Mama nicht.

Die Übelkeit stellt sich wieder ein.

Auf unsicheren Beinen gehe ich zum Anleger und lasse mich auf eine Bank sinken. Hier ist es noch windiger – die Wellen brechen sich über den Felsen, und weißer Schaum füllt die Felsspalten.

Es ist zu Ende, Samuel. Du kannst nicht weiter fliehen.

Scheißspruch. Natürlich kann ich fliehen.

Die Tränen kommen. Sie laufen mir über das Gesicht und mischen sich mit Meerwasser und Regen. Suchen sich einen Weg in meinen Mund und über meinen Hals.

Die gemeine Stimme hat diesmal recht.

Selbst wenn ich nach Thailand oder Marbella oder Miami gehe, werde ich doch immer derselbe wertlose Trottel sein. Es wäre besser, einfach zu verschwinden. Mich vom Meer verschlucken zu lassen.

Aber.

Mama würde das nicht überleben. Ihr ganzes Leben dreht sich doch eigentlich um mich. Ich kann ihr das nicht antun.

Der Regen wird stärker. Graue Vorhänge fegen über das Meer, verwischen die Umrisse des Leuchtturms und der Schären. In der Ferne grollt der Donner.

Ich zwinge mich, wieder an all die Menschen zu denken, die ich im Stich gelassen habe.

Siehst du, was du angerichtet hast?

Und ich sehe.

Zum ersten Mal in meinem Leben sehe ich wirklich, wie viel Mist ich gebaut habe, auch wenn ich das gar nicht wollte. Auch wenn ich niemandem schaden wollte, das war das Letzte, was ich gewollt habe. Und es ist kein schöner Anblick, denn ich will nicht dieser hoffnungslose Trottel sein, der allen anderen wehtut.

Ich will sympathisch sein, das will ich. Ich will einer sein, auf den Mama stolz sein kann. Auf den sie sich verlassen kann.

Was hindert mich eigentlich daran?

Ich schaue auf das Meer hinaus. Richte mich auf, öffne den Rucksack und ziehe die Flaschen mit dem Fentanyl heraus.

Sie klirren leise in meinen Händen.

Todesdroge, so wird Fentanyl in der Boulevardpresse genannt.

Ohne zu zögern, schleudere ich die kleinen Flaschen eine nach der anderen so weit aufs Meer hinaus, wie ich nur kann. Dann drehe ich mich um und gehe zu dem Motorrad zurück.

Auf halber Strecke zum Parkplatz komme ich an einer Mülltonne vorbei.

Ich presse Olles Pass und die Kreditkarte zwischen leere Limodosen, Inkontinenzwindeln und Tüten mit Hundekacke.

Ich werde mein Leben in Ordnung bringen. Und als Erstes werde ich zurück zu Rakel fahren, die mich ja schließlich vor Igor gerettet hat.

Ich kann sie mit Jonas nicht allein lassen. Es wäre nicht richtig.

Nein, ich werde zurückfahren, kündigen, wie es sich gehört, und ihr mit Jonas helfen, bis sie einen Nachfolger für mich gefunden hat. Vielleicht können wir auch zusammen zur Polizei gehen und erklären, was mit Igor passiert ist.

Verdammt, ich werde sogar dieses Fahrradschloss an der Tankstelle kaufen, das sie haben wollte – wie ein richtig sympathischer Typ das tun würde.

Und in diesem Moment passiert der totale Wahnsinn: Der

Druck auf meiner Brust verschwindet, und die Stimme in meinem Kopf verstummt. Die Luft lässt sich leichter atmen, und die Krämpfe in Schultern und Nacken lassen nach.

Als ich gerade losfahren will, sehe ich hinter dem Laden etwas Rotes.

Ich gehe hinüber.

Mamas Auto steht auf dem leeren Hofplatz hinter dem Haus.

Es sitzt niemand darin, aber das Fenster neben dem Fahrersitz ist wie immer einige Zentimeter geöffnet – Mama hat ja keine Klimaanlage, und sie will unbedingt immer mit offenem Fenster fahren.

Ich überlege.

Wenn Mama hier auf Stuvskär war, muss sie im Laden oder vielleicht in der Kneipe Schutz vor dem Regen gesucht haben. Sonst würde sie im Auto sitzen, aber hier ist kein Mensch zu sehen.

Kann sie nach Hause gefahren sein, aber das Auto stehen gelassen haben?

Im letzten halben Jahr ist es mindestens dreimal passiert, dass die Scheißkarre ihren Geist aufgegeben hat. Einmal musste Mama den ganzen Weg von Norrtälje mit dem Bus fahren.

Das ist möglich, aber nicht gerade wahrscheinlich.

Es kann auch sein, dass sie hier irgendwo unter einem Baum sitzt, aber ich möchte jetzt lieber nicht auf ganz Stuvskär herumfahren und sie suchen, denn es lässt sich nicht ausschließen, dass Igors Kumpels hier sind.

Das Beste wäre, wenn ich mich für etwas später mit ihr verabreden könnte, irgendwo hier in der Nähe.

Ich schaue das offene Autofenster an und überlege. Dann öffne ich den Rucksack, ziehe ein Stück Papier aus der Jeanstasche und falte es auseinander.

Es ist Olles krankes Gedicht.

Ich lese die letzte Strophe.

Aus Tränen weinte ich mir ein Meer
Und legte mich zum Sterben hin
Auf die weichen Kissen der Trauer
Doch dann war der Löwe wieder da
Und in seinem riesigen Schlund trug er
Eine unbefleckte Taube

Unter dem Gedicht ist noch Platz genug.

Ich gehe in die Hocke, ziehe einen Stift hervor, lege mir das Blatt aufs Knie und schreibe.

Es regnet fast nicht mehr, als ich das Motorrad neben Rakels Auto abstelle.

Am Rand des Kieswegs haben sich große Pfützen gebildet, und das hohe Gras liegt platt und flach in weichen Wirbeln am Boden, wie frischgewaschene Haare.

Das Haus sieht so idyllisch aus wie immer. Es sieht absolut nicht aus wie ein Haus, in dem erst vor kurzem jemand mit einem gusseisernen Lamm erschlagen wurde.

Mein Magen krampft sich zusammen, als ich an Igors Gewicht auf meinem Rücken denke, an die Schmerzen in den Armen und das knirschende Geräusch meiner Nase. Instinktiv führe ich die Hand zum Gesicht und streiche über meine wehe Nase.

Sie fühlt sich geschwollen an, aber wenigstens kann ich problemlos atmen.

Donner grollt in der Ferne, und ich drehe mich um. Dunkellila Wolken hängen über dem Festland, türmen sich über der Straße nach Stockholm auf. Ich gehe auf die Haustür zu, ziehe meinen Schlüssel heraus und schließe auf.

Das gusseiserne Lamm steht wieder auf seinem Platz an der Wand. Es glänzt ein wenig im Licht der Deckenlampe. Es riecht nach Reinigungsmitteln und Schwimmbad.

Ich ziehe meine nassen Turnschuhe und die dünne Jacke aus Olles Kleiderschrank aus. Dann hole ich das Fahrradschloss hervor, das ich an der Tankstelle gekauft habe.

Das Schloss besteht aus einer extralangen, mit rotem Kunststoff überzogenen Kette. Der Typ an der Kasse hat gesagt, es sei das beste, das sie haben. Offenbar braucht man viel länger, um es zu zerschneiden oder durchzusägen als bei einem normalen Kettenschloss.

Von Jonas' Zimmer her nähern sich Schritte. Gleich darauf steht Rakel in der Tür.

Sie sieht blass aus, und ihre Augen sind rot und geschwollen.

»Samuel«, sagt sie und kommt auf mich zu.

Dann schließt sie ihre dünnen Arme um mich und hält mich fest.

»Ich war nur einkaufen«, sage ich.

Ihre warme Haut ruht an meiner, ihre langen Haare kitzeln meinen Arm ein bisschen. Ich höre ihre Herzschläge – rasch und leicht, wie die eines Vogels – und spüre, wie sich bei jedem Atemzug ihr Brustkorb an meinem hebt.

Es ist erregend, während zugleich die Tränen hinter den Augenlidern brennen.

»Jonas«, murmelt Rakel und fährt mir mit der Hand durch die Haare.

»Was?«, frage ich und versuche, mich nicht gegen ihren Körper zu pressen.

Sie lässt mich los und nimmt meine Hände. Schaut mich mit einem Ernst an, den ich noch nie bei ihr gesehen habe.

»Komm«, flüstert sie so leise, dass ich sie fast nicht höre.

»Ich habe das Fahrradschloss gekauft«, murmele ich und hebe das kräftige rote Schloss hoch.

Rakel bleibt stehen, dreht sich um und sieht ein bisschen verwirrt aus.

Ich bereue es sofort.

Warum habe ich das gesagt? Warum habe ich den magischen Augenblick damit ruiniert, dass ich von dem blöden Fahrradschloss angefangen habe, für das sich kein Arsch interessiert?

Sie streckt die Hand aus und nimmt das Schloss. Wiegt es in der Hand, als ob sie über etwas nachdenkt, legt es dann auf die Bank und kehrt mir wieder den Rücken zu.

»Danke«, sagt sie und geht weiter in Jonas' Zimmer.

Ich folge ihr.

Es ist ziemlich dunkel in dem Zimmer. Neben der Rose auf Jonas' Nachttisch brennt eine einsame Kerze. Die Flamme flackert, als wir uns setzen; Rakel auf den Stuhl und ich in den alten Sessel.

Einige einsame Regentropfen fallen auf die Fensterbank.

Rakel faltet die Hände auf ihrem Knie und sieht Jonas an.

Ich sehe sie an, sehe die brennende Kerze und dann Zombie-Jonas, der ganz still im Bett liegt. Seine Haut sieht durchscheinend aus, und sein Mund ist geöffnet, wie zu einem Schrei.

»Eigentlich ist es die reinste Ironie, dass wir ihn Jonas getauft haben«, sagt Rakel mit dünner Stimme.

»Ach?«

»Kennst du die Geschichte von Jona und dem Walfisch?«

»Ja«, sage ich, ohne weiter darauf einzugehen, denn ich habe absolut keine Lust zu erzählen, wie Mama mich früher immer gezwungen hat, in die Bibelschule zu gehen.

Rakel wirft mir einen raschen Blick zu.

»Mein Vater war Pastor in der Schwedischen Staatskirche«, sagt sie. »Ich kenne diese ganzen Geschichten. Jona war ja auf der Flucht vor Gott, als er auf dem Meer von einem heftigen Sturm überrascht wurde. Er sagte den Seeleuten, sie sollten ihn über Bord werfen, da er Gottes Zorn erregt hatte. Das taten sie, und Jona wurde von einem Walfisch verschlungen oder, wenn man den älteren Übersetzungen glauben will, einfach von irgendeinem Fisch. Drei Tage lang war er im Bauch des Fischs gefangen. Er gelobte Besserung und betete, und am Ende spie der Fisch ihn wieder an Land.«

»Ach ja«, sage ich und frage mich, worauf sie hinauswill.

»Als Jonas krank wurde, dachte ich oft, es sei so, als wäre er im Walfischbauch gefangen. Er konnte nicht kommunizieren, er war von der Umwelt abgeschieden wie ein Embryo, der noch in der Gebärmutter liegt.«

Ich sage nichts.

»Und was habe ich gebetet«, fährt Rakel fort. »Aber Gott hat seinen Teil der Abmachung nicht eingehalten. Jonas kam nie zurück aus seinem Dämmerschlaf. Er blieb im Walfischbauch. Aber ich habe mich um ihn gekümmert. Ich war da. Habe gute Arbeit geleistet. Gott hätte ihn mir lassen müssen, denn er war alles, was ich noch hatte. Verstehst du?«

Rakel erhebt sich und kommt auf mich zu. Tritt hinter den Sessel und legt mir die Hände auf die Schultern.

Aber ich verstehe nichts.

Rein gar nichts.

»Es tut mir leid«, flüstert sie, und ihr Griff wird fester.

Ich drehe mich um und schaue zu ihr auf. Aber ihr Blick ist auf Jonas gerichtet.

Dann sehe ich es.

Jonas.

Mein Magen krampft sich zusammen, und mir schaudert. In meinen Ohren rauscht es, und die Wände kommen auf mich zu wie auf Rädern. Das Tropfen auf der Fensterbank wird stärker, bis es wie der ohrenbetäubende Wirbel einer riesigen Trommel klingt.

Er atmet nicht.

Zombie-Jonas atmet nicht.

PERNILLA

Ich schaue auf das dunkle Meer hinaus und versuche zu verstehen.

Vater ist nicht mehr da. Samuel ist nicht mehr da.

Abgesehen von der akuten Angst und Sorge, was Samuel passiert sein könnte, wächst ein Gefühl in mir, wurzellos zu sein, als wäre ich ein Baum ohne Wurzeln oder ein sehr kleines Boot, das auf einem riesigen Meer treibt.

Ohne Samuel und Vater habe ich keine Verankerung in der Vergangenheit oder der Zukunft. Wer bin ich ohne die beiden? Gibt es mich dann überhaupt?

Ich denke den Gedanken noch einmal, zwinge mich, mich der schmerzlichen Wahrheit zu stellen. Vater ist nicht mehr da. Samuel ist nicht mehr da.

Aber ist er das wirklich nicht?

Dass Vater nicht zurückkommen wird, ist mir klar, aber bei Samuel weiß man nie.

Verschwinden ist schließlich eine seiner Glanznummern.

Ich denke an damals im Mai, als wir uns vor dem Laden auf dem Markt treffen wollten, um dann zu Vaters Geburtstag zu fahren. Wie ich dort über eine Stunde gewartet habe, bis ich davon überzeugt war, dass er entführt, zusammengeschlagen oder überfahren worden war. Und als ich gerade gehen wollte, kam er über das Pflaster geschlendert, ganz ohne Eile, mit diesem Amseljungen in der Hand, das er nach eigener Aussage aus einem Container gerettet hatte.

Ein anderes Mal hat er sich mit dem Tag geirrt, kam nicht aus dem Bett oder wurde vom Fernsehen abgelenkt, von etwas, das auf der Straße passiert war, oder vielleicht von seinen wirren Gedanken.

Samuel ist unzuverlässig, impulsiv und hat die Konzentrationsfähigkeit eines Hundebabys. Aber schlecht ist er nicht.

Er ist nur …

Ich suche nach dem Wort und finde es: *hoffnungslos.* Doch, ich muss einfach zugeben, dass er hoffnungslos ist.

Der Wind greift nach meinem Rock, hebt ihn über meine Oberschenkel, aber ich reagiere nicht, es interessiert mich nicht, ob mich jemand sieht.

Ich denke an Vater.

Daran, wieso ich ihn lieben konnte, obwohl er mich so streng kontrolliert und mir zudem Mutter genommen hat.

Und dann denke ich an den Pastor, an seinen Verrat – der genauso groß ist. Wie er seiner eigenen gutgläubigen Herde eingeredet hat, er sei einer von Gottes Stellvertretern auf Erden, wo er doch eigentlich nur ein ganz normaler, angegeilter Mann mittleren Alters ist.

Weitere Gedanken melden sich zu Wort.

All diese Männer, die mein Leben gelenkt haben, woher kamen sie eigentlich? Und wer hat ihnen das Recht gegeben, über mich zu bestimmen?

Aber die Antwort auf diese Frage kenne ich ja schon.

Ich habe ihnen dieses Recht gegeben. Ich ganz allein.

Ich lehne mich an das Auto, schluchze heftig und kämpfe gegen den Drang an, einfach loszuschreien. Dann öffne ich die Tür und lasse mich auf den Vordersitz fallen.

Atme den Geruch nach Kunststoff und feuchten Textilien ein. Drehe den Zündschlüssel um und trete aufs Gaspedal.

Aber etwas ist im Weg, es raschelt ein bisschen, als ich auf das Pedal trete, als läge da unten eine leere Chipstüte.

Ich hebe den Fuß und suche mit der Hand auf dem Boden, finde ein Stück Papier und hebe es hoch.

Vorsichtig falte ich es auseinander und streiche es am Armaturenbrett glatt. Beuge mich vor, um im trüben Abendlicht lesen zu können.

Es scheint ein Ausdruck von irgendwas zu sein.

»Dämmerschlaf«, lese ich.

Dann folgt ein Gedicht über einen Löwen und eine Taube. Die letzte Strophe trifft mich auf irgendeine Weise im Herzen.

Aus Tränen weinte ich mir ein Meer
Und legte mich zum Sterben hin
Auf die weichen Kissen der Trauer
Doch dann war der Löwe wieder da
Und in seinem riesigen Schlund trug er
Eine unbefleckte Taube

Was ist das, und warum liegt es in meinem Auto?

Bei dem Gedicht wird mir unbehaglich zumute, auf eine unklare Weise. Das mit dem Löwen und dem Lamm kommt mir irgendwie bekannt vor, aber als ich gerade versuche, den davongleitenden Gedanken einzufangen, sehe ich, dass jemand mit Filzstift eine Mitteilung ganz unten auf das Blatt geschrieben hat.

Ich erkenne die krakelige, nach links gelehnte Handschrift sofort. Die schlampigen Buchstaben, die gewissermaßen übereinanderzufallen scheinen.

Wärme breitet sich in meiner Brust aus, als hätte ich eine Tasse heißen Tee getrunken.

Können wir uns um 22.00 an der Tankstelle sehen es is was schlimmes pasiert und ich muste was in ordnung bringen kuss/S.

Unter die Mitteilung hat Samuel eine kleine Karte gezeichnet und die Tankstelle mit einem dicken X markiert.

Ich werfe das Blatt mit dem Gedicht auf den Beifahrersitz und kneife die Augen zusammen. Vaters Gesicht huscht vor meinem inneren Auge vorbei, und ich höre seine Stimme, als er mir einschärft, mich ja nicht mit Samuel zu treffen.

Nein!

Ich habe nicht vor, denselben Fehler zu machen wie Vater.

Ich schaue auf die Uhr.

Ich kann es noch schaffen.

MANFRED

Samira macht eine Geste, dass wir uns vor ihren Schreibtisch setzen sollen.

Lasses und ich nehmen uns jeder einen Stuhl mit Plastiksitz. Der Sitz biegt sich unter meinem Gewicht, und ich habe sofort Angst, dass der wenig robuste Stuhl unter meinem ansehnlichen Körpergewicht zusammenbricht.

Wir haben Malin zu ihrem Mittsommerabend mit Andreas gehen lassen. Es reicht ja wohl, dass für zwei von uns der Abend ruiniert ist.

»Ich glaube nicht, dass ihr euch die Überreste unbedingt ansehen müsst«, sagt Samira gelassen und wirft sich den schwarzen Zopf über die Schulter wie einen langen Schal. »Wenn ich ehrlich sein soll, dann ist nicht mehr viel übrig. Der Leichnam hat lange im Wasser gelegen, mindestens vier, fünf Monate. Er wurde offenbar von einer Familie auf Segeltörn gefunden.«

»Er trieb also im Wasser?«, fragt Lasses.

»Nein«, seufzt Samira. »Sie haben an dem Tag in einer Badebucht geankert, und als sie weiterwollten …«

»Oh verdammt«, rutscht es mir heraus. »Du meinst doch wohl nicht …«

Samira nickt und mustert mich mit den schönen dunklen Augen, die so viel Schmerz gesehen haben.

»Doch, der Anker ist in der Kette hängengeblieben, die um den Leichnam gewickelt war, und als er hochgezogen wurde …«

»… kam der Leichnam mit?«, fragt Lasses und verzieht angeekelt das Gesicht.

Wir schweigen beide und denken über diese Information nach.

»Was kannst du uns über das Opfer sagen?«, frage ich.

Samira nickt und blättert gelassen in ihren Papieren.

»Ihr solltet wohl noch mit den Technikern reden, aber das Opfer war in Ketten gewickelt, genau wie Johannes Ahonen und Victor Carlgren. Wir haben jedoch keine Decke gefunden, die war verschwunden, oder der Täter hat keine benutzt. Ich habe eine erste, vorläufige Beurteilung vorgenommen, aber ich werde ihn erst morgen obduzieren.«

»Ihn?«, frage ich.

Samira nickt und schaut wieder in ihre Unterlagen.

»Es ist ein Mann, wahrscheinlich zwischen dreißig und vierzig, aber das kann ich vor der Obduktion nicht mit Sicherheit sagen. Ich weiß auch noch nichts über die Todesursache, aber auch dieses Opfer hat typische Quetschungen und zahlreiche Brüche in Armen, Beinen und Becken, was darauf hinweist, dass der Körper heftiger Gewalt ausgesetzt war.«

»Hochenergiegewalt?«, frage ich.

»Genau.«

»Und das war post mortem?«, fragt Lasses.

»Kann ich noch nicht sagen«, antwortet Samira. »Ich weiß nicht einmal, ob ich das bei der Obduktion feststellen kann. Bei dem Zustand, in dem der Leichnam ist, wird es schon schwer werden, auch nur eine Todesursache zu ermitteln.«

»Und eine Identifizierung vorzunehmen?«, frage ich.

»Da bin ich sogar etwas optimistischer. Einerseits bin ich ziemlich sicher, dass wir DNA sicherstellen werden. Andererseits hat das Opfer eine reichlich ungewöhnliche Zahnstellung. Wir werden ja sehen, was die Rechtsodontologie sagt, aber für mich sieht das aus wie ein schwerer Fall von Kreuzbiss.«

Samira zeichnet etwas auf ein Stück Papier und dreht es dann so, dass wir die Skizze sehen können.

Als ich ins Krankenhaus komme, ist Afsaneh in der Zwischenzeit bereits zu Hause gewesen, hat gegessen, geduscht und ist wieder zurückgekehrt.

Und anders, als ich es erwartet habe, ist sie nicht wütend.

Stattdessen schaut sie nur von ihrem Laptop auf und lächelt mich an.

»Entschuldige, Liebling«, sage ich, eile zu ihr und küsse sie auf die Stirn.

»Mm«, sagt sie zögernd. »Ist schon gut.«

Ihr Blick huscht über mich hinweg.

»Die Fliege steht dir richtig gut«, sagt sie.

Ich lächele, berühre die Seidenfliege kurz mit der Hand und gehe weiter zu Nadja. Beuge mich über ihren kleinen Körper und küsse sie vorsichtig auf die Wange.

Ihre Haut ist warm und ein wenig feucht unter meinen Lippen, als ob sie gerade erst herumgetollt wäre und gespielt hätte, wie alle Kinder das dürfen sollten.

Ich drehe mich wieder zu Afsaneh um. Sie schreibt etwas auf ihrem Laptop und lächelt.

»Wie geht es ihr?«, frage ich.

»Wem?«, fragt Afsaneh, ohne den Bildschirm aus den Augen zu lassen.

Ihre Antwort überrascht mich. Zum ersten Mal seit dem Unglück ist sie nicht total auf Nadja konzentriert.

Vielleicht ist es gut, wenn sie sich mit etwas anderem beschäftigen kann, kann ich noch denken, ehe sie sich auch schon korrigiert.

»Ach. Entschuldigung. Es geht ihr wie immer.«

Ich setze mich auf den Stuhl neben Afsanehs, so dicht, dass ich den Geruch ihres Parfüms und den der Zigarette wahrnehme, die sie offenbar heimlich geraucht hat, ehe sie das Krankenhaus betreten hat.

Unser heimliches Rauchen hat fast schon etwas Rührendes – ich verstecke meines vor ihr, und sie versteckt ihres vor mir.

Ich weiß nicht, ob wir das aus Angst oder aus Fürsorge füreinander tun.

Ich werfe einen Blick auf ihren Laptop. Auf dem Bildschirm ist ein Mädchen in einem Rollstuhl zu sehen.

Obwohl das Mädchen eine Schirmmütze trägt, sehe ich, dass ihr Kopf kahl ist. Sie lächelt strahlend, aber ihre Haltung verrät, dass es ihr nicht gut geht – der Kopf hängt schlaff zur Seite, der Körper ist zurückgelehnt und in sich zusammengesunken.

»Amelia, nach drei Wochen mit der neuen Chemo«, steht unter dem Bild.

Unter diesem Text folgt eine lange Reihe von Kommentaren.

»Seid umarmt!«

»Die feinste Amelia der Welt. Ihr schafft das!«

»<3 <3 <3!«

»Habt ihr es mit kolloidalem Silber probiert? Wenn nicht, bitte, tut das. Es funktioniert wirklich. Seht euch den Link auf meinem Profil an!«

»Nadja und ich drücken euch die Daumen!«

Ich erstarre und lese den letzten Kommentar noch einmal.

»Nadja und ich drücken euch die Daumen!«

Afsaneh dreht sich zu mir um.

Ihr Gesicht ist nicht mehr traurig, sondern eher konzentriert und ein wenig trotzig. Ihre Augen funkeln, und ihre Lippen haben wieder Farbe.

»Ja?«, sagt sie. »Ich drücke für sie die Daumen. Hast du damit ein Problem?«

PERNILLA

Die Sonne bringt das Wasser zum Glitzern. Ein leichter Dunst schwebt über dem Meer, wie Rauch von einem fernen Feuer.

Von dem gestrigen Unwetter ist nichts mehr zu merken, das Regenwasser ist versickert, die Felsen sind getrocknet, und das hohe Gras hat sich über Nacht aufgerichtet und reckt sich wieder der aufgehenden Sonne entgegen.

Ich stehe bei meinem kleinen Golf und putze mir die Zähne mit der Zahnbürste, die ich im Rucksack hatte.

Ab und zu ist es schön, eine Naturfreundin zu sein – selbst wenn man sich vor dem Ausflug der Gemeinde drückt. Man kann sein Gepäck offenbar in den unerwartetesten Situationen verwenden.

Ich spucke ins Gras und stecke die Zahnbürste zurück ins Etui.

Mein Kopf tut weh, und meine Augen brennen. Ich habe das Gefühl, die ganze Nacht kein Auge zugetan zu haben. Aber natürlich, ein fast zehn Jahre alter Golf ist nicht gerade bequem, egal, wie man sich dreht und wendet. Doch ich schlafe darin immer noch besser, als ich im Zelt geschlafen hätte, da ich die Liegeunterlage vergessen habe.

Samuel ist gestern nicht gekommen.

Die kleine Bucht, die Samuel auf der Karte vermerkt hatte, habe ich problemlos gefunden, und ich war sogar zu früh da.

Aber er ist nicht aufgetaucht.

Ich setze mich ins Gras und blinzele in die Sonne. Denke daran, was Samuel unter das Gedicht geschrieben hat.

... es is was schlimmes pasiert und ich muste was in ordnung bringen kuss/S.

»Was schlimmes«, was soll das heißen? Schlimm wie gefährlich oder nur unangenehm?

Schlimm, wie von einem mordlüsternen Drogenhändler gejagt zu werden, oder schlimm, wie das Handy in die Kaffeetasse fallen zu lassen?

Ich massiere mir mit den Zeigefingern die Schläfen und versuche, klar zu denken. Streife mir einen glänzenden schwarzgrünen Käfer vom Kleid. Dann schaue ich auf die Uhr.

Viertel vor acht.

Ich müsste nach Hause fahren. Die elende Amsel braucht Futter und Wasser. Und in etwas über einer Stunde muss ich im Laden sein. Aber ich kann doch nicht arbeiten, wenn mein Kind in Gefahr ist. Ich kann nicht Konserven mit Mais und Erbsen einräumen und bei alten Damen die Einkäufe kassieren und Waren auszeichnen, wenn mein Sohn – der einzige lebende Mensch, den ich wirklich liebe – in »was schlimmes« geraten und verschwunden ist.

Die Frage ist nur, was ich tun soll.

Ich weiß ja nicht einmal, wo Samuel ist.

Ich nehme mein Handy und gehe hinaus auf die Felsen. Setze mich und gebe Stinas Nummer ein.

Sie antwortet nach dem dritten Klingelton und ist so munter wie immer. Als hätte sie gerade im Toto gewonnen oder wäre Großmutter geworden oder beides. Als ob die Welt durchaus kein böser und gefährlicher Ort wäre, wo die ganze Zeit »was schlimmes« passiert.

Ich erkläre ihr alles. Erzähle von Samuel, der sich in Luft aufgelöst hat.

Stina ist erwartungsgemäß überhaupt nicht sauer auf mich, weil sie jetzt einen Ersatz für mich finden muss, sondern voller Mitgefühl, und sie bietet ihre Hilfe an, wenn es irgendetwas gibt – »egal was, wirklich egal was, meine Liebe« –, das sie tun kann.

»Das ist furchtbar lieb«, sage ich. »Aber ich weiß nicht, wo ich anfangen soll.«

»Du musst jetzt zur Polizei gehen«, sagt sie voller Überzeugung, als ob ihre Kinder ununterbrochen verschwänden und sie genau wüsste, wie lange man warten muss, ehe man sich an die Behörden wendet.

»Ja. Das muss ich wohl. Aber ich weiß ja nicht einmal, wo er in der letzten Zeit gewohnt hat.«

»Hast du nicht gesagt, dass er bei einer Familie arbeitet?«

»Doch, bei einer Familie mit einem behinderten Sohn. Die wohnen irgendwo in der Nähe von Stuvskär, aber ich weiß nicht genau, wo.«

»Wie hat Samuel diesen Job denn gefunden?«, fragt Stina, und ich höre Papierrascheln und ein Kratzen, als ob sie sich Notizen macht.

Ich suche in meiner Erinnerung, versuche mich daran zu erinnern, was Samuel erzählt hat.

»Ich glaube, er hat so eine Anzeige im Netz gefunden.«

»Hm«, sagt Stina und kratzt ein bisschen weiter. »Aber er hat nicht gesagt, wie die Familie heißt?«

»Nein. Nur dass die Mutter Rakel heißt und der Sohn, der irgendeinen Gehirnschaden hat, Jonas. Ja, und der Vater, oder Rakels Lebensgefährte, ist offenbar Schriftsteller. Ich glaube, er heißt Olle oder so. Aber das ist alles. Den Nachnamen weiß ich nicht.«

Stina schweigt, als ob sie darüber nachdenkt, was ich gerade gesagt habe. Dann fragt sie mit leiserer Stimme:

»Und er hat keine Fotos von dort geschickt?«

»Nichts. Und jetzt ist sein Handy wieder ausgeschaltet, und ich weiß nicht, was ich tun soll. Wir waren gestern Abend um zehn verabredet, aber er ist nicht gekommen.«

»Geh zur Polizei«, sagt Stina mit energischer Stimme. »Geh jetzt sofort zur Polizei und ruf mich dann wieder an. Natürlich werden wir ihn finden. Hast du gehört, Liebes? Wir werden ihn finden!«

Ich fahre an Mittsommerbäumen vorbei, deren Gras- und Blumenschmuck in der Hitze schon verdorrt ist. Bierdosen und Weinflaschen liegen am Straßenrand und erzählen von dem Fest, das offenbar während der Nacht in Teilen des Schärengürtels stattgefunden hat.

Ich brauche nur zwanzig Minuten zur nächstgelegenen Wache, aber mein Körper protestiert immer mehr, bei jedem Kilometer, den ich mich von Stuvskär entferne. Es ist, als ob jede Zelle spürt, wie das unsichtbare Band, das mich und Samuel aneinanderfesselt, bis zum Zerreißpunkt angespannt wird.

Als ich am Ende anhalte, bin ich schweißnass, und mein Herz trommelt wie verrückt.

Die Polizistin, die meine Anzeige aufnimmt, heißt Anna und sieht nicht einen Tag älter aus als siebzehn. Fast frage ich mich, ob sie die Uniform irgendwo gestohlen hat oder vielleicht ein Schulpraktikum macht.

»So. Sie wollen Ihren Sohn also vermisst melden?«, fragt sie und spitzt die seltsam geschwollenen Lippen.

»Ja. Er ist verschwunden. Samuel. Mein Sohn, meine ich. Ja, so heißt er. Per Samuel Joel.«

Das Teeniemädchen erwidert meinen Blick mit gelangweilter Miene.

»Und wie lange ist er schon verschwunden?«

»Wir waren gestern Abend verabredet, um zehn auf Stuvskär, aber er ist nicht gekommen. Und das ist jetzt zwölf Stunden her. Aber er ist schon länger verschwunden. Oder, was ich meine, ist, dass er seit zwei Wochen nicht mehr zu Hause war. Und da habe ich mir natürlich wahnsinnige Sorgen gemacht. Aber dann hat er eine SMS geschickt, also kann man eigentlich nicht sagen, dass er wirklich verschwunden war. Aber das ist er jetzt.«

Ich lege eine Pause ein und füge hinzu:

»Verschwunden, meine ich.«

Ich bereue sofort, ihre Frage nicht einfach beantwortet zu haben. Warum lerne ich einfach nicht, den Mund zu halten?

Zwischen ihren Augenbrauen wächst eine tiefe Furche, die mir klarmacht, dass sie mich zum einen für verrückt hält und dass sie zum anderen wohl doch nicht so jung ist, wie ich gedacht habe. Diese Annahme wird durch die Wölbung verstärkt, die ich jetzt unter ihrem Hemd entdecke.

Das habe ich bisher übersehen. Sie muss mindestens im sechsten Monat sein.

Du hast doch keine Ahnung, wie es ist, Kinder zu haben, denke ich.

Du weißt nichts darüber, wie weh es tut, wenn sie leiden, wie unmenschlich stark man wird, wenn sie Hilfe brauchen, oder welch furchtbare Angst man hat, wenn sie in Gefahr sind.

Du sitzt da mit deinem lipglossblanken Mund und glaubst, du wüsstest etwas über das Leben, aber dein Leben hat eigentlich noch gar nicht angefangen.

»Wir sollten vielleicht mit dem Anfang anfangen?«, fragt sie.

Ich berichte also über Samuel und die Familie auf Stuvskär, für die er arbeitet – über Rakel, Olle und Jonas. Ich erkläre, dass Samuel nicht immer zuverlässig ist, aber dass er immer auftaucht. Ich zeige ihr auch seine Mitteilung, das, was auf dem Blatt mit dem seltsamen Gedicht steht. Aber ehe sie das lesen kann, ist vom Gang her Lärm zu hören. Dem Lärm folgen ein scharfer Knall und ein wütendes Gebrüll.

»Fass mich nicht an, du Scheißfotze! Kapiert?«

Die Teeniepolizistin seufzt und verdreht die Augen, um klarzustellen, wie total genervt sie ist.

»*Sorry*«, sagt sie. »Aber ich muss den Kollegen kurz helfen. Bin gleich wieder da.«

Aber »gleich« kann bekanntlich ziemlich lange dauern, und als die Minuten vergehen und Lärm und Gebrüll sich langsam in Richtung Ausgang verlagern, fühle ich mich immer weniger wohl in meiner Haut.

Auch wenn diese Polizistin mich nicht direkt ausgelacht hat, war doch klar, dass von einem regulären Polizeieinsatz noch nicht die Rede sein kann.

Offenbar ist Samuel noch nicht lange genug verschwunden.

Ich frage mich, wie lange man verschwunden sein muss, ehe die Polizei einen Finger rührt – einen Tag? Eine Woche?

Weitere Fragen tauchen in meinem verwirrten Kopf auf.

Soll ich ihr erzählen, dass ihre Kollegen nach Samuel suchen?

Mir bricht der Schweiß an den Schläfen aus, und mein Herz schlägt schneller, als mir aufgeht, worauf ich mich hier eingelassen habe.

Und die Sporttasche voller Hunderter, was soll ich dazu sagen?

Mein Herz überspringt einen Schlag, und ich schlucke hart.

Nein, das geht einfach nicht.

Ich springe so heftig auf, dass mein Stuhl fast umkippt, und strecke die Hand nach meiner Handtasche aus. Dann schleiche ich mich auf dem Weg hinaus, auf dem ich hereingekommen bin.

Die Teeniepolizistin und ihre Kollegen haben alle Hände voll damit zu tun, den wütenden Mann festzuhalten, der gerade ausgestreckt im Gang auf dem Boden liegt. Er hat mit festem Griff die Wade einer weiteren Polizistin umklammert und schluchzt laut.

Ich verlasse die Wache mit einem befreienden Gefühl der Erleichterung. Öffne die Autotür und lasse mich auf den glühend heißen Sitz fallen.

Meine Haut brennt in der Hitze, aber das merke ich kaum. Ich kann nur denken, dass ich gerade noch mal davongekommen bin und dass ich Samuel irgendwie finden muss. Irgendwie, so dass ich *nichts* von meiner und Samuels Verbindung zum Drogenhandel erzählen muss.

Ich werde als Erstes nach Stuvskär zurückfahren – denn da muss er doch irgendwo sein? Jemand da muss ihn doch wohl gesehen haben?

Erst als ich fast auf Stuvskär bin, fällt mir ein, dass ich das Gedicht mit Samuels handschriftlicher Mitteilung auf dem Tisch der Teeniebullenfrau vergessen habe.

MANFRED

Noch ein strahlender Morgen, der meine Gemütsverfassung absolut nicht wiedergibt. Denn Sonne draußen heißt nicht zwangsläufig Sonne drinnen, Sonne im Herzen oder Sonne in den Sinnen.

Ich beschließe trotzdem, das Beste aus dem Tag zu machen, und ziehe das rosa Hemd und den grauen Anzug an. Dazu wähle ich ein schockrosa Seidentaschentuch, falte es sorgfältig zusammen und stecke es in die Brusttasche. Ich runde das Ganze mit einigen Tropfen Acqua di Parma am Hals ab, trete einige Schritte zurück und betrachte den kräftigen rotblonden Mann, der mich aus dem Spiegel anschaut.

Afsaneh sieht mir zu und lacht.

»Du bist elegant«, sagt sie und dehnt das letzte Wort, wie um es sich auf der Zunge zergehen zu lassen.

»Danke«, sage ich. »Du siehst auch nicht schlecht aus.«

Afsaneh trägt ein tailliertes sonnengelbes Kleid aus glänzendem Baumwollchintz. Sie ist darin strahlend schön, doch das wäre sie auch in einem schmutzigen T-Shirt.

Sie ist in allem schön, aber mir ist natürlich klar, dass diese Meinung von meiner Liebe geprägt wird.

Die Karlavägsallé liegt fast menschenleer in der flirrenden Sommerhitze. Um uns herum ist die Luft erfüllt von einer Art daunenweicher Samen. Diese Samen bleiben überall hängen, in den Haaren, im Mund, unter den Schuhsohlen. Sie liegen in Mengen am Rand des Bürgersteigs. Wie Schnee.

Sommerschnee.

Wir bleiben für einen Moment vor der Haustür auf dem Bürgersteig stehen. Afsaneh lacht und zupft mir einige von diesen Samenkörnern aus dem Gesicht. Dann geben wir einander einen flüchtigen Kuss – wie jedes beliebige Liebespaar –, und unsere Wege trennen sich.

Ich weiß, dass es für Afsaneh näher wäre, mit mir in Richtung Karlaplan zu gehen, aber sie bringt es nicht über sich, an der Stelle vorbeizugehen, wo Nadja aus dem Fenster gefallen ist, deshalb macht sie lieber einen Umweg.

Ich selbst gehe an der Stelle immer schneller, und es kommt vor, dass ich auf die andere Straßenseite wechsele, um nicht auf die Steine, auf den Asphalt, auf den verdammten Bürgersteig zu treten, die sich meinem schutzlosen Kind in den Weg gestellt haben.

Ich hole tief Luft und versuche, nicht an Nadja zu denken. Stattdessen denke ich an das gelbe Kleid, wie es um Afsanehs schlanke Waden geflattert ist, als sie sich umdrehte und von mir wegging. Wie der Wind ihre Haare von den Schultern hob und wie leicht ihre Schritte waren.

Liegt es an ihren Freunden im Internet, dass es ihr so viel besser geht? Bekommt sie da die Unterstützung, die ich ihr nicht geben konnte?

Ich weiß es nicht.

Ich verbringe den Vormittag damit, die Unterlagen über die Voruntersuchung der Fälle von schwerer Körperverletzung und Frauenfriedensbruch durchzugehen, wegen derer Olle alias »Bulle« Berg in mehreren Instanzen verurteilt worden ist.

Das Bild eines impulsiven und misogynen Menschen nimmt Gestalt an – eines Mannes, der in vieler Hinsicht so unreif ist, dass er auch als Junge bezeichnet werden könnte.

Bei den Unterlagen finde ich die Einschätzung eines Psychologen, der Berg untersucht hat. Der Psychologe hat auch einen

IQ-Test mit ihm vorgenommen und ist zu dem Ergebnis gelangt, dass sein Intelligenzquotient bei etwa fünfundsiebzig liegt. Das bedeutet, dass er sich oberhalb der Grenze bewegt, die formal gesehen als intellektuelle Funktionsbehinderung gilt, aber er kommt nicht sehr viel höher.

Olle Berg hat ganz einfach nicht sonderlich viele Tassen im Schrank.

Gleich nach der Mittagspause gehe ich zur Kaffeemaschine, um mir wie üblich meinen staatlich finanzierten, hoffnungslos wässrigen Kaffee zu holen.

Als ich näher komme, sehe ich Lasses und Malin nebeneinander vor dem grauen Metallbiest stehen. Sie gestikulieren eifrig. Als sie mich sehen, kommen sie gleichzeitig auf mich zu.

»Wir müssen reden«, sagt Malin.

»Kann man sich zuerst einen Kaffee holen?«, frage ich.

»Wir sind ja keine Unmenschen«, knurrt Lasses.

Ich hole mir Kaffee, und wir setzen uns ins Besprechungszimmer.

»Ich bin ganz Ohr«, sage ich.

»Gestern hast du doch vorgeschlagen, dass ich mich bei den Kollegen im Süden erkundige, ob sie etwas über Olle Berg oder seine Freundin samt Sohn haben«, sagt Lasses.

»Und heute Vormittag hat sich eine Kollegin aus Haninge gemeldet«, fügt Malin hinzu. »Eine Dienstanwärterin, Anna Andersson, hat heute Morgen eine Vermisstmeldung aufgenommen.«

»Die Dienstanwärterin glaubt, dass die verschwundene Person bei der Familie auf Stuvskär gearbeitet hat«, sagt Lasses und beugt sich zu mir vor. »Sie ist jetzt auf dem Weg hierher, damit wir mit ihr reden können.«

»Außerdem«, sagt Malin atemlos. »Sowohl Victor Carlgren als auch Johannes Ahonen haben Handys mit unregistrierten Prepaidkarten angerufen.«

»Dieselbe Nummer?«, frage ich.

Malin schüttelt den Kopf.

»Nein, aber über die Telefongesellschaft können wir beide Karten derselben IMEI-Nummer zuordnen. Sie gehört zu einem iPhone, das zu allen Gesprächen benutzt wurde. Handy und Karten wurden in einem Laden im Zentrum von Haninge gekauft, wenn auch zu unterschiedlichen Zeitpunkten. Die Gespräche wurden ebenfalls von dort geführt. Die Kollegen in Haninge werden überprüfen, ob es im Laden eine Kamera gibt und ob die Person, die dort eingekauft hat, auf einem Bild auftaucht.«

»Stuvskär«, sage ich. »Das ist nicht weit von Haninge, oder?«

»Das werden wohl an die zwanzig Kilometer sein«, murmelt Lasses.

»Entschuldigt«, sagt Malin. »Aber ich kenne mich in Stockholm nicht so gut aus. Was ist Stuvskär für ein Ort?«

Ich überlege einige Sekunden.

»Das ist wie Ormberg, nur anders. Ebenso klein. Ein altes Fischerdorf, das inzwischen total gentrifiziert ist. Da stehen vor allem Sommerhäuser für wohlhabende Stockholmer. Es gibt fast keine dauerhaft Ansässigen mehr.«

»Alles klar«, sagt Malin. »Dann reden wir mit der Dienstanwärterin.«

»Es gibt nur ein Problem«, sagt Lasses. »Die Frau, die die Anzeige aufgeben wollte, ist verschwunden, ehe die Dienstanwärterin den Bericht schreiben oder ihre Personalien aufnehmen konnte.«

Anna Andersson ist muskulös und ebenso sichtbar schwanger wie Malin. Die aschblonden Haare fallen in weichen Wellen um das puppenhaft niedliche, ein wenig zu stark geschminkte Gesicht.

»Sie ist einfach abgehauen?«, fragt Malin und notiert etwas auf ihrem Block.

Anna windet sich.

»Wir hatten einen randalierenden Typen draußen auf dem

Gang. Einen Stammgast. Ich bin rausgegangen, um den Kollegen zu helfen, und als ich zurückkam, war sie verschwunden.«

»Warum ist sie wohl verschwunden?«, fragt Malin und sieht aufrichtig verwirrt aus.

Anna errötet und starrt zu Boden.

»Na ja. Ich habe ihr gesagt, da Samuel, also ihr Sohn, erst seit ein paar Stunden verschwunden ist, wird es vermutlich noch dauern, bis wir … öh … konkrete Maßnahmen einleiten.«

»Du hast sie also rausgeekelt?«, fragt Lasses und schiebt sein bärtiges Kinn vor.

Anna, die zu Tode erschreckt aussieht, gibt keine Antwort.

»Er macht Witze«, sagt Malin versöhnlich, aber Lasses lächelt nicht. Er starrt die Dienstanwärterin an und kaut langsam auf einem Zahnstocher herum.

»Ach so«, sagt Anna, sieht aber noch immer aus, als könnte sie sich jeden Moment in die Hose machen.

»Was genau hat sie gesagt, ehe sie verschwunden ist?«, frage ich.

Anna zieht ihren Notizblock hervor und blättert zu einigen achtlos hingeworfenen Notizen vor.

»Dass sie gestern Abend um zehn mit Samuel, ihrem achtzehn Jahre alten Sohn, auf Stuvskär verabredet war, dass er dann aber nicht aufgetaucht ist. Dass er bei einer Familie mit einem gehirngeschädigten Sohn arbeitet, irgendwo in der Nähe von Stuvskär. Die Mutter heißt Rakel und der Sohn Jonas. Und diese Mutter hat auch einen Freund. Einen Schriftsteller namens Olle oder so ähnlich. Ich habe alles aufgeschrieben, sowie ich realisiert habe, dass sie verschwunden war.«

»Sonst nichts?«, frage ich.

Annas Blick wandert an die Decke, als suche sie in ihrer Erinnerung.

»Nein. Doch. Noch etwas. Sie hat gesagt, ihr Sohn sei auch früher schon verschwunden, aber immer wiedergekommen. Ehrlich gesagt kam sie mir reichlich verwirrt vor. Außerdem war doch Mittsommer, und ich dachte, der Junge schläft sicher irgendwo seinen Rausch aus. Also habe ich …«

»Zum Teufel!«, sagt Lasses und betrachtet seinen zerkauten Zahnstocher. »Ich weiß ja nicht, was an der Polizeihochschule derzeit durchgenommen wird. Gendertheorien? Diversitätspolitik? Ethische Prinzipien? Aber egal. Ein bisschen gesunder Menschenverstand könnte nicht schaden.«

Anna sagt nichts, sieht aber womöglich noch verzweifelter aus.

Lasses lässt seinen Blick zwischen Anna und Malin hin und her wandern.

»Und ein paar Infos über Verhütung wären vielleicht auch nicht schlecht«, murmelt er und spuckt einen kleinen Holzspan von dem Zahnstocher in seine Handfläche.

Ich räuspere mich.

»Und dann hat sie also etwas vergessen?«, frage ich.

Die Dienstanwärterin, die aussieht, als ob sie jeden Moment in Tränen ausbrechen könnte, nickt und legt ein in eine durchsichtige Plastikhülle geschobenes Blatt Papier auf den Tisch.

Es sieht aus wie ein Gedicht.

Instinktiv beugen wir uns alle drei über den Tisch und lesen schweigend.

»Und was zum Teufel ist das?«, murmelt Lasses.

Ich sehe mir das Gedicht noch einmal an. Ich lese es laut vor, denn ich habe das Gefühl, dass ich es hören muss.

Aus Tränen weinte ich mir ein Meer
Und legte mich zum Sterben hin
Auf die weichen Kissen der Trauer
Doch dann war der Löwe wieder da
Und in seinem riesigen Schlund trug er
Eine unbefleckte Taube

»Was zum Henker sollen wir damit anfangen?«, schimpft Lasses. »Es an die Poesieabteilung weiterreichen? Uns einen Lyrikforensiker suchen? Oder sollen wir die Schwuchteln aus der Abteilung für Öffentlichkeitsarbeit um Hilfe bitten?«

»Gunnar!«, sagt Malin mit scharfer Stimme.

»Lest den handgeschriebenen Satz darunter«, sagt die Dienstanwärterin mit den roten Wangen.

Und wir lesen.

Können wir uns um 22.00 an der Tankstelle sehen es is was schlimmes pasiert und ich muste was in ordnung bringen kuss/S.

»Okay«, sage ich. »Da in der Gegend kann es ja nicht so verdammt viele geben, die Rakel heißen und einen behinderten Sohn namens Jonas haben.«

Malin nickt und steht auf.

»Und dieses Gedicht«, sage ich dann. »Kannst du auch feststellen, woher das ist?«

»Ich werde es versuchen«, sagt Malin, die in der Tür stehen geblieben ist. »Was glauben wir, ist Samuel in Gefahr?«

»Ich weiß nicht«, sage ich ehrlich. »Aber wir müssen ihn verdammt schnell finden.«

Niemand von uns sagt etwas. Und das ist auch nicht nötig.

Ich schaue wieder das Papier an, lese das Gedicht noch einmal.

Und in seinem riesigen Schlund trug er
Eine unbefleckte Taube

»Ich glaube, wir sollten unsere Freundin in Ormberg besuchen«, sage ich.

»Ormberg?«, fragt Lasses. »Wollen wir uns dem Weißen Arischen Widerstand anschließen?«

»Da wohnt Hanne Lagerlind-Schön«, sagt Malin leise.

»Die Hexe?«, schnaubt Lasses.

»Nenn sie, wie du willst«, sage ich. »Ohne sie hätten wir die Morde in Ormberg nicht aufklären können. Sie ist etwas Besonderes, ich glaube, mir ist noch nie ein Mensch mit einer solchen Fähigkeit begegnet, sich in den Kopf von Verbrechern hineinzuversetzen. Ich kann durchaus verstehen, dass sie Hexe genannt wird, denn sie ist die mit Abstand beste Profilerin, die mir je über den Weg gelaufen ist.«

Ich lege eine Pause ein und füge hinzu:

»Das war sie jedenfalls vorher.«

Lasses runzelt die Stirn und fährt sich mit Zeigefinger und Daumen über seine große Nase.

»Vor was?«, fragt er.

»Vor der Demenz«, sagt Malin leise.

PERNILLA

Ich sitze auf einem Felsen und schaue hinaus aufs Wasser. Folge den wogenden Bewegungen mit dem Blick und lausche auf das friedliche Glucksen, wenn die kleinen Wellen über die ins Meer ragende Granitzunge spülen.

Die Nachmittagssonne brennt auf meine nackten Schultern, und der schwache Wind fühlt sich auf meiner Haut heiß an.

Ich bin den ganzen Tag auf Stuvskär herumgewandert und habe den Leuten im Laden, an der Tankstelle und in der Hafenkneipe die Bilder von Samuel in meinem Handy gezeigt. Und auch zufällig Vorüberkommende wurden nicht verschont.

Aber niemand hat ihn erkannt.

Ich finde das schon sehr seltsam, er muss doch mehrere Male im Laden gewesen sein.

Sehen wir andere nicht mehr? Sind wir so damit beschäftigt, an unserem Handy herumzutasten und Selfies zu machen, dass wir uns für unsere Nächsten nicht mehr interessieren?

Ich denke an die Jungen, die am Fähranleger geangelt haben, nur um die Fische zu fotografieren und sie dann wie Müll wieder ins Meer zu werfen.

Ich schlage die Hände vors Gesicht und atme tief durch.

Der Pastor hatte sicher recht, als er gesagt hat, dass mit unserer Zeit etwas nicht stimmt, dass wir den wahren Glauben durch Narzissmus und Materialismus ersetzen. Aber ich weiß nicht, ob ich ihm darin zustimme, dass das bedeutet, dass wir jetzt die Endzeit erreicht haben. Dass Kreditkarten, Internet und die offizielle

Anerkennung von Jerusalem als Israels Hauptstadt durch die USA Zeichen dafür sind, dass Jesu Wiederkehr nahe ist. Dass der Antichrist hinter der nächsten Ecke auf der Lauer liegt und dass wir gerade dabei sind, unseren eigenen Turm zu Babel zu errichten.

Ich weiß eigentlich nicht, ob ich ihm überhaupt noch ein Wort glaube.

Er hat mir mehrere SMS geschickt, seit ich ihn vor den Kindern beim Gemeindesaal beleidigt habe.

Die letzte kam heute Morgen, als ich von der Wache zurück nach Stuvskär gefahren bin. Er hat geschrieben, dass er sich Sorgen um meine »unsterbliche Seele« macht.

Ich war so wütend, dass ich fast mein Handy aus dem Autofenster gefeuert hätte.

Im Ernst?

Meine unsterbliche Seele?

Der einzige Teil von mir, für den Karl-Johan sich interessiert, ist der, der zwischen meinen Oberschenkeln sitzt. Und dort befindet sich, wenn ich das richtig verstanden habe, nicht die Seele.

Ich überlege, ob ich ihm das schreiben soll, und bei dieser Vorstellung pruste ich los, trotz des ganzen Elends.

Ich lege mich auf den Rücken und schließe die Augen. Spüre die raue Wärme des Felsens unter mir wie eine karge, aber zuverlässige Umarmung.

Wie Vater.

Ach, er fehlt mir so sehr!

Es tut weh in meiner Brust, in meinem ganzen Körper, wenn ich an seinen mageren, osterglockengelben Leib denke, der gebrechlich und unbezwinglich zugleich war. Sogar meine Haut tut weh. Als säßen Trauer und Angst außen am Körper, wie ein unsichtbares Gewand aus Schmerz.

»Samuel.«

Ich sage seinen Namen laut, mitten in den Sommer hinein.

Aber natürlich kommt keine Antwort.

Es muss etwas geben, das ich gesehen oder gehört, dessen Bedeutung ich aber nicht verstanden habe. Etwas, das mir helfen kann, ihn zu finden.

Ich spreche ein kurzes Gebet, während ich gleichzeitig die Sonnencreme aus der Handtasche ziehe und mein schweißnasses Gesicht einschmiere.

Doch, so viel Multitasking kann ich – beten und bügeln, beten und Auto fahren oder zum Beispiel beten und Brot, das sein Verfallsdatum erreicht hat, mit neonorangen Sonderpreiszetteln auszeichnen und alle Kundinnen, die vorübergehen, dabei freundlich anlächeln.

Auf diese Weise sind Gebete etwas Gutes.

Gebete sind wie Bewegung im Alltag – man kann jeden Tag mehrere Runden unterbringen, man braucht nicht besonders viel Zeit dafür zu reservieren.

Ich öffne die Augen und schaue in den blauen Himmel. Sehe die Seevögel in der Brise segeln, wie winzig kleine Punkte. So frei, so ganz ohne Wissen um die Leiden der Menschen. Dann stecke ich die Cremetube wieder in die Tasche und betrachte den im Laufe der Jahrtausende rundgeschliffenen Fels. Er ist von Rissen und Linien durchzogen und sieht aus wie die Haut eines uralten Menschen.

Stinas runzliges, sonnenfleckiges Gesicht taucht vor meinem inneren Auge auf, und ihre Worte hallen in meinen Ohren wider, übertönen meine eigenen Gedanken.

Wie hat Samuel diesen Job denn gefunden?

Ich erstarre mitten in der Bewegung, als ich meine Handtasche gerade zumachen will, und knalle mit dem Ellbogen auf den Felsen.

Warum fällt mir das erst jetzt ein?

»Danke«, murmele ich und werfe einen raschen Blick gen Himmel.

MANFRED

»Sollen wir über Nyköping oder über Gnesta fahren?«

Malin schaut kurz zu mir herüber.

»Über Gnesta«, antwortet sie und blickt aus dem Fenster, wo der blühende Raps die Felder gelb leuchten lässt.

»Das fühlt sich wirklich seltsam an«, sagt Malin und packt das Rad so fest, dass ihre Finger weiß werden. »Was, wenn ich Mama über den Weg laufe?«

»Dann werden wir damit fertig«, antworte ich.

Malin flucht leise und bremst für einen Traktor, der auf die Straße abbiegt.

»Weißt du, wie es Hanne geht?«, fragt sie.

»Nein«, sage ich. »Aber als ich zuletzt bei ihr war, ging es ihr ziemlich gut.«

Malin schaltet, gibt Gas und fährt nach links, um den Traktor zu überholen. Der Wagen beschleunigt, ich werde in den Sitz gedrückt, an dem ich mich instinktiv festhalte. Einige Sekunden später gleiten wir sanft vor den Traktor, und ich lasse los und hole tief Luft.

Malin schaltet wieder und wirft mir einen Seitenblick zu.

»Und die Erinnerung?«

»Noch immer vor allem Probleme mit dem Kurzzeitgedächtnis«, sage ich. »Wenn wir bei ihr sind, werde ich sie über den Stand der Ermittlungen informieren, ihr das Gedicht zeigen und so weiter. Dann kann sie ihre spontanen Überlegungen äußern, denn ihre kognitiven Fähigkeiten sind ja mehr oder weniger unversehrt.

Und sie erinnert sich an alles, was passiert ist, bis auf die letzten Jahre. Sie kann also noch immer auf ihre gesamte berufliche Erfahrung zurückgreifen. Aber wenn wir morgen oder in einer Woche nach Ormberg zurückkämen, hätte sie sicher alles vergessen. Ich würde ihr die ganze Geschichte noch einmal erzählen müssen.«

»Was für eine verdammte Hölle, in der sie da lebt«, murmelt Malin.

Ich gebe keine Antwort, denke aber, dass sie nur teilweise recht hat, dass es auch Vorteile gibt.

Hanne wird zum Beispiel nicht von den Erinnerungen daran gequält, was in Ormberg geschehen ist.

Ich schaue über die Felder, die sich wogend bis zum Horizont dahinziehen, wie ein grüngelbes Meer, auf dem eine mächtige, träge Dünung heranrollt. Die Waldpartien, die hier und da aufragen, werfen lange gespenstische Schatten über die Felder.

»Dieses Gedicht war übrigens im Netz nicht zu finden«, sagt Malin. »Also stammt es sicher von irgendeinem munteren Hobbydichter.«

»Mm.«

»Diese Dienstanwärterin«, beginnt Malin und beißt in eine Pflaume.

»Anna Andersson?«

»Genau«, sagt Malin und stopft sich auch den Rest der Pflaume in den Mund. »Sie hat etwas davon gesagt, dass Olle, bei dem es sich ja wohl um Olle Berg handelt, Schriftsteller ist.«

»Der ist so verdammt weit vom Schriftstellersein entfernt, wie man überhaupt nur sein kann«, sage ich. »Aber was weiß ich? Jeder hergelaufene Idiot nennt sich doch heutzutage Schriftsteller.«

Malin öffnet das Fenster einen Spaltbreit, fischt sich den Pflaumenkern aus dem Mund und schnippt ihn mit Daumen und Zeigefinger hinaus.

Der Geruch von Kuhfladen und Gras breitet sich im Auto aus.

»Danke«, sagt sie. »Ich habe auch in den Unterlagen gelesen. Ich meine nur, dass er vielleicht so allerlei geschrieben hat. Dieses Gedicht zum Beispiel.«

»Sicher. Das kann sein. Ich schreibe auch so dies und das. Vor allem ziemlichen Scheiß.«

»Apropos schreiben«, sagt Malin langsam. »Ich habe mit einer Kollegin gesprochen, die in der Straßendealergruppe auf Södermalm gearbeitet hat. Ehe die bei der Umstrukturierung aufgelöst wurde, meine ich. Sie kennt da alle Junkies, und die kennen die Dealer und die … na ja, du weißt schon. Egal. Igor Ivanov hat offenbar zwei Bücher geschrieben. Lyriksammlungen.«

»Du machst Witze?«

»Nein. Die werden über Amazon verkauft, und wie es scheint, verdient er daran ziemlich gut. Ich habe eins bestellt. Wir sollten uns die mal ansehen. Es ist ja nicht ausgeschlossen, dass das Gedicht aus einem von Igors Büchern stammt.«

»Darauf würde ich mein Geld nicht wetten«, sage ich, öffne das Fenster und nehme mir eine Zigarette. Gebe mir Feuer und mache einen tiefen Zug.

Malin schaut mich aus großen Augen an, sagt aber nichts. Dann biegt sie ab in Richtung Ormberg.

Die Straße ist hier nicht mehr so gut – der Asphalt weist große Risse auf, und die Flickendecke aus Reparaturen, die die Fahrbahn überzieht, erinnert an diese furchtbaren geflickten Jeans, die meine Freunde getragen haben, als wir auf dem Gymnasium waren.

Ich hätte sowas nie angezogen, nicht mal als Teenager.

Ein Reh springt vielleicht fünfzig Meter vor uns über die Straße. Malin bremst scharf. Ich drücke die Zigarette an der Autotür aus, lasse sie auf den Boden fallen und warte darauf, dass Malin wieder Gas gibt. Aber sie wird langsamer und bleibt dann am Straßenrand stehen. Ihre Finger umklammern krampfhaft das Lenkrad, und sie starrt eine hohe Kiefer an.

»Ich weiß nicht, ob ich das hier schaffe«, murmelt sie.

»Das wird schon.«

Sie schüttelt langsam den Kopf.

»Nichts wird.«

»Soll ich fahren?«, schlage ich vor und habe ein schlechtes Gewissen, weil ich auf ihrer Begleitung bestanden habe.

Malin schüttelt den Kopf und fährt wieder los.

Wir fahren langsam weiter in Richtung Ormberg. Der Wald um uns herum wird dichter und die Straße immer schmaler und dunkler. Sie schneidet sich einen Weg zwischen den hohen Fichten hindurch, wie eine Schlucht durch ein Gebirge.

Ich werfe einen Blick auf mein Handy, aber Afsaneh hat sich nicht gemeldet.

Als ich ihr gesagt habe, dass ich heute Abend arbeiten muss, war sie nicht einmal sauer. Sie hat einfach nur geschmunzelt. Als ob sie eigentlich mit etwas anderem beschäftigt wäre und gar nicht gehört hätte, was ich sage.

Sie ist so verändert, und ich weiß nicht, ob ich besorgt sein oder mich freuen soll.

Als wir Ormberg erreichen, ist es fast acht Uhr abends. Die Sonne ist hinter dem Ormberg untergegangen, aber der Himmel strahlt noch immer in einem hellen Türkis mit goldenen Streifen, wie auf einem Gemälde aus dem Rokoko.

Doch damit enden auch die Ähnlichkeiten mit der Kunst des achtzehnten Jahrhunderts.

Das Dorf ist zwar in prachtvolles Grün gehüllt, aber was im Volksmund als Zentrum bezeichnet wird, ist genauso scheußlich wie in meiner Erinnerung.

Als wir am alten Dorfladen vorbeifahren – den wir während der Mordermittlung als improvisiertes Büro genutzt haben –, sehe ich, dass dort offenbar renoviert wird. Vor dem Haus stehen eine Zementmischmaschine und einige große Säcke voll Bauschutt. Und über dem Fenster hat jemand ein Schild angebracht.

»Hassans Lebensmittel«, sage ich. »Ja, verdammt.«

Malin antwortet nicht.

Wir fahren an der Kirche vorbei. Sie steht unheilverkündend düster und leer auf dem Dorfanger, wie ein Monolith, der an bessere Zeiten erinnern soll, als Dorf und Gemeinde noch blühten und gediehen. Hohes Gras wächst um die Kirche herum, und Büsche verbergen den Eingang. Verputz hat sich von der Fassade gelöst und große, ziegelrote Wunden bloßgelegt.

Das letzte Stück zum Haus von Berit Sund legen wir im Schritttempo zurück.

Die gewaltigen wachsamen Gestalten der Kiefern umschließen uns wieder. Der Winter hat dem alten Kiesweg voller Schlaglöcher übel mitgespielt. An mehreren Stellen wirkt der Wegrand eingesunken, als hätte sich der Boden darunter bewegt.

Dann wird der Wald spärlicher, und Berits kleines Haus taucht auf.

Die Fenster leuchten einladend, und ein Rauchfaden zieht sich in den hellen Sommerhimmel.

Wir halten vor dem Haus und steigen aus.

»Berit Sund *is still going strong*, wie ich sehe«, kommentiert Malin leise.

Berit ist eine ältere Frau, die seit einer Ewigkeit hier in der Gegend wohnt. Sie hat für Gemeinde und Sozialamt gearbeitet, und jetzt kümmert sie sich um Hanne. Ich nehme an, dass sie eine Art Mischung aus Freundin, Betreuerin und Haushälterin ist.

»Sieht so aus«, antworte ich.

»Ich kann mir ein schlimmeres Lebensende vorstellen«, sagt Malin und lässt ihren Blick über das kleine rote Haus mit den weißen Ecken gleiten.

Die Farbe ist in ihr Gesicht zurückgekehrt, und sie wirkt erleichtert, dass wir das Dorf hinter uns gebracht haben, ohne auf Bekannte von ihr zu stoßen.

Auf der gepflegten Rasenfläche stehen Obstbäume, und um das ganze Haus zieht sich ein prachtvolles Beet, in dem sich Katzenminze mit hohen Stockrosen drängt, die darauf warten, ausschlagen zu können. In der feuchten Abendluft mischt sich der Rauchgeruch mit dem schweren, süßlichen Duft des großen Jasminbusches links von der Haustür.

Berit öffnet auf unser Klopfen hin fast sofort.

Sie trägt ein formloses geblümtes Kleid von der Sorte, die meine Großmutter Kittelschürze genannt hat, ihre Füße stecken in dicken Wollsocken. Sie hat die Haare zur Seite gekämmt und mit einer kindlichen Haarspange mit einem im Lampenlicht funkelnden und glitzernden Stern festgesteckt. Ihre Runzeln sind zu tiefen Furchen geworden. Im Schein der Deckenlampe erinnern sie an Axthiebe, die sich kreuz und quer über das Gesicht ziehen und es aussehen lassen wie einen alten Hackklotz.

Hinter ihr steht Joppe mit gesenktem Kopf und wedelt erwartungsvoll mit dem Schwanz.

Berit lächelt, als sie mich sieht, und umarmt mich unerwartet energisch.

»Manfred, lange nicht mehr gesehen.«

Ihr Körper kommt mir kleiner und dünner vor als in meiner Erinnerung, als ob Teile von ihr zusammen mit der dicken Schneedecke geschmolzen wären.

Dann umarmt sie Malin.

»Liebes Kind, wie schön, dich zu sehen.«

Sie legt Malin die Hand auf den Bauch.

»Und herzlichen Glückwunsch. Was für ein Segen. Aber hier könnt ihr doch nicht herumstehen. Hereinspaziert, hereinspaziert!«

Im Haus hat sich nichts verändert: Die Kleider hängen ordentlich an ihren Haken, die Schuhe stehen ordentlich darunter im Regal, und die Pelargonien auf der Fensterbank sehen genauso aus wie im Winter.

Aus der Küche ist das Knistern eines Feuers zu hören.

Wir ziehen die Schuhe aus und gehen hinter Berit her. Hanne sitzt am Tisch.

Als ich hereinkomme, springt sie sofort auf und lächelt.

Sie sieht wunderbar aus.

Ihre roten Haare sind jetzt länger und weisen graue Strähnen auf, ihre Arme sind vielleicht ein bisschen dünner, aber ansonsten ist sie unverändert, als sie meine Hände nimmt und ihren Blick auf mich richtet.

»*Du* hast mir gefehlt«, sagt sie und drückt meine Hände ganz fest.

»Du mir auch«, erwiderte ich.

Dann nimmt sie mich in die Arme und hält mich so lange fest, dass es fast peinlich ist.

Am Ende lässt sie mich los und dreht sich zu Malin um.

»Hanne«, sagt sie und streckt die Hand aus.

Malin wirft mir einen raschen Blick zu.

»Malin Brundin«, sagt sie dann und nimmt Hannes Hand. »Wir sind uns schon einmal begegnet. Wir haben bei der Mordermittlung hier in Ormberg zusammengearbeitet.«

»Entschuldige«, sagt Hanne und sieht verlegen aus. »Das hab ich wohl vergessen.«

»Macht doch nichts«, erwidert Malin.

Wir lassen uns am Küchentisch nieder.

»Wie geht es dir?«, frage ich.

»Ich kann nicht klagen«, sagt Hanne und lächelt. »Und du? Was machen Afsaneh und Nadja?«

Mein Herz setzt einen Schlag aus, und ich schnappe nach Luft.

Ich habe Hanne erzählt, was Nadja zugestoßen ist, aber das hat sie natürlich vergessen.

Berit sieht jetzt nervös aus.

»Darüber haben wir doch gesprochen, Hanne«, murmelt sie. »Nadja hatte einen Unfall und liegt im Krankenhaus.«

»Ach«, sagt Hanne und schlägt die Hand vor den Mund, wie um ihre Frage zurückzuschieben. »Ach. Entschuldige.«

»Keine Sorge«, sage ich und ringe mir ein Lächeln ab.

»Ist es was Ernstes?«, fragt Hanne, noch immer mit der Hand vor dem Mund.

Ich zögere, dann sage ich:

»Hoffentlich nicht.«

Hanne sitzt jetzt einfach da und starrt ihre Knie an.

Berit gibt sich alle Mühe, die Situation zu entschärfen. Sie serviert Kaffee aus ihrer alten geblümten Porzellankanne, bietet selbstgebackene Plätzchen an und redet über Wind und Wetter, während Hanne langsam, aber sicher ihre Fassung zurückgewinnt.

»Ich drehe mal eine Runde mit Joppe«, sagt Berit dann und schiebt ihre Haarspange zurecht.

Dann humpelt sie, gefolgt von ihrem ebenfalls humpelnden Hund, aus der Küche.

Wir sprechen eine Weile mit Hanne über Ormberg. Über den alten Laden, der neu eröffnet werden soll. Über den Jungen Jake, der zur allgemeinen Überraschung für eine Erzählung einen Preis gewonnen hat und dessen Werk von einer großen Tageszeitung veröffentlicht wurde.

Und dann sprechen wir über den langen Winter, der ein altes Paar, das einige Kilometer entfernt wohnt, fast das Leben gekostet hat, sie waren offenbar mehrere Wochen lang eingeschneit und mussten ihre Möbel verfeuern, da sie nicht bis zum Holzschuppen kamen.

Hanne wird deutlich sicherer, als wir uns dem Grund unseres

Kommens nähern. Sie sieht uns an, lässt ihren Blick zuerst auf mir und dann auf Malin ruhen.

Sie strahlt eine Ruhe aus, eine Art Würde, aber zugleich ahne ich ein Lächeln auf ihrem Gesicht und habe den deutlichen Eindruck, dass es sie überaus befriedigt, dass wir den weiten Weg nach Ormberg auf uns genommen haben, um ihren Rat einzuholen.

»Aber ihr seid ja wohl nicht hergekommen, um Klatsch über Ormberg zu hören?«, fragt sie.

»Nein«, gebe ich zu.

»Erzähl«, sagt sie und beugt sich vor.

Hanne hat sich unseren Bericht über die drei im südlichen Schärengürtel von Stockholm aus dem Wasser gezogenen Leichen und die Frau, die ihren Sohn vermisst melden wollte, dann aber von einer abweisenden Aspirantin vertrieben wurde, geduldig angehört.

Sie hat einen Block vor sich liegen und macht sich Notizen, summt vor sich hin und stellt kurze Fragen, während ihr Kugelschreiber über das Papier tanzt.

Nach etwa vierzig Minuten kehrt Berit mit ihrem Hund zurück. Sie bietet uns noch mehr Kaffee an, aber sie verschwindet rasch nach oben im Haus, als wir dankend ablehnen.

Draußen wird der Sommerabend dunkler.

Ein blaugrauer Dunst hüllt die Wiese und den Wald dahinter ein, wo gewaltige Kiefern Habacht stehen. Eine dicke Motte landet an der Fensterscheibe, vielleicht angelockt vom Licht der Deckenlampe.

»Und dieses dritte Opfer, das habt ihr also noch nicht identifizieren können?«

»Genau«, sage ich. »Aber er ist um einiges älter als die beiden anderen. Die Rechtsmedizinerin glaubt, zwischen dreißig und vierzig. Und er war auch schon länger tot als die anderen.«

»Hm«, sagt Hanne. »Er bricht das Muster ein wenig.«

»Richtig«, sage ich.

»Aber eure Theorie ist, dass dieser Olle ›Bulle‹ Berg auf irgendeine Weise mit der Sache zu tun hat oder vielleicht sogar unser Täter ist.«

»Seine DNA wurde an der Decke gefunden, in die Victor Carlgrens Leichnam gehüllt war. Außerdem ist er ein bekannter Gewaltverbrecher und seit kurzer Zeit abgetaucht.«

»Und dieser Junge, der verschwunden ist …«

»Samuel«, fügt Malin hinzu.

»Genau. Ihr glaubt also, dass der für Olle Berg und dessen Freundin arbeitet …«

Hanne sucht in ihren Notizen und fügt dann hinzu: »Rakel?«

»Ja. Die passen zu der Beschreibung. Olle Bergs Freunde haben erzählt, dass er mit einer Frau mit einem behinderten Sohn zusammen ist.«

»Hm«, sagt Hanne noch einmal, legt sich einen Schal um die Schultern und streicht sich über die sommersprossige Wange. »Und dieses Gedicht kommt also von dem verschwundenen Jungen, und er kann es von Berg und dessen Freundin haben?«

Malin nickt.

Hanne setzt ihre Lesebrille auf und streckt die Hand nach dem Blatt mit dem Gedicht und Samuels handgeschriebener Mitteilung an seine Mutter aus.

Sie liest alles sorgfältig durch, schaut nachdenklich zur Decke hoch und liest den Text ein weiteres Mal. Dann nimmt sie die Lesebrille ab und reibt sich die Schläfen mit den Fingerspitzen, lehnt sich auf dem Stuhl zurück und schließt die Augen.

»Das ist ja nicht gerade große Poesie«, fängt sie an. »Aber das hat etwas …«

Und dann:

»Rakel. Rakel. Jonas. Jona. Rakel und Jona.«

Malin wirft mir einen fragenden Blick zu, und ich deute ein Kopfschütteln an, damit sie Hanne nicht stört.

Hanne setzt ihre Brille auf. Ihre Augen funkeln, und sie hat wieder diese aufgeregte Miene, durch die sie fast wie ein übermütiges Kind aussieht.

»So«, sagt sie und legt eine kurze Pause ein, ehe sie erklärt: »Die Taube und das Lamm lebten in Harmonie, bis die Taube immer längere Ausflüge machte. Hört mal: *Mit jedem Tag flogst du weiter fort. Wie der Sturm verdüstertest du die Sonne mit deinem Spiel.*

Wie Ruß verpestetest du die Luft mit deinem Hochmut. Wie Pfeile schmerzte dein Verrat.«

Weder Malin noch ich sagen etwas.

Hanne schiebt sich die Brille auf die Nasenspitze und sieht uns über den Rand mit ernstem Blick an.

»Könnt ihr mir folgen?«

»Das schon, aber?«, frage ich unsicher.

Hanne hebt die Hand und fährt fort:

»Das Lamm liebte die Taube, aber die Taube wies die Zärtlichkeitsbekundungen der Taube zurück. Das steht hier: *Dein Mund wiederholte sein Nein. Deine Gedanken wohnten überall, aber niemals hier bei mir.*«

»Na gut«, sagt Malin, und ich kann sehen, wie ihr Blick zur Kuckucksuhr an der Wand wandert.

»Dann ist der Taube etwas passiert«, fährt Hanne fort. »Das Lamm war verzweifelt und begegnete einem Löwen. Der die Taube tötete. Das wird hier so beschrieben: *Aber die Zähne waren so spitz, und die Krallen waren so lang, dass er deinen Körper zerriss, als er dich fangen wollte.*«

Malin rutscht auf ihrem Stuhl hin und her.

»Das Lamm trauerte«, sagt Hanne, runzelt die Stirn und legt den Kopf schräg. »Das Lamm trauerte, aber der Löwe brachte ihr eine neue Taube. Hört euch das an: *Aus Tränen weinte ich mir ein*

Meer / Und legte mich zum Sterben hin / Auf die weichen Kissen der Trauer.

Doch dann war der Löwe wieder da / Und in seinem riesigen Schlund trug er / Eine unbefleckte Taube.«

»Entschuldige«, sagt jetzt Malin. »Ich will ja nicht unhöflich sein, aber ich begreife nicht, worauf du hinauswillst.«

»Warte«, sage ich und beuge mich so weit vor, dass die brennende Kerze auf dem Tisch fast meine Wange berührt. »Warum sagst du, dass der Löwe *ihr* eine neue Taube bringt? Woher weißt du, dass das Lamm eine Sie ist?«

Hanne lächelt strahlend. Streckt die Hand nach dem Block aus und schlägt eine leere Seite auf. Dann legt sie den Block so, dass wir sehen können, was sie schreibt.

»Rakel ist ein Name aus dem Alten Testament, das wisst ihr vielleicht?«

»Das ist nicht gerade mein Fachgebiet«, murmelt Malin und unterdrückt ein Gähnen.

»Rakel bedeutet im Hebräischen Lamm oder Mutterschaf«, sagt Hanne und schreibt auf den Block:

Lamm = Rakel.

Malin sieht mich mit offenem Mund an.

Hanne lächelt und fügt hinzu:

»Und ratet mal, was Jonas im Hebräischen bedeutet?«

Malin schüttelt den Kopf, sagt aber nichts. In ihrem Gesicht ahne ich Faszination und Unruhe zugleich.

»Jonas ist eine schwedische Form des Namens Jona, und der bedeutet Taube. Auch das ist ein Name, der in der Bibel mehrmals auftaucht, wie ihr sicher wisst.«

Der Kugelschreiber kratzt über das dünne Papier, als Hanne eine weitere Zeile schreibt.

Taube = Jonas.

»*Großer Gott*«, flüstere ich. »Du meinst doch nicht …?«

»Wer immer das Gedicht geschrieben hat, hat Rakels Beziehung zu ihrem Sohn dargestellt, erzählt von seinem Unfall und seinem … Tod?«

Malins Stimme ist kaum zu hören.

»Aber die Taube wurde doch von dem Löwen getötet«, sage ich. »Wer ist der Löwe?«

Hannes Gesicht wird ernst. Das Lächeln verschwindet, und ihre Augen scheinen im flackernden Kerzenlicht dunkel zu werden. Sie greift zum Kugelschreiber und schreibt vier Buchstaben auf das Papier.

Olle =

»Und was bekommen wir, wenn wir ein l wegnehmen und das o und das andere l vertauschen?«, fragt sie rhetorisch.

Das Papier wird unter dem Kugelschreiber ein wenig zerknittert, als sie die letzte Zeile vollschreibt, ohne unsere Antwort abzuwarten:

Olle = Leo

»Und Leo ist das lateinische Wort für …«

»*Löwe*«, sage ich.

Hanne nickt und schreibt das letzte Wort.

Olle = Leo = Löwe.

Dann richtet sie sich auf und legt vorsichtig den Kugelschreiber neben den Block.

Malin springt auf, läuft in der Küche hin und her und schlägt sich mit der rechten Faust in die linke Handfläche.

»Verdammt«, faucht sie. »*Verdammte Scheiße.* Warum geht uns das erst jetzt auf?«

Hanne und ich schweigen.

»Lies die letzten Zeilen noch mal vor«, sage ich zu Hanne.

Hanne streckt die Hand nach dem Gedicht aus und liest vor:

»Aus Tränen weinte ich mir ein Meer und legte mich zum Sterben hin / Auf die weichen Kissen der Trauer.

Doch dann war der Löwe wieder da / Und in seinem riesigen Schlund trug er / Eine unbefleckte Taube.«

»Und wie zum Teufel sollen wir das nun deuten?«, frage ich.

TEIL IV

Im Bauch des Walfischs

Aber der HERR ließ einen großen Fisch kommen,
Jona zu verschlingen.
Und Jona war im Leibe des Fisches
drei Tage und drei Nächte.
Und Jona betete zu dem HERRN,
seinem Gott, im Leibe des Fisches.

Jona 2: 1–2

SAMUEL

Ich treibe durch die dunkle Grotte.

Immer weiter und weiter – getragen von der kühlen, feuchten Luft. Meine Flügel sind stark, und mein Körper ist ausdauernd, aber ab und zu schlage ich gegen die Wand. Dann lege ich mich hin und lasse Kopf und Schnabel zur Seite sinken. Ruhe mich auf dem Boden aus, während mein kleines Vogelherz trotzig in meiner Brust schlägt.

Ich lege den Kopf schräg. Mustere mein graues Federkleid. Schwanz und Flügel haben schwarze Streifen, und meine Brust ist rosa. Meine Beine sind kurz, kräftig und dünn.

Ohne hundert Prozent sicher zu sein, würde ich auf Ringeltaube tippen.

Columba palumbus.

Manchmal drängen Fragmente von Gesprächen, von Menschenstimmen, durch den dicken Fels und in die Grotte, wie das Wasser, das durch Steinrisse sickert.

Ab und zu erkenne ich die Stimmen, verstehe sogar, was sie sagen.

Ich habe zum Beispiel Rakel gehört. Sie klang ängstlich und sagte: *Was hast du mit ihm gemacht?* Und dann: *Wenn du ihm auch nur ein Haar krümmst, dann werde ich …* Und danach: *… die Polizei anrufen, wenn du nicht sofort von hier verschwindest, ist das klar?*

Der Mann, mit dem sie sprach, antwortete in so breitem Schonisch, dass ich nichts verstehen konnte, aber er klang wütend, verdammt wütend.

Mein Gehirn war träge und müde, aber ich konnte doch die Frage formulieren: Sprach sie mit Olle? War er endlich nach Hause gekommen?

Doch die Stimmen verklingen immer.

Sie brechen, zerkrümeln und werden zu Staub, der sich auf dem feuchten Boden der Höhle verteilt.

Ab und zu kommt das Licht.

Das Licht ist grell und hart und schneidet sich wie ein scharfes Messer in meine empfindlichen Augen. Ich blinzele und sehne mich nach der Dunkelheit in der Grotte, doch stattdessen zerrt das Licht an mir. Zerrt und reißt, als wäre ich ein nasses Handtuch, das ausgewrungen werden soll. Ich werde gereckt, und es brennt wie Feuer in meinem Schnabel.

Am Ende lande ich wieder im Körper, dem anderen Körper – dem, der Arme hat anstelle von Flügeln und Finger und Zehen.

Aber das dauert nie sehr lange, denn dann kommt der Schmerz in meiner Hinterbacke, und gleich darauf breitet sich die Wärme in mir aus.

Dann falle ich wieder.

Ich falle und falle, mitten durch den Boden, durch Feld und Felsen. Ich falle wieder in die Grotte. Plustere mein Gefieder auf, gurre ein wenig und versenke den Schnabel zwischen den weichen Daunen auf meiner Brust.

Die Grotte ist eigentlich gar nicht so schlecht.

Hier gibt es keinen Schmerz, keinen Hunger, keine Angst.

Alles ist vorhersagbar, hat seinen eigenen Rhythmus, wie Wellen oder Herzschläge. In regelmäßigen Abständen überlässt die Dunkelheit mich dem Licht, das mich seinerseits wieder der Dunkelheit überlässt.

Bisher.

Bisher.

Irgendwo über mir ahne ich eine Änderung der Farbe in der

Grottendecke. Das Schwarze wird sozusagen weniger schwarz. Die Konturen treten deutlicher hervor, und die Luft wird klarer.

Es ist das Licht, das kommt, und es ist stärker denn je. Es wächst an Stärke, wird zu einer Sonne und reißt mich schließlich aus der Grotte, wie eine Möhre, die geerntet werden soll.

Alles wird scharf und hart und tut verdammt weh.

Und ich spüre Arme, Beine, ja sogar die Zehen, die unter etwas Warmem und Weichem ruhen. Ich spüre auch mein Herz – das durchaus kein Vogelherz ist, sondern ein viel größeres, das dumpf in meiner Brust hämmert. Und ich spüre das Gewicht der Haut und das Blut, das durch meine Adern braust.

Aber ich spüre auch andere Dinge, unangenehme Dinge, zum Beispiel, dass mein Mund wie ausgedörrt ist – die Zunge scheint am Gaumen zu kleben – und einen seltsamen brennenden Schmerz in meiner Nase.

»Gaaahh aarrggh!«

Das Geräusch kommt aus meinem Körper.

Wörter, die keine Wörter sind, sondern nur grunzende Laute, Schweinelaute, kommen von *mir.*

Ich blinzele ins Licht, obwohl es in meine Augen schneidet und sticht.

Über mir hängt eine riesige Spinne in einem Netz unter der Decke. Ihr Körper ist so groß wie der eines Menschen. Der Rumpf, der Kopf und die langen, hervorstehenden Kiefer sind blau, aber die Beine sind lang und schwarz.

Ich versuche zu schreien, aber alles, was passiert, ist, dass Speichel aus meinem Mundwinkel über meine Wange läuft.

Die Spinnenbeine kommen näher, so nah, dass ich die daran wachsenden langen Borsten und die Greifklauen ganz unten an den Gliedern sehen kann.

An einem intensiv blauen Kopf sitzen mehrere Paare metallglänzender Augen. Sie schimmern matt in dem scharfen Licht.

Ich schreie wieder und wieder, und am Ende habe ich das riesige Insekt offenbar erschreckt, denn es erstarrt und ändert vor meinen Augen seine Gestalt.

Die Beine schrumpfen zusammen und werden zu schwarzen Kunststoffriemen. Die Krallen werden zu Plastikschnallen, und der blaue Körper ändert seine Form und wird rechteckig. Die Augen erstarren zu Metallknöpfen.

Ich blinzele und versuche zu verstehen.

Was zum Teufel?

Das ist keine Spinne, das ist Jonas' verdammtes CP-Gestell. Das Rakel benutzt, wenn sie ihn bewegen will.

Ich liege im Bett darunter.

In Jonas' verdammtem Bett!

Diese Erkenntnis trifft mich wie ein Tritt in den Bauch.

Was zum Teufel mache ich in Jonas' Bett? Bin ich krank?

Und wo ist Jonas?

Ich versuche, Rakel zu rufen, sie muss ja wohl wissen, was passiert ist. Sie muss ja wohl erklären können, warum ich und nicht er hier im Bett liege, wie ein bewusstlos geschlagener Seehund, ohne einen Finger rühren zu können.

Aber mein Mund gehorcht mir nicht, er weigert sich, die Wörter zu bilden, und das Einzige, was aus mir herauskommt, ist noch mehr Spucke.

Dann weiß ich wieder, wie Jonas im Bett lag – mager wie ein Scheißjunkie und mit einer Haut, die weiß und blank war wie polierter Marmor – und dass er nicht mehr atmete!

Ein kalter Schauer kriecht meinen Rücken hoch.

Ist Jonas *tot*?

Ich versuche, den Kopf so weit zu drehen, dass ich den Nachttisch deutlicher sehe, aber das geht nicht. Ich sage dem Körper, nein ich schreie ihn an, dass er den Kopf bewegen soll, aber er weigert sich, als wäre er noch unten in der Grotte.

Ich mache noch einen Versuch. Kneife die Augen zusammen, konzentriere mich so sehr, wie es überhaupt nur möglich ist, und stelle mir vor, wie sich mein Kopf auf dem Kissen bewegt. Wie er zur Seite gleitet, als wäre das das Einfachste auf der Welt.

Noch einen Zentimeter.

Ich öffne die Augen.

Auf dem Nachttisch steht eine Vase mit einer frischen Rose. Daneben liegen die Tube mit der Handcreme und der Fettstift. Ich kann den Kalender an der Wand über dem Nachttisch sehen.

Der 24. Juni.

Das kann nicht stimmen, heute ist doch der 22., Mittsommerabend.

Ich kann ja wohl nicht seit zwei Tagen hier liegen?

Bei diesem Gedanken dreht sich der Raum, und meine Ohren rauschen.

Gaahhrrraa!

Das Grunzen kommt einfach, ich versuche nicht einmal mehr zu schreien. Das Geräusch stiehlt sich gewissermaßen aus meiner Brust, als wollte es auch von hier fliehen.

Ich schaue wieder zum Nachttisch hinüber, sehe die Rose an, die da in ihrer lila Vase steht, wie immer. Dann wird mein Blick von den Kratzern im Lack angezogen, denen, die Jonas zu erreichen versucht hat.

Und ich sehe es.

Jetzt, hier vom Bett aus, sehe ich, dass es keine Kratzer sind.

Es sind Buchstaben.

Eingeritzt, oder eher vielleicht einge*kratzt*, in den Lack, mit schrägen, krakeligen Buchstaben, steht ein einziges Wort:

HILFE!

PERNILLA

»Natürlich helfen wir dir. Das sage ich doch schon die ganze Zeit. Man darf nicht so verdammt viel Angst davor haben, um Hilfe zu bitten. Nächstes Mal bin ich es, die Hilfe braucht, und dann komme ich zu dir, Pernilla!«

Stinas Stimme ist fest, und die Hand, die meine drückt, ist warm und tröstlich.

Wir sitzen auf einer Decke auf einem Felsen ungefähr hundert Meter vom Hafen von Stuvskär entfernt.

Die Sonne steht tief über den Schären, und der Stein unter uns wird kühler. Stinas wütend rote Haare leuchten im warmen Licht, und ihre ledrige Haut hat die Farbe von Kupfer. Sie trägt ein kirschrotes Hemd mit so tiefem Ausschnitt, dass ich fast den ganzen BH sehe.

»Oder was, Björn?«, fügt Stina hinzu und blickt herausfordernd ihren Sohn an, einen mageren Jungen von vielleicht achtzehn Jahren mit rotblonden Haaren und einem schönen, fast femininen Gesicht, das ich von dem Foto auf Stinas Schreibtisch her wiedererkenne.

»Ja«, sagt Björn und sieht plötzlich überaus unsicher aus. »Aber das kommt doch bestimmt verdammt unecht rüber.«

»Quatsch«, sagt Stina und verjagt mit der Hand eine Mücke, so dass die lose Haut unter ihrem Arm ins Zittern gerät. »Wie soll denn jemand am Telefon sehen, dass du das gar nicht so meinst?«

Björn zuckt mit den dünnen Schultern und macht sich an einem dicken Pickel an seinem Kinn zu schaffen.

»Dann geht's los«, sage ich und gebe Björn das neu gekaufte Handy mit der Prepaidkarte.

Björn nimmt es mit einer Hand und greift mit der anderen nach dem Papier mit den Informationen und dem Kugelschreiber.

»Das war doch halb sieben?«, fragt Stina.

Ich nicke.

»Stimmt, aber ich kann ja nicht garantieren, dass sie pünktlich anruft. Rakel ist vorsichtig.«

Nachdem ich im Netz die Anzeige gefunden und per Mail geantwortet hatte, hat sie zwei Mitteilungen geschickt: die erste, um weitere Fragen zu stellen, die zweite, um eine Zeit für einen Anruf zu verabreden.

Sie hat keinerlei Kontaktangaben mitgeteilt.

Die Minuten vergehen, und die Sonne senkt sich über das Wasser, das spiegelblank vor uns liegt. Nur einige kleine Wellen zupfen fast lautlos an dem grünen Seegras, das am Strand wächst, diesem glatten Elend, auf dem man immer ausrutscht, wenn man baden will.

Draußen auf dem Meer entfernt sich ein Motorboot, und das Geräusch wird lauter und leiser, als es von den Schären zurückgeworfen wird.

Stina zieht den Flachmann hervor, den ich aus dem Laden kenne, und hält ihn mir hin.

»Du nimmst doch einen Kleinen«, sagt sie und gießt die bernsteinfarbene Flüssigkeit in zwei wabbelige Plastikbecher, ohne meine Antwort abzuwarten.

»Warum nicht«, seufze ich.

Dann öffnet sie eine Flasche Cola und reicht sie Björn, der die Hand hebt und den Kopf schüttelt.

Er sieht nervös aus und ringt auf seinem Knie die bleichen Hände.

Ich denke an Samuel. Daran, was für eine Ironie es ist, dass sein Name »Gott erhört Gebete« bedeutet.

Samuel im Ersten Buch Samuel bekam diesen Namen nämlich, nachdem seine Mutter Hannah Gott um einen Sohn angefleht hatte.

Gott erhört Gebete.

Aber wer hört jetzt zu?

Drei Tage sind vergangen, seitdem Samuel mich im Hafen treffen wollte – drei Tage, an denen ich rein gar nichts von ihm gehört habe, keine SMS, keinen Anruf.

Nur Schweigen.

Ich vermute, ich sollte wieder zur Polizei gehen, aber dieses arrogante junge Ding, das so frech zu mir war, hat mir allen Mut genommen.

Ich verspreche mir, wieder hinzugehen, wenn wir jetzt diese Frau finden, denn dann kann ich etwas Konkretes vorweisen. Etwas, das sie zum Handeln zwingt, statt nur dazusitzen und mich anzuglotzen, als hätte ich den Verstand verloren.

Das Handy klingelt, und Björn hebt es mit verbissener Miene hoch.

Er fängt meinen Blick ein, und ich nicke aufmunternd und hebe einen Daumen.

»Öh, hallo?«, fragt Björn, und seine Stimme kippt ins Falsett um.

Stina erwidert meinen Blick und nickt lächelnd, es ist deutlich, dass sie auf ihren Sohn stolz ist.

»Okay«, sagt Björn jetzt.

Und dann:

»Nö. Nicht direkt, meine ich, aber ich habe in einem Altersheim ausgeholfen. Auch wenn ich da vor allem geputzt habe. Ich durfte denen ja keine Medikamente oder Spritzen geben oder sowas.«

Er schweigt und nickt mehrere Male hintereinander.

»Neunzehn. In drei Monaten.«

Er schweigt wieder, und ich halte den Atem an und bete, dass alles gut geht.

»Die Sache ist die, dass ich einfach nicht mehr hingegangen bin«, sagt Björn und klingt genauso verlegen, wie ich es ihm eingeschärft habe. »Ich hatte die Schule total satt und wollte lieber jobben. Also, ich habe nicht blaugemacht oder so. Ich habe nur, na ja …«

Er verstummt wieder und erwidert meinen Blick.

»Okay. Bis dann.«

Er legt auf.

Ich wage nicht zu fragen, aber Björns Gesicht, das sich zu einem breiten Colgate-Lächeln öffnet, sagt mir genug.

»Im Hafen auf Stuvskär, übermorgen, um elf«, sagt er triumphierend und hebt die Hand, so dass Stina mit ihm ein High Five austauschen kann.

Ich folge Stinas Beispiel, schlage mit der Handfläche gegen seine und seufze vor Erleichterung tief auf.

»Was hat sie gesagt?«, flüstere ich.

»Dass sie sich mit mir treffen und über alles reden möchte. Dass es schwer ist, die richtigen Leute zu finden. Dass sie hofft, dass wir uns einigen können.«

Stina sieht mich an, und ihre grünen Augen funkeln.

»Ich hab doch gesagt, dass alles in Ordnung kommt«, und sie lacht so sehr, dass ich alle Ablagerungen auf ihren nikotingelben Zähnen sehen kann.

»Danke«, sage ich mit Tränen in den Augen und nicke zuerst Stina und dann ihrem Sohn zu. »Danke, ihr Lieben. Ich weiß nicht, wie ich das jemals wiedergutmachen kann.«

MANFRED

Meine Mutter hat immer gesagt, dass die Zeit alle Wunden heilt. Als wäre die Zeit eine Krankenschwester in gestärkter weißer Tracht und mit lilienweißen Händen, die umherläuft und heiße Bouillon austeilt, und kein Sensenmann, der auf der Lauer liegt, egal, wohin wir uns wenden. Der nur darauf wartet, dass du den schicksalhaften Fehler begehst, der dich das Leben kostet.

Oder ein anderes Leben – das deines Kindes, zum Beispiel.

Ich nippe am Wein und lächele Afsaneh und Martin, ihrem Kollegen von der Universität, zu.

Sie lachen über etwas, das Martin gerade erzählt hat, etwas, das ich nicht verstanden habe, über das ich aber trotzdem lache, denn ich habe weder Kraft noch Lust, mich über meine düsteren Grübeleien auszulassen. Außerdem muss ich die ganze Zeit daran denken, was Hanne über Lamm, Taube und Löwe gesagt hat.

Der Löwe ist Olle Berg.

Wir müssen ihn finden, und das ganz schnell. Denn auch wenn das Gedicht vor Gericht vermutlich nicht als Beweis zählen würde, können wir ihn immerhin über seine DNA mit den Opfern in Verbindung bringen. Außerdem ist er nachweislich gewalttätig, also ist die Wahrscheinlichkeit, dass die DNA durch Zufall dort gelandet ist, wirklich verschwindend gering.

Ansonsten glaube ich nicht an Zufälle.

Ich lasse meinen Blick zu Martin hinüberwandern.

Er ist im gleichen Alter wie Afsaneh und hat ein blasses, längliches Gesicht mit einer überproportional großen Nase. Seine

Haare sind hellbraun und lockig und scheinen dem Gesetz der Schwerkraft zu trotzen. Dieser Eindruck wird von seinem Haarschnitt verstärkt, der ihn wie einen Pudel aussehen lässt.

Martin schaut mich an und nickt, als ob er auf meinen Kommentar zu etwas wartet, das er gerade gesagt hat.

Ich bringe ganz schnell ein anderes Thema zur Sprache, damit er nicht merkt, wie zerstreut ich bin.

»Afsaneh sagt, mit der Doktorarbeit läuft es gut«, sage ich.

Martin lächelt und schaut kurz zu Afsaneh hinüber.

»Ja, wie gesagt, die Disputation ist im Oktober, wenn nichts schiefgeht. Aber damit ist wohl nicht zu rechnen. Und mein alter Prof aus der Psychologie hat sich einen Bandscheibenvorfall geholt, also müssen wir erst mal sehen.«

»Sorry«, sage ich. »Ich war mit meinen Gedanken woanders.«

Martin hebt die Hand.

»Kein Problem. Ihr habt ja nun wirklich an andere Dinge zu denken als an meine verstaubte alte Diss.«

Wir schweigen alle, und ich starre den Küchentisch an. Mustere eine Kerbe im Holz, die Nadja im Frühjahr dort hinterlassen hat. Ich weiß noch, wie wütend ich auf sie war, und schwöre mir, dass das nie wieder vorkommen wird.

Wenn sie nur wieder gesund wird. Wenn nur alles wieder wie immer wird.

Afsaneh räuspert sich.

»Ich würde die ja wohl kaum als verstaubt bezeichnen«, sagt sie. »Sie beschreibt unsere Gegenwart sehr gut.«

»Worüber schreibst du denn?«, frage ich.

Martin fährt sich mit der Hand durch die Locken und legt den Kopf ein bisschen schräg, so dass seine Haare fast in seinen Teller hängen und seine große Nase im Licht der Deckenlampe glänzt.

»Narzissmus, oder um genauer zu sein, wieso das Auftreten von narzisstischen Verhaltensweisen heute so stark zunimmt.«

»Tut es das?«, frage ich. »Zunehmen, meine ich.«

Martin beugt sich vor und legt die Ellbogen auf den Tisch.

»Allerdings. Zwei amerikanische Forscher, Twenge und Campbell, haben nachgewiesen, dass das Auftreten von narzisstischen Verhaltensweisen seit den achtziger Jahren ebenso stark zugenommen hat wie Übergewicht. Und das trifft vor allem auf Frauen zu.«

Martin zwinkert Afsaneh zu und schenkt Wein nach, ehe er weiterredet.

»Und das wird von mehreren weiteren Studien bestätigt.«

»Kann man von einer Epidemie sprechen?«, fragt Afsaneh und leert ihr Glas in einem Zug.

»Genau das kann man«, sagt Martin rasch. »Es ist nämlich eine.«

»Aber warum?«, frage ich. »Warum sollten wir narzisstischer geworden sein?«

Martin grinst.

»Die Gesellschaft hat sich verändert. Soziale Strukturen sind aufgebrochen worden, die kleinste Einheit ist nicht mehr die Familie, sondern das Individuum. Dazu kommt die Ausbreitung der sozialen Medien. Mehr als eine Milliarde Menschen benutzt jeden Monat Facebook. Eine Milliarde, macht euch das mal klar! Und andere soziale Plattformen wachsen explosionsartig. Und es gibt eine starke Verbindung zwischen der Abhängigkeit von sozialen Medien und narzisstischem Verhalten. Das ist klinisch belegt. Und eigentlich ist das ja auch kein Wunder, denn alles dreht sich darum, eine Fassade zu zeigen, die dir maximal viele Follower, Likes oder was du nun gerade haben willst, einbringt.«

»Das sehen wir uns bei unserem Projekt ja auch an«, sagt Afsaneh und unterdrückt ein Gähnen.

»Aber waren die Menschen nicht immer schon abhängig von sozialer Wertschätzung?«, frage ich.

»Ja«, sagt Martin und senkt die Stimme. »Aber die Technik hat unser natürliches Streben nach sozialer Response und Akzeptanz gekidnappt. Es gibt heute Menschen, die ihr Haus nicht mehr verlassen. Sie filmen oder fotografieren sich in allerlei Situationen und allerlei Kleidern und posten die Bilder in sozialen Medien. Und alle ihre Freunde haben sie online. Sie sind sozusagen mit der Technik zusammengewachsen.«

Afsaneh beugt sich vor und schenkt sich mehr Wein ein. Ihre Bewegungen sind schwerfällig, und die Flasche knallt auf den Tisch, als sie sie gefährlich nahe an der Kante abstellt.

»Das ist ein bisschen wie eine chinesische Hochzeit«, sagt sie und kichert.

»Eine chinesische Hochzeit?«, frage ich und schiebe die Flasche zur Tischmitte hin.

»Ja, also, ich habe von einem chinesischen Gastprofessor gehört, dass man da oft kein Hochzeitsfest veranstaltet, wenn man heiratet. Stattdessen geht man zum Fotografen und macht eine Menge Bilder mit den Requisiten. Man hält ein Champagnerglas in der Hand, man schneidet eine künstliche Hochzeitstorte an. Man tauscht einen Kuss vor einer Kulisse und so weiter. Nur um danach Verwandten und Bekannten ein Album zeigen zu können. Und in Japan kann man offenbar auch Hochzeitsgäste mieten, damit es auf den Bildern besser aussieht.«

»Genau«, sagt Martin. »Das ist derselbe Mechanismus. Es ist sozusagen wichtiger, die Bilder vorzeigen zu können, als wirklich die Hochzeit mit Freunden und Verwandten und allem, was dazugehört, erlebt zu haben. Genau damit beschäftige ich mich. Aber statt Bilder in ein Album zu kleben, werden die in irgendeinem sozialen Forum ausgelegt. Und dort sind die Möglichkeiten, Bestätigung zu finden, unendlich. Ich war im Winter in Auschwitz. Wisst ihr, wie viele da Selfies machen? Als ob es wichtiger wäre zu zeigen, dass man da war, als sich klarzumachen, was dort passiert ist.«

Afsaneh schneidet eine Grimasse.

»Ist das dein Ernst? Ich würde kotzen, wenn ich jemanden vor den Gaskammern ein Duckface machen sähe.«

»Und doch tun sie genau das.«

Martin lässt sich mit resignierter Miene auf seinem Stuhl zurücksinken.

Dann sagt er:

»Wir haben erst den Anfang gesehen. Das Internet hat den sozialen Kontrakt verändert. Den, der reguliert, wie oft man sagen darf, seht mich an. Und das richtige Leben bietet nicht annäherungsweise so viele oder so häufige Möglichkeiten zu positiver Rückmeldung wie das Netz. Also warum sich auf das richtige Leben konzentrieren?«

»Facebook hat also gewonnen?«, frage ich fast zum Spaß.

Aber Martin lacht nicht.

»Weißt du, dass Facebook geradezu explodiert ist, als sie den Likes-Button erfunden haben? Das war die Idee einer gewissen Leah Pearlman, wenn ich das richtig in Erinnerung habe. Egal. Das ist jetzt fast zehn Jahre her. Und diese kleine Maske, der erhobene Daumen, hat das gesamte Internet verändert. Sie hat das menschliche Verhalten verändert, sie hat Unternehmen zum Erfolg verholfen oder ihren Untergang besiegelt. Sie hat Präsidenten geschaffen und gestürzt.«

»Übertreibst du jetzt nicht ein bisschen?«, frage ich.

Martin schüttelt heftig den Kopf.

»Soziale Medien werden die Gesellschaft von Grund auf verändern. Sie werden uns von Grund auf verändern. Und nicht unbedingt zum Besseren. Neben unserer Likes-Sucht besteht noch die Gefahr, dass wir passiviert werden. Wie wird sich unser Weltbild verändern, wenn wir nur noch aus zweiter Hand an allem teilnehmen, statt es selbst zu erleben? Es ist ein bisschen, wie über die Farbe Blau zu lesen, sie aber nie zu sehen. Das Internet trennt uns von der wirklichen Realität. Wir erleben das Leben durch eine Kameralinse, wo es immer eine Schicht zwischen Individuum und Wirklichkeit gibt. Eine Haut. Ich glaube also, es besteht ein gewisses Risiko, dass die neue Technologie uns verdummen wird. Dass sie bei uns eine Gehirnwäsche vornimmt und uns alle in eine Art …«

»… Dämmerschlaf versetzt?«, schlage ich vor.

Martin nickt enthusiastisch.

»Äh«, sagt Afsaneh. »Jetzt hört aber auf. Ich glaube nicht, dass wir uns Sorgen machen müssen. Jedenfalls nicht auf lange Sicht. Es ist klar, dass wir auch weiterhin miteinander interagieren werden. Dass die bloße Interaktion mit der Technologie unproduktiv ist. So können wir uns ja nicht mal vermehren.«

»Jetzt redest du wie eine Biologin«, sagt Martin, was bei ihm wie eine grobe Beleidigung klingt. »Außerdem gibt es andere Probleme. Es ist zum Beispiel unmöglich zu wissen, was im Internet wahr ist.«

»Interessiert sich denn noch irgendwer dafür, was wahr ist?«, frage ich.

»Interessante Frage!«, ruft Martin, und ich bereue sofort, sie gestellt zu haben, denn ich merke, wie meine Augenlider immer schwerer werden. »Ich glaube, wir sind auf dem Weg in eine Gesellschaft, in der unser wichtigstes Erklärungsmodell phänomenologisch ist.«

»Phänomewas?«

»Entschuldige«, sagt Martin und fährt sich mit der Hand durch die Locken. »Wenn ich von einem Erklärungsmodell spreche, dann meine ich, wie wir unsere Wirklichkeit beschreiben. Es gibt zum Beispiel religiöse Erklärungsmodelle. Stell dir vor, es geht dir schlecht, und du willst wissen, warum. Aus einem religiösen Erklärungsmodell heraus könntest du vielleicht den Schluss ziehen, dass du dich von Gott entfernt hast. Zur Buße musst du dann …

tja, zum Beispiel beten. Und es gibt wissenschaftliche Erklärungsmodelle. Dann kommst du vielleicht zu dem Schluss, dass du an Eisenmangel leidest. Die Buße ist eine Tablette. Ein phänomenologisches Erklärungsmodell geht vom eigenen Erleben des Individuums aus, also, es geht mir schleicht, weil ich bin, wie ich bin. Ich habe ein Recht auf mein Erlebnis, mein Trauma. Was ich empfinde, ist wahr und darf nicht in Frage gestellt werden. Genau so ist es heute im Netz. Und außerdem gibt es online so verdammt viel Informationen, dass nur die, die ihren eigenen Standpunkt vertreten und am viralsten sind, durch den ganzen Lärm dringen können.«

Ich stehe auf und fange an, den Tisch abzuräumen, in der Hoffnung, dass Martin dieses Signal versteht.

»Und wie wird etwas viral?«, fragt Afsaneh.

»Das Extreme ist viral«, flüstert Martin, als verriete er ein gewaltiges Geheimnis. »*The quotidian lifestyle is dead!* Online musst du mehr Dostojewski sein als Tolstoi, wenn du verstehst.«

Wir schweigen, und ich erwidere Afsanehs Blick.

»Äh …«, setze ich an.

»Tolstoi schrieb über das Alltägliche«, sagt Martin, ohne mich ausreden zu lassen. »In den sozialen Medien *scheißen* die Leute auf das Alltägliche, falls du kein Superpromi bist. Deine Pelargonien, dein kleiner Hund oder der Salat, den du gerade gemacht hast, sind ihnen egal. Sie pfeifen auf dein neues Sofa oder darauf, wie viele Kilometer du am Wochenende gejoggt bist. Wenn du in den sozialen Medien groß herauskommen willst, musst du extrem sein. Dostojewski hat über Idioten geschrieben. Das macht sich online verdammt gut. Ihr dürft mich gern zitieren.«

Martin hebt die Hände zu einer theatralischen Dankesgeste und verbeugt sich wie vor einem großen Publikum.

Ein Handy klingelt, und Afsaneh steht auf. Geht zum Küchentisch, hebt das Handy auf und sieht es an. Dann gibt sie es mir.

»Für dich«, sagt sie.

Ich nehme es widerwillig entgegen.

Es ist Lasses.

»Wir haben ihn«, sagt er. »Wir haben Olle Berg gefunden. Du musst kommen.«

SAMUEL

Die Dunkelheit ist kühl und riecht nach nichts.

Ich laufe auf etwas herum, das vielleicht ein Boden ist, und picke ein bisschen. Nicht weil ich hungrig wäre, sondern weil Tauben das eben tun. Sie fliegen und picken Futter und gurren und putzen ihr Gefieder und machen andere Vogeldinge.

Irgendwo weiter weg höre ich Menschenstimmen, aber die Wörter verschwimmen zu einem seltsamen Gekakel, das ich unmöglich verstehen kann.

Dann passiert etwas.

Es fühlt sich genauso an wie dann, wenn das Licht mich hochzieht, aber da ist kein Licht. Alles ist nur Dunkelheit.

Und doch lande ich wieder im Körper.

Es brennt und sticht überall, und langsam werde ich mir meiner Arme und Beine bewusst. Spüre, wie meine Hände auf der glatten Bettdecke ruhen. Merke den bitteren Geschmack im Mund, das Dröhnen im Kopf und den brennenden Schmerz in der Nase, als hätte ich wochenlang ununterbrochen Kola geschnupft.

Ich versuche zu schreien, aber mein Mund und meine Stimmbänder gehorchen mir nicht. Mein Schrei wird zu einem kraftlosen Hauch, der meine Lunge mit leisem Zischen verlässt.

Ich bleibe bewegungslos im Bett liegen, und die Panik wütet in meiner Brust.

Die Minuten vergehen, werden vielleicht zu Stunden, das ist schwer zu sagen, denn ich habe kein richtiges Zeitgefühl. Aber es ist noch dunkel, bis auf den schmalen Streifen aus Mondlicht, der sich durch das Fenster hereinstiehlt und es sich wie ein schläfriges Haustier auf dem Boden bequem macht.

Was, wenn jetzt Schluss ist, was, wenn das hier der Tod ist?

Die Tränen brennen unter meinen Augenlidern, und ein Kloß wächst in meinem Hals.

Was habe ich eigentlich aus meinem Leben gemacht? Was ist aus Samuel Stenberg geworden?

Rein gar nichts, aber das hätte ich dir schon längst sagen können, wenn es dich auch nur einen Dreck interessiert hätte, mir zuzuhören.

Ich denke an den einzigen Menschen, der mir jetzt fehlt, den einzigen, bei dem ich alles geben würde, um ihn wiederzusehen.

Mama.

Und plötzlich ist es fast so, als stünde sie neben meinem Bett, als könnte ich die Wärme ihres Körpers und den Duft ihrer Lavendelseife wahrnehmen. Für einen Moment glaube ich sogar, das Goldkreuz, das sie um den Hals trägt, im Dunkeln auffunkeln zu sehen. Aber gleich darauf ist mir klar, dass ich mir das alles nur einbilde.

Die Tränen kommen.

Sie rollen mir über die Wangen, wie ein stiller Sommerregen, während die Nacht sich langsam zu einer blaugrauen Dämmerung aufhellt. Und während der Himmel vor dem Fenster bleicher wird, erwacht mein Körper zum Leben.

Ich versuche, die Faust zu ballen, und mein Körper macht, was ich will – er ballt die Faust, wieder und wieder. Dann wackele ich unter der Decke ein wenig mit dem Fuß, und der Körper gehorcht immer weiter, als ob ich über den Körper bestimme und nicht umgekehrt.

Ich drehe den Kopf, stütze mich mit den Händen ab und richte mich auf.

Mein Kopf tut weh, und die Übelkeit lauert gleich unter den Rippen, aber ich *kann* mich bewegen. Ich habe auf irgendeine geheimnisvolle Weise über meinen Körper gesiegt. Welche Krankheit das auch gewesen sein mag, sie ist jetzt zu Ende, und ich habe nicht vor, auch nur eine Minute länger hierzubleiben als unbedingt nötig.

Vor dem Fenster singt ein morgenmunterer Vogel, und gleich stimmt noch einer in den Gesang ein.

Vorsichtig berühre ich mein Gesicht und taste auf der Wange chirurgisches Klebeband. Es ist über etwas Langem und Schmalen befestigt, das sich anfühlt wie ein weicher Trinkhalm. Ohne zu zögern, reiße ich das Klebeband weg und ziehe an dem Trinkhalm.

Es brennt, und ich merke, dass ich einen Schlauch in der Hand halte, der durch meine Nase in meinen Magen führt.

Mir fällt ein, was Rakel gesagt hat.

Jonas wird durch eine Sonde ernährt. Aber daran brauchst du nicht zu denken. Um das alles kümmere ich mich.

Die Panik explodiert in meiner Brust, und ich reiße an dem Schlauch, ohne an die Folgen zu denken. Ich zerre daran, als wäre er ein Bandwurm, der mir in den Magen gekrochen ist. Zentimeter um Zentimeter schleimiger Schlauch gleitet aus meinem wunden Nasenloch.

Ich huste und verspüre Brechreiz, aber als die Kotze mir in die Kehle steigt, ist der Schlauch schon draußen. Ich werfe ihn weg, stolpere zum Fenster und öffne es.

Gleich darauf schlägt es gegen Metall.

Ich strecke die Hand durch den Fensterspalt und betaste das Gitter, das ich selbst festgeschraubt habe.

Es sitzt felsenfest.

Ich hole tief Luft.

Die Nachtluft ist feucht und riecht nach Erde und Gras. Die Vögel singen jetzt ohrenbetäubend laut, so laut, dass ich Angst habe, jemand könnte aufwachen und mich zurück in Jonas' Bett zwingen.

Das Zimmer liegt im Erdgeschoss, und es wäre ein fucking

Kinderspiel hinauszuklettern, wäre da nicht dieses verdammte Scheißgitter. Ich bin in einen riesigen Käfig eingesperrt, nur weil ich so scheißhilfsbereit war.

Ich schließe das Fenster und gehe weiter in die Diele.

Alles ist still und stumm.

Ich höre nur das leise Brummen des Kühlschranks in der Küche und die blöden Vögel.

Die Bodenbretter knarren unter meinem Gewicht. Knirschen und ächzen, als wollten sie Rakel rufen.

Ich bleibe stehen. Lausche, aber aus Rakels Zimmer ist nichts zu hören, deshalb mache ich noch einen Schritt und greife nach der Haustürklinke. Die ruht kalt in meiner Hand, und ich drehe den Riegel um.

Aber die Tür geht nicht auf, offenbar ist sie abgeschlossen.

Ich versuche es noch einmal, aber die Tür bewegt sich nicht. Genauso gut könnte sie aus Stein sein.

Enttäuschung schlägt über mir zusammen wie eine eiskalte Welle. Langsam gleite ich an der Scheißtür nach unten und bleibe mit dem Rücken daran gelehnt sitzen.

Wieder kommen mir die Tränen, ohne dass ich es auch nur merke, diesmal strömen sie richtig. Sie spülen mir über die Wangen und laufen mir in den Mund. Es brennt, als eine salzige Träne mein wundes Nasenloch erreicht.

Was zum Teufel ist hier eigentlich los?

Meine Gedanken sind wilde Hunde, die einander planlos und wütend jagen, ohne dass ich davon auch nur im Geringsten klüger würde.

Es muss doch möglich sein, dieses verdammte Haus zu verlassen, es ist schließlich trotz allem nur ein Haus, kein Gefängnis. Ich hole tief Luft und versuche, den ganzen Scheiß logisch zu betrachten.

Alle Fenster im Untergeschoss sind mit Gittern versehen, da komme ich also nicht hinaus. Die Haustür ist mit einer Scheißmenge von Sicherheitsschlössern verriegelt, die kann ich ebenfalls vergessen. Die Terrassentüren sind sicher abgeschlossen, und selbst wenn nicht, könnte ich dort nicht hinausklettern, weil die Terrasse zum Abgrund hin liegt. Wenn ich also nicht riskieren will, zwanzig Meter tief zu fallen und unten an den Felsen zu zerschellen.

Das Obergeschoss – das ist die einzige Alternative.

Ich kann mich die Wendeltreppe hochschleichen, in mein Zimmer gehen, das Fenster öffnen und hinausspringen. Das müsste gehen, so hoch ist es nicht. Höchstens drei, vier Meter, und unten wächst Gras, also werde ich weich landen.

Meine Beine zittern, als ich mich ins Wohnzimmer schleiche. Durch die großen Fenster sehe ich das Meer in der Dämmerung, wie eine riesige blaugraue Decke, die sich bis zum Horizont dahinstreckt.

Ich bringe die Treppe in fünf raschen Schritten hinter mich – die gusseiserne Konstruktion ist solide und macht kein Geräusch, das mich verraten könnte.

Die Tür zu meinem Zimmer steht offen, und ich gehe hinein.

Das Bett ist frisch gemacht. Die Kissen sind genauso hotelzimmerfluffig wie an dem Tag, als ich hergekommen bin. Meine Tasche ist verschwunden, und der einen Spaltbreit geöffnete Kleiderschrank ist leer. Ein schwacher Seifenduft hängt in der Luft.

Es ist, als ob ich niemals hier gewesen wäre, als ob jemand jegliche Spur von mir getilgt hat.

Ich gehe zum Fenster, öffne es und schaue hinunter auf den Boden.

Mein Magen krampft sich zusammen – es ist höher, als ich gedacht habe, und hier und da liegen auch Steine im Gras, auf denen ich nun wirklich nicht landen möchte. Außerdem: Rakels Zimmer liegt gleich unter meinem. Wenn ich mit einem lauten Aufprall lande oder schreie, wird sie vielleicht wach. Was immer passiert, wie immer ich falle, ich muss mäuschenstill sein.

Vorsichtig klettere ich hoch und setze mich ins Fenster. Überlege, wie ich weiter vorgehen soll.

Soll ich die Fensterbank packen, damit ich der Länge nach hinunterhänge, und dann loslassen?

Nein.

Die Fallhöhe wäre dann zwar geringer, aber ich würde nicht wissen, wo ich lande. Die Gefahr ist groß, dass ich zu dicht vor der Fassade aufkomme, dagegen schlage und Rakel und vielleicht auch diesen Olle wecke, falls er jetzt hier ist.

Ich beschließe, mich aus dem Sitzen fallen zu lassen und mich so weit abzustoßen, wie ich nur kann, damit ich nicht zu dicht an der Hauswand lande.

Dann schließe ich die Augen und schicke einen Gedanken an jemanden, ich weiß nicht, an wen, aber Gott ist es jedenfalls nicht. Ich stoße mich mit Händen und Füßen ab und segele durch die Sommernacht. Der Boden trifft mich wie ein Fausthieb, und es verschlägt mir den Atem. Ein scharfer Schmerz im Knöchel schießt durch das ganze Bein, und ich brauche all meine Selbstkontrolle, um nicht loszubrüllen.

Ich setze mich im Gras auf und sehe meinen Fuß an, voller Angst, dass Knochensplitter aus der Haut ragen könnten.

Aber der Fuß sieht genauso aus wie immer.

Es muss eine Verstauchung sein, rede ich mir ein und komme auf alle viere. Ich versuche, mich aufzurichten, aber der Fuß tut viel zu weh, deshalb krieche ich im Gras auf die Vorderseite des Hauses.

Mein linkes Handgelenk tut so weh, dass ich nicht wage, mich darauf zu stützen.

Es geht langsam, viel zu langsam, aber weder der Scheißfuß noch die Hand sind mir eine große Hilfe, deshalb kann ich einfach nur weiterkriechen wie ein blödes Baby.

Als ich um die Hausecke komme, schlägt mir der betäubende schwere Duft von Rakels Rosenbeet entgegen. Die zarten dunkelroten Blüten mit ihren dornigen Stängeln ragen in den heller werdenden Himmel. Auf den Blütenblättern liegt eine feine Tauschicht.

Ich krieche um das Beet herum und weiter zum Gartentor.

Nur noch zwanzig Meter.

Meine Hände kratzen über Steine und Kiefernzapfen, die im Gras liegen. Meine Knie sind jetzt gefühllos, der Fuß pocht vor Schmerz.

In der Ferne stimmen die Möwen in den Vogelchor ein.

Zehn.

Hand, Knie, Hand, Knie.

Ich spüre etwas Schleimiges unter der Hand. Als ich ins Gras schaue, sehe ich eine zerquetschte Schnecke.

Ich krieche weiter.

Fünf.

Hand, Knie. Hand, Knie.

Der Zaun taucht vor mir auf, aus meiner Perspektive sieht er so hoch aus wie eine Mauer.

Ich lehne mich an die klebrigen Bretter, ziehe mich auf einem Bein hoch und halte mich am Zaun fest.

Ein Lichtschein fällt über den Boden. Ich drehe mich um und schaue rasch zum Haus hinüber.

In Rakels Zimmer brennt Licht.

Ich versuche, das Tor zu öffnen, aber das geht nicht, es fühlt sich fast an, als wäre es abgeschlossen.

Verdammt!

Aus dem Haus ist ein Geräusch zu hören, jemand stößt einen schrillen Schrei aus.

Ich überlege.

Der Zaun ist ziemlich hoch. Wenn ich das Loch darin nicht ausgebessert hätte, könnte ich jetzt hindurchkriechen. Wenn ich mich nicht gezwungen gefühlt hätte, auf Rakel einen so verdammt guten Eindruck zu machen, wäre ich jetzt frei.

Als hätte das einen Unterschied gemacht.

Was habe ich mir eigentlich eingebildet? Dass ich sie dann ficken dürfte?

Ich schaue am Zaun hoch, und die Erkenntnis bricht über mich herein: Ich habe die Gitter festgeschraubt und den Zaun repariert, die mich in diesem Irrenhaus gefangen halten.

Du blöder Idiot! Du hast dein eigenes Gefängnis gebaut!

Und jetzt?

Es gibt nur eine Möglichkeit: Ich muss darüber klettern. Normalerweise wäre das kein Problem. Aber jetzt, wo Hand und Fuß so verdammt wehtun, weiß ich nicht, ob ich das schaffe.

Ich packe den oberen Zaunrand mit beiden Händen und versuche, mich hochzuziehen. Das dürfte eigentlich nicht schwerer sein als ein Liegestütz, aber mein Körper ist so schwach, so verdammt schwach. Mein Körper ist hundert Jahre alt und hat ungefähr eine Woche nichts Ordentliches mehr zu essen bekommen. Mein Körper will sich am liebsten hier ins Gras legen und sterben, wie ein alter Elefant.

Ich höre, wie ein Fenster geöffnet wird und mit einem dumpfen metallischen Knall gegen das Gitter schlägt.

Noch eine Chance werde ich nicht bekommen. Wenn ich hier weg will, muss ich jetzt den Zaun überwinden.

Ich packe erneut nach dem oberen Rand, starre in den Himmel und ziehe so sehr, wie es nur geht. Ich ziehe, bis Rücken, Schultern und Bizeps vor Schmerz brennen. Bis mir schwarz vor Augen wird und die Dunkelheit mich wieder in die Grotte zieht. Bis die Flügelspitzen unter der Haut meiner Arme hervorwachsen und meine Nase zum Schnabel wird.

Das schaffst du nie im Leben. Da kannst du gleich aufgeben.

Aber ich komme hoch. Ich schaffe es.

Ich bleibe am Zaun hängen wie ein zum Trocknen aufgehängter Strumpf, unfähig, mich auch nur einen Millimeter zu bewegen.

Langsam lande ich wieder in meinem Körper.

Die Haustür wird geöffnet, und schwere Schritte sind auf der Treppe zu hören.

Mit einer letzten Kraftanstrengung ziehe ich mich über den Zaun und falle kraftlos auf der anderen Seite nach unten.

Meine Wange knallt auf den Boden, und meine Schulter knirscht gewaltig, aber das ist mir jetzt egal. Ich kann nur daran denken, dass ich zu Igors Motorrad muss, das am Straßenrand steht.

Ich komme auf die Beine und laufe los. Der Fuß tut wahnsinnig weh, aber die Angst ist größer als der Schmerz.

Auf dem Kiesweg sind Schritte zu hören, dann folgen das Klirren von Schlüsseln und das Knirschen, als das Tor aufgleitet. Aber im selben Moment sitze ich schon rittlings auf dem Motorrad und taste nach den Zündkabeln.

Ich werde es schaffen!

Nie im Leben kann irgendwer mich auf dem Motorrad einholen, nicht einmal mit einem Auto.

Die Schritte nähern sich hinter mir, als ich den Motor aufbrüllen lasse. Ich lasse die Kupplung los und spüre das Prickeln in der Brust – dieses berauschende Gefühl von Freiheit und Triumph, weil ich den Tod ausgetrickst habe.

Das Motorrad macht einen Satz, fliegt bis zur Kiefer, bleibt dann aber mitten in der Luft stehen, wie eine soeben angeschossene Ente.

Und ich, ich fliege weiter.

Ich werde über das Steuer geschleudert wie ein Handschuh und knalle auf den Kiesweg. Blutgeschmack breitet sich in meinem Mund aus, und ich spucke Kies aus, oder vielleicht Zähne?

Ich weiß nicht.

Ich weiß nichts mehr.

Aber mein Gehirn verlangt Antwort. Mein Gehirn funktioniert noch immer, obwohl mein Körper restlos erschlagen ist.

Mir fallen die Fentanylflaschen ein, die ich aus dem Medizinschränkchen entwendet habe. Ich erinnere mich an das leise Klirren, als ich sie aus dem Rucksack gezogen und in die schäumenden Wellen geschleudert habe. Aber vor allem weiß ich noch, wie ich den Inhalt von drei Flaschen durch Wasser ersetzt und sie wieder in den Schrank gestellt habe.

Bin ich deshalb zu mir gekommen? Hat mich irgendwer bis heute Nacht unter Drogen gesetzt?

Bis ich anstelle von Drogen Wasser bekommen habe? War das der Mann, den ich gehört habe, der Mann aus Schonen, mit dem Rakel sich gestritten hat?

Ich weiß noch, was sie gesagt hat:

Wenn du ihm auch nur ein Haar krümmst, dann werde ich … die Polizei anrufen, wenn du nicht sofort von hier verschwindest, ist das klar?

Die Dunkelheit zieht an mir, vorsichtig diesmal, fast wohlwollend. Lockt mit der Verheißung von der Befreiung von Schmerz und Angst.

Aber ich will nicht. Noch nicht.

Ich muss begreifen. Es gibt so viel, was ich begreifen muss, zum Beispiel, warum ich hier liege und nicht mit dem Motorrad unterwegs nach Stockholm bin.

Die Dunkelheit zieht an mir. Mein Blickfeld schrumpft, verschwindet. Der hämmernde Schmerz nimmt ab.

Mein Blick sucht, wandert zu dem Motorrad, das rauchend auf der Seite im hohen Gras neben meinen Füßen liegt.

Und ich sehe es.

Ich sehe etwas Rotes, das um Hinterrad und Kiefer gewickelt ist, wie eine lange Schlange.

Das große rote Fahrradschloss, das ich für Rakel gekauft habe.

TEIL V

Im Tal der Todesschatten

Das Wasser reichte mir bis an die Kehle,
die Urflut umschloss mich;
Schilfgras umschlang meinen Kopf.
Bis zu den Wurzeln der Berge bin ich hinabgestiegen
in das Land, dessen Riegel hinter mir
geschlossen waren auf ewig.

Jona 2:6–7

MANFRED

Ich komme kurz nach Mitternacht mit dem Taxi im *Haus* an, noch immer leicht angetrunken nach dem feuchten Essen mit Martin und Afsaneh, aber das spielt keine Rolle. Ich fühle mich erwartungsvoll, und als ich durch den Park laufe, sind meine Schritte in dem betauten Gras so leicht wie schon lange nicht mehr.

Malin sitzt schon in dem kleinen Besprechungszimmer, wo wir alle Informationen über die Ermittlung gesammelt haben. An dem Whiteboard hängen die Bilder von Johannes Ahonen und Victor Carlgren. Daneben hat jemand mit Klebeband das Gedicht angebracht und in großen Buchstaben dazugeschrieben: LAMM = RAKEL, TAUBE = JONAS, LÖWE = OLLE BERG.

Und daneben hängt das Fahndungsfoto von Berg. Er starrt mit leerem Blick in die Kamera.

»Wie geht es dir?«, fragt Malin.

»Gar nicht so schlecht«, antworte ich. »Sag schon, wo haben wir Olle Berg gefunden?«

»Irgendwo im Schärengürtel«, sagt Malin. »Lasses hat alle Infos. Er wird uns gleich auf den neuesten Stand bringen. Er hat offenbar den ganzen Abend gearbeitet.«

»Verdammt. Ich dachte, Lasses geht jeden Tag um fünf nach Hause, um sein Polyesterhemd auszulüften.«

Malin grinst.

»Ich war übrigens auch nicht zu Hause«, sagt sie. »Ich versuche, eine Hypothese darüber aufzustellen, wie das alles passiert ist, aber ich schaffe es einfach nicht.«

Ich zucke mit den Schultern.

»Warum die Sache kompliziert machen? Berg hat Johannes Ahonen, Victor Carlgren und das unbekannte Opfer umgebracht.«

Malin verschränkt die Hände im Nacken und schaut zur Decke hoch.

»Das ist zu einfach«, sagt sie.

»Es ist meistens einfach.«

»Aber warum?«

»Weiß der Teufel«, sage ich. »Sicher gibt es irgendeinen Drogenbezug wie bei dem ganzen anderen Scheiß im Moment.«

Aber Malin, die noch immer die Decke anstarrt, wirkt nicht überzeugt.

»Victor Carlgren scheint ja nicht gerade ein Junkie gewesen zu sein.«

»Seine Schwester hat doch erzählt, dass seine Kumpels von einem gewissen Måns oder Malte gekauft haben«, sage ich. »Ist doch klar, dass das Malte Lindén war.«

Malin schüttelt langsam den Kopf.

»Diese Verbindung ist sehr schwach, das weißt du selbst. Und wer ist Opfer Nummer drei? Der Typ mit dem komischen Biss?«

»Vermutlich noch ein Junkie«, sage ich und höre selbst, wie überzeugt ich klinge, obwohl ich eigentlich überhaupt nicht sicher bin.

Malin rutscht hin und her und seufzt. Zerknüllt ein kleines Stück Papier zu einer Kugel und zielt damit auf den Papierkorb, der neben der Tür steht.

Die Papierkugel landet neben dem Papierkorb auf dem Boden, aber Malin bleibt sitzen und runzelt die Stirn.

»Und warum hatte Ahonen DNA von Carlgren unter den Fingernägeln?«, fragt sie.

»Die sind sicher aneinandergeraten, ehe Ahonen von Olle Berg umgebracht wurde.«

»Hm«, sagt Malin. »Haut unter Nägeln. Wann zerkratzt man jemanden? Wenn man nicht gerade Sex hat, meine ich.«

»Du solltest nicht von dir auf andere schließen. Ich zerkratze meine Bettgenossinnen nicht. Aber ganz im Allgemeinen glaube ich, dass man das macht, wenn man der Unterlegene ist. Wenn alles ohnehin schiefgelaufen ist. Wenn jemand dir die Hände um die Kehle legt oder dir ein Messer halb in den Bauch rammt. Wenn dir die Luft ausgeht und du kurz vor dem Verbluten bist.«

Malin streckt sich ein wenig, und ihr Bauch schiebt sich vor.

»Die Verletzungen der Opfer«, sagt sie dann. »Post mortem zugefügte Hochenergiegewalt. Denen wurde doch fast jeder verdammte Knochen gebrochen, den man sich überhaupt brechen kann. Was zum Teufel hat Berg bloß mit denen gemacht?«

»Vielleicht wurden sie von einem Boot angefahren, als sie im Wasser lagen. Die Rechtsmedizinerin hat ja gesagt …«

Malin fällt mir ins Wort:

»Alle drei? Nicht sehr wahrscheinlich. Und warum ist so viel Zeit zwischen den Morden vergangen oder den Todesfällen, wenn sie nicht ermordet wurden? Wenn es um eine Abrechnung in der Unterwelt ginge, müssten sie doch wohl gleichzeitig gestorben sein?«

»Das steht nicht fest«, sage ich.

Schritte nähern sich auf dem Gang, und Lasses erscheint in der Tür. In der einen Hand hält er einige Papiere, die andere ruht auf seiner Hüfte, den Daumen hat er in den Bund der speckigen Hose mit der blödsinnigen Bügelfalte geschoben. Das Hemd ist am Hals geöffnet und lässt ein graues Haarbüschel sehen.

Er lässt sich grußlos neben Malin auf den Stuhl fallen.

Ich schaue zu Malin hinüber, die eine abgewetzte Umstandsjeans und ein T-Shirt trägt, das sicher irgendwann weiß war, jetzt aber grau ist wie betagtes Spülwasser.

Die Leute wollen heutzutage nicht mehr elegant aussehen, denke ich.

Sie wollen interessant, gefährlich oder vielleicht rebellisch aussehen. Sie wollen aussehen, als ob sie um die Welt gereist wären, die ganze Nacht geraucht hätten oder geradewegs von ihrer Schicht im Bordell kämen.

Ich schaue auf meine diskret gemusterte Anzughose und die glänzend geputzten Schuhe hinab, die unter meinem runden Bauch hervorschauen.

Lasses räuspert sich.

»Olle ›Bulle‹ Berg befindet sich auf einem Campingplatz im Westen von Stuvskär«, sagt er. »Dort hat er gestern Lebensmittel für dreihundertvierzig Kronen gekauft.«

»Und woher wissen wir das?«, fragt Malin.

»Das hat die Bank mitgeteilt«, sagt Lasses leise. »Er hat gestern um fünfzehn Uhr sechsunddreißig seine Kreditkarte benutzt. Also zum ersten Mal seit seinem Verschwinden. Und wir haben Glück. Der Laden, in dem er eingekauft hat, verfügt über eine Überwachungskamera. Olle wurde also gefilmt. Die Kollegen aus Haninge haben den Film schon abgeholt.«

Lasses schiebt uns drei verschwommene Schwarzweißbilder von einem Mann mit Schirmmütze und Sonnenbrille hin. Auf dem ersten kommt der Mann durch die Tür. Auf dem zweiten steht er vor dem Tresen, auf dem Lebensmittel ausliegen. Er stützt sich mit der linken Hand auf den Tresen und unterschreibt die Quittung mit der rechten. Das dritte Bild ist fast identisch mit dem zweiten, nur ist der Verkäufer einen Schritt weitergegangen.

Ich räuspere mich.

»Gute Arbeit.«

Lasses nickt.

»Das ist ja sozusagen ein kleines Spezialinteresse. Das mit den Filmen, meine ich«, sagt er mit einem verträumten Unterton, der in mir den Verdacht aufkommen lässt, dass es vieles gibt, was ich über Lasses nicht weiß.

Dann runzelt er die Stirn.

»Eins ist komisch. Er braucht sehr lange für diese Unterschrift.«

»Was?«, fragt Malin und beugt sich über die Fotos.

»Schaut mal die Zeitangaben an.«

Lasses zeigt auf die Ziffern am rechten Rand der Fotos.

»Jetzt komm ich nicht mit«, sagt Malin und schüttelt den Kopf.

»Olle Berg steht auf dem zweiten und dritten Bild in genau derselben Haltung da, mit dem Kugelschreiber auf der Quittung«, sagt Lasses leise.

»Und?«, fragt Malin.

»Zwischen den Bildern liegen dreißig Sekunden. Nicht mal die Lahmärsche im Fundbüro brauchen dreißig Sekunden für eine Unterschrift. Und ich bin die Originalaufnahmen mit den Technikern durchgegangen, die Zeitangaben stimmen.«

Lasses' Augen funkeln unter seinen schweren Augenlidern, und ich muss an damals denken, wie er einem Kollegen geholfen hat, Aufnahmen von in die Luft gesprengten Autos durchzusehen. Wie er sich auf einmal von einem übellaunigen alten Kerl in einen messerscharfen Analytiker verwandelt hat.

Ich bezweifle nicht, dass er genau weiß, was er tut.

»Was schließt du daraus?«, frage ich.

Er deutet ein Kopfschütteln an und kratzt sich im Bart.

»Hm. Daran kann gelutscht werden, sagte das Mädel.«

Malin wirft mir einen angeekelten Blick zu.

»Vielleicht hat etwas im Laden ihn abgelenkt«, sagt Lasses nun nachdenklich.

Wir betrachten schweigend die verschwommenen Bilder.

»Man sieht das Gesicht nicht«, sage ich.

Lasses nickt.

»Stimmt. Aber der Mann im Laden hat ihn erkannt. Er ist da offenbar ein bekannter Gast. Oder eher ein unbekannter. Er wohnt in einem Zelt gleich außerhalb des Campingplatzes, was denen natürlich gar nicht gefällt. Sie sagen auch, dass er dort noch nie die Karte benutzt hat und den PIN nicht kannte, deshalb musste er sich ausweisen. Und wisst ihr was?«

Ich zucke bei dieser rhetorischen Frage die Schultern.

Lasses senkt die Stimme und zieht einen seiner Zahnstocher hervor.

»Er ist noch immer da. Dieser Volltrottel ist noch immer in seinem Zelt. Wir können also einfach hinfahren und ihn aufsammeln.«

Malin und ich fahren nach Stuvskär. Im grauen Minibus hundert Meter vor uns sitzen Lasses und vier Kollegen von der regionalen Einsatztruppe, der Einheit, die früher Überfallkommando genannt wurde.

Ich folge ihnen mit Abstand und versuche gleichzeitig, mich mental auf die Festnahme vorzubereiten.

Malin und ich sollen bei den Autos warten, während Lasses und die anderen Olle Berg verhaften. Fünf Leute loszuschicken, um einen zeltenden Mann festzunehmen, wirkt übertrieben, aber wir wollen nichts riskieren.

»Von mir aus kannst du gern rauchen«, sagt Malin und schielt zu dem zwischen den Sitzen eingeklemmten Päckchen hinüber. »Wenn du das Fenster aufmachst.«

»Ich rauche nicht«, sage ich.

Malin schweigt eine Weile, dann sagt sie:

»Heute holen wir ihn uns.«

Ich nicke, sage aber nichts, denn ich weiß aus Erfahrung, dass es erst vorbei ist, wenn es vorbei ist.

Und wir alle wissen, dass das dauern kann.

Die Straße schlängelt sich zwischen üppigen Feldern und staubigen Pferdegehegen dahin. Kleine rote Häuser sind wie Legosteine im Grünen verteilt. Eine einsame Wolke zieht über den strahlend blauen Himmel.

»Warum wird er eigentlich ›Bulle‹ genannt?«, frage ich und nehme hinter einem Pferdetransporter, der von einem Hof aus auf die Straße abbiegt, den Fuß vom Gas.

»Olle Berg? Keine Ahnung. Aber das kann ich herausfinden.«

»Das eilt nicht«, sage ich. »Das hat bis später Zeit.«

Aber Malin hat schon ihr Handy hervorgezogen.

»Kein Problem«, sagt sie. »Ich habe die Nummer von Bergs Ex. Ich schick ihr eine SMS.«

»Die Ex, die er zusammengeschlagen hat?«, frage ich.

Malin gibt keine Antwort. Sie tippt mit ihren schlanken Fingern auf ihrem Telefon herum und steckt es dann wieder in die Tasche.

Wir kommen an einer Bucht vorbei.

Die Sonne lässt die Wellen glitzern, und am Horizont ragen einige Segel auf, wie spitze Zähne, die aus dem Meer entsprungen sind.

Unmittelbar vor Stuvskär biegt der Minibus nach rechts ab, und Malin wirft einen Blick auf die Karte.

»Hier«, sagt sie. »Drück Däumchen, dass er noch da ist.«

Ich folge dem grauen Minibus jetzt langsam auf einen schmalen Kiesweg, bevor ich am Wegesrand halte.

Die Männer von der Einsatzgruppe springen gefolgt von Lasses aus dem Minibus.

Alle sind in Freizeitkleidung, wie Camper. Oder, wenn man ganz ehrlich sein soll, so wie die Polizei sich Camper vorstellt, nämlich in Bermudashorts und Netzunterhemden.

Zweihundert Meter weiter vorn sehe ich den Campingplatz, der sich am Strand dahinzieht. Wohnwagen und Wohnmobile stehen ordentlich in langen Reihen. Hier und da sind bunte Vorzelte und Klappmöbel zu sehen. Eine schwedische Flagge weht im schwachen Wind neben dem Eingang.

Ich öffne die Vordertür. Der Duft von Heu strömt mir entgegen. Der Wind ist stärker geworden, und ich kneife die Augen zusammen, um keinen Staub hineinzubekommen.

Malins Handy surrt, und sie zieht es aus der Tasche. Kehrt der Sonne den Rücken zu und schaut auf das Display. Dann dreht sie sich um und sieht mich an.

»›Bulle‹ ist offenbar eine Abkürzung für Bulldogge«, sagt sie.

»Und warum wird er Bulldogge genannt?«

Malin zuckt mit den Schultern.

»Ich frage«, sagt sie kurz und schreibt etwas.

Wir gehen über eine Wiese mit Grasstoppeln auf die Gruppe von Männern in albernen knielangen Shorts und knallbunten Hemden zu, die um Lasses herumsteht. Der Boden zwischen den Grasbüscheln ist strohtrocken, und bei jedem Schritt stieben kleine Staubwolken auf.

»Okay«, sagt Lasses, der mit dem Briefing offenbar fertig ist. »Ihr könnt jetzt eure Positionen einnehmen. Bei zehn geht's los. Fragen?«

Die Männer schütteln den Kopf und verschwinden in unterschiedliche Richtungen.

Ich sehe Lasses hinterher, dessen untersetzte Gestalt vor uns auf der Wiese verschwindet, und blicke zu Malin hinüber, die mit vor der Brust verschränkten Armen dasteht.

Und in dieser Sekunde spüre ich es, dieses vertraute Gefühl des Unbehagens – wenn sich in meinem Nacken die Haare sträuben und mein Mund trocken wird.

Etwas stimmt hier nicht.

Ich weiß es einfach.

Ich könnte niemals erklären, wieso ich es weiß, denn diese Erkenntnis scheint in meinem Körper abgelagert zu sein. In den Muskelfasern, den Adern und der empfindlichen Haut an den Fingerspitzen.

Der Körper weiß es.

Der Körper weiß es schon lange, bevor das Gehirn es begreift, und das Gehirn sieht ein und akzeptiert, dass der Körper einen

Vorsprung hat. Es zieht keine übereilten Schlüsse, es versucht nicht zu überzeugen.

Es wartet geduldig auf das Ergebnis des Körpers.

Ich blicke den Kollegen hinterher. Sie haben den Parkplatz verlassen und sich auf dem Gelände, das den Campingplatz umgibt, verteilt. Zwei von ihnen gehen mit Angeln in der Hand selbstsicher zum Wasser. Einer telefoniert, und noch einer joggt im Trainingsanzug Richtung Wasser.

In einigen Minuten werden sie Olle Bergs Zelt erreicht haben. Sie werden ihn ohne größere Probleme festnehmen können, denn das ist ihr Spezialgebiet.

Aber etwas stimmt hier nicht.

Ich schaue wieder zu Malin hinüber. Sie blinzelt in die Sonne, wischt sich den Schweiß von der Stirn und hebt fragend die Augenbrauen.

»Was?«, fragt sie.

»Etwas stimmt nicht.«

Sie lacht unsicher und schüttelt den Kopf.

»Was soll denn hier nicht stimmen?«, fragt sie und schaut zu Lasses hin, der sich alle Mühe gibt, mit den durchtrainierten Polizisten, die hier als Angler auftreten, Schritt zu halten.

Dann schaut sie auf die Uhr und sagt:

»Fünf Minuten.«

Ich laufe in dem verdorrten Gras hin und her und versuche, meine Gedanken zu sortieren. Versetze einem Grasbüschel einen Tritt, so dass die Erde um die zundertrockenen Grashalme aufstiebt.

»Eine Minute«, sagt Malin.

Der Schweiß läuft mir über die Stirn und weiter unter den Hemdkragen. Insekten surren um meinen Kopf, und die Möwen schreien.

Malin nimmt das Handy in die linke Hand und sucht mit der

rechten in ihrer Tasche nach etwas. Das Handy brummt, und als sie versucht, die Mitteilung mit der linken Hand zu öffnen, fällt es ihr ins Gras.

Und plötzlich weiß ich es.

Plötzlich erinnere ich mich an die Bilder von Berg von der Überwachungskamera im Laden des Campingplatzes. Wie er sich über den Tresen beugt und seinen Namen auf die Quittung schreibt. Und Lasses' Kommentar, dass an den Bildern etwas nicht stimmt.

»Lasses hatte recht«, sage ich. »Der Mann auf dem Bild hat gezögert. Er hat gezögert, weil er unsicher wurde, als er Bergs Namen schreiben sollte.«

»Wovon redest du da eigentlich?«, fragt Malin, die noch immer auf dem Boden nach ihrem Handy sucht.

»Und als er dann unterschrieb, machte er das mit der rechten Hand. Olle Berg ist aber Linkshänder.«

Malin erstarrt mitten in der Bewegung.

»Das auf den Bilder ist nicht Berg«, sage ich. »Berg ist Linkshänder.«

Malin fischt ihr Handy zwischen zwei Grasbüscheln hervor. In diesem Moment klingelt es.

Sie richtet sich mühsam auf. Stemmt sich die eine Hand ins Kreuz und schneidet eine Grimasse. Dann wirft sie mir einen langen, forschenden Blick zu und nimmt den Anruf an.

»Ja. Aha.«

Sie verstummt. Fährt sich mit der Hand über den dicken Bauch und schaut zum Himmel hoch.

»Achtzehn? Ja, verdammt …«

Malin dreht sich zum Auto um und stützt sich mit den Ellbogen auf die Motorhaube, als hätte alle Kraft sie in einem einzigen Augenblick verlassen und als könnte sie sich nicht mehr aufrecht halten.

»Ja, zum Teufel«, faucht sie. »Und wo hat er das gefunden?«

Und dann:

»Na gut. Bis gleich.«

Ich fange ihren Blick ein, als sie auflegt.

»Das darf verdammt noch mal nicht wahr sein«, sagt sie. »Er war es nicht. Dieser Typ ist erst achtzehn. Aber er hat wirklich Bergs Kreditkarte benutzt. Die will er zusammen mit Bergs Pass in einer Mülltonne auf Stuvskär gefunden haben. Was nicht gerade glaubhaft klingt, deshalb nehmen sie ihn mit.«

Sie seufzt und lehnt sich mit ihrem ganzen Gewicht gegen das Auto.

Sie sieht so jung aus, trotz des dicken Bauchs. So jung und so verzweifelt, dass ich sie am liebsten in die Arme nehmen und trösten würde.

»Du hattest recht«, sagt sie nun.

»Das hilft uns jetzt auch nicht.«

»Da ist noch was«, sagt sie. »Dieses Buch, das Igor Ivanov geschrieben hat.«

»Ja?«

»Malik hat sich eben gemeldet. Das Exemplar, das ich bestellt habe, ist gekommen.«

»Und?«, frage ich.

Malin schüttelt langsam den Kopf.

»Das Buch enthält nur zwei Wörter. *Lorem ipsum.* Auf jeder Seite steht dasselbe.«

Ich überlege, die beiden Wörter kommen mir bekannt vor.

»*Lorem ipsum,* ist das nicht …?«

»Doch, das ist der Anfang von Platzhaltern bei der Herstellung von Drucksachen. Also wenn du zeigen willst, wie etwas mit Text aussehen wird, der Text aber noch nicht vorliegt.«

Malin gleitet am Auto nach unten und setzt sich auf ein Grasbüschel.

»Geldwäsche«, sagt sie als Antwort auf die Frage, die ich noch nicht gestellt habe. »Willkommen im einundzwanzigsten Jahrhundert. Vergiss das mit Geldwäsche in Pizzerien oder beim Pferderennen. Jetzt spielt sich alles in der digitalen Welt ab, jetzt wird alles dort erledigt. Und das hier ist ein ziemlich kreatives Beispiel. Die Bücher werden im Netz angeboten. Bücher, denen der Inhalt fehlt. Und für die verlangt man einen Wahnsinnspreis. Igors Buch zum Beispiel kostet neunhundert Mäuse. Dann lässt man von Computerprogrammen Bestellungen aufgeben und bezahlt die Bücher mit Schwarzgeld.«

»Und sackt einen dicken Verdienst ein, den man versteuern kann?«

»Genau. Das Geld wird weiß wie Schnee. Und man kann sich als Schriftsteller ausgeben.«

Malin seufzt laut.

»Igor hat nichts mit unserem Gedicht zu tun«, sage ich.

Malins Handy brummt schon wieder, und sie liest die Mitteilung. Gleich darauf runzelt sie die Stirn.

»Was?«, frage ich.

»Die ist von Olle Bergs Ex«, sagt sie. »Olle wird ›Bulle‹ genannt, weil er …«

Sie erwidert meinen Blick und schüttelt ungläubig den Kopf. Dann fügt sie hinzu:

»Weil er so komische Zähne hat«, sagt sie. »Wie eine Bulldogge. Er hat einen Kreuzbiss. Genau wie …«

»… Opfer Nummer drei«, füge ich hinzu. »Verdammt. Verdammt! Opfer Nummer drei ist Olle Berg!«

Malin sieht mich an, und ihre Augen verdüstern sich.

»Aber wenn Berg tot ist, wer ist dann unser Täter?«

SAMUEL

Ich war jetzt lange in der Grotte, so lange, dass das Licht nur noch eine schwache Erinnerung ist, ein Flüstern aus einer Vergangenheit, die längst verblasst ist und ihre Bedeutung verloren hat.

Und als das Licht an mir zerrt, mich aus dem Boden reißt, bin ich zuerst überrascht und auch ein bisschen ängstlich, denn ich fühle mich inzwischen wohl in der Grotte. Meine Flügel sind stärker geworden und meine Augen schärfer und besser an die Dunkelheit angepasst. Ich brauche niemanden, und niemand braucht mich.

Das ist in vieler Hinsicht perfekt.

Aber das Licht zerrt an mir. Zieht mich nach oben, durch den Boden und fast bis an die Oberfläche. Ich bin nicht im Körper, aber ich bin auch nicht mehr in der Grotte. Ich schwebe hilflos irgendwo dazwischen, als steckte ich zwischen zwei Dimensionen fest – es ist ein bisschen, als würde man zwischen zwei Eisenbahnwagen stehen und könnte durch die Fenster in beide hineinblicken, aber die Tür zu keinem öffnen.

Am Ende lande ich im Körper, obwohl ich das gar nicht will. Spüre plötzlich jede verdammte Zelle und jeden Kubikzentimeter Fleisch und Knochen und Blut.

Und was ich spüre, ist Schmerz.

Aber mitten im Chaos, mitten im Schmerz, ist da auch das Alltägliche; die Fliege, die unverdrossen gegen die Fensterscheibe fliegt, der schwache Geruch des Waschmittels in der Bettwäsche und der Duft der frischgepflückten Rose, die in der Vase auf dem Nachttisch steht.

Ich höre auch Geräusche – jemand bewegt sich im Zimmer –, aber ich kann die Augen nicht öffnen, denn meine Augenlider scheinen mindestens hundert Kilo zu wiegen.

Die Panik erwacht zum Leben, und ein Schrei will in meiner Brust Gestalt annehmen, aber das Geräusch bleibt irgendwo in meiner Kehle hängen, wie ein Stück Kartoffel, das sich quergelegt hat.

»Jonas?«

Das ist Rakels Stimme, aber sie klingt anders, als läge ich in einer Badewanne unter Wasser und hörte ihr zu.

Eine Hand streicht über meine Haare, weiche Lippen drücken sich auf meine Wange.

»*Geliebter* Jonas!«

Ich drehe mich um und verpasse ihr eine harte Ohrfeige.

Aber nur in Gedanken, denn mein Körper ist so unbeweglich wie ein Sonntagsbraten in der Kühltruhe der Markthalle.

»Mein armer Liebling«, flüstert sie. »Jetzt bist du im Walfischbauch.«

Sie ist verrückt, denke ich mit distanziertem Interesse und habe das Gefühl, einen Film zu sehen – einen reichlich ausgeflippten Film, aber eben doch nur ein Film.

»Ich werde mich um dich kümmern«, sagt sie jetzt.

Sie legt ihre warme Hand auf meine und spricht in einem etwas härteren Tonfall weiter.

»Aber zuerst muss ich dafür sorgen, dass du sowas nicht noch einmal machst, Jonas. Das war eine große Dummheit von dir. Du bist noch nicht stark genug, um aus dem Haus zu gehen. Es hätte alles Mögliche passieren können. Du hättest über einen Felsen stolpern und dich verletzen oder ins Meer stürzen können oder …«

Ein ausgedehntes Schluchzen ist zu hören, Rakels Hand verschwindet, und Schritte nähern sich dem Fußende des Bettes.

»Ich könnte es nicht ertragen, dich noch einmal zu verlieren, hörst du?«

Metall auf Metall ist zu hören. Als ob sie mit Münzen in einer Blechschüssel scheppert. Dann folgen dumpfere Geräusche. Auch sie kommen von Metall, aber von größeren und schwereren Gegenständen.

Vielleicht von irgendwelchem Werkzeug.

Die Decke verschwindet von meinen Beinen. Kühle Luft umstreicht meine Waden.

»Ich weiß, dass du mich hören kannst«, sagt sie. »Und ich weiß, dass du dich nicht bewegen kannst. Ich bin kein Monster, aber ich darf dich nicht weglaufen lassen. Das hier ist zu deinem eigenen Besten.«

Eine Hand legt sich auf meinen Fuß, und ich spüre etwas Spitzes an meiner Ferse. Dann höre ich einen Knall, und meine Ferse explodiert in einem unvorstellbaren Schmerz. Das ganze Bein brennt, obwohl ich abgestumpft bin und eigentlich gar nicht ganz anwesend in meinem Körper, und ich brülle vor Schmerz und strampele mit den Beinen, so dass Rakel gegen die Wand geschleudert wird.

Aber nur in Gedanken.

Denn in der *wirklichen* Wirklichkeit liege ich still in Jonas' Bett, während sie schlägt und schlägt und schlägt und der Schmerz in mir explodiert, wieder und wieder.

Als die Dunkelheit mich nach unten zieht, bin ich dankbar.

Ich will nicht mehr im Licht sein, ich will nicht im Körper sein.

Ehe ich durch das Bett sinke, kann ich noch analysieren, was geschehen ist, und eine Hypothese bilden. Aber die wirkt so krank, so verdammt gestört, dass ich es selbst kaum glauben kann.

Hat sie das wirklich getan?

Hat sie mir einen *Nagel* in die Ferse geschlagen?

MANFRED

Ich komme spät nach Hause.

Die Enttäuschung darüber, dass Olle Berg nicht unser Täter ist, hat mir alle Energie geraubt, und ich bin niedergeschlagen und erschöpft.

Ja, ich weiß.

Berg kann trotzdem der Löwe sein, er kann trotzdem Rakels Sohn getötet haben, wenn wir diesem Gedicht Glauben schenken wollen. Aber er kann kaum Ahonen und Carlgren umgebracht haben – denn sein Leichnam hat viel länger im Wasser gelegen als die beiden.

Nein, entweder ist der Löwe nicht Olle Berg, oder der Löwe hat nichts mit dem Tod von Ahonen und Carlgren zu tun.

Als ich in die Diele komme, ziehe ich die Tür vorsichtig zu, um Afsaneh nicht zu wecken, aber sie kommt mir aus der Küche entgegen. Legt mir die Arme um den Hals und gibt mir einen leichten Kuss. Dann erklärt sie, dass sie mein Lieblingsessen – Hähnchen mit Safranreis – gekocht und beschlossen hat, aufzubleiben und auf mich zu warten.

Wir essen und reden ein bisschen über den Tag.

Ich erzähle ihr nichts von Olle Berg. Ich bringe es nicht über mich, heute noch weiter darauf herumzukauen.

Stattdessen sprechen wir über Belanglosigkeiten, zum ersten Mal seit einer Ewigkeit. Wir öffnen einen lächerlich teuren Wein, den wir eigentlich für eine besondere Gelegenheit aufbewahren wollten, und leeren die Flasche rasch.

Dann lieben wir uns, in aller Eile auf dem Wohnzimmerboden. Als wären wir verantwortungslose, ahnungslose Teenager.

Als wäre unsere Tochter nie auf den harten Asphalt gestürzt.

Dann dusche ich.

Ich lasse das heiße Wasser über meinen Körper strömen. Wasche mir die Frustration und den Staub vom Campingplatz ab. Verdränge den Gedanken an Igors sogenanntes Buch, das nur zwei Wörter enthält – *Lorem ipsum* – und mit dessen Hilfe Drogengelder gewaschen werden sollen.

Als ich aus dem Badezimmer komme, steht Afsaneh nackt davor.

»Ich glaube, ich brauche auch eine Dusche«, sagt sie und schlüpft an mir vorbei ins Bad.

Ich gehe ins Schlafzimmer und setze mich aufs Bett. Werfe einen Blick aus dem Fenster, wo der Himmel hinter den dünnen Vorhängen dunkel wird.

Afsanehs Laptop steht aufgeklappt neben ihrem Kopfkissen. Mein Blick fällt auf das Bild eines jungen Mannes, der in einem Bett liegt. Das Bild ist beängstigend und schön zugleich, und ich muss einfach genauer hinsehen.

Ich strecke die Hand nach dem Laptop aus und drehe ihn zu mir hin.

Unter dem Bild steht in blauer, altmodischer Schrift: *Der Kampf ums Leben.*

Ich lasse meinen Blick nach unten wandern, lasse ihn über den Bildschirm gleiten.

Er bleibt an einer Gedichtstrophe unter dem letzten Kommentar hängen:

Aus Tränen weinte ich mir ein Meer
Und legte mich zum Sterben hin
Auf die weichen Kissen der Trauer

Doch dann war der Löwe wieder da
Und in seinem riesigen Schlund trug er
Eine unbefleckte Taube

Ich erstarre zu Eis, und mein Herz macht einen Satz.

Das ist nicht möglich!

Das ist verdammt noch mal nicht möglich!

Afsaneh kommt herein, sie hat sich das Handtuch um die Hüften gewickelt.

»Was ist das hier?«, frage ich und drehe den Laptop so, dass sie den Bildschirm sieht.

Sie runzelt die Stirn.

»Ein Blog. Wieso?«

»Wer hat das geschrieben?«

Afsaneh wickelt sich aus dem Handtuch und hängt es über den Stuhlrücken. Dann zieht sie eines meiner alten T-Shirts an.

»Keine Ahnung. Sie hat einen Sohn mit einem Gehirnschaden. Mehr weiß ich nicht. Und sie ist ziemlich aktiv im Forum. Postet dauernd irgendwas.«

Afsaneh setzt sich auf das Bett und streichelt meine Wange.

»Ich bin müde«, sagt sie und gähnt.

Ich gebe keine Antwort. Ich ziehe den Laptop wieder zu mir hin. Scrolle die Seite hinunter.

Das Foto des Jungen im Bett flimmert vorüber. Ich sehe Nahaufnahmen einer Hand, ein weggedrehtes Gesicht und eine einsame Rose in einer Vase, mit Tautropfen auf den Blättern. Und Landschaftsbilder, auf denen Meer, glatte Felsen und ein Leuchtturm zu sehen sind.

Nirgendwo wird ein Gesicht deutlich gezeigt, aber einige Male taucht ein Frauenprofil auf. Die Bilder sind unscharf, und die langen Haare, die im Wind flattern, verdecken teilweise das Gesicht.

»Ist sie groß?«, frage ich.

»Groß? Wie meinst du das?«

Afsaneh legt sich neben mich ins Bett.

»Können wir das Licht ausmachen?«, murmelt sie und legt mir eine Hand auf den Oberschenkel.

»Wird ihr Blog von vielen gelesen?«, frage ich, um deutlicher zu werden.

»Mindestens hunderttausend, du siehst ja selbst, wie viele Kommentare es gibt. Du, Liebling. Es tut mir leid, aber ich muss ein bisschen schlafen.«

»Kann ich deinen Laptop ausleihen?«

»Sicher«, antwortet sie und knipst das Licht aus.

Ich sitze noch lange im Wohnzimmer und lese den Blog, obwohl mein Kopf vor Müdigkeit wehtut und mein Körper nach Schlaf schreit. Es geht in den Beiträgen um alles Mögliche, von der Trauer über den Unfall des Sohns bis hin zu den alltäglichen Anstrengungen, die die Pflege eines Menschen mit Gehirnschaden eben mit sich bringt.

Gegen drei Uhr morgens rufe ich Malin an. Sie meldet sich nach dem dritten Klingelton.

»Kannst du ins *Haus* kommen, jetzt?«, frage ich.

Sie antwortet erst nach einigen Sekunden.

»Weißt du, wie spät es ist?«

»Ich weiß, wie spät es ist.«

Sie seufzt.

»Ist es wichtig?«

»Es ist verdammt wichtig.«

Einige Stunden später sind Malin und ich den Blog sorgfältig durchgegangen und haben ihn mit unserer eigenen Zeitschiene verglichen. Wir haben uns die Bilder genau angesehen und zahllose Kommentare und Beiträge der Follower gelesen.

Die Sonne ist aufgegangen, und das *Haus* ist zu neuem Leben erwacht. Türen werden aufgerissen, und auf den Treppen wird hoch- und heruntergerannt. Der Duft frischgekochten Kaffees hat sich im Erdgeschoss verbreitet. Lasses ist hereingekommen, hat sich unsere Überlegungen angehört, hat »Hm« gesagt und ist wieder davongetrottet.

»Zeig noch mal den Anfang«, sagt Malin, und ich gehorche.

Ich heiße Rakel. Mein Sohn Jonas war ein ganz normaler Teenager, als er einen Verkehrsunfall hatte. Ich war überglücklich, als klar wurde, dass er überleben würde. Ich wusste damals noch nicht, dass der Kampf um ein würdevolles Leben gerade erst angefangen hatte, denn bei dem Unfall hatte sich mein Sohn schwere Gehirnverletzungen zugezogen und war in einen tiefen Dämmerschlaf versunken. Aber ich beschloss, NIEMALS aufzugeben. Jetzt pflege ich meinen Sohn zu Hause. Folgt unserem Kampf hier im Blog!

»Im Gedicht hat der Löwe den Sohn getötet«, sagt Malin. »Aber der Sohn lebt doch noch.«

Sie nickt zum Computer hinüber, wo das Bild des jungen Mannes im Bett zu sehen ist.

»Ich weiß«, sage ich. »Wir sollten das Gedicht vielleicht nicht wortwörtlich nehmen. Sie hat vielleicht das Gefühl, dass er tot ist, obwohl er ja nur weit weg ist.«

Die Tür geht auf, und Lasses kommt herein.

»Wir haben sie gefunden«, sagt er. »Ich habe mit der Staatsanwaltschaft gesprochen. Und mit der Technik. Die IT-Forensiker werden alles unter die Lupe nehmen, aber sie haben den Blog schon auf eine gewisse Susanne Berghoff zurückgeführt.«

Es wird still im Raum.

»Susanne?«, frage ich.

»Sie nennt sich offenbar Rakel«, grunzt Lasses. »Susanne Berghoff ist in Flen in Sörmland geboren und aufgewachsen. Als Kind war sie ein verheißungsvolles Schwimmtalent. Sie ist Witwe und hat einen behinderten Sohn, Jonas. Ihr Mann hatte MS und ist vor vier Jahren an den Folgen einer Lungenentzündung gestorben. Susanne hat bis zum Unfall ihres Sohnes als Apothekerin gearbeitet. Es war übrigens ein Unfall mit Fahrerflucht. Ihre Eltern sind schon lange tot, und der Hof der Familie ist verkauft worden. Ihr Vater war Pastor in der schwedischen Kirche und die Mutter Hausfrau. Als Susanne noch klein war, haben sie sich scheiden lassen. Und ja, ich habe von einem ihrer Bekannten auch den Namen von Susanne Berghoffs Psychologin bekommen. Offenbar hat sie irgendeine Therapie gemacht.«

»Und wo hält Susanne sich derzeit auf?«, frage ich.

»Das ist das Problem«, sagt Lasses, holt Luft und lässt sich auf den Stuhl neben meinem fallen. »Wir können sie nirgendwo finden. Offenbar geht ihre Post weiterhin an ihre alte Adresse, wo sie noch immer gemeldet ist, obwohl das Haus seit über einem Jahr leer steht. Sie hat jeden Monat das Geld abgehoben, das sie von verschiedenen Versicherungen bekommt. Dazu benutzt sie einen Geldautomaten im Zentrum von Haninge. Wir werden uns die Aufnahmen der dortigen Überwachungskamera kommen lassen.«

»Also«, sage ich und gehe zum Whiteboard. Nehme einen Stift und fange an zu schreiben. »Wir können unsere drei Opfer durch DNA miteinander in Verbindung bringen.«

Ich schreibe die Namen Johannes Ahonen, Victor Carlgren und Olle Berg an die Tafel und male einen Kreis um jeden.

»Und Olle Berg lässt sich mit Rakel alias Susanne in Verbindung bringen, dafür haben wir Zeugenaussagen«, sage ich dann, schreibe Susanne/Rakel, male auch darum einen Kreis und ziehe einen Strich zu Olle Berg hin.

»Die Leichen wurden im südlichen Schärengürtel gefunden. Sie können also sehr gut auf Stuvskär umgebracht worden sein, wo Rakel laut der Frau, die eine Vermisstmeldung aufgeben wollte, wohnt.«

»Die von der schwangeren Kuh mit den Ducklips rausgeekelt wurde?«, fragt Lasses.

»Ja. Sie hat doch gesagt, dass ihr Sohn auf oder in der Nähe von Stuvskär arbeitet. Und das liegt nicht weit weg von Haninge, wo das Geld abgehoben wurde?«

»Genau«, Lasses nickt. »Aber Susanne und Jonas Berghoff sind nicht dort gemeldet. Das habe ich als Erstes untersucht.«

»Da gibt es auch keine Rakel«, sagt Malin, »das habe ich schon überprüft.«

»Sie wohnen vielleicht auf Stuvskär, obwohl sie dort nicht gemeldet sind«, sage ich.

Lasses' Blick bleibt an Olle Bergs Fahndungsfoto haften. Er schiebt sich einen Zahnstocher in den Mund und kaut mechanisch darauf herum.

Ich ziehe einen Kreis neben Rakels Namen, schreibe Löwe hinein und ziehe einen Strich zu Rakel.

»Rakel ist der Schlüssel zu allem. Wenn wir sie finden, finden wir auch den Mann, den sie den Löwen nennt.«

»Wenn es den gibt«, schnaubt Lasses.

»Die Täterprofilgruppe geht von einem männlichen Täter aus«, sagt Malin. »Die Gewaltanwendung, der Transport der Leichen. Alles weist darauf hin.«

»Auf jeden Fall müssen wir Susanne finden«, sage ich.

Ich gehe zurück zum Computer, scrolle abwärts, bis ein Bild zu sehen ist.

Dunkles Meer, das über blankpolierte Felsen schäumt. Ein Leuchtturm, der seitlich von der tiefstehenden Sonne angeleuchtet wird. Die Silhouetten magerer Kiefern, die sich gen Himmel recken.

»Ich versuche, diese Psychologin zu erreichen«, sage ich. »Gunnar, kannst du Malik fragen, ob sich herausfinden lässt, wo die Bilder im Blog aufgenommen wurden?«

»Der Leuchtturm«, sagt Lasses, nickt, beugt sich zum Laptop vor und nimmt den zerfaserten Zahnstocher aus dem Mund. »Ich glaube, er sollte sich an dem Leuchtturm orientieren.«

»Genau«, antworte ich. »Der taucht auf mehreren Fotos auf. Und in der Nähe von Stuvskär kann es nicht so viele Leuchttürme geben. Frag Malik, ob er das herausfinden kann. Und erkundige dich bei den Kollegen, ob jemand nach Stuvskär fahren und sich da umhören kann. Irgendwer muss sie doch kennen.«

Lasses nickt, schnippt den Zahnstocher in den Papierkorb und trottet über den Gang davon.

PERNILLA

Wir erreichen den Hafen von Stuvskär.

Stina faltet ihre sonnenfleckigen Hände und starrt zum Anleger hinüber. Ich werfe einen Blick auf die Rückbank, wo Björn sitzt und auf seinen schmutzigen Nägeln herumkaut.

Es ist kurz nach zehn.

Das Wasser glitzert. Die Oberfläche ist so unschuldig blank, so poliert zurückhaltend. Aber das Wasser trägt noch immer die Erinnerung an den Wind und die Wellen auf offener See. Das alles ist in seinen gewaltigen Leib eingeprägt – in die schwere Dünung, die sich langsam über die Sandbänke hebt, aufs Land zurollt, um sich dann mit überraschender Kraft an den Felsen zu brechen.

Der Himmel ist klarblau, die Luft warm, und ein dünner Dunst verwischt die Umrisse der Schären und der Inseln, die am Horizont liegen wie eine Kette aus Granitperlen. Der Geruch von Tang und Teer mischt sich mit dem von frischgekochtem Kaffee aus dem Freizeithafen hinter der Hafenkneipe. Von den dort vertäuten Booten sind Fetzen von Gesprächen und Gelächter zu hören.

In weniger als einer Stunde wird Rakel herkommen, um den fast neunzehn Jahre alten Theo zu treffen, der das Gymnasium geschmissen hat und einen Job sucht.

Theo – der eigentlich Björn ist, der aber ebenso gut Samuel sein könnte.

Ich schaue hinaus auf den Hafen und versuche, die beste Stelle zum Parken zu finden. Stina und ich müssen im Auto sitzen und gleichzeitig Björn im Auge behalten können. Außerdem darf Rakel uns nicht entdecken.

»Dort vielleicht?«, schlägt Stina vor und zeigt in Richtung des Dorfladens. Dort stehen schon zwei Autos, deshalb werden wir nicht unnötig auffallen. Außerdem können wir den Anleger deutlich sehen, und es ist leicht, einen davonfahrenden Wagen im Auge zu behalten.

»Gute Idee«, sage ich.

Björn schweigt, aber ich kann das leise Geräusch hören, mit dem er sich durch seine Nägel hindurchnagt.

Ich halte an, und wir gehen in den Laden und kaufen einen wahnsinnig teuren Kaffee mit einem Milchersatz aus irgendwelchen indischen Nüssen. Dann setzen wir uns ins Auto und warten.

»Wie kann sich das rentieren?«, fragt Stina und nickt zu dem Laden hinüber. »Das Sortiment ist doch Müll! Nur eine Menge absurder Kram und dann auch noch dieser vegane Dreck. Wer kauft denn sowas? Unsere Kundschaft jedenfalls nicht, so viel weiß ich immerhin. Und der Boden war auch noch schmutzig. Und das Personal mit seinen Handys beschäftigt, statt der Kundschaft zu helfen. Was nutzen ihnen da ihre feschen Leinenschürzen?«

Sie schnaubt und nimmt die Sonnenbrille ab.

Die Minuten schleichen dahin.

Ich sehe auf meinem Handy nach, ob irgendwelche Mitteilungen gekommen sind, aber das Display ist leer. Zu sehen ist nur das Hintergrundbild von mir und Samuel voriges Jahr Weihnachten.

Er hat auf diesem Foto so wahnsinnige Ähnlichkeit mit Isaac – das schmale, ausdrucksvolle Gesicht, die dunklen Augen, die Wangenknochen und die geschwungene Oberlippe.

Ich verspreche dir, dass du deinen Vater zurückbekommst, denke ich und fahre mit dem Zeigefinger über das Bild. Wenn du nur nach Hause kommst. Wenn du nur nach Hause kommst, tue ich einfach alles.

Die Uhr auf dem Handy zeigt Viertel vor elf, und ich drehe mich zu Björn um.

»Bist du bereit?«, frage ich. »Denn wenn nicht, können wir gern alles noch einmal durchgehen. Eine zusätzliche Wiederholung schadet nie. Wenn du noch nicht bereit bist, meine ich.«

Björn zieht den Ringfinger aus dem Mund und erwidert meinen Blick.

»Ist schon gut«, sagt er. »Ich rede mit ihr, und dann folgt ihr ihr, wenn sie nach Hause fährt. Das kann ja wohl nicht so schwer sein.«

»Und du rückst keine persönlichen Infos raus«, sagt Stina. »Nicht deinen richtigen Namen, keine Handynummer oder …«

»Blah«, fällt Björn ihr ins Wort und seufzt. »Warum sollte ich?«

Ich schaue zum Himmel, zu dem fast unwirklichen Blau, das uns von Ihm trennt. Danach lege ich das Handy auf die Gangschaltung, trinke einen Schluck Kaffee, der nach Schimmel schmeckt, und schaue mich im Hafen um. Mustere die Segler, die mit kleinen Karren Wasserkanister, Kühlelemente und Einkaufstüten transportieren, und die Frauen, die ihre teuren Autos vor dem Laden abstellen, um ihre Speisekammern mit Müll zu füllen, wie Stina es ausgedrückt hat – Granatapfelsaft, wacholdergeräucherte Forelle, Tahini oder vielleicht veganer Heringssalat.

Der Anleger ist leer bis auf eine Frau von vielleicht sechzig, die auf der Bank vor dem Signalmast sitzt und eine Morgenzeitung liest. Sie hat ihre Bluse aufgeknöpft, den Rock hochgeschoben, die Schuhe ausgezogen und die Füße auf ihre Tasche gelegt.

Kann das Rakel sein?

»Das ist sie jedenfalls nicht«, murmelt Stina, als ob sie meine Gedanken gelesen hätte. »Die ist doch viel zu alt. Rakel ist jünger, vielleicht zwischen vierzig und fünfzig.«

Ein weißer Mercedes SUV hält vor der Hafenkneipe, und eine üppige Blondine von vielleicht dreißig springt heraus. Sie hat einen Busen, der den Gesetzen der Schwerkraft trotzt, und lange rosa Nägel, die an Klauen erinnern. Sie macht einige Schritte auf den Anleger, schaut sich unsicher um und geht dann zum Fahrplan, der an der Infotafel befestigt ist. Danach schiebt sie sich die mit Strass besetzte Sonnenbrille auf die Stirn und vertieft sich in die Fährzeiten.

Ich sehe zu ihrem Auto hinüber, wo zwei Kinder von vielleicht fünf auf dem Rücksitz herumturnen.

»Das ist sie auch nicht«, sagt Stina voller Überzeugung. »Rakel hat doch wohl nicht so kleine Kinder? Außerdem: Mit den Nägeln kann sie kein gehirngeschädigtes Kind pflegen. Die kann sich ja kaum selbst den Hintern abwischen.«

Stina prustet vor Lachen über ihren eigenen Kommentar.

Ich wende mich vom Anleger ab und lasse meinen Blick über die Wendestelle vor Laden und Kneipe schweifen.

Ein schwarzer Volvo Kombi hält jetzt genau hinter dem weißen SUV. Gleich darauf springt eine Frau mit langen dunklen Haaren heraus. Sie trägt Jeansshorts, eine dünne weiße Bluse und Flip-Flops.

Sie schaut sich um und geht auf den Anleger hinaus. Setzt sich neben die sonnenbadende Frau auf die Bank und wartet.

Ich sehe mir das Auto der Frau an.

Es scheint neu zu sein. Neu, aber nicht protzig. Hinter der Windschutzscheibe sehe ich eine Parkerlaubnis mit einem Rollstuhlsymbol.

»Da!«, flüstere ich, obwohl sie uns natürlich nicht hören kann.

Stina nickt.

»Ja, das kann sie sein«, murmelt sie.

Björn öffnet die Tür.

»Sei vorsichtig«, mahnt Stina.

»Nerv hier nicht rum«, faucht Björn und geht mit langen Schritten auf den Anleger zu.

Die Frau, die vielleicht Rakel ist, sitzt still auf der Bank und hat die Hände auf die Knie gelegt. Als Björn bei ihr ist, steht sie auf und gibt ihm die Hand. Dann setzen sie sich beide und reden miteinander.

Rakel gestikuliert, und Björn lacht.

»Wie lange werden die wohl reden, was meinst du?«, fragt Stina.

»Ich weiß nicht«, sage ich. »Wie lange dauert ein Bewerbungsgespräch?«

Stina gibt keine Antwort.

Ich schalte das Radio ein, denn ich gehe davon aus, dass Rakel und Björn eine ganze Weile miteinander reden werden.

Der Nachrichtensprecher erklärt, dass die Hitzewelle noch mindestens eine Woche anhalten wird und dass die Anzahl der Todesfälle durch Ertrinken aufgrund des heißen Wetters kräftig angestiegen ist. Gestern ist bei einer Badestelle außerhalb von Norrtälje ein Geschwisterpaar ertrunken, sie waren drei und vier Jahre alt. Die anwesende Mutter hatte offenbar auf ihrem Mobiltelefon gesurft, als das Unglück geschah.

»Eine Schande ist das«, sagt Stina und dreht das Radio aus. »Was ist nur los mit den Leuten heute? Mit dem Handy herumspielen, wenn man kleine Kinder hat, die baden? Das müsste doch verboten werden!«

Ich will ihr gerade antworten, als Rakel aufsteht.

Gleich darauf folgt Björn ihrem Beispiel. Sie gehen nebeneinander zum Parkplatz.

»Was machen die?«, frage ich.

»Keine Ahnung«, sagt Stina.

Rakel und Björn gehen zu Rakels Volvo.

»Jetzt verabschieden sie sich«, flüstert Stina.

Aber Björn läuft um das Auto herum und setzt sich auf den Beifahrersitz.

»Gütiger Jesus«, sagt Stina. »Was soll das denn? Ich hab doch deutlich gesagt, dass er unter gar keinen Umständen mit ihr mitfahren darf. Warum hört er nie auf mich?«

Das schwarze Auto fährt los und hinterlässt eine Staubwolke.

»Beeil dich!«, sagt Stina, und ich beeile mich. Lasse den Motor an, schalte und trete das Gaspedal durch, um dem Volvo zu folgen.

Aber mein schrottreifes altes Auto röchelt und bleibt stehen, still und stumm.

»Entschuldige«, sage ich. »Man muss nur. Da ist irgendwas. Wenn man losfahren will. Irgendwas stimmt nicht. Ja. Aber nur ab und zu. Manchmal springt er ja problemlos an, aber wenn es Winter ist und zehn Grad unter null. Ja, manchmal frage ich mich, wie …«

»Jetzt fahr endlich, Mensch!«, fällt Stina mir ins Wort.

Ich lasse den Motor noch einmal an. Die Gangschaltung kreischt auf, aber das Auto macht einen Satz und setzt sich in Bewegung.

Wir folgen dem schwarzen Auto und haben Glück. Ein großer militärgrüner SUV schiebt sich zwischen uns und den Volvo, was die Gefahr, dass wir entdeckt werden, verringert.

Doch dann hält der SUV an, und wir stehen dahinter.

»Fahr drum rum!«, befiehlt Stina.

»Geht nicht«, schreie ich und zeige auf die Autos, die aus der Gegenrichtung kommen.

»Fahr trotzdem drum rum!«

»Aber das geht doch nicht!«

Zwei junge Mädchen steigen aus dem SUV. Sie gehen langsam zum Kofferraum, öffnen ihn und fangen an, Taschen herauszuholen.

»Meine Güte«, schnaubt Stina.

Ich trete aufs Gaspedal und fahre um den SUV herum. Es ist ein lebensgefährliches Manöver, und ich kann gerade noch einem großen LKW ausweichen, der aus der anderen Richtung kommt.

Er hupt laut.

Ich fahre langsamer und schaue die Straße hinunter.

»Was ist?«, fragt Stina.

Und dann:

»*Was ist?*«

Ich schaue die Landstraße an, die sich vor uns dahinzieht wie eine lange Schlange. Sehe die dünnen Kiefern am Straßenrand und die Felsbuckel, die hier und dort aus dem Gras ragen.

Der schwarze Volvo ist verschwunden.

SAMUEL

Ich weiß nicht, wie lange ich in der Dunkelheit gewesen bin, als das Licht mich wieder hochzieht.

Ich höre Schritte näher kommen, Stimmen, die reden. Lachen.

Rakels Lachen.

Ich bin wieder im Körper.

Der Schmerz im Fuß ist grauenhaft. Ich will weinen, aber es kommen keine Tränen. Das Einzige, was passiert, ist, dass mir an den Schläfen Schweiß ausbricht und mein Herz schnell schlägt. Schnell.

Die Tür geht auf, und Rakel und ein dünner Junge mit langen blonden Haaren kommen herein.

Ich kann die Augen nicht weit genug öffnen, um sie richtig zu sehen, und sowie sie auf mich zukommen, verschwinden sie aus dem schmalen Blickfeld, das im Spalt zwischen den Augenlidern entsteht.

»Du kannst dich dahin setzen«, sagt Rakel, und gleich darauf höre ich den Omasessel knacken. Gefolgt von dem Schrappen des Hockers über den Boden, als Rakel ihn hervorzieht und darauf Platz nimmt.

Eine warme Hand legt sich auf meine.

»Das hier ist Theo«, sagt Rakel und streichelt meine Hand ein bisschen. »Er ist heute nur zu Besuch hier. Vielleicht wird er bald bei uns arbeiten. Dir Gesellschaft leisten. Dir vorlesen und Musik vorspielen.«

Ihre Lippen streifen meine Wange. Die leichte Berührung brennt wie Feuer, und mir wird schlecht.

Der Junge sagt etwas über meine Nase, und Rakel antwortet.

»Ach, das. Jonas wird über eine Sonde ernährt. Aber darüber brauchst du dir keine Sorgen zu machen. Darum kümmere ich mich.«

Ich will sie anschreien, sie sollen den verdammten Schlauch aus meiner Nase nehmen, aber das kann ich nicht. Ich will mit ihnen reden, will von den Schmerzen in meinem Fuß erzählen, aber ich habe keine Worte. Stattdessen redet der Schmerz mit mir, er ruft und schreit so laut, dass ich meine eigenen verdammten Gedanken nicht hören kann.

»Ist er gestürzt?«, fragt der Junge.

»Ja, er hatte vor zwei Tagen einen epileptischen Anfall. Aber es sieht viel schlimmer aus, als es ist. Es wird gut heilen.«

Ein Schweißtropfen läuft über meine Schläfe und verschwindet hinter meinem Ohr. Ich höre eine Art Klicken, gefolgt von einem Schmatzen. Gleich darauf spüre ich auf meiner Hand etwas Glitschiges und Kaltes.

Rakels Finger massieren mich. Verteilen das Glitschige mit langsamen, methodischen Bewegungen.

»Seine Hände trocknen so schrecklich aus«, sagt sie. »Ich creme sie jeden Tag mehrere Male ein. Es tut ihm auch gut, wenn man ihm die Lippen ein bisschen einfettet. Ein Fettstift steht auf dem Nachttisch.«

Wieder ist das Schmatzen zu hören, dann massiert Rakel meine andere Hand.

»Uhh!«, bringe ich heraus, aber es klingt eher wie ein Stöhnen als wie ein Wort.

»Er weiß, dass du hier bist«, ruft Rakel theatralisch, und sie klingt glücklich und überrascht zugleich. »Du, ich glaube, das wird wunderbar gehen.«

»Ich weiß nicht«, sagt der Junge. »Also, ich habe doch keine Ahnung von Krankheiten und so.«

»Du brauchst Jonas auch nur Gesellschaft zu leisten. Ihm vorlesen, Musik laufen lassen. Er ist fast immer still, nur manchmal wird er unruhig oder hat Krämpfe. Dann musst du mich sofort holen. Denn dann kann er sich selbst verletzen.«

»Okay.«

»Du kannst ihm jetzt ein bisschen vorlesen. Fang bei dem Lesezeichen an.«

»Jetzt?«

»Sicher«, sagt Rakel.

»›Gefällt dir Paris nicht? Nein? Warum fährst du nicht an einen anderen Ort? Es gibt keinen anderen Ort.‹«

Rakel lacht.

»Du. Das sollte nur ein Scherz sein. Du brauchst jetzt nicht vorzulesen. Heute bist du doch nur zu Besuch.«

»Äh, okay.«

Der Junge räuspert sich.

»Schönes Armband.«

Rakels Hände erstarren mitten in der Bewegung, und mein Handgelenk wird hochgehoben. Jemand macht sich an Mamas Glasperlenarmband zu schaffen.

Ich will weinen, aber ich habe keine Tränen mehr.

»Ja, das ist schön«, murmelt Rakel gefühlvoll und mit zitternder Stimme. »Das hat er in der ersten Klasse für mich gemacht, aber nach dem Unfall habe ich es ihm umgelegt, damit ich immer bei ihm bin. Sieh dir mal die Perlen an.«

Der Junge beugt sich vor. Ich kann es nicht sehen, aber ich spüre seinen Atem an meiner Wange. Der Atem ist warm und regelmäßig und riecht nach Tabak.

»M-A-M-A«, buchstabiert er wie ein verdammter Sechsjähriger. Und als er das tut, als er das Wort sagt, das er nicht in den

Mund nehmen dürfte, erwacht in mir etwas zum Leben, und mein ganzer Körper windet sich in krampfhaften Zuckungen.

Ich will ihn schlagen. Ich will ihm eine reinhauen, so heftig, dass er mit dem Kopf zuerst voll gegen die Wand kracht.

Mein Arm hebt sich zu seinem Gesicht, aber nicht schnell genug, um ihn zu treffen. Ich krümme die Finger und kratze ihm quer durch das Gesicht. Ich merke, wie meine Nägel durch seine Haut dringen, dann schreit er auf und springt einen Schritt zurück.

»Aber Jonas!«, keucht Rakel.

Und dann:

»Ich begreife nicht, was das war. Er hat noch nie …«

»Ist schon gut«, sagt der Junge.

»Warte, ich hole schnell etwas zum Desinfizieren.«

Ich höre Schritte und ahne Rakels Silhouette, als sie das Zimmer verlässt.

Es wird still.

Der Junge atmet schwer. Gleich darauf ertönt ein Klicken.

Er macht ein Foto von mir!

Warum tut er das?

Im nächsten Moment höre ich Schritte. Rakel kommt zurück.

Ich versuche, mit den Lippen ein Wort zu formen, versuche, den Jungen zu warnen. Denn obwohl ich nicht wollte, dass er Mamas Armband anfasst, will ich nicht, dass er Rakel in die Hände fällt.

Doch kein Laut kommt über meine Lippen. Mein Mund kann kein Wort formen. Meine Lunge hat keine Kraft. Meine Stimmbänder wollen mir nicht gehorchen.

»Was machst du?«

Rakels Stimme ist ruhig, aber unter der Oberfläche kann ich Angst und Wut hören.

»Ich wollte nur …«

Rakel macht einige Schritte ins Zimmer hinein.

»Warum machst du Bilder von meinem Sohn?«
»Ich. Das war nur. Ich …«
»Her mit dem Handy!«, schreit Rakel.
Nein, brülle ich. *Nein, nein, nein!*
Aber nur in Gedanken.

MANFRED

Ulla Waldén ist um die sechzig und empfängt uns in ihrer Wohnung auf Gärdet, wo sie erst kürzlich hingezogen ist. Sie ist eine gutaussehende Frau mit einem Dutt aus dicken, graumelierten Haaren und trägt ein engsitzendes rotes Baumwolloberteil, das ihren schlanken Körper betont. An ihren Ohren baumeln große Silberohrringe, und um den Hals hat sie eine schlichte Perlenkette von der Sorte, die vermutlich teurer ist, als sie aussieht.

Ihr Handschlag ist fest, obwohl ihre Hand klein und mager ist.

Als Lasses ihre Hand nimmt, strahlt er und feuert sein seltenes Lächeln ab. Er zieht den Bauch ein und reckt sich. Sein Gesicht wird weicher, und seine Augen funkeln abenteuerlustig. Eine Sekunde lang sieht er aus wie ein Lausbub und nicht wie der übellaunige ältere Kerl, an den wir gewöhnt sind.

»Gunnar«, sagt er, schüttelt enthusiastisch ihre Hand und feuert noch ein Wolfsgrinsen ab.

Da stehen sie dann, in der Diele, einige Sekunden zu lange, und Malin wirft mir einen vielsagenden Blick zu. Das ist genau wie neulich bei Tuula Ahonen, denke ich. Die Luft ist irgendwie aufgeladen, da ist eine Energie, die zwischen Lasses und der zierlichen Frau vibriert.

»Ach«, sagt Ulla und lächelt verlegen. Schaut ihre Hand an, die noch immer die von Lasses hält, und lässt diese dann zögernd los.

»Willkommen, Gunnar«, fügt sie nachdrücklich hinzu.

Gleich darauf ist der Augenblick vorüber, und Ulla führt uns in das kleine, aber gemütlich eingerichtete Wohnzimmer.

Die Möbel sind alt. Auf dem Boden liegen Flickenteppiche, und an den Wänden hängen farbenprächtige Bilder. Das Fenster ist offen, und der Sommer schwebt durch die kleinen Räume.

»Setzt euch«, sagt Ulla, deren Wangen jetzt gerötet sind. »Kaffee?«

»Nein danke«, sage ich. »Wir bleiben nicht lange.«

»Gern«, sagt Lasses und reckt sich.

Ulla lächelt und verschwindet in der Küche.

Malin und ich setzen uns aufs Sofa, und Lasses lässt sich in einen Sessel sinken. Sein Gesicht hat einen fast seligen Ausdruck. Malin sieht mich wieder an, und ich nicke kurz, um zu bestätigen, dass mir diese kleine, aber höchst seltsame Episode eben in der Diele ebenfalls aufgefallen ist.

Ulla kommt mit einen Tablett mit Kaffee und Zimtschnecken für uns alle zurück. Sie stellt das Tablett auf den Couchtisch und verschiebt eine Vase mit roten Pfingstrosen und einige Zeitungen, um Platz zu schaffen. Dann setzt sie sich auf einen Hocker. Setzt eine Brille mit einem roten Gestell auf und erwidert meinen Blick.

»Sie möchten mit mir über Susanne Berghoff sprechen?«

»Ja«, sage ich. »Und ich weiß natürlich, dass Sie der Schweigepflicht unterliegen, doch da wir in mehreren Fällen von mutmaßlichem Mord ermitteln, sind Sie daran nicht mehr gebunden.«

»Ja, das weiß ich«, sagt Ulla ruhig. »Wie kann ich Ihnen behilflich sein? Steht Susanne unter irgendeinem Verdacht?«

Ich weiche einer direkten Antwort auf diese Frage aus.

»Könnten Sie uns ein wenig über sie erzählen?«, bitte ich stattdessen.

Ulla nickt und streicht ihren Rock über den Knien glatt.

»Susanne war eine von denen, die man nicht vergisst«, sagt sie. »Sie kam zu mir, weil sie deprimiert war. Ihr Arzt hatte ihr empfohlen, es mit einer Therapie zu versuchen.«

Sie legt eine Pause ein, schaut sich im Zimmer um und fügt dann hinzu:

»Sie war zu bedauern. Als Kind gemobbt. Hatte kaum soziale Kontakte. Keine Freunde. Ihre Eltern waren früh gestorben, ich glaube, beide an Krebs. Und dann wurde ihr Mann krank und starb, hatte MS. Man hätte meinen sollen, das sollte reichen, dass sie genug gelitten hatte. Aber nein. Dann hatte ihr Sohn diesen schrecklichen Unfall.«

Ulla verstummt und schaut hoch zur Decke.

»Sie hat ihren Mann selbst gepflegt, zu Hause. Bis zum Ende. Und jetzt pflegt sie offenbar ihren Sohn zu Hause. Sie hat sich geopfert, zuerst für ihren Mann und dann für ihren Sohn. Viele finden das sicher wunderbar, aber ich sehe das nicht so. Ich finde, sie hätte auch ein bisschen an sich selbst denken können. Und das habe ich ihr gesagt.«

»Wissen Sie, wie der Mann gestorben ist?«, fragt Malin.

Ulla schüttelt den Kopf.

»Einzelheiten weiß ich nicht, aber ich weiß noch, dass alle überrascht waren. Er hatte zwar MS, aber besonders krank war er nicht, wenn ich das richtig verstanden habe. Aber eines Tages war er einfach tot. Für Susanne war das ein großer Schock.«

Eine Uhr an der Wand schlägt einmal.

Ich räuspere mich.

»Haben Sie heute noch irgendwie Kontakt zu Susanne?«

Ulla lächelt traurig und schiebt sich die Brille höher auf die Nase. Dann schüttelt sie den Kopf.

»Nein, ich arbeite nicht mehr. Ich habe keinen Kontakt mehr zu meinen Klienten. Ich bin nach meiner Scheidung nach Stockholm gezogen, um näher bei meiner Tochter Greta zu sein.«

Als sie die Scheidung erwähnt, gleitet ihr Blick rasch zu Lasses hinüber, der abermals lächelt und seine halbgegessene Zimtschnecke hochhebt.

»Phantastisch!«, sagt er und klingt so hingerissen, dass man glauben könnte, Ulla hätte ein Einhorn produziert und keine ganz normalen und – wenn ich ehrlich sein soll – ziemlich trockenen Zimtschnecken.

Ulla lächelt töricht, und die Farbe auf ihren Wangen vertieft sich.

»Danke«, stammelt sie.

»Wissen Sie, ob Susanne nach dem Tod ihres Mannes einen Freund hatte?«, frage ich.

»Nein«, antwortet Ulla.

»Sagt Ihnen der Name Rakel etwas?«, fragt Malin.

»Rakel? Nein, ich glaube nicht. Es klingt ein bisschen biblisch. Nicht gerade mein Fachgebiet.«

Ich schaue auf den Flickenteppich hinunter. Ich frage mich inzwischen, ob bei diesem Gespräch irgendetwas herauskommen wird, denn so sympathisch die elegante Psychologin auch sein mag, sie scheint nichts zu wissen, was uns in der Ermittlung weiterbringen kann.

»Hat Susanne sich für biblische Fragen interessiert?«, fragt Malin und macht sich eine Notiz auf ihrem Block.

Ulla zieht die gepflegten Augenbrauen ein wenig hoch.

»Tja, ich weiß nicht, ob sie gläubig war, wenn Sie das meinen sollten. Aber ihr Vater war Pastor, sie kannte sich also in der Bibel aus und zog oft biblische Vergleiche heran.«

»Wissen Sie noch, welche?«, frage ich.

Sie schüttelt den Kopf.

»Nein, wirklich. Das habe ich längst vergessen. Oder … doch! Sicher, jetzt weiß ich es wieder. Wie dumm von mir. Sie hat von Jona im Walfischbauch gesprochen! Sie meinte, ihr Sohn sei im Walfischbauch gefangen, genau wie Jona. Dass seine Krankheit ihn gewissermaßen gefangen hielte.«

Wir schweigen. Malin wirft mir einen raschen Blick zu, ehe sie fragt:

»Konnten Sie ihr helfen?«

»Ich glaube schon. Sie hatte keine engen Freunde, und mit mir konnte sie immerhin reden. Ich habe versucht, ihr beim Bau einer sozialen Basis zu helfen, einem Netzwerk aus Menschen, mit denen sie interagieren konnte, in Flen und im Internet. Es gibt ja eine Menge Foren und anderes im Internet für Menschen, die in derselben Situation sind wie sie damals. Ich habe sie dazu ermuntert, dort aktiv zu werden.«

Malin hört auf zu schreiben, starrt aber weiterhin auf ihren Block.

»Und hat sie das gemacht?«, frage ich.

Ulla zuckt mit den Schultern.

»Ja, absolut. Vor allem nach dem Tod ihres Mannes. Susanne hatte im Netz viele Freunde gefunden, sie halfen ihr, die Trauer zu verarbeiten. Ich habe es ihr angesehen, wie die Unterstützung durch diese Menschen sie sozusagen durch jene Zeit getragen hat. Und sie hat ihnen auch geholfen, das war ja das Schöne. Aber dann hatte ihr Sohn diesen Unfall. Danach hat sie sich in sich selbst zurückgezogen. Ist immer seltener zu mir gekommen. Zuerst habe ich mir Sorgen um sie gemacht, doch dann habe ich begriffen, dass sie mit ihren anderen Freunden darüber gesprochen hat, den Freunden im Netz, meine ich.«

»Glauben Sie, dass Susanne für sich oder für andere gefährlich sein könnte?«

»Gefährlich?«

Ulla macht ein verwirrtes Gesicht, als hätte sie die Frage nicht verstanden.

Dann sagt sie:

»Ich kann mir nicht vorstellen, dass Susanne anderen etwas antun könnte«, sagt sie mit Nachdruck. »Nein. Sie war in keiner Hinsicht gewalttätig, falls Sie das meinen. Ihr großes Problem war es, dass sie so verschlossen war, dass sie nicht über die Dinge reden konnte.«

Malins Handy brummt.

Sie zieht es hervor, mustert das Display und hält es dann so, dass ich lesen kann.

Es ist eine Nachricht von Malik.

Susanne Berghoff wohnt auf Marholmen bei Stuvskär. Treffen uns um 15 im *Haus*.

»Das muss schwer sein«, sage ich und drehe mich zu Ulla um, um das Gespräch auf eine einigermaßen höfliche Weise abzuschließen, »nicht über das sprechen zu können, was am Schmerzhaftesten ist. Es gibt wohl nicht so viel, was …«

»Unsinn, es gibt immer einen Weg, der weiterführt«, unterbricht mich Ulla und lächelt. Ihre Augen funkeln, und zum ersten Mal in diesem Gespräch ahne ich bei ihr wirkliche Begeisterung.

»Man muss nicht immer reden«, sagt sie. »Ich habe mein Leben lang geredet. Mein ganzes Berufsleben lang. Aber man kann doch auch schreiben. Was sich nicht aussprechen lässt, lässt sich vielleicht schreiben. Und Susanne hat dort ihre Stimme gefunden, im Schreiben. Ja, sie hat Gedichte geschrieben. Richtig schöne Gedichte, finde ich.«

SAMUEL

»Es tut mir leid«, sagt Rakel und streichelt meine Wange. »Ich weiß nicht, wer dieser Theo war und warum er dich fotografiert hat, aber hier kannst du nicht bleiben.«

Die Tür wird geschlossen, Rakels Schritte verklingen, und ich bin allein mit dem Schmerz und der Ungewissheit.

Hier kannst du nicht bleiben.

Wie soll ich das denn verstehen?

Meine Gedanken sind klarer geworden, und mein Körper ist zum Leben erwacht. Ich kann die Finger bewegen, Arme und Beine jedoch nicht.

Ich weiß jetzt, dass sie mich unter Drogen setzt.

Was ich nicht begreife, ist, *warum*? Warum tut sie das? Was für einen kranken Kick bringt es ihr, dass ich hier im Bett liege, sie meine Hände mit Hautcreme massiert und mir einen Scheißschlauch in die Nase stopft?

Von draußen nähern sich Schritte, aber ich höre auch noch etwas anderes, etwas, das an der Treppe scheppert, und einen hohlen, metallischen Knall, wie von einem Blecheimer, der gegen etwas schlägt.

Schritte kommen ins Zimmer.

»Wir haben es eilig«, murmelt Rakel ohne weitere Erklärungen.

Eine Hand packt meinen rechten Oberarm, eine andere nimmt mein rechtes Bein, und ich werde zur Bettkante gezogen.

Ich versuche verzweifelt, die Augen aufzumachen, aber es gelingt mir nicht. Meine Hände sind allerdings zum Leben erwacht –

ich spreize die Finger und balle die Fäuste, wieder und wieder. Versuche, Leben in die Unterarme zu pumpen. Ich gebe mir alle Mühe, um die Matratze zu packen, damit sie mich nicht auf den Boden ziehen kann, aber ich schaffe es nicht.

Gleich darauf verschwindet die Bettkante unter meiner rechten Schulter.

Hilflos gleite ich von der Matratze, aber nicht auf den Boden. Stattdessen lande ich in etwas Hartem, das mir wie eine riesige Schublade vorkommt.

Rakel legt mich auf die Seite, packt nach meinem Bein, beugt es und drückt es in die Schublade. Dann macht sie das Gleiche auch mit dem anderen Bein. Am Ende verschränkt sie mir die Arme auf der Brust, so dass ich in Embryostellung liege.

Schritte verschwinden aus dem Zimmer. Meine Wange ruht auf kaltem Blech.

Ich reibe die Hände aneinander. Nehme die trockene, rissige Haut und die warmen Glasperlen des Armbandes wahr. Mein Körper will wieder losheulen, aber was immer sie mir für eine Droge gespritzt hat, sie hat mich ausgetrocknet wie eine verdammte Wüste.

Schritte nähern sich von der Diele her.

Gleich darauf landet etwas Weiches auf mir – vielleicht eine Decke oder ein Laken.

Rakel kippt die Blechschublade – mein Kopf geht nach oben, meine Füße nach unten. Die Schublade bebt, und ich verstehe.

Ich liege in der Schubkarre.

Diese verdammte Irre hat mich in die Schubkarre gepackt, wie wir das mit Igor gemacht haben.

Sie fährt mich durch die Tür und die Rampe hinunter. Dann geht es geradeaus weiter, und ich höre den Kies unter dem Rad knirschen, was bedeutet, dass sie sich der Straße nähert.

Die Schubkarre ruckelt hin und her, und mein Kopf knallt immer wieder auf den Boden, ohne dass ich es verhindern kann. Es riecht nach Erde und Gras. Kleine Steine landen in meinem Mund.

Ich denke an Mama und an Alexandra. Daran, dass ich alles tun würde, um sie zurückzubekommen, um das Leben zurückzubekommen. Und dann denke ich, wie krank es ist, dass ich geglaubt habe, ich würde Rakel betrügen, sie bestehlen, wo sie in Wirklichkeit doch die Böse hier ist.

Die liebe Rakel, die immer so verständnisvoll tut. Die Pfannkuchen bäckt und mit Mama Ähnlichkeit hat. Die Rosen liebt und morgens früh im Meer badet und mir sogar das Leben gerettet hat.

Und sie bringt mich jetzt in einer Schubkarre weg?

Das ist so krank, es muss eine Strafe Gottes sein.

Aber nicht einmal jetzt kann ich an einen Gott glauben.

Nicht einmal jetzt kann ich auf himmlische Rettung hoffen. Denn wenn es einen Gott gäbe, dann hätte er doch wohl nicht zugelassen, dass Rakel sich so gestört aufführt. Nein, er hätte sie wie ein Insekt zwischen seinen Fingern zerquetscht, ehe sie auch nur Handcreme hätte sagen können.

Rakel fährt über eine Felskuppe, und meine Hände rutschen über den Rand der Schubkarre.

Warum sagt sie nichts? Kann sie nicht wenigstens sagen, was das hier soll?

Scheißegal. Du musst ja doch sterben, du kleiner Drecksack.

Meine Augen brennen, und es fühlt sich sogar wie echte Tränen an. Vielleicht lockern die Drogen langsam ihren Griff, vielleicht kommen doch noch Tränen.

Etwas sticht in meine Wange, etwas Spitzes. Es fühlt sich fast an wie eine Nadel oder wie ein kleiner Zweig. Mit einer Kraftanstrengung kann ich ein Augenlid heben, versuche zu sehen, was es ist, aber der Gegenstand liegt zu dicht vor mir.

Dann ruckelt die Schubkarre noch einmal, und ein kleines oranges Teil kullert ein kleines Stück weit und landet einige Dezimeter vor meinem Gesicht.

Es ist ein Marienkäfer, aber kein richtiger Marienkäfer. Es sieht fast wie ein Ohrring aus.

Die Schubkarre bleibt stehen, mein Kopf senkt sich, die Füße rutschen hoch.

Für einige Sekunden wird es still, dann höre ich Schlüssel klirren und das Tor knirschen.

Mein Kopf hebt sich wieder, und es geht weiter.

Nach einer Weile habe ich den Eindruck, dass Rakel abbiegt. Die Decke, die sie über mich gelegt hat, kitzelt an meiner Wange, und ich würde mich gern kratzen, kann mich aber nicht rühren.

Ich brauche einige Sekunden, um zu begreifen, wohin sie mich bringt.

Mein Magen krampft, und mein Herz zappelt in meiner Brust wie ein Hase in Todesangst. Mein einziger Gedanke ist, dass ich auf irgendeine Weise von hier wegmuss, dass ich sie aufhalten muss. Aber meine Beine und Arme gehorchen mir noch immer nicht. Ich liege hilflos auf der Seite, und meine Hände hängen über den Rand der Schubkarre.

Ich suche nach etwas, woran ich mich festhalten kann – egal, was, ein verdammter Ast oder ein Stein –, aber um mich herum gibt es nur Luft, nur das spöttische Streicheln des Sommerwinds.

Ich werde heute sterben, und nichts, was ich tue, kann das verhindern.

Ich werde heute sterben, Mama.

Ich falte vor Verzweiflung die Hände, und plötzlich kommt mir eine Idee.

Plötzlich ist der Gedanke einfach da.

Ich weiß nicht, ob es funktionieren wird, aber es ist den Versuch wert, es ist trotz allem eine einfache Rechenaufgabe.

Es sind zweihundertzweiundfünfzig Schritte bis dahin, wo sie hinwill, und sie kann vom Tor aus höchstens zehn Schritte gegangen sein.

Ich reibe die rechte Hand an der linken und überschlage die Sache kurz. Dann fange ich an, Rakels Schritte zu zählen.

Eins. Zwei. Drei …

PERNILLA

Wir stehen im Hafen, als Björn die Landstraße entlanggelaufen kommt.

Er rennt, als werde er von Wölfen gejagt. Die langen X-Beine fliegen nur so über den staubigen Kiesweg. Sein Gesicht ist feuerrot, und die blonden Haare flattern hinter ihm her wie eine Mähne.

»Hier sind wir!«, ruft Stina und schwenkt die Arme über dem Kopf, dass ihre Armbänder nur so klirren.

Wir laufen ebenfalls los, und vor dem Heimatmuseum haben wir Björn erreicht.

Er wirft sich in Stinas Arme und keucht, ohne ein Wort herauszubringen.

Stina schimpft los.

»Ich hab doch gesagt, dass du nicht mit ihr fahren darfst, aber du hörst mir ja nie zu. Wie oft soll ich denn noch …«

»Blah«, bringt Björn atemlos heraus. »Sonst hätten wir doch nicht erfahren, wo sie wohnt. Sie hat gesagt, sie würde erst mal einkaufen gehen, wenn ich nicht mitkommen wollte, um Jonas guten Tag zu sagen.«

»Und was hast du mit deinem Gesicht gemacht? Das ist doch ganz blutig.«

»Wir sollten ihn vielleicht erst mal zu Atem kommen lassen«, schlage ich vor und reiche Björn eine Wasserflasche.

Er nimmt sie wortlos und leert sie in einem Zug. Dann beugt er sich vor, stützt sich mit den Händen auf die Knie und spuckt in den trockenen Kies.

»Alles stimmt«, sagt er und richtet sich auf. »Sie hat einen behinderten Sohn. Ich habe ihn gesehen. Ich habe sogar ein Bild von ihm gemacht. Und er hat mich gekratzt. Ich weiß nicht, warum, er wirkte total weggetreten. Aber Rakel ist komisch. Sie wollte mich festhalten, aber ich bin abgehauen.«

»Großer Gott«, sagt Stina und hebt die Hand an den Mund.

»Ach«, sagt Björn und sieht Stina wegwerfend an. »Ich bin doch abgehauen. Aber das waren an die drei Kilometer. Und ich hatte die ganze Zeit eine Scheißangst, dass sie mit dem Auto hinter mir herkommen würde, deshalb bin ich neben der Straße her durch den Wald gelaufen. Weißt du, wie anstrengend das ist? Versuch mal, im Wald zu rennen, dann weißt du Bescheid.«

Stina erwidert meinen Blick, verdreht die Augen und schüttelt den Kopf.

»Warum kannst du nie tun, was man dir sagt? Wie ist es möglich, dass du mit deinen guten Zeugnissen nicht mal die einfachste Anweisung befolgen kannst? Man fragt sich ja wirklich, ob du noch klar im Kopf bist.«

»Kann ich mal die Fotos sehen, die du gemacht hast?«, frage ich.

»Klar«, sagt Björn, zieht das Telefon aus der Tasche, gibt den Code ein, drückt einige Male auf das Display und reicht es mir dann.

Ich mustere die Bilder.

Ein junger Mann in einem Krankenhausbett. Sein Gesicht ist abgewandt und liegt außerdem im Schatten, man kann es nicht genau sehen. Aber er ist mager, fast ausgemergelt. Sein Gesicht sieht geschwollen aus und ist von Wundkrusten bedeckt. Seine eine Hand ruht auf der Decke, und um das Handgelenk …

Jesus!

Um das Handgelenk trägt er ein Armband.

Ich lege Daumen und Zeigefinger auf das Display und vergrößere das Bild. Sehe Glasperlen, kann sogar einige Buchstaben ahnen.

Es gibt keinen Zweifel.

Der Mann im Bett trägt das Armband, das Samuel für mich gemacht hat.

»Du musst mir zeigen, wo sie wohnt«, flüstere ich.

»Nein«, sagt Stina entschieden. »Jetzt gehen wir zur Polizei.«

»Wir können die Polizei doch anrufen?«, schlägt Björn vor.

»Na gut«, sage ich, »aber dann müsst ihr mich zu dieser Rakel fahren. Sie muss wissen, wo Samuel steckt.«

Eine halbe Stunde später stehe ich auf dem Kiesweg unterhalb von Rakels Haus und schaue zu dem schönen weißgestrichenen Holzhaus mit den grünen Fensterrahmen hoch.

Stina und Björn sind losgefahren, um mit dem Polizisten zu sprechen, mit dem wir eben telefoniert haben, zu dem wir sofort durchgestellt worden sind.

Der Zaun ist seltsam, so hoch, er reicht mir bis zur Brust.

Warum baut man einen so hohen Zaun um ein Sommerhaus in einer so ruhigen Gegend, in der die Polizei nur gerufen wird, um Katzen aus Bäumen zu holen?

Wer soll hier ausgesperrt werden?

Oder ist es umgekehrt: Soll jemand im Haus eingesperrt werden, wie Vieh in einem Gehege?

Bei diesem Gedanken läuft es mir eiskalt den Rücken hinunter, und Samuels Gesicht taucht vor mir auf.

»Ich habe dich so im Stich gelassen«, murmele ich. »Ich habe zugelassen, dass es dir übel ergeht. Du hast so oft Hilfe gebraucht, aber ich habe nur gebetet und dir Lebertran gegeben. Doch damit ist jetzt Schluss. Jetzt bin ich hier, und jetzt hole ich dich.«

Mein Handy brummt, und ich schaue aufs Display. Die Mitteilung kommt von diesem Polizisten, der Manfred heißt.

Was er am Telefon über Rakel und das Gedicht gesagt hat, das ich bei der Polizei vergessen hatte, war die seltsamste und haarsträubendste Geschichte, die ich je gehört habe. Tatsache ist, dass sie so unglaublich war, dass ich sie eigentlich für wahr halte.

So eine Geschichte kann sich einfach niemand ausdenken.

Ich denke an die traurigen Zeilen, die ich so oft gelesen habe, dass ich sie auswendig kann.

Ich fiel, ich starb, ich erwachte nicht
Aber in meiner tiefen Trauer
Kam ein Löwe zu mir …

Rakel kann also dieses Gedicht geschrieben haben. Und sie oder wahrscheinlicher ein Mann, der ihr hilft, kann mit mehreren schweren Verbrechen in Verbindung gebracht werden.

Der Löwe.

Ich überlege.

Etwas stimmt hier nicht.

Erstens ist Rakels Sohn ja nicht tot, wie es in dem Gedicht heißt. Ich habe ihn doch auf Björns Foto gesehen.

Und zweitens: Rakel und Jona sind hebräische Namen, aber Leo ist doch Latein? Außerdem muss man ein L wegnehmen und die Buchstaben in Olle durcheinanderwerfen, um Leo zu erhalten.

Ist das nicht ein wenig seltsam?

Ich versuche, mir einzureden, dass ich nur darüber stolpere, weil ich in der Bibelschule war. Dass die Polizei und ihre Experten mit ihrer feinen Ausbildung und ihren großartigen Titeln natürlich wissen, was sie tun.

Und doch stimmt etwas nicht an Manfreds Deutung des Gedichts.

Der Löwe und das Lamm.

Das Lamm und der Löwe.

Vor meinem inneren Auge taucht das selbstzufriedene Gesicht des Pastors auf. Er steht im Gemeindesaal, vor den Bildern aus der Heiligen Schrift.

Trotz der Hitze schaudere ich unwillkürlich und stampfe vor Frustration mit dem Fuß auf, als das Erinnerungsbild verblasst, ohne dass ich begreife, was es bedeutet.

Ich schaue wieder auf das Handy.

Lese Manfreds Mitteilung ein weiteres Mal.

Dort steht, dass wir das Haus, in dem Rakel und ihr Sohn wohnen, nicht betreten sollen, wir sollen uns nicht einmal in die Nähe wagen. Dort steht, dass wir auf Stuvskär warten sollen.

Ich lasse das Handy los.

Es landet mit einem weichen Aufprall im Gras. Das Papiertaschentuch, das ich in der anderen Hand halte, flattert in der sanften Brise davon und wird gleich darauf von einer verdorrten kleinen Kiefer aufgefangen, die aller Wahrscheinlichkeit zum Trotz in einem Felsspalt am Wegesrand überlebt hat.

Dann kehre ich der Straße den Rücken und gehe auf den hohen Zaun zu.

Zum Teufel mit der Kirche und der ganzen Heiligkeit, denke ich.

Zum Teufel mit dem Pastor und der Gemeinde.

Zum Teufel mit Vater und seinen Lügen. Und zum Teufel mit dem märchenerzählenden Polizisten, der mich daran hindern will, meinen Sohn zu finden.

»Ich komme, Samuel«, flüstere ich. »Mir doch egal, was die sagen. Du hast lange genug gewartet. Jetzt komme ich!«

MANFRED

Das Auto fliegt über die Schlaglöcher in der Straße. Wenn mein wehes Knie dabei Prügel bezieht, dann merke ich das nicht, denn ich bin viel zu sehr darauf konzentriert, uns so schnell wie nur irgendwie möglich aus der Stadt zu bringen.

Wir haben soeben Lasses und Malik verlassen. Sie haben sich ein weiteres Auto geholt und sind losgefahren, um sich im Hafen von Stuvskär mit Stina und Björn Svensson und Pernilla Stenberg zu treffen.

Malin und ich wollen geradewegs zum Haus von Susanne fahren.

Malik hat sehr gute Arbeit geleistet: Der Leuchtturm, der in Susannes Blog zu sehen ist, heißt Klockaren. Er ist einer der ältesten Leuchttürme an der Ostküste, und kein anderer sieht genauso aus.

Durch das, was wie offenes Meer aussieht, ein paar andere Inseln und die Position der Sonne im Verhältnis zum Leuchtturm konnte Malik folgern, dass das Bild auf Marholmen aufgenommen worden ist, einige Kilometer östlich von Stuvskär. Auf Marholmen gibt es nur zwei Häuser. Malik hat sich erkundigt und erfahren, dass das eine einer älteren Dame namens Maj-Lis Wennerström gehört, die ihr Haus im vergangenen Jahr vermietet hat. Sie ist die Tochter des letzten Leuchtturmwärters von Klockaren und im vergangenen Jahr in ein Altenheim gezogen. Das Haus war damals bereits teilweise behindertengerecht umgebaut worden, was Susanne alias Rakel vermutlich sehr gelegen kam. Lasses hat dann mit dem anderen Dauerbewohner von Marholmen gesprochen, der bestätigen konnte, dass eine Frau namens Rakel mit ihrem Sohn das fragliche Haus bewohnt.

»Das hat Malik gut gemacht«, sage ich zu Malin. »Und auch wenn ich es nicht billigen kann, dass Pernilla Stenberg Privatdetektivin gespielt hat, haben wir jetzt zwei voneinander unabhängige Quellen, die auf dieses Haus verweisen.«

Malin schaut auf die Uhr.

»Bist du sicher, dass es nicht besser wäre, auf die Kollegen aus Haninge zu warten?«

Ich gebe keine Antwort. Stattdessen fahre ich auf den Nynäsväg hinaus und trete das Gaspedal durch.

»Soll ich?«, fragt Malin.

Ich nicke, und Malin schaltet Blaulicht und Sirene ein.

»Warum die Eile?«

»Ich weiß nicht genau, wie das alles zusammenhängt«, sage ich. »Aber etwas stimmt hier nicht.«

Ich schalte, gebe Gas und überhole einen Langtransport, der mit einem langen, sanften Hang kämpft.

Malin schweigt eine Weile, aber dann sagt sie:

»Warum hast du dieser Pernilla Stenberg von dem Gedicht erzählt?«

»Ich wollte wissen, ob sie noch etwas mehr dazu weiß … ob sie das ebenso deutet wie wir.«

»Und?«

»Sie ist überhaupt nicht auf die Idee gekommen, dass die Tiere wirkliche Menschen symbolisieren könnten. Dagegen wusste sie, dass Rakel Lamm oder Mutterschaf bedeutet und dass Jona auf Hebräisch Taube heißt. Sie schien sich gut damit auszukennen … mit biblischen Dingen.«

Ich überlege einen Moment, dann füge ich hinzu:

»Sie war allerdings verwirrt.«

»Wie, verwirrt?«

»Sie hat eine Menge total unwichtiges Zeug geredet. Wie dass sie einen wehen Nacken hat, weil sie im Auto übernachtet hat. Und dass sie eine Menge Pfadfinderkram im Auto hat, weil sie eigentlich auf Fahrt hätte gehen sollen. Aber dass es nicht dazu gekommen ist, weil sie mit einem Pastor aneinandergeraten ist, auf den sie sich ihr Leben lang verlassen hat, der sich jetzt aber als gemeiner Betrüger entpuppt hat. Ja, du hörst es ja. Nicht alle Tassen im Schrank.«

Malin denkt schweigend darüber nach. Dann sagt sie:

»Ich habe Mama angerufen.«

Erst bin ich so überrascht, dass ich kein Wort herausbringe.

»Ich weiß nicht«, fährt Malin fort. »All diese toten und verschwundenen Jungen und ihre verzweifelten Angehörigen. Ich dachte nur. Ich weiß nicht, aber ich will doch nicht, dass Mama und ich ganz den Kontakt verlieren. Egal, was passiert ist. Sie hat mich trotz allem …«

Malin holt tief Atem und fügt dann mit leiser Stimme hinzu:

»… sie hat mich aufgezogen. Mich geliebt. All das.«

»Gut«, sage ich und kämpfe darum, ruhig zu klingen. »Trefft ihr euch?«

»Ich will die Sache lieber ein bisschen langsam angehen.«

Der Verkehr vor uns wird lebhafter, und ich drossele das Tempo.

»Verdammt«, sage ich.

»Ein Unfall«, stellt Malin fest, ohne sich zu rühren.

Wir bleiben hinter einem roten Volvo stehen, der vollgestopft ist mit Taschen, Kindern und einem offenbar hemmungslos sabbernden Hund.

Weiter vorn in der Schlange wird gehupt. Ein Motorradfahrer überholt uns in hohem Tempo auf der linken Seite.

Ich schaue auf die Uhr und auf die Schlange, die sich keinen Millimeter bewegt. Ziehe mein Handy heraus und gebe Pernilla

Stenbergs Nummer ein, um sicherzugehen, dass sie auf Stuvskär auf Malik und Lasses wartet. Aber es klingelt und klingelt, und sie antwortet nicht.

Am Ende schaltet sich ihr Anrufbeantworter ein.

Hallo, Sie sind hier bei Pernilla. Stenberg meine ich. Hinterlassen Sie eine Mitteilung, dann reden wir. Also, ich meine, ich rufe an. Bei Ihnen. Später.

»Verdammt«, sage ich noch einmal und sehe mir den Stau an.

»Soll ich über Funk nachfragen, was passiert ist?«, fragt Malin.

»Wir fahren hin und sehen selbst nach«, antworte ich, fahre auf die linke Fahrspur und an dem langen Stau vorbei.

Ich fahre bewusst vorsichtig auf der Gegenspur, aber es kommt kein Auto entgegen, was darauf hindeutet, dass weiter vorn offenbar wirklich alles gesperrt ist.

Nach vielleicht einem Kilometer sehe ich Blaulicht und einige Sekunden darauf einen Rettungswagen und zwei Einsatzfahrzeuge, die mitten auf der Straße stehen. Ich registriere, dass die Personenwagen rechts leer sind und dass mehrere Autotüren offen stehen, als hätten die Insassen ihre Fahrzeuge in großer Eile verlassen.

Ich schalte Sirene und Blaulicht aus, öffne das Fenster und fahre zu einem Polizisten, der mit einer Frau mit einem kleinen Kind auf der Hüfte spricht.

»Hallo«, sage ich und zeige meinen Dienstausweis. »Unfall?«

Der junge dunkelhäutige Polizist nickt.

»Ein Kastenwagen hat einen Reiter angefahren. Hier herrscht ein verdammtes Chaos.«

Ich werfe einen Blick nach vorn, sehe aber nur eine Menge von Neugierigen, die hin und her wogt wie ein unruhiges Meer. Sie alle scheinen ihre Handys hochzuhalten und zu fotografieren oder zu filmen. Einige haben sich Kinder auf die Schultern gesetzt, damit sie besser sehen können.

»Was zum Teufel«, murmelt Malin, »was ist mit den Leuten eigentlich los?«

Der junge Kollege nickt.

»Die Sanitäter sind kaum durchgekommen, weil alle Fotos machen wollten. Aber niemand hat dem Mann geholfen, der vom Pferd gefallen ist.«

»Können wir durch, wir haben einen dringenden Einsatz«, frage ich und drücke mich bewusst so aus, um klarzustellen, dass wir im Prinzip so schnell fahren dürfen, wie wir wollen, und nicht an Verkehrsregeln gebunden sind.

»Ich werde sehen, was ich tun kann«, sagt der Kollege und geht zu einem weiteren uniformierten Polizisten hinüber.

Sie reden eine Weile, dann ruft der eine etwas. Gleich darauf fängt die Menschenmenge an, sich zu zerstreuen.

Der junge Kollege winkt uns vor, und ich fahre langsam durch das Meer aus Gaffern und Rettungspersonal. Ich sehe kurz ein Pferd, das auf der Seite liegt, mitten auf der Fahrbahn. Es bewegt sich nicht, und der Boden in seiner Nähe ist von frischem Blut bedeckt. Ein Feuerwehrmann befestigt gerade eine Kette um den Bauch des Tiers. Ich nehme an, sie wollen es von der Fahrbahn ziehen, damit der Verkehr wieder fließen kann.

Am Straßenrand steht ein weißer Kastenwagen, daneben liegt ein älterer Mann in einem altmodischen Reitanzug aus Tweed. Ein Sanitäter hockt neben ihm und spricht mit ihm.

Sowie wir die Unfallstätte passiert haben, fahre ich auf die freie rechte Fahrspur und trete das Gaspedal so hart durch, dass ich in den Sitz gepresst werde.

»In fünfzehn Minuten müssten wir da sein«, sage ich. »Wir wollen hoffen, dass es nicht zu spät ist.«

PERNILLA

Meine Handflächen sind zerkratzt und zerstochen. Ich ziehe einen Splitter nach dem anderen heraus und werfe einen Blick auf den hohen Zaun hinter mir.

Vater wäre jetzt stolz auf mich, er war doch immer enttäuscht, weil ich im Sport in der Schule so schlecht war – wenn auch die Religionsnote das ausgeglichen hat, wenigstens teilweise.

Ich gehe über den schmalen Kiesweg, der sich durch die Grasfläche zieht, auf die Haustür zu. Es knirscht unter meinen Füßen, und ich mache einen Schritt nach rechts, trete durch das weiche, hohe Gras.

Um mich herum stehen Obstbäume, und zu meiner Rechten liegt ein prachtvolles Beet mit roten Rosen. Der Duft der vollkommen geformten Blüten hängt schwer und süß in der drückenden Luft.

Als ich das Haus erreiche, steige ich die Treppe hoch. Auf halber Höhe bleibe ich stehen.

Auf der obersten Stufe steht eine Reisetasche, und die Tür ist offen.

Ich werde unsicher. Soll ich klingeln oder einfach hineingehen?

Was, wenn die Frau, die sich Rakel nennt, gar nichts mit Samuels Verschwinden zu tun hat? Dann wäre es unendlich peinlich, dabei ertappt zu werden, wie ich mich bei Samuels Arbeitgeberin und ihrem behinderten Sohn hineinzuschleichen versuche. Das wäre vielleicht sogar Hausfriedensbruch.

Ich darf jetzt nichts Verbotenes tun.

Außerdem: Was, wenn sich im Haus der Mann versteckt, den die Polizei erwähnt hat – der Helfer, der *Löwe.*

Aber dann denke ich an Samuel. Daran, wie sehr er mir fehlt. An all das, was nie gesagt, und all das, was nie getan wurde. Daran, dass ich die Einzige bin, die ihn jetzt sucht, die Einzige, auf die er sich verlassen kann.

Und man tut alles für sein Kind, alles und noch etwas mehr.

»Wenn ich dich finde, dann gebe ich dir deinen Vater zurück, das verspreche ich«, flüstere ich. »Und werde ein besserer Mensch werden.«

Ich überlege.

»Und zehn Kilo abnehmen«, füge ich hinzu.

Ich betrete die Diele und ziehe die Tür ein wenig hinter mir zu, damit sie nicht vom Wind erfasst wird und zuschlägt. Gleich darauf gleitet sie mit einem dumpfen Seufzer hinter mir zu, als wäre sie aus Metall.

Mein Herz setzt einen Schlag aus. Ich erstarre mitten in der Bewegung und lausche, aber nichts ist zu hören.

Keine Schritte nähern sich. Niemand ruft. Kein Löwe mit spitzen Zähnen springt hervor.

Ich sehe mich um.

Die Diele könnte direkt einem Gemälde von Carl Larsson entsprungen sein.

Die Wände sind von einer blaugestrichenen Holztäfelung bedeckt. Eine altmodische Blumenborte zieht sich daran entlang. An Haken hängt Herrenkleidung – Kapuzenjacken, ein Parka und eine dünne Daunenjacke. Eine kleine, modisch abgebeizte Kommode steht vor der Wand. Auf dem Tisch steht eine Glasvase mit einem Strauß frischer Rosen.

Weiter hinten in der Diele sehe ich zwei schwarze Reisetaschen.

Jemand ist gerade gekommen oder will gleich aufbrechen.

Ich mache einige vorsichtige Schritte, dann bleibe ich stehen und streife die Schuhe ab. Durch eine Türöffnung sehe ich ein leeres Krankenhausbett. Zwei Meter weiter steht ein großes Metallgestell. An diesem Gestell hängt eine blaue Vorrichtung mit schwarzen Riemen und Schnallen.

Die Riemen schwingen langsam hin und her, als hätte irgendwer dem Gestell eben erst einen Stoß versetzt.

Neben dem Bett gibt es einen Nachttisch mit einer einsamen Rose in einer Vase und einer Cremetube. Auf dem Boden steht eine weitere Reisetasche. An den Wänden kleben überall Klebebandstücke, als hätte jemand Plakate heruntergerissen. Auf dem Boden neben der Reisetasche liegt ein Paar alter Fußballschuhe.

Jonas' Zimmer?

Aber wo ist er – Björn hat ihn doch vor weniger als einer Stunde hier gesehen. Und wo steckt Rakel?

Ein schwacher Duft nach Reinigungsmitteln und etwas anderem, Chlor vielleicht, kratzt in meiner Nase. Irgendwo im Haus ist ein Knarren zu hören.

Mein Herz macht noch einen Satz. Der Schweiß läuft mir über die Stirn und zwischen die Brüste. Meine Hände zittern dermaßen, dass ich mich instinktiv umschaue, voller Angst, aus Versehen etwas umzustoßen.

Das Zimmer scheint zu schrumpfen, und mein Blickfeld verengt sich immer mehr, während die Angst die Kontrolle über meinen Körper an sich reißt. Während sie in jeden Teil von mir eindringt, bis meine Beine mir nicht mehr gehorchen und meine Arme wie willenlose Fleischstücke herunterhängen. Hände und Füße prickeln, und mein Mund ist wie ausgedörrt.

Diese Angst ist so stark, dass ich in die Kindheit zurückgeschleudert werde. In einsame, furchterfüllte Stunden, in denen unter dem Bett ein Monster auf der Lauer lag. Zu Spaziergängen durch dunkle Wälder, in denen Wölfe mir im Gebüsch auflauerten. Und in diesem Moment kommen die Wörter wie von selbst aus meinem Mund:

Dancing Queen

Mamma mia

Chiquitita

The winner takes it all

Mein Herz findet den Rhythmus, und das Gefühl kehrt in meine Glieder zurück. Das Zimmer nimmt seine alte Gestalt an.

Fernando

Waterloo

When I kissed the teacher

Ich drehe den Kopf ein wenig und schaue nach vorn in ein Wohnzimmer, wo die Sonne durch die großen Sprossenfenster fällt. Ein Fenster steht offen, es schlägt im schwachen Wind langsam hin und her.

Daher kam sicher das Knarren.

Ich schüttele den Kopf über meine Phantasien. Hole tief Luft und gehe zum Wohnzimmer.

Head over heels

Name of the game

Meine Schritte sind jetzt ruhig. Zielbewusst. Es sind Schritte, die wissen, was sie wollen, und die vor eingebildeten Monstern nicht zurückschrecken. Aber die breiten Bodenbretter knacken beunruhigend unter meinem Gewicht, und ich muss stehen bleiben.

Ich lasse meinen Blick durch den Raum wandern.

Vor dem Fenster erstreckt sich das Meer träge in der Nachmittagssonne, auf ewig verurteilt, zum Himmel emporzustreben und doch nur den Horizont zu erreichen. Im Zimmer stehen weiße Sofas und Sessel, die Wände sind mit Bücherregalen bedeckt. Buchrücken in allen Regenbogenfarben und Größen füllen die Fächer, ich sehe aber auch Fotos und Ziergegenstände.

Neben einem Foto von einer Frau und einem kleinen Jungen steht eine kobaltblaue Glasschüssel mit einem Fuß, sie sieht aus wie meine alte Tortenschüssel zu Hause in Fruängen, die ich von meiner Großmutter geerbt habe.

Ich gehe etwas näher heran.

In der Schüssel liegen eine Herrenuhr mit Stoffarmband, eine Handyhülle mit einem Muster aus Hanfblättern und …

Und …

Das Fenster knarrt wieder, und ein kleiner Knall ist zu hören, als es aufgleitet und gegen einen Blumentopf schlägt. Ein warmer Windhauch streicht über meinen Rücken, und die Haare in meinem Nacken sträuben sich.

Ich schaue die blaue Schüssel an, ohne etwas zu begreifen.

Neben der Handyhülle liegt ein Schlüsselbund. An dem Schlüsselring hängen ein winziger Fisch und ein Plastikbüchlein.

Das ist Samuels Schlüsselring – den habe ich ihm selbst gegeben. Wir hatten solche für alle Kinder aus der Gemeinde bestellt. Natürlich war es nur billiger Schund aus China. Aber das Wichtige war die Bedeutung – der Fisch symbolisierte natürlich das Christentum und das Büchlein die Bibel. Die Heilige Schrift.

Aber warum liegen Samuels Schlüssel hier in der blauen Schüssel, wenn er nicht mehr hier ist?

Ich strecke die Hand aus, um das Schlüsselbund zu berühren, als könnte ich dann besser verstehen, was passiert ist. Als könnte der billige Kunststoff irgendeine Art von versteckter Botschaft übermitteln.

Bumm.

Ich fahre herum. Erwarte zu sehen, wie das Fenster wieder gegen den Blumentopf schlägt. Doch stattdessen stehe ich einer Frau von Angesicht zu Angesicht gegenüber.

Sie trägt Jeansshorts und eine dünne weiße Bluse. Ihre dunklen, fast schwarzen Haare hängen ihr über die Schultern. Nein, sie hängen nicht, sie strömen wie ein Fluss über ihre Schultern, vorbei an der bleichen Marmorhaut ihres Halses.

Sie ist schön, umwerfend schön.

Schön auf eine Weise, der ich nie auch nur annähernd nahegekommen bin. Und obwohl die Panik mit voller Kraft zurückkehrt, registriere ich, dass wir uns ähnlich sehen – ein bisschen wie Schwestern, von denen die eine schön ist und die andere hässlich.

Rakel.

»Wer sind Sie, und was wollen Sie in meinem Haus?«, fragt sie mit schriller Stimme und umklammert mit der Hand einen Gegenstand. Ich kann nicht sehen, was es ist, aber es ist klein, und als sie sich bewegt, funkelt es im Sonnenschein.

Ich öffne den Mund, um zu antworten, aber kein Wort kommt heraus.

Rakel tritt einen Schritt auf mich zu, und ich weiche zurück und stoße mit dem Ellbogen gegen die blaue Schüssel. Sie schaukelt hin und her, bleibt aber auf dem Regal stehen.

»Wer sind Sie?«, schreit Rakel.

»Ich …«

Meine Stimme gehorcht mir nicht.

Ich weiche in Richtung Diele zurück. Stolpere über die Schwelle und wäre fast gefallen, bekomme aber in letzter Sekunde den Türrahmen zu fassen. Doch meine schwitzigen Hände rutschen an der lackierten Unterlage ab, und ich verliere abermals das Gleichgewicht.

Honey honey
When all is said and done

»Samuel«, flüstere ich. »Ich bin Samuels Mutter. Wo ist er?«

Rakel kommt auf mich zu, und ich weiche weiter in die Diele zurück. Ich stolpere ein weiteres Mal und knalle gegen die abgebeizte Kommode. Die Vase kippt um und geht krachend zu

Boden. Glasscherben und Rosen verteilen sich auf dem Boden wie Mikadostäbchen. Kaltes Wasser läuft meine Beine hinunter.

»Samuel hat aufgehört«, sagt Rakel.

»Nein«, sage ich. »Ich habe seine Schlüssel gesehen. Er muss noch hier sein.«

»Er hat aufgehört«, wiederholt sie und macht einen weiteren Schritt auf mich zu. »Er hat einen anderen, wichtigeren Job gefunden. Genau wie die anderen.«

Rakel bleibt stehen, und einen Moment lang sieht sie unendlich traurig aus. Die Trauer scheint auf irgendeine Weise ihrem Zorn die Spitze abzubrechen, jedenfalls für den Moment, und ich beschließe weiterzureden. Einfach zu reden.

Im Grunde kann ich das ja am besten.

»Er fehlt mir so«, sage ich und höre zu meiner Überraschung, dass meine Stimme trägt.

Sie runzelt die Stirn und lässt ihren Blick über die Rosen auf dem Boden schweifen. Dann schüttelt sie langsam den Kopf.

»Ich weiß genau, wie es ist, wenn einem jemand fehlt«, sagt sie nach einer kurzen Pause.

Ich nicke und folge ihrem Blick. Bei meinem Fuß steht ein Türstopper aus Gusseisen, geformt wie ein kleines Lamm.

Ein Gedanke nimmt Gestalt an. Ein so schrecklicher Gedanke, dass ich ihm fast nicht den ganzen Weg bis zu der grauenhaften Konsequenz folgen will.

Ich denke an das Gedicht. Ich denke an das gusseiserne Lamm.

Und im selben Moment sehe ich wieder den Pastor vor mir. Ich sehe Karl-Johans selbstzufriedenes Lächeln vor mir, aber ich sehe auch eine der gerahmten Bibelillustrationen hinter ihm im Gemeindesaal. Sie stellt ein Lamm dar, das furchtlos neben einem riesigen Löwen liegt.

Der Löwe vom Stamme Juda.

Das Opferlamm.

Es ist so lächerlich einfach, dass ich nicht begreife, warum ich nicht schon längst darauf gekommen bin. Oder warum diese cleveren Polizisten das Rätsel noch nicht gelöst haben.

»Du warst das«, flüstere ich. »Du warst Löwe und Lamm zugleich. Versöhnung und Streit, genau wie Jesus. Es gibt keine Helfer.«

»Ich habe keine Ahnung, wovon du redest«, sagt Rakel, aber ohne mich anzusehen. Ihr Blick ist auf den Boden gerichtet.

»Du nimmst dir das Recht, mit Gott zu spielen«, sage ich.

In diesem Moment erkenne ich meinen Fehler.

»Oh. Entschuldigung. *Gott zu spielen*. Meine ich.«

Aber mein Versprecher geht an Rakel vorbei. Ein Auge zuckt ein wenig, und sie stützt sich mit der Hand an der Wand ab.

»Ich habe das Gedicht gelesen«, sage ich jetzt. »Samuel hat mir darauf eine Mitteilung geschrieben. Auf das Gedicht, meine ich. Und die hat er mir ins Auto gelegt. In mein Auto. Damit ich sie finde. Im Auto.«

»Mein Freund ist Schriftsteller …«, beginnt sie.

»Du kannst deine Bibel«, falle ich ihr ins Wort. »Genau wie ich. Der Löwe und das Lamm sind ein und dasselbe. Beide sind Symbole für Jesus. Das Opferlamm, das für uns gestorben ist, und der Löwe, der König, der Messias. Sie sind Jesus in zwei unterschiedlichen Gestalten. So siehst du dich wohl, was? Wie Gott. Und genau wie Gott meinst du das Recht zu haben, Leben zu nehmen.«

»Ich will nur meinen Sohn zurück«, murmelt Rakel. »Genau wie du.«

Jetzt weint sie. Große Tränen rollen über ihre blassen Wangen, und ich sehe echten Kummer und Schmerz in ihrem Gesicht. Und in diesem Augenblick fügt sich ein weiteres Stück in das Bild.

Sie hat sich den Namen Rakel nicht nur ausgesucht, weil er Lamm bedeutet.

Ich erinnere mich deutlich an die Worte aus dem Matthäusevangelium, kann fast Vaters Stimme hören, wie er aus seiner alten, abgegriffenen Bibel vorliest:

In Rama hat man ein Geschrei gehört, viel Weinen und Wehklagen; Rakel beweinte ihre Kinder und wollte sich nicht trösten lassen, denn es war aus mit ihnen.

Rakel hebt den Blick und macht einige Schritte auf mich zu. Es knirscht und knackt, als ihre nackten Füße auf Glasscherben treten, aber ihr Gesicht ist ausdruckslos wie Stein.

Sie hinterlässt blutige Fußspuren auf den Bodenbrettern. Die Spuren glitzern in der Sonne, die sich vom Wohnzimmer her hereinstiehlt.

»Wo ist Samuel?«, frage ich noch einmal und weiche bis zur Haustür zurück. Taste nach der Klinke und finde sie.

Sie schüttelt langsam den Kopf.

»Er ist weg«, flüstert sie. »Er ist weg. Alle sind weg.«

»Nein«, sage ich mit tränenerstickter Stimme. »Er ist nicht weg, begreifst du das nicht? Du weißt, wo er ist, und das wirst du mir jetzt sagen!«

Die Klinke ruht kalt in meiner Hand, als ich darauf drücke, aber die Tür öffnet sich nicht. Ich presse mein ganzes Gewicht dagegen, aber sie bewegt sich nicht einen Millimeter.

Ich schaue mich um, suche die Schlüssel, die doch irgendwo sein müssen.

Rakel schüttelt langsam den Kopf. Um ihren Fuß hat sich eine große Blutlache gebildet, aber das scheint sie nicht zu merken.

»Suchst du das hier?«, fragt sie und hält ein Schlüsselbund hoch.

MANFRED

»Nie im Leben komm ich über den Zaun da«, sage ich und schaue meinen Bauch an, der über meinen Hosenbund quillt.

»Doch«, sagt Malin, die schon auf der anderen Seite steht. »Wenn ich das in meinem Zustand schaffe, dann schaffst du das auch.«

Ich folge ihr zweifelnd.

Es wird eine erniedrigende Geschichte.

Ich bleibe auf halbem Weg hängen, und meine teure englische Anzughose trägt einen langen Riss davon, ehe ich wie ein Sack über den Zaun falle und wie Fallobst auf der anderen Seite im Gras lande. Mein Knie sticht höllisch. Langsam rappele ich mich auf, bleibe wie ein Straßenköter auf allen vieren stehen, ehe ich mich ganz aufrichten kann.

Als ich wieder aufrecht stehe, brummt das Handy in meiner Tasche. Ich ziehe es heraus und lese Afsanehs Mitteilung.

Komm sofort ins Krankenhaus!

Eine kalte Hand umklammert mein Herz, als ich antworte.

Was ist passiert?

Dann renne ich, so schnell mein Knie das erlaubt, hinter Malin her. Sie hat das Haus bereits erreicht, steht auf der Vortreppe und schaut an der weißgestrichenen Fassade hoch. Sie dreht sich um und erwidert meinen Blick. Dann legt sie die Hand auf die Klinke und versucht, die Haustür zu öffnen.

Ich komme keuchend bei ihr an. Bleibe stehen, lege die Hände auf die Knie und hole tief Atem.

Malin mustert mich forschend, dann klopft sie behutsam an die Tür und mustert das Schloss.

»Eine Sicherheitstür«, sagt sie. »Da kommen wir nicht rein.«

»Wir sollten es vielleicht mit Klingeln versuchen«, schlage ich vor. »Wie normale Menschen.«

»Mach du das, ich sehe mir mal die Fenster an.«

Malin läuft mit leichten Schritten davon, während ich mich aufrichte und mir den Schweiß von der Wange wische.

Ich drücke auf den Messingknopf. Höre, wie das Klingeln die Stille zerreißt, und warte.

Nichts.

Ich klingele noch einmal und noch ein weiteres Mal, aber niemand öffnet. Keine Schritte nähern sich im Haus. Keine Rakel öffnet die Tür, und mein Gefühl, dass hier etwas nicht stimmt, wird immer stärker.

Malin kommt zurück, schüttelt den Kopf.

»Ich habe etwas aus dem Haus gehört. Es klang wie ein Schrei. Wir sollten vielleicht warten und Verstärkung rufen.«

Ich schaue meine schwangere Kollegin an und weiß, dass sie recht hat. Es widerspricht allen Regeln und jeglichem gesunden Menschenverstand, allein das Haus zu betreten. Man darf ja eigentlich gar keine Waffe tragen, wenn man schwanger ist, und eine benutzen schon gar nicht. Aber zugleich wächst meine Überzeugung, dass es eilt, weiter.

»Wir müssen da rein«, sage ich.

»Vor allen Fenstern im Erdgeschoss sind dicke Gitter angebracht. Sie muss sich wirklich vor Einbrüchen gefürchtet haben. Und es gibt eine Terrasse zum Meer hin, aber auf die kommen wir nicht. Die liegt über einer Steilwand.«

Ich lehne mich zurück und lasse meinen Blick über das weiße Haus wandern, registriere die Holzverzierungen, die Gitter vor den Fenstern und die Sicherheitstür.

»Haben wir noch dieses lange Drahtseil im Auto?«, frage ich.

»Ich glaub schon. Wieso, meinst du, wir sollten daran hochklettern? Wir sind ja nicht gerade die Geschicktesten von der Truppe, du und ich.«

Malin lacht, als fände sie die Vorstellung komisch, wie wir beide an dem Seil hängen.

»Nein. Wir wollen durch das Fenster da.«

Ich zeige auf die Giebelwand und erwidere Malins fragenden Blick.

Einige Minuten später habe ich das Drahtseil befestigt und ziehe vorsichtig daran.

»Fertig?«, ruft Malin von der Straße her.

»Fertig«, antworte ich.

Es wird ganz still. Dann höre ich, wie die Autotür zugeschlagen und der Motor angelassen wird.

Der Draht spannt sich, es knirscht, und um die Befestigungen des Gitters tauchen kleine Risse im Holz auf. Die Risse werden tiefer, die Holzfasern zerbrechen, und lange Splitter ragen aus dem Holz heraus.

Malin gibt Gas, und ich höre, wie sich die Reifen auf dem trockenen Kiesweg im Leerlauf drehen. Gleich darauf fliegt das Gitter krachend von der Wand und landet ein Stück weit entfernt im Gras.

Ich wickele mir mein Jackett um die Faust, schlage die Fensterscheibe ein, schiebe die Hand hindurch und öffne das Fenster von innen.

Malin kommt durch das Gras gelaufen.

»Ich mach das«, sagt sie und klettert überraschend gelenkig durch das offene Fenster.

Sekunden später streckt sie die Hand aus. Ich greife danach und steige ebenfalls ins Haus.

Wir befinden uns in einem Schlafzimmer mit einem Krankenhausbett und einer Art Metallgestell mit Riemen. Das Zimmer hat zwei Türen, rechts blicke ich in so etwas wie eine Diele.

Der Dielenboden ist von Blut bedeckt. Überall liegen Glasscherben und rote Rosen herum. Malin zieht ihre Waffe und entsichert sie. Ich folge ihrem Beispiel, dann treten wir in die Diele.

»Da«, sagt Malin und zeigt auf die Blutspuren, die in ein Wohnzimmer mit großen Fenstern zum Meer hin führen.

Ein weißer Sessel ist umgekippt und umgeben von klebrigen Blutflecken. Ein zerbrochener Blumentopf liegt auf dem Boden.

Durch die offenen Fenstertüren ist eine von einem weißen Holzzaun umgebene Terrasse zu sehen. Mitten im Geländer fehlt ein Teil, es sieht fast aus, als hätte jemand dagegen getreten. Scharfe Holzstücke ragen aus dem Loch, und gleich daneben, am eigentlichen Geländer, klammert sich jemand fest.

Mein Herz schlägt schneller, und ich renne auf die Türen zu. Und in dieser Sekunde bin ich nicht mehr hier in Rakels Haus auf Stuvskär. In dieser Sekunde bin ich zu Hause im Karlaväg, und es ist Frühling, und Nadja ist noch nicht …

Und ich stürze los.

Ich stürze los, weil mir nichts anderes übrig bleibt. Ich stürze los, weil ich muss, weil man dazu gezwungen ist. Man darf sein Kind nicht fallen, nicht sterben lassen. Das ist das Einzige, was man in diesem Leben nicht tun darf.

»Nadja«, brülle ich, als ich auf die Terrasse komme und die Hände sehe, die krampfhaft das Geländer umschließen.

»Nadja!«

Und ich habe so eine Angst. So eine verdammte Angst, denn ich weiß ja schon, wie es enden wird. Aber ich stürze auf sie zu, weil man das doch macht. Man stürzt auf sein Kind zu, man geht durch Feuer und Wasser.

Man tut alles und noch etwas mehr.

Und ich bekomme sie zu fassen, ich schaffe es. Doch ihre Hand rutscht langsam aus meiner.

»Ich verliere sie!«, schreie ich, und gleich darauf steht Malin neben mir, und ich bin wieder in der Wirklichkeit – auf Stuvskär und in der Zeit, in der Nadja bereits verloren ist.

In der Wirklichkeit, in der alles bereits zu spät ist.

Aber diese Frau hier wird nicht fallen, diese Frau hier kann ich retten.

Malin packt ihren Unterarm mit festem Griff und stemmt sich gegen ein Brett.

Ich sehe die Frau an, deren Hand ich halte – die Frau, die Rakel ist, alias Susanne Berghoff. Über ihre Schulter sehe ich in den Abgrund, und mein Magen krampft sich zusammen. Es müssen mindestens fünfzehn Meter bis zum Boden unten sein, der zudem aus Felsen und Klippen besteht. Dahinter gibt es einen Steg und einen Bootsschuppen.

Und dahinter nur noch das Meer.

Rakels lange Haare flattern im Wind, und sie stöhnt verzweifelt. Ihre Arme sind blutig und ihre Augen halbgeschlossen.

Ein weiterer Teil des Geländers gibt nach. Ein halbmeterlanges Brett löst sich, fällt an der Felswand nach unten und landet mit einem scharfen Knall unten auf dem Boden.

»Jetzt«, sagt Malin, und mit vereinten Kräften ziehen wir die Frau auf die Terrasse.

Zehn Minuten darauf liegt Susanne Berghoff mit Handschellen bäuchlings auf dem Holzboden, denn auch wenn wir nicht wissen, ob sie wirklich unsere Täterin ist, wollen wir kein Risiko eingehen. Wir haben das Haus durchsucht, uns davon überzeugt, dass es leer ist, und Verstärkung angefordert.

Susanne murmelt etwas Unverständliches.

»U-ell.«

»Entweder hat sie eine Gehirnerschütterung, oder sie hat irgendwas genommen«, keucht Malin und richtet sich mühsam auf. »Ich sage Bescheid, dass wir auch einen Rettungswagen brauchen.«

Sie geht ins Wohnzimmer, um die Einsatzzentrale zu informieren.

»*Mu-ell*«, stöhnt Susanne wieder.

Mein Blick wandert an ihr vorbei, vorbei am Zaun und weiter zu den Felsen beim Steg.

Wenn sie von der Terrasse gefallen wäre, hätte sie das nicht überlebt. Sie hätte sich jeden einzelnen Knochen gebrochen.

Hochenergiegewalt, denke ich.

Und gleich darauf ist die logische Schlussfolgerung da: Kann es so gewesen sein? Tote zu schleppen erfordert große Kraft, aber sie in einen Abgrund zu rollen würde sogar ein Kind schaffen. Und von dort unten wäre es relativ leicht, sie aufs Meer hinaus zu schaffen.

Bei dieser Erkenntnis dreht sich mir der Magen um.

Malin kommt aus dem Haus.

»Da ist gerade ein Nachbar gekommen«, sagt sie. »Kannst du kurz mit ihm reden, dann bleibe ich mit den Kollegen in Kontakt und passe zudem auf sie auf?«

Der Nachbar, ein Mann von vielleicht vierzig, stellt sich vor und gibt mir die Hand. Er würde alltäglich aussehen, hätte er nicht diese große, entstellende Narbe, die sich von der einen Schläfe bis zum Mundwinkel zieht.

»Die Hausbesitzerin heißt Maj-Lis Wennerström«, sagt er auf so breitem Schonisch, dass ich ihn kaum verstehe. »Ich habe heute schon mit einer Kollegin von Ihnen gesprochen, am Telefon. Und ich habe ihr gesagt, dass hier irgendetwas nicht stimmt.«

»Ach?«

»Was ist hier eigentlich passiert?«

Der Mann schaut neugierig zum Haus hin und dann zu den drei Autos am Straßenrand.

»Dazu können wir im Moment nichts sagen«, sage ich. »Wie meinen Sie das, dass hier etwas nicht stimmt?«

Der Mann schneidet eine Grimasse, dreht den Kopf weg und spuckt, als ob er in etwas Bitteres gebissen hätte.

»Junge Männer. Immer wenn ich gekommen bin, ein neuer. Und dann dieser kranke Sohn. Schließlich bin ich ins Haus gegangen, um zu sehen, was sie da eigentlich treibt. Aber da hat sie mich gefragt, was *ich* mit dem Jungen gemacht habe, obwohl ich ihn nicht mal angerührt habe. Aber ich habe doch gesehen, wie sie ihn da drinnen fotografiert hat.«

»Sie hat ihn fotografiert?«

Der Mann nickt und wendet seine entstellte Wange ab, so dass er mich von der Seite her betrachtet.

»Haben Sie sie gefragt, was sie da treibt?«

»Ich habe mehrmals mit ihr geredet«, sagt der Mann und nickt. »Aber sie hat sich immer herausgewunden. Wie eine Schlange. Und sie hat gedroht, die Polizei zu rufen, wenn ich ihren Grund und Boden nicht verlasse. Ihren Grund und Boden? Was für eine verdammte Frechheit! Das hätte Maj-Lis mal hören sollen. Dann wäre die miese Kuh kopfüber rausgeflogen!«

Als ich auf die Terrasse zurückkomme, kniet Malin neben Susanne.

»Ich kann nicht verstehen, was sie sagt.«

»*Mu-ell*«, murmelt Susanne. »*Mu-ell.*«

»Moment mal«, sage ich.

Ich beuge mich über Susanne.

Mein Knie sticht, und ich schneide vor Schmerz eine Grimasse.

»Was sagen Sie?«, frage ich.

»*Mu-ell*«, wiederholt Susanne.

Mir wird eiskalt, obwohl die Sonne scheint und ein heißer Wind weht.

»Dieser Nachbar«, sage ich. »Ist der mit dem Auto gekommen?«

Malin schüttelt den Kopf und blickt mich fragend an.

»Aber warum stehen dann drei Autos da draußen? Wenn eins von uns ist und das andere von Susanne Berghoff?«

»*Amu-ell*«, stöhnt Susanne.

Eine kleine dunkle Pfütze hat sich unter ihrer Wange auf dem Holzboden gebildet.

Malin erwidert meinen Blick, und in genau dieser Sekunde begreifen wir beide.

»Sie sagt *Samuel*«, flüstert Malin.

Vorsichtig drehen wir die Frau auf den Rücken, damit wir ihr Gesicht deutlich sehen können.

Die langen braunen Haare sind verfilzt und weisen breite Silbersträhnen auf. Die Haut ist sommersprossig. Die Augen sind halbgeschlossen, und aus dem Mundwinkel sickert ein Faden aus schäumendem Speichel. Im Ausschnitt glitzert ein goldenes Kreuz.

»Wie heißen Sie?«, frage ich.

»*Nilla*«, flüstert sie.

»Großer Gott«, sagt Malin. »Das ist die andere. Die Mutter von diesem verschwundenen Jungen. Pernilla Stenberg.«

Ich richte mich auf. Die Welt dreht sich, und ich muss mich am Geländer festhalten, um nicht das Gleichgewicht zu verlieren.

»Verdammt! Wie konnte uns das passieren?«

»Aber«, sagt Malin ungläubig. »War die denn nicht auf Stuvskär mit Lasses und Malik verabredet?«

Ich gebe keine Antwort, sondern denke, dass auch ich mein Kind suchen würde, statt brav auf die Polizei zu warten.

Malin schließt die Handschellen auf und legt Pernilla in die stabile Seitenlage. Danach richtet sie sich auf und schaut über den Abgrund hinaus.

»Da«, flüstert sie.

Und ich sehe es.

In einer schrägstehenden kleinen Kiefer, die an der Felswand wächst, vielleicht zwei Meter unter uns, funkelt etwas.

Eine Spritze.

Mein Handy klingelt, und ich ziehe es aus der Tasche.

»Ich bin mitten in einer Festnahme«, sage ich. »Was ist los?«

Ich höre im Hintergrund erstickte Schluchzen.

»Afsaneh? *Hallo*?«

Die kleine kalte Hand packt mein Herz ein weiteres Mal. Presst und reißt, als wollte sie es aus meiner Brust zerren.

»Manfred?«

Ihre Stimme ist brüchig wie neues Eis, und ich kann vor Angst nicht atmen.

»Nadja ist aufgewacht«, sagt Afsaneh. »Kannst du kommen?«

»Ja«, sage ich, aber dann ist Schluss. Dann bringe ich kein Wort mehr über die Lippen.

Ich sehe Malin an, ohne auch nur ein Wort sagen zu können.

Aber Malin hat meine Reaktion offenbar gar nicht bemerkt. Ihre Blicke sind auf einen Punkt dicht unterhalb des Horizonts gerichtet.

»Da«, sagt sie und zeigt auf das Meer hinaus.

Ein gutes Stück weiter westlich sehe ich es dann auch.

Einen Punkt, einen Menschen, der mit ruhigen Zügen krault.

RAKEL

Ich halte an, trete Wasser und schaue mich um, zu dem Haus, das sich oben an den Felsen klammert wie ein Adlernest.

Nichts.

Keine Boote, keine Menschen auf dem Steg, also schwimme ich weiter. Finde den Rhythmus.

Zug, Zug, atmen.

Zug, Zug, atmen.

Zu meiner Rechten liegt eine Sandbank. Die Steine, die aus dem Wasser ragen, sind von einer dicken Schicht Kormorankot bedeckt. Die Wellen hier draußen sind hoch, und das Wasser ist kalt. Das Meer zieht und flüstert. Lockt mich hinab in die schwarze Leere.

Aus Versehen schlucke ich Wasser und halte inne. Huste, würge einen Mund voll Meerwasser heraus und schwimme weiter, obwohl sich meine Arme und Beine anfühlen wie Stöcke.

Ich denke an Samuels Mutter, die sich an das Terrassengeländer geklammert hat, als ich sie verlassen habe. Daran, dass sie gesagt hat, dass ihr Sohn ihr fehlt. Als sie das gesagt hat, habe ich fast eine Art Zusammengehörigkeit mit ihr verspürt. Fast hätte ich ihr alles erzählt.

Aber wie hätte ich das erklären sollen?

Sie hätte es niemals verstanden. Niemand kann das verstehen.

Ich sehe jetzt Birgers altes, ramponiertes Motorboot. Es dümpelt auf den kabbeligen Wellen bei der Boje.

Das Boot liegt hier im Windschutz der Klockarschäre und wartet darauf, dass es zur Werft nach Kornholmen geschafft werden kann.

Wenn ich Glück habe, kann ich es erreichen, ehe irgendwer mich entdeckt. Dann kann ich mich darin verstecken und an Land schwimmen, wenn es dunkel geworden ist. Mit dem Boot aufs Meer fliehen kann ich nicht, es hat fast kein Benzin mehr. Außerdem fasst es viel zu viel Wasser, diese bittere Erfahrung musste ich machen, als ich es ausgeliehen habe, um die toten Jungen wegzubringen.

Zug, Zug, atmen.

Zug, Zug, atmen.

Ich halte über die Wasseroberfläche Ausschau.

Vielleicht noch fünfzig Meter.

Die Frau, die Samuels Mutter ist, muss inzwischen auf die Felsen gestürzt sein. Ihr Körper ist vermutlich zerschmettert worden und jetzt so weich und schlaff, wie die der Jungen es waren. Als wären sie aus Gelee.

Bei diesem Gedanken wird mir wieder schlecht. Ich wollte doch niemanden umbringen, es ist einfach passiert, so wie auf die Hitze des Sommers der Herbst folgt. Es war eine unausweichliche Konsequenz, aber nie, nie meine Absicht.

Ich halte mich am Boot fest, ziehe mich am Rumpf entlang zu dem kleinen Steg achtern. Ziehe mich hoch und stehe keuchend und mit hämmerndem Herzen da.

Ich schaue zu meinem Haus hinüber, kneife die Augen in der Sonne zusammen und versuche etwas zu sehen.

Ein schnelles Motorboot nähert sich.

Ja. Das ist mein Boot. Oder Victor Carlgrens Boot, wenn man genau sein will.

Victor war nicht wie die anderen, er hat keinen Job als Hilfspfleger gesucht. Er stand einfach eines Tages da, im Freizeithafen auf Stuvskär, mit seinem streikenden Motor.

Ich habe ihm versichert, dass wir ihm helfen können. Dass Olle gern an Bootsmotoren herumpusselt. Und das war ja nicht einmal ganz gelogen: Olle hat gern an Motoren herumgepusselt, bis er anfing, meinen Umgang mit Jonas zu kritisieren. Bis er gewalttätig wurde und ich mich zur Wehr setzen musste.

Ich beschließe, das Boot erst einmal noch zu ignorieren, denke, dass es vielleicht wieder Probleme mit dem Motor bekommen wird.

Wenn ich Glück habe, kann ich von hier verschwinden.

Meine Gedanken wandern zu dir, Jonas. Sie landen immer bei dir, egal, wo sie anfangen.

Du fehlst mir so schrecklich, dein Fehlen tut so weh. Es schneidet und bohrt in meiner Brust, bis ich das Gefühl habe, den Verstand zu verlieren.

Diese Jungen – ich habe doch nie im Ernst geglaubt, sie wären du, obwohl ich es mir so sehr gewünscht habe, dass es fast wahr geworden ist.

Aber sie haben mir immerhin das Gefühl gegeben, wieder eine Mutter zu sein. Die Mutter von *jemandem*.

Denn sie lagen ja da, total hilflos und auf mich angewiesen. Meiner Liebe und Fürsorge ausgeliefert. Und wenn es ihnen dann schlechter ging, wenn sie abmagerten, sich wundlagen und wenn sich andere Komplikationen einstellten, habe ich angefangen, an den nächsten Jungen zu denken. Dass es dann perfekt werden würde. Dass es perfekt werden müsste!

Aber keiner war wie du.

Ich schaue auf das Meer hinaus. Sehe das Boot näher kommen. Es hüpft über die Wellen wie eine Flipperkugel und hinterlässt eine weiße Schaumspur im Wasser.

Es gibt keinen Ort hier, wo ich mich verstecken könnte.

Ich öffne die Achterluke und ziehe den Anker heraus.

Er ist so schwer, dass ich ihn fast nicht heben kann. Die Kette rasselt dumpf, als ich sie mir um die Taille wickele. Ich lege sie auch einmal um den Hals, dann setze ich mich mit dem Anker auf den Knien und dem Rücken zum Wasser auf die Reling.

Das Meer ruft mich.

Komm her!, sagt es. Hier gibt es Vergessen und Vergebung. Hier gibt es alles, was dir fehlt.

Hier ist dein Sohn.

In dem kleinen Motorboot, das immer näher kommt, sitzt eine junge Frau mit langen braunen Haaren. Sie flattern hinter ihr her, legen sich aber über ihre Schultern, als sie einige Meter von mir entfernt anhält.

»Polizei!«, ruft sie. »Legen Sie sich im Boot auf den Bauch!«

Ich gebe keine Antwort.

Die Frau redet weiter, ruhiger jetzt, den Blick auf die Kette um meinen Hals gerichtet. Sie sagt, dass alles in Ordnung kommen wird, wenn ich mich nur ins Boot lege. Dass es für alles eine Lösung gibt. Dass kein Problem zu groß ist, um geklärt zu werden. Dass es noch so viel gibt, für das es sich zu leben lohnt.

Ich musterte sie schweigend, und mein Blick bleibt an ihrem gewölbten Leib hängen.

Sie hat das Leben vor sich, es wächst und strotzt gerade in ihr.

Mein Leben liegt hinter mir. Ich schleppe es hinter mir her wie einen Schweif. Mein Leben ist ein Anhänger voller Steine. Eine Last Baumstämme. Ich ziehe und ziehe, komme aber nicht weiter, werde nie frei von meiner Vergangenheit sein. Laufe nur immer wieder im Kreis.

»Legen Sie sich ins Boot!«, brüllt die Polizistin.

Vielleicht hat sie es satt, zu locken und zu säuseln.

Aber ich hebe mein Gesicht in die Sonne und blinzele. Spüre, wie sich die Wärme in meinem Körper ausbreitet. Merke, wie meine nach dem Schwimmen runzlige Haut wieder glatt wird.

Dann lasse ich die Reling los und falle rückwärts ins Wasser, den Anker fest umklammert.

TEIL VI

Versöhnung

Die, die nichtige Götzen verehren, verlassen ihre Gnade. Ich aber will dir Opfer bringen mit der Stimme des Lobes; was ich gelobt habe, werde ich erfüllen.
Bei dem HERRN ist Rettung!

Jona 2, 9.10

MANFRED

Berit gießt Hanne, Malin und mir Tee nach. Vor dem Fenster versinkt die Sonne und macht für Schatten und Dunkelheit Platz.

»Ich freue mich so für dich«, sagt Hanne noch einmal und legt ihre Hand auf meine.

»Ja«, sage ich. »Aber sie ist ja erst vor zwei Tagen aufgewacht, und wir wissen noch nicht, wie weit sie wieder gesund wird. Wir wissen, dass uns noch harte Arbeit bevorsteht. Krankengymnastik, Logopädie und so weiter.«

Ich denke daran, wie ich heute Morgen im Krankenhaus war. Wie ich in Nadjas braune Augen gesehen habe und sie in meine.

Sie hat den Mund geöffnet, als wollte sie etwas sagen, aber es kam kein Wort heraus, obwohl sie keinen Schlauch mehr im Hals hatte und das kleine Loch zugenäht worden war.

Aber sie hat geblinzelt.

Mein Kind kann wieder blinzeln. Blinzeln und meinen Blick erwidern. Und in ihrem Blick konnte ich deutlich sehen, dass sie noch vorhanden, dass sie nicht nur eine Hülle ist.

Die Ärzte sagen, dass die ersten neurologischen Untersuchungen auf Probleme mit der Sprache und der Motorik in der rechten Körperhälfte hinweisen.

Aber was macht das schon?

Es wäre mir auch egal, wenn Nadja taub, stumm oder bewegungsbehindert wäre.

Mir ist nur wichtig, dass sie lebt. Dass mein Kind, das aus dem Fenster auf den harten Asphalt gefallen ist, wirklich lebt.

Dass wir, die wir bis zu jenem Morgen, der wie ein Axthieb damals und jetzt getrennt hat, eine ganz normale Familie waren, unser Leben zurückerhalten werden.

Dann taucht Pernilla Stenbergs verzweifeltes Gesicht vor meinem inneren Auge auf.

Nicht alle haben so viel Glück wie ich. Nicht alle bekommen ihr Kind zurück.

Obwohl die Kollegen jetzt seit fast zwei Tagen Marholmen durchkämmen, ist Samuel Stenberg noch nicht gefunden worden. Und obwohl ich das nicht offen zu Pernilla gesagt habe, bin ich sicher: Samuel lebt nicht mehr.

Er liegt irgendwo auf dem Meeresgrund, in Ketten gewickelt, wie wir sie im Bootsschuppen gefunden haben.

Es ist ein seltsamer Zufall, vielleicht eine Art himmlische Gerechtigkeit, dass die Frau, die sich Rakel nannte, ertrunken ist, eingewickelt in Ketten. Denn als die Taucher sie heraufholten, war es zu spät, viel zu spät.

Susanne Berghoff lebte nicht mehr.

Das Boot, mit dem Malin losgefahren war und das in Susannes Bootsschuppen gelegen hatte, war übrigens das von Victor Carlgren oder vielleicht eher das der Familie Carlgren. Warum Susanne das nicht zur Flucht benutzt hat, wissen wir nicht, aber vermutlich glaubte sie, schwimmend leichter unentdeckt zu entkommen.

Mit Hilfe von Susannes Mails, SMS und Notizen konnten wir uns ein ziemlich klares Bild der Ereignisse machen. Susanne hat junge Männer mit dem Versprechen eines Jobs angelockt, sie dann aber unter Drogen gesetzt. Sie starben vermutlich als Folge von Unterernährung und Flüssigkeitsmangel. Der rechtschemische Bericht weist zudem große Ablagerungen von Opiaten und anderen Medikamenten im Gewebe der Opfer nach. Die Technik hat in der Schubkarre Haare und Blutspuren gefunden, aus denen wir schließen können, dass Susanne die Toten darin aus Jonas'

Zimmer auf die Terrasse gefahren hat. Dann hat sie sie über den Rand gerollt – was zu den vielen Verletzungen geführt hat. Unten auf dem Steg hat sie ihre Opfer in Decken und Ketten gewickelt, bevor sie die Leichen aufs Meer hinausgefahren und dort versenkt hat.

Vermutlich hat sie Birger Jämtmarks altes Boot benutzt, das Boot, zu dem sie geschwommen ist, ehe sie Selbstmord begangen hat. Dass Johannes Ahonen Victor Carlgrens DNA unter den Fingernägeln hatte, beruhte vermutlich darauf, dass Ahonen ihn irgendwann gekratzt hat, als sie beide bei Rakel waren. Wer der Junge war, den Samuel pflegen musste, wissen wir noch nicht, aber wenn wir Glück haben, werden wir den Leichnam finden, was eine Identifizierung erleichtern würde.

In Bezug auf Olle Berg ist das Bild unklarer.

Soviel wir wissen, war er Rakels Freund.

Vielleicht hat er versucht, sie aufzuhalten, und musste mit dem Leben dafür bezahlen, vielleicht war er das erste Opfer, ehe Rakel sich auf junge Hilfspfleger verlegt hat.

»Ihr wollt also Hilfe, um das zu verstehen?«, fragt Hanne langsam, hebt die Hände zum Kopf, streicht die langen, ungebärdigen Haarsträhnen mit flinken Händen glatt und formt in ihrem Nacken einen lockeren Knoten.

Und dann:

»Das wollen wir doch alle. Verstehen. Immer wenn ein unvorstellbar grausames Verbrechen passiert, wollen die Menschen verstehen. Aber manchmal geht das nicht. Manchmal gibt es keine Logik, um die Grausamkeiten zu erklären, die wir Menschen uns gegenseitig antun.«

»Aber wenn du einen Versuch machst?«, frage ich, weil ich weiß, dass Hanne sich ihre Hypothesen nur allzu gern entlocken lässt.

»Zeig mir diese Tagebucheintragungen«, sagt Hanne.

Ich ziehe den Ordner mit den Unterlagen hervor und suche die Kopien aus Rakels Tagebuch heraus, das wir im Haus gefunden haben. Das Tagebuch enthält vor allem kurze Notizen über die Medikamente, die sie den Jungen verabreicht hat, wie es ihnen ging und wie sich die Anzahl der Follower ihres Blogs entwickelt hat. Aber an einigen Stellen hat sie persönliche Überlegungen eingetragen.

»Hier«, sage ich und reiche Hanne eine kopierte Tagebuchseite.

Wir lesen schweigend.

Heute Nacht habe ich von Skrollan geträumt – unserer graugetigerten Hauskatze, die wir bekommen haben, als ich acht war. Und es war GENAU wie damals, als es passiert ist. Alles schien wieder zu geschehen, nur im Traum. Ich saß da und hatte Skrollan auf den Knien, wollte, dass sie da blieb, damit ich den flauschigen weichen Körper noch ein bisschen streicheln könnte. Aber als ich das tat, als ich nach dem dünnen kleinen Katzenbein griff, ging etwas schief. Es klang, als ob jemand einen Korken aus einer kleinen Flasche gezogen hätte, und das Bein stand in einem seltsamen Winkel.

Ich rannte los und holte Papa. Sagte, Skrollan sei mit dem Bein hängengeblieben, als sie aus dem Bücherregal springen wollte.

Papa untersuchte Skrollan, und nachdem er festgestellt hatte, dass sie wirklich verletzt war, fuhren wir zur Tierärztin. Die Sprechstundenhilfe streichelte meinen Kopf, erklärte, ich sei eine richtig tüchtige Tiermutti, wo ich doch entdeckt hatte, dass mit Skrollan etwas nicht stimmte. Sie holte mir ein Eis und hielt meine Hand, während die Tierärztin die Katze untersuchte.

Die Tierärztin nickte ebenfalls beifällig, als ich erzählte, was passiert war. Sagte, sie wünschte, alle, die ein Tier hätten, wären so wie ich. Dass sie merkten, wenn es dem Tier schlecht ging, und dass sie sofort Hilfe suchten. Dann würde sich viel Leid vermeiden lassen.

In der Schule erzählte ich die Geschichte immer wieder.

Die anderen standen im Kreis um mich herum. Niemand nannte mich noch hässlich oder dick. Die Lehrerin wollte die Geschichte ebenfalls hören, und am Ende machte ich mehrere Zeichnungen, um zu zeigen, was passiert war. Die Lehrerin hängte meine Zeichnungen an die Wand, und da blieben sie dann mehrere Jahre, denn ich weiß, dass sie noch da waren, als wir mit der sechsten Klasse fertig waren.

»Sehr interessant«, sagt Hanne und notiert etwas auf ihrem Block.

»Hältst du sie auch für eine sadistische Psychopathin?«, fragt Malin.

Hanne zögert, dann antwortet sie:

»Da bin ich mir nicht so sicher.«

»Hier ist ein Abschnitt, den du lesen solltest«, sage ich und suche die nächste Kopie heraus.

Eine Frau, die meinen Blog liest, hat gemailt und will mir einen Kuchen schicken! Echt, einen KUCHEN! Das ist genau wie mit André. Alle Nachbarinnen standen doch mit einem Kuchen oder einer Tüte Rosinenbrötchen auf der Treppe, als er krank wurde. Sie mähten den Rasen, schippten Schnee und beschnitten Bäume.

Es war, wie mitten in der Sonne zu stehen.

Aber nach einer Weile war das vorbei.

Die Leute fanden wohl andere Tragödien, für die sie sich interessieren konnten – junge Mütter mit Krebs, Kinder im Rollstuhl. Gebrechliche und im Stich Gelassene. Kinderlose. Gelähmte. Sterbende. Alle, die André und mir die Aufmerk-

samkeit STAHLEN – denn niemand interessiert sich noch für »ein bisschen MS«, wenn der Nachbar Leberkrebs und nur noch zwei Monate zu leben hat.

Ich wollte nur wieder in der Sonne stehen dürfen, nur für kurze Zeit. Diese Wärme und Liebe spüren, die mir sozusagen entgegenstrahlten.

Hanne nimmt die Lesebrille ab und streicht sich eine schweißnasse Haarsträhne aus der Stirn. Nickt langsam und legt das Blatt auf den abgenutzten Holztisch. Ihr Blick wandert aus dem Fenster zu der prachtvollen Gartenlandschaft. Ihre Miene ist konzentriert und ein bisschen traurig, und plötzlich finde ich, dass sie alt aussieht.

»André, war das ihr Mann?«, fragt sie.

Ich nicke und lege das Blatt zurück in meinen Ordner.

»Kann ich den Blog noch mal sehen?«

»Sicher«, sage ich und schiebe ihr den Laptop hin.

Hanne vertieft sich für lange Zeit in die Kommentare. Ab und zu schmunzelt sie und nickt langsam.

»Genau wie ich gedacht habe«, murmelt sie.

»Was denn?«, frage ich.

»Susanne Berghoff hat den Blog angefangen, nachdem ihr Sohn den Unfall gehabt hat. Sie hatte schon bald eine große Gemeinde von Followern. Ein schwerbehindertes Kind auf einer Schäreninsel ist offenbar unwiderstehlich. Das Interessante ist das hier, finde ich.«

Sie zeigt auf die Ziffern, die die Anzahl von Likes und Kommentaren unter den einzelnen Beiträgen anzeigen.

Malin und ich beugen uns vor, um besser sehen zu können.

»Anfangs hat sie geschrieben, ihr Sohn sei auf dem Wege der Besserung«, sagt Hanne jetzt. »Dass er offenbar bald zu sich kommt. Und was passiert? Das Aufkommen an Likes und Kommentaren geht drastisch zurück. Niemand will etwas über einen normalen, gesunden Jungen lesen. Worauf die Leute aus sind, sind offenbar Trauer, Krankheit, Elend. Und dann geht es ihm schlechter, als wäre irgendetwas passiert, und der Blog explodiert geradezu. Und nun …«

»*Was?*«, fragt Malin.

»… landet Susanne im Zentrum«, sagt Hanne und lächelt traurig. »Die Sonne scheint wieder auf sie, so wie sie das im Tagebuch beschrieben hat.«

Keiner von uns sagt etwas.

»Ich glaube, wir müssen die Möglichkeit in Betracht ziehen, dass Rakel immer mehr Follower und Likes haben wollte«, sagt Hanne leise. »Und dass es den anderen wirklich gefiel, was sie da postete, dass sie sich von ihrem … Elend nährten. Und bei diesem Spiel, diesem Tanz, der sich zwischen ihr und ihren Fans entwickelt hat, mussten einige Menschen ihr Leben lassen.«

Mir läuft es eiskalt den Rücken hinunter, und ich denke an Malins Kommentar, als sie die Gaffer gesehen hat, die den Verkehrsunfall fotografierten.

Aber verdammt noch mal, was ist mit den Leuten eigentlich los?

Dann denke ich an Afsaneh, die Nadja fotografiert und die Bilder in einem Forum für Eltern mit kranken Kindern gepostet hat. Und an Martin, Afsanehs Kollegen, der felsenfest davon überzeugt ist, dass das Auftreten narzisstischer Persönlichkeitszüge seit den achtziger Jahren explosiv angestiegen ist. Dass die Menschen alles tun würden, um eine digitale Bestätigung zu erlangen.

»Was versuchst du damit zu sagen?«, frage ich. »Glaubst du, Susanne hat ihrem Sohn *bewusst* geschadet?«

»Ja«, sagt Hanne gelassen. »Dem Sohn und vermutlich auch dem Gatten. Und danach hat sie dann Ausschau nach weiteren Opfern gehalten. Sie war der Löwe, und sie war das Lamm. Sie hat ihre Opfer gepflegt und verletzt, genau wie es in dem Gedicht steht. Alles stimmt. Und alles fing mit der Katze an. Dieses Erlebnis hat in ihr einen Samen gesät. Dann wurden ihre Eltern krank und starben. Vielleicht hat sie sich auch um die gekümmert. Vielleicht hat das diese Tendenzen verstärkt. Viel später ist ihr Mann dann krank geworden, und Susanne hat geholfen, ihn zu pflegen. Sie war motiviert und kompetent als ausgebildete Apothekerin. Und abermals fand sie darin Bestätigung. Von Pflegepersonal und Freunden, im Netz und im wirklichen Leben. Also hat sie ihm etwas angetan, um ihren Platz an der Sonne zu behalten. Ich glaube nicht, dass sie ihn umbringen wollte, aber das hat sich so ergeben.«

»Und dieses Muster hat sie dann bei ihrem Sohn wiederholt?«, flüstert Malin.

»Ja«, sagt Hanne, »mit dem Unterschied, dass Susanne inzwischen ihren Blog hatte und in mehreren sozialen Medien aktiv war. Und je kränker der Sohn wurde, um so mehr Likes und Follower bekam sie. Also hat sie die Sache in die eigenen Hände genommen. Dafür gesorgt, dass sich sein Zustand verschlechterte. Wir können wohl annehmen, dass er irgendwann gestorben ist, als Folge ihrer … *Behandlung.*«

Hanne legt eine Pause ein.

»Das ist so verdammt unheimlich«, murmelt Malin, schlägt die Hände vors Gesicht und schluchzt auf.

»Nach dem Tod von Jonas hat sie eine so große Leere gespürt, dass sie sie nicht aushalten konnte«, fährt Hanne fort, ohne auf Malins Reaktion zu achten. »Aus Gründen, die wir vielleicht niemals durchschauen werden, hat sie ihren Sohn durch den Hilfspfleger ersetzt. Und so hat sie dann weitergemacht. Außerdem. Seht mal hier!«

Sie scrollt bis zu einem sieben Monate alten Eintrag vor.

Jetzt hat die Gemeinde beschlossen, dass wir nur drei Stunden häusliche Pflege pro Tag bekommen. Deshalb können weder ich noch mein Lebensgefährte weiter in Vollzeit arbeiten. Helft uns durch eine Spende auf das unten angegebene Konto. Kein Betrag ist zu gering! Ein Dankeschön schon jetzt an all die wunderbaren Menschen, die uns helfen durchzuhalten!

»Sie hat sich im Netz Geld zusammengebettelt und die Behörden an der Nase herumgeführt, wenn sie allerlei Unterstützungsgelder einkassiert hat«, murmelt Hanne. »Wir werden ja sehen, um welche Summen es da ging, aber es kann sie noch weiter dazu getrieben haben, neue Jungen zu finden, die die Rolle von Jonas spielen konnten.«

Malin hebt den Kopf und wischt sich einige Tränen von der Wange.

»Entschuldige«, flüstert sie. »Aber wer macht denn sowas?«

»Ein gestörter Mensch«, sagt Hanne ruhig, lächelt und nippt an dem heißen Tee. »Ein zutiefst gestörter Mensch. Sie war zudem überaus manipulativ. Eine gewiefte Lügnerin, wenn ich das richtig verstanden habe. Das lässt annehmen, dass sie auch antisoziale Züge hatte.«

Niemand von uns sagt etwas. Die Vorstellung, Menschen etwas anzutun, noch dazu dem eigenen Kind, um im Netz groß herauszukommen, ist so absurd, dass ich sie kaum an mich heranlassen kann.

»Wenn ihr eine Diagnose wollt, dann könnt ihr eine bekommen«, sagt Hanne und tippt kurz mit dem Stift auf den Tisch.

Ich nicke.

»*Münchhausen by proxy*«, sagt sie mit zufriedener Miene. »Ja, so nennt man das, wenn jemand andere verletzt, oft ein Kind, und dann um fachliche Hilfe ersucht, um als Retter dazustehen. Der Täter oder die Täterin erfährt durch die Aufmerksamkeit Bestätigung. Das unterstützt und verstärkt das kranke Verhalten. Ich kann mir vorstellen, dass das auch für die Aufmerksamkeit im Netz gilt. Vielleicht haben wir eben den ersten Fall von *Münchhausen by proxy online* gesehen. Aber nicht den letzten, denn wir sind auf dem Weg in eine ganz neue Zeit, das weiß sogar ich, obwohl ich alt bin.«

Sie legt eine Pause ein und lässt ihren Blick zur Decke hochwandern.

Malins Handy klingelt.

»Sorry«, sagt sie, steht auf und geht ins Nebenzimmer, um zu telefonieren.

»Schade, dass sie gestorben ist«, sagt Hanne, fast zu sich selbst. »Es wäre hochinteressant gewesen, sie zu treffen.«

Malin kommt mit dem Handy in der Hand zurück.

»Sie haben noch einen Toten gefunden.«

»Samuel?«, frage ich und spüre, wie meine letzte Hoffnung erlischt.

Aber Malin schüttelt den Kopf.

»Nein, diese Person ist schon vor vielen Monaten gestorben.«

»Jonas?«

Malin nickt.

»Das glauben sie. Und rate mal, wo sie ihn gefunden haben.«

Ich schüttele den Kopf.

»Unter dem verdammten Rosenbeet. Sie hat ihn unter dem Beet begraben oder über seinem Grab ein Beet angelegt. Ich vermute, sie wollte ihn in der Nähe haben.«

PERNILLA

Seit zwei Tagen streife ich nun schon auf Marholmen herum. Ich bin über die steinigen Strände gelaufen, bin auf die Felsen geklettert. Ich habe unter üppigen Farnwedeln und zwischen hohen Kiefern gesucht. Habe systematisch Grundstücke durchsucht und bin planlos durch den Wald gewandert.

Aber nirgendwo war er, mein Samuel.

Der dicke Polizist, Manfred, war gestern Abend wieder hier und wollte mich überreden, nach Hause zu fahren. Er sagte, es gäbe nichts, was ich noch tun könnte. Dass sie Marholmen durchgekämmt hätten und dass Samuel nicht dort sei.

Dass er verschwunden sei.

Und als er das sagte, konnte ich mich nicht mehr beherrschen. Meine Tränen strömten, und ich bin neben dem Auto zu Boden gesunken. Spürte das starre Gras an meiner Wange und die Kälte, die aus dem Boden aufstieg, wie eine Vorbotin der Trauer, die noch kommen würde.

Ich konnte es ihm nicht erklären, habe nicht einmal versucht zu erklären, warum ich hier auf Marholmen bleiben will.

Was hätte ich sagen sollen?

Dass Samuel mein Kind ist? Dass ich ihn in meinem Körper getragen habe, aber dass ich ihn trotzdem öfter im Stich gelassen habe, als ich zählen kann?

Nein.

Also bin ich nach Hause gefahren. Habe geduscht. Versucht, etwas zu essen.

Dann habe ich den Fehler gemacht, den Fernseher einzuschalten. Dort war die Rede von den Morden und von Samuel. Sie haben Bianca Diaz interviewt, die Freundin eines der Opfer. Etwas an der zurückhaltenden Verzweiflung der schwangeren jungen Frau hat mich aus meinem eigenen Kummer gerissen und mich tätig werden lassen. Ich weiß nur zu gut, wie schwer es ist, allein ein Kind großzuziehen.

Ich habe sie im Internet gefunden und bin zu ihrer Wohnung in Jordbro gefahren. Habe die Sporttasche mit dem Geld an ihre Tür gehängt, geklingelt und bin davongestürzt.

Ich nehme an, ich habe versucht, Buße zu tun, als könnte mir das Samuel zurückgeben.

Dann bin ich wieder nach Marholmen gefahren, denn was soll ich zu Hause ohne mein Kind?

Ich blinzele und öffne die Schokokekse, die ich in der Tasche habe. Breche ein Stück ab und stecke es mir in den Mund. Schaue durch die halboffene Tür zu der Amsel hin, die im Gras neben dem Auto in ihrem Käfig sitzt. Der Wind fängt einen Fetzen des Zeitungspapiers ein, das den Käfigboden bedeckt. Trägt es zum Gitter, wo es hängen bleibt.

Die Amsel ist kein Junges mehr, sondern ein fast ausgewachsener Vogel, der nicht in einem Käfig eingesperrt sein sollte.

Ich weiß, dass Samuel der sein sollte, der den Vogel freilässt. Aber jetzt, wo er das nicht kann, werde ich ihm diesen Gefallen tun.

Ich schaue zu dem Haus hoch, das Rakel von der alten Leuchtturmwärterstochter gemietet hatte, die ihr ganzes Leben hier verbracht hat. Das Haus steht stumm und still hinter den blauweißen Absperrbändern.

»Wo bist du nur, Samuel?«, flüstere ich, werfe die Wasserflasche auf den Rücksitz und schließe die Autotür. Dann nehme ich den Vogelkäfig in die Hand, gehe über den Kiesweg und denke an diesen seltsamen Traum, den ich heute Nacht hatte.

Ich habe von dem weisen König Salomo im Buch der Könige geträumt, der den Streit zwischen zwei Frauen schlichten sollte, die beide dasselbe Kind für sich beansprucht haben.

Salomo bittet um ein Schwert, und als es gebracht wird, sagt er: »Hackt das Kind in zwei Hälften und gebt jeder Frau eine.«

Im Traum waren Rakel und ich die Frauen, und Samuel war das Kind.

Wieder denke ich, dass es nicht wahr sein darf. Dass er nicht tot sein darf.

Zwei Tage. Niemand kann im Wasser so lange überleben, hat Manfred gesagt.

Aber wenn sie ihn nun nicht ins Wasser geworfen hat?

Dann hätten wir ihn gefunden.

Manfreds Worte hallen in meinen Ohren wider.

Die Dunkelheit senkt sich über die Insel, aber die richtige Finsternis liegt weiterhin in ihrem Versteck, wartet geduldig darauf, dass sich der Sommer zurückzieht und dem Herbst Platz macht. Der Himmel hängt schwer über uns, geschunden und in blauen und lila Tönen. Allerlei Mücken schwirren um mich herum, aber ich verscheuche sie. Kratze zerstreut an den Stichen, die ich schon habe, und starre zwischen die kupferroten, schuppigen Stämme der Kiefern. Überall am Straßenrand schäumt Wiesenkerbel, und hier und dort leuchten die gelben Blüten des Johanniskrauts.

Es ist so schön, dass mir die Brust wehtut.

Der Duft von Sumpfporst und Labkraut – das Liebfrauenbettstroh – hängt in der Luft.

Ich denke an Vater, der alles über Flora und Fauna wusste, er hätte diese Blume nie so genannt, denn Unsere Liebe Frau hat auf einem Bett aus echtem Stroh gelegen, nicht aus Labkraut.

Das hatten sich dumme Bauern nur ausgedacht.

Hier ist es gut, denke ich und stelle den Käfig auf den Boden.

Öffne die kleine Klappe und warte darauf, dass der schwarze Vogel hinausfliegt.

Aber der sitzt nur still da und sieht mich aus seinen gelbgeränderten Knopfaugen an.

Am Ende schiebe ich die Hand in den Käfig und scheuche die Amsel heraus.

»So, ja. Braver Vogel. Und jetzt flieg!«

Die Amsel hüpft ein paar Schritte, dann setzt sie sich in das hohe Gras am Straßenrand. Ich mache einen Schritt auf sie zu, um sie zum Auffliegen und zum Genießen dieser Freiheit zu zwingen. Sie soll den Sommer, den Wald, die kühle Abendluft genießen.

Das Leben, das so kurz und trügerisch ist.

Der schwarze Vogel fliegt auf, kommt an meinem Gesicht vorbei und landet auf einem nur wenige Meter von mir entfernten Zweig. Dann dreht er sich zu mir um. Legt das Köpfchen schräg und sieht mich wieder an.

»Jetzt sollte Samuel dich mal sehen«, sage ich laut.

Und in diesem Moment.

In diesem Moment begreife ich, dass er wirklich nicht mehr da ist. Dass Samuel nie mehr zurückkehren wird und dass der dicke Polizist recht hatte.

Mein Körper verkrampft sich, zwingt mich in die Knie und drückt meine Stirn auf den Kiesweg. Mein Körper nimmt mir alle Tränen und zwingt mich zur Unterwerfung. Und ich lasse es geschehen. Ich schreie meinen Schmerz aus mir heraus, während ich am Wegesrand knie wie eine Gebärende.

Nach einer Weile versiegen die Tränen, und mein Atem beruhigt sich. Ich registriere wieder die Geräusche des Waldes, höre die Vögel singen, den Wind in den Baumkronen flüstern und rauschen. Höre das Rascheln und Ächzen eines Astes irgendwo hoch über mir. Das Klopfen eines Spechts, der sich in einen Baumstamm vorarbeitet.

Als ich mich gerade erheben will, um mir den Kies von meinem schmutzigen und nach Schweiß stinkenden Kleid zu wischen, sehe ich den schwarzen Vogel wieder.

Er sitzt am Straßenrand.

Aber ich sehe noch etwas anderes – eingeklemmt zwischen zwei Steinen neben der Amsel.

Ich mache zwei Schritte, gehe in die Hocke, strecke die Hand aus und greife die blaue Glasperle mit Daumen und Zeigefinger. Lasse sie auf meiner Handfläche ruhen, blank und noch warm von der Sonne. Als ich die Hand darum schließe, rollt sie über meine Handfläche und kommt neben dem Daumen zur Ruhe.

Ich schaue mich um. Suche mit Blicken in den langen Schatten, suche zwischen trockenem Laub und Steinen.

Aber ich sehe nur den hellbraunen Kiesweg, der zwischen den Kiefern verschwindet.

Dann ahne ich etwas sehr kleines, aber sehr rotes, mitten auf dem Weg, nur einige Meter vor mir. Ich schnappe nach Luft, stürze hin, sinke in die Hocke und hebe eine weitere Glasperle auf. Drehe sie um und sehe einen Buchstaben.

M.

Wieder kommen die Tränen, aber diesmal sind es Freudentränen.

Die Energie kehrt zurück, als ich begreife, was ich zu tun habe, und ich beginne, am Wegesrand zu suchen.

Ich finde weitere Perlen. Eine blaue, eine gelbe, eine braune. Sie scheinen in regelmäßigen Abständen am Wegesrand verteilt zu sein. Fast als wären sie mit Absicht ausgestreut worden.

Ich mache eine hohle Hand und halte sie hoch. Verschiebe die Perlen mit dem Zeigefinger, um das Wort zu bilden.

MAMA.

»Samuel«, flüstere ich. »Ich komme!«

Ich suche weiter nach den kleinen Glasperlen, finde noch drei, aber dann ist Schluss.

Erst als ich schon fast aufgegeben habe, sehe ich den kleinen Weg, der nach links abbiegt.

Es ist dunkel unter den hohen Bäumen, deshalb ziehe ich mein Handy hervor, schalte die Taschenlampe ein und leuchte zwischen die Baumwurzeln. Eine riesige Fichte versperrt mir teilweise die Sicht, aber hinter ihrem nadellosen Unterkleid ahne ich eine Art Ruine, die von Gestrüpp und Büschen fast überwuchert ist.

Ich ziehe den Kopf ein, drücke die trockenen Zweige zur Seite und gehe auf das verfallene Gebäude zu. Auf halber Strecke bleibe ich stehen, bücke mich und hebe eine weiße Perle auf, die in ihrem Bett aus trockenen Nadeln und Moos leuchtet. Dann richte ich mich auf und schaue mich um.

»Samuel?«, flüstere ich.

Aber ich höre nur das schwache Rauschen der Baumkronen und die um meinen Kopf schwirrenden Mücken.

Ich lasse den Lichtkegel umherwandern.

Rechts von der Ruine gibt es einen alten Brunnen, und daneben …

Moment.

Ein frischer Zweig mit welkenden Blättern ragt heraus, eingeklemmt zwischen Brunnenrand und Deckel, als wäre der Deckel erst vor kurzem geöffnet worden und der Zweig dann steckengeblieben.

Ich gehe zum Brunnen und beuge mich vor. Neben dem rauen Stein liegt etwas Oranges. Der kleine Gegenstand glitzert im Licht der Taschenlampe.

Es ist ein Marienkäfer. Oder, genauer gesagt, ein Emailohrring, der einen Marienkäfer darstellt.

Ich stecke Perlen und Ohrring in die Tasche und greife vorsichtig nach dem rostigen Handgriff des Brunnendeckels. Er ist schwer, und ich muss mein ganzes Körpergewicht einsetzen, um ihn zu bewegen.

Der Deckel gibt ein scharrendes Geräusch von sich und bewegt sich ein paar Zentimeter nach rechts.

Ich lasse los und ringe um Atem. Keuche und stemme mich gegen den Brunnen.

Es ist schwer, schrecklich schwer.

Eine Sekunde darauf höre ich es.

Ein Klopfen aus dem Brunnen lässt mich zusammenfahren. Ich schreie auf, aber dann erwacht die Hoffnung in meiner Brust zum Leben.

Ich klopfe so hart auf den Brunnendeckel, dass die Haut meiner Fingerknöchel zu bluten beginnt.

Klopf-klopf-klopf.

Es dauert einige Sekunden, bis die Antwort kommt, wie ein Echo, das lange durch das Gebirge unterwegs war.

Klopf-klopf-klopf.

Ich packe den rostigen Handgriff ein weiteres Mal. Ziehe, bis mir schwarz vor Augen wird. Ich ziehe und ziehe, und mein einziger Gedanke ist, dass ich den Deckel hochheben muss. Dass ich dieses Höllenloch öffnen muss, ehe es zu spät ist.

Jedes Mal wenn ich mich hin und her bewege und mich mit den Beinen abstoße, bewegt sich der Deckel einige Zentimeter. Am Ende klafft mir aus der Unterwelt eine Mondsichel aus Finsternis entgegen.

Ich nehme mein Handy und richte die Taschenlampe auf das schwarze Loch.

Und da ist er.

Mein Kind.

Er schaut zu mir hoch und blinzelt einige Male.

Unter ihm liegt ein im Wasser versunkener Leichnam. Die Wasseroberfläche ist teilweise mit winzigen grünen Blättern bedeckt, aber an einer Stelle kann ich eine Hand herausragen sehen.

»Ich habe gewusst, dass du kommen würdest«, sagt Samuel.

MANFRED

Drei Wochen später.

Es ist Nacht, hellblaue Sommernacht.

Aber das Krankenhaus ist wach, wie immer.

Schwaches Scheppern vom Gang her, gedämpfte Stimmen aus dem Stationszimmer. Irgendwo geht ein Alarm los.

Nadja schläft.

Ich halte ihre kleine Hand in meiner. Die Hand, die glitschig vor Butter aus meiner gerutscht ist.

Ihr Gesicht ist tränennass, und ich brauche einige Sekunden, um zu begreifen, dass es meine Tränen sind, nicht Nadjas.

Die Schwester, die unser Zimmer betritt, lacht und fährt Afsaneh durch die Haare.

»Geht jetzt nach Hause«, sagt sie zu uns. »Es ist spät.«

Ich schaue auf die Uhr, stelle fest, dass es schon Morgen ist und dass sie recht hat. Ich bin um neun mit Lasses verabredet und sollte versuchen, noch ein bisschen zu schlafen.

Wir sind einander nahegekommen, wir in der Ermittlungsgruppe. Sogar Lasses, der anfangs so übellaunig war, ist aufgetaut und sozial geworden. Er pfeift auf dem Weg zur Kaffeemaschine, hält Türen auf und hat seit Wochen schon keinen sexistischen oder homophoben Spruch losgelassen. Er hat sich sogar die Zehennägel geschnitten und zieht nicht mehr dieses grauenhafte Netzhemd an.

Ich frage mich fast, ob er verliebt ist. Und Tatsache ist, dass Malin erzählt hat, dass er sich mit einer der Zeuginnen aus unserer Ermittlung trifft, mit Stina Svensson, der Chefin der Supermarktfiliale, in der Pernilla Stenberg arbeitet, und damit eine überaus unpassenden Partie für den guten Lasses.

Aber ich habe nicht vor, ihm das zu sagen.

Ich freue mich einfach nur darüber, dass ich Nadja wiederhabe. Und dass Pernilla Stenberg wider alle Wahrscheinlichkeit ihren Sohn lebend gefunden hat.

Samuel war schwerverletzt und nach zwei Tagen im Brunnen dehydriert. Er hat offenbar überlebt, indem er, auf dem toten Drogenkönig sitzend, die Feuchtigkeit von den Betonwänden geleckt hat.

Er hat tagelang zwischen Leben und Tod geschwebt, aber wir wissen jetzt, dass er es schaffen wird, dass er wiederhergestellt werden wird. Jedenfalls physisch, denn ich wage nicht einmal, mir seine nächtlichen Träume vorzustellen.

»Schlafen Sie ein paar Stunden«, sagt die Krankenschwester. »Das brauchen Sie. Morgen können Sie Ihre Tochter ja holen!«

Afsaneh nickt, und ich lasse Nadjas kleine feuchte Hand widerwillig los.

Zusammen verlassen wir das Krankenhaus.

Draußen schlägt mir die feuchte Nachtluft entgegen wie eine Wand. Wieder fließen meine Tränen, und ich schluchze auf. Mein verdammtes Knie sticht wie verrückt, aber das ist mir total egal.

Drei Frauen in grünen Operationskitteln stehen vor der Wand. Sie rauchen schweigend und sehen auf ihre Handys. Vom Parkplatz her kommt ein Mann auf uns zu. Mit einer Hand schiebt er einen Kinderwagen. Das Kind jammert und windet sich wie eine Schlange, aber der Mann sieht nur das Handy in seiner Hand. Der Wagen gerät in Schräglage, und ein Rad hängt über den Bordstein. Das Kind zuckt und brüllt los. Der Mann richtet den Wagen auf, ohne auch nur eine Sekunde den Blick von dem Display loszureißen.

Am Taxihalteplatz steht ein einsamer Wagen. Der Fahrer hat die

Tür geöffnet und einen Fuß auf den Boden gestellt, als wollte er aufstehen und gehen. Aber er sitzt ganz still da. Sein Gesicht wird vom Licht des Handys angeleuchtet, das auf seinem Knie liegt.

Afsaneh bemerkt meinen Blick und nickt.

»Was ist mit den Leuten eigentlich los?«, frage ich.

Sie gibt keine Antwort, sondern schiebt ihre Hand in meine.

Ich drücke sie und wische mir mit der anderen Hand die Tränen ab. Dann suche ich in meiner Tasche, ziehe die Zigaretten hervor und halte sie ihr hin.

»Möchtest du eine?«

Afsaneh lacht leise.

»Ich hab gewusst, dass du heimlich rauchst.«

»Dito«, sage ich und gebe ihr Feuer, nachdem sie sich eine Zigarette zwischen die Lippen geschoben hat.

Wir setzen uns auf einen Betonpfosten. Mein Knie tut scheißweh, und die Menschheit ist offenbar auf dem Weg zur Hölle, in einer Spirale des eskalierenden Narzissmus.

Aber was spielt das schon für eine Rolle?

Ich sehe Afsaneh an.

Sie lächelt, nimmt einen tiefen Zug, legt den Kopf in den Nacken und bläst genüsslich den Rauch in den heller werdenden Sommerhimmel.

Wir sind eine ganz normale Familie. Es ist ein Morgen wie alle anderen.

Und auch wenn nichts mehr so ist wie vorher, so haben wir doch unser Leben zurückbekommen.

Dank

Ich möchte mich von Herzen bei allen bedanken, die mir bei der Arbeit an diesem Buch geholfen haben, vor allem bei meiner Lektorin Katarina und meiner Verlegerin Sara bei Wahlström & Widstrand, sowie meiner Agentin Christie und den anderen von der Ahlander Agency.

Außerdem geht mein Dank an Åsa Torlöf, die mir mit wichtigen Auskünften über polizeiliche Fragen geholfen hat, und Martina Nilsson, die ihr Wissen über DNA-Analysen mit mir geteilt hat.

Schließlich danke ich meiner Familie und meinen Freunden für Verständnis und aufmunternde Worte während der Arbeit an diesem Buch. Ohne eure Liebe und Geduld gäbe es kein Buch!

Camilla Grebe

Die Originalausgabe erschien 2018 unter dem Titel *Dvalan*
bei Wahlström & Widstrand, Stockholm.

MIX
Papier | Fördert gute Waldnutzung
FSC® C083411

Penguin Random House Verlagsgruppe FSC® N001967

1. Auflage
Deutsche Erstausgabe März 2023

Published by agreement with Ahlander Agency.
Umschlaggestaltung: semper smile, München
Umschlagmotiv: © plainpicture/BY
Satz: Uhl + Massopust, Aalen
Druck und Einband: CPI books GmbH, Leck
MA · Herstellung: sc
Printed in the EU
ISBN 978-3-442-71926-6

www.btb-verlag.de
www.facebook.com/btbverlag

Camilla Grebe

Wenn das Eis bricht

Psychothriller

608 Seiten, btb 71325
Aus dem Schwedischen von Gabriele Haefs

Eine Profilerin mit Gedächtnislücken.
Liebe, aus der Besessenheit wird.

In der Wohnung des reichen Geschäftsmanns Jesper Orre wird die Leiche einer jungen Frau gefunden – auf brutale Art ermordet. Von ihm fehlt jede Spur. Vor zehn Jahren gab es einen ganz ähnlichen Fall – ungelöst. Hanne, die Profilerin von damals, soll deshalb ermitteln. Sie muss in die Vergangenheit eintauchen, dabei verschwimmt gerade ihre Gegenwart – sie fürchtet, an beginnendem Alzheimer zu leiden. Ihre Existenz bekommt zunehmend Risse, und die beiden Fälle verbinden sich auf ungute Weise. Kann Hanne sich selbst und ihren Erinnerungen trauen? Wann bricht das Eis, und was kommt darunter zum Vorschein?

»Ein Schweden-Thriller, so kalt und gewaltig wie kaum einer sonst.«

Daily Mail

Camilla Grebe

Tagebuch meines Verschwindens

Psychothriller

608 Seiten, btb 71881
Aus dem Schwedischen von Gabriele Haefs

Sie ist Profilerin.
Sie ist Zeugin eines Mordes.
Warum kann sie sich nicht erinnern?

Eine Tote, mitten im Wald. Getötet an dem Ort, wo vor Jahren das Skelett eines kleinen Mädchens lag. Ein Cold Case, der nie gelöst wurde. Wer sind die Toten? Was hat der spurlos verschwundene Kommissar mit ihnen zu tun? Und warum erinnert Profilerin Hanne sich an keine Ermittlungsergebnisse? Die Einwohner des kleinen trostlosen Ormberg, das mitten zwischen dunklen Kiefernwäldern liegt, halten sich bedeckt. Doch niemand, nicht einmal die Polizei, kann der Wahrheit entkommen, die sich nach jahrelangem Schweigen bahnbricht …

Atemberaubend, fesselnd und psychologisch extrem raffiniert – der neue Thriller von Camilla Grebe.

Ausgezeichnet mit dem Skandinavischen Krimipreis und als bester schwedischer Thriller.

btb